novum pro

AF145090

Christoph Klier

# Ein schönes Leben hab ich nie gelernt!

novum ⬛ pro

Dieses Buch ist auch als
e-book
erhältlich.

www.novumverlag.com

Bibliografische Information
der Deutschen Nationalbibliothek:

Die Deutsche Nationalbibliothek
verzeichnet diese Publikation in
der Deutschen Nationalbibliografie.
Detaillierte bibliografische Daten
sind im Internet über
http://www.d-nb.de abrufbar.

Gedruckt in der Europäischen Union
auf umweltfreundlichem, chlor- und
säurefrei gebleichtem Papier.

© 2022 novum Verlag

ISBN 978-3-95840-116-7
Lektorat: Mag. Elisabeth Pfurtscheller
Umschlagfoto:
Dan Edwards | Dreamstime.com
Umschlaggestaltung, Layout & Satz:
novum Verlag

**www.novumverlag.com**

**Climate neutral**
Print product
ClimatePartner.com/16547-2201-1002

# Einleitung

Er ist noch jung, auf dem alten Foto.
Frank ist in einem hübschen, silbernen Rahmen eingefasst und steht im Wohnzimmer, auf dem Kaminsims. Ich nehme es in die Hand und schaue in sein jugendliches und schönes Gesicht. Dabei kommen alte Erinnerungen hoch und mir wird ganz warm ums Herz, wenn ich an ihn denke, denn es war eine harte, aber auch schöne Zeit.

Als ich ihn zum ersten Mal, im Juli 1990, beim Sommerfest unserer Firma, sah, war er umringt von hübschen Frauen.
Mich störte es überhaupt nicht, dass sie mit ihm flirteten. Ich konnte es ihnen nicht verdenken, sich mit so einem stattlichen, blonden Mann gerne zu umgeben.
Ab und zu trafen sich unsere Blicke. Er hatte wunderschöne, tiefblaue Augen und sein süßes Lächeln war betörend.

Der Zufall kam mir zu Hilfe, denn irgendwann standen die Kolleginnen auf, um geschlossen die Waschräume aufzusuchen. Jetzt saß er allein am Tisch. Er nahm sein Bierglas und prostete mir zu.
Meine Kollegen machten sich schon lustig, dass ich immer wieder zu diesem blonden, extrem geilen Typen schauen musste.
Sie wussten von meiner Neigung und sagten höhnisch:
„Bei dem hast du sowieso keine Chance. Außerdem ist der eine Hete, das sieht man doch!"
Damit hatten sie vielleicht auch recht, denn was will so ein gut aussehender Junge mit einem leicht dicklichen Etwas, so wie ich es war, anfangen?
Ich sah wirklich nicht gut aus. Ich kam vor einem halben Jahr, direkt aus dem Heim, nach Celle. Ich hatte gerade meine Industriekaufmannslehre abgeschlossen und fand keinen geeigneten Job, deshalb musste ich Hamburg verlassen und hier eine

Stelle als Buchhalter annehmen. Da ich nicht viel verdiente und der Großteil des Gehaltes meiner viel zu überteuerten Wohnung zum Opfer fiel, konnte ich mir auch nicht das kaufen, was mir gefiel. Teilweise lief ich noch in Secondhand-Klamotten herum, die mir das Jugendheim stellte. Ich hatte schulterlange gelockte, dunkelbraune Haare, die kaum zu bändigen waren. Dass ich mir sie auch abschneiden lassen hätte können, darauf war ich damals gar nicht gekommen. Es hatte mal jemand zu mir gesagt, ich sehe aus wie Patachon, denn meine Größe lässt auch zu wünschen übrig.

Ich konnte trotzdem meinen Blick nicht von ihm nicht abwenden. Es war wie ein Bann, der mich gefangen hielt.
Er lächelte wieder und winkte mich zu sich an seinen Tisch.
Ich schaute mich um, weil ich dachte, er meinte einen anderen, aber als ich auf mich deutete, nickte er zustimmend.
Ich konnte es nicht fassen, dass er Notiz von mir genommen hatte. Ich stand, mit weichen Knien, auf und ging rüber zu ihm.
Ich hatte Mühe, meine Aufregung und Erregung unter Kontrolle bringen.
Mein Körper bebte und das war kaum vor ihm zu verbergen.
Als er sich erhob, strahlten mir seine muskulösen Schultern förmlich entgegen. Er trug ein enges Muskelshirt und eine fast schon unverschämt enge, hellblaue Hose.

„Hallo, ich bin Frank!", brachte er mir mit einer Stimme entgegen, die mich butterweich werden ließ.
„Hallo, ich bin Christoph!", entgegnete ich ihm, leicht verschämt.

Ich freute mich, dass er sich für mich interessierte, und ich fühlte mich so gut dabei.
Auch wenn unser Gespräch anfangs nur schleppend in Gang kam, unterhielten wir uns nach ein paar Bieren doch recht gut, bis er anfing, mir von seiner Freundin vorzuschwärmen, da wusste ich, dass ich bei ihm wirklich keine Chance hatte!

In den nächsten Tagen konnte ich an nichts anderes denken als an den schönen Frank und wurde fast verrückt, ihn niemals haben zu dürfen.

Mir blieb nichts anderes übrig, als ihn nur in meiner Fantasie eine große Rolle spielen zu lassen.

Das war echt hart für mich. Ich konnte meine Gedanken und Gefühle einfach nicht unter Kontrolle bringen, was er auch merkte, denn inzwischen hat er auch erfahren, dass ich vom anderen Ufer bin und wenn wir uns mal zufällig auf dem Flur begegneten, reagierte ich total verschüchtert, auf ihn.

Noch schwerer wurde es, als er mich, Jahre später in seiner Abteilung holte.

Ich fühlte mich absolut nicht wohl in der Buchhaltung und da machte ich auch keinen Hehl draus.

Frank, der das auch mitbekam, sprach mich eines Tages an und fragte mich, ob ich nicht Lust hätte, im kaufmännischen Bereich zu arbeiten.

Ich war total begeistert und sagte sofort zu. Ich hatte es geschafft!

Nicht nur, dass ich jetzt endlich aus der Buchhaltung herauskam, ich durfte auch endlich jeden Tag mit ihm zusammen sein.

Er war inzwischen der Verkaufsleiter unserer Firma und galt bei den Kollegen als eher strenger Chef.

Ich hatte deswegen ein bisschen Angst vor dem Wechsel, aber wider Erwarten kam ich super mit ihm aus.

Frank sah in den drei Jahren nach unserem ersten Kennenlernen noch viel besser aus.

Er wurde viel männlicher und bekam noch mehr Sex-Appeal, als er ohnehin schon hatte.

Durch sein Handball- und das regelmäßige Krafttraining wurde sein Body noch muskulöser.

Frank machte mich so kirre, wenn er mich auch nur anschaute.

Er grinste dann nur immer und sagte:

„Ganz ruhig, mein Kleiner, es ist alles Gut!"

„Mein Kleiner", das sagte er immer zu mir und er wusste ganz genau, dass er mich damit kriegen konnte. Ich mochte es, wenn er mich so nannte, denn es hatte so was Vertrautes.
Es machte ihm aber auch riesigen Spaß, mit mir zu spielen, und es freute ihn, wenn ich dann einen roten Kopf bekam.

Ein paar Monate, nachdem ich in seiner Abteilung angefangen hatte, übernachtete er zum ersten Mal bei mir.
Es war nach der Weihnachtsfeier, wo er ein wenig zu tief ins Glas geschaut hatte und weil er deswegen mit seiner Freundin keinen Ärger bekommen wollte, bat er mich, mit zu mir kommen zu dürfen.
Ich konnte nichts machen, denn als ich von der Toilette wieder kam, lag er schon, bis auf seine Unterhose ausgezogen, in meinem Bett und als ich dann fragte, wo ich denn schlafen solle, zog er mich unter die Decke und kuschelte sich ganz dicht an mich.
Ab diesem Zeitpunkt war ich auf einen Schlag nüchtern und ich konnte die ganze Nacht, vor Erregung, nicht schlafen.

Frank gefiel es bei mir und er kam immer öfters nach der Arbeit zu mir.
Wir wurden richtige Freunde.
Leider nur Freunde, denn ich wollte mehr.

Er berührte mich oft oder nahm mich einfach nur in dem Arm und wenn er bei mir übernachtete, schliefen wir in einem Bett, denn er liebte den engen Körperkontakt.
Wir lagen in Löffelchenstellung zusammen. Sein Atem war heiß und wohlriechend. Ich spürte seinen unglaublich großen Schwanz an meinem Arsch.
Frank roch so lecker, auch wenn er mal nicht geduscht hatte.
Im Gegenteil, ich hätte ihn dann am ganzen Körper ablutschen können.
Dieser Gedanke löste in mir so eine Geilheit aus, dass ich, wenn er morgens ging, meine Fantasie spielen lassen musste, sonst wäre ich durchgedreht.

Wir waren beide so in die Firma verstrickt, dass es unmöglich war, ihm mal wenigstens nur einen Tag, aus dem Weg zu gehen. Selbst die Urlaube mussten wir zusammen nehmen, weil der Betriebsablauf es nicht anders zuließ.

Dadurch wurde unsere Freundschaft noch dicker.

Wir verbrachten immer mehr Zeit, ganze Abende zusammen, was mir richtig gut gefiel, denn ich konnte gar nicht oft genug meiner großen Liebe nahe sein.

Auch wenn Franks Freundin eine Rivalin war, verstand ich mich einigermaßen gut mit ihr. Sie war nett und hatte nichts dagegen, dass Frank so oft bei mir übernachtete.

Sie sagte dann immer, dass sie dann auch mal Zeit für sich hätte und ihre Freundinnen einladen könnte.

Wir unternahmen auch viel zu dritt, was uns allen viel Spaß machte.

Wir feierten oft zusammen und machten die Gegend unsicher.

Ich war in dieser Zeit sehr happy und konnte es gar nicht fassen, dass ich so einen geilen besten Freund hatte, gerade weil ich so unscheinbar aussehe und zu der Zeit immer noch ein paar Pfunde zu viel auf meinen Rippen hatte.

Wenn ich das damals schon gewusst hätte, durch welches tiefe Tal ich wegen Frank noch gehen musste, wäre mein Leben bestimmt anders verlaufen.

Als er sich mit 27 Jahren, das war Anfang 1996, von seiner Freundin trennte, wurde unsere Freundschaft noch enger.

Das dachte ich zumindest, denn die Enge bezog sich mehr und mehr auf das Wort:

„Vereinnahmen!"

Wir machten jetzt in der Firma viel mehr Überstunden, verbrachten noch mehr Freizeit miteinander. Es gab keine Nacht, in der wir nicht zusammen schliefen, leider nur als Freunde, denn mehr ließ er nicht zu.

Jedes Jahr flog er mit seiner Freundin zweimal in den Urlaub und ich wurde immer fast wahnsinnig vor Sehnsucht, nach ihm. Ich konnte es dann gar nicht abwarten, dass Frank wieder zurückkam.

Ich freute mich dann wie ein Schneekönig, dass ich ihn wieder hatte und ihn in meine Arme schließen konnte.

Einige Wochen, nach seiner Trennung fragte er mich allen Ernstes, ob ich mit ihm wegfliegen wolle, denn ich wäre der Einzige, mit dem er Spaß haben konnte. Mir blieb der Atem weg und ich konnte es nicht glauben, was er da eben zu mir gesagt hat:

„Willst du mit mir in den Urlaub fliegen?"

„Er hat mich gefragt. Jaaa!"

Wir saßen gerade auf seinem Balkon, bei 30 °C im Schatten, und ich zerlief vor Hitze, als er mir diese Frage stellte, dann ging er ins Wohnzimmer und kam mit zwei Umschlägen zurück.

Er lächelte mich an und sagte:

„Drei Wochen Bali, das haben wir es uns verdient!"

Ich konnte meiner Freude nicht genug Ausdruck verleihen und sprang ihm an den Hals.

Bali war genial und wir hatten richtig viel Spaß zusammen.

Die Sonne und das Meer waren traumhaft.

In diesem Jahr fuhren wir dann noch zweimal weg.

Einmal nach Südfrankreich und einmal in die Berge in den Winterurlaub.

Es war einfach klasse!!

Er wusste, dass ich unsterblich in ihn verliebt war, aber all mein Bemühen war umsonst, denn er hielt mich immer auf Abstand.

Eine Umarmung und ein Küsschen auf meine Wange waren die einzige Zuneigung, die ich von ihm bekam.

Ich litt Höllenqualen, aber ich schaffte es, bis dato nicht verrückt zu werden.

Ich wollte doch Frank nicht durch einen dummen Spruch von mir verlieren.

Also blieb alles so, wie es war.

Ich liebte unsere Wochenenden.

Wir fuhren freitagabends entweder zu ihm oder zu mir.

Als Erstes entledigten wir uns von unserer Arbeitskleidung.
Generell lief Frank bei sich und bei mir nur in einem knappen
Slip herum.
Das gehörte auch wieder zu seinem Plan, mich heiß zu machen,
um mich noch mehr an ihn zu binden. Ich war praktisch abhängig von ihm. Ich konnte mich ja auch nicht in seiner Anwesenheit befriedigen, um meine Nervosität zu bändigen.
Das hätte Frank auf jeden Fall mitbekommen.
Er bekam komischerweise sowieso alles mit, was ich tat, auch wenn
er mal nicht da war, denn er kontrollierte mich mehr und mehr.
Ich hatte es einmal in den Ferien im Hotelzimmer gewagt, mir
einen runterzuholen.
Es war, wie ich dachte, die beste Gelegenheit dazu, da Frank
nach einem Strandbesuch in den Wellnessbereich gegangen war,
um noch im Kraftraum ein paar Kilos zu pumpen. Leider habe
ich die Rechnung ohne den Wirt gemacht und er stand ein paar
Minuten später im Zimmer.
Wie ich später erfuhr, hatte der Bereich wegen einer Wartung
geschlossen.
Er schaute sich kurz mein Elend an und verschwand aus unserem
Raum, so schnell wie er hereingekommen war.
Ich zog mich schnell an und lief ihm nach.
Ich suchte ihn im ganzen Hotel.
Nach unzähligen unbeantworteten SMS fragte ich die Dame
an der Rezeption, aber sie hatte auch nichts von Frank gehört
oder gesehen.
Ich machte mir große Sorgen und die schlimmsten Vorwürfe.

„Scheiße!", rief ich laut. „Warum habe ich mich zu so was hinreißen lassen?"

Frank ließ sich die ganze Nacht nicht blicken.
Ich schlief nicht eine Minute und stand zweimal auf, um ihn zu
suchen, aber er blieb verschwunden.
Ich weinte und wünschte mir, dass es nie passiert wäre, aber ich
konnte es jetzt leider nicht mehr rückgängig machen.

Nächsten Morgen ging ich zum Frühstück.

Völlig verkatert saß ich vor meinen Brötchen und hatte überhaupt keinen Hunger.

Plötzlich tauchte Frank, aus heiterem Himmel im Speisesaal auf.

Freudestrahlen, kam er auf mich zu und gab mir ein Küsschen auf meine Wange.

Ich war so glücklich, ihn zu sehen, dass ich ihm gleich an den Hals sprang und ihn umarmte.

„Na, haste dir Sorgen gemacht?"

Ich beantwortete seine Frage mit einem deutlichen:

„Ja!"

Er lachte und sagte, dass ich gestern Abend ja mit mir selbst genug beschäftigt war und ihn dabei bestimmt nicht bräuchte, deshalb wäre er die ganze Nacht, um die Häuser gezogen.

Ich habe mir danach geschworen, dass ich mir nie wieder einen wichsen werde, wenn ich mir nicht sicher bin, dass er gleich um die Ecke kommen könnte.

Viel später gab er mir zu verstehen, dass er es überhaupt nicht mochte, wenn ich mir einen runterhole, und angewidert von dessen Anblick war.

# Kapitel 1

Die Jahre 1996–98 verliefen richtig gut. Wir unternahmen viel zusammen, waren oft schwimmen, gingen viel spazieren und schauten gerne neue Filme im Kino.

Es hätte immer so weitergehen können, aber wie das Leben halt so spielt, kam alles anders, als man denkt.

Es war an einen verregneten Freitag im Herbst 1998.

Eigentlich ein ganz normaler Arbeitstag, da rief mich Frank schon morgens vor der Arbeit an, um mir zu sagen, dass er mich heute nicht abholen kann, weil er Besuch habe und nach dem Feierabend sofort wieder nach Hause müsse.

Das kam mir sehr ungewöhnlich vor, denn sonst hat ihn noch nicht einmal seine Freundin davon abgehalten, mich morgens abzuholen.

Geschweige denn, mich wieder nach Hause zu bringen!?

Ich fragte ihn dann vorsichtig im Büro, wer denn bei ihm zu Besuch sei, aber er antwortete nur kurz, dass Christian, ein alter Freund aus meiner Heimatstadt Nürnberg, gestern Abend unverhofft vorbeigekommen war und bei ihm übernachtet hatte.

Leider hätte heute Morgen dann die Zeit gefehlt, um mich abzuholen.

Er entschuldigte sich nochmals bei mir und sagte, dass er dieses Wochenende leider nicht zu mir kommen könnte, da Christian, denn so hieß sein Freund, noch bis Sonntag bleiben würde und weil sie sich lange nicht gesehen haben, sich unheimlich viel zu erzählen hätten.

In mir brach eine Welt zusammen, ich sagte aber trotzdem, mit einem Kloß im Hals:

„Okay, kein Problem!"

Ich grübelte das ganze Wochenende.

„Warum ruft er denn nicht mal an?", dachte ich immer wieder.

Nicht ein Lebenszeichen bekam ich von ihm und in mir kam die pure Eifersucht hoch.

Ich stellte mir vor, was er alles mit diesem Christian anstellen könnte.

Ich sah die beiden schon im Bett, eng umschlungen und schweißgebadet, den wildesten Sex machen und bei den Gedanken wurde ich wahnsinnig.

Ich konnte keinen klaren Gedanken mehr fassen und versuchte, mich mit allem möglichen Scheiß abzulenken, aber es gelang mir einfach nicht.

Immer wieder kamen die wildesten Fantasien in mir hoch und ich konnte dann meine Tränen nicht unter Kontrolle halten.

„Warum meldet er sich nicht?", heulte ich jetzt.

Endlich war das qualvolle Wochenende vorbei und ich fuhr, Montagmorgen, allein in die Firma.

Ich hatte bis zu diesem Zeitpunkt nicht eine Minute geschlafen und gehofft, dass Frank sich wenigstens heute Früh meldet, um mich abzuholen, aber leider rief er nicht an und es kam auch keine SMS von ihm.

Es war ein widerlicher Novembertag und es regnete und stürmte.

Auf der fünf Kilometer langen Fahrt von mir zu Hause in die Firma konnte ich, vor Müdigkeit, kaum meine Augen aufhalten.

Nur allein das Gefühl aus Wut, Eifersucht und großer Angst, dass Frank mir etwas sagen würde, was mir wehtun könnte, ließ mich nicht am Steuer einschlafen.

Bald fuhr ich den Weg zum Parkplatz hinauf.

Von Weitem sah ich schon Licht in unserem Büro. Ich stellte meinen Wagen neben seinem ab und hielt noch ein wenig inne, um mich innerlich zu fassen.

„Warum ist er schon so früh im Büro?", dachte ich.

Eigentlich hatten wir in diesen Tagen nicht viel zu tun und es war unnötig, Mehrstunden zu machen. Ich stieg aus meinem Auto aus und ging hoch ins Büro. Die Tür stand offen und mir wurde ganz schlecht bei dem Gedanken, dass ich etwas falsch gemacht haben könnte und er mir deshalb seine Freundschaft kündigen würde.

Ich sammelte meine Gedanken und ging ins Büro.

Er saß an seinem Schreibtisch und schaute sich etwas interessiert an. Er aß dabei ein belegtes Brötchen, das er sich wohl vom Bäcker aus der Biederstraße geholt hatte.

Es war sein Lieblingsbäcker.

Wir tranken da oft unseren Kaffee und aßen einen leckeren Kuchen.

Samstag fuhr ich extra wegen Frank zu diesem Bäcker, um ihm seine heiß geliebten Brötchen zu holen.

Ich mag gar nicht an den einen Samstag denken, wo ich es einmal gewagt hatte, Brötchen von einem anderen Bäcker zu holen, weil ich dachte, ein bisschen Abwechslung könnte nicht schaden.

Frank war an diesem Samstag so enttäuscht, dass er unseren geplanten Ostseetrip platzen ließ und es sich den ganzen Tag vor der Glotze bequem machte.

Ich fragte ihn, ob ich noch mal losfahren und die richtigen Brötchen holen solle, aber er saß nur da, schaute irgendwelchen Sport und strafte mich mit Nichtachtung.

Ich machte mir Vorwürfe.

„Wäre ich doch, hätte ich doch …!", aber es war nun mal passiert und ich musste seine Strafe ertragen.

Um ihn ein bisschen gnädiger zu stimmen, fragte ich, ob ich mich ein bisschen nützlich machen könnte, die Küche und Bad putzen, seine Wäsche waschen, das Wohn- und Schlafzimmer in Ordnung bringen, den Müll entsorgen soll etc., nur um ihm zu zeigen, dass ich mich für mein falsches Verhalten schäme und es mir unendlich leidtut. Er machte nur eine kurze Geste, die ich als ein Ja deutete, und dann putzte ich den ganzen Tag und gönnte mir keine Pause.

Am späten Nachmittag startete ich einen neuen Versuch und fragte ihn vorsichtig, ob er Hunger hätte und ich ihm etwas zum Essen machen soll.

Zunächst kam von ihm keine Reaktion, aber dann sah er mich streng an und sagte kurz: „Rumpsteak mit Bratkartoffeln!"

Ich war froh, dass er wenigstens etwas gesagt hatte, und machte mich erleichtert zum Kaufmann auf, um das Nötige einzukaufen. Ich wusste, es war sein Lieblingsessen, und gab mir dieses Mal besonders Mühe.

Nach den Essen taute er langsam wieder auf und wir sprachen über meine Dummheit.

Ich versprach ihm, dass so was nicht mehr vorkommt, und ich schwor hoch und heilig, nächsten Samstag die Brötchen wieder vom Bäcker aus der Biederstraße zu holen. Dieser Vorfall schüchterte mich so ein, dass ich ab sofort auf jede Kleinigkeit achtete, um Frank nicht wieder zu enttäuschen.

Meine Wut war plötzlich wie weggefegt und ich empfand nur noch Sehnsucht nach ihm, gepaart mit immer noch großer Angst. Meine Knie wurden bei seinem Anblick so weich, dass ich mich kaum auf den Beinen halten konnte.

Drei Tage hatte ich ihn nicht mehr gesehen und ich zitterte wie Espenlaub.

Für mich war es eine Ewigkeit. Es gab keinen Tag in den letzten vier Jahren, wo wir uns nicht gesehen hatten.

Es schien so, als wäre er übers Wochenende noch schöner, muskulöser und männlicher geworden. Ich war auf einmal so geil auf Frank, sodass ich kaum meinen Schwanz unter Kontrolle bringen konnte.

Ich ging langsam auf ihn zu und machte mich vorsichtig bemerkbar. Er schaute erschrocken auf, erblickte mich und sagte gut gelaunt:

„Hey Kleiner, so früh schon hier?"

„Eigentlich wollte ich dich das Gleiche fragen", sagte ich zu ihm, dann stand er auf und breitete seine Arme aus.

Mir fiel in diesem Moment ein ganzes Gebirge vom Herzen und ich lief ihm, ohne zu zögern, entgegen.

Seine Umarmung tat so gut und ich wollte ihn gar nicht mehr loslassen.

Er schaute mich mit seinem unglaublich süßen Grinsen und seinen göttlichen blauen Augen an und fragte:

„Du zitterst ja, frierst du?"

Ich wusste nicht, was ich darauf antworten sollte, und sagte deshalb lieber nichts, was er auch akzeptierte, denn er wusste, dass es nur ihm galt.

„Du siehst aus, als hättest du drei Tage nicht geschlafen?", sagte er besorgt.

Der Film, der bis spät in die Nacht ging, war für mich die plausibelste Ausrede und zu diesem Zeitpunkt glaubte ich, dass er die Pille schluckte, die ich ihm damit gegeben hatte, aber weit gefehlt.

Er fragte aber nicht weiter, gab mir einen Kuss auf die Wange und löste dann unsere Verklammerung.

„Du wolltest wissen, warum ich so früh hier bin?", fragte Frank.

„Ja, warum!"

„Erstens, wollte ich Christian nicht wecken, denn hier brauche ich mit meinem Kaffeegeplapper nicht so viel Rücksicht zu nehmen und zweitens wollte ich im Internet noch nach Schlafzimmereinrichtungen schauen."

Ich schaute ihn verwirrt an.

„Ach ja, das weißt du ja noch gar nicht, Christian zieht bei mir als Untermieter ein. Er hat hier in Celle eine Stelle angenommen und sucht jetzt eine Bleibe, da habe ich mir gedacht, ich gebe ihm mein Gästezimmer und dafür suche jetzt eine Einrichtung."

Ich dachte, mich trifft der Blitz beim Scheißen, und ich war wie vor den Kopf geschlagen!

Mein Zittern wurde wieder schlimmer und ich fühlte mich so von Frank hintergangen. Ich wollte ihn schon lange fragen, ob ich zu ihm ziehen dürfte, aber jetzt war dieser blöde Christian schneller und mein Traum platzte wie eine Seifenblase.

Er sah meine Bestürzung und fragte:

„Geht es dir nicht gut?"

Ich riss mich zusammen und sagte:

„Ja, doch, es ist alles okay."

Er ergriff meinen Arm und zog mich vor seinen Schreibtisch.

Er zeigte mir verschiedene Betten und Schränke, Nachttische und Lampen aus einem Versandkatalog.

Dann schrieb er, vor meinen Augen, ein komplettes Zimmer auf den Bestellschein und unterschrieb es.

„Wie findest du die Möbel?"

Ich schaute mir seine Wahl an und sagte:

„Und wie viel kostet es alles zusammen?"

Er rechnete es kurz durch und sagte etwas beschämt:

„19.499 DM."

„Was!", rief ich bestürzt.

Er grinste und sagte:

„Ja, das ist ein wenig viel, aber das ist mir egal und für Christian ist mir nichts zu teuer", sagte er und lehnte sich dann zufrieden, mit seiner Kaffeetasse, in seinem Bürosessel zurück und grinste zufrieden.

Ich setzte mich auf meinen Bürostuhl, nahm mir auch eine Tasse Kaffee und hörte Frank resigniert zu.

Er erzählte vom schönen Wochenende und wie gut sie sich verstanden hätten.

Einige witzige Anekdoten, die sie erlebt haben, gab Frank auch noch zum Besten. Ich wurde immer kleiner, je mehr Frank von Christian schwärmte. Außerdem kämpfte ich gegen meine Müdigkeit, denn sie war jetzt so dominant, dass ich fast einschlief.

„Wir müssen heute noch zwei Kunden besuchen", sagte Frank auf einmal „und es wird Zeit, dass wir mal was tun. Also ran an die Arbeit!"

Nach einigen Vorbereitungen fuhren wir gegen 10 Uhr vom Gelände. Frank saß wie immer am Steuer und war gut gelaunt. Als wir an einer roten Ampel hielten, schaute er lächelnd zu mir rüber und sah meine Müdigkeit, dann sagte er:

„Bitte nicht einschlafen, wir hatten uns ja das ganze Wochenende nicht!"

Ich nickte und hielt mich krampfhaft wach. Dann erzählte er mir, wie er Christian kennengelernt hatte und dass sie in letzter Zeit oft miteinander telefoniert haben.

Er freute sich wirklich, seinen alten Freund, wieder zu haben, denn er sprach nur in den höchsten Tönen von ihm.

Ich hörte es mir alles halbherzig an und fühlte mich wie im falschen Film. Ich war froh, als mich Frank abends vor meiner Tür absetzte. Er gab mir noch zum Abschied ein Küsschen auf die Wange. Er sagte, dass Christian schon auf ihn wartete, und vielleicht hätte er schon etwas Leckeres gekocht.
Seine Worte taten mir echt weh, denn eigentlich hätte ich sonst für ihn gekocht und das machte ich sehr gerne. Besonders wenn ich nach dem Essen ein großes Lob von ihm bekam und er mich dann in seine starken Arme nahm.

Ich konnte an diesen Abend nicht mehr denken. Ich schleppte mich nur noch in meine Wohnung und dann ab ins Bett.

Nächsten Morgen war mir gar nicht gut und ich beschloss, liegen zu bleiben. Ich rief Ben unseren Arzt an, der auch sofort kam. Der schrieb mich auch gleich wegen einer Grippe den Rest der Woche krank.
Ben war ein Freund von Frank, aber sie hatten, was mir zu diesem Zeitpunkt unerklärlich war, schon seit Längerem keinen Kontakt mehr, doch eigentlich war er sehr lieb und sie hatten, so weit ich weiß, keinen Streit. Irgendwann brach der Kontakt zu ihm einfach ab.
Er strich mir übers Haar und sagte:
„Na Kleiner, hast du Liebeskummer?"
Er schaute mich dabei, so treudoof an, dass ich nur „Ja!", sagen konnte.
Er wusste gleich, dass es keine Grippe war, und meinte:
„Auch das kann man heilen!"
Nachdem er gegangen war, informierte ich die Verwaltung unserer Firma, die mir gute Besserung wünschte.
Mir kamen immer wieder Tränen, wenn ich an Frank dachte. Ich konnte ihn nicht verstehen, dass er einen anderen vorzog. Wir waren doch wie Pech und Schwefel oder hatte ich mich getäuscht? Franks Anrufe ignorierte ich völlig.

*„Wo bist du?"* und *„Ich mach mir Sorgen!",* war der Inhalt, seiner vielen SMS, aber ich hatte keine Lust, sie zu beantworten.

Trotz meiner wirren Gedanken drehte ich mich um und schlief ein.

Als ich ungefähr um 15 Uhr aufwachte, sah ich erschreckt in Frank schönes Gesicht.
Ich versteckte meinen Kopf unter die Bettdecke, die er aber gleich wieder wegzog.
„Mann, gut, dass ich einen Schlüssel von dir habe, sonst hätte ich mich totgeklingelt", sagte er und strich mir über die Wange.

Es war ungefähr 10 cm von meinem Gesicht entfernt und lächelte mich an, aber gleichzeitig sah er auch besorgt aus.
„Was ist mit dir los?", fragte er. „Bist du krank?"
„Sorry, Frank, ich fühle mich so schlapp und ausgelaugt und hatte keine Lust, heute Morgen aufzustehen. Ben war vorhin da und hat mich die ganze Woche krankgeschrieben."
„Okay, darf ich mich zu dir legen?", fragte er und ohne dass ich irgendwas sagen konnte, zog er sich sein Shirt aus.
Es war Dienstag und Dienstag war sein Sporttag, da musste er vorhin noch gewesen sein, denn seine Muskeln waren jetzt noch viel mehr ausgeprägt, als sie ohnehin schon sind.
Sein Oberkörper leuchtete richtig im Licht der Sonne, die gerade ins Schlafzimmerfenster schien.
Er sah so sexy aus, dass ich für einen Moment alles um mich vergaß.
Als Nächstes ließ er seine Hose fallen. Mein Blick wanderte sofort zu seinen heißen Oberschenkeln und den strammen Waden.
Franks ganzer Körper war wie ein Gottesgeschenk. Seine Haut war so weich und er glänzte wie ein Engel.
Alle Wut und Enttäuschungen waren beim Anblick seines göttlichen Körpers wie weggeblasen und mit diesem Wissen, dass er sich gleich ganz eng neben mich legt, wurde ich fast verrückt. Ich konnte meine Fantasie kaum im Zaum halten und mein Schwanz war nicht mehr zu bändigen und schwoll an.

Frank sprang mit einem Aufschrei der Freude unter meine Decke und legte sich ganz dicht zu mir. Er schob seinen starken Arm unter meinen Kopf und zog mich ganz eng zu sich heran. Er roch himmlisch!
Sein Schweiß erinnerte an herbes Süßholz und von dem Atem, der er mir ins Gesicht blies, wurde mir ganz anders.

Die erste Zeit, als wir uns kennenlernten, duschte Frank immer nach dem Sport, bis er nach einem schweren Tag vom Sport nach Hause kam, dann noch eine Kleinigkeit aß und nur noch schlafen gehen wollte. Ich genoss diese Nacht mit einem schmutzigen Mann im Bett.
Frank fragte mich morgens, ob es mich gestört hatte, dass er ungeduscht ins Bett gegangen war.
Natürlich hatte es mich nicht gestört, im Gegenteil, ich fand seinen Geruch betörend, was ich aber nur dachte.
Zu ihm sagte ich nur, dass ich kein Unterschied rieche und es mir egal wäre.
Ab diesem Zeitpunkt duschte er nur noch, zu meinem Glück, frühmorgens.
Am Wochenende kam es auch mal vor, dass er sich gar nicht duschte, sondern erst Montagfrüh, vor der Arbeit. Für mich waren dann die Nächte, neben ihm, unbeschreiblich.

Nachdem er sich ganz dicht an mich gekuschelt hatte, fragte er mich:
„Na, geht es dir schon besser?"
Natürlich bemerkte er meine Geilheit, die offensichtlich war, aber er verlor kein Wort darüber. Beglückt von seiner Gegenwart sagte ich leise:
„Ja!"

„Woher kommt deine Unlust, liegt es an mir?"
Ich konnte ihm damals nicht die Wahrheit sagen, denn dazu waren meine Liebe und die damit verbundene Verlustangst einfach zu groß.

Er sah meine Unsicherheit und bevor ich etwas sagen konnte, begann er einen Monolog:

„Ich weiß, dass es schon lange her ist, dass wir beide mal kein Wochenende miteinander verbracht haben aber dieser Christian bedeutet mir sehr viel. Er hat mich damals oft aus der Scheiße gezogen und ich habe ihm so viel zu verdanken. Er ist wie ein Bruder für mich und du musst verstehen, dass wir, nach all den Jahren, viel zu reden hatten und noch haben. Hey Kleiner, und du bist immer Thema Nummer 1, denn ich habe ihm schon viel von dir erzählt! Du musst nicht denken, dass ich dich jetzt weniger gern hab, nur weil ich vielleicht, im Moment, ein wenig mehr Zeit mit Christian verbringe.

Kleiner, du kannst sicher sein, natürlich bist du, so oft es geht, dabei, denn ohne dich bringt mir das nur halb so viel Spaß!"

Frank schaute mich dabei mit seinen leuchtend blauen Augen an und ich fühlte mich so wohl an seiner Seite, dass ich ihm das alles abkaufte, was er mir zu vermitteln versuchte, aber ich fühlte auch ganz tief in mir, dass er wieder mit mir spielte. Und aus heutiger Sicht gesehen täuschte mich mein Gefühl auch nicht.

„Kannst du mich jetzt verstehen und war es das, was dich bedrückt?"

Damals war ich einigermaßen beruhigt und gab mich damit zufrieden, deshalb sagte ich zufrieden, aber unsicher:

„Ja!"

Frank setzte ein unfassbar süßes Lächeln auf, gab mir einen Kuss auf die Wange und wir schliefen dann tief und fest ein.

Es war schon dunkel, als ich gegen 17 Uhr aufwachte. Frank schlief seelenruhig neben mir. Ich wartete noch ein wenig, bis ich ihn weckte, so konnte ich ihn noch ein bisschen beim Schlafen zuschauen. Es war so still, sodass ich nur seinen Atem und das Pochen seines Herzens hörte. Ich lag immer noch auf seinem muskulösen Arm und schaute ihm direkt in sein schönes Gesicht. Ich konnte es nicht fassen, dass dieses gerade geschieht. Niemals lagen wir zuvor so eng beieinander. Dieser Moment war traumhaft und ich fühlte mich so geborgen, dass ich die Zeit am liebsten angehalten hätte, dann plötzlich spielte meine Fantasie verrückt. Ich malte mir aus, dass er jetzt aufwacht, mir einen zärtlichen Kuss gibt und sagen würde:

„Hallo mein Schatz, ich möchte jetzt gerne mit dir schlafen!"
Wir würden uns im Bett wälzen, gegenseitig streicheln, uns überall berühren und in voller Ekstase ineinander eindringen.

Leider war das nur ein großer Wunsch von mir, der scheinbar nie in Erfüllung gehen würde.

Nach einiger Zeit blies ich Frank leicht ins Gesicht, worauf er verschlafen seine Augen öffnete. Er schaute mich mit einem verschlafenen Blick an, dann streckte er sich ein paarmal, wobei er mich ein Stück wegstieß und sagte:
„Ich habe Hunger! Ist nicht heute Dienstag? Da bekomme ich doch von dir immer mein Lieblingsessen, oder?"
Ich überlegte und sagte:
„Ich habe aber dafür überhaupt nichts da!"
„Da haben wir ja Glück, denn du weißt, das, was wir dazu brauchen, hab ich alles in meiner Küche. Außerdem lasse ich dich sowieso nicht in deinem Zustand hier allein." Mit diesen Worten sprang Frank, so wie er reingekommen war, wieder aus dem Bett heraus und zog mich dann an meinem Arm. Ich hielt ihn zurück und fragte:
„Und was mit Christian?"
„Mach dir mal keine Gedanken, der ist heute Morgen wieder zu sich nach Hause gefahren und packt seine Klamotten. Er kommt erst nächste Woche wieder und selbst wenn er da gewesen wäre, hätte ich dich trotzdem mitgenommen, sonst hätte ich keine ruhige Minute, bei dem Gedanken, dass du hier, in deinem Zustand, allein bist."
Ich ließ mich dann von ihm aus dem Bett ziehen, nahm ihn in den Arm und sagte gerührt:

„Danke, du bist so lieb!"

Wir zogen uns an und fuhren dann, zu ihm, in die Wohnung. Auf der Fahrt in seinem Auto boxte er mich leicht in die Seite und freute sich, weil er jetzt doch noch sein Rumpsteak mit Bratkartoffeln bekommen würde, womit er schon fast nicht mehr gerechnet hätte.

Schon beim Betreten von Franks Wohnung fiel mir auf, dass irgendetwas anders war. Es lag nämlich ein süßlicher, aber gleichzeitig herber Geruch in der Luft. Er war nicht unangenehm, aber doch anders. Die Tür zum Gästezimmer stand auf. Ich ging hinein und der Raum war komplett leer.

Ich schaute Frank fragend an, dann legte er seinem Arm um mich und sagte:

„Wir haben die Sachen schon am Wochenende in den Keller geschleppt, damit die Möbel, die Donnerstag geliefert werden, gleich aufgebaut werden können. Es wird bestimmt richtig gut aussehen, meinst du nicht?"

„Ja, bestimmt!", sagte ich verhalten.

„Es wird bestimmt eine schöne Zeit mit Christian. Er ist witzig und bringt mich zum Lachen. Warte ab, bis du ihn kennengelernt hast, dann wirst du ihn auch mögen."

In mir kam schon wieder die leidige Eifersucht hoch und mein Blut kochte.

„Wie sieht es aus, fängst du jetzt an, zu kochen? Ich habe nämlich so einen Hunger!", sagte er.

„Ja!", sagte ich, denn mir grummelte jetzt auch schon der Margen.

Wie so oft saßen wir abends, nach dem Essen, auf dem Sofa, um fernzusehen.

Dabei benutzte er mich immer als Stütze und nahm dabei wenig Rücksicht, in welcher Haltung ich mich dabei befand. Es schien ihm egal zu sein, wie ich da saß. Mir tat oftmals alles weh, wenn er wieder mal halbwegs auf mir lag. Einmal fragte ich, ob er sich nicht einmal anders hinlegen könnte.

„Du möchtest doch, dass ich es bequem habe, oder nicht?", sagte er kurz.

Er war richtig sauer und ich entschuldigte mich tausendmal bei ihm. Am nächsten Abend schaute er mich nur scharf an und legte sich erst recht so hin, dass ich überhaupt keinen Platz hatte, mich zu entfalten. Ich hatte die Lektion gelernt und sagte nie wieder ein eine, wenn mal wieder mein ganzer Körper schmerzte. Ich hielt es dann einfach aus, denn wie könnte ich es wollen, dass es Frank wegen mir nicht gemütlich auf dem Sofa hat.

Um 19:30 Uhr schickte Frank mich zu Bett, mit der Begründung, dass kranke, kleine Jungs viel Schlaf brauchen, dabei wollte er bestimmt nur ungestört mit Christian telefonieren. Frank kam noch mit ins Schlafzimmer und deckte mich zu, dann küsste er mich auf meine Wange, wünschte mir eine gute Nacht und verließ mit einem ironischen Lächeln das Schlafzimmer. Die Tür ließ er einen Spalt auf, wahrscheinlich, um sicherzugehen, dass ich auch wirklich schlief, dann rief er tatsächlich Christian an. Das Telefongespräch dauerte ziemlich lange und ich wachte immer wieder von seinem lauten Lachen auf. Ich bekam nur Wortfetzen mit wie zum Beispiel: „Ich freue mich schon auf dich!", oder „Das wird bestimmt ein schönes Zimmer!"
Aber irgendwann schlief ich darüber ein.

Es war schon spät, als er ins Bett kam. Frank schmiegte sich an meinen Rücken und stieß mit seiner Nase an mein Ohr, dann flüsterte er:

„Na mein Kleiner, bist du noch wach?"

„Ja, jetzt wieder!"

„Kann ich dich denn noch was fragen?"

„Ja, was denn?"

„Du hast ja selbst gesehen, dass die Wohnung saumäßig aussieht und da du ja morgen zu Hause bist, könntest du dich ja ein bisschen nützlich machen und hier mal klar Schiff machen, oder? Ich würde mich sehr darüber freuen."

„Kein Problem, Frank", sagte ich im Halbschlaf und nuschelte wieder ein.

Es war schon acht Uhr, als ich am nächsten Morgen aufwachte. Neben mir war das Bett leer. Ich musste so tief geschlafen haben, dass ich nicht einmal bemerkt hatte, wie Frank aufgestanden und aus der Wohnung gegangen war. Ich ging verschlafen aus dem Schlafzimmer und sah erst jetzt bei Tageslicht, wie schlimm der Rest der Wohnung aussah. Auf dem Esstisch lag ein von Frank, an mich gerichteter Brief.

*Guten Morgen mein Kleiner,*
*ich dachte, du brauchst deine Ruhe und wollte dich deshalb heute Früh nicht wecken.*
*Hast Du gut geschlafen? Ich habe fantastisch, neben dir, geschlafen und wollte gar nicht aufstehen, als der Wecker klingelte.*
*Vielen Dank, dass du für mich heute meine Wohnung aufräumen willst und wenn ich mir das so ansehe, hast du eine Menge Arbeit vor dir. Es ist leider am Wochenende vieles liegen geblieben, aber ich vertraue dir voll und ganz, dass du alles wieder in Ordnung bringst.*
*Eben habe ich, im Badezimmer, eine Menge Wäsche gesehen und mir ist aufgefallen, dass Christian auch noch einiges in den Korb geworfen hat. Sei so lieb und wasche sie bitte mit! Ich wünsche dir frohes Schaffen und heute Abend beim Essen habe ich noch etwas mit dir zu besprechen! Ich rufe dich heute Mittag mal an, um zu erfahren, wie es dir geht!*
*Liebe Grüße*
*Dein Frank!*

Ich setzte mich erst mal, um das zu verdauen, was ich da eben gelesen hatte.

„Natürlich will ich Frank helfen und ich seine Wohnung putzen. Grade, weil er arbeitet und ich, wo ich jetzt krankgeschrieben bin, viel Zeit habe. Jetzt musste er in der Firma meine Arbeit ja auch noch mitmachen, aber trotzdem habe ich das Gefühl, dass er mich wieder ausnutzt. Die beiden hatten Spaß und ich darf den ganzen Scheiß wieder wegräumen", dachte ich und in mir kam die kalte Wut hoch.

Ich überlegte noch ein paar Minuten und verwarf das Gefühl, indem ich mir das wieder ins Gedächtnis holte, was Frank mir gestern gesagt hatte.

*Hey Kleiner, und du bist immer Thema Nummer 1, denn ich habe ihm schon viel von dir erzählt! Du musst nicht denken, dass ich dich jetzt weniger gern hab, nur weil ich vielleicht, im Moment, ein wenig mehr Zeit mit Christian verbringe.*
*Kleiner, du kannst sicher sein, natürlich bist du, so oft es geht, dabei, denn ohne dich bringt mir das nur halb so viel Spaß!*

Ich schüttelte mich einmal und ging zuerst ins Badezimmer, um die Wäsche zu machen. Der Korb war bis zu Rand voll und ich schaute, welche Sachen von Frank und welche von Christian waren. Sie waren leicht auseinanderzuhalten. Ich kannte Franks Unterwäsche Strümpfe und den Rest seiner Sachen, denn ich hatte sie ja oft genug gewaschen. Frank hatte einen ganz eigenen Stil, also waren sie gut von Christians zu unterscheiden. Ich befüllte die Maschine und schaltete sie an. Ich putzte das Badezimmer und brachte danach Wohnzimmer und Küche in Ordnung. Es war schon kurz nach Mittag, als ich alles fertig hatte. Ich ging dann duschen und grade, als ich mich wieder anziehen wollte, klingelte das Telefon.

Es war Frank.
„Wie geht es dir, kommst du gut voran?"
„Ja, schon viel besser, ich bin fast fertig mit der Wohnung. Was wollen wir heute Abend essen?"
Frank überlegte kurz und sagte:
„Ich hätte mal wieder Appetit auf Spaghetti Bolognese. Wir haben kein Plan diese Woche gemacht, oder? Das sollten wir heute

Abend mal nachholen, dann brauchst du mich auch nicht mehr zu fragen."

Eigentlich setzte sich Frank Sonntagnachmittag immer an den Tisch und schrieb für jeden Tag der kommenden Woche auf, was es zum Essen geben soll. Dabei war meine Meinung ziemlich unwichtig, denn wenn er sich erst mal auf ein Gericht festgelegt hat, war daran auch nicht mehr zu rütteln.

„Gut, dann gehe ich gleich einkaufen. Wann kommst du denn nach Hause?", sagte ich.
„So gegen 16:30 Uhr, dann müssen wir noch was besprechen!"
„Okay!"
Wir wünschten uns noch einen schönen Tag und legten dann auf.

„Was will er denn mit mir besprechen?", sagte ich zu mir selbst.
Das geht mir schon den ganzen Morgen durch meinen Kopf, zumal er es mir ja schon geschrieben hatte.
Ich zermarterte mir mein Hirn, aber nichts kam dabei raus.
„Hoffentlich ist es nichts Schlimmes!", dachte ich.
So weit hatte er mich schon. Ich sah in allem und jedem etwas Negatives.

Frank hatte wirklich Hunger.
Er schaufelte, mit Genuss, die Nudeln in sich rein.
Es schien ihm wirklich zu schmecken, denn als wir fertig waren, bedankte er sich für das leckere Essen.
„Das hat jetzt richtig gutgetan!", sagte er, dann erzählte er von der Arbeit, die wohl sehr anstrengend war.
Die Kunden wollten heute einfach nicht auf seine Angebote eingehen. Ganz zum Schluss erwähnte er noch, dass ich ihm richtig gefehlt hätte und es jetzt noch drei Tage wären, wo er auf meine Unterstützung verzichten muss.
Ich wusste, er sagte es mir nur, um mir ein schlechtes Gewissen zu machen.

Dann stand er auf und schaute sich seine Wohnung etwas genauer an.

„Doll geputzt hast du aber nicht, oder?"

„Eigentlich hab ich mir richtig Mühe gegeben", sagte ich unsicher.

„Na, dann musst du dir noch mehr Mühe geben. Die Böden sind nicht richtig geputzt, die Scheiben von den Schränken hatten Schlieren und das Badezimmer ist mir auch nicht sauber genug. Du machst das doch nicht zum ersten Mal?", sagte er und schaute mich strafend an.

Ich hatte schon Angst, dass er wieder sauer wird und mit mir den ganzen Abend nicht spricht, aber er sagte nur:

„Na ja, morgen ist auch noch ein Tag."

Ich entschuldigte mich für meine Fehler und fragte ihn:

„Was willst du denn mit mir besprechen?"

Er schaute mir mit einem verstohlenen Blick, in meine Augen und sagte:

„Morgen Früh wird doch die Einrichtung von Christian Zimmer geliefert. Dafür wollte ich mir extra freinehmen, aber da du jetzt krankgeschrieben bist, hat sich das ja erübrigt.

Die Möbelpacker kommen morgen Früh, um zehn Uhr. Sie bringen die kompletten Sachen und stellen sie auch gleich auf. Es wäre nett, wenn du vorher Christian Zimmer gründlich sauber machst", sagte er und forderte mich auf, mit ihm, in den Raum zu gehen, um mir die dreckigen Fenster zu zeigen.

„Es wäre gut, wenn du sie auch noch mal putzt. Eigentlich hätten alle Fenster, in der Wohnung, es mal nötig, aber du musst ja erst dein Murks von heute beseitigen."

Er setzte dabei eine so ernste Miene auf, dass ich richtig Angst bekam.

„Ich werde alles zu deiner Zufriedenheit erledigen!", sagte ich und senkte meinen Kopf.

„Das will ich hoffen!", sagte er und schaute mir dabei tief in die Augen.

Seitdem ich Frank kenne, kann ich mich nicht erinnern, dass er schon mal irgendetwas im Haushalt gemacht hat. Er hat noch nie einen Staubsauger in die Hand genommen oder geschweige einmal den Tisch abgeräumt. Das alles war mein Part. Er fand, dass ich das alles viel besser kann als er.

Ich machte es eigentlich super gerne für ihn, aber wenn er sich gemütlich in seinem Sessel zurücklehnte und ich das Geschirr abwusch oder den Boden vor ihm schrubbte, fühlte ich mich doch ein bisschen wie sein Sklave.

Das Einzige, was er für sein Leben gerne tat, war das Grillen. Da ließ er mich nicht ran, selbst wenn ich ihm mal helfen wollte, fauchte er:

„Lass das, das ist Männersache!"

Aber danach alles sauber machen, dazu war ich Manns genug.

Am nächsten Morgen, nachdem Frank gegangen war, legte ich gleich los. Ich quälte mich, so schnell und so gründlich wie möglich, alles zu erledigen, was Frank mir aufgetragen hatte. Ich putzte sogar die ganzen Fenster, seiner Wohnung und das waren nicht wenige. Grade als ich fertig war, den Boden in Christian Zimmer zu wischen, klingelte es an der Tür. Ich öffnete und draußen standen zwei junge groß gebaute, geile, blonde Handwerker, vor der Tür.

„Wir bringen die Möbel", sagte der eine mit einem fiesen Lächeln.

Ich bat sie herein und sie legten auch gleich los.

Der eine fragte:

„Bist du derjenige, der die Möbel bestellt hat?"

„Nein, ich bin nur ein Freund", sagte ich.

„Ein Freund? Du siehst aber eher wie ein Sklave aus oder hast du nicht eben den Boden gesaugt?"

Die beiden schauten sich an und lachten laut los.

„Ich bin kein Sklave!", sagte ich lauter, aber vielleicht nicht so überzeugend genug.

Jetzt kam der Größere auf mich zu und sagte mit ernster Miene:

„Nein, und warum höre ich da so einen komischen Unterton?"

Im selben Moment stellte sich der Kleinere hinter mich und fasste mir in meinen Arsch, worauf der andere anfing, mir meine Eier fest zu massieren.

Ich schrie vor Schmerz laut auf und flehte sie an, damit aufzuhören, aber ich hatte keine Chance.

Der Größere zückte sein Handy und filmte mich, dann fragte er mich noch mal:

„Bist du dem Hausherrn sein Sklave?"

Er drückte jetzt meine Eier, noch doller zusammen, sodass die Schmerzen fast unerträglich wurden und ich nur mit einem schreienden:

„Ja, ich bin sein Sklave!", antworten konnte.

Im gewissen Sinne hatten sie auch recht. Ich war der Sklave von Frank, denn ich tat alles für ihn und bekam eine deftige Strafe, wenn ich etwas nicht richtig machte.

Endlich ließen von mir ab, hielten aber immer noch das Handy auf mich und sagten dann, mit einem fiesen Lächeln:

„So Sklave, denn zieh dich mal aus!"

Ich flehte, es nicht tun zu müssen, aber kein Bitte half. Nach einer deftigen Backpfeife fing ich an, mich auszuziehen. Mir lief die Schamröte ins Gesicht und ich begann zu weinen.

Als ich mich komplett vor den beiden ausgezogen hatte, fasste der Kleinere mich wieder am Arsch und stieß seinen Zeigefinger, in einem Ruck, tief hinein. Es tat höllisch weh und ich schrie. Sie lachten, worauf der Größere anfing, meinen Schwanz zu massieren, bis er steif wurde. Dann gab ich auf und ließ, ab diesen Zeitpunkt, alles mit mir machen. Sie haben mich gebrochen und ich führte nur noch ihre Befehle aus. Es kam mir vor, als wäre ich in einem schlechten Film und versuchte, meine Gefühle komplett auszuschalten, was mir nur teilweise gelang. Ich musste dann auf die Knie gehen und dem Größeren seinen riesigen Schwanz lutschen. Mir liefen die Tränen und ich dachte: „Hoffentlich erfährt Frank davon nichts."

Ich hatte nun mal in die Handykamera gesagt, dass ich sein Sklave sei und wenn er das erfahren würde, wäre es aus mit unserer Freundschaft.

Nachdem ich beide Schwänze geblasen hatte, fixierten sie mich mit beiden Händen an der Heizung und fickten mich gnadenlos durch.

Selbst als sie die Möbel aufstellten, missbrauchten sie mich zwischendurch immer wieder. Zum Schluss vergewaltigten sie mich auch noch auf dem neu aufgestellten Bett. Nach endlos langer Zeit und nachdem sie ein paar Mal auf mir gekommen waren, verließen sie die Wohnung mit der Aufforderung, niemandem etwas davon zu erzählen und zeigten, mit einem noch fieseren Lachen, ihr Handy nach oben. Ich verstand den Wink und versprach ihnen, nichts zu sagen.


Ich lag verschränkt auf Christians neuen Bett und bekam einen Weinkrampf. Die Wohnzimmeruhr, die ich von hier aus sehen konnte, zeigte 14 Uhr an. Vier Stunden hatten sie mich missbraucht. Ich konnte mich vor Angst nicht ein bisschen bewegen. Ich überlegte, was sein würde, wenn Frank das Video zu Gesicht bekam.

Er müsste denken, dass ich eine perverse Sau bin, und darauf stehe, was auf dem Video zu sehen ist. Er müsste denken, dass ich seine Freundschaft gesucht habe, nur um das Eine zu erreichen, nämlich ihm dienen zu dürfen, was ja gar nicht stimmt. Ich liebte ihn und wollte nur mit ihm zusammen sein. Er würde er mich bestimmt, in hohem Bogen, rausschmeißen! Ich musste unbedingt vermeiden, dass er jemals etwas davon erfährt, dachte ich, was aus heutiger Sicht, völlig hirnrissig war, denn wenn ich das Risiko eingegangen wäre und mich ihm gegenüber geöffnet hätte, wäre mir vieles erspart geblieben.


Ich war so erschöpft, dass ich fest einschlief und erst gegen 16 Uhr wieder aufwachte. Gott sei Dank war heute Donnerstag und Frank hatte Handballtraining, also kam er erst um 19 Uhr nach Hause. Ich schleppte mich ins Badezimmer und duschte fast eine halbe Stunde.

Ich war so fertig, dass ich beschloss, zu mir nach Hause zu fahren, um auch nervigen Fragen von Frank zu entgehen.

Ich putzte noch mal die ganze Wohnung penibel durch und kochte Frank etwas zum Essen, dann schrieb ich ihm einen Brief:

*Hallo Frank,*
*leider geht es mir auf einmal richtig schlecht*
*und ich bin zu mir nach Hause gefahren,*
*um mal richtig auszuschlafen.*
*Dein Essen steht in der Küche und du brauchst es dir nur noch*
*in der Mikrowelle warm machen.*
*Ich hoffe, dir gefällt das Zimmer von Christian.*
*Liebe Grüße!*
*Dein Kleiner*

Ich schaute noch einmal durch die ganze Wohnung, ob ich ja nichts vergessen hatte, und schloss dann die Tür hinter mir zu. Zu Hause ging ich gleich ins Bett und schlief sofort ein.

Ich wurde geweckt durch das Klingeln meines Telefons. Ich sah auf meinen Wecker und es war schon 19.10 Uhr. Das Display zeigte den Namen von Frank.

„Was soll ich jetzt machen? Ans Telefon gehen und mich seinen Fragen stellen oder es einfach klingeln lassen? Vielleicht haben die beiden Möbelpacker Frank schon kontaktiert und ihm auch das Video gezeigt. Auf jeden Fall gehe ich ein Risiko ein, dass er über kurz oder lang hier auftauchen wird, wenn ich nicht ans Telefon gehe." Mir ging in diesen Sekunden so viel durch den Kopf, so entschied mich dann, aber doch ranzugehen.

„Na endlich! Warum gehst du nicht ans Telefon! Ich hab dir mindestens tausend SMS geschickt, dann hab ich x-mal versucht, dich telefonisch zu erreichen. Was ist los mit dir?", fuhr er mich forsch an.

Ich war zunächst mal erleichtert, dass er nichts von heute Mittag wusste, merkte aber, dass er schon etwas sauer auf mich war.

„Vielleicht hätte ich doch auf ihn warten und ihm alles sagen sollen? Aber ich hatte doch Angst ihn zu verlieren", dachte ich und biss mir auf die Lippe.

„Sorry Frank, ich war vom Putzen so müde und musste mich mal ausschlafen und dann wurde mir plötzlich so übel", log ich.
„Ach, erzähl mir doch nichts. Du hast in den letzten drei Tagen genug geschlafen und ich kenne dich lange genug, um zu sehen, dass da was anderes ist, was dich bedrückt."
„Nein, da ist nichts anderes. Ich bin nur müde und geschafft!", sagte ich jetzt lauter.
Frank wurde dann in seinem Tonfall ruhiger und sagte:
„Das glaube ich dir nicht und jetzt kommst du zu mir und schüttest mir dein Herz aus."
Ich überlegte kurz und sagte:
„Ist es schlimm, wenn ich erst morgen zu dir komme, ich fühle mich wirklich noch nicht so gut", worauf Frank, mit strenger Stimme sagte:
„Das ist echt schade, dass du nicht den Mut hast, es mir zu sagen, was dich bedrückt. In der Vergangenheit gab es auch keine Geheimnisse zwischen uns und wir haben dann immer sofort darüber gesprochen. Morgen ist es zu spät, aber bitte, wenn du dich damit besser fühlst?" Dann legte er, ohne Tschüss zu sagen, einfach auf.

Jetzt fühlte ich mich noch schlechter und ich machte mir die größten Vorwürfe.
„Ich hatte Franks Vertrauen missbraucht. Warum habe ich ihm nicht einfach alles gesagt? Er hätte es bestimmt verstanden. Nun war er, zu Recht, gekränkt und stinksauer auf mich. Natürlich, denn er wusste ja auch nicht den wahren Grund, warum es mir so schlecht geht", murmelte ich weinerlich vor mich hin. Ich verkroch mich dann bis zum nächsten Morgen, unter meiner Decke.

Am nächsten Tag ging es mir so dreckig, dass ich mich ein paarmal übergeben musste. Jedes Mal, wenn ich an Frank dachte, musste ich heulen und ich überlegte, wie ich das wieder in Ordnung bringen könnte, aber mir fiel nichts ein.

Ich versuchte, ihn anzurufen, und entschuldigte mich in Form mehrere SMS, aber leider bekam ich von Frank keine Antwort, dann beschloss ich gegen Mittag, zu ihm in die Wohnung zu fahren, um mich persönlich bei ihm zu entschuldigen. Da es Freitag war, wusste ich, dass er schon gegen 13 Uhr zu Hause sein müsste, deshalb war ich schon entsprechend früher da. Ich schloss seine Wohnung auf und ging hinein.

Zuerst stellte ich das Geschirr von gestern Abend in die Küche und wusch es auch gleich ab, dann räumte ich noch schnell das Schlaf- und Wohnzimmer auf.

Als ich mit allem fertig war, setzte ich mich in die Küche und wartete auf ihn.

Mir schlug mein Herz bis in den Hals. Ich ging in Gedanken immer wieder durch, was ich ihm zu meiner Entschuldigung sagen wollte, bekam aber vor Aufregung keinen richtigen Satz zustande.

Dann stand er auf einmal in der Wohnungstür. Seine Mimik veränderte sich schlagartig zum Negativen, als er mich sah.

Er kam in die Küche und lehnte sich mit einem strengen Blick an die Wand.

Ich stand sofort auf und stammelte kaum hörbar ein paar Worte dahin.

Seine strafende Haltung schüchterte mich so ein, dass ich anfing zu stottern:

„Hallo Frank … es es tut mir leid … dass das ich gestern … am am Telefon … so so reagiert hab … Es es war falsch, einfach abzuhauen … an-anstatt mit dir zu reden … mir mir ging es wirklich dreckig … und und ich wollte dich damit nicht belasten!"

Er schaute mich an und sagte in einem ruhigen Ton:

„Du weißt, dass du mit allem zu mir kommen kannst? Ich dachte, wir sind Freunde und können uns vertrauen? Ich kenne dich jetzt schon rund acht Jahre und merke sofort, wenn mit dir etwas nicht stimmt. Ich hab dir doch gesagt, dass sich nichts ändert, wenn Christian hier einzieht und du immer mein Kleiner bleiben wirst, aber wenn du so weitermachst, muss ich schon an unserer Freundschaft zweifeln. Das ist doch noch immer der Grund, warum du so komisch bist, oder?"

Ich nickte und Frank sagte mit schüttelndem Kopf:

„Ich kann es überhaupt nicht glauben, dass dich das so belastet."

Dann hellte sich sein Gesicht, langsam wieder auf und sagte jetzt ganz ruhig:

„Eigentlich hatte ich mir fest vorgenommen, dich einige Tage zappeln zu lassen, aber wenn ich in deine treu doofen Augen schaue, kann ich dir einfach nicht mehr böse sein."

Er kam auf mich zu und nahm mich in seine starken Arme.

In diesem Moment fiel alles von mir ab und konnte meine Gefühle nicht mehr unter Kontrolle halten.

Das hatte zur Folge, dass ich gnadenlos anfing, zu heulen. Zu groß war die Anspannung und das Erlebte von gestern. Frank streichelte mich tröstend über meinen Kopf und flüsterte mir dann leise zu:

„Ganz ruhig, es ist jetzt alles wieder in Ordnung, aber ich möchte so eine Woche wie die letzte nie wieder erleben."

Ich versprach es ihm und ließ mich ganz in seine Arme fallen.

Frank hielt mich so lange fest, wie ich es brauchte.

Ich klammerte mich an ihm so fest, als wenn es das letzte Mal wäre, dass ich in seinen Armen liegen durfte.

Es war so schön, seinen Körper zu spüren, ihn zu riechen und seine beruhigenden Worte zu hören. Ich dachte schon, das wäre es gewesen mit unserer Freundschaft, aber ich hatte vergessen, was für ein liebes und geduldiges Wesen Frank eigentlich hat.

Wir setzten uns auf das Sofa und er legte meinen Kopf an seine Brust, dabei streichelte er mich weiterhin über mein Haar und sprach mir ruhig zu.

Langsam hörte ich auf, zu weinen, dann fragte er mich:

„Wollen wir uns erst mal ein bisschen schlafen legen? Ich habe jetzt beim besten Willen keinen Hunger. Wir könnten ja heute Abend, bevor ich zum Handballtraining fahre, zusammen essen, oder?"

„Oh ja bitte, ich bin immer noch sehr müde!"
Ich hatte auch keinen Hunger, außerdem gefiel mir Gedanke, dicht an dicht, neben ihm zu liegen. Daran hatte ich fast nicht mehr geglaubt. Frank stand dann auf und trug mich in sein Schlafzimmer.

Wir zogen uns aus, sprangen ins Bett und dann kuschelte ich mich ganz dicht an ihn heran. Ich fühlte mich so geborgen in seinen starken Armen und schlief sofort ein.

Ich beschloss dann, das, was mir geschehen ist, für mich zu behalten und zu lernen, damit zu leben.

Bevor Frank, nach dem Essen zum Training fuhr, schaute er mich, mit einem lächelnden, aber eindringlichen Blick an und sagte: „Wage es nicht, heute Abend diese Wohnung zu verlassen, sonst muss ich dir deinen Arsch versohlen!"
Wir lachten darüber, dann gab mir einen Klaps auf meinen Hintern und verschwand zum Sport.

„Ich bin so glücklich, dass alles wieder in Ordnung ist und Frank nicht mehr sauer auf mich ist! Ich darf mir gar nicht ausmalen, was wäre, wenn ich mich entschlossen hätte, nicht zu Frank zu fahren, dann läge ich jetzt in meinem Bett und würde mich selbst bemitleiden. Irgendwie bin ich froh, Frank nichts von dem schrecklichen Vorfall erzählt zu haben. Er hätte bestimmt Himmel und Hölle in Bewegung gesetzt, um die beiden zur Rechenschaft zu ziehen, dann wären die Monteure bestimmt darauf gekommen, dass ich meine Klappe nicht halten konnte, und ich kann mir förmlich ausmalen, was dann geschehen wäre. Sie hätten dann Frank das Handyvideo zukommen lassen und ich weiß nicht, wie er denn reagiert hätte", dachte ich damals, aber dass es noch ein Nachspiel dazu gab, war mir da noch nicht klar.

Der Abwasch wartet, also räumte ich den Tisch ab und brachte es in die Küche. Nach dem Spülen ging ich ins Bad, um mich ein wenig frisch zu machen.

Auf dem Boden lag Franks Slip.

Ich berührte ihn mit zittrigen Händen und spürte, dass er noch warm war.

Er musste sie erst vor wenigen Minuten hier fallen gelassen haben, bevor er sich eine Neue anzog.

Ich war schon mächtig erregt, als Frank mich in seine Arme genommen hatte und besonders schwer fiel es mir, als ich neben ihn im Bett lag, denn da musste ich aufpassen, dass mein Schwanz nicht steif wurde. Nun war mir alles egal!

Ich drückte mir seine noch warme Unterhose fest in mein Gesicht und inhalierte Franks gigantischen Duft.

Beim ersten Atemzug brach ich vor Erregung zusammen. Ich legte mich auf den Badezimmerläufer und holte mir ordentlich einen runter. Der Orgasmus war der Wahnsinn. Danach behielt ich noch einige Minuten seinen Slip an meine Nase, bis ich mir ein zweites Mal einen runtergeholt hatte und wieder einen Orgasmus bekam, der nicht schlechter war als der erste.

Jetzt fühlte ich mich schlecht!

Frank mochte es doch nicht, wenn ich mich selbst befriedigte und dann tat ich es auch noch in seinem Bad!

„Hoffentlich merkt er nichts!? Wir hatten uns doch erst wieder vertragen!"

Mir ging schon wieder so viel durch den Kopf!!

Schnell feuerte ich seinen Slip in die Waschmaschine und ging unter die Dusche, die sowieso fällig war. Nachdem ich mich fertig gemacht hatte, kontrollierte ich den Badezimmerläufer auf Flecken. Gott sei Dank war darauf nichts zu sehen, also ging ich beruhigt ins Wohnzimmer und schaltete den Fernseher ein, um mich ein wenig abzulenken.

„Schön, dass du noch da bist!"

Ich erschrak, denn Frank stand direkt hinter mir. Es war kurz nach neun Uhr und ich war total in den Film vertieft. Er lachte über mein Erschrecken, der mir durch meine ganzen Glieder ging.

Er umklammerte mich dann von hinten und legte sein Kinn auf meine Schultern. Er roch herrlich nach frischem Schweiß, der mir tief in meine Nase drang.

„Natürlich bin ich hier, das habe ich dir das doch versprochen!?", sagte ich und erholte mich langsam wieder von dem Schock.

„Ja, sonst hättest du auch die nächsten Tage nicht sitzen können!", sagte er ironisch lachend.

Bei den Gedanken, dass er mir den Arsch versohlen wollte, wurde ich noch wuscheliger.

Frank setzte sich grinsend neben mich und gab mir einen Kuss auf die Wange, dann fragte er:

„Wollen wir morgen unseren Ostseetrip nachholen?"

Es lag schon lange zurück, dass wir diesen Ausflug machen wollten, aber da kam ja die Sache mit den Brötchen dazwischen.

Ich war angenehm überrascht und sagte begeistert:

„Ja gerne!"

Frank drückte mich fest an sich und sagte:

„Auf die Idee kam ich beim Training und habe dann gleich in der Pause ein Zimmer für uns gebucht. Wir müssten aber morgen schon früh los, damit wir auch noch was vom Tag haben."

„Ja, ich freue mich, aber was ist mit Christian, der wollte doch schon Sonntagfrüh zurückkommen?"

„Nein, der kommt erst am Montagabend. Ihm ist nämlich etwas dazwischengekommen. Ludwig, sein Vater, hat Sonntag Geburtstag, da hat er nicht mehr daran gedacht. Also kein Grund zur Beunruhigung. Wir beide machen uns ein richtig schönes Wochenende!"

„Gut, wo fahren wir hin?"

„Pst, das sage ich nicht. Es soll nämlich eine Überraschung für dich sein, aber eines kann ich dir sagen, es ist ein Ort, wo wir uns richtig gut erholen werden."

Nach einer kurzen Nacht fuhren wir in aller Herrgottsfrühe mit seinem Auto Richtung Ostsee.

Warnemünde war unser Ziel und wir kamen gegen 10 Uhr am Hotel an.

Es lag direkt am Meer und hatten ein Zimmer mit Seeblick. Es war echt großzügig und schön eingerichtet.

Nachdem wir uns umgezogen hatten, frühstückten wir erst mal ausgiebig in einem gemütlichen alten Café mitten am Hafen.

Im Anschluss spazierten wir den Strand entlang.

So gut gelaunt und ausgelassen hatte ich ihn schon lange nicht mehr erlebt.

Er spritzte mich immer wieder mit dem kalten Meerwasser nass oder ließ sich plötzlich in den Sand fallen und machte, laut lachend, den Engel.

Es war ein wunderschöner erster Tag. Wir schwammen im hoteleigenen Pool, besuchten ein paarmal die Sauna, aßen gut und machten einen ausgiebigen Mittagsschlaf.


Frank hatte sich eine neue Badehose gekauft.

Ich fiel fast in Ohnmacht, als er sie das erste Mal anzog.

Ich lag noch im Bett, als Frank splitternackt aus dem Bad kam.

Das Radio spielte grade, wie passend, den Titelsong von „Neuneinhalb Wochen" und er wiegte seinen geilen, durchtrainierten Körper zur Musik. Keck lächelnd, posierte er, mit der Badehose wedelnd, vor mir.

„Schau mal, die habe ich neu!", sagte er und streifte sich sexy dieselbe über die starken Beine.

Er war gemein, denn ich begann zu zittern, als er versuchte seinen großen Schwanz in dieser unterzubringen.

Frank sah darin so heiß aus, dass ich beinahe abspritzte.


Das war schon wieder ein Baustein in seinem Plan, mich näher an ihn zu binden und mich gleichzeitig auf Abstand zu halten.


Sie saß so knapp, dass er später, in kürzester Zeit, alle Blicke auf sich zog.

Er hatte keinerlei Scham, damit in den Wellnessbereich zu gehen.

Natürlich war es mir peinlich, aber ich war auch ein bisschen stolz, zu ihm zugehören.

Klar gefiel es ihm, wenn er im Mittelpunkt stand und es störte ihm überhaupt nicht, als er nicht nur positive Resonanzen bekam.

Auch einige Männer waren von ihm angetan und viele sprachen ihn an und beglückwünschten ihn zu dem „Hauch von Nichts", was er an seinem Astralkörper trug.

Zu meinem Missfallen verabredete er sich sogar mit einem großen Schwarzhaarigen, abends zum Bier, an der Hotelbar. Das ging ja noch, aber als sie dann noch ihre Handynummern austauschten, wurde ich fast verrückt vor Eifersucht, denn sonst gab er sie niemandem, den er nicht vertraute.

Ansonsten umgab er sich aber mit hübschen Frauen, auch als wir nach dem Baden noch was tranken, setzten sich zwei Blondinen zu uns. Martina und Bianca hießen die beiden.

Sie hatten natürlich nur Augen für Frank und ich war wie immer Luft.

Frank gefiel Martina, die die Hübschere war. Das merkte ich daran, dass er rot wurde, wenn sie ihn länger anschaute.

Zu meinem Ärger fragte er die Mädchen, ob wir später zusammen Mittagessen wollen. Sie stimmten zu und wir trafen uns um 13 Uhr, in einem Fischrestaurant.

Ich ließ mir meinen Frust nicht anmerken und machte gute Miene zum bösen Spiel.

Schon darum, um Frank nicht wieder, mit meiner Eifersucht, zu nerven.

Ich war dann aber froh, dass es nur bei der einen Verabredung blieb.

Einige Tage später, wir waren lange schon zu Hause, fragte ich ihm:

„Warum hast du dich nicht noch mal mit Martina getroffen?"

Er sagte nur:

„Die hat mir zu viel geredet und so toll war sie nun auch nicht. Außerdem gibt es nur einen Menschen in meinen Leben, den ich liebhabe, und das bist nur du!"

Dabei schaute er mir tief in die Augen. Er machte mich in diesem Moment sehr verlegen und ich bedankte mich, bei ihm für sein Kompliment.

Abends machte sich Frank fertig, um an der Bar diesen schwarz-haarigen Mann zu treffen, den er morgens, im Spa-Bereich, kennengelernt hatte.

Obwohl Frank versucht hat, mich zu überreden, mit ihm mitzukommen, blieb ich im Zimmer. Ich sagte ihm, dass es schon spät ist und ich sehr müde sei. Er schaute mich traurig an und meinte, dass es ohne mich nicht dasselbe ist. Für einen Moment wankte ich, aber ich blieb standhaft und versicherte ihm, dass er bestimmt, auch ohne mich, Spaß haben würde.

Unter Protest zog er sich dann seine enge, geile Lieblingsjeans an, streifte ein Muskelshirt über, gab mir widerwillig einen Kuss auf die Wange und wünschte mir ironisch eine gute Nacht, dann verschwand er aus unserem Zimmer.

Natürlich war ich nicht müde. Ich hätte es bloß nicht ertragen, dass Frank sich mit ihm angeregt unterhält, und ich sitze wie ein Schluck Wasser in der Kurve und mit Eifersucht erfüllt daneben. Das Flirten und Kichern wie kleine Kinder wollte ich mir ersparen. Nur leider war es jetzt auch nicht viel besser. Der Gedanke, dass Frank jetzt mit dem Schwarzhaarigen da unten sitzt, brachte mich fast um den Verstand.

Als ich mir ausmalte, dass es vielleicht zu mehr als nur einem schönen Gespräch kommen könnte, und mir gingen die ganze Zeit die schlimmsten Bilder durch den Kopf, hätte ich die Wände hochgehen können.

Ich sah schon Franks Hand in seinem Schoß oder sich fest umschlungen und küssend auf seinem Zimmer.

Ich machte, vor Verzweiflung, den Fernseher an, konnte mich aber einfach nicht ablenken. Um ein Uhr machte ich ihn dann wieder aus und zog mir die Bettdecke über den Kopf.

Ich war hellwach!

Erst kurz nach halb drei Uhr schloss er endlich die Zimmertür auf. Ich stellte mich schlafend.

Frank kam herein, tippte mich an und fragte:

„Schläfst du schon?"

Ich antwortete nicht.

Er zog sich aus, schmiegte sich von hinten an mich ran und legte beide Arme um mich. Frank roch nach Bier und Zigarettenrauch. Er muss wohl sehr viel getrunken haben, denn es dauerte nicht lange, dann schlief er ein.

Ich träumte sehr schlecht und schreckte plötzlich auf.

Frank war im Bad und übergab sich aufs Äußerste. Trotzdem ich todmüde war, erwischte ich mich mit einem gehässigen Lächeln auf meinen Lippen.

„Das geschieht ihm ganz recht!", dachte ich und rieb mir die Hände.

Nach einigen Minuten kam er zurück und fiel völlig fertig wieder ins Bett.

Er legte seinen Kopf auf meine Brust und sagte nur noch:

„Ich will nur noch sterben!" Dann schlief er wieder ein.

Ich erschrak, am nächsten Morgen, bei seinem Anblick, denn so hatte ich ihn noch nie gesehen. Er hatte Blut unterlaufende Augen und war blass, schon fast grün und sah aus wie eine Leiche.

Bis zum Abend war mit ihm nichts anzufangen und ich musste allein den Tag verbringen. Ich versorgte den Alkoholkranken mit Tee und später auch mit kleinen Snacks, damit er wenigstens ein bisschen etwas in den Magen bekam.

Abends ging es wieder einigermaßen mit Frank. Wir gingen zum Hafen und aßen eine Kleinigkeit in einem Fischstübchen.

Er erzählte mir dann auch von dem gestrigen Abend.

Dass der Schwarzhaarige, der Martin heißt, in Berlin lebt und heute Morgen schon abreisen musste. Martin hatte ihm seine Adresse gegeben und uns eingeladen, ihn zu besuchen.

Er hat wohl ein großes Haus und deshalb viel Platz. Ich nickte und damit war das Thema für mich erledigt, denn dazu wird es bestimmt nie kommen, denn ich wusste, dass Frank, mich damit nur aufziehen wollte und niemals vorhatte, ihn wieder zu sehen.

Wir gingen, diesen Abend, früh zu Bett, denn am nächsten Tag war schon wieder unser Abreisetag.

Nach dem Frühstück fuhren wir wieder Richtung Celle.

Zunächst richteten wir erst mal Christians Zimmer ein, denn er kommt ja schon heute Abend, was mir sehr schwerfiel. Ich sah mich immer wieder auf dem Bett liegen, aber ich unterdrückte das hässliche Gefühl und überwand mich, weiterzumachen.

Sogar Frank half mit, das Bett zu beziehen und noch einige Stehlampen aufzustellen, was mich sehr freute, dann lief er kopflos durch die gesamte Wohnung.

Er fand immer wieder etwas, was ich unter seinen strengen Augen in Ordnung bringen musste.

Wenn er in diesem Zustand war, war es hoffnungslos, mit ihm zu diskutieren, dazu kannte ich Frank zu gut, und tat lieber das, was er sagte.

Ich hatte es mal gewagt, in solcher Situation ihm zu widersprechen, das hatte einen riesigen Anschiss zur Folge und er hatte dann fast drei Tage nicht mehr mit mir gesprochen.


Ich konnte mich den ganzen Nachmittag nicht richtig konzentrieren und Frank wurde von Stunde zur Stunde ungenießbarer, bis so gegen 17 Uhr, sein Handy klingelte.

Ich bereitete grade das Essen vor, als er ranging. Sein Blick erhellte sich sofort, als er merkte, dass Christian dran war. Nachdem er nach einigen Sekunden wieder auflegte, sagte er freudestrahlend: „Christian ist gegen 18 Uhr da!"

Frank zog mich dann ins Bad und sagte:

„Komm, lass uns noch duschen!"

Ich schaute ihn entgeistert an und als ich zögerte, sagte er:

„Ja, wir beide zusammen, das geht schneller!"

Ich war total perplex, denn noch nie hatten Frank und ich zusammen geduscht.

Er zog sich rasch aus und half mir, mich auch von meinen Sachen zu befreien, dann gingen wir in die Dusche.

Die Dusche war sehr klein und eigentlich nur für eine Person gedacht, deshalb standen wir uns ganz dicht gegenüber.

Ich spürte förmlich seine Körperwärme und jede seiner Berührungen löste beim mir ein mittleres Erdbeben aus.

Grade noch rechtzeitig drehte Frank das Wasser auf und zu meiner Rettung lief zuerst eiskaltes Wasser über uns herab. Wir schüttelten uns und lachten sehr über den Schreck, den die plötzlich kalte Dusche in uns auslöste, dann wurde es angenehm warm und ich genoss jeden Strahl, der über mich herabfloss.

Frank nahm das Duschgel und fing, zu meinem Erstaunen an, mich am ganzen Körper einzuseifen, dann forderte er mich auf, bei ihm das Gleiche zu tun, aber ich hatte Angst und zögerte.

Frank schaute mich, mit einem fast verliebten Blick an, und sagte leise in mein Ohr: „Bitte!"

Ich nahm die Seife und ließ ein bisschen über seine schöne Brust laufen.

Mit zitternden Händen zerrieb ich das Gel auf seiner weichen und warmen Haut.

Frank warf lustvoll seinen Kopf zurück und ich traute mich, seinen übrigen, geilen Körper zu berühren. Wir wuschen uns nun gegenseitig, mit beiden Händen, aber als ich seinem Arsch und Schwanz zu nahekam, hielt er mich zurück und sagte ruhig, aber bestimmt:

„Lass das, es würde doch alles nur zerstören!"

Ich bekam einen roten Kopf vor Scham und stimmte ihn zu.

Nach dem Duschen trockneten wir uns noch gegenseitig ab, dann gab er mir ein Klaps auf meinen nackten Arsch und sagte:

„So, mein Kleiner, ab ins Schlafzimmer und anziehen, denn gleich kommt Christian!"

Grade als ich den letzten Teller auf den Tisch stellte, klingelte es an der Tür.

Bevor Frank öffnete, rief er mich zu sich, an seine Seite.

„Wir gehören doch zusammen", sagte er lächelnd zu mir, und erst als er seinen Arm um mich gelegt hatte, öffnete er die Tür.

Da stand Christian!

Ein großer und durchtrainierter junger Mann schaute uns lächelnd an.

Zwischen den beiden brach ein großes Jubeln aus und sie sprangen sich in die Arme.

Sie tanzten ins Wohnzimmer und konnten sich vor Freude überhaupt nicht mehr trennen. Ich machte die Tür zu und betrachtete

das Spektakel mit einem gewissen Abstand. In mir kam wieder
ein alter Bekannter hoch: nämlich die Eifersucht!
Ich wusste, dass ab diesen Zeitpunkt sich mein Leben ändern würde.
„Frank hat bestimmt nicht mehr so viel Zeit, für mich und wird
mehr mit Christian abhängen. Ich muss bestimmt wieder öfters
zu Hause schlafen und morgens alleine zur Arbeit fahren. Ich
weiß, dass Frank mir das Gegenteil versprochen hat, aber wenn
ich mir die beiden so anschaue, wird er gar nicht merken, dass
es mich auch noch gibt", dachte ich traurig.

Christian sah, wie ich zugeben musste, sehr geil aus. Er war blond
und hatte ein hübsches Gesicht. Er hatte ein enges Shirt und eine
noch engere helle Jeanshose an. Darunter zeichnete sich ein sexy
Körper ab. Seine Augen waren noch blauer als Franks und sein
smartes Lächeln war zum Dahinschmelzen.

Langsam beruhigten sie sich und Frank sagte zu Christian:
„Ich freue mich, dass du endlich da bist!"
„Danke, die Fahrt war auch ziemlich anstrengend."
„Ja, das glaube ich. Hattest du Stau?"
„Nein, aber die Autobahnen waren ganz schön voll."
Christian schaute jetzt zu mir und Frank bemerkte das.
„Ach ja, das ist mein Kleiner!", sagte er.
Christian, kam lächelnd auf mich zu und sagte:
„Hallo, schön dich kennenzulernen, ich bin Christian."
Ich wollte ihn mit einem Handschlag begrüßen, aber er wehr-
te ab. Ich war sehr verdutzt über sein Verhalten und wollte ein
Stück zurückgehen, aber Christian zog mich an ihn heran und
nahm mich in den Arm, dann schaute er mir tief in meine Au-
gen und sagte:
„Franks Freunde sind auch meine Freunde!"
Ich war dann noch verwirrter und wusste erst mal nicht, was ich
machen soll, aber Frank lenkte ab und sagte:
„Christian, hast du gar kein Gepäck?"
„Doch, aber das ist noch im Auto, die muss ich noch hoch holen."
Dann schaute mich Frank bestimmend an und sagte zu Christian:

„Das übernimmt bestimmt unser Kleiner für dich. Ruh dich erst mal aus und wenn er deine Sachen hier oben hat, können wir ja eine Kleinigkeit essen. Du hast bestimmt einen großen Hunger, oder?"

„Sogar großen Hunger!"

Ich ließ mir denn Schlüssel von Christian geben und ging dann runter zu seinem Auto.

Ich schloss den Wagen auf und setzte mich erst mal auf die Kofferraumablage, um mich zu beruhigen. Er hatte einen ähnlichen BMW-Kombi wie Frank, doch war er mehr blau-metallic und hatte seine Initialen auf seinem Nummernschild. Als ich dann nach oben schaute, sah ich die beiden auf der Terrasse stehen und herumalbern. Ich wusste nicht, was ich von Christian halten soll. Er war eigentlich sehr nett, aber irgendetwas hatte er an sich, was mich störte. Wahrscheinlich war das aber nur meine Eifersucht, die mich blind machte.

Ich nahm zwei Koffer heraus, schloss das Auto und ging Richtung Fahrstuhl.

Das Display zeigte auf Störung.

„Scheiße! Das fehlte mir jetzt noch zu meinem Glück. Jetzt muss ich den ganzen Mist, nach ganz oben schleppen und im Auto waren noch zwei Koffer und drei Reisetaschen", sprach ich zu mir selbst. Wütend trug ich die Koffer in den siebten Stock. Frank und Christian standen in der Küche und tranken ein Bier, als ich mit den schweren Gepäckstücken in die Wohnung kam. Sie beachteten mich gar nicht, so doll waren sie mit sich selbst beschäftigt. Ich holte dann die beiden anderen Koffer und lief noch ein drittes Mal nach unten wegen der drei Reisetaschen.

Ich brachte alles, Schweiß gebadet, in Christian Zimmer, dann ließ ich mich völlig fertig auf einen der Stühle, am Esstisch nieder. Erst jetzt merkte Frank, dass mir das Wasser von der Stirn lief, und fragte:

„Was ist denn mit dir passiert, hast du geduscht?" Darauf antwortete ich sauer:

„Ja, stell dir vor, ich dusche gern zweimal hintereinander! Nein, der Lift ist kaputt!"

Frank kam grinsend auf mich zu und sah die Menge an Gepäck.

„Hast du das jetzt alles allein hochgetragen, warum hast du nichts gesagt?"

„Ich wollte euch nicht stören!", sagte ich jetzt ruhiger.

Frank schaute Christian an und sagte:

„Hab ich es dir nicht gesagt, dass mein kleiner Süßer ein echter Freund. Er ist sich für nichts zu schade!" Dann knuddelte er mich und sagte leise:

„Danke!"


Beim Essen fielen mir fast meine Augen zu, was Frank bemerkte.

„Nach dem Abräumen gehst du aber gleich zu Bett, ja?", sagte er.

„Ja, ich kann mich kaum noch halten!"

„Das sehe ich, es war auch ein langer Tag und morgen müssen wir wieder früh aufstehen."

Ich brachte das dreckige Geschirr in die Küche und wollte noch abwaschen, aber Frank hielt mich zurück und sagte:

„Das kannst du auch morgen machen. Gehe du schon mal zu Bett!"

Dann schaute er zu Christian und sagte:

„Ich gehe dienstags, nach der Arbeit, immer noch zum Krafttraining und deshalb machen wir schon um 14 Uhr Feierabend. Christoph kommt denn aber gleich nach Hause, dann bist du nicht so lange allein."

„Das ist schön, dann können wir uns ja mal ein bisschen besser kennenlernen."

„Das können wir machen, aber jetzt muss ich schlafen gehen."

Ich sagte ich den beiden noch gute Nacht und ging in Franks Schlafzimmer, zog mich aus und legte mich ins Bett.

Nach einigen Minuten kam Frank, noch einmal zu mir und bedankte sich, mit einen dicken Kuss auf meine Wange, dann ging er zurück ins Wohnzimmer. Die Tür ließ er, wie immer, einen Spalt auf und ich hörte sie noch ab und zu laut lachen, was mich aber nicht störte, und schlief schnell darüber ein.

Nächsten Morgen fuhren wir, getrennt in die Firma, das hatte einen Grund, denn Frank fuhr nach der Arbeit immer direkt zum Sport.

In der Mittagspause fragte Frank mich:

„Na, wie findest du ihn?"

„Wen?", fragte ich, als wüsste ich nicht, von wem er spricht.

„Na, Christian!"

„Ich weiß nicht, vom ersten Eindruck ist er ganz in Ordnung, aber um mir eine eigene Meinung bilden zu können, müsste ich ihn erst mal ein bisschen besser kennenlernen!"

„Da hast du ja, nachher, genügend Gelegenheit!"

„Eigentlich hatte ich mir vorgenommen, heute Nachmittag mal in meine Wohnung zu fahren und nach dem Rechten zu schauen", antwortete ich aber das passte ihm gar nicht.

Er verzog das Gesicht und meinte gereizt:

„Schau mal, Christian ist schon den ganzen Tag alleine und da kann ich doch mal von dir verlangen, dass du ihm wenigstens am Nachmittag Gesellschaft leistest oder möchtest du, dass ich meinen Sport sausen lasse? Gut, dann fahr ruhig in deine Wohnung, aber sag dann nie wieder, dass ich mich nicht um dich kümmere und ich dich nicht mit in mein Leben einbeziehe."

„Nein, so habe ich das doch nicht gemeint! Ich fahr ja zu ihm. Bitte sei jetzt nicht sauer."

„Okay, dann mach auch, was ich dir sage!"

„Ja!", sagte ich resigniert.

So machte er es immer mit mir. Er wusste, dass er mich damit kriegen konnte, und nutzte somit meine Abhängigkeit von ihm gnadenlos aus.

Es dauert nicht lange, dann hat er mich total gebrochen, denn ich liebte ihn und konnte und wollte ohne ihn nicht mehr leben. Es blieb mir deswegen nichts anderes übrig, als ihm zu gehorchen, wenn ich ihn nicht verlieren wollte.

Also begab ich mich brav, nach der Arbeit, ins Penthouse.

Ich fuhr in die Tiefgarage zu dem zur Wohnung gehörigen Platz. Frank war der Einzige im Haus, der zwei Parkplätze hatte, weil er die größte Wohnung und dann noch ganz oben das Penthouse hatte, das glaubte ich zu dem Zeitpunkt jedenfalls.

Ich fuhr wie immer auf den rechten Platz. Frank hatte dann auf dem linken mehr Platz für seinen BMW. Ich hatte nur einen kleinen Corsa und da reichte mir die kleine Nische.

Der Lift war wieder heil und ich fuhr ganz nach oben in den siebten Stock.

Mir war schon ein bisschen unwohl, gleich mit Christian allein zu sein und mich seinen bestimmt anstrengenden Fragen zu stellen. Wie Frank und ich miteinander umgehen, stößt bei Leuten, die uns nicht kennen, meist auf Unverständnis, so auch bei Christian, das sah ich gestern an seinen verständnisvollen Blicken. Ich hatte ein bisschen Angst, denn mein Selbstbewusstsein hat in den letzten Jahren durch Frank ganz schön gelitten.

Ich schloss die Wohnungstür auf und ging herein. Christian saß auf dem Sofa und tippte auf seinem Handy herum.

Er hatte seine enge Jeans an und die Sonne spiegelte sich auf seinem nackten, geilen Oberkörper.

Er sah so gut aus und ich fragte mich, ob es je schon mal hässliche Menschen in Franks Umfeld gegeben hat.

Er schaute auf und sagte.

„Hallo, Kleiner, haben wir das denn schon so spät?"

„Ja, Gott sei Dank, endlich Feierabend", antwortete ich und begrüßte ihn.

Er stand auf und nahm mich in seine Arme.

Es war herrlich, seine nackte Haut zu spüren, und sein Geruch war himmlisch.

„Frank kommt später, oder?"

„Ja, er ist erst so gegen 17 Uhr zu Hause. Er wird dann ganz schön kaputt sein. Eben sah er schon sehr müde aus."

„Kein Wunder, wir sind ja auch erst um 2 Uhr zu Bett gekommen. Lass ihn mal ein paar Kilo pumpen, dann haben wir wenigstens genug Zeit, um ein wenig zu quatschen."

Ich zog mir meine Jacke aus und ließ mich völlig fertig, ein wenig entfernt von Christian, auf das Sofa fallen. Mein Kopf fiel automatisch nach hinten und ich entspannte mich.

Christian schaute mich an und sagte:

„Na, war die Arbeit anstrengend?"

„Ja, im Angesicht dessen, das wir gestern frei hatten und ich letzte Woche krank war, hat sich schon einiges aufgestaut."

„Du warst krank?"

„Ja, hat dir Frank davon nichts erzählt?"

„Nein, aber wir haben letzte Woche, am Telefon, nur das Nötigste besprochen, aber das lag wohl an mir. Ich hatte mit dem Packen und allerlei anderen Sachen genug zu tun, da blieb keine Zeit für lange Gespräche. Was hattest du denn?"

„Eine leichte Grippe, aber jetzt geht es mir wieder gut."

Ich musste immer wieder auf seinen nackten Oberkörper schauen, was er bemerkte.

Er schaute an sich runter und sagte:

„Stört dich, dass ich hier so halb nackt sitze, oder soll ich mir mein Shirt überziehen?"

Er griff danach, aber ich hielt ihn zurück und sagte:

„Nein, das bin ich schon gewohnt. Christian läuft hier meistens nur in Unterhose herum."

Christian lachte und sagte:

„Das hat er schon früher so gemacht!"

Dann kam die Frage, wovor ich mich schon die ganze Zeit gefürchtet hatte.

„Du bist doch schwul, oder? Bist du in Frank verliebt?"

Wumm, die Frage schlug ein!

Ich wusste gar nicht, was ich darauf antworten sollte und versuchte, der Frage auszuweichen, indem ich sagte:

„Frank steht doch nur auf Frauen."

Christian schmunzelte und sagte nur kurz:

„So, so! Das habe ich aber gar nicht gemeint!"

Ich schaute ihn verwirrt an, aber darauf reagierte er nicht.

„Ich habe Frank gestern auch diese Frage gestellt und er sagte, dass er dich wie einen siamesischen Zwilling liebt. Dass er sich sein Leben ohne dich überhaupt nicht mehr vorstellen kann."
Das war ein Komplement und ich freute mich wahnsinnig darüber. Das konnte ich auch nicht verbergen, worauf Christian wieder schmunzelte.
„So geht es mir auch, aber mehr ist da nicht", sagte ich und jetzt wurden mir seine Fragen langsam peinlich, denn jetzt er versuchte er mich, in die Enge zu treiben.
„Ihr schlaft auch im selben Bett, oder?"
„Ja, seitdem er mit seiner Freundin auseinander ist, braucht er viel Körperkontakt und er sagt immer, dass er viel besser schlafen kann, wenn ich neben ihm liege."
Ich merkte, dass ich jetzt einen roten Kopf bekam, was bei der nächsten Frage nicht besser wurde.
„Sei mir bitte nicht böse, ich frage nur, weil mir gestern Abend aufgefallen ist, dass du für Frank alles machst? Das findet man sonst eigentlich nur bei einem verliebten Pärchen!"
„Schön, wenn es so wäre!", dachte ich.
„Aber das soll es ja auch bei richtig dicken Freunden geben", sagte er noch.
Ich nickte zustimmend.

Christian stand auf und reckte sich, dabei schaute er sich in der Wohnung um.
„Coole Bude hat Frank, Sauna, drei Bäder! Ich wollte Frank gestern nicht fragen, aber gehört ihn diese Wohnung?"
Ich war froh, dass er das Thema wechselte und ich sagte:
„Ja, seine Eltern sind bei einem Autounfall gestorben, als er 21 war. Und sie haben ihm einiges hinterlassen, deshalb ist er auch hierher nach Celle gezogen. Er wollte sein altes Leben zurücklassen, aber das weißt du ja bestimmt."
„Ja, seine Eltern waren nicht arm und es ging ihm nach ihrem Tod sehr schlecht."
„Ein Jahr später hat er sich dann das Penthouse gekauft. Ich war mit mehreren Kollegen zur Einweihung eingeladen", sagte ich stolz.

Die Party war damals echt klasse! Eigentlich war ich gar nicht eingeladen, aber ich versuchte alles, um zu ihm in seine Wohnung zu kommen. Ich war doch so verliebt in Frank und wollte ihm unbedingt nahe sein.

Also tat ich bei meinen Kollegen einfach so, als hätte ich auch eine Einladung bekommen und bin einfach mitgegangen.

Ich war überwältigt von seinem Penthouse. Das große Wohnzimmer, mit der halb offenen Küche, fand ich damals richtig toll. Ich war sogar heimlich in seinem Schlafzimmer und musste aufpassen, dass meine Hose nicht feucht wurde, denn ich war so erregt bei dem Anblick seines Bettes.

Wenn seine Freundin ihn küsste, stieg in mir die pure Eifersucht so hoch, sodass ich sie hätte umbringen können.

Frank beachtete mich gar nicht und ich weiß bis heute nicht, ob ihm das aufgefallen ist, dass ich gar nicht eingeladen war.

Wahrscheinlich hat er gedacht, dass seine Freundin mir auch eine Karte geschickt hat. Wir haben später jedenfalls nie darüber gesprochen.

Das alles erzählte ich Christian natürlich nicht. Er stand immer noch mitten im Raum und fragte:

„Hast du eigentlich auch eine Wohnung?"

„Ja, sie liegt ungefähr fünf Kilometer von hier entfernt, am Stadtrand von Celle. Sie ist zwar nicht groß und bescheiden eingerichtet, aber sehr gemütlich. Frank hat damals oft bei mir übernachtet, wenn er mal keine Lust auf seine Freundin hatte, und hat sich da immer wohlgefühlt."

„Die muss du mir mal bei Gelegenheit zeigen", sagte er und setzte sich wieder.

Auf der Kommode neben dem Sofa stand eine ganze Reihe Fotos, die auch unter anderem Bilder von Frank und mir zeigten. Christian schaute sie sich an und fragte:

„Ihr wart oft im Urlaub, oder?"

„Ja, das sind wir auf Bali, da im Winterurlaub und hier in Südfrankreich."

Christian bekam einen sehnsüchtigen Ausdruck und ich erzählte ein wenig darüber.

Dabei kam ich auch ins Schwärmen und Christian musste mich bremsen, um zu verhindern, dass ich nicht ganz melancholisch wurde.

Wir quatschten noch über dieses und jenes, als plötzlich die Wohnungstür aufging und Frank, völlig verschwitzt, ins Wohnzimmer kam. Wir schauten ungläubig auf die Uhr und Christian sagte: „Mann, jetzt habe ich schon wieder die Zeit vergessen. Ich habe mich auch bestens mit dem Kleinen unterhalten."

„Ja, es ist schon fast 18 Uhr und ich bin total erledigt!"

Er umarmte Christian und setzte sich, ganz untypisch für ihn, auf meinen Schoß, lehnte sich an mich an, gab mir einen Kuss auf meine Wange, dann legte er, mit einem Seufzer, seinen Kopf auf meine Schulter und fragte mich:

„Na, mein Kleiner, war es denn so schlimm?"

„Nein, ich habe mich richtig gut, mit Christian verstanden, oder?"

Ich schaute zu Christian, der das, grinsend, bestätigte.

Mir war Franks Verhalten ein wenig peinlich, denn auf meinen Schoß hatte er sich wirklich noch nie gesetzt. Er kuschelte sich richtig an mich ran und machte es sich richtig bequem auf mir. Christian bemerkte meine Unsicherheit und schmunzelte.

Frank roch so gut nach frischem Schweiß! Das verstärkte sich noch, als er seinen Arm um mich legte und ich seiner Achsel ganz nahekam. Ich konnte nicht sagen, dass mir Frank zu schwer war oder es mir nicht gefallen hätte.

Nein, im Gegenteil, ich war sogar ein wenig stolz. Er wollte Christian bestimmt damit zeigen, wie gern er mich hatte, denn ansonsten konnte ich mir diese Situation nicht erklären.

„Ist er eingeschlafen?", fragte Christian.

Ich schaute in Franks Gesicht. Er hatte seine Augen geschlossen und sein schweres Atmen verriet mir, dass er fest schlief.

Ich nickte Christian zu.

„Stört dich das denn nicht, wenn Frank mit dir so umgeht? Ich meine, er weiß doch, dass du schwul bist, und trotzdem verhält er sich, als wollte er dich heißmachen und dich damit quälen!"

„Ehrlich gesagt hat er sich noch nie auf meinen Schoß gesetzt und ist dann eingeschlafen. Bis jetzt konnte ich meine Gefühle immer unter Kontrolle halten, aber jetzt weiß ich nicht, wie ich damit umgehen soll."

Diesen Satz hätte ich vielleicht nicht sagen dürfen, denn jetzt weiß Christian, dass von meiner Seite doch mehr war, als ich zugegeben habe.

Christian lachte.
„Also doch! Ich wusste doch gleich, dass du in ihn verliebt bist und deshalb alles für Frank machst, um ihn nicht zu verlieren."

Ich wollte jetzt am liebsten abhauen oder vor Scham im Boden versinken, aber beides ging nicht, da Frank ja auf mir saß und ich keinen Ausweg sah.
Mir wurde heiß und kalt. Ich dachte, mir platzte der Kopf, und ich merkte, wie mir die Röte ins Gesicht stieg.
Das alles konnte ich auch vor Christian nicht verbergen.
Ich hoffte nur, Frank hat davon nichts mitbekommen, der scheinbar immer noch auf meiner Schulter schlief.

„Keine Angst, ich verrate dich schon nicht!", sagte Christian dreckig grinsend, dann fing er an, von früher zu erzählen:
„Als ich Frank kennengelernt habe, war er grade mal 15 Jahre. Ich zog mit meinen Eltern nach Nürnberg und kam in seine Klasse, aufs Gymnasium. Er wusste damals schon, dass er gut aussieht! Um ihn herum war eigentlich immer eine Schar von Mädchen. Er liebte es, angehimmelt zu werden, und machte sich das auch zunutze. Wenn er etwas wollte, war immer eine da, die ihm seinen Wunsch erfüllte. Er war so geschickt dabei, dass keiner seine List bemerkte. Selbst die Jungs hielten sich gerne bei ihm auf und lasen ihm jeden Wunsch von seinen Augen ab, bis alles anders kam, denn in Franks Leben öffnete sich ein schwarzes Kapitel. Da war nämlich der Kai! Er war damals ein Jahr jünger als Frank. Er war offensichtlich in ihn verliebt und half ihm, wo er

nur konnte. Er richtete seine Partys aus, trug seine Schulsachen und bezog ihm sogar auf unseren Klassenfahrten sein Bett. Ich war damals schon mit ihm befreundet und profitierte auch von Kais scheinbar völligen Hingabe zu Frank. Auch mir, brachte er Getränke aus dem Kühlschrank und da ich damals noch rauchte, gab er mir, wie auch Frank, immer Feuer. Aber nach ein paar Monaten machte Frank einen Fehler. Er befahl Kai, sein Fahrrad vom anderen Ende der Stadt zu holen. Wir hatten Dezember und es war schon sehr spät, als sich der kleine Kai auf dem Weg machte. Das Wetter war mies und es tobte ein heftiger Schneesturm, aber das interessierte Frank nicht und er schickte ihn trotzdem los. Er brauchte das Fahrrad am nächsten Tag überhaupt nicht, das war nur reine Schikane. Wir tranken vergnügt ein paar Bier und ärgerten uns auch noch, dass wir es uns selbst aus der Küche holen mussten. Da wir dann ordentlich einen im Kahn hatten, gingen wir bald schlafen und kümmerten uns nicht mehr um diesen Kai und das Fahrrad. Am nächsten Morgen standen zwei Polizisten vor der Tür. Sie berichteten, dass Kai diese Nacht überfallen und krankenhausreif geschlagen wurde. Sie wurden dann von Passanten überrascht und festgehalten. Sie wollten wohl das Fahrrad klauen, was Kai, zu diesem Zeitpunkt, schon dabeihatte und damit auf den Rückweg war. Ihm wurde zu Verhängnis, dass er es mit seinem Leben verteidigte. Er kam dann in die Klinik, wo er Monate im Koma lag und sich nur schwer davon erholte. Frank gab damals zu, dass er den 14-jährigen Kai beauftragt hatte, sein Fahrrad zu holen, obwohl es überhaupt nicht nötig gewesen war, ihn nachts in die Kälte rauszuschicken, grade weil er sein Fahrrad in den nächsten Tagen überhaupt nicht brauchte. Dank meines Vaters der Anwalt ist, kam er noch mal mit einem blauen Auge davon. 30 Sozialstunden in einem Altersheim hat er bekommen. Seitdem denkt Frank, dass er in meiner Schuld steht, nur weil ich damals meinen Vater, vielleicht ein bisschen um den Finger gewickelt habe. Frank kam erstaunlich schnell über den Vorfall hinweg und seitdem sind wir richtig dicke Freunde, auch wenn wir uns Jahre nicht gesehen oder voneinander gehören haben. Ich bin zwar erst seit gestern hier, aber ich sehe zwischen dir und diesem Kai Parallelen. Denk mal darüber nach, denn ich glaube, Frank fällt wieder in sein altes Verhaltensmuster zurück. So und jetzt muss ich noch mal weg. Ich hab noch ein Geschäftsessen! War aber echt schön mit dir!", sagte er und legte kurz seine Hand auf mein Knie, zog sich dann sein Shirt und seine geile figurbetonte Lederjacke an, dann flüsterte er mir ein leises „Tschüss" zu, um Frank nicht zu wecken, und verließ die Wohnung.

Da saß ich nun! Jetzt schwirrte mir, dank Christian, der Kopf. Ich dachte an meine Situation:
„Passiert mir grade das Gleiche wie diesem Kai? Tue ich einfach zu viel für ihn? Lass ich mich zu sehr von ihm beeinflussen? Ist der Preis zu hoch, den ich vielleicht nie bekomme? Aber ich mach das für Frank doch gerne und ich bin mit meinem Leben doch zufrieden, oder? Ja, ich liebe Frank, aber mir reicht es, wenn er mich berührt oder wenn er mich in den Arm nimmt. Genauso wie jetzt, wenn er mich immer wieder überrascht und sich, ohne Vorwarnung, auf mich legt, um sich auszuruhen oder mich aus heiterem Himmel in das Bad zieht, um mit mir zu duschen. Nein, ich erwarte gar nicht mehr von Frank und ich finde mein Leben so gut, wie es nun mal ist."

Ich schaute Frank wieder in sein schlafendes Gesicht und dachte:
„Langsam wird er mir zu schwer."
Ich überlegte, ob ich ihn wecke, aber das konnte ich ihm nicht antun, denn er liegt wie ein Baby in meinen Armen und schläft immer noch, tief und fest.
Also versuchte ich, es mir hier auf dem Sofa, möglichst ohne ihn zu wecken, etwas bequemer zu machen.
Ich drehte mich auf die Seite und legte meine Füße hoch, dabei rutschte Frank von mir und erwachte. Er schaute mich an und legte sich murrend, jetzt in voller Länge, auf mich.
Wir lagen jetzt so, was man bei einer Frau und einen Mann eine Missionarsstellung nennt. Er kuschelte sich an mich und schlief dann sofort wieder ein.

Ich fand das klasse, ihn mit seinem ganzen Gewicht auf mir zu spüren.

Ich schmiss meine schlechten Gedanken über Board, legte mir ein Kissen unter meinen Kopf, warf eine Decke über uns und schlief dann selig ein.

Als ich aufwachte, lag ich allein auf dem Sofa. Ich sah auf die Uhr, die halb 10 anzeigte, und hörte seltsame Geräusche aus dem Bad. Ich rappelte mich gerade auf, als Frank kreidebleich ins Wohnzimmer zurückkam. Ich schaute ihn an und fragte verwundert: „Wie siehst du denn aus?"

Er schleppte sich zu mir rüber und lässt sich neben mir fallen.

„Mir geht es so schlecht!", brachte er fast unverständlich über seine Lippen.

„Hast du was Falsches gegessen?"

„Nein, ich hab außer Frühstück heute noch gar nichts gegessen und ich hab auch keinen Hunger."

„Kann ich dir etwas Gutes tun?"

„Nein, ich möchte nur ins Bett. Kommst du mit?", dabei schaute er mir treudoof in meine Augen.

„Ja natürlich, ich lass dich doch jetzt nicht allein!"

Ich stützte ihn, als wir ins Schlafzimmer gingen, dann legte er sich auf Bett und ich begann ihn, auszuziehen. Ich entkleidete mich dann auch und legte mich neben ihn.

In dieser Nacht verschwand Frank noch öfters, um sich zu übergeben.

Später holte ich ihm einen Eimer ans Bett.

Morgens sagte er, dass er heute nicht mit ins Büro kommt, und bat mich, einige Kunden allein zu besuchen.

Mir war gar nicht wohl dabei, Frank alleine zu lassen, aber die Kunden waren wichtig und die Termine waren auch nicht mehr aufzuschieben.

Als ich aus dem Schlafzimmer kam, saß Christian schon mit einem Kaffee und einem belegten Brot am Esstisch.

„Guten Morgen! Ich habe mir etwas zum Essen gemacht. Das ist doch in Ordnung, oder?"

„Guten Morgen, Christian! Ja, ja, du bist doch jetzt hier zu Hause! Frank ist krank und geht heute nicht zur Arbeit."

Christian schaute immer besorgter, als ich ihm von der letzten Nacht berichtete.

„Braucht er einen Arzt?"

„Ich rufe nachher Ben an. Der wird bestimmt vorbeikommen."

„Wer ist Ben?"

„Ben ist unser Freund. Er hat eine Praxis in der Innenstadt. So ein Mist, dass wir heute wichtige Kunden haben, die besucht werden wollen, sonst wäre ich hier bei Frank geblieben."

„Ja, tut mir leid, ich trete heute meinen neuen Job an und übernehme einen neuen Bezirk. Ich kann leider auch nicht hierbleiben."

„Nein, ich denke, man kann ihn gut alleine lassen. Ich rufe ihn zwischendurch ein paarmal an."

„Okay, bevor ich gehe, sehe ich noch nach ihm. Ich muss ja erst in einer Stunde los."

„Danke, ich muss nämlich gleich weg. Das wird für mich, ohne Frank, ein anstrengender Tag."

„Das schaffst du schon!", sagte Christian.

Dann trank ich noch einen Kaffee und machte mich fertig, um in die Firma zu fahren.

Es war für mich sehr ungewohnt, ohne Frank im Büro zu sitzen. Ich schaute immer wieder zu seinem Platz und musste an ihn denken. Ich rief ein paarmal bei Frank an, um mich zu erkundigen, wie es ihm geht. Zu meiner Beruhigung war Ben schon bei ihm gewesen und diagnostizierte eine schwere Grippe. Demnach fiel er die ganze Woche aus.

Die Tage ohne Frank waren echt schwer für mich. Erst jetzt merkte ich, wie viel er in der Firma leistete. Ich gab alles und kam nicht annähernd an sein Niveau heran.

Mit den Kunden hatte ich keine Probleme, denn da trat ich ruhig und selbstbewusst auf, ganz im Gegensatz, wie ich sonst privat war, wo ich von Frank gedrückt wurde.

Nein, der Papierkram machte mir Sorgen, denn da war ich nicht für geschaffen.

Das wusste Frank und arbeitete auch einen Teil meiner Unterlagen ab. Wenn ich an einem Dokument fast eine Stunde saß, brauchte er für mehrere nur wenige Minuten.

Es ging ihm so leicht von der Hand, als wenn es nichts wäre.

Ich schaffte das Ganze mit Ach und Krach, das hatte aber zur Folge, dass ich am Freitag richtig platt war.

Frank erwartete mich schon, als ich um 16 Uhr zu ihm kam.

Es ging ihm schon viel besser und er lachte schon wieder. Er nahm mich in seine Arme, was ich sehr genoss, denn das brauchte ich nach dem anstrengenden Tag. Er drückte mich an seine nackte Brust, denn er war oben ohne und hatte, wie so oft, nur eine weiße knappe Unterhose an.

Er flüsterte mir ins Ohr:

„Das hast du richtig gut gemacht. Ich habe schon mit dem Chef telefoniert, der war sehr angetan von deiner Arbeit. Ich bin sehr stolz auf dich."

Ab diesem Zeitpunkt war meine Müdigkeit wie weggeblasen.


„Mein Kleiner, hast du noch Lust, zu kochen? Christian hat eingekauft und will heute Abend seinen Einstand geben."

Ich schaute ihn matt an und wollte schon Nein sagen, aber Frank legte wieder mal seinen Dackelblick auf und flehte:

„Bitte, bitte, bitte! Du kannst doch am besten kochen und wir wollen Christian doch nicht enttäuschen, denn ich habe ihn schon gesagt, dass du das bestimmt gerne übernehmen wirst!"

Ich ließ mich natürlich breitschlagen und wir gingen gemeinsam in die Küche.

Sie sah grauenhaft aus, überall lag etwas herum, der Abwasch war noch nicht getan, die Zutaten lagen in der ganzen Küche verteilt und ein riesiger Kaffeefleck war auf dem Boden. Das sah nach viel Arbeit für mich aus.

„Das schaffst du schon!", sagte Frank und zeigte mir die Sachen, die Christian eingekauft hat.

„Christian wünscht sich Entrecôte Steak mit Ratatouille und Kartoffelspalten, zum Nachtisch eine Crème brûlée und als Vorspeise eine Markklößchen-Suppe", sagte er und setzte sich an den Küchentisch.

„Ein aufwendigeres Gericht hätte er sich nicht aussuchen können", dachte ich und machte mich an die Arbeit.

Ich putzte erst einmal die Küche sauber und begann dann, das Huhn abzukochen.

Meine Müdigkeit quälte mich, bis ich endlich nach drei Stunden fertig war.

Ich brauche nur noch das Entrecôte zu braten, deshalb fragte ich Frank, der es sich schon lange wieder auf dem Sofa gemütlich gemacht hat:

„Wann kommt Christian denn nach Hause?"

„Der ist schon lange da! Er schläft bestimmt seit circa vier Stunden, seelenruhig in seinem Zimmer. Habe ich dir das nicht gesagt? Er war so müde, dass er nur noch den Einkauf in die Küche brachte und ins Bett verschwand."

„Na toll, ich schufte hier für ihn und dachte, dass er noch arbeitet, dabei schläft er, nebenan, den Schlaf der Gerechten", dachte ich und war darüber echt sauer und enttäuscht.

Ich drehte mich um und ging wieder in die Küche. Frank sprang sofort auf und kam hinter mir her, umfasste mich von hinten um und schmiegt sich an mich ran.

„Bist du jetzt sauer?"

„Natürlich bin ich sauer. Ich bin auch müde und ich hätte mich auch gern ein paar Stunden aufs Ohr gelegt", sagte ich wortlos zu mir selbst.

„Nein, ich bin zu müde, um sauer zu sein. Weckst du ihn, denn es kann gleich losgehen?", sagte ich dann ruhig zu ihm.

In diesem Moment kam Christian in die Küche. Er hatte, genauso wie Frank, auch nur eine knappe Unterhose an.

Mann, sah der scharf aus und ich konnte mich gar nicht an seinem geilen, braun gebrannten, muskulösen Körper sattsehen.

Frank löste sich von mir und zeigte Christian, was ich alles gekocht hatte. Christian roch zufrieden in jeden Topf, schlug mir auf die Schulter und sagte:

„Frank hat ja schon von deinen Kochkünsten geschwärmt, aber dass du es so gut kannst, hätte ich nicht gedacht! Können wir denn bald essen?"

„Ich muss nur noch das Fleisch braten und dann kann es losgehen", sagte ich stolz.

„Gut, dann kann ich ja noch gepflegt auf Klo gehen."

Christian schwebte fast Richtung Bad und ich schaute ihm verstohlen hinterher.

Dabei schaute Frank mich schmunzelnd an und fragte:

„Na, mein Kleiner, alles wieder in Ordnung oder bist du immer noch beleidigt?"

Ich sagte verschämt:

„Nein, es ist alles okay", und fing an, das Fleisch zu braten.


Nach etwa zehn Minuten konnten wir essen und Christian aß nicht, sondern er fraß, so köstlich schmeckte ihn mein Essen, was Frank bestätigte.

Nach dem Nachtisch sagte Christian:

„Das müssen wir unbedingt wiederholen aber nicht hier, sondern in deiner Wohnung, die möchte ich nämlich auch mal kennenlernen."

„Ja, gerne, aber wann?"

Christian meinte:

„Der nächste Freitag wäre doch gut!"

„Wenn ihr beide gern alleine sein wollt, dann bitte!? Ich bin wie immer donnerstags und freitags, den ganzen Abend, beim Handballtraining", sagte Frank.

Christian fasste sich an seinen Kopf.

„Da hab ich ja überhaupt nicht mehr dran gedacht! Richtig, du wärst ja, wenn du nicht krankgeschrieben wärst, heute ja auch nicht da. Kannst du Sonntag eigentlich beim Turnier mitspielen?"

„Ich muss, mein Trainer ist schon sauer, dass ich, vor so einem wichtigen Punktspiel, die Trainingseinheiten sausen lassen musste, denn es geht immerhin um die nächste Liga. Kommt ihr dann mit und feuert mich an?"

„Na klar, das ist doch Ehrensache, oder Kleiner?"

„Natürlich, ich bin ja immer dabei."

„Der nächste Samstag würde mir am besten passen, dann könnten wir schon füh anfangen und weil ich an diesem Wochenende kein Spiel habe, können wir dann auch bei unserem Kleinen übernachten oder hast du denn Sonntag etwas vor?", dabei schaute Frank Christian grinsend an.

„Nein, da machen wir uns, bei dir, ein schönes faules Wochenende."

Auf einmal kam die Müdigkeit zurück, gegen die ich den ganzen Abend angekämpft hatte. Ich stützte mich auf und konnte den Gesprächen der beiden überhaupt nicht mehr folgen. Frank schaute mich bedauernd an und sagte:

„Na, mein Kleiner, du bist müde, oder?" Ich nickte.

„Ist es schlimm, wenn ich jetzt zu Bett gehe?"

„Das wäre meine nächste Frage gewesen", sagte Frank und nahm mich in seine Arme.

Er schaute Christian an und fragte ihn:

„Ist das okay, wenn uns der Kleine jetzt verlässt?"

Christian schaute mich bedauernd an und sagte:

„Nein, Frank hat mir schon berichtet, was du die ganze Woche geleistet hast, und dann hast du noch das leckere Essen gekocht, da würde ich auch platt sein. Wir können uns, glaube ich, auch allein ganz gut beschäftigen."

„Komm, Kleiner, abräumen kannst du morgen. Ich bring dich noch zu Bett!", sagte Frank und stand auf.

„Ich komme mit!", sagte Christian und dann brachten sie mich, halb tragend, ins Schlafzimmer.

Dass Christian zusah, wie ich mich auszog, war mir sehr unangenehm, denn ich hatte nicht so einen schönen Körper wie die beiden und ich schämte mich ein wenig.

Frank schlug mir die Bettdecke auf und verlegen schlüpfte ich darunter, dann wünschte mir Christian eine gute Nacht und gab mir einen Kuss auf die Wange.

Nachdem er wieder ins Wohnzimmer gegangen war, bedankte Frank sich noch mal bei mir für das tolle Essen mit einem Kuss auf meine Stirn und ging dann auch zu Christian. Ich hörte nur kurz, wie Christian sagte:

„Frank, passe bloß auf, dass du nicht so weit gehst wie mit diesem Kai!" Worauf Frank antwortete:

„Nein, so was werde ich nie von Christoph verlangen. Dafür habe ich ihn viel zu lieb!"

Nachdem ich das hörte, schlief ich, mit einem Lächeln, zufrieden ein.


Frank ließ mich richtig lange ausschlafen, denn als ich meine Augen aufmachte und auf die Uhr schaute, war es schon 10 Uhr vorbei. Ich hörte nebenan Frank und Christian laut lachen. Schlaftrunken stand ich auf, zog mir einen Trainingsanzug an und öffnete die Schlafzimmertür.

Helles Sonnenlicht blendete mich und ich konnte sekundenlang nichts sehen.


„Guten Morgen", sagte Frank belustigt, „ich dachte, du wolltest heute überhaupt nicht mehr aufstehen!"

Ich lächelte und sagte:

„Das war wohl mal nötig! Ich habe noch nicht mal gemerkt, wann Frank ins Bett gekommen, geschweige wieder aufgestanden ist."

Sie saßen am Esstisch und ich ging langsam auf sie zu, um sie zu begrüßen.

Frank stand auf, nahm mich in den Arm und gab mir ein Kuss auf die Wange.

Christian machte es ihm gleich und sagte schmunzelnd:

„Wir hatten schon richtig Angst, dass du vielleicht gestorben bist, und waren drauf und dran, die Bestattung zu rufen."

Jetzt lachte Frank laut los, aber mir war noch gar nicht nach Lachen zumute.

Ich setzte mich auf einen Stuhl und rieb mir den Schlaf aus den Augen, dann schüttelte ich mich, um ein wenig wacher zu werden.

Das musste so komisch ausgesehen haben, dass beide aus voller Kraft losjubelten und sich gar nicht wieder einkriegten.

Das gab mir Zeit, mich ein wenig umzuschauen und das, was ich da sah, war gar nicht schön. Überall standen leere Bierflaschen und Chipstüten im Raum verteilt.

Das Geschirr von gestern Abend war noch nicht abgeräumt und wenn ich an die Küche dachte, wurde mir ganz schlecht.

Ich stützte mich auf und vergrub mein Gesicht in meinen Händen, um das Elend nicht sehen zu müssen.

Als sie sich beruhigt hatten, befreite Frank mich aus meiner Lage, indem er sagte:

„Hey Kleiner, wir haben eben beschlossen, frühstücken zu gehen."

Ich schaute beide an und sagte bedröppelt:

„Dann wünsche ich euch viel Spaß!"

„Wieso! Du kommst natürlich mit!", sagte Frank verwirrt und legte seine Hand auf mein Knie.

„Ich muss doch noch sauber machen und die Küche sieht bestimmt auch schlimm aus."

„Ach so, hab ich noch nicht erwähnt, dass ich vorhin eine Putzfirma beauftragt habe, um hier heute mal eine Grundreinigung zu machen? Eigentlich müssten sie jeden Augenblick kommen. Entschuldigung, mein Kleiner!"

Voller Bedauern drückte er sein Gesicht an meines und sagte leise:

„Wir drei werden heute nur Spaß haben, denn das Frühstück findet nämlich in Hamburg statt und weißt du, was wir danach machen?"

„Wir gehen auf den Weihnachtsmarkt?", fragte ich und gab einen lauten Freudenschrei von mir, dann umarmte ich dankbar meinen großen Gönner Frank.

Unsere Stadt Celle liegt ungefähr 105 Kilometer südlich von Hamburg in der Südheide. Sie hat ca. 70.000 Einwohner und eigentlich kann man hier gut einkaufen.

Es gibt viele Bars und Cafés, wo man die Seele baumeln lassen kann, aber trotzdem war es echt klasse mal wieder in meine Heimatstadt Hamburg zu kommen.

Ich komme eher selten mal dort hin. Nur wenn Frank etwas Bestimmtes brauchte, was er ihn Celle nicht bekam, fuhren wir mal dorthin.

Dann besorgten wir das Teil und fuhren auch gleich wieder nach Hause.

Jedes Mal hoffte ich, dass er mit mir mal an den Hafen geht oder die Möckebeckstraße entlangschlendert, aber Frank hatte nie Lust dazu.

Meistens durfte ich noch nicht einmal das Auto verlassen. Er fuhr dann direkt vor das Geschäft und ging allein hinein.

Zu mir sagte er dann:

„Bleib hier, ich komme gleich wieder!"

Er hatte Angst, mich im Großstadtgewirr zu verlieren, aber ich war trotzdem immer tief gekränkt und sprach, die ganze Rückfahrt, keinen Ton mit ihm.

Ich hätte auch mal alleine hinfahren können, aber immer wenn ich es nur erwähnte, gab es, seinerseits, ein Riesenspektakel, sodass ich dann die Lust verlor.

„Was macht du, wenn du den Zug verpasst oder dein Geld verlierst? Ich hole dich dann bestimmt nicht ab. Hamburg ist eine Großstadt, die verschluckt dich nur. Du bleibst schön bei mir, denn brauche ich auch keine Angst um dich zu haben!", waren dann, unter anderem, seine Worte.

Deshalb freute ich mich ja damals wahnsinnig, dass grade Frank es selbst vorgeschlagen hatte, und dann sollte es auch noch eine Sightseeingtour geben.

Endlich sollte ich, nach so vielen Jahren, mein geliebtes Hamburg wiedersehen!

Ich war so happy!


„So, nun ab unter die Dusche und mach dich dann schnell fertig, in einer halben Stunde wollen wir los!", drängte er.

Ich gab ihm noch einen langen Kuss auf seine Wange, bedankte mich bei ihm und lief dann schnell los, um mich zu duschen. Singend machte ich mich fertig und ich hörte Christian und Frank, die sich über mein Verhalten köstlich amüsierten, was mir aber egal war, denn ich freute mich so auf diesen Tag, der bestimmt toll wird.

Nachdem die Putze eingetroffen war, fuhren wir los. Die Sonne schien und wir hatten alle gute Laune. Alles schien vollkommen, bis Franks Auto kurz vor Hamburg ins Stocken geriet.
Wir erreichten grade noch den Rastplatz „Stillhorn", dann ging nichts mehr.
Nachdem wir ganze zwei Stunden gewartet hatten, kam endlich der ADAC.
Der Techniker versuchte erfolglos, Franks Karre wieder in Gang zu bekommen, dann schleppte er uns zur nächsten Werkstatt.
Da es aber Samstag war, sagte der Mechaniker:
„Tut mir leid, es ist die Benzinpumpe und die habe ich nicht auf Lager. Da müsst ihr bis Montag warten, denn die bekomme ich heute nicht mehr ran."
„Scheiße", sagte Frank laut.
„Noch scheißiger", antwortete ich leise.

„Was machen wir nun?", sagte Christian und dachte nach, dann sagte Frank:
„Es gibt drei Möglichkeiten! Die Erste ist, dass wir sofort mit dem Zug, nach Hause fahren, denn der Bahnhof, ist nicht weit von hier. Die Zweite ist, dass wir uns ein Leihwagen nehmen, uns dann ein Hotelzimmer nehmen und morgen nach Hause fahren, denn hätten wir hier wenigstens noch, einen schönen Abend oder was nun gar nicht geht, das Zimmer bis Montag behalten und auf das Auto warten, dann müsste ich aber mein Punktspiel sausen lassen, was ausgeschlossen ist."

Ich wurde immer trauriger, aber das war ja immer so.

Immer wenn ich mich mal auf etwas freue, denn läuft alles aus dem Ruder.

Ich setzte mich auf einen Absatz vor der Werkstatt und blies Trübsal.

Frank schaute mich traurig an, denn er wusste genau, dass ich mich sehr darüber gefreut hätte, wieder mal Hamburg zu sehen. Er wandte sich von mir ab, vielleicht weil er meine Enttäuschung nicht ertragen konnte, und ging ein bisschen abseits auf eine Wiese.

Nach einigen Sekunden ging Christian ihm nach und ich sah, dass er heftig mit Frank diskutierte.

Ich bekam nur Wortfetzen mit, wie:

„… das Punktspiel ist mir wichtig …" oder

„… er hat sich so gefreut …" oder

„… das können wir dem Kleinen nicht antun …"

Nach einiger Zeit setzten sie sich auf den Rasen und sprachen dann ruhig miteinander. Ich sah, dass Frank sein Handy nahm und mehrmals telefonierte und nach seinem Gesichtsausdruck zur urteilen, sah es nicht gut aus.

Ich hoffte trotzdem, dass sie sich einig werden und es vielleicht doch noch, mit dem Hamburg-Trip, klappt.

Nach einer halben Ewigkeit kamen sie endlich, zu mir, zurück. Frank ging in die Werkstatthalle und sprach mit dem Mechaniker. Ich schaute Christian fragend an, aber er drehte sich nur beklommen weg und strich sich ein paarmal durch seine Haare, als würde er sie sich raufen wollen.

Als Frank zurückkam, legte er seinen Arm um mich und fragte laut:

„Wer hat Hunger!"

Wir hoben gemeinsam unsere Hände.

„Dann los, vorne wartet schon ein Taxi auf uns!"

Frank sagte dem Fahrer das Restaurant, das er vorher von dem Mechaniker empfohlen bekommen hat, und dann fuhren wir los.

Ich hatte wirklich Hunger, denn es war inzwischen ja schon 16 Uhr und ich hatte noch nicht mal gefrühstückt. Während der Fahrt sprachen wir kein Wort.

Die Atmosphäre war angespannt und ich traute mich nicht, zu fragen, was die beiden nun eigentlich abgemacht hatten.

Sie unternahmen auch keine Anstalten, mir etwas zu sagen. Das machte mich wahnsinnig.

Erst am Tisch, nach dem Essen, sagte Frank beiläufig:

„Wir können den Zug um 18.01 Uhr nehmen, den schaffen wir doch noch, oder?"

Dabei schaute er auf seine Uhr.

Christian stimmte ihm zu und sagte:

„Ja, bestimmt, dann sind wir heute Abend auch noch früh genug zu Hause."

Ab dem Moment gingen all meine Hoffnungen den Bach runter und ich war sichtlich betrübt.

Frank schaute mich an und sagte:

„Ich kann das Handballspiel morgen nicht absagen und ich muss dafür richtig fit und ausgeschlafen sein."

Ich nickte und aß beleidigt meinen Nachtisch.

Nach dem Bezahlen stiegen wir wieder in ein Taxi und Frank flüsterte dem Fahrer, unser nächstes Ziel zu. Mir war jetzt alles egal, wo es hingeht. Ich kauerte mich auf den Rücksitz und schloss die Augen.

Ich nickte richtig weg und wurde erst wach, als Christian mich anstieß.

Als ich meine Augen wieder aufmachte, standen wir vor dem Renaissance Hotel Hamburg, bei den Großen Bleichen.

Frank und Christian grinsten mich schelmisch an und dann merkte ich, dass die beiden mich ordentlich, an der Nase herumgeführt haben.

„Hast du geglaubt, dass wir einfach unverrichteter Dinge nach Hause fahren und uns Hamburg entgehen lassen?", sagte Frank keck.

Ich aber fand das gar nicht witzig, mich so zu verarschen.

Sie wussten genau, was mir Hamburg bedeutete, und da macht man, meiner Meinung nach, keine Scherze darüber.

Sie lachten höhnisch, als wir in die Lobby gingen, und ich trottete, noch immer sauer, hinter ihnen her.

Wir bezogen natürlich die Renaissance Suite. Sie ist die größte und teuerste Suite in diesem Hotel, mit zwei Schlafzimmern, einem Wohnzimmer und allem Luxus, den man sich vorstellen konnte.

Für mich war das reine Verschwendung, mir hätten auch zwei einfache Zimmer gereicht.

Frank und Christian schmissen sich gleich aufs Bett und fingen an, miteinander herumzualbern.

Ich setzte mich müde auf den Stuhl, der an einem Schreibtisch stand, und beobachtete die herumtollenden Männer. Sie kitzelten sich und amüsierten sich köstlich dabei.

Nach einigen Minuten wurde es mir zu bunt und ich schmiss mich, im anderen, kleineren Zimmer, aufs Bett und schlief sofort ein.

Als ich wieder aufwachte, war es dunkel und mucksmäuschenstill. Ich stand auf und ging ins Nachbarzimmer, doch das Bett war leer. Ich machte das Licht an und schaute nach einer Nachricht, von den beiden, aber nichts.

Langsam reichte es mir!

„So eine verdammte Scheiße!", schrie ich wütend.

„Der ganze Tag, lief schon scheiße und nun noch das. Ich bin in Hamburg, in meiner Heimatstadt und ich sitze allein in einem Hotelzimmer. Frank und Christian amüsieren sich bestimmt jetzt auf St. Pauli, ohne mich. Vielleicht waren sie froh, dass ich eingeschlafen bin, und haben sich dann tuschelnd und kichernd, aus dem Zimmer geschlichen, nur um mich nicht mitnehmen zu müssen!", redete ich mich in Rage.


Ich sah die beiden schon in einer Bar, eng umschlungen tanzen und sich von oben bis unten abknutschen.

Meine Eifersucht war stärker denn je, aber ich reagierte plötzlich ganz anders als sonst. Ich wurde nämlich ungewöhnlich ruhig und gelassen.

„Sollte ich mich damit schon abgefunden haben, besonders von Frank, hin und her geschubst zu werden? Warum sollte nicht auch Christian damit anfangen und warum sollte Frank mich Loser, der nichts anderes ist als ein besserer Sklave, mit auf die

Piste mitnehmen, geschweige mir eine Nachricht zu hinterlassen!", redete ich wieder laut, vor mich hin.

Es war jetzt 11 Uhr durch und da ich nichts Besseres zu tun hatte, legte ich mich wieder ins Bett.
Mir war jetzt alles egal und beschloss ab sofort, mich meinem Schicksal zu stellen und zu akzeptieren, das ich nur lebe, um es Frank, in allen Dingen, leichter zu machen.
Es hatte sowieso keinen Zweck, mich dagegen zu wehren, weil ich niemals von Frank loskommen werde.
Ich steckte in einer Spirale und kam da auch nicht mehr raus.
„Ich liebe Frank und kann ohne ihn nicht mehr leben, möchte aber andererseits frei sein und mich nicht von ihm bevormunden lassen. Hätte ich doch nur jemanden, dem ich davon erzählen könnte, aber ich habe niemanden, nicht mal mehr einen Freund!", murmelte ich vor mich hin und mir liefen nach dieser Erkenntnis die Tränen meine Wangen herunter.
Leider wusste ich nicht, wie ich Christian einschätzen sollte.
Sein seltsamer, ironischer Unterton mir gegenüber ging mir gegen den Strich.
Er sprach mit mir immer so, als wäre ich ein kleines Kind, und ich hatte immer Angst, dass er mich bei Frank verriet. Warum hatte ich ihn nur gesagt, dass ich Frank liebe.
Jetzt hatte er mich in der Hand! Also musste ich zusehen, dass ich mich mit ihm gut stelle.

Die beiden kamen ziemlich angetrunken so gegen ½ 4 Uhr ins Zimmer. Die Zwischentür, zu meinem Zimmer, war offen und deshalb wachte ich auch sofort auf.
Sie versuchten, leise zu sein, was ihnen aber nicht gelang.
Ihr albernes Kichern war nicht zu überhören. Es war erniedrigend und ich fühlte mich so billig.
Ich stellte mich schlafend, als sie in mein Zimmer kamen. Sie setzten sich an mein Bett und Frank streichelte mich über meinen Kopf.
„Ist er nicht süß?"

„Du hast ihn richtig gern, oder?"

„Ich wüste gar nicht, was ich ohne den Kleinen, anfangen sollte. Er ist mir so ans Herz gewachsen. Mein Leben ohne ihn wäre
nur halb so schön!"

„Du musst bloß aufpassen, und das sage ich dir immer wieder, dass
du nicht zweimal den gleichen Fehler machst! Noch mal kann
mein Vater dich nicht mehr so einfach aus der Scheiße ziehen!"

„Nein, mit Kai war das was ganz anderes. Er hat mir überhaupt
nichts bedeutet. Mit dem Kleinen ist es was ganz anderes!", sagte Frank genervt.

„Kann das sein, dass da mehr ist zwischen dem Kleinen und
dir? Ich kenne dich schon lange genug, um zu wissen, dass du,
genauso wie ich, nicht nur auf Frauen stehst und der Kleine ist
stockschwul!"

Ich traute meinen Ohren nicht, als ich das hörte. Mein Körper
reagierte sofort auf seine Worte. Ich versuchte angestrengt, mich
unter Kontrolle zu bringen und mich weiter schlafend zu stellen.

„Pst", zischte Frank leise, „wenn er das mitbekommt! Außerdem
mag ich lieber Frauen. Du weißt doch, dass ich fast acht Jahre
eine Freundin hatte."

„Ja, aber die zwei Beziehungen mit Karsten und wie heißt der
noch aus New York, vor ihr, kannst du nicht verleugnen, ganz
zu schweigen von den One-Night-Stands mit mir."

„Ja, aber bitte, das darf er nicht erfahren, sonst macht er sich
noch Hoffnung."

„Liebst du ihn denn?"

Jetzt wurde es still und ich hätte jetzt so gerne Franks Gesicht
gesehen, aber ich hielt meine Augen fest verschlossen.

Frank versuchte, der Frage auszuweichen, und sagte ein wenig
albern:

„Du weißt doch, ich liebe nur mich!"

„Okay, ich verstehe schon, es hat keinen Sinn, mit dir darüber zu reden."

„Sei mir bitte nicht böse, Christian, aber das geht nur mich etwas an."

„Ja, ist ja schon gut! So ich bin müde, wollen wir schlafen gehen?"

„Ja, das ist eine gute Idee, ich kann mich kaum noch halten."

„Eins noch, meinst du, wir hätten ihn nicht doch mitnehmen sollen? Er ist morgen bestimmt beleidigt, wenn wir ihm erzählen, dass wir auf der Piste waren."

„Nein, du siehst doch, dass er schon seit heute Nachmittag schläft, und außerdem hätte ich dann immer auf ihn achten müssen, das wäre mir zu anstrengend gewesen."

„Okay, wenn du meinst? Bleibst du bei dem Kleinen oder kommst du mit rüber, zu mir? Ich bräuchte nämlich auch ein wenig Wärme!", sagte Christian verstohlen.

„Na gut, wenn das so ist, dann lass uns mal ein bisschen kuscheln!"

Sie gingen, zu meiner Enttäuschung, beide rüber ins andere Zimmer, zogen sich aus und legten sich gleich hin. Sie kuschelten sich aneinander, das konnte ich im schwachen Licht der Nachttischlampe durch die offene Tür sehen.

Christian und Frank genossen die Zweisamkeit hörbar.

Christian sagte:

„Es ist schon lange her, dass ich deinen Alabaster-Körper spüren durfte."

„Über zehn Jahre", sagte Frank und küsste ihn lange und innig.

Nach einigen Minuten war Stille und ich hörte nur noch ein schweres Atmen.

Ich wagte es, aufzustehen, und ging leise ins andere Zimmer.

Ich stellte mich vor das Bett, in dem die beiden, eng umschlungen, tief und fest schliefen.

„Frank ist also bi! Das erklärt dann auch, dass er die ganzen Jahre so zärtlich mit mir umging", dachte ich.

Das festigte sogar meinen Entschluss, mich ganz den beiden zu fügen und zu versuchen, ihnen alles recht zu machen. Eine andere

Möglichkeit sah ich nicht, bei den beiden zu bleiben, ohne gleich durchzudrehen.

Mich störte auf einmal auch nicht mehr, dass sie mich nicht mitgenommen hatten.

Ich gab Frank sogar recht. Er hätte bestimmt nur halb so viel Spaß gehabt, wenn er auf mich aufpassen hätte müssen.

So weit hatte mich Frank gebracht, denn in dieser Nacht hatte er es geschafft, mir den letzten Funken von meinem, ohnehin schon angeschlagenen Selbstwertgefühl zu nehmen!

Ich schaute ihnen noch einige Augenblicke beim Schlafen zu. Es war komisch, Frank neben einem anderen Mann, im Bett, zu sehen. Eigentlich wäre das mein Platz, umschlungen von ihm, an seiner Seite zu schlafen, aber ich muss mich davon wohl langsam verabschieden.

Traurig ging ich aufs Klo und danach wieder allein ins große Bett des Nebenzimmers.

Um acht Uhr ging ich, um die beiden nicht zu stören, ins Bad, um mich fertig zu machen. Als ich dann das Hotelzimmer verließ, schliefen Frank und Christian noch, tief und fest. Ich hatte Hunger und deshalb steuerte ich den Frühstücksraum an.

Es war himmlisch, dieser Anblick des riesigen Buffets. Ich machte mich gleich daran, meinen Wanst vollzuhauen.

Ich saß an meinen Tisch und dachte:

„Was sie jetzt alles verpassten. Wenn sie heute aufstehen, ist das alles schon lange wieder abgebaut!" Also beschloss ich, den Kellner zu fragen, wie viel es kosten würde, ein komplettes Frühstück aufs Zimmer zu servieren.

Als ich mich, mit ihm, über den Preis geeinigt hatte, brachte er einen Tisch mit erlesenen Köstlichkeiten zu Frank und Christian in die Suite. Vorher legte ich noch einen Zettel auf den Tisch, der lautete:

*Guten Morgen,*

*habt ihr gut geschlafen?*

*Ich habe mir erlaubt, etwas gegen euren Kater zu tun. Lasst es euch gut schmecken!*

*Ich hoffe, ihr habt nichts dagegen, dass ich mich schon mal auf eigene Faust aufmache, um nach langer Zeit meine Heimatstadt zu erobern, und würde mich freuen, wenn wir uns gegen 15 Uhr im Hafen, auf den Landungsbrücken, im „Fischhus", treffen könnten.*

*Liebe Grüße*

*euer Kleiner*

Dann machte ich mich auf und lief, endlich mal wieder, nach so vielen Jahren durch die Innenstadt.

Ich hatte schon ein schlechtes Gefühl, denn Frank würde das bestimmt nicht passen, aber der Drang, die Hamburger Luft zu schnuppern, war stärker.

Es war herrlich den Michel, die Alster, das Rathaus und dann den Hafen zu sehen.

Ich war überall und konnte mich gar nicht sattsehen an der schönsten Stadt der Welt. Ich besuchte alle diese Orte, wo ich damals mit meinen Freunden war.

Freunde, ja, die hatte ich mal, bevor ich von hier nach Celle ging, um diese Arbeit in einer anderen und fremden Stadt anzunehmen, aber wie das mal so ist, verliert man sich, durch die Entfernung, aus den Augen. So auch beim uns.

Anfangs telefonierte man noch oder man besuchte sich, wenn man mal Urlaub hatte, aber das wurde, mit der Zeit, immer weniger und schlief dann gänzlich ein.

Ich lernte an meinem neuen Wohnort neue Freunde kennen und war eigentlich nie allein. Immer war ein Freund oder Freundin, bei mir zu Besuch oder wir feierten bei den einen oder anderen Partys, bis ich zu Frank in die Abteilung kam und wir uns anfreundeten. Zunächst luden meine Freunde ihn sogar immer mit ein, aber später spielte er, ohne dass ich es merkte, sie gegen mich aus. Frank vereinnahmte mich, immer mehr und ich musste immer öfter Nein sagen, wenn mich jemand treffen wollte.

Er sagte dann immer, ob ich das möchte, dass er heute Abend alleine bleibt.

Als er noch mit seiner Freundin zusammen war, war das auch nicht so das Problem, aber nachdem er sich von ihr trennte, brauchte er mich immer öfters und komischerweise besonders, wenn ich mich mit ihnen treffen wollte.

Ich fühlte mich natürlich geehrt, von so einem tollen Mann gebraucht zu werden, und blieb dann auch bei ihm. Meine Freunde ließen sich das nicht lange gefallen und irgendwann meldete sich keiner mehr. Das machte mich traurig, aber Frank sagte dann, dass sie mich gar nicht verdient hätten und dass er sie sowieso nicht besonders mochte.

„Damals stimmte ich ihm zu, aber heute wäre es schön, einen Vertrauten zu haben, wo man sich mal so richtig auskotzen könnte", dachte ich.

Ich wurde richtig melancholisch und mir kamen die Tränen, als ich daran dachte.

Es war so schön, hier mit einem Kaffee an der Alster zu sitzen und aufs Wasser zu schauen. Leider hatte ich nicht viel Zeit, das zu genießen, denn ich musste mich beeilen, zum Hafen runterzukommen, um Frank und Christian zu treffen.

Ich war überwältigt, als ich gegen ½ 3 Uhr den Hafen sah.

Die Elbe glitzerte im Sonnenlicht, das Zelt vom „König der Löwen" strahlte grellgelb, die Schiffe und kleinen Boote schienen schwerelos über das Wasser zu gleiten.

Das alles machte mich so glücklich und ich war froh, dies alles, nach so langer Zeit, mal wiederzusehen.

Ich schlenderte grade zu den Landungsbrücken, als ich eine SMS bekam.

*Moin Kleiner, danke für das reichliche Frühstück! Wir sind trotzdem nicht begeistert, dass du ohne uns unterwegs bist. Frank ist richtig sauer, weil er jetzt wegen dir sein Spiel verpasst. Ich glaube, da kannst du dich noch auf was gefasst machen! Treffen dich aber um 15 Uhr im Fischhus.*

„Scheiße, sein Punktspiel! Daran habe ich ja überhaupt nicht mehr gedacht! Was mache ich denn jetzt nur?"

Mir rutschte vor Angst das Herz in die Hose. Ich konnte mir Franks strafendes Gesicht schon förmlich vorstellen und zu Recht.

Schon war der schöne Tag dahin und ich hatte Angst vor dem, was mich erwartete, denn ich wusste, wie Frank sein konnte, wenn er wütend ist.

Mit flauem Magen ging ich Richtung „Fischhus" und schon von Weitem sah ich, das ich recht hatte. Sie saßen in der äußersten Ecke des Restaurants und Franks Gesicht sprach Bände.

Ich war auf alle gefasst, denn ich kannte den Ausdruck in seinen Augen.

Ich ging reumütig und mit gesenktem Kopf auf die beiden zu.

„Sorry!", sagte ich reumütig.

„Ist das alles, was du zu sagen hast?"

Franks Frage war so einschüchternd und ich fühlte mich wie ein kleines Kind, das vor seinem Vater steht und was ganz Schlimmes ausgefressen hat.

„Nein, es tut mir so leid! Ich habe dein Punktspiel total vergessen?", und dann sagte ich etwas, dass ich nie geglaubt hätte, es jemals zu sagen:

„Bitte, ich bin so ein Trottel und verdiene eine angemessene Strafe!"

„Sprich du mit ihm, sonst platze ich!", sagte Frank zu Christian, dann stand er wütend auf und ging zum Wasser.

Christian schaute mich streng an und zeigte auf den Platz neben sich.

Nachdem ich mich gesetzt hatte, legte er los.

„Ich hatte dich als einen netten Kerl kennengelernt, aber dass du dich gegenüber uns und gerade gegen Frank so egoistisch aufführst, hätte ich nicht von dir gedacht. Du hast unsere ganze Planung durcheinandergebracht! Frank hatte heute ein Handballspiel! Hast du das vergessen? Er ist jetzt, wegen dir, aus der Mannschaft geflogen. Und wie stellst du dir vor, wie wir heute noch nach

Hause kommen sollen? Der nächste Zug geht, wegen des Streiks, erst morgen Früh und ich kann dann ein wichtiges Kundengespräch sausen lassen. Wie willst du das meinem Chef erklären? Du musst doch auch arbeiten, oder?"

Christian stand dann auch auf und ging zu Frank.
Er legte seinen Arm um ihn und sprach lange auf ihn ein. Ich hoffte, dass alles wieder gut wird, aber ich wusste, dass ich von Frank noch einiges zu erwarten hatte. Mir ging es so schlecht.
„Warum bin ich nicht im Hotel geblieben, dann wäre das alles nicht passiert?", sagte ich leise und wütend zu mir selbst.
Das Punktspiel hatte ich total vergessen und dass er aus der Mannschaft geflogen war, tat mir unsagbar leid. Ich machte mir die größten Vorwürfe! Auf einmal war die Kulisse, des Hafens nicht mehr so schön!

Sie kamen dann, an den Tisch, zurück und setzten sich.
Frank sah mich strafend an und sagte forsch:
„Ich hab dir vor ein paar Tagen schon gesagt, wenn du noch mal einfach abhaust, versohle ich dir deinen Arsch und ich muss mir das reichlich überlegen, ob ich das, nach deinem Verhalten, nicht wahr mache!"
Ich senkte den Kopf und fragte:
„Was kann ich tun, um euch zu zeigen, dass mir mein Verhalten sehr leidtut!" Aber Frank trat ganz dicht an mich heran und fauchte mir ins Gesicht:
„Das ist nicht zu entschuldigen und du willst eine Strafe? Die sollst du bekommen und wenn ich von dir noch einen Muck höre, dann kannst du hier schon meine Hand spüren!"
Dann holte er sein Handy raus und rief unseren Chef an.
Er entschuldigte uns für den morgigen Tag, in dem er sagte, dass es ihm noch nicht so gut geht und dass ich jetzt auch noch flach liege.

„Was für eine Lüge!", sagte Frank und schaute mich dabei an, nachdem er aufgelegt hat.

Er hatte mal einen Kollegen, vor versammelter Mannschaft, zusammengeschissen, weil er einen Kunden belogen hat.
Der Kunde hat es dann herausbekommen und gekündigt und weil der Mitarbeiter noch in der Probezeit war, flog er im hohen Bogen aus der Firma. Frank war damals so sauer, dass ich froh war, dass ich nicht derjenige war, der gelogen hatte.
Danach vermied ich es, zu lügen, weil ich genau wusste, dass Frank es zum Tod nicht ausstehen konnte, wenn man nicht die Wahrheit sagt.
Außer die Sache mit den Monteuren, denn da hielt ich mich bedeckt und ich hatte ein ganz schlechtes Gefühl dabei.

„So, Christian, lass uns noch ein Bier trinken und denn ab zurück ins Hotel, damit der Egoist ins Bett kommt. Ich will den heute absolut nicht mehr sehen!"

Das sagte Frank so abwertend, dass ich mich jetzt noch schlechter fühlte, und wäre am liebsten weggelaufen, aber da fehlte mir damals noch der Mut.
Christian stimmte Frank eindeutig zu und bestellte dann zwei Bier. Ich bekam nichts zu trinken und ich traute mich auch nicht, mir selbst etwas zu bestellen.
Die ganze Situation wurde nicht besser, als Frank per SMS erfuhr, dass seine Mannschaft verloren hatte und sie es bedauerten, dass er nicht mehr dabei war.
Er wurde, nachdem er es vorgelesen hatte, noch wütender und schlug mit der Faust auf den Tisch. Ich zuckte vor Schreck zusammen und mir kamen die Tränen.
Zurück im Hotel schickt Frank mich gleich mit den Worten ins Bett:
„Glaube ja nicht, dass es damit, für dich schon ausgestanden ist und wenn ich heute noch einen Mucks von dir höre, bist du fällig!"
Danach schlug er laut die Tür zu.
Ich zog mich aus und vergrub mich unter die Decke.
Im anderen Zimmer zog Frank noch lauthals über mich her und Christian stimmte ihm immer wieder zu.

Frank fragte ihn, was er morgen mit seinem Kundentermin macht.

Christian sagte lachend, dass er gar keinen hätte und dies nur gesagt hat, um mir ein noch schlechteres Gewissen einzureden.

„Du bist doch ein durchtriebenes Schwein!", sagte Frank, jetzt auch lachend.

„Komm, lass uns was Essen gehen, mein Magen hängt mir schon auf den Kniekehlen."

„Gute Idee, ich hab auch Hunger", sagte Frank.

Ich hörte die Zimmertür und dann ich war ich wieder ganz allein!

Jetzt bekam ich einen Weinkrampf, wie ich einen noch nie gehabt hatte.

Ich wünschte, diesen Tag hätte es nie gegeben.

Mir ging so vieles durch den Kopf und ich hoffte, dass morgen wieder alles gut wird! Frank war eigentlich nicht nachtragend, aber so sauer hatte ich ihn auch noch nie erlebt und ich glaube, da braucht es noch einiges mehr als nur eine Entschuldigung, um ihn wieder zu besänftigen.

Es war schon neun Uhr, als ich wach wurde, und ich hatte gerade mal zwei Stunden geschlafen. Meine Augen waren, vom vielen Weinen, gerötet und ich fühlte mich wie gerädert.

Ich hörte Frank und Christian nebenan reden. Meine Blase drückte und ich musste unbedingt aufs Klo. Auch mein Mund zog sich vor Durst zusammen.

Ich überlegte, einfach ins Bad zu gehen, aber dann müsste ich durch Franks und Christians Zimmer. Der Gedanke erübrigt sich, als die Tür aufging und Christian reinkam.

„Zieh dich an, packe deine Sachen und komme runter zum Auto!", sagte er scharf.

Ich sagte leise und eingeschüchtert:

„Ja!", und sprang schnell aus dem Bett.

Ich wollte keine Zeit verlieren und sie nicht warten lassen, deshalb beeilte ich mich und verließ, ohne aufs Klo zu gehen, das Hotelzimmer.

Die beiden saßen schon im Auto und sahen genervt aus. Ich schmiss meinen Rucksack in den Kofferraum und setzte mich auf den Rücksitz, dann fuhr Frank los.

Sie sprachen, auf dem Weg nach Hause, kein Wort mit mir und ich fragte mich, was sie jetzt mit mir vorhatten. Ich hoffte nicht, dass Frank die Drohung wahr macht und mir den Arsch versohlt, obwohl ich es echt verdient hätte.
Kurz bevor wir in Celle waren, rief Frank unseren Arzt Ben an, um einen Termin für uns beide zu bekommen.
Er hatte gerade Mittagspause und deshalb fuhren wir auch direkt, zu ihm, in die Praxis. Der schrieb uns für diesen Montag krank, mit der Bitte, uns mal bei ihm sehen zu lassen.
Wir verabschiedeten uns von ihm und fuhren weiter zur Firma, um die Krankmeldungen abzugeben. Frank ging allein hinein und blieb etwa zehn Minuten.
Die Zeit kam mir vor wie Stunden, denn Christian sah starr nach draußen und sagte keinen Ton. Das war für mich sehr beklemmend und ich wusste nicht, wie ich mich verhalten sollte. Als Frank wieder kam, dachte ich, dass er mich, bei mir zu Hause, absetzt, aber er fuhr in Richtung seines Penthouses.
Nachdem Frank seinen Kofferraum aufgemacht hatte, gingen beide Richtung Lift, ohne ihre Sachen herauszunehmen.
Das hieß wohl, dass ich ihre Sachen hochtragen musste. Ich musste sie zu Fuß, in den sieben Stock tragen, weil sie, nur um mich zu ärgern, den Lift blockiert haben, nachdem sie oben angekommen waren.
Die Tür waren nur angelehnt und ich hörte sie dreckig lachen.

Nachdem ich, total geschafft, unsere Sachen abgestellt hatte, stellte Christian sich ganz dicht an mich, sodass ich nur einen Zentimeter von seinem Gesicht entfernt war und sagte mit strenger Miene:
„Es wäre wohl besser, wenn du jetzt ins Schlafzimmer gehst, denn Frank ist immer noch so sauer, dass ich ihn kaum noch zurückhalten kann, gegenüber dir ausfällig zu werden!"
Ich schaute zu Frank, der wütend auf dem Sofa saß.

Daraufhin nickte ich und ging mit gesenktem Kopf, Franks Tasche und meinem Rucksack ins Schlafzimmer und schloss die Tür.

Ich ließ erst mal die Sachen fallen und lief ins Bad, das direkt an Franks Schlafzimmer angeschlossen war, hielt meinen Kopf unterm Wasserhahn, um meinen ungehörigen Durst zu löschen. Nachdem ich endlich auf Klo gehen konnte, packte ich Franks und meine Sachen aus.

Es war erst 14 Uhr und eigentlich zu früh, um zu Bett zu gehen, aber da ich so müde war, weil ich fast die ganze letzte Nacht nicht geschlafen hatte, zog ich mich aus und schlüpfte unter die Decke. Ich konnte ja doch nichts machen. Ich musste jetzt darauf warten, dass Frank sich beruhigt und dann von sich selbst auf mich zu kommt, alles andere würde er nicht akzeptieren. Ich war ja schon froh, dass ich in seinem Bett lag und er mich nicht rausgeschmissen hat. Nach dem Streit wäre es sowieso ein Wunder, wenn es wieder so wird wie vorher, deshalb kann ich schon froh sein, dass er mich nicht verstößt.


Ich wurde durch einen Kniff, in die Seite, wach. Es war schon 21 Uhr und die Nachttischlampe brannte. Christian saß auf der Bettkante und hatte einen Teller mit Pommes und Currywurst auf dem Schoß.
Er sagte ruhig:
„Du hast doch Hunger, oder?"
„Ja, danke!?", sagte ich völlig überrascht.
Dann stellte er den Teller und eine Flasche Wasser auf den Nachtisch und ging dann, ohne noch etwas zu sagen, aus dem Schlafzimmer.


Ich hatte wirklich Hunger. Seit gestern Nachmittag hab ich ja auch nichts mehr gegessen. Ich schlang alles, in kürzester Zeit, in mich rein und trank ein wenig Wasser. Ich war froh, dass sie beim Essen-Bestellen auch an mich gedacht hatten, denn bis morgen hätte ich den Hunger nicht mehr ausgehalten. Beruhigt und vollgefressen, schlief ich auch gleich wieder ein.

Es war gegen 1 Uhr, als ich wieder aufwachte und zu meiner Überraschung lag Frank neben mir. Er schlief mit seinem Rücken zu mir gewandt und atmete tief und schwer. Sein nackter Arsch berührte meine Hüfte. Das freute mich sehr.

„Also hab ich es doch noch nicht ganz bei ihm verschissen!", dachte ich und legte mich dichter an ihm ran. Er wachte kurz auf und drehte sich zu mir, dann schmiegte er sich an mich und schlief wieder ein.

Mann, war ich froh darüber und ich genoss den engen Kontakt mit ihm. Mir wurde ganz warm ums Herz, ich wusste aber, dass er mir trotzdem noch lange nicht verziehen hat.

Als wir durch den Wecker wach wurden, schaute ich ihn an und sagte:

„Guten Morgen!"

Frank löste sich, ohne mir zu antworten, von mir und ging ins Bad. Ich ging nur mit einer Unterhose bekleidet in die Küche und machte für ihn Frühstück. Mir gönnte ich nur ein dürftig belegtes Brot, das ich mir, während ich Franks Brötchen schmierte, hastig in mich reinzwang. Als Frank mit seinem Bademantel aus dem Bad kam, stellte ich seine Brötchen auf den Esstisch und ging dann ins Zimmer, um mich auch fertig zu machen.

Frank war den ganzen Tag sehr kühl und reserviert und sprach nur das Notwendigste mit mir. Das merkten auch die Kollegen, sagten aber nichts dazu.

Die ganze Woche war eine einzige Quälerei, neben den beiden. Frank und Christian ließen mich links liegen, obwohl ich immer wieder versucht hatte, mich bei ihnen zu entschuldigen. Mir blieb also nichts anders zu tun, als mich um den Haushalt zu kümmern und abzuwarten.

Ich spielte immer öfter mit dem Gedanken, mich einfach aus dem Staub zu machen, aber ich hoffte, dass Frank sich wieder beruhigt und wenigstens mit mir redet, denn ich liebte ihn doch so! Es war Samstag, der Tag vor dem ersten Advent, und deshalb fuhr ich mit dem Lift in den Keller, um die Weihnachtsdekoration zu holen.

Ich war an diesen Tag sehr traurig, weil die beiden mich eigentlich heute, in meiner Wohnung, besuchen wollten. Leider kam es jetzt anders und ich saß in Franks Keller und sortierte Weihachsmänner und Christbaumkugeln.

Fast eine Woche sprachen sie jetzt schon nicht mit mir. Das war echt hart für mich und ich fragte mich, ob das jetzt so bleibt oder ob ich irgendwann noch mal eine Chance bekam.

Ich kniete auf dem Kellerboden und öffnete gerade einen Weihnachtskarton, als plötzlich Frank vor mir stand. Ich schaute ängstlich zu ihm auf und dachte, dass er mir wieder eine Strafpredigt halten wollte, weil ich unerlaubt die Wohnung verlassen hatte, aber er stand nur da und betrachtete seinen Keller.

Er sah so gut aus mit seiner engen Hose. Er stand so dicht, dass ich ihn riechen konnte.

Ich vermisste Frank und wünschte mir so sehr, dass er mich mal wieder in den Arm nimmt.


„Hat sich eine Menge angesammelt in den letzten Jahren, da muss unbedingt mal ausgemistet werden", sagte er ruhig.

Ich erschrak vor seinen Worten, denn ich hatte nicht damit gerechnet, dass er etwas sagen würde, und zu meiner Überraschung sagte er noch etwas:

„Wir fahren zu Ben und es kann spät werden!" Er lächelte mich kurz an und ging dann in die Tiefgarage.

„Er hat wieder mit mir gesprochen! Nur kurz, aber er hat wieder mit mir geredet!"

Ich war so froh und glücklich!


Was für ein schöner Abend! Das Dekorieren ging mir jetzt richtig schnell von der Hand. In grade mal zwei Stunden hatte ich die ganze Wohnung fertig geschmückt.

Danach putzte ich noch hier und da und wusch die gesamte Wäsche weg.

Christians Zimmer mied ich und machte einen großen Bogen um seine Tür, denn gerade jetzt, wo ich hier alleine war, bekam ich ein beklemmendes Gefühl und ich hoffte, dass sich das von neulich nicht wiederholt.

Ich ging dann gegen 22 Uhr ins Bett, um den beiden nicht zu begegnen. Als ich gerade ein Buch aufschlug, um ein paar Zeilen zu lesen, klingelte mein Handy.

„Hier ist Ben", ertönte es aus dem Hörer.

„Hallo Ben", antwortete ich.

„Hi Kleiner, Frank und Christian sind gerade los und ich möchte dir schnell erzählen, dass du heute Abend Thema Nummer eins warst. Ich fragte, wo du bist, und sie erzählten mir die ganze, scheußliche Geschichte. Ich bin zwar auch nicht begeistert, wie du dich verhalten hast, aber ich versuchte, ein bisschen zu schlichten. Ich brachte die beiden so weit, sich einmal in deine Lage zu versetzen. Jedenfalls wollen sie heute noch mit dir sprechen und ich wollte dich nur vorwarnen, bevor sie nach Hause kommen."

„Danke Ben", sagte ich ängstlich.

„Du brauchst keine Angst zu haben, denn sie werden dir bestimmt nicht gleich den Kopf abreißen."

Dann sagte er:

„Tschüss", und legte auf.

# Kapitel 2

Mir war richtig mulmig zumute und ich wusste überhaupt nicht, was ich machen sollte, wenn sie nach Hause kommen. Ich beschloss, das Licht auszumachen und mich schlafend zu stellen, denn sie müssten ja jeden Moment kommen.
Aber sie kamen nicht! Schon 23 Uhr und ich machte mir langsam Sorgen, denn man fährt von hier höchstens 20 Minuten bis Ben. Ich stand auf und ging zum Fenster.
Draußen war es kalt und es schneite.
Hoffentlich ist ihnen nichts passiert!
Um 23:30 Uhr wollte ich Ben anrufen, um zu ihn zu fragen, ob Frank und Christian noch woanders hinwollten, als das Festnetztelefon klingelte.
Ich fuhr zusammen.
„Wer sollte denn jetzt noch anrufen?", dachte ich.
Ich nahm ab und sagte:
„Hallo!"
„Mit wem spreche ich?", sagte eine Männerstimme.
„Mit Christoph Klier", sagte ich unsicher.
„Ich bin Doktor Martin aus dem AKH Klinikum Celle. Kennen Sie einen Frank Matz?"
„Ja, das ist ein Freund von mir! Ist ihm etwas passiert?"
„Hat ihr Freund irgendwelche Angehörige, die ich sprechen kann?"
„Nein, die sind leider alle schon verstorben!"
Nach einem kurzen Zögern sagte der Doktor:
„Okay, ich muss ihnen leider sagen, dass Herr Frank Matz, gemeinsam mit Christian Hertz, einen schweren Unfall gehabt hat."
Ich war wie erstarrt und konnte einige Sekunden überhaupt nichts sagen.
„Herr Klier, sind Sie noch da?", fragte der Doktor.
„Ja, ja, das ist doch ein Scherz?"

„Nein, leider nicht. Wir haben die Nummer einer Visitenkarte aus seinem Portemonnaie entnommen und ich muss ihnen sagen, es sieht für beide nicht gut aus!"

„Oh mein Gott, kann ich vorbeikommen?", sagte ich völlig fassungslos.

„Sie werden gerade operiert, aber ich habe trotzdem nichts dagegen. Melden Sie sich dann aber bei mir an!"

Ich sagte nur „Danke!" und legte auf.

Ich saß an Franks Schreibtisch und starrte regungslos an die weiße Wand.

Ich konnte es nicht fassen, was ich da gerade gehört habe.

Ich fuhr wie in Trance zur Klinik, wo bereits Doktor Martin auf mich wartete.

Frank kam gerade aus dem OP und lag auf der Intensivstation, aber Doktor Martin hielt mich ab, gleich zu ihm zu gehen.

Er sagte mir, dass die OP gut gelaufen ist, er aber noch nicht außer Lebensgefahr ist. Frank hatte unzählige Knochenbrüche und innere Verletzungen, aber das Schlimmste waren die Kopfverletzungen, die er vielleicht nicht überleben würde.

Doktor Martin legt seine Hand auf meine Schulter, um mich zu trösten, denn ich fing an zu weinen und die Tränen liefen mir über mein Gesicht.

Ich fragte Doktor Martin, wie es Christian ginge, doch der zuckte nur mit den Schultern und sagte, dass er noch im OP ist und wir abwarten müssen.

Später erfuhr ich, dass es ihm noch schlechter ging als Frank. Christian wurde über fünf Stunden operiert. Er hatte, genau wie Frank, schwere Hirnverletzungen und viele Glasschnitte im Gesicht.

Bevor ich zu Frank ans Bett konnte, fragte mich ein Polizist, der kurz vor mir gekommen war, nach den Daten der beiden. Ob Frank einen Angehörigen hat, den er benachrichtigen kann oder wo er arbeitet usw.

Ich beantwortete alle Fragen, die Frank betrafen, aber als er nach Christian fragte, merkte ich, dass ich über ihn überhaupt nichts wusste.

Ich konnte mich nur von unserem Gespräch erinnern, dass sein Vater ein Rechtsanwalt ist, aber jetzt nicht mehr praktiziert und dass er, genau wie Frank, aus Nürnberg kommt.

Der Polizist fragte noch, ob ich wüsste, ob die beiden ein Handy besitzen.

Ich bejahte seine Frage und gab ihm beide Nummern. Als Letztes fragte er mich noch, ob ich die Schlüssel zu den Wohnungen der beiden habe, um nachzuschauen, ob ich die Handys da finde. Ich bejahte auch diese Frage und eine Schwester, die die ganze Zeit danebenstand, sagte, dass sie noch die Chipkarten braucht und ob ich sie dann auch suchen und vorbeibringen kann.

Nach Franks Chipkarte zu suchen, war für mich kein Problem aber nur der Gedanke, in Christians Zimmer gehen zu müssen, trieb mir den kalten Schweiß auf die Stirn.

Ich fragte ihn, wie denn eigentlich der Unfall passiert ist und er sagte, dass sie auf der Tangente Richtung Norden, bei schneeglatter Straße, die Kontrolle verloren haben und den Abhang runtergestürzt sind, dabei haben sie sich ein paarmal überschlagen. Jetzt musste ich mich setzen, denn mir wurde ganz anders und ich bekam eine Gänsehaut.

Nachdem ich mich wieder gefasst hatte, durfte ich endlich, zusammen mit Doktor Martin, zu Frank. Er lag da wie ein Häufchen Elend. Sein Kopf war verbunden und er wurde beatmet.

„Ich würde gerne hierbleiben. Ist das in Ordnung?", fragte ich Doktor Martin.

„Ja, natürlich!", sagte der Arzt.

Ich setzte mich auf einen Stuhl, direkt vor sein Bett und hielt seine Hand.

Nach einer Stunde schlugen dann sämtliche Geräte Alarm und Frank musste wieder in den OP.

Ich wartete bis in den frühen Morgen, bis mich eine Schwester bat, nach Hause zu fahren.

Sie hatte ja recht, ich konnte sowieso nichts für ihn machen und sie hatten ja meine Nummer, um mich anzurufen, wenn sich etwas veränderte.

Eigentlich durften sie das alles nicht, da ich ja kein direkter Angehöriger war, aber ich war, zu dem Zeitpunkt, der einzige Ansprechpartner, der ich, wenigstens für Frank, auch bleiben sollte.

Christian war, als ich ging, auch noch im OP und ich hoffte, dass sie beide dieses Unglück überleben.

Als ich ins Franks Wohnung kam, blinkte der Anrufbeantworter. Das Display zeigte zwei Sprachnachrichten.

Ängstlich drückte ich den Knopf, um sie abzuhören:

Nachricht 1

*„Hertz hier, die Polizei hat uns angerufen und sind auf den Weg nach Celle. Bitte rufen Sie mich unter dieser Nummer zurück!"*

Nachricht 2

*„Hier ist Ben – Frank und Christian sind in der Klinik. Ruf mich bitte schnell zurück, wenn du das abhörst!"*

Erst mal war ich froh, dass es nicht die Klinik war, um mir eventuelle schlechte Nachrichten zu überbringen. Der Gedanke, jetzt Christians Vater anrufen zu müssen, trieb mir den kalten Schweiß auf die Stirn.

Ich wollte selbst getröstet werden und deshalb beschloss ich, erst einmal Ben anzurufen.

Er war sehr lieb und sagte:

„Ich bin schon in der Klinik, um mich zu informieren."

„Ich war die ganze Nacht da und die Polizei hat mir unzählige Fragen gestellt."

„Ja, das ist normal. Warum hast du mich denn nicht angerufen, denn hätte ich dir doch zur Seite stehen können."

„Entschuldige, an dich habe ich in der Aufregung nicht gedacht! Wie geht es denn den beiden?"

„Noch leider unverändert! Du bist im Penthouse, oder?"

„Ja, ich muss die Krankenkassenkarten und die Handys, von Frank und Christian, suchen."

„Nach den Handys brauchst du nicht zu schauen. Die haben sie gestern Abend bei mir vergessen. Deshalb wusste ich doch erst von ihrem Unfall.

Der Polizist hat gleich, die Nummer gewählt, nachdem du sie ihm gegeben hast.

Ich habe sie den Polizisten schon gezeigt und nach kurzer Kontrolle haben sie sie mir wieder zurückgegeben. Du kannst sie nachher haben. Ich schaue, wenn du nichts dagegen hast, bei dir vorbei."

„Ja gerne, dann bin ich nicht so allein!"

„Das sehe ich auch so, denn geteiltes Leid ist nur halbes Leid."

Nachdem ich aufgelegt hatte, wählte ich die Nummer von Christians Vater!

Ich erzählte ihm kurz, was passiert war, und schlug ihm vor, uns gegen Abend hier in der Wohnung zu treffen. Ich gab ihm die Adresse und legte dann auf.

Ich sah dann auf Christians Zimmertür und mir wurde dabei ganz übel.

„Ich muss aber da rein!", sagte ich zu mir selbst.

Ich überwand mich und öffnete seine Tür.

Das Zimmer hat Christian sehr stilvoll eingerichtet.

Vor dem Bett stand sein 120 Zoll Fernseher und auf dem Schreibtisch stand ein nicht ganz billiger Laptop. Er hatte seinen Raum mit vielen geschmackvollen Kissen und Decken dekoriert und schöne Bilder hingen an den Wänden.

Ich durchsuchte schnell seine Unterlagen, im und auf dem Schreibtisch, um so schnell wie möglich wieder hier rauszukommen.

Ich fand eine Gehaltsabrechnung seines Arbeitgebers und die wichtige Krankenkassenkarte.

Ich schloss die Schublade und ging dann schnell Richtung Zimmertür.

Im Vorbeigehen sah ich im Regal, ein Fotoalbum. Ich schlug es noch schnell auf und fand Bilder von Frank und Christian in jungen Jahren. Sie zeigten die beiden in eindeutiger Pose. Das eine zeigte sie nackt und eng umschlungen an einem Strand und auf dem anderen schauten sie sich nur verliebt an.

Ich schlug das Album wieder zu und stellte es zurück ins Regal.

Ich wusste nicht, was ich davon halten sollte.

„Sie hatten doch in der vergangenen Woche erzählt, dass sie nur einen One-Night-Stand hatten, aber das sah mir nach einiges mehr aus?", sagte ich zu mir selbst.

Na egal, ich hatte damals nicht die Nerven, darüber nachzudenken, und außerdem musste ich wieder aus dem Zimmer raus, um nicht kotzen zu müssen, denn mir wurde richtig übel, wenn ich das Bett sah.


Es war ein komisches Gefühl, Franks Sachen zu durchsuchen.

Mit gemischten Gefühlen ging ich auf seinen Schreibtisch zu.

Ich hatte Angst, etwas aus seiner Vergangenheit zu erfahren, was mein Bild von ihm noch mehr trübt.

Ich setzte mich auf seinen großen Bürosessel und mir kam das alles einem Vertrauensbruch gleich.

Für mich war dieser Platz immer tabu, nicht weil Frank es nicht wollte, dass ich in seinen Sachen schnüffle, eher respektierte ich seine Privatsphäre und kam nie auf die Idee, sie dadurch zu verletzen.

Ich wusste, dass vor Wochen ein Brief von seiner Krankenkasse kam, aber ob da seine neue Karte drin war, wusste ich nicht.

Ich machte die Schubladen auf und durchstöberte seine Unterlagen.

Ich fand nur irgendwelche Schriftstücke von Versicherungen und Rechnungen, aber keine Spur von einer Krankenkassenkarte.

„Der Safe, ja, warum ist mir das nicht früher eingefallen!", fuhr es in mein Gedächtnis.

Frank hatte einen Tresor, ganz klassisch, hinter einem Bild versteckt und ich wusste auch, wo der Schlüssel ist.

Ich lief sofort ins Schlafzimmer und holte das rote Lexikon aus dem Schrank. Zusammengepresst im letzten Drittel des dicken Wälzers lag er.

Frank wusste, dass er mir vertrauen konnte, und machte vor mir kein Geheimnis daraus, wo er seine Sachen versteckte.

Ich öffnete zögerlich den Safe.

In einem kleinen Fach lagen teure Uhren, goldene Ketten und Ringe. Sie waren mir nicht unbekannt, weil er eigentlich immer etwas von dem Schmuck trägt.

Im größeren Fach war eine Kiste. Ich nahm sie heraus und öffnete sie.

Ich nahm ein dicken Batzen Papier heraus und mir stockte der Atem.

Da waren Aktienpakete von mehreren Hunderttausend DM und ein Jahreskontoauszug wies einen Betrag von 12 Millionen DM auf. Ich lehnte mich erst mal zurück, um mich zu beruhigen.

Dass er viel Geld von seinen Eltern geerbt hatte, wusste ich, aber dass es so viel war, war mir gänzlich unbekannt.

Ich nahm die gesamten Unterlagen heraus und fand endlich den Brief, mit der Chipkarte. Als ich ihn dann herausnahm, lag ganz unten ein dicker DIN-A4-Umschlag mit meinem Namen drauf.

Ich legte das verschlossene Kuvert direkt vor mir auf den Schreibtisch und starrte es an.

„Soll ich es aufmachen? Was würde Frank sagen, wenn er wüsste, was ich hier gerade machte?", fragte ich mich, dann klingelte das Telefon und riss mich aus meinen Gedanken.

Ich nahm ab und Ben meldete sich.

„Es wäre wohl besser, wenn du herkommst, denn es geht Frank nicht gut und es könnte sein, dass er …!" Seine Stimme verstummte.

„Ich komme sofort!", sagte ich, packte alles wieder in den Safe und verschloss ihn, dann steckte ich schnell den Schlüssel, samt den Karten, in meine Jacke und fuhr in die Klinik.

Ben kam mir schon an der Anmeldung entgegen und nahm mich in seine Arme. Er drückte mich ganz fest und ich befürchtete das Schlimmste!

„Wie geht es Frank?", fragte ich ängstlich.
„Komm, lass uns zu ihm gehen!"
Im Fahrstuhl sagte Ben:
„Franks Verletzungen sind echt schlimm und eigentlich ist es ein Wunder, dass er jetzt noch lebt."
Nach diesem Satz brach ich zusammen und heulte wie ein Schlosshund.
Ben und eine Schwester brachten mich in ein Behandlungszimmer, wo sie mich auf eine Liege legten.
Ben gab mir gleich eine Beruhigungsspritze und ein Glas Wasser.
Nach einer halben Stunde fragte Ben, der mir die ganze Zeit die Hand gehalten hat:
„Wie sieht's aus, mein Kleiner, fühlst du dich jetzt gewachsen, zu Frank zu gehen?"
Ich nickte betroffen und richtete mich auf.
Mir zitterten die Knie, als wir auf der Intensivstation ankamen.
Nachdem ich der Schwester die Chipkarten gegeben hatte, gingen wir zu Frank.
Ben nahm zwei Stühle und wir setzten uns direkt zu ihm ans Bett.

Er sah noch schlimmer aus als in der Nacht. Überall aus seinem Körper schauten Kabel und Schläuche heraus.
Seine Augen waren eingefallen und sein ganzes Gesicht sah aus, als wenn er gerade aus einem Boxring kam. Sein Nacken war mit einer Halskrause fixiert und der linke Arm war eingeschient. Aber das Schlimmste war die große OP-Narbe im Bauchbereich. Ben sagte, dass Frank an der Milz und an der Niere operiert wurde.
Ich nahm wieder seine Hand und betete, dass er am Leben bleibt.
Ich liebte ihn doch so und ich kann mir nicht vorstellen, ohne ihn zu leben.

Doktor Martin kam herein und fragte, ob es schlimm wäre, wenn er Ben mal für ein paar Minuten entführen könnte. Ich sagte, dass das kein Problem ist, worauf die beiden den Raum verließen.

Durch eine Scheibe sah ich Christian liegen. An seinem Bett saß ein älteres Paar. Nach kurzem Zögern stand ich auf und ging zu ihnen rüber.

Christians Gesicht sah noch schlimmer aus. Er hatte überall Schnittwunden und blaue Flecke.
Ich reichte beiden meine Hand und stellte mich vor:
„Mein Name ist Christoph Klier, wir haben vorhin telefoniert!"
Der ältere Mann drehte sich um und erwiderte meinen Handschlag und sagte:
„Ich bin Ludwig Hertz und das ist meine Frau Grete, wir sind Christians Eltern."
„Wie geht es ihm?", fragte ich.
„Christian schwebt Gott sei Dank nicht mehr in Lebensgefahr, er ist aber noch nicht über den Berg, was man von Frank leider noch nicht behaupten kann, oder!?", sagte Grete Hertz.
„Nein, es geht ihm sehr schlecht und die Ärzte sagen, dass er es vielleicht nicht schafft!" Dabei liefen mir schon wieder die Tränen über meine Wangen.
„Wir dürfen die Hoffnungen niemals aufgeben!", sagte der alte Mann und schlug mir auf die Schulter.
„Soll ich morgen Früh seinen Chef anrufen?", sagte ich.
„Nein, das haben wir schon gemacht. Er ist ein guter Freund von uns", sagte die alte Dame verweint.
„Wie schon angeboten, können wir uns später gerne in der Wohnung treffen", sagte ich. Sie bedankten sich, wollten aber jetzt verständlicherweise erst einmal hierbleiben und sich morgen bei mir melden. Ich gab ihnen noch meine Handynummer und verließ dann den Raum.
Auf dem Flur kamen mir Ben und Doktor Martin entgegen.
Sie hielten mich davon ab, zu Frank zu gehen.

Um sein Bett waren viele Ärzte und Schwestern, die aufgeregt an ihm herumwuselten. Ich schaute Ben fragend an, doch der beschwichtigte mich mit ruhigen Worten und sagte:

„Es ist nur eine Routinekontrolle", aber als ich von einem Arzt Defibrillator hörte, wusste ich, dass er nicht die Wahrheit gesagt hat.

Ben senkte den Kopf und Doktor Martin nahm mich dann beiseite und sagte:

„Herr Matz hatte einen Herzstillstand und muss jetzt wiederbelebt werden."

Ich hörte das Aufladen des Gerätes und sah, wie es sich wieder, in Franks Körper, entlud. Mir wurde dabei ganz anders und ich schaute weg.

Sie brachten mich von der Intensivstation und setzten mich auf einen Stuhl. Ben brachte mir einen Kaffee, der jetzt genau das Richtige war.

Nach einer halben Ewigkeit kam ein Arzt zu uns und sagte, dass es ihnen gelungen ist, Herr Matz wieder zu stabilisieren.

Mir fiel ein Stein vom Herzen und ich fragte:

„Darf ich wieder zu ihm?"

Der Arzt, der der Professor der Klinik war, was ich aber erst später erfuhr, sagte bedauernd:

„Nein, Sie sollten doch lieber nach Hause fahren und sich ausruhen."

Ich schaute Ben an, der zu mir sagte:

„Ich bleibe hier und wenn sich etwas ändert, rufe ich dich gleich an."

Ich stimmte schweren Herzens zu, da ich jetzt merkte, dass ich mich vor Müdigkeit kaum noch halten konnte.


Der einzige Gedanke galt diesem Umschlag mit meinen Namen darauf. Sofort kramte ich, als ich in Franks Wohnung angekommen war, den Schlüssel aus meiner Jacke und öffnete den Safe. Ich legte den Umschlag wieder vor mir, auf den Schreibtisch. Ohne zu zögern, machte ich ihn vorsichtig auf und griff hinein. Ich zog einen Stapel Schriftstücke heraus. Obendrauf lag ein Brief mit der Aufschrift:

*An meinen Hasen*
*Christoph Klier!*

Ich bekam einen Kloß im Hals und ich konnte meine Tränen nicht unterdrücken. Ich öffnete den Brief und las:

*Hallo, mein Kleiner, 19.11.1998*

*wenn du das liest, bin ich entweder tot oder nicht mehr ansprechbar und da ich in beiden Fällen mich nicht mehr äußern kann, schreibe ich dir, schon vorher, diesen Brief.*
*Du sollst wissen, dass ich dich, seit ich dich kenne, sehr liebhabe und ich es mir niemals vorstellen kann, dich irgendwann ziehen lassen zu müssen.*
*Nun bin ich derjenige, der ziehen muss und ich kann mir vorstellen, wie du dich in diesem Moment fühlst, denn ich weiß, dass du mich auch sehr gerne gehabt hast.*
*Bitte versprich mir bitte, dass du nicht verzagst und dein Leben auch ohne mich weiterführst.*
*Ich möchte, dass du dir einen lieben Mann suchst, der dich liebt und mit dem du dich wohlfühlst.*
*Es war eine echt schöne Zeit mit dir, vielleicht die schönste in meinen Leben, auch wenn du es nicht immer leicht mit mir hattest. Trotzdem will ich, dass du mich irgendwann vergisst, damit du glücklich wirst.*
*Mir würde das Herz brechen, wenn ich wüsste, dass du den Rest deines Lebens einsam bist und immer nur der Vergangenheit und mir hinterhertrauerst.*

*Um das Finanzielle brauchst du keine Angst zu haben, denn ich hab gut für dich gesorgt.*
*Ich habe dir Vollmachten über meine Konten ausgestellt.*

*Bitte mach auch davon Gebrauch, denn ich möchte, dass es dir an nichts fehlt.*

*Dass du einen gesunden Menschenverstand hast, weiß ich und deshalb hab ich auf deinen Namen ein paar Verfügungen ausgestellt, die mir helfen, nicht unnötig leiden zu müssen, wenn ich nicht mehr selbst entscheiden kann.*

*Bitte lade dir nicht die Bürde auf, mich zu Hause zu pflegen. Suche mir lieber eine nette Einrichtung, in der ich würdevoll sterben kann.*

*Diese Unterlagen werden dir helfen, meine Wünsche durchzusetzen. Bitte lies sie dir aufmerksam durch, dann gib die von dir unterschriebenen Verfügungen unserem Freund und Hausarzt „Ben Falk". Er wird es schon an die entsprechenden Stellen weiterleiten.*

*So, mein Kleiner, du wirst dein Leben schon meistern, da bin ich mir ganz sicher.*

*Bitte sei nicht traurig und bitte hilf mir, in meiner möglichen Situation, denn du bist doch der Einzige, dem ich hundertprozentig vertraue.*

*Danke dir!*

*Ich liebe dich!*
*Dein Frank*

Meine Tränen tropften, auf die von Frank, geschriebenen Zeilen. Ich weinte so laut, dass man mich noch am Ende der Stadt hätte hören können.

„Warum liege ich nicht, an Franks Stelle, in der Klinik? Warum kämpfe ich nicht mit dem Tod? Oh Mann, ich liebe dich so, Frank!", schrie ich laut.

Nachdem ich mich wieder gefangen hatte, schaute ich mir die Verfügungen an.
Frank hatte drei Formulare ausgefüllt: eine Patienten-, eine Betreuungs- und eine Versorgungsverfügung.

Ich las sie, wie von Frank gewünscht, aufmerksam durch und unterschrieb sie alle drei.

Bei den Verfügungen waren noch, auf mich ausgestellte, Vollmachten über Franks Konten ausgestellt, aber ich hoffte, dass ich sie nie brauchen werde.

„Ich habe genug Geld, denn Frank hat ja, all die Jahre, alles für mich bezahlt. Nur wenn es zum Schlimmsten kommt, was ich nicht hoffe, werde ich, mit seinem Geld, seine Wünsche erfüllen", sagte ich so vor mich hin.

Als ich die Kiste wieder zurückstellen wollte, fiel mir ein weiterer Brief auf, der unter der Kiste lag. Ich nahm ihn heraus und auf dem Kuvert stand handschriftlich, in dicken Buchstaben:

*„Testament".*

Schnell legte ich ihn wieder unter der Kiste und schloss den Safe. Den Schlüssel legte ich wieder in das Lexikon und stellte das dicke Buch zurück in den Schrank.

Ich setzte mich auf das Sofa und betrachtete die weihnachtlich geschmückte Wohnung. Es war 13 Uhr und ich war hundemüde, aber ich konnte jetzt auf keinen Fall schlafen. Vielleicht ruft Ben oder die Klinik an und ich höre dann das Telefon nicht.

Plötzlich klingelte es an der Haustür Sturm. Ich öffnete meine Augen und war ganz verschlafen. Ich muss doch eingenickt sein, denn die große Wohnzimmeruhr schlug gerade 15 Uhr.

Es war eine holländische Uhr, die ich Frank zum 25. Geburtstag geschenkt hatte.

Er hatte sie schon vorher in einem Laden entdeckt, sie war aber, als er sie kaufen wollte, ausverkauft. Ich habe dann Himmel und Hölle in Bewegung gesetzt, um sie zu bekommen.

Im Internet, zu einen völlig überhöhten Preis, fand ich dann das gute Stück.

Das war mir aber egal, denn für Frank ist mir nichts zu teuer.
Den Lohn erhielt ich, als ich seine leuchtenden Augen sah, als
er sie auspackte.
Er hatte sich so sehr darüber gefreut und mich so dafür gedrückt.

Ich sprang sofort hoch und öffnete die Tür.
Zu meiner Freude war es Ben, aber er sah besorgt aus.
„Ich dachte schon, mit dir ist etwas passiert. Ich hatte dich schon
fünfmal versucht, anzurufen!"
„Sorry, ich bin wohl eingenickt!", sagte ich verschlafen.
„Kein Wunder bei dieser Aufregung! Ich mache uns erst mal
einen Tee."
Er ging in die Küche und setzte den Wasserkocher in Bewegung.
Ich ließ mich dann wieder geschafft auf das Sofa fallen und ihn
machen.
Nach einigen Minuten kam er mit zwei dampfenden Tassen aus
der Küche zurück und gab mir eine davon.
„Wie geht es Frank?", sagte ich, meinen Tee schlürfend.
„Wir haben ihn eben noch mal untersucht und es geht ihm ein
bisschen besser, aber er ist noch nicht außer Lebensgefahr. Christian geht es eindeutig besser. Er liegt zwar immer noch im Koma,
aber er hat gute Chance, wieder ganz gesund zu werden. Im Gegensatz hängt Franks Leben an einem seidenen Faden und wir
können jetzt nur abwarten!"
Ich erzählte Ben von dem Brief und zeigte ihn die Verfügungen,
worüber er regelrecht begeistert war.
„Ich wusste gar nicht, dass Frank so nachsichtig und so zukunfts-
orientiert ist. Das macht das Ganze für dich und für uns als Ärzte alles viel leichter!"
„Was heißt das für mich?"
„Da du mit Frank nicht verwandt bist, dürfen die Ärzte eigentlich keine Auskünfte über seinen Gesundheitszustand geben, aber
dank der auf dich ausgestellten Verfügung müssen sie dich über
alle Schritte informieren und du darfst dann in Franks Sinne entscheiden, wie es mit ihm weitergeht! Wenn du willst, leite ich
die Formulare an die zuständigen Stellen weiter?"

„Ja bitte! Frank hat geschrieben, dass du am besten weißt, wie man damit umgeht."

Mir war nicht wohl dabei, grundsätzliche Entscheidungen zu treffen, aber ich kannte Frank lange genug, um zu wissen, wie er in dieser Situation handeln würde.

„Fährst du noch mal in die Klinik? Denn sonst würde ich noch mal mitfahren!", sagte ich.
„Nein, und du auch nicht! Als Arzt verordne ich dir einen Teller Suppe, mindestens acht Stunden Schlaf und das zu Hause bei mir und ich möchte jetzt keine Widerrede von dir hören, denn in deinem Zustand lasse ich dich nicht hier allein!"
Ich fügte mich seinen Anordnungen, denn das war ich ja gewöhnt und es ist vielleicht auch besser so, hier erinnerte mich sowieso alles an die Geschehnisse der letzten Wochen.
Ich packte einige Klamotten zusammen und dann fuhren wir los.

Auf dem Weg zu ihm hielten wir noch kurz an der Klinik. Ben wollte so schnell wie möglich die Patientenverfügung dem behandelnden Arzt übergeben, damit ich, ab diesem Zeitpunkt, über alles informiert werde, was Frank betraf.
Als Ben wieder ins Auto stieg, fragte ich ihm, wie es Frank geht.
Er sagte nur kurz:
„Unverändert!"

Ich war noch nie bei Ben zu Hause.
Es war eine große Altbauwohnung, die direkt in der historischen Altstadt von Celle lag. Ich wusste, dass ihm das ganze viergeschossige Fachwerkhaus gehört und er noch vier Wohnungen vermietet hat. Seine Praxis betrieb er ganz unten im Haus.
Bens Wohnung war direkt da drüber und hatte einen langen Flur, von dem sämtliche Räume abgingen. Er führte mich gleich ins Wohnzimmer, das recht modern eingerichtet war.
Mir fielen gleich die Handys von Frank und Christian auf.
Ich schaute abwechselnd zu Ben und den Handys.

„Sie lagen versteckt unter einem Kissen und ich konnte das Klingeln nur schwach hören. Du kannst sie mitnehmen, wenn du möchtest?"

„Ja, das werde ich. Vielleicht ruft ja noch jemand an und will etwas Wichtiges von Frank!"

„So, ich muss erst mal aus meinen Klamotten heraus. Die stinken nämlich schon. Ich bin heute Früh, gleich nachdem ich dich angerufen hab, in die Klinik gefahren und da war keine Zeit mehr für eine Dusche", sagte er und verschwand.

Ich setzte mich auf das Ledersofa und schaute mich um. Ben hatte einen großen Fernseher und eine Top-Musikanlage. Unter dem Chrome-Couchtisch lag ein großer, heller Perserteppich, der den schönen Dielenboden bedeckte.

Ich sah mir Franks Handy an und tippte auf die Kurzmitteilungen. Seine letzten Unterhaltungen waren mit Christian und gingen ausschließlich um mich. Frank schrieb die ganze Woche, wie schlecht es ihm geht, so hart zu mir sein zu müssen.

Christian beruhigte Frank. Er schrieb, dass ich einmal ein Denkzettel bekommen müsse, sonst tanze ich Frank immer wieder auf der Nase herum und ob er vergessen hätte, dass er, wegen mir, aus der Mannschaft geflogen ist.

Mir tat es in der Seele weh, was ich da gerade las. Also war Frank gar nicht mehr sauer auf mich. Er wollte mir nur meine Grenzen aufzeigen.

Mir fiel ein Stein vom Herzen. Falls Frank stirbt, muss ich mir jetzt wenigstens keine Vorwürfe machen, dass er als Letztes nur „Wut" gegenüber mir empfand.

Als Ben wieder zurückkam, legte ich das Handy wieder auf den Tisch.

Er hatte sich eine schwarze Radlerhose und ein weißes Muskelshirt angezogen.

Es stand ihm ausgezeichnet. Ein Tattoo zog sich von seinem linken Arm, über seinen Rücken, bis zu seiner Brust. Man sah, dass er, genau wie Frank, oft im Fitnessstudio war, denn seine Muskeln waren gigantisch.

Seine Oberarme waren so dick wie mein Oberschenkel.

Ben war ungefähr 1,90 m groß, hatte an den Seiten kurz geschorene, aber sonst gelockte, blonde Haare. Er hatte für seine 28 Jahre ein sehr junges und markantes Gesicht.

Wie ich fand, sah er richtig süß und sexy in seinen Klamotten aus.

Er reicht mir seine Hand und sagte:

„Komm, ich habe alles für dich vorbereitet!"

Er lächelte, zog mich vom Sofa und führte mich in sein Schlafzimmer.

Ich schaute ihn fragend an:

„Hier bei dir?"

Er sah mich so lieb an, dass ich dahinschmolz, dann nahm er mich in seine Arme und sagte:

„Ich lasse dich heute Nacht keinesfalls alleine schlafen."

Er half mir, mich auszuziehen, schaute mir dann auf meine Unterhose und sagte:

„Die hast du doch auch schon länger als einen Tag an, oder?"

Ich nickte verschämt, dann zog er sie mir auch noch aus, schmiss sie zusammen mit meinen anderen Sachen in den Wäschekorb, gab mir ein Klaps auf meinen Arsch und sagte:

„So, nun ab in die Heia und schön brav darin liegen bleiben!"

Ben schlug mir die Decke auf und ich kroch darunter, dann verließ er lächelnd das Schlafzimmer. Nach kurzer Zeit kam er mit einer großen Tasse heißer Suppe zurück und setzte sich zu mir, auf die Bettkante.

Er hielt die Tasse unter mein Kinn, schöpfte und führte mir den Löffel zu meinem Mund.

„Ich kann auch alleine essen", sagte ich kleinlaut.

„Nichts da, du hast heute schon genug durchgemacht. Jetzt lässt du dich mal von mir verwöhnen!"

Ich ließ mich von ihm füttern, auch wenn es mir unangenehm war, denn daran war ich nicht gewöhnt, sonst musste ich in meinem Leben immer andere verwöhnen.

Ben alberte mit mir herum und sagte so was wie:

„… einen für Papa, …einen für Mama usw."

Wir kicherten und er meinte:

„Es ist mal schön, dich lachend zu sehen. Ich kenne dich nur als einen kleinen, traurigen Jungen!"

„Ich habe ja auch nicht viel zu lachen."

„Das wird jetzt aber anders. Auch wenn man Schicksale erlebt, darf man das Lachen nie vergessen!"

Als die Suppe alle war, zog er mir die Bettdecke bis unter meinen Hals und mümmelte mich ordentlich ein, dann sagte er:

„Schlaf jetzt, ich muss noch ein paar Telefonate führen, dann komm ich auch."

„Rufst du auch in der Klinik an?"

„Ja, auch, und meinen Vater. Ich werde ihn fragen, ob er die Woche meine Sprechstunde übernehmen kann, dann kann ich ganz für dich da sein und morgen Früh ruf ich auch noch euren Chef an."

„Aber ich wollte doch morgen arbeiten?"

„Nichts da, du wirst morgen erst mal ausschlafen. Das ist eine ärztliche Anordnung! Du bist völlig erschöpft und siehst aus wie der Tod, deshalb werde ich dich erst mal krankschreiben. Ich will dich nicht auch noch verlieren!", dabei hatte er Tränen in den Augen. Wir nahmen uns in den Arm und wünschten uns eine gute Nacht.

Ben löschte das Licht und ging ins Wohnzimmer. Ich hörte noch nicht mal mehr, dass er telefonierte. Es war zwar erst 19 Uhr, aber ich war so müde, dass ich gleich einschlief.

In dieser Nacht wachte ich immer wieder auf und deshalb bekam ich auch mit, als Ben gegen 23 Uhr ins Bett kam. Durch das schwache Licht der Straßenlaternen, die durchs Fenster schienen, sah ich, wie er sich nackt auszog. Er sah so unsagbar geil aus, dass ich Mühe hatte, mich unter Kontrolle zu halten. Er schlüpfte unter die Decke und schaute mich an, dabei bemerkte er, dass ich wach war und fragte:

„Kannst du nicht schlafen?"

„Nein, ich wache immer wieder auf."

„Möchtest du näher zu mir rankommen?"

„Ja", sagte ich weinerlich.

Ben hob die Bettdecke und ich rutschte zu ihm ran. Dann packte er mich an meiner Hüfte und zog mich in seine Arme. Ich kuschelte mich an seine Brust und legte meinen Kopf auf seinen starken Oberarm. Seinen anderen Arm legte er fest über meinen Oberkörper. Ich fühlte mich so geborgen und dachte dabei an Frank. Ich fing an zu weinen und Ben tröstete mich, indem er meinen Kopf streichelte und sagte:

„Ganz ruhig mein Kleiner, ganz ruhig."

Er drücke mich noch dichter an sich und zog die Decke weiter hoch, dann schliefen wir.

Um neun Uhr wurde ich wach und die Sonne erhellte das ganze Zimmer.

Ich hörte Ben irgendwo in der Wohnung herumwuseln. Sein Schlafzimmer war dunkel, aber gemütlich gehalten. Über das ganze Bett lag eine Felldecke und verlieh dem Raum noch mehr Charme.

Dann tauchte Ben wieder auf. Er war splitternackt und hatte ein breites Grinsen in seinem Gesicht. In den Händen trug er ein großes Tablett mit Kaffee, Brötchen und allem, was dazu gehört.

„Hey mein Kleiner, bist ja schon wach. Guten Morgen!"

„Guten Morgen", antwortete ich.

Er setzte sich neben mir ins Bett und stellte das Tablett ab, dann schenkte er uns Kaffee ein, reichte mir eine Tasse und sagte:

„Guten Appetit!"

Ich legte sofort los und es schmeckte fabelhaft, was Ben freute.

„Ich habe schon mit der Klinik telefoniert."

„Und?"

„Christian ist stabil und es geht ihn um einiges besser als gestern. Was Frank angeht, müssen wir noch abwarten, was die nächsten OPs bringen wird, aber wir können schon dankbar sein, dass er am Leben ist, oder?"

„Ja, aber bitte versprich mir, dass du mich nie wieder anlügst und mir immer die Wahrheit sagst, zumindest, was Frank angeht", sagte ich traurig.

„Ja, da muss ich mich noch mal bei dir entschuldigen. Ich wollte dich nur schonen, aber in Zukunft werde ich dir nichts mehr verheimlichen, versprochen!"

„Danke!"

Nach dem Frühstück schaute ich ihn an und sagte ergriffen:

„Danke, Ben!"

„Für was?"

„Dass du mich so lieb aufgenommen hast, dass du mich heute Nacht getröstet hast, für das Frühstück, dass du einfach nur da bist und mir hilfst. Das hat noch nie einer für mich gemacht."

Er war sehr gerührt und sagte:

„Das ist doch selbstverständlich und auch ich habe davon profitiert. Noch nie hat sich jemand so dicht an mich ran gekuschelt wie du heute Nacht und ich habe schon lange nicht mehr so gut geschlafen. Also muss ich mich auch bei dir bedanken!"

Wir umarmten uns und er gab mir einen kurzen Kuss auf meinen Mund, dann schickte er mich unter die Dusche.

Als ich in das Wohnzimmer kam, saß er immer noch nackt vor seinem Computer.

Er schaute auf und fragte:

„Na, schon fertig?"

„Ja, wenn du möchtest, kannst du jetzt duschen."

„Gleich, ich muss noch ein paar Mails beantworten. Hast du die Unterhose gefunden, die ich dir hingelegt habe?"

„Ja, vielen Dank! An die hab ich gestern wohl, in der Hektik, vergessen."

„Ist überhaupt nicht schlimm. Es ist mir sogar eine Ehre, dass du sie trägst."

Ich beobachtete ihn. Er sah wirklich cool aus und durch seinen Anblick wurde ich so heiß, dass es kaum auszuhalten war.

Nach einiger Zeit stand er auf und setzte sich neben mir, dann sagte er mit ernster Miene:

„Frank wird gerade operiert. Eine Blutung in seinem Gehirn machte eine OP unerlässlich."

Ich saß wie erstarrt da und schaute Ben an. Er legte einen Arm um mich und sagte:

„Mein Kleiner, hab keine Angst. In der Klinik haben sie wirklich fähige Ärzte und wenn sie der Meinung gewesen wären, dass es hoffnungslos ist, hätten sie gar nicht erst operiert."

„Wann können wir zu ihm?"

„Die Ärzte meinen, dass Franks OP noch bis etwa 17 Uhr geht, also noch fünf Stunden. Bis dahin müssen wir abwarten. Der Professor, der die OP selbst durchführt, ruft mich sofort an, wenn sie vorbei ist."

Geknickt schaute ich nach unten und Ben legte meinen Kopf an seine Brust.

„Es wird bestimmt alles gut. Wir können ja, um uns ein bisschen abzulenken, zu eurem Chef fahren, den hab ich nämlich heute Morgen angerufen. Er hörte sich sehr betroffen an."

Nachdem Ben geduscht hatte, fuhren wir in die Firma und trafen Franks und meinen Chef. Ben übernahm das Wort und schilderte ihm den ganzen Hergang. Ich war darüber froh, denn ich hätte sowieso kein Wort rausbekommen.

Als er merkte, wie mich die ganze Sache mitnahm, stellte er mich auf unbestimmter Zeit frei und bat Ben, mich so lange krankzuschreiben, wie es nötig sei.

Als wir wieder im Auto waren, klingelte mein Handy. Ich zuckte zusammen, denn ich dachte, es wäre die Klinik aber als ich abnahm, meldete sich Ludwig Hertz, Christians Vater. Ich stellte auf laut, sodass Ben mithören konnte. Er fragte, ob es möglich wäre, dass wir uns im Penthouse treffen könnten. Ich schaute zu Ben und er signalisierte mir, dass es jetzt gut passen würde.

Ich sagte ihnen zu und fragte, ob sie etwas dagegen hätten, wenn ein sehr guter Freund von uns dabei wäre. Sie waren einverstanden und sagten, dass sie in etwa einer ¾ Stunde da wären.

Im Penthouse hörte ich Franks Anrufbeantworter ab, aber es waren nur ein Anruf von seinem Handballtrainer, dem es leidtat, dass er ihn, so voreilig, aus der Mannschaft geworfen hatte und ihn inständig bat, wieder zu kommen.
„Das kann er nun ja in der nächsten Zeit vergessen", sagte Ben und schaute mich dabei betroffen an.

Als Ben auf dem Klo war, holte ich den Brief von Frank aus dem Safe.
Ich wollte nicht, dass er und auch alle anderen von der Existenz des Safes wussten.
Das wäre Frank bestimmt auch nicht recht.
Als Ben wieder kam, zeigte ich ihm dem Brief. Er las ihn und bekam dabei Tränen in den Augen.
„Dieser liebenswerte Bastard hat an alles gedacht. Hast du schon das Datum gelesen? Er hat ihn gerade mal vor einer Woche geschrieben."
„Der 19.11., das war der Freitag, an dem Christian seinen Einstand gegeben hat. Am nächsten Tag war ja das mit Hamburg. Die Verfügungen haben das gleiche Datum, er muss eine Vorahnung gehabt haben."
„Meinst du, er wollte sich umbringen?"
„Niemals und wenn, denn hätte er Christian nicht mitnehmen wollen. Bitte Ben, sag mir, dass du es auch nicht glaubst!", fragte ich verunsichert.
„Nein, aber der Brief, es deutet alles darauf hin. Nein, wenn er sich umbringen wollte, hätte er es sich leichter machen können. Er hätte hier bloß das Fenster aufmachen brauchen. Entschuldige, mein Kleiner. Ich wollte dich nicht verunsichern. Außerdem wird das Auto ja noch untersucht und dann haben wir Klarheit."
Er las den Brief noch mal und dann klingelte es an der Tür.

Ben war wieder eine große Hilfe bei diesem Gespräch. Er konnte mir viele Fragen der Hertz' abnehmen. Sie waren sehr begeistert von Franks Penthouse und waren zufrieden, dass ihr Sohn so gut untergekommen war.

Sie schauten sich Christians Zimmer an und Grete Hertz kamen immer wieder die Tränen. Das ganze Treffen lief sehr emotional ab und schaffte mich ganz schön.

Gegen 16:30 Uhr bekam Ben einen Anruf von der Klinik. Als er das Telefonat beendete, sagte er zu mir:

„Die OP ist zu Ende und der Professor erwartet uns zu einem Gespräch."

Wir verabschiedeten uns von den Hertz' und fuhren in die Klinik.

Der Professor empfing uns sofort. Wir saßen in seinem großen Büro an einem dunklen Schreibtisch. Der Professor, den ich ja schon kannte, hatte eine betrübte Miene aufgesetzt und sprach mit Ben Fachchinesisch, sodass ich fast nichts verstand.

Nachdem ich öfters nachgefragt habe, machte er mir die Sache plausibel.

Er meinte:

„Die OP ist recht gut verlaufen. Wir wissen aber nicht, ob sein Gehirn in Mitleidenschaft gezogen wurde. Das können wir erst feststellen, wenn er aufwacht und das kann nächste Woche sein oder in ein paar Monaten. Das Gehirn brauch die Zeit, um sich zu erholen. Wir müssen sehen, was die nächsten Tage und Wochen bringen, dann entscheiden wir, wann wir ihn wieder aufwachen lassen. Es werden noch weitere OPs folgen, denn er hatte zahlreiche Brüche im linken Arm und Schulter."

Ich fragte:

„Muss er noch mal am Kopf operiert werden?"

„Nein, das ist mit dieser OP abgeschlossen und da könnte man auch dann nichts mehr machen, wenn es jetzt noch zu Komplikationen kommen würde. Entschuldigung, Herr Klier!"

Ich fing an zu weinen, worauf Ben mich in den Arm nahm.

Nachdem wir etwa eine halbe Stunde beim Professor waren, gingen wir zu Frank.

Wir setzten uns an sein Bett und hielten seine Hand.

Ich fragte Ben:

„Was meinst du, wird er wieder ganz gesund?"

„Das kann man nie sagen. Bei den einen bleibt überhaupt nichts nach und die anderen sind danach, Zeit ihres Lebens, an einen Rollstuhl gefesselt, das liegt einzig und allein in Gottes Hand."

Kurz bevor wir gingen, besuchten wir Christian, dem es erheblich besser ging als Frank. Er machte schon Anstalten, aufzuwachen, und seine Augen zuckten. Im Gegensatz zu Frank hatte er keine Knochenbrüche oder inneren Verletzungen. Er hatte zwar auch eine Kopf-OP, die sich aber doch nicht als so schlimm herausstellte. Es war aber auch bei ihm noch unsicher, dass er etwas zurückbehält.

Als wir nach ein paar Stunden im Auto saßen, schaute Ben mich bittend an und stellte mir eine Frage:

„Kleiner, ich weiß, ich bin ein bisschen egoistisch, aber macht es dir etwas aus, wenn du heute noch mal bei mir übernachtest? Ich konnte neben dir so gut schlafen und das Kuscheln hat mir so gutgetan! Außerdem möchte ich nicht alleine sein."

Ich war gerührt und sagte:

„Ja, bitte! Ich wollte dich deswegen schon den ganzen Tag fragen, aber ich habe mich nicht getraut. Ich bin doch froh, wenn ich noch nicht alleine schlafen muss!", sagte ich dankbar.

Ben war sichtlich erfreut und grinste jetzt über beide Backen, dann nahm er mich in seine Arme.

„Ich muss mir aber noch frische Klamotten holen", sagte ich, aber Ben winkte ab und meinte:

„Meine Kleider sind auch deine Kleider. Meine Unterhose hast du ja schon an, oder?"

Wir lachten und fuhren auf dem direkten Weg, zu ihm, nach Hause. Ich hätte sowieso nicht alleine im Penthouse übernachtet, denn meine Ängste wurden in diesen vier Wänden immer größer.

Nach einer einigermaßen ruhigen Nacht trennten wir uns nach dem Frühstück.

Ben musste seinem Vater in der Praxis helfen und ich wollte mein Auto aus Franks Tiefgarage holen.

Dort angekommen, ging ich zuerst in seine Wohnung, um Christians Autoschlüssel zu suchen, um seinen Wagen auf Franks Stellplatz zu stellen. Ich dachte, dass er dort besser aufgehoben sei als auf der Straße. Dazu musste ich wieder in sein Zimmer. Ich schaltete meine Gefühle aus und ging hinein.

In seiner Schreibtischschublade wurde ich fündig. Ich steckte ihn in meine Hosentasche und ging ins Schlafzimmer, um meine Sachen zu holen, denn ich hatte heute vor, seit Langem mal wieder in meine Wohnung zu fahren. Da fühlte ich mich wenigstens geborgen.

Bevor ich ging, schweifte mein Blick durch die ganze Wohnung. „Eigentlich war ich, bevor die beiden Männer kamen, immer sehr gerne hier, aber jetzt kamen mir die Räume so leer und furchterregend vor. Ich dachte an die schönen Abende, die ich mit Frank und auch, anfangs, mit unseren Freunden verbracht hatte, an sein süßes Lächeln und seine Umarmungen, aber ich wusste, dass ich mich hier nie wieder so wohlfühlen würde wie früher! Dank der Monteure, die haben alles kaputtgemacht! Ich vermisse Frank, seine Nähe in der Nacht und die vielen Gespräche, die wir führten. Dabei treten die nicht so schönen Dinge ganz weit, in den Hintergrund, besonders der letzte Streit, den ich mit ihm hatte. Ich muss eben lernen, meine Bedürfnisse hinter seine zu stellen. Frank ist eben ein Mensch, der sehr viel Aufmerksamkeit braucht und es überhaupt nicht mochte, wenn man ihm widerspricht. Das muss ich akzeptieren, wenn ich weiterhin in seiner Nähe bleiben will."

Schon wieder kamen mir die Tränen und bevor ich ganz in Melancholie versank, verließ ich das Penthouse und fuhr mit den Lift, in die Tiefgarage.

Nachdem ich Christians Auto auf Franks Platz gestellt hatte, fuhr ich endlich in meine Wohnung.

Seit fast drei Wochen war ich nicht mehr hier, aber ich fühlte mich wieder auf Anhieb heimisch, wohl und sicher.

Sie war einfach, aber funktionell und gemütlich eingerichtet. Frank war früher, sehr gerne und oft hier. Wir machten hier unsere Männerabende, die meistens bis in den frühen Morgen gingen. Zunächst hörte ich meinen Anrufbeantworter ab, dann schloss ich Franks und Christians Handys an und ließ ich mir ein Bad ein. Ich genoss das warme Wasser, das wohlig meinen Körper umschloss.

Als mein Handy klingelte, hatte ich schon einen Kuchen gebacken. Ich hatte noch ein Glas Kirschen im Küchenschrank und bekam plötzlich so einen Heißhunger auf ein Stück Kirschstreusel. Außerdem lenkte mich das Backen ein wenig ab.

Ben meldete sich und fragte:
„Wie geht es dir?"
„Mir geht es einigermaßen gut, seit ich in meiner kleinen Wohnung bin. Hast du etwas von Frank gehört?"
„Nein, ich hatte den ganzen Tag in der Praxis zu tun. Wollen wir uns um 16 Uhr in der Klinik treffen?"
Ich stimmte zu aber da ich es bis 16 Uhr nicht abwarten konnte, fuhr ich schon um 14 Uhr zu den beiden, wo mich gleich Doktor Martin abfing und mir sagte:
„Ich wollte Sie schon anrufen, denn Herrn Matz geht es um einiges besser und ist nicht mehr in Lebensgefahr. Herr Matz hat zwar immer noch einen langen Weg vor sich und er liegt immer noch im künstlichen Koma, aber die letzte Untersuchung war sehr positiv!"

Ich konnte meiner Freude nicht anders Ausdruck verleihen, als ihm um den Hals zu fallen. Ich bedankte mich tausendmal und lief schnell zu Frank ans Bett.
Ich schaute Doktor Martin an, der hinter mir hergekommen war, und fragte ihn erstaunt:
„Er wird ja immer noch beatmet?"
„Ja, das ist bei einem künstlichen Koma normal, weil er in seinem Zustand seinen Atemreflex nicht kontrollieren kann."

Dann sagte er mit einer unheimlich beruhigenden Stimme:
„Wenn er weiter so gute Fortschritte macht, können wir am Ende der Woche seine Schulter operieren. Bis dahin bleibt er aber noch im künstlichen Koma, um sein Gehirn zu schonen."

Ich war so froh und glücklich darüber, dass ich Doktor Martin noch mal in den Arm nehmen musste.
„Hat er dann eine Chance, wieder ganz gesund zu werden?"
„Das ist, wie gesagt, ein Wunder, dass er überhaupt außer Lebensgefahr ist und wie weit sein Gehirn geschädigt ist, ergeben erst die neurologischen Untersuchungen, wenn er aufgewacht ist. Möchten Sie wissen, wie es Herrn Hertz geht?"
„Ja", sagte ich interessiert.
„Wir haben ab heute Mittag die Narkosemittel reduziert und denken, dass er morgen im Laufe des Tages wach wird. Es ist wichtig, dass seine nächsten Angehörigen anwesend sind, weil er dann in vertraute Gesichter schauen kann, wenn er zum ersten Mal seine Augen öffnet. Seine Eltern werden schon morgen früh um sieben Uhr hier sein und wir würden uns freuen, wenn Sie auch kommen, um ihn zu unterstützen."
Ich überlegte kurz und sagte ängstlich:
„Ja, okay!"
„Gut, ich werde Sie anrufen, wenn er Anzeichen macht, wach zu werden, denn das kann sich lange hinziehen."

Ich setzte mich dann zu Frank ans Bett und Doktor Martin verließ den Raum.
Ich legte meine Hand auf seine Brust, die auf und ab ging.
Es war so schön, seine Wärme und seine Nähe zu spüren. Er sah heute schon viel besser aus. Er war nicht mehr so blass und seine Augen wanderten, im Gegensatz zu gestern, viel ruhiger hin und her. Ich legte meinen Kopf auf die Bettkante und schlummerte leicht weg.
Als ich wach wurde, saß Ben neben mir und hatte seinen Arm um mich gelegt.
Er schaute mich mit leuchtenden Augen an und sagte:

„Ist das nicht toll?"

Ich grinste ihn glücklich an und antwortete:

„Ja, Ben, ich bin so froh!"

Wir steckten unsere Köpfe zusammen und genossen diesen Moment.

Eine gute halbe Stunde saßen wir nur da und schwiegen.

„Ich bin morgen auch dabei, wenn Christian hoffentlich aufwacht", sagte er und unterbrach damit unser Schweigen.

Mir fiel ein Stein vom Herzen und sagte:

„Ich bin froh, dass ich diesen schweren Weg nicht allein gehen muss."

„Nein, das musst du nicht! Wollen wir jetzt gehen? Ich glaube, Frank braucht jetzt viel Ruhe."

Ich nickte.

Wir verabschiedeten uns von Frank, schauten noch mal bei Christian vorbei und gingen dann zu unseren Autos.

Ben lehnte sich an meinen kleinen Wagen und schaute mich fragend an.

Ich wusste, was er wollte, fragte aber zunächst:

„Wie war dein Tag?"

„Eigentlich ganz gut. Mein Vater kommt mit der EDV in der Praxis nicht zurecht und es gab einen Fehler, den ich aber schnell behoben habe. Dann habe ich ihn noch bei einem Patienten geholfen, dessen Krankheitsbild sehr undurchsichtig war, und bei dir?"

„Ich war erst in Frank Wohnung, um meine Sachen zu holen und Christians Auto auf Franks Stellplatz in die Tiefgarage zu stellen, dann bin ich in meine Wohnung gefahren. Die hab ich erst mal ordentlich geputzt und einen Kuchen gebacken."

„Einen Kuchen gebacken?", fragte Ben und leckte sich seinen Mund und rieb sich hungrig seinen Bauch.

„Ja, einen Kirschkuchen, hast du Lust, ein Stück mitzuessen?"

„Bestimmt nicht nur eines", sagte er lächelnd verschmitzt.

„Okay, dann treffen wir uns gleich da."

Ben freute sich und wir stiegen jeweils in unsere Autos, um zu mir nach Hause zu fahren.

Ben war schon oft bei mir gewesen, aber trotzdem schaute er sich aufmerksam um.

Frank hatte ihn in seiner Praxis, die damals noch sein Vater führte, kennengelernt und sie mochten sich sofort. Sie verabredeten sich oft, um in die Disco zu gehen oder einfach so abzuhängen. Es war, wenn man das sagen kann, der beste Freund von Frank und ich habe ihn immer als lieben, einfühlsamen und netten Jungen empfunden. Das bestätigt sich auch jetzt wieder, wo es Frank so schlecht geht und ich nicht wusste, wie ich mit der ganzen Sache umgehen sollte. Ich dachte immer, dass die Übernahme der Praxis seines Vaters, in den letzten zwei Jahren, unsere Freundschaft auf die Probe gestellt hatte.

Da wusste ich aber noch nicht, dass es noch einen anderen Grund gab, warum Ben sich von uns zurückgezogen hat.

„Du hast eine geschmackvoll eingerichtete Wohnung. Bis jetzt war ich ja nur immer im alkoholisierten Zustand hier und das ist auch schon lange her."

Ich bedankte mich für das Kompliment und wir aßen dann meinen frischen Kirschkuchen. Nachdem er drei Stücke verdrückt hatte, lehnt er sich gemütlich zurück und sagte entschlossen:

„Hier stehe ich nicht mehr auf!"

„Das musst du auch nicht, denn ich habe grade beschlossen, dass du heute Nacht hierbleibst!"

Ich holte zwei Bier, eine Flasche Cognac und stellte beides grinsend auf den Wohnzimmertisch. Wir schauten uns an und mussten lachen, dann schenkte ich uns den Cognac in zwei große Cognacschwenker ein.

Ben nahm sich ein Glas und sagte beim Anstoßen:

„Das haben wir uns jetzt richtig verdient."

Es blieb nicht bei den einen und aus heutiger Sicht war es ein richtig schöner Abend, mal abgesehen von Franks und Christians

Gesundheitszustand, der immer wieder Thema in unseren Gesprächen war.

Ben war bestens aufgelegt und wir lachten nach jedem Schluck mehr. Es kamen auch ernste Themen auf den Tisch, wie z. B.: „Meine Beziehung zu Frank!" Aber da wehrte ich gleich ab und sagte, dass Christian auch schon versucht hat, auf mich einzureden.

Ben sagte dann nur:

„Es muss jeder selbst wissen, wie man sein Leben gestaltet, und wenn du so leben möchtest, ist es auch gut so."

Diese Nacht war Bens Hemmschwelle durch den Alkohol weit nach unten gesetzt.

Er griff mir nicht mehr wie sonst in die Hüfte, sondern tief in meinen Arsch, um mich näher an sich ran zuziehen. Er streichelte mich über meinen Kopf und küsste innig mein ganzes Gesicht. Seine andere Hand, die immer noch in meinem Arsch verweilte, massierte ihn aufs Äußerste. Das erregte mich sehr und da mein Schwanz seinen berührte, merkte er es sofort. Er schaute mich verliebt an und ermutigte mich, seinen inzwischen gigantischen, steifen Schwanz zu streicheln. Ich zögerte, aber Ben löste sich aus meinem Arsch und führte meine Hand zu seinem wahnsinnig geilen Prügel und ich fing sofort an, ihn zu streicheln.

Nachdem Ben meinen ergriff, kamen wir in eine unbeschreibliche Ekstase. Ich war so scharf und geil, wie ich es schon lange nicht mehr war. Wir küssten uns dabei und wir leckten uns gegenseitig unsere Gesichter ab. Plötzlich fragte er nach Gleitcreme und ich holte eine Tube aus dem Nachtisch. Er ölte meinen Arsch und sagte leise:

„Ich möchte mit dir schlafen!"

Ich ließ ihn gewähren und drehte mich mit Angst auf die andere Seite. Es war schon länger als zehn Jahre her, dass ich gefickt wurde, denn all die Zeit stand Frank für mich im Vordergrund.

Als er in mich eindrang, explodierte in meinem Kopf ein gigantisches Feuerwerk.

Es war so schön und ich konnte gar nicht genug davon bekommen.

Ben war so vorsichtig und hielt immer wieder inne, um mich lange und intensiv zu küssen. Nach einer gewissen Zeit zog er seinen Schwanz aus meinem Arsch und forderte mich auf, ihm einen zu blasen. Er schlug die Bettdecke auf und ich begab mich zitternd zwischen seine muskulösen Beine. Zunächst küsste ich seinen riesigen Schwanz, dabei legte er sich entspannt zurück und hielt meinen Kopf, dann nahm ich ihn bis zum Anschlag in meinen Mund. Seine Eier waren prall gefüllt und ich massierte sie ihm, was ihn sichtlich gefiel. Kurz bevor er kam, zog er mich zu sich hoch.

Ich ließ es nicht aus, seinen Bauch und Brust zu küssen. Seine Haut war so weich und warm. Wir waren in Schweiß gebadet und küssend verkeilten uns ineinander, dann wichsten wir uns gegenseitig unsere Schwänze, bis wir zum Höhepunkt kamen. Wir spritzten uns die Sahne auf unsere Bäuche und Brüste.

Völlig fertig verteilten wir die Samen auf unsere Körper und nach zärtlichen Küssen schliefen wir selig ein.


Als ich meine Augen öffnete, sah ich in Bens Gesicht und gleich fiel mir wieder die letzte Nacht ein. Ich löste mich vorsichtig von ihm, damit er nicht aufwachte, stieg aus dem Bett, zog mir einen Trainingsanzug an und verließ dann leise das Schlafzimmer. Ich schaute im Wohnzimmer nach der Zeit, es war erst sechs Uhr und ich setzte mich müde in meinen Sessel.

„Was hab ich da nur gemacht?", sagte ich zu mir selbst.

Ich kam mir vor, als hätte ich Frank betrogen.

„Frank liegt sterbenskrank in der Klinik und ich vögel mit seinem besten Freund. Wie kann ich ihm jemals wieder, mit gutem Gewissen, unter die Augen treten? Ja, Ben war schon ein sehr gut aussehender, geiler, süßer, warmherziger, gefühlvoller und sexy Kerl, aber das fühlt sich nicht richtig an. Ich liebe doch nur Frank, oder?"

Meine Gefühle fuhren Achterbahn und ich konnte keinen klaren Gedanken fassen.


Ben kam ins Wohnzimmer und streichelte mir über mein Haar.

Er merkte, dass ich ihm gegenüber reserviert reagierte, und setzte sich dann mit gesenktem Blick auf das Sofa.

Er sah sogar in meinem alten Bademantel noch gut aus und sein verlegenes Lächeln brachte mich fast zum Schmelzen. Ich musste aber hart bleiben, und um mir nichts anmerken zu lassen, schaute ich ihn möglichst nicht an.

„Soll ich gehen?", sagte Ben ernst.

„Nein bitte nicht, ich muss mir bloß über einiges Klarheit verschaffen", sagte ich, wie aus der Pistole geschossen, denn dass er geht, wollte ich nun wirklich nicht.

„Wenn ich dir wehgetan habe, tut es mir leid!", sagte er betroffen.

„Es geht nicht darum, wie wir es getan haben, glaub mir, es war wunderschön und ich habe es genossen, es geht nur darum, dass wir es überhaupt gemacht haben. Überlege mal, Frank ist dein bester Freud und für mich ist Frank wie …"

„Du bist unsterblich in ihn verliebt, oder?", fiel er mir ins Wort. Ich bekam eine knallrote Birne. Er stand auf und hockte sich vor mich. Er stützte sich auf meinen Knien ab und sagte ruhig:

„Dein Verhalten hat dich schon lange verraten. Du brauchst dich vor mir nicht verstecken, denn ich habe euch schon lange durchschaut und wenn du willst, hat die letzte Nacht überhaupt keine Bedeutung. Sagen wir, es war ein bisschen Spaß unter Freunden."

Ich dachte:

„Wie kann ein einzelner Mann nur so verständnisvoll sein!"

Ich lächelte in an, und als er das sah, grinste er erleichtert.

„Versprich mir aber bitte, dass du niemals Frank etwas davon sagst", sagte ich flehend zu Ben, der sofort zwei Finger hochhielt und feierlich sagte:

„Ich schwöre!"

„Frühstück?", fragte ich.

„Ja, logisch, die Nacht hat Hunger gemacht, aber vorher gehe ich ins Bad, um mir die Spuren der letzten Nacht runterzuduschen", sagte er schelmisch.

„OK, ich dusche dann nach dir."

Ich deckte dann den Tisch und sprang, nachdem Ben fertig war, auch unter die Brause.

Während des Frühstücks klingelten nacheinander unsere Handys. Beide Anrufe waren von Doktor Martin, der uns berichtete, dass Christian jetzt bald aufwacht. Wir machten uns schnell fertig und fuhren gegen acht Uhr in die Klinik.

Da angekommen, hielt uns gleich der Professor auf und sagte: „Herr Hertz hat schon einmal seine Augen geöffnet, die er aber gleich wieder schloss." Ben sagte:
„Das ist normal. Sein Körper muss sich erst langsam von den Medikamenten entwöhnen und gleichzeitig muss er den Normalzustand akzeptieren."
Der Professor nickte Ben zustimmend zu und begleitete uns, nachdem wir uns umgezogen hatten, zu Christian.
Als wir seinen Raum betraten, drehten sich Christians Eltern, freudig zu uns um.
Sie begrüßten uns und erzählten, dass er immer wacher wird und es nicht mehr lange dauern kann.
An seinem Bett stand ein Gettoblaster und spielte klassische Musik.
„Das ist ja nicht auszuhalten. Kein Wunder, dass er nicht aufwacht!", sagte Ben und zückte eine CD aus seiner Tasche und legte sie in das Gerät ein. Bald darauf ertönte leichte Rock- und Popmusik.
„Das ist viel besser!", sagte Ben bestimmend.
Die Hertz' akzeptierten Bens Handeln, schon allein sein Arztkittel machte mächtig Eindruck.

Ich schaute durch die Scheibe zu Frank und obwohl ich mich mit Ben ausgesprochen hatte, überkam mich bei seinem Anblick ein schlechtes Gewissen. Ich konnte es nicht ertragen, ihn lange anzuschauen, denn ich kam mir dabei so dreckig vor.
Hoffentlich hält Ben sein Wort und erzählt Frank nie etwas von unserer gemeinsamen Nacht.

Da Ben mein unruhiges Verhalten bemerkte, flüsterte er mir drei Worte ins Ohr:
„Ich werde schweigen!"
Das beruhigte mich und ich lächelte ihn an.

Als Christian wieder Anstalten machte, seine Augen zum zweiten Mal zu öffnen, der Professor war schon wieder gegangen, ging Ben zu den vielen Geräten, woran Christian angeschlossen war und stellte hier und da etwas ein, dann öffnete er Christians rechtes Auge und sagte zu uns, dass alles in bester Ordnung ist.
Nach langen drei Stunden öffnete Christian endlich länger seine Augen. Er schaute uns verwirrt an und wir redeten auf ihn ein.
Ben holte den Professor, der ihn gleich untersuchte. Er fragte ihn zuerst, wie er heißt. Man sah, dass Christian sich anstrengte und versuchte, etwas zu sagen.
Der Professor zog ihm, mithilfe von Ben, den Beatmungsschlauch aus seinem Rachen, was nicht sehr schön aussah. Danach hustete Christian sich die Lunge aus dem Hals. Nachdem sie ihm ein Medikament gespritzt hatten, beruhigte er sich endlich.
Der Professor fragte ihn nochmal:
„Wissen Sie, wie Sie heißen?" Dann sagte Christian mit heiserer Stimme:
„Christian Hertz!"
Man kann sich wohl denken, wie groß der Stein war, der uns vom Herzen fiel, und wir wollten schon losjubeln, aber wir wurden vom Professor gebremst.
Er wandte sich wieder zu Christian und fragte ihn:
„Können Sie mir sagen, wer die ganzen Leute hier sind?"
Christian schaute sich langsam um und zeigte auf mich und sagte leise:
„Kleiner!"
Alle schauten fragend auf mich. Ich wusste nun nicht, ob sie wegen des Namens so komisch schauten oder weil er mich zuerst erkannte. Das war mir auch egal, ich nickte Christian bestätigend zu.
Als Nächstes sagte er:
„Mama, Papa!"

Grete und Ludwig Hertz fingen darauf hin, an zu weinen.
Christian schaute dann auf Ben und machte ein nachdenkliches Gesicht.
Den Professor reichten erst einmal Christians Antworten und er schickte uns, mit der Begründung, dass Christian jetzt viel Ruhe braucht, aus dem Raum.
Der Professor und Ben blieben noch bei ihm, um noch einige Untersuchungen durchzuführen.

Die Hertz' gingen in die Kantine, um einen Kaffee zu trinken.
Ich dagegen ergriff die Gelegenheit, um Frank zu besuchen.
Ich setzte mich an sein Bett und nahm seine Hand. Es war für mich eine beklemmende Situation nach der mit Ben verbrachten Nacht, Franks Nähe zu spüren.
Ich hatte so ein schlechtes Gewissen und sagte zu ihm leise:
„Es tut mir so leid!"
Ich küsste seine Hand und ich wusste, in diesem Moment, dass ich ihn noch mehr liebte als je zuvor. Das, was gestern Nacht geschehen ist, darf nie wieder passieren.
Ich blieb bestimmt zwei Stunden bei Frank, bis Ben in den Raum kam und mich fragte:
„Hast du vielleicht Hunger und wollen wir in die Kantine gehen, um etwas zu essen, danach dürfen wir auch noch mal zu Christian."
Ich hatte wirklich Hunger und ging mit ihm.

Christian hatte seine Augen geschlossen, als wir seinen Raum betraten, aber als er bemerkte, dass wir uns an sein Bett setzten, öffnete er seine Augen und lächelte uns an. Wir lächelten zurück und er fragte:
„Kleiner, was ist passiert?"
„Ihr hattet einen schweren Unfall. Als du und Frank von Ben nach Hause gefahren seid, kamt ihr von der Straße ab und habt euch ein paarmal überschlagen."
„Ben, du bist Ben!", sagte Christian.
Ben bejahte seine Aussage.

Dann wurde Christian still. Es sah so aus, als dachte er angestrengt nach.

Ben stand auf, schaute auf die Maschinen und spritzte ihn noch mal ein Beruhigungsmittel. Nach circa einer Minute sagte Christian plötzlich:

„Frank, was ist mit Frank?"

„Frank geht es gut, mach dir keine Gedanken", beruhigte Ben ihn. Das Medikament zeigte seine Wirkung und er schlief bald darauf wieder ein.

In den nächsten Tagen passierte eigentlich nichts mehr, außer dass es Christian immer besser ging und Montag seine Reha begann. Ich redete viel mit ihm und nach und nach erlangte er sein Gedächtnis völlig zurück.

Bevor Frank am, ebenfalls darauffolgenden Montag operiert wurde, durfte er, zum ersten Mal, am Sonntagmorgen zu ihm. Das war ein wirklich emotionaler Moment. Christian legte seinen Kopf auf Franks Brust und weinte dabei wie ein Schlosshund.

Von Ben hatte ich seit Christians Erwachen nichts mehr gehört. Erst an diesem Morgen hat er sich bei mir, telefonisch gemeldet und mich gefragt, ob wir uns am Nachmittag sehen könnten. Ich musste zugeben, dass ich ihn, in den letzten fünf Tagen, ganz schön vermisst habe und freute mich wahnsinnig auf Ben!

Nur um mich abzulenken, putzte ich meine ganze Wohnung. Mein Herz klopfte bis in den Hals und ich dachte, es zerspringt mir. Nachdem ich einen Kirschkuchen gebacken und ich den Kaffeetisch gedeckt hatte, kostete ich meine Miete aus. Ich lief nervös durch meine ganze Wohnung.

Ich wusste ja nicht, wann er kommt, das hatte er, am Telefon, nicht gesagt.

15 Uhr, jetzt weiß ich es, er will mich weichkochen und mich mürbe machen, was ihm auch gelang. Ich war nur noch ein Nervenkostüm und mein Magen rebellierte.

Es klingelte!

„Endlich!", sagte ich laut.

Ich lief schnell zur Tür und öffnete sie.

Da stand Ben, in seiner ganzen Pracht. Er hatte eine schwarze, enge Jeans und eine helle Daunenjacke an.

Er stützte sich an dem Türpfosten ab und hat das zuckersüßeste Lächeln aufgesetzt, das ich je bei ihm gesehen hatte. Ich begann zu zittern und meine Knie wurden so weich, dass ich dachte, ich breche jeden Moment zusammen.

„Möchtest du mich nicht reinbitten?", fragte er plötzlich.

Ich riss mich aus meinen Gedanken und bat ihn natürlich rein.

Wir schauten uns tief in die Augen. Er zog dabei seine Jacke aus, dann nahmen wir uns in die Arme. Wir pressten uns aneinander und meine Spannung löste sich endlich.

Ben ließ seinen Kopf auf meine Schulter fallen und küsste meinen Hals.

Ich genoss es und wollte jetzt an keinem anderen Ort sein als an diesem.

Er nahm meinen Kopf in seine beiden Hände und dann küsste er mich so innig, dass ich an nichts mehr anderes denken konnte. Ben drängte mich ins Schlafzimmer.

Wir zogen uns gegenseitig aus und sprangen dann ins Bett. Wir trieben es so heftig über viele Stunden.

Dieses Mal war es ganz anders als das letzte Mal. Es war viel vertrauter und ich fühlte mich sicher bei ihm.

Als wir wieder zu uns kamen, sagte ich ihm:

„Es war so schön und ich möchte die Augenblicke mit dir niemals missen."

Ben lächelte mich an und sagte:

„Dito! Der Sex mit dir, und das meine ich wirklich so, ist der beste, den ich je hatte!"

Später beim Abendbrot sagte Ben:

„Frank wird morgen schon ganz früh operiert, möchtest du mitkommen?"

„Na klar, komme ich mit in die Klinik. Ich würde es hier alleine gar nicht aushalten. Ist die OP denn gefährlich?"

„Na ja, er ist eben noch sehr schwach. Wir können aber nicht mehr länger warten, da sonst seine Schulter und der Arm falsch zusammenwachsen würden. Ich würde davor auch gerne noch Christian verabschieden, denn er geht ja morgen Früh in die Reha."

„Ja, ich habe vorhin noch mit ihm gesprochen. Er saß an Franks Bett und weinte. Ich glaube, er macht sich Vorwürfe."

„Das ist mir bekannt und ich habe es auch in den ärztlichen Bericht geschrieben, die auch die Reha in Friedehorst bekommt. Die werden ihn schon darauf psychologisch behandeln."

„Ja, hoffentlich! Es ist echt hart für ihn."

Ben schaute auf seine Uhr und sagte:

„Wenn ich morgen ausgeschlafen sein will, muss ich bald ins Bett. Ich muss um acht Uhr schon da sein und wir haben schon 20 Uhr. Darf ich heute bei dir schlafen? Ansonsten müsste ich nämlich gleich nach Hause", fragte er vorsichtig.

„Was für eine Frage. Ich lass dich heute Abend nirgends wo mehr hinfahren!"

Ben stand dann auf, hockte sich vor mir und küsste mich.

Wir sprachen diesen Abend noch über vieles, aber ein schlechtes Gewissen war in unseren Gesprächen überhaupt kein Thema mehr.

Wir gingen dann auch bald zu Bett, kuschelten uns ineinander und schliefen sofort ein.

Ja, klar, war ich glücklich, mit Ben. Wer würde nicht an der Seite von so einem lieben, verständnisvollen und dazu noch gut aussehenden Mann glücklich sein? Aber als ich, nächsten Morgen, Frank in der Klinik sah, kam doch in mir ein seltsames Gefühl auf. Ich liebte ihn doch auch und ich wusste überhaupt nicht, was ich machen soll!?

Einerseits war da Frank, der mir so vertraut war, den ich über Jahre liebte.

Er war im Großen und Ganzen immer gut zu mir gewesen. Er hat mich zumindest nie fallen gelassen.

Auf der anderen Seite war da Ben, der so süß ist, der mich auf Händen trägt, mit dem ich traumhaften Sex hatte und ihm alles sagen konnte, ohne dass er sauer wurde.

Also eigentlich das völlige Gegenteil von Frank, aber ich konnte ihn doch, gerade jetzt nicht, im Stich lassen.

Ich biss mir auf die Lippe, um nicht zu schreien.

Frank wurde grade für die OP fertig gemacht, als wir in die Intensivstation kamen. Christian stand, schon fertig angezogen, vor Franks Scheibe und beobachtete das rege Treiben um ihn.

Ich tippte ihm auf seine Schulter. Er drehte sich um und nahm mich in die Arme.

„Ich hab schon auf dich gewartet!", sagte er mit leichten Sprachschwierigkeiten, die von der Kopfverletzung herrühren.

Wir schauten zu Frank und Christian sagte:

„Wenn es Frank doch auch schon so gut wie mir ginge."

„Pass auf, in einer Woche hüpft er auch genauso wie du durch die Gänge."

Ich versuchte ihn, damit aufzubauen, aber ich glaubte selbst nicht, was ich da eben gesagt habe. Christian war nicht dumm und bemerkte meine Unsicherheit.

Er schaute mich an und sagte:

„Wer es glaubt!? Wenn, er aufwacht, grüße ihn lieb von mir. Ich muss jetzt los. Der Wagen, von der Reha, wartet schon unten."

Ich nahm ihn noch mal in den Arm und sagte ihm, dass ich ihn bald besuchen komme. Er schaute noch mal zu Frank und dann verließ er mit einer Schwester die Station.

Ich schaute ihm nach, wie er sich auf die Schwester stützte.

Er lief sehr motorisch und ich dachte:

„Was ist bloß aus dem stolzen und adretten, jungen Mann geworden?"

Als Christian außer Sichtweite war, wendete mich wieder Frank zu und meine Gedanken von vorhin kamen wieder zurück. Ich fühlte mich so hingezogen zu ihm und meine Gefühle spielten mit mir immer noch Achterbahn. Ich merkte, dass meine Schreilust wieder kam, die aber abrupt gestoppt wurde, denn plötzlich stand Ben ganz dicht hinter mir und legte seine Hände auf meine Schulter.

Ich war froh, dass er da war. Ich lehnte mich beruhigt zurück und presste meinen Rücken an seine starke Brust.

Frank wurde in diesem Moment rausgefahren und ich trennte mich sofort von Ben.

Ich streichelte, im Vorbeifahren, sein Gesicht und da bemerkte ich erst, dass Ben blaue OP-Wäsche anhat.

„Operierst du Frank?", fragte ich fast ungläubig.

„Nein, ich assistiere dem Professor."

„Wie lange dauert seine OP?"

„So circa zwei Stunden, aber du brauchst nicht warten. Ich bleibe danach noch hier, um bei ihm einige Tests durchzuführen. Ich rufe dich sofort an, wenn wir fertig sind."

„Okay, ich fahre dann in Franks Wohnung."

Ben nickte und ging in den OP.

Ich schloss mit schlechtem Gefühl das Penthouse auf. Es war kalt, denn ich hatte beim letzten Mal sämtliche Heizungen runtergedreht. Ich machte sie wieder an und öffnete Franks Schreibtischschublade, um den Brief herauszuholen, den ich letzten Dienstag dort deponiert hatte, und legte ihn wieder zurück in den Safe. Dann hörte ich Franks Anrufbeantworter ab.

Es war nur eine Nachricht drauf und sie lautete:

*Hallo Frank, hier ist Tassilo – leider bist du nicht zu Hause – kannst dich ja mal melden – bis dann!*

„Wer ist Tassilo? Den Namen hab ich ja noch nie gehört. Das kann doch nur einer vom Handball sein. Handball! Die hab ich ja total vergessen und dem Fitnessstudio hab ich auch noch nicht Bescheid gesagt!", dachte ich.

Ich nahm das Festnetztelefon ab und suchte, im Register, nach der Nummer des Vereins. Ich wählte und sofort meldete sich eine Frau Reichenbach.

Ich sagte ihr, was passiert ist und ich mich melden werde, wenn es Frank besser geht. Vorm Auflegen fragte ich, ob sie einen Tassilo kennen würde.

Sie verneinte es, wünschte mir noch einen schönen Tag und legte auf.

Das Gespräch mit dem Fitnessstudio lief ähnlich ab, bloß dass sich ein Herr Kraft meldete, was ich sehr witzig fand.

Auch er kannte keinen Tassilo.

Ich verwarf den Gedanken, der war in Moment nicht wichtig, für mich und dachte wieder an Frank.

„Ich hoffte, es geht alles gut mit der OP. Hoffentlich wacht er bald wieder auf!", sagte ich zu mir selbst.


Gegen halb elf Uhr klingelte mein Handy. Ich ging ran und Ben meldete sich.

„Hallo, Kleiner, Frank hat die OP gut überstanden und die Tests waren auch alle negativ."

„Das ist sehr gut", sagte ich ein wenig benommen.

„Ist alles bei dir in Ordnung und wo bist du?", sagte Ben besorgt.

„Ich bin immer noch im Penthouse und ja, es geht mir gut. Mir schwirren nur einige Dinge durch den Kopf."

„Sehen wir uns heute Abend?", fragte Ben mich.

„Ich glaube nicht. Ich habe vor, morgen Früh in die Firma zu fahren, um mich mit meinem Chef zu treffen, und ich muss heute noch Franks ganze Post bearbeiten, aber ich komme heute Nachmittag in die Klinik."

„Okay, dann sehen wir uns ja doch!", schallte es freudig aus meinem Handy.

Ich bejahte es und legte nach einem „Bis nachher!" auf.


Seine Post stapelte sich tatsächlich auf der kleinen Kommode neben der Wohnungstür.

Die meisten Briefe waren Rechnungen oder Infopost. Ein Brief war von der Autoversicherung, die einige Infos zur Bearbeitung des Unfalls brauchten.

Auch von der Polizei war etwas darunter, mit dem Aktenzeichen für Franks Anwalt.

Ich beschloss, sie morgen alle abzuklappern. Das wird bestimmt ein anstrengender Tag, aber ich machte es für Frank echt gerne. In den nächsten Stunden verbrachte ich damit, mich mit Franks Versicherungen und Bankgeschäften vertraut zu machen.

Ich glaube, nicht mal Frank wusste, wie viel er besaß.

Einige Schreiben mit der Bitte, den Zinssatz neu festzulegen, waren einfach unbearbeitet, abgeheftet worden. Alle Unterlagen, die mir wichtig erschienen, legte ich in eine Klemmmappe, um sie morgen mitzunehmen.

Ich führte dann einige Telefonate mit Franks Bank, Versicherung, Anwalt und mit unserem Chef, um mit allen Termine zu machen. Ich bekam sie alle so hingelegt, dass dazwischen noch genug Zeit blieb, um von einem Termin zum anderen zu kommen.

Um 15 Uhr fuhr ich zu Frank.

Ben stand an seinem Bett und stellte an einigen Geräten herum. Franks Lieblingsmusik spielte aus dem großen Gettoblaster, der auch schon bei Christian am Bett stand.

Als er mich bemerkte, kam er lächelnd auf mich zu und wollte mich umarmen, aber ich wehrte ihn ab.

„Bitte nicht vor Frank!", sagte ich leise.

Ben verstand mein Verhalten und sprach dann sachlich mit mir.

„Frank hat alles gut überstanden. Der Professor hat gesagt, dass wir am Donnerstag die Narkosemittel reduzieren können und mit ein bisschen Glück, wacht er hoffentlich zwei bis drei Tage später auf."

Einerseits freute ich mich darüber. Andererseits rückte die Entscheidung immer näher.

Ich setzte mich zu Frank aufs Bett und streichelte seine Hand.

Ich schaute dabei Ben mit einem breiten Lächeln an.

„Ich hab Angst, dass er nicht mehr derselbe ist."

„Das können wir nur hoffen", sagte er und lächelte zurück.

„Ich habe mich vorhin Franks Post angenommen und mit der Bank, der Versicherung und seinem Anwalt einen Termin gemacht.

Das wird morgen bestimmt ein harter Tag für mich und ich glaube noch nicht mal, dass ich das alles schaffe."

„Wenn du Hilfe brauchst, ich bin immer für dich da!"

„Nein, das ist ganz lieb von dir, aber da muss ich alleine durch."

„Ja, das verstehe ich und ich glaube auch, dass du das alles hinkriegst."

Nach einer Stunde brachte Ben mich zu meinem Auto. Zum Abschied küssten wir uns und verabredeten uns für den nächsten Tag um 18 Uhr in seiner Wohnung.

Ich schlief, diese Nacht, tief und fest. Den Schlaf brauchte ich auch, um den langen Tag zu überstehen.

Die Termine zogen sich aber auch, besonders der letzte bei meinem Chef war ziemlich nervenaufreibend.

Völlig geschafft stand ich pünktlich um 18 Uhr vor Bens Tür.

Wir setzten uns mit einem Glas Wein auf sein Sofa und ich erzählte ihm von meinem Tag:

„Als Erstes war ich bei Franks Anwalt, der mir erklärte, dass er wegen des Unfalls eng mit der Polizei und der Versicherung zusammenarbeitet und ich mit ihm morgen um 09:30 Uhr zum Kommissariat muss, dann bin ich zu seiner Versicherung gefahren. Frank hat Versicherungen, die er gar nicht braucht. Eine für Hochwasser, er wohnt im Penthouse, eine die ihn absichert nach Abrutschen eines Berges, hier ist es flach wie eine Flunder usw. Ich habe Unterlagen, die ich einem unabhängigen Versicherungsagenten zeigen möchte. Weißt du vielleicht einen?"

„Nein, aber ich kann mich mal umhören!"

„Danke! Das ist so ein Wirrwarr und es hat lange gedauert, bis ich da durchgestiegen bin."

„Er hat sich eben noch nie darum gekümmert und er setzte eben andere Prioritäten."

„Frank hat wenigstens auch gute Versicherungen, die ihm jetzt gut helfen können", sagte ich und trank einen Schluck Wein.

„Und, wie war es bei der Bank?", fragte Ben interessiert.

Von Franks finanziellen Angelegenheiten erzählte ich nur, dass da alles in bester Ordnung ist. Ich verschwieg, dass Frank mehrere

Immobilien besitzt, darunter auch das Haus, in dem er wohnt. Ich war geschockt und hätte es am liebsten Ben erzählt, aber Frank hatte bestimmt einen guten Grund, es keinem von uns zu erzählen und deshalb hielt ich auch meine Schnauze.

Ben gab sich damit zufrieden und gab mir einen Kuss. Ich ließ meinen Kopf in seinen Schoss fallen und legte mich auf das Sofa. Ben streichelte mir über meine Haare und sagte: „Es wird bestimmt alles gut."

Nach einigen Minuten, in denen ich mich ausgiebig von Ben, massieren ließ, sagte ich:

„Ich muss erst wieder am 6. Januar arbeiten. Die Firma geht nämlich übernächste Woche in die Weihnachtsferien und bleibt bis nächstes Jahr geschlossen."

„Das passt ja, soll ich dich nächste Woche noch krankschreiben?", fragte Ben.

„Das wäre so lieb von dir, dann muss ich keinen Urlaub nehmen."

„Kein Problem, das mache ich doch gerne", sagte er und küsste mich auf meine Stirn.

Ich muss wohl auf dem Sofa eingeschlafen sein. Jedenfalls wusste ich nicht mehr, wie ich sein Bett gekommen bin, als ich nächsten Morgen völlig entkleidet und fest umschlungen in Bens Armen aufwachte.

„Guten Morgen, mein Kleiner!", sagte Ben, als er seine Augen aufschlug.

„Guten Morgen! Danke, dass du mich zu Bett gebracht hast. Ich hab wohl gestern nichts mehr mitgekriegt?"

„Ja, das ist wohl wahr! Ich war aber auch sehr müde, denn ich habe den ganzen Tag in der Praxis verbracht und das aufgeholt, was ich letzte Woche vernachlässigt habe. Als du dann in meinem Schoß eingeschlafen bist, hab ich dich in mein Bett getragen und mich an dich gekuschelt. Ich hoffe, du hattest nichts dagegen."

„Wie könnte ich!", sagte ich und gab ihm einen ausgiebigen Kuss, dann lächelte er mich so süß an, dass ich ganz heiß wurde, und als er merkte, dass ich vor Erregung am ganzen Körper zitterte, fing er an, mich zu streicheln.

Er legte sich dann mit seinem ganzen Gewicht auf mich und küsste mich hemmungslos. Ich leckte sein Hals und Gesicht. Er schmeckte so gut!

Ich spürte, wie erregt er war, und verstärkte es noch, indem ich seine Lenden massierte, dann richtete er sich auf und setzte sich auf mein Becken.

Ich hatte Angst, dass ich vor Geilheit ohnmächtig werde, als er meinen Schwanz langsam in seinen Arsch einführte. Es war ein so himmlisches Gefühl, als er begann, auf mir zu reiten. Sein Gesichtsausdruck war so entspannt und man sah, dass er es in vollen Zügen genoss. Nach einigen Minuten legte es sich wieder auf mich und küsste meinen Mund so intensiv, sodass ich am liebsten die Zeit anhalten wollte. Sein Schweiß tropfte mir in mein Gesicht. Es war so schön!

Ben wollte noch mehr, denn jetzt hockte er sich vor mich hin und legte mein linkes Bein auf seine Schulter. Er rückte näher an mich heran und drang in mich ein. Ich sah tausend Sterne und Ben stieß so hart zu, dass ich nicht mehr wusste, wo ich war. Ich konnte gar nicht genug davon bekommen und bat ihn, nicht aufzuhören.

Nach einer wunderbar langen Zeit fiel er völlig ausgelaugt auf meine Brust und ruhte sich erst mal aus. Wir küssten uns immer wieder und ich leckte ihm seinen Schweiß aus seinem Gesicht, dann legte er sich so auf mich, dass wir gegenseitig unsere Schwänze lutschen konnten. Ich blies ihn so heftig, dass er immer wieder aufstöhnte.

Nach einiger Zeit voller Anstrengung kamen wir, fast wie abgesprochen, gleichzeitig und pumpten uns die warme Sahne in unsere Rachen. Ich sog so lange, bis ich auch seinen letzten Tropfen geschluckt hatte.

Nachdem wir uns beruhigt hatten, legte er sich wieder an meine Seite und nahm meinen Kopf in seine Hände, dann verpasste er mir so einen zuckersüßen Kuss, dass ich so ein Glücksgefühl empfand, wie ich es nie vorher empfunden habe.

Wir kuschelten uns dann aneinander und schliefen wieder ein.

Um acht Uhr weckte uns sein Radiowecker.
Er schaute mich schelmisch an und sagte:
„Guten Morgen!"
Ich lachte und sagte:
„Ich glaube, ich habe ein Déjà-vu."
Er lachte auch und sagte:
„Möchtest du das, was nach dem ersten ‚Guten Morgen!' kam, auch noch mal erleben?"
„Am liebsten schon, denn es war überirdisch, aber ich hab leider einen Termin mit Franks Anwalt bei der Polizei."
„Schade, ich fand es einfach bombastisch und hätte nichts gegen eine Wiederholung!"
„Ich auch nicht, aber ich muss schon um 09:30 Uhr in der Hannoverischen Heerstraße beim Polizeipräsidium sein."
„Okay, dann ab unter die Dusche!", sagte Ben und zog mich Richtung Bad.
Nachdem er die Brause angemacht hatte und das warme Wasser über unsere Körper lief, gab es kein Halten mehr.
Ben vögelte mich bis zum Anschlag und ich wusste nicht mehr, wo oben und unten war.
Wir stöhnten so laut, dass ich Angst hatte, dass die Nachbarn uns hören könnten, dann hockte er sich hin und blies mir einen vom Feinsten.
Er spielte mit seiner Zunge so an meiner Eichel, dass ich fast wahnsinnig wurde. Es dauerte auch nicht lange, bis ich in seinem Mund kam und mit letzter Kraft bearbeitete ich seinen Schwanz, bis sein Saft über meine Zunge lief. Es war der Hammer und wir lagen uns, mit schwerem Atem, in den Armen.

Ich schaute auf die Uhr und sagte erschreckt:
„Man, das ist ja schon neun Uhr. Ich muss in einer halben Stunde da sein!"
„Das schaffst du! Wollen wir uns danach, gegenüber der Polizei, zum Frühstück treffen?"

„Ich weiß nicht, wie lange es da dauert?", sagte ich.

„Schick mir einfach eine SMS, wenn du da raus bist. Ich bin ja schnell da, denn so weit ist es ja nicht."

„Okay!", sagte ich schnell und schlüpfte in meine Sachen.

Ich schaffte es gerade so und das war gar nicht so einfach, denn mir tat jeder Knochen im Körper weh. Ganz zu schweigen von meinen wichtigsten Körperteilen. Sie waren arg in Mitleidenschaft gezogen.

Franks Anwalt wartete schon vor der Polizei und nachdem wir uns angemeldet hatten, wurden wir zum Kommissar Herrn Bleiker geführt.

Zuerst legte Herr Kramer, so hieß der Anwalt, die Vollmacht, die Frank mir ausgestellt hatte, vor und fragte ihm, wie weit sie mit der Untersuchung sind. Kommissar Bleiker sagte, dass sie fast abgeschlossen seien und sie kein Fremdverschulden feststellen konnten. Wahrscheinlich hat Frank, auf raureifglatter Straße, die Kontrolle über seinen Wagen verloren und ist ins Schleudern gekommen. Sie sind dann von der Fahrbahn abgekommen und nach mehrmaligem Überschlagen, unten am Abhang, zum Stehen gekommen.

Der Anwalt übernahm die ganze Befragung, sodass ich nicht nur ein Wort sagen musste. Eigentlich war meine Anwesenheit sinnlos und wenn ich das gewusst hätte, wäre ich gar nicht gekommen, dann wäre mir auch der Anblick von Franks Unfallauto erspart geblieben.

So wie der aussah, war es ein Wunder, dass sie da lebend herausgekommen sind.

Wenn ich nicht wüsste, dass dieses Auto einmal ein BMW war, würde ich es jetzt nicht mehr erkennen.

Ich sah mir die Schrottkarre genauer an und fand, zwischen Fahrersitz und Mittelkonsole, eine, in weihnachtliches Geschenkpapier eingepackte, CD.

An ihr klebte eine Karte. Darauf stand mit goldenen Buchstaben:

*An meinen Kleinen,*
*zum Nikolaus.*

In diesem Moment fiel ich um, denn meine Beine konnten mich nicht mehr tragen, so weich wurden sie.

Gott sei Dank hatte es keiner gesehen, weil gerade der Anwalt Herr Kramer mit dem Kommissar im Büro war, um etwas zu besprechen.

Ich rappelte mich schnell wieder hoch und rieb mir den Dreck von der Hose.

Ich hielt Franks Geschenk in meiner Hand und war fassungslos.

Nikolaus war am letzten Sonntag und ist dieses Jahr völlig an mir vorbeigegangen.

Ich freute mich, dass Frank, trotz unseres Streits, an mich gedacht hatte.

Ich steckte es in meinem Rucksack und beschloss, es allein, in einer stillen Stunde, aufzumachen.

Endlich war dieser jetzt nicht mehr überflüssige Termin zu Ende. Ich verabschiedete mich von Herrn Kramer und schrieb schnell eine SMS an Ben. Er schrieb auch gleich zurück:

*Bin in 10 Minuten da. Ich freue mich schon!*

Da blieb mir noch Zeit, endlich bei Christian anzurufen, um ihm zu sagen, dass ich, wegen Frank, in der nächsten Zeit nicht zu ihm kommen kann.

Er war zwar ein bisschen enttäuscht, konnte mich aber verstehen.

Ich versprach ihm, ihn sofort zu besuchen, wenn Frank erwacht ist und ihn dann ganz lieb zu grüßen.

Mit tränenden Augen verabschiedete ich mich von Christian und legte auf.

In diesem Moment umklammerten mich, von hinten, zwei starke Arme.

Ich drehte mich um und sagte:

„Du hast die Fähigkeit, immer im richtigen Augenblick zur Stelle zu sein."

Ich drückte mein Gesicht in seine Jacke und heulte mich richtig aus.

„Was ist los?", sagte Ben besorgt.

„Ich habe gerade mit Christian gesprochen und das Gespräch war sehr emotional."

„Okay! Komm, wein ruhig, bei mir darfst du das! Das hilft", flüsterte Ben in mein Ohr und drückte mich an seine Brust.

Es wurde höchste Zeit, dass wir etwas zwischen die Kiemen bekamen.

Uns war schon ganz flau im Magen und wir bestellten uns auch das größte Frühstück, was wir natürlich nicht schafften. Danach gingen wir auf den Weihnachtsmarkt, wo ich, dieses Jahr, überhaupt noch nicht gewesen war.

Wann auch?

Der Weihnachtsmarkt in Celle zählt zu den schönsten in ganz Deutschland.

Er zieht sich durch die ganze wunderschöne Altstadt und überall duftet es nach Lebkuchen und Zimtsterne.

Wir nahmen uns viel Zeit und liefen durch alle Straßen. An einem Wurststand erzählte ich Ben, was bei der Polizei abgelaufen ist, und sagte ihm auch, dass meine Anwesenheit völlig überflüssig war.

„In der Zeit hätte ich mir auch was anderes vorstellen können", sagte ich verschmitzt.

„Das können wir ja nachholen!"

„Ich freue mich schon darauf!"

Von dem Geschenk erzählte ich ihm nichts. Ich wollte erst mal sehen, was das für eine CD ist.

Nachdem wir uns lange in die Augen geschaut hatten, fragte Ben:

„Wollen wir Frank noch besuchen?"

„Ja, auf jeden Fall. Ich war gestern auch schon nicht bei ihm."

Wir tranken unseren Glühwein aus und gingen Richtung Klinik.

Als wir dort ankamen, sagte ich:

„Ich mache drei Kreuze, wenn ich hier nicht mehr hermuss."

„Das kannste aber laut sagen. Beruflich hier zu sein, ist schon schlimm genug!"

Als wir an Franks Bett saßen, fragte ich Ben:

„Wann denkst du, wacht er auf?"

„Na ja, seit 12 Stunden bekommt er immer weniger Narkosemittel und ab heute Nacht um ein Uhr bekommt er überhaupt keins mehr. Dann kann es sehr schnell gehen, entweder morgen im Laufe des Tages oder es kann sich auch noch Wochen hinziehen."

„Oder gar nicht!", sagte ich traurig.

Jetzt schaute mich Ben erst an und sagte scharf:

„Daran darfst du noch nicht einmal denken!"

„Nein, ich will ja, dass er aufwacht."

Ich weiß nicht, warum ich damals so reagiert hab. Vielleicht weil ich mich schon innerlich von Frank verabschiedet hatte und ich mir ein Leben mit Ben vorstellen konnte?

Trotzdem fragte ich Ben:

„Darf ich dabei sein, wenn er zu sich kommt?"

„Das kann aber lange dauern. Es ist nicht so wie bei Christian. Er war nur ein paar Tage im Koma und Frank schon seit fast zwei Wochen. Bei Christian konnten wir es noch gut berechnen, aber bei ihm? Er steckt einfach schon zu lange in der Narkose."

„Das ist mir egal. Ich werde an seinem Bett sein, wenn er seine Augen öffnet. Das ist sicher!"

Ich verbrachte diese Nacht wieder bei Ben, aber an Schlafen war nicht zu denken.

Nach einem kurzen Frühstück fuhr ich gleich, zu Frank, in die Klinik.

Ben wollte später nachkommen, sobald er seine Sprechstunde beendet habe.

Der Professor und Doktor Martin standen an Franks Bett.

Sie begrüßten mich und sagten, dass ich mir keine Gedanken machen solle, weil bis jetzt alles normal abläuft, aber auf meine Frage, wann er aufwacht, zuckten sie nur mit den Schultern.

Nachdem sie aus dem Raum gegangen waren, legte ich erst einmal eine andere CD ein, die ich zusammen mit drei anderen aus Franks CD-Ständer genommen habe.

Jetzt spielte Franks Lieblingsmusik aus dem Gettoblaster, dann setzte ich mich mit einem Buch, das Frank zuletzt gelesen hatte, an sein Bett und begann, laut vorzulesen.

Nach zwei Stunden machte ich eine Pause und legte meinen Kopf auf seinen Bauch, dann stand plötzlich Ben neben mir.

„Ich habe Mittagspause und wollte mal schauen, wie es euch geht?"

„Frank hat noch keine Anstalten gemacht, wach zu werden."

„Er ist eben müde!", sagte Ben schmunzelnd.

Ich boxte in leicht in seinen Magen und lachte.

„Ich habe uns einen Kaffee mitgebracht", sagte er und reichte mir einen großen Becher.

„Danke, den kann ich jetzt gut gebrauchen. Ich habe andere Musik angemacht. Vorher lief ‚Bach'!"

„Gut gemacht! Willst du die ganze Nacht hierbleiben?"

„Ja, ich möchte bei ihm sein, wenn er wach wird."

„Das weiß ich, aber das kann noch Tage dauern", sagte er eindringlich.

„Das ist mir egal und wenn es Wochen dauert. Das bin ich ihm schuldig!", schrie ich ihn an.

„Okay, okay! Ich hab ja nur gemeint …", sagte Ben resigniert, dann ging er beleidigt.

Schuldig, warum schuldig! Aus heutiger Sicht war ich Frank überhaupt nichts schuldig, aber das sah ich zu dem Zeitpunkt noch nicht.

Seine Aufwachphase dauert jetzt schon drei Tage und Ben ließ sich auch, seit unserem kleinen Streit, nicht blicken. Ich versuchte ihn, immer wieder zu erreichen, aber er meldete sich nicht bei mir. Das war wohl doch zu hart, was ich ihm sagte, und ich habe ein wenig überreagiert.

Ich schlief jetzt schon die zweite Nacht auf einem einigermaßen bequemen Stuhl, den mir eine Schwester reingeschoben hatte. Da hatte ich viel Zeit, um über mein Leben nachzudenken. Ich überlegte ernsthaft, wie es mit mir weitergehen sollte.

Bestimmt nicht so, wie bis her.

„Ich lasse mich auf keinen Fall mehr von Frank hin und her scheuchen und tue auch nicht mehr, was er sagt", dachte ich.

In diesen Moment beschloss ich, mich von Frank zu trennen, sobald er wieder aufwacht und es ihm besser gehen sollte.

Dieser Entschluss fiel mir schwer und ich weinte dabei, aber wenn ich das nicht durchziehe, dann gehe ich zugrunde.

Ich glaube nämlich nicht, dass er sich ändern wird.

Nachdem ich wieder klar denken konnte, beschloss ich wieder etwas: nämlich zu mir nach Hause zu fahren, um zu duschen, denn ich stank wie ein Iltis.

Gerade als ich in mein Auto steigen wollte, das sich noch auf dem Grundstück von Ben befand, kam der Besagte aus der Haustür.

„Ist er wach?", fragte Ben verwirrt.

„Nein, aber ich stinke und ich muss mal duschen", sagte ich reumütig.

„Und da wolltest du, in deinem Zustand, ins Auto steigen und nach Hause fahren? Du siehst aus wie der Tod. Komm, du kannst bei mir duschen und saubere Klamotten, werden wir wohl auch noch, für dich, finden."

Er faste mich an meine Schulter und führte mich in seine Wohnung.

„Entschuldige, ich wollte dich neulich nicht so anfahren! Du bist bestimmt beleidigt, oder?", sagte ich noch reumütiger.

„Ein bisschen, aber wichtig ist jetzt, dass du deinem Körper ein wenig Wasser gönnst, denn du stinkst wirklich wie ein Schwein."

Wir lachten und ich ging schnell ins Bad.

Während ich duschte, machte Ben Frühstück und als ich am Tisch saß, knurrte mein Magen vor Hunger.

Ich schaufelte nur so alles in mich rein. Jetzt merkte ich erst, dass ich seit drei Tagen nichts Richtiges mehr gegessen hatte.

Es schmeckte köstlich!

„Ich wollte gerade zu euch", sagte Ben mit vollem Mund.

„Hast du heute gar keine Sprechstunde?"

„Hey Kleiner, heute ist Samstag!"

Ich dachte kurz nach und schlug mir dann an meinen Dötz.

„Ja stimmt, ich hab überhaupt kein Zeitgefühl mehr."

Wir lachten und Ben sagte:

„Dann gehen wir gleich zusammen zu ihm. Ich hab den ganzen Tag Zeit."

„Bist du mir noch böse?"

„Sagen wir mal, ich war ein bisschen enttäuscht. Erst mal habe gesehen, wie liebevoll du mit Frank umgehst, und mir ist klar geworden, dass du ihn noch immer liebst. Zum anderen fand ich das nicht witzig, wie du mit mir sprichst, denn das habe ich nicht verdient."

„Das tut mir auch leid, aber ich habe dir auch gesagt, dass ich mich noch nicht entscheiden kann, aber ich verspreche dir, dass ich dich nie wieder anschreien werde."

„Okay, das akzeptiere ich, und damit geht es mir auch schon viel besser, denn ich habe wirklich die letzten Tage gelitten."

Jetzt war ich derjenige, der trösten musste, und ich nahm Ben in meinen Arm.

Er schmiegte sich so an mich an, als wären wir eins.

„Ich muss dir aber noch was erzählen!", sagte ich.

„Na, was?"

„Ich habe dir doch eben erzählt, dass ich mich noch nicht entscheiden konnte."

„Ja, du hattest so etwas erwähnt."

„Ich habe mich jetzt entschieden, und zwar möchte ich nicht mehr von Frank herumgestoßen werden und ich möchte auch nicht mehr tun, was er sagt, deshalb habe ich beschlossen, mich von ihm zu trennen und meine eigenen Wege zu gehen. Allerdings erst, wenn es ihm einigermaßen gut geht."

Ben schaute mich jetzt völlig entgeistert an und sagte:

„Ist das wirklich dein vollster Ernst?"

„Ja und es tut mir richtig gut, diese Entscheidung getroffen zu haben."

„Das glaube ich dir! Du hast es dir auch nicht einfach gemacht."

„Nein, aber jetzt werde ich es durchziehen und da können mich auch keine zehn Pferde mehr abhalten."

„Ich bin echt stolz auf dich, denn das war mir mit euch beiden immer ein Dorn im Auge und deshalb habe ich mich auch von euch zurückgezogen. Ich konnte es einfach nicht mehr mit ansehen, wie Frank mit dir umgeht."

„Nun ja, das gehört jetzt der Vergangenheit an!"

„Das freut mich richtig. Willst du denn eigentlich jetzt noch zu ihm?"

„Ja klar, ich möchte nicht schuld sein, dass er sich, wegen mir, nicht mehr richtig erholt. Ich möchte ihm das schonend beibringen, aber erst wenn es ihm besser geht. Ich habe ihn nämlich trotzdem immer noch sehr gern."

Ben gab mir einen langen Kuss und suchte mir dann ein paar saubere Sachen von ihm raus, packte ein paar CDs ein und gingen dann zu Fuß zur Klinik.

Wir verbrachten den ganzen Tag bei Frank. Wir lachten und alberten herum.

Ben fragte mich auch gar nicht, als er abends um elf aufstand, um zu gehen, ob ich mitkommen möchte, denn er wusste, dass ich „Nein" sagen würde. Er nahm mich in dem Arm und plötzlich erstarrte er. Ich sah, dass er abwechselnd zu Frank und zu den Geräten schaute.

Ich fragte:

„Was ist los?"

„Schau doch, schau doch!", sagte Ben aufgeregt. „Frank bewegt sich!"

Ich stürzte sofort an Franks Bett, nahm seine Hand und tatsächlich, er drückte vorsichtig zu.

Ben drückte den Schwesternknopf und zog sich Handschuhe an, dann nahm er eine Nierenschale und stellte sie auf Franks Brust. Er löste den Sauerstoffschlauch und zog das Ende aus Franks Rachen. Nachdem er seinen Mundinnenraum untersuchte, stülpte Ben ihm eine Sauerstoffmaske über sein Gesicht. Endlich kam eine Schwester.

Sie half Ben sofort mit den Geräten und stellte den Tropf neu ein, dann nahm sie den Telefonhörer ab und rief den Professor an.

Ben öffnete Franks Augen, schaute mich mit einem breiten Grinsen an und sagte:

„Christoph, er ist aufgewacht!"

Jetzt fielen die Anstrengungen der letzten zwei Wochen von mir ab und ich heulte wie ein Schlosshund. Ben nahm mich sofort in seinem Arm und tröstete mich, indem er mir immer wieder über meinen Kopf strich.

„Kann ich mit ihm sprechen?"

„Nein, er brauch jetzt noch viel Ruhe. Ich denke, dass er in ein, zwei Stunden zu sich kommt."

Natürlich blieb Ben jetzt hier und schaute immer wieder nach ihm. Nachdem der Professor da war, kam der Neurologe und testete Franks Reflexe.

Er war sehr zufrieden und trug alles haarklein in Franks Krankenblatt ein.


Ich hielt die ganze Zeit Franks Hand und merkte, dass er immer fester meine Hand drückte.

Endlich nach drei Stunden öffnete Frank selbstständig seine Augen. Ben und ich waren zu diesem Zeitpunkt allein bei ihm und wir schauten uns erleichtert an.

Ben nahm ihm die Maske ab und sprach ihn an:

„Frank, hallo Frank, ich bin's, Ben! Weißt du, wo du bist?"

Frank versuchte, zu sprechen, es gelang ihm aber nicht.

„Schau mal, wer hier ist, dein Kleiner!", sprach Ben weiter.

Frank zeigte keine Reaktion.

„Wir müssen ihm Zeit geben", sagte Ben und setzte sich zu mir.

Frank schloss wieder seine Augen und wir versuchten auch, ein bisschen zur Ruhe zu kommen, was gar nicht so einfach war.

Es war morgens um fünf Uhr, wir hatten unsere Köpfe auf das Bett gelegt, da hörte ich leise meinen Namen:

„Kleiner!"

Ich war sofort hellwach und hob meinen Kopf.

Frank schaute mich an und sagte langsam und kaum hörbar:

„Wo bin ich? Was ist passiert?"

„Du hattest einen Unfall und warst 14 Tage im Koma", sagte Ben.

„Ben", flüsterte Frank.

„Ja, ich bin froh, dass du wieder da bist. Kannst du dich an den Unfall erinnern?"

Frank schüttelte langsam seinen Kopf.

„Ganz ruhig, du musst dich noch schonen", sagte ich und streichelte ihm seine Wangen.

Wir merkten gar nicht, dass der Professor hinter uns stand, der jetzt sagte:

„Wir sollten ihm noch ein bisschen Ruhe gönnen. Geht nach Hause und kommt in ein paar Stunden wieder. Ihr seht aus, als könntet ihr auch eine Mütze Schlaf gebrauchen."

Ben sagte „Ja!" und zog mich aus dem Raum. Ich wollte nicht, aber Ben sagte forsch:

„Komm, der Professor hat recht!"

„Aber ich möchte noch ein bisschen bei ihm bleiben!"

„Nein, du kommst jetzt mit zu mir und dann wird erst mal geschlafen. Wir tun Frank keinen Gefallen damit, wen wir halb verschlafen an seinem Bett sitzen."

Widerwillig folgte ich ihm, nach Hause. Er steckte mich gleich ins Bett und kochte mir seine leckere Brühe.

Nachdem ich sie verzehrt hatte, sprang Ben auch unter die Decke und drückte mich ganz fest an seine Brust. Wir sprachen noch kurz und dann schlief ich tief und fest ein.

# Kapitel 3

Gegen 18 Uhr waren wir wieder bei Frank. Da er gerade untersucht wurde und mindestens sechs Ärzte um ihn herumwirbelten, durften wir noch nicht gleich zu ihm. Während Ben noch mit einigen Ärzten sprach, schaute ich mir, durch die Scheibe, das rege Treiben an. Frank saß aufrecht im Bett und der Neurologe testete grade die Reflexe seiner Knie. Und dann sah ich das Unfassbare: Frank redete ganz normal. Er lächelte sogar.
Mir kamen, vor Freude, die Tränen und ich hatte Mühe, mich auf den Beinen zu halten.
Ben sah das und hielt mich, im richtigen Moment, fest.
„Geht es?", fragte Ben.
„Ja, ich bin nur so gerührt, dass Frank spricht. Jetzt wird alles wieder gut!"

Nach zehn Minuten durften wir zu ihm und Ben fragte, ob ich vielleicht erst mal allein zu ihm gehen möchte. Ich nickte und öffnete die Tür zu Franks Zimmer.
Frank lächelte über beide Backen, als er mich sah, und reckte mir seine Hand entgegen. Ich lief auf ihn zu und nahm ihn in den Arm. Dann gab er mir ein Kuss auf die Wange und fragte mich: „Hast du geweint?"
„Ja, ich hatte schon die Hoffnung aufgegeben, deine Stimme jemals wieder zu hören, bitte mach das nie wieder mit mir!"
„Ich kann mich überhaupt nicht an einen Unfall erinnern. Ich weiß nur, dass ich und Christian … Christian! Was ist mit Christian?"
„Hat dir denn das noch keiner gesagt?"
„Er ist tot, oder?", unterbrach er mich.
„Nein, es geht ihm gut. Ich soll dich sogar ganz lieb grüßen! Er ist zur Reha in Friedehorst. Er wird dich bestimmt bald anrufen. Da fällt mir ein, dass ich ihm noch gar nicht Bescheid gesagt habe. Der Arme, er denkt immer noch, dass du im Komma bist."

Erleichtert lehnte er sich wieder zurück und fragte:

„Wie schlimm hat es ihn getroffen?"

„Seine Kopfverletzungen waren eigentlich schlimmer als deine, aber er erholte sich sehr schnell davon. Er hat jetzt noch massive Probleme mit seiner Sprache, aber ansonsten hat er nur Prellungen davongetragen. Er macht sich Vorwürfe und gibt sich die Schuld an dem Unfall."

„Warum?"

„Das konnte er auch nicht sagen, aber er wird jetzt psychologisch betreut."

„Ich muss ihn unbedingt anrufen und mit ihm sprechen!"

„Aber nicht mehr heute!", sagte Ben, der gerade ins Zimmer kam. Sie nahmen sich auch in die Arme und er fing gleich an, mich zu loben:

„Du weißt gar nicht, was für einen tollen Freund du hast. Der Kleine hat alles für dich geregelt und ich muss schon sagen, Hochachtung, vor ihm, was er in den letzten 14 Tagen alles geleistet hat."

Während Ben erzählte, schaute Frank immer wieder erstaunt zu mir und fragte mich dann:

„Wie hast du die ganzen Behörden und Versicherungen überzeugt, die ganzen Informationen rauszurücken?"

„Ich hatte die Vollmachten und Verfügungen gefunden, die du für mich ausgefüllt hast", sagte ich verschämt.

„Ach ja, das habe ich ganz vergessen. Die habe ich doch vor Kurzem erst für dich aufgesetzt!"

„Gott sei Dank, sonst hätte der Kleine es um einiges schwerer gehabt", sagte Ben.

Wir unterhielten uns noch einige Minuten, dann machte Ben eine Geste, die uns zum Gehen animierte.

Ich nickte und Ben sagte:

„Komm, Kleiner, Frank sieht müde aus und muss jetzt schlafen."

„Okay, aber wir kommen morgen wieder!", sagte ich.

„Ist das eine Drohung?"

„Ja, da kannst du sicher sein!", dann verabschiedeten wir uns von Frank und gingen aus dem Zimmer.

Als wir dann noch mal durch die Scheibe schauten, schlief er schon tief und fest.

Auf dem Weg nach draußen rief ich erst einmal Christian an, um ihm die neue, tolle Nachricht zu überbringen. Ich konnte ihm gerade noch davon abbringen, sich nicht gleich in den Zug zu setzen, um Frank zu besuchen. Er war so froh und glücklich, dass es ihm gut geht und Franks Gehirn, nicht weiteren Schaden genommen hat. Ich versprach ihm, Frank zu grüßen und sofort Bescheid zu sagen, wenn er telefonisch zu erreichen ist.

„Was hast du jetzt vor?", fragte Ben.
„Ich müsste mal zu mir, in die Wohnung, um nach Post zu schauen."
„Darf ich mitkommen?"
„Wenn du möchtest? Ich müsste auch mal mit dir sprechen!"
Wir gingen dann zu Ben und fuhren zu mir in die Wohnung. Mir war komisch zumute, weil ich nicht wusste, was ich machen sollte. Ich freute mich so wahnsinnig, dass Frank wieder wach ist und es ihm, dem Umständen entsprechend, gut geht.
Doch die Freude hatte einen bitteren Nachgeschmack.

Wir gingen gleich in mein Wohnzimmer. Ben nahm mich sofort in seine Arme und wollte mich küssen, aber ich wehrte ab. Ben schaute mich verwirrt an und fragte:
„Was ist los?"
Ich löste mich aus seinen Armen und stammelte. Ich setzte mich aufs Sofa und hielt meinen Kopf. Ben setzte sich neben mich und sah ins Leere, dann sagte er:

„Ich weiß, wie du dich fühlst, grade wegen der Entscheidung, die du getroffen hast, aber ich muss dir trotzdem noch etwas erzählen. Als Frank und Christian vor ihrem Unfall bei mir waren, warst du, wie schon gesagt, Thema Nummer eins. Frank wollte an diesem Abend ja noch mit dir sprechen, deswegen habe ich dich noch angerufen. Wir unterhielten uns über euch beide und da kamen bei mir viele Fragen auf, denn, je mehr Frank von dir erzählte, wurde mir klar, dass er dich abgöttisch liebt und er traurig war, dass es zwischen euch einen solch großen Streit gab. Als ich ihn darauf ansprach, schossen ihn die Tränen aus den Augen und er weinte wie ein kleines Kind. Ich und auch Christian, der am Anfang überhaupt nicht meiner Meinung war, redete dann auf ihn ein. Es dauerte dann nicht lange, bis er sich eingestehen konnte, dass er dich so liebt, dass er ohne dich nicht mehr leben kann. Er schwärmte von dir, in den allerhöchsten Tönen und sprach immer wieder davon, dass er sich bei dir entschuldigen müsse, weil er dich, so lange, mit Missachtung gestraft hat. Er sagte zwar, dass es nicht in Ordnung war, was du getan hast, aber das rechtfertigt nicht so eine lange Zeit.

Ich weiß, das erhöht meine Chancen, deine Liebe zu gewinnen, nicht ein Stück, aber ich möchte, wenn es so weit kommen sollte, ehrlich mit dir in eine Beziehung gehen und diese nicht auf einer Lüge aufbauen. Darüber hinaus ist Frank mein bester Freund und ich kann ihm nicht seinen Boyfriend wegnehmen."

Ich weinte und presste mein Gesicht an Bens Brust.
„Warum hast du mir das jetzt erzählt? Ich wollte mich doch von Frank trennen."
„Aber das sah vorhin nicht so aus."
„Ich weiß, aber ich kann nicht aus meiner Haut. Ich weiß nicht mehr, was ich denken und machen soll."
„Das kann ich verstehen und ich möchte, dass du dir so viel Zeit nimmst, wie du brauchst und bis dahin sind wir einfach richtig gute Freunde, oder?"
Ich küsste seinen Hals und sagte beruhigt:
„Beinhaltet unsere Freundschaft auch guten Sex?"
„Vielleicht?"
Ben lief die Schamröte ins Gesicht. Dann küsste er mich und wir lehnten uns dabei nach hinten.
Ich legte meine Hand in seinen Schoß und bemerkte, wie erregt er war.
Ich öffnete seine Hose und streichelte seinen geilen Schwanz.

„Damit hast du dir deine Frage selbst beantwortet!", sagte er lächelnd und küsste mich noch intensiver.

Ich kniete mich vor ihm hin und schnüffelte an seiner Hose, dann schmiegte ich meine Wange an seinen Schenkeln.

Seine Eier und sein geiler Schwanz waren direkt vor meinem Gesicht und ich konnte es gar nicht abwarten, sie in meinen Besitz zu nehmen.

Ich schaute Ben an und wortlos flehte er mich, doch endlich seine Rute zu bearbeiten, dann küsste ich mich langsam an seinen Eiern hoch und erreichte dann den Schaft seines Schwanzes. Er war so groß und prall, dass ich dachte, dass er gleich platzt.

Ben zitterte und streichelte mir über meinen Kopf, dann leckte ich das Prachtexemplar bis zur Eichel hoch.

Es schmeckte köstlich und ich konnte gar nicht genug davon bekommen.

Ich schluckte seinen Riesenschwanz und blies ihm seine Seele aus dem Körper.

Ich sah, dass er es genoss, und machte weiter, bis er fast zum Höhepunkt kam.

Er zog ihn raus, packte mich und schmiss mich auf das Sofa, dann stand er auf, um sich auszuziehen. Sein muskulöser Körper machte mich so heiß, dass ich es ihm gleichtat und mich von meinen Kleidern befreite.

Er sprang dann auf mich und küsste mich wieder. Er leckte mein Gesicht, dann meine Brust, mein Bauch, bis er zwischen meinen Beinen angekommen war. Er lutschte meinen Steifen so hart, dass ich dachte, dass ich schon da kommen müsse, aber er ließ kurz davor von ihm ab und brachte sich in Stellung, um mich zu ficken.

Er stieß seinen gigantischen Schwanz so tief, in mich rein, dass ich Millionen von Sternen sah. Es war Wahnsinn und ich vergaß Zeit und Raum. Nach einer gefühlten Ewigkeit legte er sich verschwitzt neben mich und begann, meinen Schwanz zu wichsen. Ich legte meinen Kopf an seine Schulter und machte das Gleiche bei ihm, bis die Spermien unsere Körper überdeckten.

Wir waren total außer Atem. Wir küssten und streichelten uns, bis wir uns beruhigt hatten.

„Das war der Hammer!", sagte Ben laut und knuddelte mich wie einen Hund.

Wir lächelten uns an und waren in diesem Moment superglücklich.

„Ich hab Hunger!", sagte Ben und da es schon 22 Uhr war, überlegte ich, was man jetzt noch, auf die Schnelle, zaubern könnte. Da fielen mir die Pizzen ein, die ich noch in der Truhe hatte. Ich holte sie raus und schob sie in den Ofen.

Nachdem wir uns satt gegessen hatten, sprangen wir sofort ins Bett, um da weiterzumachen, wo wir auf dem Sofa aufgehört haben, denn wir waren noch mächtig heiß aufeinander.

Es war kurz vor zwei Uhr, als ich das letzte Mal auf die Uhr geschaut hatte und wir endlich einschliefen.

Als morgens um sieben Uhr der Wecker klingelte, holte mich die Vergangenheit wieder ein und ich fühlte mich überhaupt nicht gut mit den Gedanken der letzten Nacht.

Zu Frank zu gehen und zu tun, als wenn nichts gewesen war, war der reinste Horror, aber da musste ich jetzt durch.

In der Zeit, als Ben sich duschte, machte ich Frühstück. Gott sei Dank hatten wir gestern noch etwas eingekauft, denn aus meinem Kühlschrank schauten die Mäuse schon mit leeren Augen heraus.

Ben duftete, als er in die Küche kam. Er setzte sich neben mich und gab mir einen Kuss.

„Du warst bombastisch!", sagte er und ich gab ihm das Kompliment zurück, dann fingen wir an, zu essen.

Das war auch nicht gelogen und noch heute denke ich gerne an unsere Anfänge zurück.

Kurz bevor Ben, zu seiner Sprechstunde, aufbrechen wollte, klingelte mein Handy und mein Chef meldete sich.

„Bitte kommen Sie sofort. Sie müssen uns mit einem wichtigen Kunden helfen!", sagte er aufgeregt.

Natürlich sagte ich zu und bestätigte ihm, dass ich in circa einer Stunde da bin.

„Ich muss in die Firma", sagte ich zu Ben.

„Okay, wann sehen wir uns wieder?", fragte er mit einem treu doofen Blick.

„Ich fahre, wenn ich da raus bin, direkt zu Frank. Vielleicht können wir uns ja danach treffen?"

„Ich habe von 13 bis 15 Uhr Pause und dann erst wieder ab 19 Uhr Feierabend. Wollen wir telefonieren oder simsen?"

„Das machen wir!", sagte ich, gab ihm einen Kuss und dann verschwand er hinter der Haustür.


Ich machte mich fertig, fuhr denn erst einmal zu Franks Wohnung, um meine Aktentasche zu holen und dann weiter, in die Firma. Mein Chef wartete schon am Eingang. Er führte mich schnell in unsere Abteilung und erklärte mir das Problem mit dem Kunden: „Bitte, Herr Klier, Sie müssen uns helfen! Der Kunde möchte kündigen, weil seine Rechnungen nicht mit dem Vertrag übereinstimmen. Das ist ein wichtiger Kunde und wir sehen den Fehler nicht. Es wäre mir ja egal, wenn es ein kleiner Kunde wäre, aber hier geht es um mehrere 100.000 Euro!"

Ich schaute mir die Sache an, aber konnte auch nichts entdecken. Vielleicht hat Frank irgendeine Kommission in seinem System. Ich gab sein Passwort ein und rief mir die Akte des Kunden auf. Der Chef und meine Kollegen, die alle um mich herumstanden, wunderten sich, dass ich das Passwort von Frank hatte, sagten dazu aber nichts.

In der Akte stand eine Menge über diverse Besuche und einige Sonderkonditionen, aber auf dem ersten Blick konnte ich nichts Ungewöhnliches entdecken.

Ich schaute mir auch die Verträge an, die im Laufe der Jahre geschlossen wurden. Ich verglich sie mit denen, die ich vor mir hatte. Dann schaute ich den Chef an und sagte:

„Hier haben wir den Fehler. Herr Matz war noch am Freitag, vor seinem Unfall, bei diesem Kunden und hat einen neuen Vertrag mit denen geschlossen. Leider hat er diesen nur eingescannt, ihn per Mail an die Buchhaltung geschickt und noch nicht in der Akte abgelegt, so hat er es dokumentiert. Es handelt sich nämlich um einen vorübergehenden Test mit dem Kunden. Dabei probiert er unser neues Produkt zu günstigeren Konditionen aus. Die Buchhaltung hat noch die alte Rechnung rausgeschickt. Der neue Testvertrag läuft drei Monate, dann tritt der alte Preis wieder in Kraft."

Jetzt erhellte sich die Mimik von meinem Chef und er fragte:

„Und wo ist nun dieser neue Vertrag?"

Ich zuckte mit den Schultern.

Ich stand auf und schloss Franks Schrank auf. Gott sei Dank hatte ich seinen Schlüssel mitgenommen. In allerletzter Sekunde hatte ich noch daran gedacht, als ich heute Morgen in seinem Penthouse war. Ich machte ihm auf, schaute in seiner Ablage nach und tatsächlich, da lag er, ganz oben auf den Stapel.

Ich zeigte ihn freudig hoch und sagte:

„Diesen Fehler hätte man auch vermeiden können. Ein Anruf in der Buchhaltung hätte genügt."

Mein Chef nahm verschämt den Vertrag aus meiner Hand und bat mich, mit ihm zusammen den Kunden heute noch zu besuchen.

Ich sagte natürlich zu und fuhr stolz mit ihm, eine halbe Stunde später, in seinem großen, schwarzen Mercedes aus dem Firmentor.

Auf der Fahrt dorthin fragte mein Chef:

„Wie geht es Herrn Matz?"

„Hab ich Ihnen das noch gar nicht gesagt? Er ist gestern Früh aufgewacht!"

„Was, ernsthaft? Und geht es ihm gut?"

„Sehr gut sogar. Die Ärzte sagen, dass bei ihm nichts zurückbleibt."

„Das finde ich schön. Kann man ihn besuchen?"

„Nein, leider noch nicht, aber wenn er auf die normale Station kommt, sage ich Ihnen Bescheid."

„Okay, grüßen Sie ihn schön von mir!"

„Das mache ich."

Als wir von diesem Kundenbesuch zurück waren, der sehr positiv verlaufen war, bedankte er sich bei mir und fragte:

„Könnten Sie es sich vorstellen, wenn Sie am 6. Januar wieder-
kommen, vorübergehend Herrn Matz' Job zu übernehmen?"
Ich war begeistert und sagte, ohne darüber nachzudenken:
„Ja!"
Nachdem sich mein Chef, mit einem Händedruck, verabschie-
det hatte, rief ich Ben an, denn es war 14 Uhr und er müsste jetzt
eigentlich Pause haben.
Es meldete sich am anderen Ende der Leitung eine vergrätzte
Stimme, die wohl Ben gehörte.
„Hast du geschlafen?", fragte ich lachend.
„Ja, stell dir vor! Irgendwie muss ich doch die Nacht nachholen!"
„Sorry, dass ich dich geweckt habe!"
„Macht nichts, ich muss ja jetzt sowieso aufstehen. Ich war vor-
hin schon kurz bei Frank und ich habe ihn gesagt, dass du bei
deinem Chef wegen irgendeinem Problem bist und erst später
zu ihm kommst."
„Danke, ich fahr gleich zu ihm und ist das schlimm, wenn wir
uns heute nicht mehr sehen? Ich bin auch ziemlich müde und
möchte früh zu Bett gehen."
„Natürlich, die letzte Nacht war ja anstrengend genug. Wie war
es in der Firma?"
„Es war nur ein Missverständnis. Ich habe mit meinem Chef einen Kunden besucht, der ein bisschen sauer war. Es ist aber alles
wieder in Ordnung."
„Schön, das freut mich! Okay, dann sehen wir uns morgen. Ich
rufe dich an. Tschüss, ich liebe dich!", sagte er und legte auf.
Ich stand an meinem Wagen und dachte über die letzten Worte von Ben nach.
**„Ich liebe dich**, das hat noch niemand zu mir gesagt, noch
nicht mal meine Eltern!"

Ich bin schon im Alter von sieben Jahren ins Heim gekommen,
weil meine Eltern Alkoholiker waren und später auch, an den
Folgen, gestorben sind.
Ich kann mich überhaupt nicht mehr an sie erinnern, aber von
den Erzieherinnen im Kinderheim und später aus den Unterlagen

weiß ich, dass ich wohl völlig verwahrlost, von ihnen, aus der Wohnung, geholt wurde.

Vielleicht sah ich in Frank eine Vaterfigur?

Vielleicht war ich ihm deshalb so hörig?

Er war zwar nur zwei Jahre älter, aber viel verantwortungsbewusster als ich und wenn ich darüber so nachdenke, wusste er bis zu diesem Zeitpunkt immer, was das Beste für mich war.

Ich hatte damals in Hamburg so viele Freunde, die mich immer wieder aufgebaut haben und war froh, dass ich später in Celle Frank kennengelernt hatte, der dieses übernahm.

Auch die Freunde in Hamburg und die Freunde, die ich hier in Celle hatte, Frank eingeschlossen, haben noch nie **„Ich liebe dich!"** zu mir gesagt.

Dann fiel mir der Brief ein, den Frank mir geschrieben hat. Ich trug eine Kopie immer bei mir. Ich holte ihn aus meiner Jackentasche und sah auf die letzten Worte, die er mir schrieb:

*„Ich liebe dich!*
*Dein Frank"*

Mir wurde ganz anders und ich musste mich beherrschen, nicht zu heulen.

Ich durfte nicht lange darüber nachdenken, sonst wäre ich verrückt geworden.

Ich stieg in mein Auto und fuhr in die Klinik zu Frank.

Schock! Franks Bett war leer!

Ich reagierte klassisch, wie im Film. Ich dachte an das Schlimmste und machte die ganze Intensivstation wild.

Ich lief zur nächsten Schwester und fragte sie aufgeregt:

„Wo ist Herr Matz?"

Die Schwester beruhigte mich und sagte:

„Ich rufe den diensthabenden Arzt."

Zehn unsagbar lange Minuten voller Angst begannen. Ich konnte nicht mehr klar denken und war den Tränen nahe.

Endlich kam zu meiner Überraschung Doktor Martin um die Ecke.
Ich lief gleich auf ihn zu und fragte ihn auch:

„Wo ist Herr Matz?"

Er lächelte mich an und sagte im ruhigen Ton:

„Ich wollte Sie gerade eben anrufen, aber Sie sind ja immer
schneller. Also ich wollte Ihnen mitteilen, dass wir Herrn Matz
vor einer Stunde auf die normale, chirurgische Station verlegt
haben. Er fragt schon die ganze Zeit nach Ihnen!"

Mir fiel ein Stein vom Herzen und sagte:

„Ich habe schon an das Schlimmste gedacht."

„Nein", sagte Doktor Martin, „so schnell stirbt es sich nicht."
Er zeigte mir den Weg und nach weiteren zehn Minuten stand
ich vor der Tür Nummer 12.

Ich klopfte und hörte Franks vertraute Stimme rufen:

„Herein!"

Ich öffnete die Tür und Frank strahlte mich mit einem breiten
Grinsen an.

„Tut mir leid, ich hab mich verspätet. Ich musste noch in die
Firma."

Ich ging auf ihn zu und nahm ihn fest in die Arme. Vielleicht zu
fest, denn er schrie vor Schmerzen kurz auf.

„Oh, sorry, da hab ich, im Moment, nicht nachgedacht. Ich kann
es eben noch immer nicht fassen, dass du wieder wach bist und
mit mir sprichst. Ich hatte schon nicht mehr daran geglaubt,
deine Stimme je wieder zu hören, und jetzt noch der Schock."

„Welcher Schock?"

„Na, dass du nicht mehr in deinem Bett, auf der Intensiv warst."

„Wieso hat Ben dir nichts gesagt? Er wollte dich doch anrufen!"

„Das hat er auch und er hat mir vieles gesagt, aber das gerade
nicht. Ich dachte schon, du wärst …!"

„Nein, ich fühle mich gut und habe vor, noch viele Jahre zu leben. Ich habe eine Bitte an dich!"

„Na, was möchtest du denn?"

„Ich habe Probleme mit meinem Gedächtnis. Mir fehlen einige Stunden und sogar Tage. Ich habe viele Fragen und ich hoffe, du kannst sie mir beantworten?"

„Ich werde mein Bestes geben", sagte ich und mir wurde richtig übel.

Ich beantwortete seine Fragen, so gut ich konnte. Von der letzten Woche vor dem Unfall konnte ich nicht viel sagen, weil Frank ja kaum mit mir gesprochen hat. Ich erzählte ihm von unserem Streit und irgendwie merkte ich, dass er sich doch ein bisschen daran erinnerte, denn jedes Mal, wenn ich davon anfing, entschuldigte er sich bei mir und versuchte, schnell auf ein anderes Thema auszuweichen, dann erzählte ich ihm von der Firma und dem Vertrag, den er nicht richtig abgelegt hatte und dass ich, bis zu seiner Genesung, seinen Job übernehmen soll. Er fand es klasse, fragte mich aber auch, ob ich mich dem gewachsen fühle. Ich sagte, dass ich es nicht weiß, aber es gerne ausprobieren möchte. Ich schaute aus dem Fenster ins Grüne und fragte ihn:
„Bist du böse, dass ich deine Sachen durchwühlt habe?"
„Na ja, du weißt ja, wie heilig mir mein Schreibtisch, Computer und Safe sind, aber es war ja ein Notfall, denn du wusstest ja nicht, wie es mit mir ausgeht. Und was Gutes hat es ja auch, dadurch hast du alles über mich erfahren und weißt jetzt mehr, als ich je einmal anderen Menschen erzählen würde. Und soll ich dir mal was sagen? Es tut richtig gut, dass du es weißt, denn ich war es leid, alles vor dir zu verheimlichen."

Ein kleiner Spatz ließ sich, in diesem Moment, auf dem Fenstersims nieder und mir kamen wieder die Tränen, denn der Kleine schaute mich an, als würde er mir sagen wollen:
„Frag ihn!"
Mir war nicht wohl dabei, ihn darauf anzusprechen, gerade auf der Hinsicht von Ben, aber ich fasste mir ein Herz.

„Ich hab den Brief gefunden, den du für mich geschrieben hast."
Ich schaute ihn an und er wurde ernst, dann holte ich die Kopie aus meiner Jackentasche und legte ihn auf seine Brust.
Nach einer ganzen Zeit des Schweigens sagte er mit belegter und herzzerreißender Stimme:

„Christoph, bitte verlass mich nicht, denn ich liebe dich so!"
Ich ging zu ihm und wir nahmen uns in die Arme, dann weinte er wie noch nie zuvor. Er küsste mich auf meine Wange und sagte:
„Bitte versprich mir, dass du mich nie allein lässt!"
Ich schwieg, denn ich konnte ihm nichts versprechen, was ich nicht halten konnte.
Er schaute mich an und erwartete eine Antwort, aber ich sagte nur:
„Werde erst mal gesund und dann sehen wir weiter."
Ich weiß nicht, warum, vielleicht aus Angst, denn er gab mir dann das erste Mal einen langen Kuss auf meinem Mund.
Ich dachte, ich zerschmelze und wusste nicht, was ich davon halten soll.
Zu meiner Erlösung stand plötzlich, eine Schwester im Zimmer und wollte Franks Verbände wechseln. Frank fragte, ob ich währenddessen hierbleiben könnte?
Die Schwester hatte nichts dagegen, wenn ich nicht bei dem Anblick in Ohnmacht falle.
Die Wunden waren schon sehr ekelig und mir wurde tatsächlich ein wenig anders.
Seine Haare waren auf der rechten Kopfseite komplett abrasiert und eine circa 3 cm große Wunde stach mir ins Auge.
Nachdem sie sie versorgt hatte, bekam er einen kleineren Verband, der nicht mehr über das ganze Gesicht ging, sondern nur noch seine Stirn verdeckte.
Die anderen Wunden, an Schulter und Bauch, waren nicht besser und ich war froh, als sie diese Schmach beendete.

Nachdem die Schwester wieder ging, setzte ich mich wieder auf die Bettkante und Frank fragte:
„Ben ist ein Pfundskerl, oder?"
Die Frage durchfuhr mich wie ein Blitz, denn eigentlich wollte ich heute überhaupt nicht, von ihm sprechen.
Frank sprach weiter:
„Er hat dir in den zwei Wochen viel geholfen, oder? Er hat dich sogar bei ihm schlafen lassen!"

„Wir haben uns gegenseitig gestützt. Wir wussten ja nicht, ob ihr beide wieder aufwacht!", sagte ich verschämt.

„Nein, das ist kein Vorwurf. Ich freue mich ja, dass ihr euch so gut versteht. Ich habe ihn sonst immer als ziemlich oberflächlich eingeschätzt."

„Nein, er ist überhaupt nicht oberflächlich", unterbrach ich ihn.

„Nein, das ist er nicht. Sollte ich Doktor Martin Glauben schenken, muss ich meine Meinung über Ben revidieren."

„Er ist schon ein richtig guter Freund!", sagte ich abschließend und fragte, um das Thema zu wechseln:

„Hast du hier eine Telefonnummer?"

„Ja, aber ich kann noch niemanden anrufen. Sie schalten das Telefon erst morgen Früh frei. Ich soll mich noch erholen!", sagte er etwas abwehrend.

Er gab mir eine Karte, mit der Durchwahl seines Zimmers, dann fragte er:

„Kleiner, Ben hat mir gesagt, dass du mein Handy hast. Kannst du es mir mitbringen?"

„Na klar! Es ist in meiner Wohnung. Ich bringe es dir, noch heute Abend, dann kann ich dir auch gleich ein paar Sachen mitbringen."

„Super, denn ich fühle mich hier wie abgekapselt. Wie geht es eigentlich Christian? Ich weiß zwar, dass er in Friedehorst zur Reha ist, aber wie es ihm geht oder was er macht, ist mir völlig unbekannt."

„Ich habe gestern Abend noch mit ihm telefoniert und berichtete ihm, dass du aufgewacht bist. Möchtest du mit ihm telefonieren?"

„Ja gerne, das ist eine gute Idee!", sagte Frank gerührt und überrascht.

Ich zückte mein Handy und wählte, über das Telefonbuch, Christians Nummer, dann stellte ich das Telefon auf laut und gab es Frank.

Christian meldete sich mit den Worten:

„Hey Kleiner, schön, dass du dich meldest! Wie geht es Frank?"

„Frank geht's bestens!", sagte er selbst, mit leuchtenden Augen.

Zunächst hörte man nicht von Christian, dann hörte man ein leises Schluchzen, was dann immer lauter wurde und weil wir im Weinen schon geübt waren, brach es auch bei uns beiden raus.

Ein paar Sekunden heulten wir durchs Telefon, bis Christian mit verweinter Stimme sagte:

„Mann, Frank, du weißt gar nicht, wie schön es ist, deine Stimme zu hören!"

„Du wirst es nicht glauben, ich die deine auch. Ich dachte gestern schon, ich hätte dich umgebracht", sagte Frank halb weinend, halb lachend.

„So schnell stirbt es sich nicht!", hallte es aus dem Hörer.

„Der Kleine, bringt mir nachher mein Handy und wenn du willst, können wir heute Abend noch mal telefonieren."

„Ja, gerne! Ich kann jetzt sowieso nicht so lange telefonieren. Ich habe nämlich gerade eine Anwendung."

„Okay, ich rufe dich dann an."

„Ich freue mich so, dass es dir gut geht! Grüße den Kleinen. Bis dann!," sagte Christian, juchzte und legte auf.


„Der hat sich richtig gefreut!", sagte Frank und strahlte mich an. Er gab mir das Handy zurück und sah, dass ich sein Foto, als Bildschirmschoner, auf meinem Display hatte.

Frank grinste und ich sagte:

„Ich wollte dich, ganz nahe, bei mir haben!"

Frank fasst mich dann am Hinterkopf und zog mich an ihn heran, dann bekam ich einen Nachschlag, der sich gewaschen hat. Seine Lippen waren so zart und weich.

Seine Zunge spielte mit meiner, als wenn sie immer schon zusammengehörten.

Als sich unsere Lippen nach einigen Minuten wieder lösten, sagte er mit einem süßen Blick:

„Du kannst fabelhaft küssen, wo hast du das gelernt?"

Ich antwortete ihm keck:

„Das ist mir in die Wiege gelegt und dann gab es schon ein Leben vor Frank!"

„Ich verstehe", sagte Frank und wir mussten lachen.

Ich gab ihm noch einen Kuss und dann machte ich mich auf, um Franks Sachen zu holen.

Es war schon dunkel und ich fuhr durch das herrlich weihnachtlich geschmückte Celle. Jetzt nahm ich das alles erst richtig wahr und ich konnte mich richtig dafür begeistern, denn ich liebte Weihnachten.

Ich packte in Franks Wohnung ein paar Sachen und fuhr danach bei mir vorbei, um Franks Handy zu holen, dann ging es zurück in die Klinik.

Es war gerade Abendbrotzeit, als ich dort ankam.

Frank schüttelte sich vor dem Essen.

Es war wirklich nicht schön. Das Brot war hart und der Aufschnitt sah auch so aus, als hätte er seine besten Tage schon hinter sich.

„Ich bringe dir morgen was Anständiges vorbei. Morgen ist doch Dienstag, oder?", sagte ich schelmisch.

„Rumpsteak mit Bratkartoffeln?", fragte er und leckte sich seine unglaublich schönen Lippen.

Ich nickte und fragte:

„Ist das dem verwöhnten Herrn morgen um 12 Uhr recht?"

Wir lachten und er sagt flehend:

„Ja, bitte!"

„Aber nur wenn du jetzt das schön aufisst, denn du musst wieder zu Kräften kommen."

„Yes, Sir!", sagte er und kaute angewidert auf dem, auch für mich, sehr ekligen Brot herum.

Ich blieb noch eine Stunde und fuhr dann in meine Wohnung, um mich endlich hinzulegen.


Ich schaute jede Stunde auf die Uhr. Dreimal war ich schon aufgestanden. Ich konnte absolut nicht schlafen. Die Vorkommnisse der letzten Tage und besonders der Kuss von Frank machten mich kirre.

Es war drei Uhr nachts, ich saß auf meinem Sofa und zermarterte meinen Kopf.

Frank oder Ben?

Der eine ist süß und lieb und der andere ist auch süß und lieb.

Krrrr, am liebsten hätte ich geschrien.

Ich saß noch eine halbe Stunde einfach nur so da, dann ging ich unter die kalte Dusche.

Jetzt hatte es sowieso keinen Zweck mehr, ins Bett zugehen.

Ich machte mich fertig und fuhr ins Penthouse.

Zunächst holte ich zwei Rumpsteaks aus der Truhe und setzte Kartoffeln auf.

Dann wusch ich noch eine Maschine Wäsche und putzte die Bäder.

Ich kam so in den Putzrausch, dass ich die ganze Wohnung sauber machte.

Christians Zimmer ließ ich außen vor, denn da traute ich mich nicht rein.

Um sechs Uhr fielen mir bald die Augen zu. Kein Wunder, ich hatte gestern Nacht kaum geschlafen und die letzte Nacht überhaupt nicht.

Auch wenn ich mich im Penthouse sehr unwohl fühlte und es da alleine nur schlecht aushielt, meine Müdigkeit war einfach zu groß. Ich brachte den Putzeimer noch in den Hauswirtschaftsraum und schleppte mich in Franks Bett.

Ich schlief auch gleich ein und wurde durch den schrecklichen Ton einer SMS wach.

Es war zehn Uhr und ich schreckte hoch, dann las ich die SMS:

*Ich freue mich schon auf dich und mein Lieblingsessen!*
*Ich habe soooo einen Hunger!!!!*

Ich schmunzelte und schrieb zurück:

*Ich freue mich auch,*
*aber du musst dich noch zwei Stunden gedulden.*

Dann ging ich schnell in die Küche und fing an zu brutzeln.

Ich rechnete mir aus: Zur Mittagszeit brauche ich in die Klinik etwa 15 Minuten, fünf Minuten zum Auto, also muss ich spätestens um 11:30 Uhr das Fleisch braten, denn länger als vier Minuten brauchen die Steaks nicht.

Meine Rechnung ging auf. Ich klopfte genau um 12 Uhr an Franks Zimmertür.

Zu meinem Erstaunen saß er in dem Trainingsanzug, den ich ihm gestern mitgebracht hatte, an dem kleinen Tisch am Fenster.

„Hey, du bist ja schon aufgestanden?"

„Ja, cool, oder?"

„Ja, das ist super!"

Ich war ein wenig unsicher, wie ich ihn begrüßen sollte, aber Frank nahm mir die Entscheidung ab, indem er mich an sich ran zog und mir einen dicken Kuss auf den Mund gab. Mir wurden die Knie weich und ich drohte, umzufallen.

Ich musste mich erst einmal fangen und setzte mich, ihm gegenüber, an den Tisch.

„Hunger!", stammelte er.

„Ja, immer mit der Ruhe. Du bekommst schon noch dein Essen!"

Langsam holte ich das Thermogeschirr aus der Tasche und stellte es direkt, vor ihm, auf den Tisch.

In dem Moment kam die Schwester mit den leckeren Klinikessen in das Zimmer.

Frank machte eine Geste, die wohl „Kehrtwende", bedeuten sollte. Sie sah das mitgebrachte Essen, dann drehte sich um und ging nicht, ohne ein abfälliges Geräusch in die Luft zu blasen.

Wir lachten und ich öffnete dabei den Deckel des Geschirrs und der Duft verteilte sich sofort im ganzen Raum.

„Mhmm, das duftet!", sagte Frank und schnüffelte über den ganzen Teller.

„Die Bratkartoffeln könnten, vom Transport, ein wenig schlotzig sein."

„Das ist nicht so schlimm", sagte er und haute rein.

Nur die Steaks musste ich ihm schneiden, weil er seinen Arm noch nicht bewegen konnte, ansonsten ließ er mich nicht an seinen Teller. Ich hätte ihm ja etwas wegessen können.

„Es scheint dir zu schmecken", sagte ich stolz.

„Lecker, das ist ein Hochgenuss!"

„Das freut mich!"

Er aß alles auf und rieb sich danach ordentlich seinen Bauch. Ich packte alles wieder ein und setzte mich neben ihm hin.

„Ich hab gestern Abend noch zwei Stunden mit Christian telefoniert", sagte Frank, „er muss ja noch vier Wochen in der Reha bleiben. Was hab ich ihm nur angetan!"

„Du musst dir keine Vorwürfe machen. Der Unfall ist einfach passiert und selbst du kannst daran nichts mehr ändern."

„Ja, ich weiß aber ich mache mir trotzdem meine Gedanken. Könnte ich mich wenigstens an den Unfall erinnern."

„Mach dich nicht verrückt. Die Erinnerungen werden schon zurückkommen und wenn nicht, ist das auch nicht so schlimm."

„Morgen haben sich die Polizei und mein Anwalt, Herr Kramer, bei mir angemeldet. Sie wollen mich über den Unfall befragen. Ich habe ihnen schon gesagt, dass ich nichts darüber sagen kann, aber sie wollen trotzdem kommen."

„Bei Christian haben sie es auch schon versucht, aber er kann sich ja auch nicht erinnern und Zeugen gibt es nicht. Ihr wart anscheinend ganz allein auf weiter Flur. Dir Polizei hat versucht, Zeugen aufzutreiben, aber ohne Erfolg."

„Ja leider! Na, erst mal sehen, was sie von mir wollen."

„Soll ich mich weiter mit der Versicherung herumärgern?", fragte ich ironisch.

„Das wäre ganz lieb und wenn das Auto freigegeben wird, würdest du es dann für mich verschrotten lassen?"

„Klar, das bekomme ich hin."

„Hol dir das Geld von meinem Konto. Über meine finanziellen Möglichkeiten weißt du ja jetzt auch Bescheid", sagte er und schmunzelte.

„Bitte Frank! Wenn du mir dein Leben anvertraust, musste ich zwangsläufig darauf stoßen."

„Ist ja gut, aber ich muss dich bitten, darüber mit niemandem zu sprechen. Ich will nämlich so bodenständig weiterleben wie bisher."

„Ehrenwort, du kannst dich auf mich verlassen."

„Danke! Du weißt jetzt mehr von mir als jeder anderer. Ich muss dich nämlich töten, wenn du jemandem davon erzählst!", sagte er und wir mussten beide lachen.

Wir quatschten noch eine ganze Zeit, bis es an der Tür klopfte. Frank sagte „Herein!", dann betrat Ben das Zimmer. Er umarmte uns beide und setzte sich zu uns an den Tisch.

„Wie komm ich zu der Ehre, dass du mich gleich zweimal am Tag besuchst?",

sagte Frank erstaunt.

„Heute Morgen war ich dienstlich hier und jetzt ist das ein privater Besuch. Mmmh, das duftet ja hier lecker. Was gab es zu essen?", sagte Ben und schnupperte.

„Der Kleine hat für mich gekocht. Mein Lieblingsessen, Rumpsteak mit Bratkartoffeln!"

„Ah, ich wusste gar nicht, dass du kochen kannst?", sagte er erstaunt zu mir.

„Sogar sehr gut!", sagte Frank.

„Danke für das Lob!", sagte ich ein wenig ironisch.

Nach etwa einer halben Stunde sagte Ben zu Frank:

„Es wird langsam Zeit, dass du wieder ins Bett gehst und dich ausruhst. Ich finde, es ist für den ersten Tag auch genug! Du siehst müde aus und musst schlafen!"

„Da kommt der Doktor durch! Ich dachte, du bist privat hier?", folgte aber seinem Rat, ohne auf eine Antwort zu warten, und legte sich hin.

Ich sah, dass er seine Augen schloss, und Ben machte wieder die Geste, die er schon am Samstag gemacht hatte. Also nahm ich meine Tasche, umarmte Frank, küsste ihm auf seine Wange, den er sofort auf meinem Mund erwiderte und ging mit Ben aus dem Zimmer.

„Was war denn das?", fragte Ben geschockt.

„Er hatte mich gestern zum ersten Mal geküsst und ich weiß nicht, was ich davon halten soll. Jetzt bin ich noch verwirrter."

„Ach, mit der Zeit, wirst du das schon verstehen und die richtige Entscheidung treffen!"

Er nahm mich in den Arm und beruhigte mich damit.

Ben war so lieb! Jeder andere hätte mit Eifersucht reagiert, aber er hatte so viel Geduld und ich wusste nicht, wie lange ich die noch in Anspruch nehmen kann.

Auf dem Weg zum Auto fragte ich Ben, wie lange er noch in der Klinik bleiben muss und er sagte, dass er bestimmt erst im neuen Jahr nach Hause kommen kann, und dann geht er, wie Christian, erst einmal ein paar Wochen zur Reha.
Ich machte mir Gedanken um Weihnachten, denn seit ich Frank kenne, wäre es das erste Mal, dass ich es alleine verbringen müsste.
Das war für mich ein beklemmendes Gefühl!
Ben musste wieder zur Sprechstunde. Er küsste mich und sagte, dass er mich heute Abend anruft.

Ich ließ mein Auto stehen und ging in die Stadt, um ein paar Weihnachtsgeschenke zu besorgen. Eigentlich hatte ich sie um diese Zeit sonst immer alle zusammen, aber die Umstände, in den letzten Wochen, machten es mir unmöglich, daran zu denken.
Die Läden waren allesamt knüppeldicke voll. Ich streifte über den Weihnachtsmarkt und ging hier und da in ein Geschäft, um mich inspirieren zulassen, aber mir fiel heute überhaupt nichts ein, was Frank oder Ben gefallen könnten.
Ich kann doch nicht nur Tinnef kaufen. So etwas, was man spätestens drei Stunden nach der Bescherung in der untersten Schublade verschwinden lässt.
Es muss was Persönliches sein. Etwas, was zu den beiden passt.
Ich kaufte Aftershave für Ben von der Marke, die ich in seinem Bad gesehen hab, und das neuste Handy für Frank, das er sich schon seit Längerem gewünscht hat, aber da muss noch was dazu.
Ich überlegte und überlegte, aber mir fiel nichts mehr ein.
„Nur die beiden Sachen? Ich finde, das reicht nicht. Ich glaube, es wird darauf hinauslaufen, dass ich die Geschenke in der letzten Minute besorgen muss, wenn mir was Vernünftiges eingefallen ist", dachte ich.

Nach dem erfolglosen Einkauf beschloss ich, ins Penthouse zu fahren, denn mir schwebte etwas vor. Ich dachte, ich gebe Frank eine Weihnachtsüberraschungsparty mit allen seinen Freunden, aber das musste ich noch mit Ben besprechen, denn alleine schaffte ich das nicht.

Diesen Termin setzte ich mir auch, aus dem Leben von Frank zu verschwinden, und sah sie gleichzeitig als meine Abschiedsvorstellung.

Als ich in die Wohnung kam, sah ich, dass eine Nachricht vom gestrigen Abend 21:03 Uhr auf dem Anrufbeantworter war. Ich hörte sie ab:

*Hallo Frank, hier ist Tassilo. Ich bin noch bis Freitag in Celle!*
*Ich würde mich freuen, wenn du dich mal meldest.*
*Vielleicht können wir uns ja mal auf einen Drink treffen.*
*Denn hoffentlich auf bald.*
*Ciao!*

Ich wurde neugierig und wollte gerade die Nummer anrufen, die auf dem Display stand, da klingelte das Telefon.

Ich nahm ab und sagte:

„Bei Matz!"

Es meldete sich dieselbe Stimme wie auf dem Anrufbeantworter:

„Hallo, ich bin Tassilo Näffgen. Ich hätte gern Frank Matz gesprochen!"

„Das geht leider nicht! Er ist für längere Zeit nicht da", sagte ich ein wenig unbeholfen.

„Wann kommt er denn wieder? Ich bin leider nur noch bis Freitag in der Stadt und würde ihn gerne treffen."

„Das kann ich Ihnen nicht sagen, aber ich kann ihm eine Nachricht überbringen."

„Nein, ich wollte ihn nur treffen, weil ich ihn schon sehr lange nicht mehr gesehen habe. Ich bin nämlich ein alter Studienkollege und wir waren zusammen, zum Auslandsjahr, in New York und haben uns ein Zimmer geteilt."

„Wie gesagt, das tut mir leid!"

Jetzt war es einige Sekunden still und ich rief in den Hörer:
„Sind Sie noch da?"
„Ja, ja, ich musste bloß kurz nachdenken. Sind Sie sein Freund?"
Ich wollte und konnte diese Frage zu diesem Zeitpunkt nicht beantworten, deshalb stellte ich eine Gegenfrage:
„Ich möchte hier am Telefon keine weiteren Infos geben und schon gar nicht jemandem, denn ich nicht kenne."
„Entschuldigung, ich wollte Ihnen nicht zu nahetreten, aber könnten wir uns vielleicht treffen? Ich hätte jetzt Zeit!"
„Sie sind ganz schön hartnäckig!"
„Sorry, aber ich habe Herrn Matz schon fast zehn Jahre nicht gesehen und möchte gerne wissen, wie es ihm geht!"
„Okay, kennen Sie die Mühle in der Stadt?"
„Ja, da ist doch das Schloss in der Nähe, oder?"
„Ja, Sie liegt direkt an der Aller und davor ist ein großer Parkplatz, da können wir uns treffen."
„Das ist sehr nett von Ihnen. Wann soll ich da sein?"
„So gegen 16 Uhr?"
„Alles klar, ich freue mich!"

Nachdem ich aufgelegt hatte, rief ich Christian an, um ihn zu fragen, ob er einen „Tassilo Näffgen" kennt?
Der wiederum kannte ihn. Er meinte, dass er ihn bei einem Besuch, in New York, kennengelernt hat und sie zu dritt viel Spaß hatten.
Er sich aber schon circa 10 Jahre nicht gemeldet hat.

„Warum hat er mir von ihm nichts erzählt? Na ja, eigentlich hat Frank mir nie etwas, von seiner Vergangenheit erzählt", dachte ich.

Ich war beruhigt, dass Christian ihn kannte, und fuhr dann gegen 16 Uhr zum Treffpunkt.
Der Parkplatz war voll und wir hatten kein Erkennungszeichen ausgemacht, deshalb war ich froh, dass ich seine Nummer in meinem Handy gespeichert hatte.

Ich wählte die Nummer und direkt hinter mir klingelte es. Ich drehte mich um, und ein ungefähr 1,80 m großer, schwarzhaariger, smarter und gut aussehender Mann stand vor mir.

„Schon wieder ein gut aussehender Mensch in Franks Sammlung", dachte ich.

Er hatte sein klingelndes Handy in der Hand, strich sein schulterlanges, gelocktes Haar aus seinem Gesicht und schaute mich an.

„Rufst du mich gerade an?", fragte er und grinste.

„Wenn du Tassilo bist, dann rufe ich dich gerade an!", sagte ich und wir beide mussten lachen.

„Ich bin Christoph!", sagte ich und reichte ihm meine Hand.

„Schön," sagte er, „wollen wir uns irgendwo reinsetzen? Ist doch ganz schön kalt."

„Ich denke, wir gehen in die Bier-Akademie, die Straße heißt Weißer Wall und ist nicht weit von hier", sagte ich und da es anfing, zu schneien, gingen wir auch gleich los.


Es hat dieses Jahr überhaupt noch nicht geschneit und das sollte in den nächsten Tagen auch nicht aufhören. Wir sollten den härtesten Winter seit zehn Jahren bekommen.


Wir setzten uns in das Restaurant und Tassilo fragte mich auch gleich:

„Wo ist denn Frank? Ist er geschäftlich unterwegs?"

„Er hatte einen Unfall und lag zwei Wochen, im Koma. Er ist erst grade vor zwei Tagen aufgewacht."

Tassilo lehnte sich zurück und man merkte, dass er sichtlich geschockt war.

„Was für einen Unfall?"

„Ein Autounfall, zusammen mit Christian Hertz. Sie sind von der Straße abgekommen und haben sich ein paarmal überschlagen."

„Und geht es ihn gut?"

„Ja, jetzt wieder, aber es sah lange Zeit nicht gut für ihn aus."

„Du sagtest Christian, den kenne ich doch auch. Er hat Frank damals in New York besucht. Wie geht es ihm?"

„Auch gut! Er ist schon in der Reha. Ich soll dich übrigens schön grüßen!"

„In welcher Klinik liegt er?"

„Im AKH Celle, keine zehn Minuten von hier."

Nachdem wir uns noch ein zweites Bier bestellten, fragte ich: „Was hat dich hier nach Celle verschlagen und warum hast du dich, so lange nicht gemeldet?", darauf sagte er:

„Ich hatte damals in New York eine kurze Beziehung mit Frank, die nicht schön endete und wenn du Frank kennst, geht man ihm nach einem Streit lieber aus dem Weg. Das hab ich auch fast vier Jahre gemacht, bis wir uns vor sechs Jahren, zufällig bei einem Seminar, in München wiedergesehen haben. Damals war er mit einem Mädchen zusammen und wir haben uns dann ausgesprochen. Leider haben wir uns seitdem nie wieder gesehen oder gehört. Ich bin jetzt in der Autobranche tätig und zurzeit in Wolfsburg, weil ein neues Modell vorgestellt wird. Deshalb dachte ich, ich nehme mir ein Hotel in Celle und besuche Frank, um mal wieder über alte Zeiten zu reden, aber das geht ja nun leider nicht!"

Ich überlegte und fragte Tassilo:

„Soll ich Frank schreiben, ob er wach ist und ich vorbeikommen kann? Dann kommst du einfach mit als Überraschungsgast."

„Ja, geht es ihm denn dafür schon gut genug?", fragte er.

„Na, wenn er schon über das Essen meckern kann, wird es ihm nicht so schlecht gehen."

Ich zückte mein Handy und schrieb ihm eine SMS.

Und prompt kam auch eine Antwort.

> *Ja bitte, und bringe mir was zum Essen mit. Ich habe Hunger!*
> *Ich freue mich auf dich!*

Ich zeigte Tassilo die SMS und sagte:

„Siehst du, wie ich es sagte!"

Wir lachten und als wir uns beruhigt hatten, bestellte ich zwei große, belegte Bauernbrote zum Mitnehmen und wir brachen dann zur Klinik auf.

Total durchgefroren kamen wir in der Klinik an. Es war 18 Uhr und grade Abendbrotzeit, das war unüberhörbar, denn das Geschirr klapperte durch die ganze Klinik.
Als ich allein in sein Zimmer ging, lag Frank im Bett und vor sich hatte er ein Tablett mit seinem Abendbrot. Sein Gesicht sah so angewidert aus, dass er mir fast leidtat, aber es hellte sich sofort auf, als er mich sah. Ich ging an sein Bett und gab ihm einen Kuss. Eigentlich wollte ich ihm einen auf die Wange geben, aber er fasste mich schnell an meinem Hinterkopf und gab mir einen zärtlichen Kuss auf meinen Mund.

„Hast du mir etwas Vernünftiges zum Essen mitgebracht?", fragte er flehend. „Das hier schmeckt zum Kotzen!"
„Wenn du mir versprichst, dich nicht so doll zu freuen, habe ich eine Überraschung für dich und die Überraschung hat vielleicht auch was zum Essen für dich mitgebracht", sagte ich schelmisch.
„Ja, ich verspreche es dir, Hauptsache, ich muss nicht diesen Fraß essen!"
Ich machte dann die Zimmertür auf und bat Tassilo herein. Ich beobachtete Frank, der interessiert zur Tür schaute.
Tassilo guckte vorsichtig hinter derselben hervor. Man sah, dass er sehr nervös war und zitterte, dann sagte er zaghaft:
„Hallo Franky Boy!"

Tassilo kam langsam ins Zimmer und ging auf Frank zu. Ich sah, dass Frank zunehmend blasser wurde, und legte meine Hand auf seine Brust.
„Geht es dir gut? Soll ich einen Arzt holen?", fragte ich besorgt.
„Nein Kleiner, es ist alles in Ordnung! Ich bin nur voll geschockt! Tassilo, das ist wirklich eine Überraschung!", sagte Frank mit aufgerissenen Augen.

Zu meiner Erleichterung hellte sich Franks Gesicht auf und bekam seine normale Hautfarbe wieder, dann fielen sie sich in die Arme.

„Ich habe dich schon letzte Woche versucht, anzurufen, aber da sprang immer nur dein Anrufbeantworter an, da ging es dir wohl noch richtig schlecht, oder?"

„Ja, mir fehlen etwa zwei Wochen, aber mein Kleiner hat sich ja bestens um alles gekümmert", sagte Frank und strich mir über mein Haar.

„Das ist doch Ehrensache, aber dass Tassilo auf deinen AB gesprochen hat, habe ich dir total vergessen, zu sagen!", sagte ich reumütig.

„Ist doch nicht so schlimm, jetzt bin ich ja da!", sagte Tassilo.

Sie hatten sich viel zu erzählen und wir merkten gar nicht, dass es schon 19 Uhr war, als die Tür aufging und Doktor Martin hereinkam.

Er sagte in einem ernsten Ton:

„Es tut mir leid, dass ich das gesellige Miteinander unterbrechen muss, aber es reicht jetzt wohl und es wäre doch besser, wenn Sie jetzt alle gehen, denn Herr Matz braucht immer noch viel Ruhe."

„Aber bitte geht nicht, bevor ihr mir mein Abendbrot nicht gegeben habt", sagte Frank.

„Mann, fast hätten wir die Bauernbrote vergessen!", sagte Tassilo, die er gleich aus seiner Umhängetasche hervorholte und Frank gab.

Der biss gleich, mit einem breiten Grinsen, in die herzhaft belegten Brote und bedankte sich tausendmal, mit übervollem Mund.

Wir lachten alle drei und dann fragte Frank Tassilo:

„In welchem Hotel bist du untergekommen?"

„Untergekommen ist das richtige Wort. Ich übernachte im Heidehof. Das ist das letzte Loch. Ich habe leider, so kurzfristig, nichts anderes bekommen."

„Kein Wunder, alle wollen unseren schönen Weihnachtsmarkt besuchen", sagte ich.

Frank schaute mich an und lächelte.

„Den Blick kenne ich von dir und ich weiß, was gerade in deinem Kopf vorgeht. Du möchtest, dass Tassilo im Penthouse übernachtet, oder?"

„Ja, und du bitte denn auch!? Dann ist es für dich da auch nicht mehr so einsam. Ich weiß nämlich von Ben, dass du deswegen, die letzten Nächte, bei dir zu Hause geschlafen hast."

„Einsam nicht, ich habe dich nur sehr vermisst und da hat mich alles an dich erinnert. Ich wusste ja nicht, ob du noch einmal aufwachst."

Ich biss mir auf meine Lippen, denn diese Antwort war nur teilweise richtig.

Frank nahm mich in den Arm und küsste mich zärtlich auf meinen Mund.

„Soll er in Christians Zimmer schlafen?", fragte ich Frank.

„Ja bitte, ich rufe ihn nachher an. Er wird schon nichts dagegen haben."

„Mich fragt wohl keiner!", sagte Tassilo ironisch.

„Nein!", sagte Frank.

„Danke Frank, ich hole sofort meine Sachen aus der Absteige. Ich bin so froh, dass ich da raus bin. Ich danke euch!"

Frank gab mir zum Abschied noch einen langen, zärtlichen Kuss, Tassilo nahm er noch mal in den Arm und dann gingen wir aus dem Zimmer.

„Penthouse?", sagte Tassilo leise.

„Ja, lass uns erst mal deine Sachen holen, ich erzähle dir dann alles später."

Er nickte und dann kämpften wir uns zu unseren Autos. Die mussten wir dann auch noch kratzen. Es schneite in einer Tour und man konnte kaum die eigene Hand vor den Augen sehen. Meine Hände waren so steif gefroren, dass ich kaum den Zündschlüssel herumdrehen konnte.

„Hätte ich doch bloß Handschuhe mitgenommen!", blubberte ich.

Wir fuhren erst in das Hotel und dann in Franks Wohnung.
Ich beschloss, mit beiden Autos in die Tiefgarage zu fahren und
Tassilo auf dem Parkplatz, in der äußersten Ecke, parken zu las-
sen. Da er oftmals unter Wasser steht, ist er nicht vermietet und
immer frei. Ich glaube, dass es jetzt regnet, ist um diese Jahres-
zeit, fast unmöglich.
Es ist auf jeden Fall besser, als den Wagen draußen im Schnee
stehen zu lassen.
Er nahm seine Koffer und wir stiegen in den gläsernen Lift.
Dann steckte ich den Schlüssel in das Schloss, um in das Penthouse zu gelangen.
Auf den Weg in die siebte Etage wurde Tassilo immer ehrfürchtiger.
Der Ausblick durch die riesige Fensterfront, im Treppenhaus, ist
wirklich gigantisch, auch wenn man bei diesem Schneetreiben
nicht viel erkennen konnte.
Tassilo war sehr beeindruckt und als wir in die Wohnung kamen, blieb ihm die Spucke weg.

„So ging es mir auch, als ich das erste Mal hier war", sagte ich
und trug die Koffer in Christians Zimmer.

Eigentlich passte es mir gar nicht, dass Tassilo meine Planung
durchkreuzte.
„Schon wieder schreibt Frank mir vor, was ich zu tun und zu
lassen habe, und ich folgte ihm auch noch, aber dann merkt er
wenigstens richtig, was er an mir hatte, wenn ich nicht mehr da
bin. Ich habe solche Sehnsucht nach Ben! Ich hatte mich schon
gefreut, heute Nacht ganz dicht neben ihm zu liegen und mich
von ihn verwöhnen zu lassen. Das konnte ich ja nun vergessen",
dachte ich wütend.
Ich ging wieder ins Wohnzimmer zu Tassilo, der immer noch
seinen Mund, vor Staunen, weit offen hat.
Er schaute mich an und sagte:
„Wie kann Frank das bezahlen?"
„Er hat ein bisschen geerbt", sagte ich, was jetzt schon mein Stan-
dardspruch geworden ist.

Ich zeigte ihn den Rest der Wohnung und fragte:

„Hast du Hunger?"

„Ja, sogar großen. Ich habe den ganzen Tag noch nichts gegessen", sagte er und rieb sich den Bauch.

„Ich auch! Magst du Lasagne?"

„Ja gerne!"

Ich holte sie aus dem Froster und schob sie in den Ofen, dann fragte er:

„Wo kann ich schlafen?"

Ich fasste mir an den Kopf.

„Na klar, alles hab ich dir gezeigt, aber nicht, wo du schlafen kannst!"

Ich führte ihn in Christians Zimmer.

„Das war einmal Franks Gästezimmer, aber als Christian einzog, richtete Frank es für ihn ganz neu ein."

„Schön, das hab ich nicht zu hoffen gewagt, dass ich heute so nobel nächtige. Hat er eine reiche Tante gehabt?"

„Nein, seine Eltern waren nicht ganz arm."

„Ja, die sind ja bei einem Autounfall ums Leben gekommen. Das war kurz, bevor ich ihn kennengelernt habe, und er hat ganz schön darunter gelitten", sagte er und testete das Bett.

Nach ein paar Minuten sagte ich:

„Ich gehe mal ins Schlafzimmer, um zu telefonieren."

„Okay, ich achte auf die Lasagne."


„Es war 20 Uhr und Ben musste doch schon lange Feierabend haben und ich wunderte mich, warum er mich, bis jetzt, nicht angerufen hatte!?"

Ben war völlig außer Puste, als er sich meldete und ich fragte:

„Was ist denn mit dir los? Bist du beim Sport?"

„Ha, ha! Nein, schön, wenn es so wäre. Ich schiebe Schnee, so ein Scheiß!", sagte er fluchend.

Ich lachte und sagte:

„Ich habe meine Leute dafür!"

„Hätte ich auch, wenn ich mich früher darum gekümmert hatte. Die Firma, die das sonst jedes Jahr macht, hatte so kurzfristig keine Männer mehr, aber ab morgen kommen sie wieder und dann regelmäßig."

„Ein alter Freund von Frank hat sich nach zehn Jahren gemeldet und ist jetzt beruflich in Wolfsburg und wie Frank so ist, hat er ihn gleich eingeladen, bei ihm im Penthouse zu übernachten."

„Ist das dieser Tassilo, der auf den AB gesprochen hatte?"

„Ja, heute schon wieder und ich Dummkopf gehe auch noch ran und jetzt hab ich ihn blöderweise am Hals!"

„Wieso, ist das so ein Kotzbrocken?"

„Nein, aber ich habe mir gewünscht, heute Nacht mit dir zu kuscheln", sagte ich traurig.

„Ooooh", sagte er bedauernd, „das holen wir nach. Mein Vater würde morgen meine Sprechstunde übernehmen und ich dachte, dass wir beide Morgen zu Christian fahren?"

„Das ist eine gute Idee, denn ich muss hier unbedingt mal raus", sagte ich happy.

„Wir fahren mit dem Zug. Wollen wir uns um zehn Uhr am Bahnhof treffen?"

„Ja, das ist bei diesem Schnee wohl das Vernünftigste."

„Das meine ich auch und Christian freut sich bestimmt. Ich muss jetzt leider weitermachen, sonst fallen meine Patienten morgen alle auf die Schnauze. Ich freue mich auf dich und viel Spaß mit deinem neuen Freund!", sagte er ironisch lachend, dann legte er mit einem Kuss auf.

Jetzt ging ich wieder, gut gelaunt, zu Tassilo, der im Wohnzimmer am Fenster stand.

Er drehte sich um und ich sagte:

„Ich fahre morgen mit einem Freund zu Christian in die Reha."

„Ist das denn weit von hier?", er schaute raus und deutete auf den vielen Schnee.

„Na ja, circa 200 Kilometer, aber wir fahren mit dem Zug. Aber lass uns erst mal was essen. Mir ist schon ganz schlecht vor Hunger."

„Ja, ich habe die Lasagne schon aus dem Ofen geholt."

Nach dem Essen fragte ich:

„Wie eng war eigentlich eure Beziehung?"

„Ich habe ihn sehr geliebt, aber Frank wollte nur ein kleines Abenteuer und als ich damit anfing, unser Leben nach New York zu planen, machte er einen Rückzieher. Wir hatten einen großen Streit, denn er wollte keine langfristige Beziehung haben und wir haben dann noch, ohne ein Wort zu wechseln, fast einen Monat nebeneinander her gelebt. Nicht einmal verabschiedet hatten wir uns, als wir wieder nach Deutschland zurückkehrten."

„Ja, er kann noch heute sehr stur und nachtragend sein."

„Du hast meine Frage von vorhin noch nicht beantwortet. Seid du und Frank ein Paar?"

„Nein, wir sind nur gute Freunde. Ich habe das Gefühl, dass er, genauso wie bei dir damals, keine Beziehung, mit einem Mann haben will."

„Aber das sah, in der Klinik, ganz anders aus. Ihr habt euch geküsst, als wenn ihr schon ewig zusammen seid."

„Sind wir ja auch, aber nur als Freunde. Seit zehn Jahren versuche ich, seine Liebe zu gewinnen, aber ohne Erfolg. Jetzt umgarnt er mich nur, weil er das Gefühl hat, dass ich ihn verlasse, und er denkt, mich damit halten zu können."

Betroffen sah Tassilo mich an und sagte:

„Und, ist sein Gefühl richtig?"

Ich zuckte nur mit den Schultern und sagte:

„Ich bin langsam zu müde, um weiterzukämpfen."

Tassilo nickte nur zustimmend und legte seinen Arm um mich.


Wir redeten noch lange, aber gegen 23 Uhr sagte ich zu Tassilo:

„Es ist schon spät. Ist das schlimm, wenn ich jetzt zu Bett gehe? Ich bin sehr müde. Letzte Nacht habe ich schon keinen Schlaf bekommen und morgen muss ich auch wieder früh raus."

„Nein, ich bin auch müde. Wo schläfst du eigentlich?"

„In Franks Schlafzimmer."

Tassilo druckste ein wenig herum und sagte dann:

„Schläfst du da auch, wenn Frank da ist, ich meine, in seinem Bett?"

„Ja, das werde ich auch zukünftig nicht mehr machen."

„Das tut zu doll weh, oder?"

„Ja sehr!"

Ich legte ihm noch Handtücher ins Bad und ging dann ins Schlaf-zimmer.

Ich wollte gerade das Licht ausmachen, da klopfte es an der Tür.

„Herein!", sagte ich laut.

Die Tür ging auf und Tassilo kam nur in Unterhose ins Zimmer.

„Ich hab mich noch gar nicht bei dir bedankt!", sagte er und nahm mich in seine Arme.

Da ich auch nur in Unterhose war, hatten wir direkten Körper-kontakt.

Seine Haut war so weich und unter seinem Pullover hatte ich gar nicht so einen geilen Körper vermutet. Er hatte trotz Winter ei-nen braun gebrannten Teint und ausgeprägte Muskel.

„Wann musst du morgen los?", fragte ich stotternd.

„Wenn ich hier gegen halb acht Uhr losfahre, müsste ich das, trotz Schnee, eigentlich bis neun Uhr nach Wolfsburg schaffen, oder?"

„Ich denke schon. Ich mache dann gegen sieben Uhr Frühstück."

„Das musst du nicht. Ich kann auch unterwegs etwas essen."

„Nein, wir haben in der Nachbarschaft einen Frühstücksservice, den ich vorhin angerufen habe. Er bringt Brötchen und noch an-dere schöne Dinge."

„Schon so früh?", sagte er erstaunt.

„Ja, meist ist er schon um halb sieben Uhr hier."

„Okay, wenn das so ist, werde ich pünktlich fertig sein. Gute Nacht!", sagte er und verließ das Zimmer.


Von seinem Anblick erregt, fasste ich mir zwischen die Beine. In Sekundenschnelle schwoll mein Schwanz zu einer Bombe an und ich konnte mich vor Geilheit fast nicht mehr auf den Bei-nen halten. Schnell ging ich ins Bett und holte mir einen runter. Es war schon ein komisches Gefühl, mir in Franks Bett einen zu wichsen.

„Wenn er das jetzt wüsste, würde er mich in hohem Bogen aus der Wohnung schmeißen und nie wieder einen Ton mit mir spre-chen, aber er ist weit weg und wird es nie erfahren. Und wenn schon, ist es dann auch egal!", dachte ich.

Es war herrlich, mal wieder in Franks Bett zu schlafen. Sein Duft oder nur der Gedanke, an ihn machte mich wahnsinnig.

Der Wecker zeigte halb sieben Uhr und ich hörte Tassilo schon draußen herumwirbeln. Ich blieb noch ein wenig liegen und genoss das warme Bett.
Nach einigen Minuten klingelte es an der Wohnungstür.
Ich stand auf, warf mir einen Bademantel über, um sie zu öffnen.
Ich nahm die Tüte entgegen und brachte sie in die Küche.
Nachdem ich mit dem Decken des Frühstückstisches fertig war, kam Tassilo, frisch geduscht und angezogen, aus dem Bad und sagte laut:
„Guten Morgen!"
„Guten Morgen!", antwortete ich und setzte mich an den Tisch.
Als er an mir vorbeiging, um sich auf den Stuhl neben mir zu setzen, schnüffelte er an mir und sagte:
„Mmmh, du duftest."
Ich schnupperte an mir und roch eindeutig meine körpereigene Flüssigkeit.
Tassilo grinste nur und machte sich an das Frühstück. Ich bekam einen roten Kopf und sagte:
„Ich hätte wohl vorher duschen sollen."
„Nein, nicht nötig. Ich mag das gerne riechen."

Völlig eingeschüchtert, aß ich nur ein halbes Brötchen und nippte an meinem Kaffee.
Es schneite immer noch und deshalb hielt Tassilo sich auch nicht lange auf.
Er sprang auf, zog sich seine Jacke über, nahm mich in den Arm und sagte:
„Du riechst so lecker! Wenn du mein Freund wärst, würde ich dir verbieten, jemals wieder zu duschen!"
Dabei lächelte er mich so süß an, dass ich fast zerschmolz.
Er gab mir dann einen Kuss auf meine Wange und sagte dann:
„Ich müsste so gegen 18 Uhr wieder hier sein."

„Ich weiß nicht, ob ich bis dahin wieder zurück bin", entgegnete ich.

„Na, denn warte ich halt", sagte er.

„Wo willst du denn warten, im Auto? Nein, hier hast du einen Schlüssel und die Chipkarte für die Tiefgarage, sonst kommst du nicht mal da raus. Fühle dich hier wie zu Hause!"

„Danke! Du bist so lieb! Wir telefonieren", sagte er und verschwand.

Ich sah ihm nach und er sah echt geil aus in seinem maßgeschneiderten, anthrazit-farbenen Nadelstreifenanzug.

Ich setzte mich erst mal hin, um mich zu beruhigen.

„Ich glaub, ich muss kalt duschen. Tassilo trägt bestimmt jetzt nicht zur Lösung meiner Probleme bei. Im Gegenteil, ich hab jetzt noch eines mehr. Das war doch eindeutig ein Annäherungsversuch, oder?", sagte ich zu mir selbst.

Ich saß fast eine halbe Stunde auf dem Sofa und grübelte, dann rief ich Frank an, um ihm zu sagen, dass ich gleich vorbeikomme und danach mit Ben zu Christian fahre.

Nach dem Duschen fuhr ich mit dem Bus zu Frank. Es war, durch den vielen Schnee, schon ein Kraftakt, zur Bushaltestelle zu kommen und ich war froh, dass ich das Auto stehen gelassen hatte.

„Na, habt ihr zwei viel Spaß gehabt?", war das Erste, was Frank mir entgegenbrachte, als ich in sein Zimmer kam.

„Ha, ha, ha!", sagte ich ironisch und gab ihm einen Kuss.

„Tassilo ist schwer in Ordnung. Wir haben wirklich viel Spaß gehabt und haben viel über früher gesprochen."

„Hat er erzählt, dass wir mal eine kurze Affäre hatten?", fragte er vorsichtig.

„Eine kurze Affäre? Das war eine handfeste Beziehung! Was sagte Tassilo noch mal, mal überlegen, waren das acht Monate oder länger?"

Frank wurde immer kleiner und er tat mir schon fast leid.

„Ja, ich war damals ein Schwein und es war nicht die feine englische Art, wie ich mit ihm Schluss gemacht habe, aber ich habe
mich schon lange bei ihm entschuldigt."

„Ja, schon gut, das geht mich ja auch gar nichts an!"

Nach längerem Schweigen sagte Frank plötzlich:
„Bist du vielleicht ein wenig eifersüchtig?" Dabei streichelte er
meine Wangen.

Schüchtern und kaum hörbar antwortete ich:
„Vielleicht?!"

Frank lächelte fast im Kreis, zog mich an sich und küsste mich so
zärtlich und lieb, dass alle meine schlechten Gedanken verflogen.
Er schaute mir dann tief in die Augen und sagte:
„Vergiss das bitte nicht. Ich liebe nur dich!"

„Ich liebe dich schon seit dem ersten Tag!", sagte ich gerührt.
Mir liefen die Tränen, die mir Frank ableckte.
Wir küssten uns schon lange, bis Frank mich fragte:
„Wolltet ihr nicht zu Christian?"

Ich schaute auf die Uhr und erschrak.
„Ja, wir fahren um zehn Uhr mit dem Zug."

„Da bin ich ja beruhigt. Ich dachte, ihr fahrt, bei dem Schnee,
mit dem Auto!?"

„Nein, das wäre zu gefährlich. Ein Unfall in den letzten drei
Wochen reicht mir."

Nach einem weiteren Kuss fragte mich Frank noch:
„Kommst du mich Heiligabend und Weihnachten besuchen? Ich
hatte schon den Professor gefragt, ob ich da nach Hause könnte, aber er wusste es noch nicht. Jedenfalls machte er mir wenig
bis keine Hoffnung."

„Ich komme dich nicht nur besuchen, sondern ich werde dir die
ganze Zeit nicht von der Seite weichen."

Jetzt liefen ihm die Tränen, die ich ihm wiederum ableckte.
„So wenn ich nicht zu spät kommen will, muss ich jetzt los. Soll
ich Christian von dir grüßen?"

„Klar, er wird sich bestimmt schon auf euch freuen", sagte Frank.

„Ich glaube, er weiß gar nicht, dass wir kommen. Ich habe ihn nicht angerufen.

Ben hat sich um alles gekümmert."

„Na, wenn nicht, ist das eine schöne Überraschung. Ich kann ihm nachfühlen, denn ich langweile mich auch hier und ich will endlich nach Hause."

„Hab Geduld, vielleicht bist du hier ja früher raus, als dir lieb ist."

„Bestimmt nicht!", sagte er überzeugt.

„Was habe ich da gerade getan? Ich habe Frank gesagt, dass ich ihn liebe? Was passiert gerade mit mir? Eigentlich wollte ich ihm es ja schwerer machen, aber er lullte mich immer mehr ein. Ich bin mir überhaupt nicht mehr sicher, ob ich ihn überhaupt noch verlassen will!?", dachte ich und war völlig durcheinander.

Ich schob erst mal diesen Gedanken beiseite und kämpfte mich durch den, inzwischen kniehohen, Schnee und es wurde nicht weniger.

Der Zug stand schon auf dem Gleis und Ben wartete schon ungeduldig auf dem Bahnsteig.

Als er mich sah, erhellte sich sein Gesicht und er lief mir lachend entgegen.

„Ich dachte, du kommst gar nicht!", rief er mir schon von Weitem zu, dann fielen wir uns in den Armen und küssten uns hemmungslos.

„Ich hab dich so vermisst!", sagte ich.

„Ich dich auch! Ich wollte dich schon anrufen und fragen, wo du bleibst."

„Ich war noch bei Frank, der mich überhaupt nicht gehen lassen wollte, und dann hat mich auch noch der Scheiß-Schnee gebremst, aber jetzt bin ich endlich hier und wir haben einen ganzen Tag zusammen."

„Ja, das ist echt schön", sagte er und küsste mich wieder.

Die Fahrt war echt angenehm und wir hatten ein ganzes Abteil für uns alleine.

Ben hielt mich, ganz fest, in seinen Armen und küsste mich immer wieder.

Es war wunderschön!

Als wir ungefähr die Hälfte der Strecke hinter uns hatten, fragte ich Ben:

„Weiß Christian eigentlich von unserem Besuch?"

Er grinste mich an und sagte:

„Nein, wir überraschen ihn einfach. Ich habe aber seinen zuständigen Therapeuten angerufen, damit er heute von seinen Anwendungen befreit wird."

„Der wird richtig Augen machen", sagte ich und grinste zurück.

„Wie ist denn der Tassilo so?", sagte Ben ironisch.

„Och, eigentlich ist er ganz in Ordnung."

„Eigentlich?", fragte Ben.

„Ja, er hat zweimal versucht, mich anzubaggern."

„Was!!? Wie? Er kennt dich doch erst seit gestern und hat er versucht, dich zu küssen? Den mach ich kaputt!"

Ben machte dabei so ein Gesicht, dass ich mich kugeln musste vor Lachen.

„Nein, er hat nur so komische Äußerungen von sich gegeben, wie z. B. ‚Du riechst gut!', und gestern Abend kam er, nur in Unterhose, ins Schlafzimmer und hat mich umarmt, um sich bei mir zu bedanken. Da stimmt doch irgendwas nicht. Seit über zehn Jahren habe ich keine Beziehung und jetzt muss ich mich auf einmal zwischen drei Männern entscheiden. Ich werde noch verrückt!"

Benn nahm mich jetzt noch fester in seinen Arm und sagte:

„Du wirst dich noch richtig entscheiden. Weißt du was? Diesen Tassilo muss ich kennenlernen, deshalb komme ich heute Abend einfach mit dir mit, dann werden wir ja sehen, wer hier wen anbaggert."

„Okay, aber du musst mir versprechen, dass du über Nacht bleibst und du ihm nichts tust."

„Hey, ich bin Arzt! Normalerweise flicke ich Menschen zusammen und breche ihnen keine Knochen."

Ich lachte und freute mich, dass ich heute Abend nicht mit Tassilo alleine sein muss.

Dass ich mir damit ein Eigentor geschossen habe, war mir, zu diesem Zeitpunkt, noch nicht klar.

In Friedehorst schneite es genauso viel wie in Celle. Auf dem Weg zur Kurklinik verlor ich sogar einmal meinen Schuh und wir mussten richtig danach graben, um ihn wieder zu finden. Das löste in uns eine ungeheure Lust auf eine Schneeballschlacht aus. Wir seiften uns gegenseitig ein und tummelten uns im tiefen Schnee. Das hatte zur Folge, dass wir total nass wurden, und wir fingen furchtbar an, zu frieren.

Wir waren froh, als wir in das warme Foyer kamen. Die Schwester an der Anmeldung lachte, als sie uns sah. Sie holte gleich zwei Decken und rief den Therapeuten an, bei dem Christian gerade eine Anwendung hatte.

Nachdem sie aufgelegt hatte, sagte sie:

„Herr Hertz wird erst in einer halben Stunde fertig sein. Sie können in sein Zimmer auf ihn warten."

Sie führte uns dort hin und schloss seine Tür auf.

Eigentlich hätte sie das gar nicht gedurft, aber weil der Therapeut, ein alter Kommilitone von Ben war, hatte sie von ihm die Erlaubnis, uns dort hinzuführen.


Es war ein großer, heller Raum, mit einem großen Bett, einem Schreibtisch, ein Fernseher und einem Schrank. Hinter dem Fenster zeichnete sich ein kleiner Balkon ab, der jetzt als solcher nicht zu erkennen war.

Als wir alleine waren, sahen wir gleichzeitig zum großen Bett, grinsten verschmitzt und sprangen unter die dicke Decke.

Wir kuschelten uns aneinander und wärmten uns gegenseitig. Es war so schön und wir nutzten die Zeit, die wir auf Christian warteten, mit ausgiebigem Knutschen.


Nach einigen Minuten hörten wir, dass ein Schlüssel in das Türschloss gesteckt wurde. Sofort schlugen wir die Bettdecke über unsere Köpfe. Die Tür ging auf und Christian kam sichtlich verärgert in das Zimmer.

Er ging zum Fester, tippte etwas in sein Handy und hielt sich dann das Telefon an sein Ohr.

Wir bekamen natürlich nur mit, was Christian sagte:

„Hallo Hase!"

„Ja, ich bin sauer!"

„Warum? Ich verstehe nicht, dass mir der blöde Therapeut, sämtliche Anwendungen für heute streicht. Er sagte, ich solle mich doch mal ausruhen, aber wie kann ich mich denn ausruhen, wenn ich nicht mit dir zusammen sein kann. Du hast doch noch bis 17 Uhr Therapie, oder?"

„Siehst du, und dann noch der Scheiß-Schnee. Ich kann noch nicht einmal nach draußen gehen! Sehen wir uns heute Abend?"

„Okay, ich freue mich schon auf dich! Ich werde mich jetzt in mein Bett legen und mich erholen. Ha, ha!"

„Ich liebe dich auch!"

Er schickte noch einen Kuss durch das Telefon und legte auf.

Unter der Decke tauschten wir einen verwunderten und gleichzeitig belustigten Blick aus, dann sagte ich leise zu Ben:

„Hat er einen Freund?"

Ben zuckte mit seinen Schultern.

Christian drehte sich um und ging auf das Bett zu.

Ich dachte, dass er uns jetzt sehen müsse, aber er begann, sich erst mal seelenruhig auszuziehen, und schlüpfte dann ganz langsam, zu uns, unter die Decke.

Dann aber erschreckte sich so dermaßen, dass er sofort, wie von einer Tarantel gestochen, wieder hinaussprang.

Wir zogen die Decke weg und gaben uns zu erkennen.

Christian stand an der Wand und war käseweiß.

Bis dahin war das Ganze noch witzig, aber wir hatten total vergessen, warum er eigentlich hier war. Uns verging das Lachen und wir sprangen sofort aus dem Bett. Ben hielt seinen Kopf und sprach auf ihn ein.

„Hey Christian, wir sind es doch nur, Christoph und Ben!"

Er hatte Tränen in den Augen und für einen kurzen Moment hatte ich echt Angst, aber bald erholte er sich wieder und wir konnten ihn aufs Bett setzen, wo Ben sofort Puls und Blutdruck maß.

„Macht das nie wieder!", sagte Christian dann plötzlich.
„Gott sei Dank, du bist in Ordnung!", sagte Ben.
Christian bekam langsam seine normale Gesichtsfarbe wieder und nach einer Zeit lächelte er auch ein wenig.
„Wir wollten dich doch nur überraschen!", sagte ich.
„Das ist euch auch gelungen."
„Tut uns leid! Freust du dich, wenigstens ein bisschen?", sagten wir, wie aus einem Mund.
„Na klar, das ist riesig, und ich dachte, warum gibt mir der komische Psycho den ganzen Nachmittag frei? Jetzt weiß ich warum."
Wir freuten uns so sehr und Ben rief dann:
„Gruppenkuscheln!", dann nahmen wir uns drei in den Arm.

„Was mussten wir denn da gerade mit anhören? Hase und ich freue mich auf dich?", sagte Ben ironisch.
Christians wurde, von der einen zur anderen Sekunde rot und lächelte vor Scham.
„Er ist so süß! Er heißt Kevin, ist erst 24 Jahre und hatte schon einen Schlaganfall. Er lag fast drei Monaten im Koma und ist jetzt schon über einen Monat hier. Wir haben uns in der Logopädie kennengelernt", sagte Christian mit leuchtenden Augen.

Wir freuten uns mit ihm und umarmten uns noch mal, dann sagte Christian auf einmal:
„Igitt, ihr seid ja ganz nass, habt ihr gebadet?"
„Wir haben auf dem Weg hierher uns eine saftige Schneeballschlacht geliefert", sagte ich.
„Na, denn runter mit den Klamotten und ab unter die Dusche, sonst werdet ihr mir noch krank. Ich stecke derweil eure Sachen in den Trockner."
„Duschen? Dürfen wir?", sagte Ben mit einem strahlenden Gesicht.
„Ja, denkt ihr, ich mache einen Scherz?"

Wir zogen uns schnell aus und stopften unsere Klamotten in eine Tüte, die Christian gleich in den Wäscheraum brachte.
Wir sprangen unter die Dusche und wärmten uns richtig auf. Es war herrlich, das warme Wasser über uns laufen zu lassen. Wir küssten uns und mussten ganz schön aufpassen, dass wir nicht in Ekstase kamen.
Als Christian mit unserer trockenen Kleidung wiederkam, saßen wir schon in Decken gehüllt auf dem Bett. Wir zogen uns wieder an und trockneten unsere Haare.

„Wollen wir zum Italiener und eine dicke, fette Pizza essen?", sagte Christian.
„Das ist jetzt eine richtig gute Idee!", sagte Ben.

Es schneite jetzt ein bisschen weniger und die Wetterlage entspannte sich etwas, sodass wir einigermaßen gut in das Restaurant kamen. Während des Essens schwärmte Christian von Kevin.
„Er ist so schön und ich hab noch nie so einen lieben Menschen kennengelernt!", sagte er immer wieder.
Ben und ich schauten uns grinsend an und verdrehten ironisch die Augen.
„Ihr verarscht mich doch!", sagte Christian beleidigt.
„Nein, wir freuen uns für dich!", sagten wir.
„Wie geht es eigentlich Frank?", sagte Christian, nach einigen Minuten der Stille.
„Er macht jeden Tag Fortschritte und nach Silvester geht er denn auch in die Reha",
sagte Ben.
„Hierher?"
„Das wissen wir noch nicht. Wir haben es auf jeden Fall beantragt", sagte Ben.
„Was macht ihr eigentlich Weihnachten?", fragte Christian.
„Ich hab seit Tagen schon einen Gedanken, der mir nicht mehr aus dem Kopf geht, aber das geht ja nun nicht mehr. Frank darf zu Weihnachten nicht nach Hause. Die Ärzte sagen, es wäre dann noch zu früh."

„Ja, wer sagt das, dass er nicht nach Hause darf?", fragte Ben erstaunt.

„Der Professor. Ich war heute Morgen noch in der Klinik und Frank sagte, dass es ihm, ohne ärztliche Aufsicht, ein zu großes Risiko wäre, denn seine Blutwerte sind noch sehr schlecht. Ich hatte mir überlegt, dass ich Frank Heiligabend aus der Klinik hole und ihm, mit all seinen Freunden, eine Überraschungsparty gebe." Nach kurzem Überlegen sagte Ben:

„Vielleicht doch! Ich verbringe seit Jahren Weihnachten mutterseelenallein und wenn ich darf, würde ich mich bei euch einladen." Ich schaute ihn verpeilt an!

„Passt auf, Frank darf doch nur nicht nach Hause, weil er denn nicht unter ärztlicher Aufsicht stehen würde, aber wenn ich mit dabei bin?"

Christian und ich schauten uns an und schüttelten unsere Köpfe.

„Nein, wir möchten dich nicht dabeihaben", sagte Christian. Ben war geschockt und es fiel ihm, in dem Moment, alles aus dem Gesicht. Er lehnte sich beleidigt zurück und schmollte. Wir ließen ihn noch einige Sekunden zappeln und lachten dann begeistert los.

„Ja, das ist die Idee!", jubelte ich. „Natürlich möchten wir mit dir zusammen feiern und würden uns sehr freuen, wenn du uns beehrst."

Christian boxte ihn in die Seite, denn das war wohl ein Spaß, den er nicht abkonnte. Nur langsam erholte er sich, aus seiner Starre, nachdem wir uns tausendmal entschuldigten.

„Das war nur ein Scherz!", sagte Christian.

„Schöner Scherz", erwiderte Ben beleidigt.

„Och Mann, sei wieder lieb und wenn ich das gewusst hätte, dass du Weihnachten alleine verbringen musst, hätte ich dich schon längst gefragt", sagte ich, auf ihn einredend.

„Okay, wenn das so ist, denn rede ich gleich morgen mit dem Professor", sagte er mit einem gezwungenen Lächeln.

„Danke Ben, aber bitte sagt Frank nichts davon. Es soll doch eine Überraschung werden!", sagte ich und gab Ben einen Kuss auf die Wange.

„Ja, ja, das weiß ich jetzt langsam."

„Ja, cool, das wird bestimmt eine schöne Überraschung. Kannst du auch mit dem Psychologen von Kevin reden? Er darf nämlich auch nicht auch nicht weg und ich möchte unbedingt mit ihm zusammen Weihnachten feiern. Bitte Ben, du kennst ihn doch gut und er wird bestimmt auf dich hören!", sagte Christian mit einem treu doofen Blick.

Wir verbrachten noch schöne Stunden in Friedehorst und auf der Heimfahrt lehnte ich mich an Ben an und sagte:

„Das war klasse, wie du den Psychologen um den Finger gewickelt hast und Kevin jetzt doch mit darf."

„Auch wenn ich ihn von früher her kannte, war das ein hartes Stück Arbeit. Es ist aber auch ein süßer Kerl, oder?"

„Wer, der Arzt oder Kevin?", sagte ich und lachte.

„Wenn du mich so fragst? Beide!" Jetzt lachten wir beide.

Ich lächelte breit über das ganze Gesicht, was Ben bemerkte.

„Du heckst doch schon wieder was aus, oder?", sagte Ben.

„Vielleicht! Was wäre, wenn wir auch noch Christians Eltern und diesen Tassilo mit einladen, denn hätten wir eine doppelte Überraschung?", sagte ich und schaute ihn fragend an.

„Hey, das ist eine sehr gute Idee! Lass es uns planen, denn Heiligabend ist schon nächste Woche Donnerstag."

Wir sprachen alles durch. Was es zu essen geben sollte, wer wen einladet, wer wen abholt, usw.

Ben und Tassilo verstanden sich auf Anhieb. Tassilo hatte gekocht und während des Essens erzählten wir von unseren Plänen. Tassilo war sofort begeistert und knüpfte eine Bedingung an seine Einladung, nämlich, dass er seine Schwester mitbringen darf. Uns war das nur recht, dann hatten wir, neben Christians Mutter, noch ein zweites weibliches Wesen in unserer Mitte.

Da es mittlerweile schon zehn Uhr war und wir von dem anstrengenden Tag ziemlich müde waren, gingen wir bald ins Bett.

Ich schlief, wie immer, in Franks Schlafzimmer und Ben machte es sich, zu meinem Erstaunen, auf dem Sofa gemütlich, aber ich war zu kaputt, um darüber nachzudenken.
Ich schlief sofort ein.

Nachdem ich morgens geduscht hatte und ich ins Wohnzimmer kam, war Ben nicht mehr da. Ich dachte, dass er schon in seiner Praxis ist, denn es war ja schon zehn Uhr, aber als ich an Tassilos Zimmer vorbeiging, hörte ich seltsame Geräusche.
Nach intensiverem Lauschen war ich mir sicher, dass Tassilo und Ben es miteinander trieben. Ich setzte mich auf einen Stuhl und wunderte mich, dass es mir gar nichts ausmachte. Eigentlich müsste ich aufs Tiefste gekränkt sein, aber nein, ich war irgendwie erleichtert und freute mich sogar für die beiden.
Ich konnte nun in ein ganz neues Leben starten.

Nach einigen Minuten, in denen mir viel durch den Kopf ging, deckte ich den Tisch, schob mir ein Brötchen zwischen die Kiemen, schmierte zwei Brötchen für Frank und schrieb eine Nachricht:

*Nach einer anstrengenden Nacht*
*braucht man ein anständiges Frühstück!*
*Guten Appetit!*
*Ich bin bei Frank!*
*Christoph*

Er sollte sich doch ein wenig schlecht fühlen, denn fair war das gegenüber mir nicht.
Ich legte es auf den Tisch und verließ das Penthouse, um zu Frank zu fahren.
Ich freute mich auf ihn und er sich anscheinend auch auf mich, denn während ich mich durch den Schnee kämpfte, der über Nacht wieder schlimmer geworden war, bekam ich eine SMS von ihm.
Er wollte wissen, ob und wann ich ihn heute besuchen komme.
Da ich sie wegen des starken Schneetreibens erst in der Klinik lesen konnte, schrieb ich ihm direkt vor seiner Tür nur ein Wort:

*Jetzt!*

Ich wartete einige Sekunden und öffnete, ohne zu klopfen, seine Tür. Er las gerade meine SMS und strahlte über das ganze Gesicht, als er mich sah.

Ich ging auf ihn zu und gab ihm einen langen Kuss auf seinen Mund. Ich legte alles, was ich in der letzten Stunde erlebt hatte, in diesen Kuss herein.

Ich küsste ihn so intensiv, dass Frank sich darüber wunderte.

„Wo ist denn mein zurückhaltender Kleiner geblieben? Das kenne ich gar nicht von dir!"

„Tut mir leid! Hätte ich das nicht machen sollen?"

„Nein, das war wunderschön, das schreit nach mehr."

Er nahm mich in den Arm und küsste mich so innig, dass ich zu zittern anfing.

Er schaute mich an und sagte:

„Ah! Jetzt weiß ich, warum du, in den letzten Jahren, hin und wieder gezittert hast."

Ich zögerte, bevor ich was sagte, aber ich konnte diesen Satz einfach nicht zurückhalten.

„Ich konnte deine Nähe, vor Liebe zu dir, kaum ertragen."

„Ich liebe dich auch schon lange. Hatte aber immer Angst, eine Beziehung mit dir einzugehen, weil ich dachte, ich mache damit alles kaputt."

Frank musste zum Ultraschall und ließ mich allein. Ich stellte mich an das Fenster und schon wieder saß der kleine Spatz draußen auf den Fenstersims. Er schaute mich traurig an und schien das zu spiegeln, was gerade in meinem Kopf vorging. Ich schlug mir an meinen Schädel und dachte:

„Ich habe mich doch entschieden, Frank Weihnachten zu verlassen, aber warum machte ich ihn immer mehr Hoffnungen?

Er mag sich ja geändert haben und sieht vieles ein, was er in den vielen Jahren, falsch gemacht hat, aber auf der anderen Seite scheucht er mich immer noch genauso durch die Gegend wie früher und ich fühle mich dabei wieder wie sein Sklave.

Bestimmt normalisiert sich alles wieder und Frank fällt in seinen alten Trott zurück, dann macht er einen Rückzieher und dann wird alles genauso, wie es in den vorangegangenen Jahren war. Das könnte ich auf keinen Fall ertragen.

Ich werde deshalb an meinem Entschluss festhalten und zum ersten Heiligabend bei mir zu Hause schlafen und dann nach Weihnachten mit Frank sprechen, um ihm zu sagen, dass ich meine eigenen Wege gehen möchte. Bis dahin werde ich die Zeit, die mir noch mit ihm bleibt, in vollen Zügen genießen!"

Ich blieb den ganzen Tag bei Frank und fuhr erst mit dem Bus um 16 Uhr zurück ins Penthouse, um mein Auto aus der Tiefgarage zu hohlen.

Ich wollte heute nicht mehr auf Ben und Tassilo treffen.

Ben hatte mir zwar schon gefühlte 100 SMS geschickt, hatte aber keine Lust, sie zu beantworten.

Ich fuhr dann in meine Wohnung, um mal wieder meine Ruhe zu haben.

Ich ließ mir erst mal ein heißes Bad ein und legte mich gemächlich hinein.

Danach aß ich eine Kleinigkeit und pflanzte mich vor dem Fernseher.

Einfach nur mal die Seele baumeln lassen, das war das, was ich diesen Abend brauchte.

Ich genoss es, nach den anstrengenden Wochen einfach mal nichts zu tun.

Ich bekam schon wieder eine SMS von Ben und ich hätte mal lieber zurückschreiben sollen, denn um 21 Uhr stand er vor meiner Tür und klingelte Sturm.

Ich machte auf und tat sehr reserviert.

Reumütig stand er da und stammelte herum.

„Sorry, Christoph!"

„Komm erst mal herein", sagte ich lieblos.

Total durchgefroren setzte er sich gleich an die große Heizung, im Wohnzimmer.

„Das war echt scheiße von mir! Tassilo kam, in der Nacht, zu mir ins Wohnzimmer, weil er nicht schlafen konnte und wir haben viel geredet, dann ist es einfach passiert. Er hat mich geküsst und ich bin in seinem Bett gelandet."

Ich ließ ein bisschen Zeit vergehen, bevor ich sprach, um ihn ein wenig zappeln zu lassen.

„Liebst du ihn denn?", sagte ich dann.

Er schaute mich ängstlich an und sagte:

„Das weiß ich nicht! Ich kann nur sagen, dass ich mich so wohl fühle, wie ich mich noch bei keinem gefühlt habe. Bitte verstehe mich nicht falsch. Ich hab dich auch lieb, aber als ich gestern Tassilo sah, wusste ich sofort, dass es der Richtige ist."

„Na ja, eines Gutes hat das ja. Ich brauche mich nicht mehr zu entscheiden", sagte ich pikiert.

„Och Mann, ich wollte dich nicht verletzen. Bitte, ich möchte dich nicht verlieren. Du bist in den letzten Wochen wie ein Bruder geworden und ich möchte unter keinen Umständen, dass wir durch diese dumme Geschichte getrennte Wege gehen", sagte er und setzte sich neben mir.

„Das habe ich von Frank in den letzten Jahren so oft gehört."

Ich ließ ein paar Sekunden Zeit vergehen und dabei beobachtete ich Ben. Er saß wie ein Schluck Wasser in der Kurve, da und schaute mich flehend an, dann sagte ich mahnend:

„Tue mir aber einen Gefallen, wenn du Tassilo wehtust, dann bekommst du es mit mir zu tun, denn er ist so ein lieber Kerl und wir müssen unbedingt Freunde bleiben."

„Nein, das wirst du nie erleben, versprochen! Oh, ich bin dir so dankbar und freue mich, dass du mir nicht böse bist!" Wir umarmten uns und ich sagte:

„Unter diesen Umständen muss ich dir noch was sagen!"

„Was?"

„Ich habe vor, nach Weihnachten aus Franks Leben zu verschwinden!"

Erst nach sekundenlanger Schockstarre sagte Ben:

„Du machst es wirklich, oder?"

„Ja und ich bin mir noch nie so sicher wie jetzt, denn ich weiß er kann nicht aus seiner Haut und wird sich nicht ändern. Ich möchte mich nicht mehr seinen Eskapaden aussetzen, das kann ich nicht mehr ertragen!"

„Und ich tue dir das mit Tassilo auch noch an!"

„Das ist nicht so schlimm. Ich bin jung genug, um noch mal ganz von vorne anzufangen. Bitte sage aber keinem etwas davon. Ich möchte mit euch noch ein schönes Weihnachten verbringen!"

„Nein, du kannst dich auf mich verlassen! Ich werde dichthalten, wenn du mir versprichst, dass wir immer Freunde bleiben!"

„Ja natürlich, das habe ich dir doch eben gerade versprochen, oder?"

„Okay, wenn du das für das Richtige hältst und ich weiß, du hast dir das gut überlegt, dann stehe ich hinter deiner Entscheidung, was mir aber natürlich jetzt ein richtiges schlechtes Gewissen macht."

„Das brauchst du nicht. Ich will nur, dass du glücklich wirst, und ich finde schon meinen Weg."

Wir lagen uns lange in den Armen, bis Ben eine SMS bekam. Er sah sie sich an und sagte:

„Tassilo fragt, ob alles in Ordnung ist und du Lust hast, mit zu uns zu kommen, um mit uns gemeinsam zu essen. Ich hab nämlich jetzt einen riesigen Hunger. Wie sieht es aus? Tassilo wird sich bestimmt freuen."

Da ich auch Hunger hatte, sagte ich zu und wir fuhren mit seinem Auto zu ihm, was schon fast unmöglich war. Wir mussten schon einige Umwege fahren.

Die Tangente und verschiedene andere Straßen waren schon durch den vielen Schnee gesperrt.

„Wenn das Wetter nicht besser wird, dann müssen Christian und Kevin mit der Bahn kommen", sagte Ben.

„Vielleicht beruhigt es sich ja bis Heiligabend ein bisschen", erwiderte ich.

„Christoph!", sagte Tassilo. „Ist alles in Ordnung?"

Ben schaute mich fragend an.

„Ja, es ist alles in Ordnung. Was gibt es zum Essen?", fragte ich und man sah die Erleichterung in ihren Gesichtern.

„Spaghetti Bolognese, es ist gleich fertig", sagte Tassilo und verschwand in der Küche.

Ben nahm mich denn in den Arm und sagte aus dem Tiefsten seines Inneren.

„Danke Christoph!"

Beim Essen planten wir dann endlich die Weihnachtsparty und Tassilo fragte:

„Was sollte es zum Essen geben?"

„Ich hatte gedacht, da wir mittlerweile neun Personen sind, besorgen wir ein großes Roastbeef und braten ihn auf Niedriggarstufe. Dazu machen wir mazedonische Kartoffeln mit einer selbst gemachten Remouladensoße und zum Nachtisch gibt es Zimt Pannacottacreme. Zum Kaffee backe ich eine Erdbeertorte und einen Kirschkuchen. Denn magst du doch so gerne, oder Ben?", sagte ich mit einem breiten Lächeln.

Als sie das gehört hatten, schoben sie gleichzeitig ihre Teller zur Tischmitte und sagten:

„Du erzählst uns von so einem leckeren Essen und wir müssen hier diese billigen Spaghetti essen."

„Ja, schmeckt gut", sagte ich lächelnd und schob mir eine riesige Gabel in den Mund.

„Kannst du das denn alles zubereiten?", fragte Tassilo und Ben antwortete für mich:

„Leider kam ich noch nicht in den Genuss, aber von Frank weiß ich, dass unser Kleiner eine Koryphäe im Kochen ist. Ganz sicher weiß ich, dass er gut backen kann, denn der Kirschkuchen ist super."

„Danke Ben! Das ist kein Problem für mich, wenn ihr mir helft."

„Ja natürlich, das wird bestimmt gut schmecken!", sagte Tassilo.

„Hast du eigentlich schon die Hertz' angerufen?", fragte Ben mich.

„Nein, aber es ist ja erst 20 Uhr, das kann ich ja noch machen."

Ich nahm mein Handy und wählte ihre Nummer.

Nach kurzen Berichten und nach Absprache mit seiner Frau sagten sie zu.

Herr Hertz meinte, dass er sofort das Hotel bucht und sie vielleicht schon einen Tag früher kommen werden.

Nachdem ich auflegte, nahm ich die beiden in den Arm und sagte: „Hoffentlich bekommen Christian und Frank nichts mit."

„Ach, wenn wir alle dichthalten, werden sie schon nichts erfahren", sagte Ben.

„Es wäre wohl am besten, wenn ihr beide Christian, Kevin und danach auch Frank abholt. Ich kümmere mich dann mit meiner Schwester und um das Essen, wenn alles vorbereitet ist", sagte Tassilo.

„Klar, das kriegen wir hin!", sagten wir.

Da die Katastrophe, draußen, ihren Lauf nahm und ich mich dieser nicht mehr aussetzen wollte, blieb ich über Nacht. Es war schon ein komisches Gefühl, als Ben mit Tassilo ins Schlafzimmer ging und ich mich ins Gästebett legen musste, aber ich gönnte es den beiden und ich werde auch wieder glücklich werden, da bin ich mir ganz sicher.

Die nächsten Tage waren anstrengend. Ich putzte noch mal das Penthouse, bezog Betten und wusch die Wäsche.

Mit Ben fuhr ich am Wochenende zum Großmarkt, um alles einzukaufen.

Tassilo musste schon am Freitag wieder nach Saarbrücken zurück, um erstens sein Firmenauto wieder zurückzubringen und zweitens seine Schwester zu holen.

Er wollte am Sonntagabend wieder da sein.

Gott sei Dank hat sich das Wetter ein bisschen gebessert.

Es schneite nicht mehr und die Straßen waren frei. Es sah zwar aus wie in den Alpen, aber man konnte wenigstens von A nach B kommen.

Es war wirklich nicht einfach, alles vor Frank zu verheimlichen, denn er kannte mich und ich konnte mich schlecht verstellen, aber letztendlich bekam er nichts mit.

Am Sonntag lernten wir Sandra, Tassilos Schwester, kennen.
Sie hatte lange, dunkle Haare und ein hübsches Gesicht. Man
sah, dass sie Geschwister sind, denn die blauen Augen und diese
dunkle Gesichtsfarbe konnten ihre Herkunft nicht verschweigen.

Während ich buk, holten Ben und Tassilo, am Tag vor Heiligabend, den bestellten Weihnachtsbaum.
Als ich mit meinen Sachen fertig war, halfen wir alle, ihn aufzustellen, dann schmückten wir ihn gemeinsam. Ich fotografierte
ohne Ende, denn so eine schöne Vorweihnachtszeit, mit so vielen lieben Menschen, hatte ich noch nie erlebt.
Alle waren gut drauf und wir lachten so viel.
Tassilo setzte dann noch die Krone auf, als er seine Geige heraus-
holte und wir alle dazu Weihnachtslieder sangen. Ich war richtig gerührt und Ben drückte mich an seine Brust. Er fragte, ob
alles in Ordnung ist, und ich sagte leise:
„Ja schon, es ist nur so schön, aber es ist auch gleichzeitig schade, dass bald alles vorbei ist. Ich habe mich ansonsten hier immer sehr wohlgefühlt."
„Kleiner, ich verspreche dir, morgen wird es noch viel schöner
und das andere bekommen wir auch noch hin, oder?", erwiderte Ben und ich nickte betrübt.

Am Morgen des Heilgenabends fuhren ich und Ben in die Klinik, um Frank einen Undercover-Besuch abzustatten. In seinem Zimmer standen ein Haufen Geschenke, die er wohl übers
Internet bestellt hat. Ich ging auf ihn zu und nahm ihn zur Begrüßung in den Arm.
Ich wollte ihn nicht vor Ben küssen, aber Frank fasste mich an
meinen Hinterkopf und gab mir einen Kuss, der sich gewaschen
hat. Ben sagte nichts dazu.
Er schaute, als wenn nichts gewesen ist, in Franks Patienten-
blatt und sagte.
„Das sieht ja schon gut aus!"
„Ja, ist das nicht klasse?", sagte Frank. „Ich erhole mich von Tag
zu Tag. Trotzdem darf ich nicht nach Hause."

„Ach, ihr werdet auch hier ein paar schöne Stunden haben."
Frank und Ben tauschten ihre Geschenke aus. Danach gab er mir
noch einen großen, in Geschenkpapier eingepackten Karton für
Christian mit. Ich platzte fast vor Nervosität und ich war froh,
dass wir wieder gehen konnten.

Ich sagte ihn noch, dass ich gegen 15 Uhr hier wäre, dann verabschiedete ich mich bei ihm mit einem dicken Kuss. Ben nahm ihn
noch mal ordentlich in den Arm und wünschte ihm frohe Weihnachten, dann gingen wir, mit einem Winken, aus dem Zimmer.
Auf dem Flur schaute mich Ben traurig an und sagte:
„Es ist schon schwer für dich, oder?"
„Ich habe schon ein schlechtes Gewissen und mir tut Frank fast
leid, aber ich muss langsam mal an mich denken. Ich werde deshalb nicht davon abweichen. Ich habe aber trotzdem Angst vor
seiner Reaktion!", sagte ich völlig fertig.
„Das ist mir klar, aber wenn du das durchziehen möchtest, stehe ich auf jeden Fall zu dir. Das habe ich dir aber schon mal gesagt!", sagte Ben und nahm mich in den Arm.

Wir fuhren in das „Café Berbefeld", in der Wittingerstraße, wo
wir die Hertz' trafen.
Sie fragten uns:
„Wann dürfen wir denn heute Nachmittag kommen?"
„Von mir aus können Sie gleich mitkommen. Wir müssen sowieso
noch mal ins Penthouse, um Franks Geschenke dort abzugeben,
dann machen wir Sie gleich mit den anderen bekannt", sagte ich.
„Das ist eine gute Idee. Wir wissen sowieso nicht, was wir die
ganze Zeit machen sollen. Wir sind nämlich so aufgeregt und
freuen uns schon auf Christian. Kevin kennen wir ja auch noch
nicht und wir sind gespannt, wie er so ist?"
„Da kann ich Sie beruhigen, wir haben ihn zwar auch nur kurz
gesehen, aber er scheint ein lieber und gut erzogener, junger
Mann zu sein."

Nachdem wir die Hertz abgeliefert hatten, waren wir endlich
um 12 Uhr auf der Autobahn. Natürlich fuhren wir mit Bens

Auto, denn er hatte einen Jeep und der war um einiges größer als meine Karre. Außerdem kamen wir mit dem besser durch den dicken Schnee.

Ich nutzte die Zeit, um mit Ben ein wenig zu quatschen, und fragte: „Ich weiß, das ist ein heikles Thema für dich, aber ich würde es trotzdem gerne wissen. Warum feierst du nicht mit deinen Eltern?"
Er sagte nur kurz und knapp:
„Weil ich mich mit meiner Stiefmutter nicht verstehe. Alles Weitere später. Heute möchte ich nicht darüber reden."
Ich akzeptierte seine Antwort und sprach nicht mehr davon.

Wir kamen gut durch und waren um 13 Uhr bei Christian und Kevin, die schon auf gepackten Sachen im Foyer saßen.
Christian kam uns schon entgegen, als er uns sah.
Er rief uns laut entgegen:
„Gruppenkuscheln!"
Und wir nahmen uns alle in den Arm.
Nach einem Kaffee fuhren wir vier zurück nach Celle.
Pünktlich um 15 Uhr standen wir vor Franks Zimmertür.
Mein Herz schlug mir bis in den Hals.
Ben schaute mich an und sagte:
„Komm, das schaffst du schon! Ich hole den Professor."
Ich nahm mir ein Herz und klopfte, dann öffnete ich die Tür.
„Hey, du bist ja pünktlich?", sagte er freudestrahlend.

Er war ungewöhnlich nervös. So kannte ich ihn gar nicht, denn eigentlich hatte er sonst niemals vor etwas Angst, aber er schien sich wirklich auf mich zu freuen.
Das dachte ich zumindest, aber es ging etwas ganz anderes in ihm vor.

Ich schloss die Tür und ging mit gespieltem, traurigem Gesicht auf ihn zu, dann gab ich ihm absichtlich nur einen Kuss auf seine Wange.
Frank schaute verwirrt:

„Was ist los? Ist irgendwas passiert?"

„Ja, nein, ja, ja, nein!", stammelte ich.

Am liebsten wäre ich, in diesem Moment, im Boden versunken.
Ich hatte diese Situation in den letzten Tagen, immer wieder
durchgespielt, aber das hätte ich mir auch sparen können, denn
jetzt ist alles anders als in meiner Vorstellung.

„Was ja, nein? Was ist los? Raus damit!", sagte er ängstlich.

„Ich kann nicht lange bleiben."

„Was, warum nicht?"

„Ich hab noch was vor."

„Was vor?"

„Ich habe noch eine Verabredung."

Frank schaute völlig entgeistert und wurde noch nervöser. Er tat
mir jetzt richtig leid!

„Was für eine Verabredung und mit wem?"

„Mit einem ganz lieben Menschen und du sollst ihn auch kennenlernen, denn ich hab ihn gleich mitgebracht, um deine Meinung zu hören, aber zuerst kommen noch zwei Bekannte, zur
Unterstützung dazu, denn das kann ich nicht alleine durchste-
hen!" Dann rief ich laut:

„Ihr könnt reinkommen!"

Die Tür ging auf und Ben und der Professor kamen rein.

„Fröhliche Weihnachten!", sagten beide mit einem Strahlen im
Gesicht.

Frank schaute jetzt noch verwirrter und fragte:

„Was geht hier vor?"

Dann sagte der Professor:

„So, raus aus dem Bett und anziehen. Sie dürfen für heute und
morgen nach Hause!"

Mit tränenden Augen reichte ich Frank den Beutel mit seinen
Sachen, die ich für ihn mitgebracht habe.

„Das ist doch ein Scherz, oder?"

„Nein," sagte Ben, „das ist kein Scherz. Wir feiern zusammen
Weihnachten und hier ist noch jemand, nämlich die Verabredung, von dem der Kleine eben gesprochen hat. Er möchte auch
unbedingt mitfeiern."

Ben öffnete erneut die Tür und Christian kam rein. Frank verzog sein Gesicht und er fing plötzlich bitterlich an, zu weinen. Christian stürmte auf ihn zu und umklammerte ihn, dann heulten sie beiden laut los! Auch bei uns blieb kein Auge mehr trocken und wir holten die Taschentücher raus.

Als Christian sich einigermaßen beruhigt hatte, ging er aus dem Zimmer und kam mit Kevin im Schlepptau zurück.
„Darf ich vorstellen, das ist mein Freund Kevin und er feiert auch mit."
Frank begrüßte ihn freudig und sagte:
„Herzlich willkommen! Ich wusste gar nicht, dass du einen Freund hast?"
„Du weißt vieles nicht!"
„Das glaube ich mittlerweile auch!", dann stieg er aus dem Bett, um sich anzuziehen. Er schaute immer wieder zum Professor, um sich von ihm bestätigen zu lassen, dass er auch nicht träumt.
Der nickte ihm freudig zu und sagte:
„Bei so lieben Freunden kann ich Sie doch nicht hier lassen, aber morgen Abend sind Sie wieder hier!"
„Ja, versprochen und danke Herr Professor, das werde ich Ihnen nie vergessen", sagte Frank und zog sich schnell an.
Er holte noch was aus der Nachttischschublade und steckte es in seine Tasche, dann drehte er sich um, legte seinen Arm um mich, gab mir einen langen Kuss und sagte:
„Na los, raus hier aus dem Kasten und lass uns Weihnachten feiern."
Wir wünschten dem Professor noch „Fröhliche Weihnachten!" und gingen runter zum Auto.
Auf dem Weg zum Penthouse schrieb ich Tassilo eine SMS, dass wir ungefähr in 20 Minuten eintreffen werden, und das war nicht so hoch gegriffen, denn mittlerweile schneite es wieder so doll, dass Ben dachte, wir kommen nie an.
Überall türmten sich Schneewehen vor uns auf, die ganze Straßenzüge lahmlegten.
Die Stadt war menschenleer und nur wir waren so verrückt, bei diesem Wetter durch die Eislandschaft zu fahren.

Nach fast einer halben Stunde fuhren wir endlich in die Tiefgarage und parkten auf meinem Parkplatz. Ich hatte schon am Morgen mein Auto nach draußen gefahren, damit unsere Kranken nicht durch den tiefen Schnee gehen mussten.

Vielleicht war das ein Fehler, denn jetzt wusste ich nicht, wie ich heute Nacht nach Hause kommen sollte, denn auf keinen Fall wollte ich hier bleiben und mit Frank in einem Bett schlafen.

Christian streichelte noch sein Auto beim Vorbeigehen zum Lift, dann standen wir vor der Wohnung, wie vor einer Stunde in der Klinik vor Franks Krankenzimmertür.

Ich schloss sie auf! Frank stand neben mir und bekam große Augen, als ich sie aufstieß. Die ganze Wohnung war über und über mit weihnachtlichen Girlanden geschmückt.

In jeder Ecke standen Weihnachtsmänner und Engel. Es sah so aus, als wären wir in einem amerikanischen Film.

Die Krönung war der herrlich geschmückte Christbaum, der direkt in der Mitte, am Fenster stand.

„Ich bin in einem Märchen!", sagte Frank.

Wir gingen herein und es duftete nach Kuchen, die schon auf den festlich gedeckten Tisch standen. Im Hintergrund nahm man einen leichten Duft von Roastbeef wahr.

Die Mischung war gigantisch.

Frank nahm mich ganz fest in den Arm und gab mir einen langen innigen Kuss, dann nahm ich Christian an die Hand, der auch seinen Mund vor Staunen nicht zubekam, und ging mit ihm in die Mitte des Wohnzimmers.

Ich schaute ihn an und sagte:

„Mein lieber Christian, da du es in den letzten Wochen auch nicht einfach hattest, haben wir uns gedacht, wir schenken dir etwas ganz Besonderes. Ich weiß, dass du Heimweh hast und heute am liebsten bei deinen Eltern wärst.

Um dein Leiden ein bisschen zu lindern, haben wir dir ein wenig Zuhause hier nach Celle geholt und ziehen deine Bescherung einmal vor. Schau auf den Baum!"

In diesen Moment kamen wie bei dem kleinen Lord Christians Eltern hinter dem Weihnachtsbaum vor.

„Mama, Papa!", sagte er und vergrub sein Gesicht in meine Schulter und als er sich wieder zeigte, weinte er tausend Tränen.

„Danke! Vielen Dank, Christoph!", flüsterte er mir zu.

Er lief in die Arme seiner Eltern und uns standen schon wieder die Tränen in unseren Augen.

Nach einigen Minuten der Begrüßung umfasste ich Franks Hüften und küsste ihn, dann sagte ich:

„Wir haben noch eine Überraschung. Ein guter Freund wollte es sich nicht nehmen lassen, dir selber fröhliche Weihnachten zu wünschen."

Ich zeigte auf den Türen, die zu den hinteren Zimmern gingen, und wir hörten eine Geige, die das Lied „Junge komm bald wieder" spielte.

Dann tauchte Tassilo mit seiner Schwester Sandra auf. Er stellte sich vor uns und spielte das Lied zu Ende, dann fielen sie sich in die Arme. Wir wünschten uns alle „Fröhliche Weihnachten" und danach forderte ich alle auf, sich an den Kaffeetisch zu setzen.

Frank saß neben mir und küsste mich immer wieder.

Wir hatten viel Spaß und dankten Gott, dass wir alle hier noch sitzen dürfen, denn daran war vor zwei Wochen überhaupt noch nicht zu denken.

Ich lehnte mich zurück und ließ das alles auf mich wirken.

Da war zunächst der Christian, den ich anfangs ein wenig falsch eingeschätzt habe, was sich vielleicht ein bisschen als falsch herausgestellt hatte, aber warm wurde ich dennoch nicht mit ihm.

Vielleicht war das nur meine Eifersucht, die mir zu schaffen gemacht hat.

Er hat aus dem Unfall wohl das Beste gezogen. Er hat nämlich einen sehr lieben Menschen auf der Reha kennengelernt.

Kevin ist ein kleiner, schlanker und hübscher Junge. Er hat kurze schwarze Haare und tiefblaue Augen.

Links von ihm saß mein lieber Ben, der inzwischen mein bester Freund geworden ist. Ohne ihn hätte ich das alles, in den letzten Wochen, nie geschafft und der Sex mit ihm war gigantisch.

Er hat sich auf wundersame Weise in den großen südländischen Tassilo verliebt, der auch ein netter Kerl zu sein scheint.

Seine Schwester Sandra kenne ich noch nicht so lange aber das, was ich mitbekommen hatte, ist sie ein witziges, intelligentes Mädchen. Sie ist 22 Jahre und studiert noch.

Da waren dann noch Christians Eltern, Grete und Ludwig, die uns allen soeben das „Du" angeboten haben. Sehr nette Leute.

Neben mir saß Frank. Ich liebte ihn schon seit Jahren und der Kampf um seine Liebe hat mich müde gemacht.

Auch wenn es jetzt aussieht, als würde er sich zu mir bekennen, muss ich immer wieder daran denken, dass er das alles nur macht, um seinen Sklaven nicht zu verlieren.

So fühlte ich mich damals neben ihm.

Als ich dann so über den Tisch guckte und alle noch mal, in Ruhe, anschaute, breitete sich ein wohlig warmes Gefühl aus, gepaart mit einer unsagbaren Angst, dies nie wieder erleben zu dürfen.


Nach dem Kaffee kamen wir zur Bescherung. Ich habe für jeden eine Kleinigkeit gekauft.

Christian bekam von mir eine Angelausrüstung, denn er hat schon lange davon geträumt, mal wieder fischen zu gehen.

Bei Kevin war es sehr schwer, etwas zu finden, aber dann kam mir die rettende Idee.

Er hatte nach seinem Schlaganfall Probleme mit seiner Motorik und ich schenkte ihm deswegen eine Wassertherapie, die über mehrere Stunden ging.

Ich wusste damals, dass die Alsterschwimmhalle in Hamburg so etwas angeboten hatte, und ließ mir einen Gutschein schicken.

Ben kaufte ich eine Arzttasche. So eine, wie es die Ärzte im vergangenen Jahrhundert hatten.

In der Tasche lagen ein professionelles Stethoskop, ein Blutdruckgerät und das Aftershave, was ich ihn schon vor 14 Tagen gekauft hatte.

Tassilo besorgte ich auf den letzten Drücker einen stabilen Notenständer, denn bis gestern wusste ich überhaupt nicht, was ich ihm schenken sollte, aber als er seine Geige rausholte und darauf spielte, kam mir diese Idee.

Sandra bekam einen guten Marken-Füllfederhalter, mit einem ledergebundenen Notizblock. Die kann sie bestimmt bei ihren bevorstehenden Prüfungen gut gebrauchen.

Etwas für die Hertz zu finden, war für mich ein unlösbarer Fall. Schließlich kaufte ich für Ludwig leckeren Tabak für seine Pfeife und für Grete gute Pralinen, die ich mir aus Lüneburg schicken ließ.

Bei Frank war ich nervös. Zuerst übergab ich ihm das Handy, das er sich gewünscht hat. Er freute sich wahnsinnig darüber, dann gab ich ihm einen Brief, den er gleich öffnete. Er las ihn und machte große Augen und rief laut:

„Ich mache einen Fallschirmsprung!"

„Das hast du doch immer gewünscht!", sagte ich.

„Ja, aber da kommst du doch mit, oder?"

„Nein, bei meiner Höhenangst. In das Flugzeug bringen mich keine zehn Pferde, auch wenn du noch so viel bittest. Du hast bestimmt auch ohne mich viel Spaß!"

Immer hat er mich damit genervt und hatte immer gesagt, dass er ohne mich nicht springt, aber jetzt kann er sich entscheiden, ob er es macht oder nicht. Der Gutschein ist zwei Jahre gültig. Das sagte ich ihm auch!

Er freute sich trotzdem und bedankte sich, mit einem Kuss, bei mir.


Alle freuten sich über ihre Geschenke.

Auch ich, denn ich wurde auch reichlich beschenkt. Ich bekam eine neue Filmkamera von Ben, Tassilo und seiner Schwester Sandra, selbst gestrickte Socken von den Hertz', und von Christian und Kevin eine Reise über ein verlängertes Wochenende für ebenfalls zwei Personen nach Hamburg. Darüber freute ich mich am meisten.

Christian sagte:

„Das ist eine kleine Wiedergutmachung für unsere, sagen wir mal, ins Wasser gefallene Fahrt."

„Danke, das ist so nett von euch. Ihr wisst gar nicht, was mir das bedeutet!" Und ich fiel den beiden um den Hals.

Nur von Frank bekam ich nichts. Ich war sehr enttäuscht, ließ mir zunächst nichts anmerken, aber innerlich kochte ich vor Wut. Ich hätte es eigentlich wissen müssen, denn in den vielen Weihnachten, die diesem vorausgingen, schenkte er mir nie etwas. Er meinte immer, die Urlaube, die wir über das Jahr machten, sind genug Geschenke, aber ich Blödmann schenkte ihm immer etwas. „Hätte ich doch gewartet, dann hätte ich jetzt ein Handy und einen Fallschirmsprung mehr!", sagte ich leise, aber wütend, als ich in die Küche ging, um mich zu beruhigen.
Im Innersten hatte ich gedacht, dass er sich geändert hat, aber ich schien ihm wohl immer noch egal zu sein.
Ich schaute nach dem Braten und setzte mich dann auf einen Stuhl. Ich wusste nicht, was ich davon halten sollte.
Ich war den Tränen nahe. Diesmal nicht vor Rührung, sondern vor Enttäuschung.
„Diesmal hätte er mir ja was schenken können!", blubberte ich vor mir hin.
Ich stützte mich auf den Tisch und fing an, zu grübeln, bis sich die Küchentür öffnete und Ben hereinkam.
„Was ist los? Du bist schon seit der Bescherung so komisch. Liegt es an deiner Entscheidung? Du hast doch gesagt, dass du heute nicht daran denken willst, oder?", fragte er und legte sein Arm um mich.
„Nein, darum geht es gar nicht, aber das hat meinen Entschluss noch verstärkt!"
„Was hat Frank denn jetzt schon wieder angestellt?"
„Eben nichts. Nichts hat er angestellt. Ich habe für ihn so schöne Dinge gekauft, aber er denkt nicht mal daran, mir etwas zu schenken. Nicht dass ich darauf gewartet habe, denn sonst hat er mir ja auch nichts geschenkt, aber heute hätte ich doch eine Kleinigkeit erwartet."
„Das ist allerdings ein Grund, schlecht drauf zu sein."

Wir saßen einige Zeit da und Ben tröstete mich, bis ich mich einigermaßen beruhigt hatte.

„Hab ich dir das nicht gesagt, dass er mich nur halten will und es ihm scheißegal ist, wie es mir geht?"

„Jetzt weißt du wenigstens, mit Sicherheit, dass er dich nur ausnutzt und wenn das alles vorbei ist, werde ich ihn mir richtig zur Brust nehmen. Da kannst du dir sicher sein."

Sandra und Grete kamen rein und fragten, ob alles in Ordnung ist, und ich sagte:

„Ja danke! Es geht schon, aber seid mir bitte nicht böse aber ich möchte jetzt nicht darüber reden."

Sie sahen es ein und fingen an, die Teller aus dem Schrank zu holen, um den Tisch zu decken. Ich bereitete dann, mit der Hilfe von Ben, das Essen vor.

Um 19 Uhr aßen wir dann auch.

Es schmeckte herrlich, sodass ich mich fast überfraß.

Ich schüttete einen Weinbrand nach dem anderen in mich rein, um meinen Frust runterzuspülen, was mir auch gelang, denn ich wurde immer lustiger.

Das fiel auch Frank auf, denn er wurde immer abweisender und wich meinen Blicken aus. Er zitterte sogar und ich war mir sicher, dass er am liebsten, vor Wut, geplatzt wäre, denn das gefiel ihm überhaupt nicht, das, was ich da tat.

Das war mir aber egal. Ich hatte so viel für ihn getan und dann konnte er mir noch nicht mal ein Geschenk kaufen. Dass er in der Klinik lag, war keine Ausrede, denn für jeden anderen hatte er ja auch Geschenke besorgt.

Ben schaute sich Frank an und fragte ihn:

„Ist alles mit dir in Ordnung?"

„Ja, es geht mir gut!"

Er maß dann seinen Blutdruck, der auch ziemlich hoch war, und gab ihm eine Spritze, die auch nach einigen Minuten wirkte.

„Warum bist du denn so nervös?", fragte Ben, aber Frank wehrte genervt ab.

Nach dem Essen räumten wir gemeinsam den Tisch ab und ich stellte alles in den Geschirrspüler. Ich füllte einige Schalen mit Knabberzeug und stellte sie auf den Wohnzimmertisch, dann setzte ich mich in die hinterste Ecke auf das Sofa und schaute mir das Treiben aus der Ferne an.

Alle lachten und waren lustig, nur Frank lief abwesend durch die Gegend.

Es schien ihm nicht gut zu gehen, das fiel auch Ben auf, denn er sprach ihn noch mal an und ging mit ihm besorgt ins Schlafzimmer.

Ich machte mir auch Sorgen, aber ich gab mir nicht die Blöße, hinter den beiden herzugehen.

„Warum machte ich mir eigentlich Gedanken?", dachte ich, aber ich schaute trotzdem immer wieder auf die Schlafzimmertür.

Nach 15 Minuten, so gegen 21 Uhr, öffnete sich dann die Tür und Ben kam heraus.

Er schaute mich an und grinste breit über das ganze Gesicht.

Er schloss sie wieder und setzte sich zu Tassilo, der sich gerade den Notenständer genauer anschaute.

Ich fragte ihn lautlos:

„Was ist los?"

Er verstand es und machte eine Geste, die mich beruhigen sollte. Was ihm aber nicht gelang.

Ich schenkte mir noch einen doppelten Weinbrand ein, trank ihn in einem runter und schenkte mir gleich nach. Die ½ Flasche war schon leer und ich hatte jetzt nicht vor, damit aufzuhören, bevor sie nicht ganz alle war.

Um mich drehte sich schon alles, aber ich wollte vergessen und deshalb trank ich weiter.

Nach weiteren, für mich qualvollen zehn Minuten öffnete sich die Tür erneut und Frank kam aus dem Schlafzimmer.

Er war käseweiß und ich dachte, er kippt mir jeden Moment, um.

Ich schaute Ben an, aber er machte wieder die beruhigende Geste, die auch schon vorhin nicht bei mir gewirkt hatte.

Frank ging in die Mitte des Zimmers und stellte sich an den Weihnachtsbaum, dann sagte er leise:

„Darf ich mal um Aufmerksamkeit bitten?"
Keiner hörte ihn, deswegen räusperte er sich und stellte seine Frage jetzt lauter:
„Darf ich mal um eure Aufmerksamkeit bitten?"
Alle schauten auf ihn und wurden ruhig.

„Danke! Ich möchte die Gelegenheit nutzen, um mich bei allen zu bedanken, die diesen Tag möglich gemacht haben, und natürlich auch allen anderen, dass sie gekommen sind, um mit uns zusammen Weihnachten zu feiern. Ich habe selbst, noch heute Nachmittag, nicht im Entferntesten damit gerechnet, dass dieses möglich wird. Ich dachte, ich muss Heiligabend in meinem tristen Krankenzimmer verbringen, aber es kam anders und ich glaube, nein ich weiß, dass dieses mein schönstes Weihnachten ist, welches ich je erlebt habe …"

Frank rang um Fassung und hielt inne.
Ich schaute runter und dachte:
„Ja Frank, jetzt bist du froh, dass du nicht mit mir alleine sein musst!"
In diesen Moment bereute ich, dass ich dieses Fest organisiert hatte, und ich war drauf und dran, aufzustehen und zu gehen, denn er würdigte mich keines Blickes.

Nachdem er seine Tränen abgewischt hatte, redete er weiter:
„… eigentlich war ich immer zufrieden, mit meinem Leben. Ich hatte meinen Job, der mir immer viel Spaß gebracht hatte. Ich hatte und habe eine schöne Wohnung und ein, zwei Freunde, mit denen ich ab und zu etwas unternahm. Ich dachte, das reicht mir! Ich dachte, mehr kann das Leben mir nicht bieten, aber ich habe falsch gedacht. Ich wache aus dem Koma auf und habe auf einmal einen Haufen liebe Menschen um mich. Menschen, die sogar Angst um mich hatten. Da war Ben, zu dem ich jahrelang keinen Kontakt mehr hatte, und trotzdem hat er, seit dem Unfall, mehr für mich getan, als er eigentlich müsste. Genauso Tassilo, der nicht nachgelassen hat, mich zu kontaktieren und heute, extra wegen mir, 600 km von Saarbrücken nach Celle gefahren ist."

„Nicht nur wegen dir!", rief Tassilo dazwischen.

„Okay, nicht nur wegen mir. Ben, glaub ich, ist der wichtigere Grund, warum du hier bist, oder? Dann muss ich mich ganz besonders bei Christian bedanken, der wirklich einen guten Grund hätte, auf mich böse zu sein, denn ohne mich, wäre er jetzt nicht in dieser scheiß Lage, aber er hat das Beste daraus gezogen. Er hat sich auf der Reha einen lieben Freund geangelt. Kevin, tue mir bitte einen Gefallen und passe auf ihn auf! Ich hoffe, wir werden auch noch gute Freunde. So, das war eigentlich alles, was ich sagen wollte. Danke, dass ihr mir zugehört habt!" Dann setzte sich Frank neben Ben, auf das Sofa und alle klatschten.

Außer ich, denn ich hatte so eine Wut im Bauch, dass es mir schon wehtat. Ich sah zu Ben, der Frank etwas ins Ohr flüsterte. Ich konnte den Druck nicht mehr aushalten und trank den Rest Weinbrand aus und wollte gerade aufstehen, um sofort und endgültig aus seinem Leben zu verschwinden.
Da boxte Ben Frank in die Seite und sagte laut:
„Los, mach schon!"
Frank schaute runter und zitterte jetzt wie Espenlaub. Er erhob er sich wieder und sagte langsam und schwer atmend:
„Ich hab noch was Wichtiges zu sagen, etwas sehr Wichtiges! Vor meinem Unfall gab es noch jemanden, der jahrelang treu an meiner Seite war und all meine Launen geduldig ertragen hat. Ich muss heute zugeben, dass ich äußerst gemein und ungerecht zu ihm war …"

Frank machte eine Pause, denn seine Tränen hielten ihn ab, weiterzusprechen, und ich war immer noch so von meiner Wut gehemmt, dass ich nicht im Traum daraufkam, dass er mich meinen könnte, zumal er immer noch starr auf dem Boden sah und mit aller Kraft versuchte, gerade stehen zu bleiben.
Mir war das alles zu viel. Ich stand auf und ging Richtung Haustür. Als ich mir grade meine Jacke schnappen wollte, kam Ben schnell angelaufen und hielt mich am Arm fest.

„Du bleibst hier!", sagte er.

„Nein, lass mich!"

„Glaub mir, wenn du jetzt nicht hierbleibst, wirst du es bereuen!"
Er zog mich ins Wohnzimmer zurück und hielt mich weiter fest!
Mir kamen vor Wut die Tränen und ich flehte ihn an, mich los-
zulassen.

Frank brach fast zusammen, als er das sah, und konnte sich kaum
noch halten.

Christian sprang auf und packte ihn an seinem Hosenbund, um
ihn zu stützen.

„Alles gut! Ich helfe dir!", sagte er und das beruhigte ihn ein
bisschen, dann sprach weiter:

„… wo war ich? Ach ja, es gab gar keinen Grund, dass ich ihn so
schlecht behandelte, schon mal er mir jeden Wunsch von meinen
Augen ablas und alles für mich machte. Heute weiß ich, dass er
das alles nur aus Liebe zu mir getan hat, und ich habe das nicht
erkannt oder wollte es nicht erkennen. Deshalb möchte ich mich
heute, auf das Inständige, bei ihm entschuldigen, und zwar für
alles, was ich ihm, in den letzten Jahren, angetan habe."
Ich schaute Ben fragend an, der mich jetzt endlich losließ.

„Er kann doch nicht mich meinen?", dachte ich und kaum hatte ich das zu Ende gedacht, sagte Frank:

„Christoph, kommst du mal bitte hierher, zu mir?"

Mich durchfuhr es wie ein Blitz. Ich schaute immer noch zu Ben,
der mich jetzt lieb anlächelte und ich dachte:

„Christoph, ich wurde von Frank noch nie Christoph genannt!?"
Ben kam jetzt ganz dicht an mich ran und flüsterte mir leise ins
Ohr:

„Hey Kleiner, du bist gemeint!"
Ich hörte schlagartig auf zu weinen und es war mucksmäuschenstill im Raum.

Alle schauten auf mich und ich erlebte diese Situation wie in einer Zeitlupe, dann schaute ich zu Frank, der plötzlich ganz ruhig war, und mich mit scharfem Blick ansah.

Ich zeigte, mit meinem Finger, auf mich und fragte leise:

„Meinst du mich?"

„Ja, kommst du?"

Ben gab mir einen kleinen Schubs und ich ging überängstlich auf ihn zu. Ich wäre am liebsten, bei Franks strengem Blick, im Erdboden versunken.

In diesem Moment dachte ich, sie hätten sich alle gegen mich verschworen und es wäre jetzt um mich geschehen.

Ich stand ihm jetzt direkt gegenüber und er nahm meine Hände in seine.

„Geht es jetzt ohne meine Hilfe?", fragte Christian.

Er sah ihn an und nickte, worauf Christian und Ben sich wieder auf das Sofa setzten.

Ich war völlig unsicher und wusste nicht, was ich machen soll.

Ich sah hilfesuchend Ben an, der nur lächelnd und mit seinen Schultern zuckte.

Frank atmete tief ein, setzte ein Lächeln auf und sagte:

„Mein lieber Christoph, es tut mir so leid! Ich weiß nicht, was mich da geritten hat, in der Vergangenheit, so mit dir umzugehen, und ich so blind sein konnte, nicht zu erkennen, wie sehr du mich liebst. Du hast, gerade in den letzten Wochen, mir so geholfen und saßt nächtelang an mein Bett. Trotzdem muss ich dir jetzt sagen, dass ich dir, meine Freundschaft kündigen muss, denn das passt mit dem, was ich dich jetzt fragen möchte, nicht zusammen."

Ich hörte ein Aufraunen durch den Raum ziehen und mir rutschte das Herz in die Hose. Frank liefen die Tränen jetzt wieder, wie ein Wasserfall und er konnte deshalb kaum sprechen.

Dann löste er seine Hände von mir und ging vor mir auf die Knie. Meine Beine wurden plötzlich so weich, dass ich mich kaum halten konnte. Schlagartig wurde mir jetzt bewusst, was da gerade passiert und ich dachte:

„Das kann doch nicht real sein! Ich muss eindeutig träumen. Ich will ihn doch eigentlich verlassen, um mein eigenes Leben zu leben!"

Er schaute mir tief in die Augen, holte ein Kästchen aus seiner Hosentasche, öffnete es und sagte:

„Möchtest du den Rest, deines Lebens, mit mir verbringen und mich heiraten?"

Ich konnte es nicht glauben und schaute wieder zu Ben, der mich jetzt ängstlich ansah. Flehend faltete er seine Hände. Es war totenstill und Frank schaute wartend zu mir hoch. Ich dachte daran, wie ich unter ihm gelitten hatte, und ich dachte auch an die schönen Zeiten mit ihm.
„Vielleicht hat er sich doch geändert und er meint es ernst?", ging es mir durch den Kopf.
Mein Blick wandte sich wieder zu Frank. Er war jetzt eingeknickt und schaute traurig, auf den Boden. Ich hockte mich zu ihm runter, fasste ihn an sein Kinn und hob seinen Kopf. Ich schaute ihm tief in seine wunderschönen, blauen Augen und sagte leise:
„Ja, ich will dich heiraten!"
Er weinte jetzt wie ein kleines Kind und sagte ungläubig:
„Du willst mich heiraten?"
„Ja, ich will dich heiraten!"
Frank lächelte einmal, dann brach er zusammen.
Ben stürzte sofort herbei und tastete nach seinem Puls.
„Schnell, meine Tasche!", rief er.
Tassilo brachte sie ihm und Ben gab Frank sofort eine weitere Spritze, worauf er wieder zu sich kam.
„Mein Hase, hab ich das geträumt oder hast du wirklich Ja gesagt?", fragte er mich leise.
„Nein, du hast nicht geträumt, aber jetzt musst du dich ausruhen."
Ben trug ihn ins Schlafzimmer und legte ihn aufs Bett.
„So jetzt wird erst mal geschlafen!", sagte Ben.
„Halt, ich habe meinem Verlobten doch noch gar nicht seinen Ring angesteckt."
Mit letzter Kraft streifte er mir den Ring auf meinen Finger und schlief dann zufrieden ein.
„Frank braucht jetzt Ruhe. Lass uns rausgehen", flüsterte Ben.

Wir zogen ihn noch aus, deckten ihn zu und verließen das Zimmer.

Nachdem wir die Schlafzimmertür hinter uns geschossen hatten, sagte Ben euphorisch:
„Na, was hab ich dir gesagt, er liebt dich! Ich dachte schon, du sagst Nein, und ich wäre beinahe auch umgefallen. Meinen herzlichen Glückwunsch, mein Kleiner!"
„Ich habe darüber nachgedacht und hätte ihm, am liebsten, die Meinung gesagt, aber er war so süß. Ich habe dann an die schönen Momente mit ihm, gedacht und dann konnte ich nicht anders, als nur Ja zu sagen."
„Das war auch die richtige Antwort. Vorhin im Schlafzimmer hat er mir erzählt, was er vorhat und er wollte es schon auf morgen verschieben. Er sagte, dass es vielleicht besser wäre, wenn er dich allein fragt, und dann habe ich ihm mit meiner Freundschaft gedroht, wenn er dich jetzt nicht fragt. Ich habe ihm klargemacht, dass er eine zweite Chance dazu nicht bekommt. Hey, ich freue mich für euch und ich bin stolz, heute mit dabei gewesen zu sein. Ich hoffe, jetzt sind alle deine Zweifel aus dem Weg geräumt?!", sagte er und drückte mich wie nie zuvor.

Nach einer Stunde schaute ich noch einmal nach ihm und er lag mit geöffneten Augen in seinem Bett und schaute mich mit einem Lächeln an.
„Hey mein Schatz, du schläfst ja gar nicht?", sagte ich und setzte mich zu ihm.
„Wie könnte ich, wenn mein Verlobter nebenan, ohne mich, Spaß hat."
„Ja, ich bin richtig gut drauf, dank dir!"
„Das freut mich und soll ich dir mal was sagen? Ich bin so glücklich! Als du erzählt hast, dass du meinen Brief gefunden hast, dachte ich, jetzt verlässt er mich und mir wurde klar, dass ich handeln muss. Ich habe dich schon lange geliebt, aber ich konnte es mir nicht vorstellen, mit einem Mann eine Beziehung einzugehen. Gleichzeitig wollte ich dich, den Mann, den ich liebte, immer in meiner Nähe haben, aber dass ich dir damit wehtue,

war mir nicht bewusst. Eigentlich hatte ich geplant, dich heute in der Klinik zu fragen, nur wir zwei alleine. Als es denn hieß, dass wir alle zusammen feiern, dachte ich, ich frage dich morgen, wenn wir alleine sind, aber ich hatte ja für dich nur das eine Geschenk. Ich sah, dass du gekränkt warst, und ich wusste, wenn ich dich jetzt nicht frage, verliere ich dich für immer und wenn es Ben nicht gegeben hätte, der mir vorhin gut zugeredet hat, wäre es auch so gekommen, oder?"

„Ich wäre auch fast gegangen", sagte ich.

„Siehst du, das habe ich gespürt und dann säße ich jetzt alleine hier, ohne dich. Das hätte ich mir nie verziehen."

„Ich hätte an alles gedacht aber nicht, dass du mich fragst, ob ich dein Mann werden will. Nach all diesen Jahren des Kämpfens hatte ich mich schon lange damit abgefunden, das fünfte Rad an deiner Seite zu sein, bis zu diesem Unfall. Da wurde mir klar, dass es noch irgendetwas anderes geben muss als dieses Sklavenleben. Da hatte ich mich ernsthaft entschlossen, dich nach Weihnachten, zu verlassen. "

„Hast du dich so gefühlt, als mein Sklave?"

„Ja, es war manchmal echt hart für mich!", sagte er, dann drückte er mich an seine Brust und flüsterte in mein Ohr:

„Es tut mir soooo leid! Das ist schon fast nicht mehr gutzumachen! Bitte sag mir rechtzeitig, wenn ich mich nicht im Griff hab und wieder in meine alten Muster zurückfalle."

„Das werde ich. Ich liebe dich, Frank!"

„Ich liebe dich noch viel mehr, Christoph!"

„Oh bitte, mein Schatz, nenne mich doch weiterhin Kleiner, daran bin ich jetzt gewöhnt."

„Okay, ich werde dich ab sofort mein kleiner Hase nennen, ja?"

„Ja, das hört sich gut an. Jetzt weiß ich auch, warum du heute so abweisend zu mir warst und es dir so schlecht ging."

„Ich war so nervös und wäre bald gestorben. Ich dachte, du sagst Nein."

„Ich konnte doch nicht anders. Ich liebe dich doch so!"

„Ich liebe dich noch viel mehr!", dann gab er mir einen Kuss, der mich anheben ließ.

Ich wollte, dass dieser Moment niemals aufhört, aber alles Gute hat einmal ein Ende und Frank sagte:

„Tust du mir ein Gefallen und holst Ben rein? Ich möchte nämlich noch ein paar Minuten aufstehen."

Ich holte ihn auch sofort, der überhaupt nicht von Franks Vorhaben angetan war.

„Bitte Ben, ich verspreche dir auch, dass ich mich gleich auf das Sofa setzte und mich nicht anstrenge, denn hier ist es so still. Ich höre euch lachen und ich möchte wenigstens noch ein bisschen mit dabei sein."

„Mann, Frank, mach es mir doch nicht so schwer. Ich sehe doch, wie schlecht es dir geht, und ich habe für dich die Verantwortung!"

„Ja ich weiß, aber Weihnachten ist doch nur einmal im Jahr. Bitte, bitte!"

„Na gut, aber nur eine halbe Stunde!"

„Danke Ben!"

Frank stand auf und zog sich einen Bademantel über, dann gingen wir zusammen zu den anderen.

Christian war der Erste, der auf ihn zukam.

„Hey Alter, du hast uns aber einen Schrecken eingejagt. Mann, lass dich mal drücken."

Sie nahmen sich in die Arme und als Frank sie alle durchhatte, sagte Ben:

„So Frank, jetzt ab auf Sofa und vergiss nicht, nur eine halbe Stunde!"

„Ja, Doktor! Ich habe es dir doch versprochen."

Wir setzten uns alle zusammen auf das Sofa, Frank bekam eine Decke, in der ich ihn ordentlich einmummelte, und dann zeigten wir erst mal unsere Ringe.

Am meisten begeistert war Tassilo, denn er sagte, als er sie von Nahem sah:

„Oh, so einen will ich auch haben!"

Ich schaute Ben an, der sofort verschmitzt grinste und einen roten Kopf bekam.

Das lenkte, ein wenig, von uns ab und wir konnten uns wichtigere Dingen zuwenden.

Frank drückte mich ganz dicht an sich und küsste mich so innig, dass wir zunächst überhaupt nicht bemerkten, dass Ben uns anstieß. Er wurde dann hartnäckiger und rief:

„Frank, Christoph, hört ihr mich?"

Wir lösten unsere Lippen und Frank fragte ironisch:

„Was ist denn? Siehst du nicht, dass wir beschäftigt sind?"

„Oh, meine Herrschaften, ich würde mir nie erlauben, euch zu stören, wenn es nicht ein kleines Problem geben würde", sage er und wir lachten alle laut los.

„Was gib es denn für ein Problem?", fragte Frank, nachdem wir uns wieder beruhigt hatten.

„Ich habe heute Nachmittag ein Taxi für Sandra, Grete und Ludwig bestellt. Das Unternehmen hat mich eben angerufen und gesagt, dass sie wegen des Schnees keinen Wagen mehr rausschicken können. Also das heißt, die drei kommen hier heute nicht mehr weg."

Er drehte sich um und sah durch das Fenster die dicken Schneeflocken.

„Wo wollten die drei denn hin?", fragte Frank und drehte sich wieder uns zu.

„Sandra sollte bei mir schlafen und die Hertz' müssten eigentlich ins Hotel. Du musst zugeben, deine Wohnung ist schon groß, aber für neun Personen reicht der Platz nun wirklich nicht."

Frank überlegte ein paar Sekunden, dann fragte er mich:

„Hase, ist die Wohnung unter uns schon wieder vermietet?"

„Ich glaube nicht, zumindest habe ich keinen einziehen sehen, aber der Hausmeister, Herr Lambert hätte mich dann bestimmt informiert, ich habe nämlich noch gestern, wegen der Parkplätze, in der Tiefgarage, mit ihm gesprochen, warum?"

„Wenn sie noch frei ist, könnten die drei ja dort übernachten. Meines Wissens steht da noch ein großes Bett und eine Schlafcouch. Christoph, mein kleiner Hase, ich würde ja selber aufstehen, wenn der Doktor es mir erlauben würde, deshalb müsste ich dich mal bitten, mir das Telefon zu bringen?"

„Na klar!"

Ich holte ihm das Gewünschte und er wählte gleich eine Nummer.

„Wen will denn er jetzt noch, um halb elf Uhr anrufen?", sagte Tassilo.
Frank lächelte nur und nahm den Hörer ans Ohr.

„Fröhliche Weihnachten, Herr Lambert! Hier ist Frank Matz."
„Danke! Es geht mir wieder einigermaßen gut!"
„Tut mir leid, dass ich so spät noch störe."
„Okay danke! Sagen Sie, ist die 9 schon vermietet?"
„Das ist gut. Ich brauche den Schlüssel. Wegen des Schnees müssen heute Nacht einige von unseren Gästen dort übernachten."
„Ja, vielen Dank! Dann bis gleich. Ciao!"

Alle schauten Frank verwirrt an. Der lachte und sagte nur:
„Sie ist noch frei und der Hausmeister bringt gleich den Schlüssel. Also ist das Schlafproblem auch gelöst. Morgen sehen wir denn weiter."
Mit großen Augen und offenem Mund fragte Christian:
„Dürfen wir denn einfach in eine fremde Wohnung gehen?"
„Wenn einem die Wohnung gehört, darf man das", sagte Frank lächelnd.
„Gehört? Dir gehört die Wohnung?", fragte Ben.
„Nicht nur die Wohnung. Mir gehört auch das ganze Haus!", sagte Frank und senkte beschämt, wie ein kleiner Junge, der beim Klauen erwischt wurde, seinen Kopf.
Sie waren alle geschockt und Ben fragte:
„Das ganze Haus auch? Das hast du nie erwähnt?"
„Du hast auch nie gefragt. Das Haus gehört mir schon, seitdem ich hier wohne."

Es klingelte. Ich ging zur Tür und öffnete sie.
Im Hintergrund hörte ich Christian sagen:
„Tja, Frank ist immer für eine Überraschung gut."
Herr Lambert kam kurz herein und begrüßte Frank. Er gab ihm den Schlüssel und verabschiedete sich mit einem lauten „Fröhliche Weihnachten".
„So, jetzt muss ich nur noch da runterkommen, um euch die Wohnung zu zeigen."

Frank wollte schon aufstehen, sah aber die mahnenden Augen von Ben und setzte sich dann wieder hin.

„Wir könnten dich ja im Bürosessel runterkutschieren!", sagte ich.

„Gute Idee Kleiner. Das machen wir so, denn gehst du danach aber sofort zu Bett!", sagte Ben.

Und so kam es, dass die komplette Mannschaft Frank mitten in der Nacht durch den Hausflur schob.

Was war das für ein Bild! Acht Leute karrten Frank, der im Schneidersitz auf dem Bürostuhl saß, durch den nächtlichen Hausflur. Wenn ich heute daran denke, kann ich mich kaum halten vor Lachen. Es war göttlich.

Die drei waren sofort einverstanden mit den provisorischen Schlafgelegenheiten und nach einer erfolgreichen Liegeprobe fuhren wir, mit dem Lift, zurück in das Penthouse.

Schon unten in der Wohnung bemerkte ich, dass Frank übermäßig doll schwitzte, was jetzt noch schlimmer wurde und als ich ihn darauf ansprach, beruhigte er mich, indem er sagte, dass es ihm gut geht. Ben schaute sich Frank an und maß seinen Blutdruck, dann sagte er:

„Das war wohl doch ein bisschen viel für dich, denn dein Puls rast. Es ist wohl besser, wenn du dich jetzt ausruhst und zu Bett gehst. Ich schlafe mit Tassilo gleich hier auf dem Sofa und bin gleich zur Stelle, wenn es dir schlechter geht."

Das animierte auch die anderen, schlafen zu gehen. Sandra, Grete und Ludwig bedankten sich noch mal bei Frank und gingen in die Wohnung unter uns. Ich gab ihnen noch eine Tüte mit Duschgel und Zahnbürsten, eben alles, was man zu einer Morgentoilette braucht, und Bettzeug mit. Gott sei Dank wusste ich, wo alles liegt, und es war schnell zusammengesucht.

Christian und Kevin sagten kurze Zeit später auch gute Nacht und gingen auf ihr Zimmer.

Als wir Ben und Tassilo gute Nacht sagen wollten, fragte Ben, ob er uns nochmal kurz sprechen könnte. Wir sagten natürlich ja und gingen mit Ben ins Schlafzimmer.

Ben kam auch gleich zur Sache und sagte:

„Ich weiß, es war für uns alles und gerade für euch ein bewegter Abend und das könnte vielleicht für euch, diese Nacht, Folgen haben."

Frank schaute Ben verständnislos an und fragte:

„Was meinst du damit, welche Folgen?"

„Ich meine, ihr solltet, auch wenn es euch schwerfällt, es heute Nacht ruhig angehen lassen, wenn ihr versteht, was ich meine. Frank hat sowieso einen erhöhten Blutdruck und ich möchte nicht, dass er noch weiter steigt."

„Ach so! Du möchtest nicht, dass wir uns diese Nacht dem hemmungslosen Sex hingeben, sag das doch!", sagte Frank laut und lachte.

Ben war das sichtlich peinlich und wurde rot.

„Wir werden uns bemühen. Hab keine Angst, ich passe auf ihn auf", sagte ich grinsend.

„Danke, bitte verstehe, ich möchte kein Spielverderber sein."

„Nein, mache dir keine Sorgen!", sagte ich, dann drückte er uns noch mal und ging aus dem Zimmer.

„Ist er nicht süß?", sagte Frank, als er mir ganz dicht gegenüberstand.

„Ja, er ist schon ein echter Freund", sagte ich.

Wir zogen und aus und gingen dann in Bett.

Ich war schon sehr müde und kuschelte mich an Frank. Wir küssten uns und ich sagte:

„Ich habe dich vermisst!"

„Ich dich auch und ich bekam heute richtig Panik, diese Nacht nicht neben dir verbringen zu dürfen."

„Ich fühle mich, bei dir so wohl und kann es noch immer nicht glauben, dass wir verlobt sind", sagte ich.

„Geil was! Das ist so ein schönes Gefühl, zu dir zugehören."

„Wann meinst du, sollen wir heiraten?", fragte ich.

„Ich hatte gedacht, am 17. April wäre doch gut."

„Das ist mein Geburtstag?"

„Ja, dann vergessen wir unseren Hochzeitstag wenigstens nicht. Am 17. Hochzeit und am 27. fahren wir nach Irland", sagte Frank beiläufig.

„Nach Irland?"

„Ja, ich habe schon alles gebucht. Das wird unsere Hochzeitsreise!"

Ich war außer mir vor Freude, denn da wollte ich immer schon mal hin. Ich umarmte ihn und er bekam tausend Küsse von mir.

Ich merkte, dass Frank vor Müdigkeit seine Augen nicht mehr aufhalten kann, deshalb legte ich meinen Kopf auf seine Brust und dann schliefen wir auch sofort ein.

Ich haute seine Hand weg. Ich dachte, es wäre eine Fliege und war sehr erschrocken, dass ich plötzlich ein „Guten Morgen, mein Hase!" hörte.

Es brauchte ein paar Sekunden, bis ich realisierte, dass Frank neben mir lag, und war so froh, dass es kein Traum ist.

„Guten Morgen, wie geht es dir und hast du gut geschlafen?", fragte ich schlaftrunken.

„Ich hab sehr gut geschlafen, aber du warst sehr unruhig. Hast du schlecht geträumt?"

„Weiß ich nicht. Ich war ein paarmal wach und hab nach dir geschaut. Einmal war ich auch auf dem Klo und hatte schon nach dem Aufstehen Sehnsucht nach dir. Ich konnte es gar nicht abwarten, wieder, zu dir, ins Bett zu kommen", sagte ich.

Er küsste mich und sagte:

„Du bist so süß!"

„Weißt du, was ich jetzt mache? Ich lasse dir jetzt ein heißes Bad ein und während du dich darin entspannst, gehe ich in die Küche und schiebe die Gans in den Ofen. Danach leiste ich dir Gesellschaft. Ist das okay für dich?"

„Ich freue mich schon auf dich!", sagte er und küsste mich wieder.

Ich riss mich, mit schwerem Herzen, von ihm los und ließ Wasser in die Wanne, dann kümmerte ich mich schnell um die Gans und sprang danach, zu ihm, ins warme Wasser.

Wir streichelten uns überall und er hielt mich auch nicht davon ab, seinen Schwanz zu berühren. Er legte seinen Kopf zurück und genoss meine Handarbeit. Wir kamen in Ekstase und er ergriff auch meinen, den er sofort massierte. Ich fragte ihn immer wieder, ob es ihm gut geht, aber er beruhigte mich und machte weiter. Wir kamen zusammen und ich hatte noch nie so einen schönen Orgasmus wie mit Frank an diesem Weihnachtsmorgen. Wir blieben, noch etwa eine halbe Stunde, im warmen Wasser liegen und machten uns dann fertig, um zu frühstücken.

Es war so gegen neun Uhr, als wir aus dem Schlafzimmer kamen. Der Frühstückstisch war gedeckt und alle saßen schon um ihm herum.

„Fröhliche Weihnachten!", sagten wir fast gleichzeitig.
„Fröhliche Weihnachten!", entgegneten sie alle.
„Hey, Frühstück ist schon fertig. Ich habe schon ordentlich Hunger", sagte Frank und wollte sich gerade hinsetzen, als Ben laut sagte:
„Halt, erst Blutdruck und die Medikamente!"
„Ja, wenn es sein muss", sagte Frank und verdrehte die Augen.
„Mich und Christian hat er auch schon gequält", sagte Kevin.
„Gib es denn hier auch Gesunde?", sagte Tassilo und wir alle lachten.
Da holte Grete grinsend eine Federtasche aus ihrer Handtasche und öffnete sie, dann sagte sie:
„Seht nur, das ist meine tägliche Dosis an Drogen. Ich bin Diabetikerin und gehöre damit wohl zu euch, oder?"
„Noch so eine!", sagte Tassilo und wir bogen uns vor Lachen, als Grete ihre Spritze hoch hielt. Das war ziemlich witzig und damit hat sie sich tief in unsere Herzen gegraben.

Sie war ein bisschen dicklich und hatte beim Lachen einen roten Kopf. Sie war zwar erst Mitte 60, aber ihre grauen Haare, die sie immer zu einem Dutt zusammengebunden hatte, machten sie viel älter. Ludwig sah eher jünger aus, obwohl er schon über 70 war. Das lag wohl daran, dass er einen jugendlichen Haarschnitt hatte und sie auch gefärbt waren. Beide entwickelten sich mehr und mehr zu unseren elterlichen Freunden, was sie später auch noch unter Beweis stellten.

Ben ging mit Frank zum Sofa und untersuchte ihn. Ich setzte mich an den reichlich gedeckten Frühstückstisch.

„Du machst eine Gans?", fragte Christian.

„Ach ja, die muss ich noch übergießen!", sagte ich und wollte schon aufspringen, als mich Grete abhielt.

„Das hab ich schon gemacht und wenn du nichts dagegen hast, würde ich mich auch weiterhin um das Essen kümmern. Ihr habt nun wirklich genug getan und ich möchte auch meinen Teil, zu diesen schönen Tagen, beitragen."

„Da könnt ihr euch aber auf was gefasst machen. Gretes Kochkunst ist unübertroffen. Sie hat es mir vorhin schon erzählt, es gibt ihren berühmten Rotkohl und die leckeren Klöße dazu", sagte Ludwig stolz.

„Danke Grete! Das ist unheimlich lieb von dir. Das ist ein fünfeinhalb Kilo Vogel und ich hab ihn um acht Uhr in den Ofen geschoben", sagte ich.

Grete schaute auf die Uhr, nickte einmal kurz und sagte: „Las mich mal schon machen!"

Ich blinzelte immer mal wieder zu Ben und Frank. Bens Gesicht sah betrüblich aus und Frank war auch nicht gerade begeistert. Nach ein paar Minuten kamen sie rüber und setzten sich an den Tisch.

„Alles in Ordnung?", fragte ich und schaute Ben dabei an.

„Nein, seine Werte sind nicht gut. Er muss sich heute unbedingt schonen."

„Ja, Frank macht ab jetzt gar nichts mehr! Er setzt sich gleich, nach dem Frühstück, auf das Sofa und bleibt da auch sitzen", sagte ich mahnend und schaute ihn dabei an.

„Ja, Chef!", sagte Frank reumütig. „Habt ihr drei gut geschlafen?"

„Ja", sagte Sandra, „sehr gut sogar."

Sie schaute Frank tief in die Augen und druckste herum.

„Was möchtest du denn wissen?", fragte er.

„Du musst ganz schön reich sein, oder?"

Tassilo wurde jetzt auf seine Schwester aufmerksam und sagte: „Sandra, ich habe schon mal gesagt, dass man so was nicht fragt!"

„Schon gut, Tassilo. Ich sage es euch, denn ich glaube, ich bin euch das allen schuldig. Meine Eltern hatten ein bisschen gespart und nach ihren Tod habe ich als einziger Sohn alles bekommen. Die Firmen, womit sie ihr Geld gemacht haben, habe ich verkauft und den Erlös gut angelegt. Ich bin dann hierhergezogen und habe eine Arbeit angenommen und allen gesagt, dass ich nur so viel geerbt habe, dass ich mir diese Wohnung leisten kann. Alles andere habe ich verschwiegen, weil ich nicht als Snob gelten wollte."

Ich und Christian sahen uns lächelnd an. Wir waren die Einzigen, die darüber Bescheid wussten. Frank bemerkte unser Grinsen und sagte:

„Danke noch mal ihr beiden, dass ihr dichtgehalten habt."

„Wie viel hast du denn nun?", nervte Sandra.

„Sandra! Still jetzt!", sagte Tassilo mahnend.

„Las sie nur Tassilo. Das ist mein Tag der Wahrheit und irgendwann holt jeden mal die Vergangenheit ein. Ich habe jedenfalls genug, um mich über Wasser halten zu können, und jetzt werde ich das Wenige, was ich habe, noch mit meinem Häschen teilen, aber er verdient ja auch. Es wird zwar knapp, aber wir kommen über die Runden."

Bei dem, was Frank sagte, machte er so einen ironischen Gesichtsausdruck, dass ich mich nicht mehr halten konnte und laut loslachte. Mein Lachen war so ansteckend, dass jetzt alle grölten. Wir bogen uns vor Lachen und hielten unsere Bäuche.

Außer Sandra, sie merkte, dass Frank sie verarscht hat, und sah ein, dass nichts weiter aus ihm herauszuholen war.

Grete stand auf und ging in die Küche, um die Gans zu begießen. Wir anderen räumten den Frühstückstisch ab und ich brachte die Küche auf Vordermann.

Ich zeigte Grete, wo alles steht, und stellte mich dann in die Küchentür und beobachtete Frank. Er saß mit den anderen auf dem Sofa und amüsierte sich köstlich.

„Er ist schon ein toller Mann!", sagte Grete plötzlich und riss mich aus meinen Gedanken.

„Ja, und ich hab ihn endlich gekriegt! Es war schon ein harter Kampf!"

„Das, was Frank gestern zu dir sagte, hat mich sehr ergriffen, auch wenn ich nicht alles verstand, was er mit gemein und ungerecht meinte?", sagte Grete und legte mir ihre Hand auf meine Schulter.

„Du hast eine bestimmte Gabe, Geheimnisse aus einem herauszukitzeln!", sagte ich und musste schmunzeln.

Nach einem Augenblick sagte ich:

„Ich liebte ihn schon vom ersten Moment an, als ich ihn sah, und versuchte, mir seine Liebe zu erarbeiten. Ich weiß nicht, was in ihm vorging. Ich kann es mir nur so denken, dass er Angst hatte, warum auch immer, mit mir eine Beziehung einzugehen. Wir schliefen zwar in einem Bett und hatten auch, bis zu einem gewissen Punkt, viel Körperkontakt aber er hielt mich immer auf Abstand."

„Das muss richtig hart für dich gewesen sein."

„Das kannst du wohl meinen. Ich tat alles für ihn und hoffte, dass es sich einmal für mich auszahlte, aber es kam rein gar nichts, von ihm, zurück, bis letzte Woche. Ich war bei ihm in der Klinik und er sprach mich auf den Brief an, den er für mich, im Fall seines Todes, geschrieben hatte. In diesen Brief geht es darum, dass er mir ein weiteres schönes Leben ohne ihn wünscht und ich ihm nicht nachtrauern soll. Dabei war ich mit ihm nie zusammen gewesen und als ich seine eindeutigen Zeilen las, wollte ich schon aufgeben und ihn verlassen, wenn er wieder gesund ist. Da muss er Panik bekommen haben, denn er sagte immer wieder: ‚Verlass mich bitte nicht!', was aber an meinen Entschluss nichts änderte. Selbst seine Bemühungen und seine Küsse, die er mir nun gab, machten mich nicht weich. Es ist einfach zu viel passiert. Ich nahm mir vor, ihm noch über Weihnachten beizustehen und dann zu gehen."

Grete schaute mich traurig an und sagte:

„Das, was du, all diese Jahre, durchmachen musstest, tut mir sehr leid und wenn ich jetzt darüber nachdenke, warst du gestern drauf und dran zu gehen, oder?"

„Ja genau, Frank hatte kein Geschenk für mich und da wusste ich, dass ich ihm völlig egal bin. Niemals wäre ich darauf gekommen, dass er mir gleich einen Heiratsantrag machen würde."

Uns standen wieder die Tränen in den Augen und wir mussten uns umarmen.

„Jetzt ist ja alles gut und ich hoffe, dass du mit Frank glücklich wirst!"

„Danke Grete, das hoffe ich auch!"

Wir gingen dann zu den anderen und setzten uns zu ihnen aufs Sofa.

Ich kuschelte mich an Frank und merkte, dass er wieder schwitzte. Es lief ihm richtig der Schweiß aus seinem Gesicht. Ich schaute Ben an und zeigte auf Frank. Er sprach ihn auch gleich an und befahl ihn ins Schlafzimmer.

Frank setzte sich auf das Bett und sagte:

„Mir geht es überhaupt nicht gut!"

„Du musst sofort wieder zurück in die Klinik!", sagte Ben besorgt und maß Fieber.

Das Display des Thermometers zeigte 39 Grad und Ben sagte:

„Christoph, bringe mir bitte ein paar Handtücher und eine Schüssel mit kaltem Wasser und du Frank ziehst sofort deine Hose aus."

Ich holte die Handtücher und die Schüssel mit Wasser, in Windeseile, aus der Küche und brachte es Ben. Der tauchte die Tücher in das Wasser und legte es auf Franks nackten Waden, der inzwischen schon, ohne Hose, flach auf dem Bett lag.

In der nächsten halben Stunde wechselte Ben die Wickel bestimmt fünfmal, bis das Fieber endlich sank. Frank schwitzte jetzt nicht mehr so doll und fragte:

„Kann ich denn hierbleiben?"

„Wenn du dich jetzt wirklich ausruhst und jetzt schläfst und das Fieber nicht mehr steigt, dann ja."

„Ja, ich möchte noch nicht zurück. Ich schlafe jetzt ein paar Stunden und tue auch ansonsten, was du sagst."

„Okay, dann werden wir mal alle aus dem Zimmer gehen, auch Christoph, denn er braucht jetzt wirklich Ruhe!", sagte Ben und scheuchte uns alle raus.

Nach zwei Stunden schaute ich nach meinem Schatz und kletterte zu ihm ins Bett, dann kuschelte ich mich an ihn ran und küsste ihn wach. Er öffnete seine Augen und grinste mich an.

„Wie geht es dir?"

„Viel besser! Ich habe richtig gut geschlafen."

„Ich soll bei dir noch mal Fieber messen."

Ich steckte ihm das Thermometer in den Mund und wartete und nach etwa einer Minute zog ich es wieder heraus.

„37 Grad. Ich glaube, die Wadenwickel haben geholfen. Hast du Hunger? Die Gans steht schon auf den Tisch und es duftet herrlich."

„Ja und wie. Du weißt, ich habe immer Hunger."

„Na gut, denn hoch und lass uns den Vogel den Garaus machen."

Wir lachten und Frank zog sich wieder seine Hose an und ging dann ins Bad, um sich ein wenig frisch zu machen.

Um Punkt 13 Uhr, betraten wir das Wohnzimmer.

„37 Grad!", sagte ich und schaute zu Ben, der zustimmend seinen Daumen hob.

Das Essen schmeckte göttlich und wir lobten Grete für ihre Kochkunst.

„Ja, sie ist mir schon besser gelungen, aber danke!", sagte sie bescheiden.

„Noch besser geht doch gar nicht!", sagte Tassilo und der Schleim des Lobes lief ihm fast sichtbar aus seinem Gesicht.

Nach dem Nachtisch nahm Ben Frank zu Seite und sagte ernst:

„Frank, du hast wieder Fieber. Du schwitzt und musst zurück in die Klinik!"

„Nein, mir geht es gut! Ich lege mich wieder hin und ruhe mich aus."

„Denn komme ich aber mit, denn ich bin auch müde", sagte ich und gähnte.

„Okay, aber nach dem Kaffee fahre ich dich denn in die Klinik!", sagte Ben eindringlich.

„Ja, versprochen!"

Ich ging mit Frank ins Schlafzimmer und machte ihn nochmal einen Wadenwickel. Danach schmiegte ich mich an ihn und legte meinen Kopf auf seine Brust,
dann sagte ich:

„Ich habe Angst um dich!"

„Brauchst du nicht. Mir geht es gut!"

Er streichelte mir über meinen Kopf und wir schliefen dann ein.


Ich wurde von einem Stoß, in die Seite wach. Frank bebte am ganzen Körper.

Sein Kopf war knallrot und aus seinem Mund lief Spucke.

Ich richtete mich blitzschnell auf und rief ganz laut:

„Ben!!", und noch mal, „Ben!!"

Die Tür ging sofort auf und er stürmte herein.

„Was ist passiert?"

„Ich weiß nicht! Ich bin wach geworden und da krampfte er schon! Bitte hilf ihm!", sagte ich weinerlich.

Ben zückte gleich sein Handy und rief einen RTW, dann fühlte er ihm den Puls und zog eine Spritze auf. Nachdem er die Injektion bekommen hatte, wurde er ruhiger, dann nach ein paar Minuten kam er wieder zu sich.

„Was ist los?", fragte Frank schwer atmend.

„Du hattest einen Krampf und jetzt geht es zurück in die Klinik, alles andere kann ich nicht mehr verantworten. Ich glaube, das alles war ein bisschen viel für dich!", sagte Ben.

„Okay, mir geht es auch gar nicht gut!", sagte Frank.

„Ja, das sieht man dir auch an, aber es wird bestimmt alles gut. Es kommt, nach einer so schweren Operation, häufig zu solchen Krämpfen", beruhigte Ben, uns.

Als Frank zum Transport fertig gemacht wurde, ging ich zu den anderen und sagte:
„Tut mir leid, dass es jetzt so gekommen ist, aber bitte bleibt noch hier und brecht nicht gleich auf. Ich und Ben fahren mit in die Klinik und kommen, so schnell wie möglich, zurück."
„Wenn ihr nichts dagegen habt, würden wir heute Nacht noch hierbleiben. Im Hotel würden wir es jetzt nicht aushalten", sagte Ludwig.
„Ja bitte, bleibt alle hier! Ich möchte heute Abend auch nicht alleine sein."

In der Klinik wurde Frank sofort gründlich durchgecheckt und Bens Diagnose bestätigte sich. Nach einem Schnelltest stellte sich raus, dass er erhöhte Entzündungswerte im Blut hatte. Er bekam sofort ein Breitband-Antibiotikum und wurde ruhiggestellt. Nach zwei Stunden verließen wir die Intensivstation, wo Frank zur Beobachtung bleiben musste, und fuhren wieder zurück ins Penthouse.

„Er muss jetzt schlafen", sagte Ben, als wir geschafft, bei einem Kaffee,
auf dem Sofa saßen.
„Ich hatte auch viele solcher Krämpfe nach meinem Schlaganfall."
Christian schaute Kevin erstaunt an und sagte:
„Ja, das habe ich gar nicht gewusst?"
„Sie waren richtig schlimm und ich wusste danach noch nicht einmal, wie ich heiße."
„Bist du operiert worden?", fragte Ben interessiert.
„Zweimal und ich war fast ein halbes Jahr, auf der linken Seite gelähmt. Es war grauenhaft. Ich konnte mich auf nichts mehr konzentrieren und vergaß alles. Erst vor vier Wochen bekam ich langsam, in meinem Arm und Bein, wieder Gefühl. Jetzt noch kribbelt es manchmal furchtbar darin."
„Ja, die Art von Schlaganfall, den du hattest, ist immer schlimm. Wenn man bedenkt, dass man, in dem Bereich, nur ganz schlecht operieren kann, hast du richtig Glück gehabt", sagte Ben.

„Wo ist das denn eigentlich passiert?", fragte Tassilo.

„Beim Sport. Ich bin von der Hantelbank gefallen. Mein Trainer hat, zu meinem Glück, schnell reagiert und sofort den Notarzt gerufen. Ich soll noch im Krankenwagen ansprechbar gewesen sein, aber das weiß ich nicht mehr. Ich wachte erst drei Monate später, in der Uniklinik Eppendorf, auf. Christoph wird sie kennen, denn sie liegt in Hamburg. Ich konnte nicht sprechen und mein Kopf zersprang fast vor Schmerzen. Ich brauchte zwei Monate, bis ich wieder einigermaßen sprechen konnte und laufen kann ich heute noch nicht richtig."

„Und wie alt bist du?", fragte Grete.

„24 Jahre und als ich den Hirnschlag hatte, war ich 23 Jahre."

„Mann, noch so jung. Kann das noch mal passieren?", fragte Tassilo vorsichtig.

„Wen ich aufpasse und immer meine Medikamente nehme, mich nicht aufrege, sodass mein Blutdruck hochgeht, dann nicht."

„Und das ist denn auch keine Garantie! Einige Patienten bekommen schon einen zu hohen Blutdruck durch eine nicht bemerkte Infektion und können denn gar nichts dagegen machen."

„Ich habe Gott sei Dank keine solche Anfälle gehabt", sagte Christian und lenkte ein wenig von Kevin ab, denn er merkte, dass sein Freund ganz schön unter unseren Fragen litt.

„Du hast dich ja auch an alles gehalten, was wir dir geraten haben. Du bist sowieso ein anatomisches Wunder. Christian hat viel mehr abbekommen als Frank und hat sich in rasender Schnelle erholt. Na ja, Frank wird sich auch schnell wieder erholen und dann kann er auch wieder auf die normale Station", sagte Ben.

Der Abend verlief, durch den Vorfall, ziemlich gehemmt und ich ging früh schlafen.

Am zweiten Weihnachtstag fuhr ich schon sehr früh zu Frank.

Die Wetterlage hat sich Gott sei Dank entspannt und die Straßen waren einigermaßen frei.

Nur mein Auto musste ich erst mal freischaufeln, was nicht so einfach war, der Schnee lag mannshoch auf ihm drauf.

Frank schlief und nahm mich wohl überhaupt nicht wahr. Ich hielt seine Hand und nachdem ich mit dem Professor gesprochen hatte, fuhr ich wieder zurück und stand pünktlich zu Frühstück auf der Matte.

Ich berichtete den anderen, dass es Frank besser geht und er morgen wieder auf die normale Station kommt.

Ich war froh, dass ich so liebe Menschen um mich hatte, die alles für mich machten, deshalb konnte ich mich auch nachmittags mit einem ruhigen Gewissen aufs Ohr legen und mal richtig ausschlafen. Sie blieben alle noch bis zum dritten Weihnachtstag bei mir, bevor sie gegen Mittag abreisten. Ben fuhr mit Tassilo und seiner Schwester Sandra nach Saarbrücken, um dort Silvester zu feiern. Sie luden mich ein, mitzukommen, aber ich wollte in Franks Nähe bleiben. Grete und Ludwig flogen zurück nach Nürnberg und Christian und Kevin fuhren mit der Bahn zurück nach Friedehorst, aber vorher besuchten wir noch alle Frank, der wieder in sein Zimmer verlegt wurde, und tranken Kaffee und aßen Kuchen.

Ben, Tassilo und Sandra verabschiedeten wir schon vor der Klinik. Wir umarmten uns mit dem Versprechen, das nächstes Jahr zu wiederholen.

Die anderen brachte ich noch zum Bahnhof und wartete, bis sie in den beiden Zügen verschwanden.

Nun war ich allein!

Das kann schon erdrückend sein, wenn man tagelang einen Haufen liebe Leute um sich hatte.

Ich fuhr zurück in das Penthouse und ließ die Ereignisse Revue passieren.

Dabei wurde ich so melancholisch, dass ich anfing zu heulen.

Eigentlich wollte ich Frank heute verlassen und ein neues Leben anfangen.

Dass ich ihn bald heirate, konnte ich noch gar nicht fassen!

„Aber was ist, wenn er wirklich wieder in seine alten Muster zurückfällt. Was ist, wenn ich denn nicht mehr die Kraft habe, ihn zu verlassen. Ich liebe ihn, aber das ist doch nicht alles. Warum habe ich vorgestern nicht Nein gesagt und bin nicht einfach abgehauen. Ich könnte jetzt schön in meiner Wohnung sitzen und mein Leben neu planen. Ich hätte eine andere Arbeit, in einer anderen Stadt, angenommen und wäre dort hingezogen. Am besten ganz weit weg von hier und jetzt bin ich wieder in seinem Bann gefangen, aus dem ich mich erst, in den letzten Wochen, herausgeschlagen habe. Soll ich jetzt aufstehen und einfach gehen, verschwinden wie ein Dieb in der Nacht? Nein, er hat sich bestimmt geändert und ich werde glücklich mit Frank werden", dachte ich. Ich schob den blöden Gedanken weg und schaltete den Fernseher an, um mich abzulenken.

Frank erholte sich in den nächsten Tagen schnell und am Mittwoch konnte ich, mit ihm, sogar einen kleinen Spaziergang machen. Das Wetter hat sich beruhigt und stapften durch den tiefen Schnee. Wir gingen Kaffee trinken und planten dabei unsere Hochzeit. Es war herrlich, mit ihm allein zu sein, und wir küssten uns bei jeder Gelegenheit.

Am Donnerstagmorgen rief mich sein Handballverein an, um zu fragen, ob sie Frank besuchen könnten. Ich sagte, dass er sich bestimmt freuen würde, und sie kamen alle am Nachmittag in die Klinik. Sie warteten auf mich, an der Anmeldung.

„Warum seid ihr denn nicht schon zu ihm gegangen?", fragte ich.

„Wir haben ein bisschen Angst! Wir wissen ja nicht, ob wir mit ihm sprechen können", sagte der hübsche, Schwarzhaarige, der sich mir als Lars vorstellte.

„Er ist bestimmt wach und er wird schon ein paar Worte herausbekommen", sagte ich ironisch.

„Es ist so, wir haben noch nie einen, der im Wachkoma ist, gesehen."

„Wachkoma? Wer hat euch denn so was erzählt? Er ist vollkommen wach und er kann ganz normal mit ihm sprechen", sagte ich.

„Kein Wachkoma?", sagte Lars.

„Nein, kein Wachkoma. Da hat euch wohl einer auf die Schippe genommen."

Ich ging denn mit der ganzen Mannschaft zu Frank, der sich riesig freute.

Sie alle waren froh, dass Frank wirklich wach war, und wir lachten über diesen Scherz.

Am Freitag war Silvester und da ich außer Ben, Tassilo und Christian keine Freunde hatte und sie ja alle nicht da waren, verbrachte ich den Abend alleine in meiner Wohnung, denn keiner durfte an diesem Abend die Klinik verlassen und sie durften auch keinen Besuch empfangen, deswegen konnte ich auch nicht mit Frank zusammen sein.

Ich setzte mich vor die Glotze und bedauerte mich selber.

Um 22 Uhr ging ich schon zu Bett und bekam das Feuerwerk nur im Halbschlaf mit.

Am Neujahrstag erfuhr Frank, dass seine Blutwerte so gut waren, dass er am darauffolgenden Tag entlassen werden konnte.

Freudestrahlend erzählte er mir davon, als ich in sein Zimmer kam.

Ich war froh, jetzt nicht mehr alleine zu sein und meinen Frank den ganzen Tag um mich zu haben.

Ich bereitete alles vor und holte ihn am Samstagmorgen, gegen zehn Uhr, nach Hause.

Er war so glücklich und als noch unser Chef anrief und mir sagte, dass er die Betriebsferien bis Montag, den 11. Januar ausweitete, war unser Glück perfekt.

Als ich auflegte, stand er mir mit ernstem Blick gegenüber.

Er zitterte und sagte:

„Ich bin so froh, wieder bei dir zu sein, und ich liebe dich so abgöttisch."

„Ich liebe dich auch!", sagte ich und dann umfasste und küsste er mich so zärtlich, dass ich nicht wusste, wo oben und unten ist. Er drängte mich ins Schlafzimmer und mir klopfte mein Herz bis in den Hals.

Er zog mich langsam aus und küsste jedes meiner Körperteile, das er freimachte.

Er ließ sich sehr viel Zeit damit, dann ging er in die Hocke und öffnete meine Hose.

Er zitterte vor Erregung wie noch nie.

Nachdem er meine Hose runtergezogen hatte, presste er sein Gesicht an meine Unterhose.

Ich genoss seinen warmen Atem und hielt seinen Kopf in meinen beiden Händen.

Er zog sie mir dann auch noch aus und nahm meinen Schwanz in seinen warmen Mund. Dabei rieb er meinen Arsch mit seinen großen, weichen Händen, dann stand er auf und ich stand völlig nackt vor ihm. Er lächelte mich an und küsste mich wieder. Jetzt fing ich an, ihn zu entkleiden. Genauso wie er küsste ich ihn von oben bis unten ab. Es war Wahnsinn, seine Haut auf meinen Lippen zu spüren und er schmeckte so lecker, sodass ich nie wieder was anderes schmecken wollte.

Ich konnte es nicht fassen, dass ich gerade seine Hose öffnete und seinen riesigen Schwanz in dem Mund nahm.

Ich lutschte an ihm und konnte überhaupt nicht wieder aufhören.

Irgendwann ließ er sich rücklings auf das Bett fallen und breitete seine Beine ganz weit aus. Ich nahm seine Einladung an und leckte seine geilen Eier. Ich verweilte noch eine ganze Zeit zwischen seinen Beinen und leckte mich dann an ihm hoch, um mich von ihm küssen zu lassen.

Unterwegs machte ich noch Halt an seinen Brüsten und lutschte sie sehr intensiv. Endlich war ich oben angekommen, um seine Lippen auf meinen zu spüren.

Nach einem minutenlangen Zungenkuss drehte er sich und lag auf einmal mit seinem ganzen Gewicht auf mir.

Ich fühlte mich so geborgen und ich spürte ihn mit Haut und Haaren, dann brachte er mich in Stellung und drang vorsichtig in mir ein. Ich erlebte jetzt das verpasste Silvesterfeuerwerk und ich wollte mehr davon. Frank sah mein Verlangen und stieß jetzt härter zu.

Er machte immer wieder kleinere Pausen, um mich zu küssen.
Kurz bevor er kam, setzte er sich auf meine Brust und steckte
seinen Schwanz ganz tief in meinen Rachen.
Ich massierte ihn so lange, bis ich seinen warmen Saft in meinen
Mund spürte. Ich pumpte alles aus ihm heraus und sein Anblick
war dabei gigantisch.
Völlig ausgelaugt legte er sich neben mich und begann, meinen
Schwanz zu wichsen. Ich stöhnte laut, als ich kam, und spritzte
ihm alles auf seinem Körper.
Dieser Orgasmus wollte nicht aufhören und ich dachte, ich müss-
te damit für immer leben, aber nach ein paar Sekunden klang
er dann ab.
Wir küssten uns noch lange, bis wir einschliefen.

Wir trieben es an diesem Nachmittag noch zweimal und uns tat
am Abend alles weh. Das war nicht so vorteilhaft, weil Ben sich
kurzfristig angemeldet hatte.
Er kam direkt von der Autobahn zu uns, um sich von Franks
Gesundheitszustand zu überzeugen und uns einfach zu sehen.
Wir freuten uns sehr, als er in die Tür kam, denn er ist für uns
und gerade für mich ein echter Freund geworden.
Wir hatten uns viel zu erzählen und weil wir Hunger hatten,
baten wir ihn, zum Essen zu bleiben. Er war begeistert und ich
ging in die Küche und fing an, zu kochen.
Frank und Ben leisteten mir dabei Gesellschaft und setzten sich
an den Küchentisch.
Es gab Geschnetzeltes mit Nudeln und nach einer halben Stunde konnten wir essen.
Frank fragte Ben, wie es bei Tassilo war, und Ben antwortete:
„Es war echt schön. Ich habe mich sehr gut mit seinen Eltern verstanden und wir haben viel Spaß gehabt. Tassilo hat mich förmlich auf Händen getragen."
„Wie war Silvester?", fragte ich.
„Silvester, hatten wir Silvester? Hab ich gar nicht gemerkt! Wir
waren nur selten außerhalb seines Bettes!", sagte Ben und schmunzelte verschmitzt.

„Mein Silvester fiel dieses Mal aus. Ich durfte nicht nach Hause, aber komischerweise wurde ich zwei Tage später aus der Klinik entlassen", sagte Frank.

„Ja, in den Ärzten steckt man nicht drinnen!", sagte Ben und lachte.

„Nein, in den Ärzten nicht!", sagte Frank und schaute mich dabei an.

„Da hast du recht. Mir tut immer noch mein Arsch weh! Ups, habe ich das jetzt gesagt?", sagte ich und Ben blieben bald seine Nudeln im Hals stecken, dann lachten wir laut los.

„Du Schwein!", sagte Ben und ich schämte mich überhaupt nicht für meine Aussage.

Frank küsste mich und sagte:

„Ich liebe dich trotzdem!"


Es war himmlisch, endlich das Bett wieder mit Frank zu teilen. Ich gewöhnte mich immer mehr an den Gedanken, dass ich den Rest meines Lebens mit ihm verbringe und ihn heiraten darf.

Ich liebte in so und mein Vorhaben, dass ich ihn verlassen wollte, verblich immer mehr.

Ich dachte überhaupt nicht mehr darüber nach und war so glücklich wie noch nie.

Die nächsten Tage waren nur schön, wir lebten einfach in den Tag hinein und verbrachten die meiste Zeit, im Bett.

Am Dienstag fuhren wir nach Friedehorst, um Christian und Kevin zu besuchen.

Frank schaute sich die Klinik genau an und war begeistert. Er hatte zwar noch keine Zusage, aber es war klar, dass er in den nächsten Tagen auch hierherkommt.

Wir hatten viel Spaß und machten, wie ich schon mal mit Ben, eine Schneeballschlacht, denn wir wussten ja, dass wir bei Christian duschen konnten.

Auf den Rückweg fuhren wir noch an einigen Autohäusern vorbei, um uns Autos für Frank anzuschauen. Er wollte unbedingt wieder einen BMW und hatte auch schon einen, im Auge. Er wollte wieder einen Kombi und dann mit allen Extras.

Gut, er konnte sich das leisten, aber ich fand einige Sachen schon überflüssig.

Er war so heiß auf das Modell, dass er sich sofort einen bestellte. Die Lieferzeit betrug circa fünf Wochen, was Frank aber in Ordnung fand.

Wir fuhren danach noch einkaufen und ich verstaute die Sachen, als wir zu Hause waren, im Kühlschrank, dann kam Frank, mit einem Brief, in die Küche, den er grade aus dem Briefkasten geholt hatte.

„Schau mal Hase, ein Brief aus Friedehorst!"

„Na, das passt ja, da kommen wir ja gerade her!", sagte ich.

Er riss ihn auf und las ihn.

„Das ist die Zusage zu meiner Reha."

„Wann?", fragte ich.

„Zum 11. Januar, das ist schon Montag!?"

„Ja, das passt ja, schon wieder. Ich fange an diesem Tag wieder an zu arbeiten und ich hätte dann sowieso keine Zeit für dich."

„Aber ab dann bin ich so lange von dir getrennt!"

„Ja, das ist schon schlimm, aber ich komme dich, so oft wie möglich, besuchen und deshalb werden wir die Tage, die uns noch bis dahin bleiben, richtig auskosten."

Ich schmeichelte mich an ihm ran und gab ihn einen langen Kuss. Es dauerte nicht lange, da lagen wir wieder eng umschlungen im Bett.

# Kapitel 4

Ben war so lieb und brachte Frank nach Friedehorst. Um sieben Uhr standen wir an seinem Jeep und verabschiedeten uns.
Mir fiel es so schwer, ihn ziehen zu lassen, und ich küsste ihn immer wieder.
Ben drängte und er stieg in den Wagen.
Als sie abfuhren, kamen mir die Tränen, und mein Herz war so schwer.
Ich ging wieder nach oben und konnte nur noch an Frank denken. Ich vermisste ihn jetzt schon!

Ich fuhr gegen acht Uhr in die Firma. Es war schon ein komisches Gefühl, heute Franks Job zu übernehmen, und ich hoffte, dass ich nicht versagte.
Frank hatte mir schon viele Tipps gegeben und ich konnte ihn immer anrufen,
wenn es zu Problemen kommt, aber letztendlich stand ich allein vor dieser großen Aufgabe.
Mein Chef fuhr, mit mir gleichzeitig, auf das Gelände.
Er begrüßte mich und sagte:
„Schön, dass ich Sie jetzt schon treffe. Kommen Sie erst mal mit in mein Büro."
Ich folgte ihm und setzte mich, ihm gegenüber, an seinen Schreibtisch.
Er war über massig gut gelaunt und überschlug sich fast vor Freundlichkeit.
Er führte einige Telefonate und sagte dann:
„Wir können alle von Glück sagen, dass es Herrn Matz wieder gut geht. Ich war Donnerstag vor einer Woche bei ihm in der Klinik und wir haben uns gut unterhalten.
Wir haben lange über Sie geredet und Herr Matz war überzeugt, dass Sie der Richtige für diesen Job sind."
„Danke, ich hatte auch einen guten Lehrmeister!", sagte ich.

„Herr Matz ist mit Abstand mein bester Mitarbeiter und seitdem er im Krankenstand ist, türmen sich die Probleme. Das spricht doch für ihn, oder?", sagte mein Chef überschwänglich.

„Ja, es ist bewundernswert, mit wie viel Geduld und welcher lieben Art er mit den Kunden umgeht", sagte ich.

Mein Chef zeigte auf ein Stapel Akten und sagte:

„Das sind unsere Problemfälle, die äußerste Prioritäten haben. Sie alle wollen kündigen, weil wir nicht in der Lage waren, ihre Probleme zu lösen. Ich bitte Sie inständig, sich, mit aller ihrer Kraft, hinter diese Fälle zu setzen und die Kündigungen abzuwehren."

„Ich werde mein Bestes geben, aber allein ist das kaum zu schaffen!", sagte ich, während ich die Akten überflog.

„Das sollen Sie auch nicht! Ich werde Ihnen Herrn Seifert, aus der Buchhaltung, zur Seite stellen. Er ist neu in unserer Firma und, wie ich finde, sehr kompetent in Sachen Kundenkontakt. Er hat, an seiner letzten Arbeitsstelle, schon als Kundenbetreuer gearbeitet und ich möchte ihn auch hier in Ihrer Abteilung integrieren."

„Okay, ich werde mich schon mit ihm verstehen", sagte ich und wie der Zufall es so will, klopfte es an der Bürotür. Mein Chef sagte: „Herein" und Frau Berger, die Sekretärin schaute ins Zimmer.

„Herr Seifert wäre nun da", sagte sie und mein Chef bat ihn herein. Ein junger, schwarzhaariger, schlanker, aber breitschultriger Mann, betrat das Büro. Seine Größe schätzte ich auf 1,90 m, er war ungefähr 25 Jahre alt und war sehr gepflegt.

Er war freundlich und gab uns beiden die Hand.

„Das ist Herr Klier, von dem ich Ihnen erzählt habe. Sie werden ihn direkt unterstellt sein und ihn in jeder Hinsicht unterstützen. Ich möchte, dass Sie sich, mit all Ihrem Können, in dieses Projekt einbringen und erwarte absolutes Vertrauen von Ihnen", sagte mein Chef zu Herrn Seifert.

Ich musste ein wenig schmunzeln, weil er mich in diesem Moment an einen Mann erinnerte, der mal im Dritten Reich gelebt hatte. Nach fünf bis sechs, sagen wir mal, guten Ratschläge später verließen wir mit dem Stapel Akten das Büro und gingen in die Verkaufsabteilung.

Wir begrüßten die Kollegen und wollten gerade unsere Schreibtische einrichten, da stürmte Frau Berger in den Raum und sagte: „Sie können gleich wieder zusammenpacken und dann mit mir mitkommen."

Wir liefen hinter ihr her bis an das Ende des Flures. Sie öffnete eine Tür und ließ uns herein.

Wir betraten ein völlig neu ausgestattetes Büro.

An den Wänden hingen Landkarten und an der großen Fensterfront standen sich zwei Schreibtische gegenüber.

In der rechten, hinteren Ecke stand eine Sitzgruppe aus schwarzem Leder und an der linken Wand erhob sich ein großer Aktenschrank.

„Ist das für uns?", fragte ich völlig überrascht.

„Ja, eigentlich sollte es eine Überraschung für Sie und Herrn Matz sein. Das neue Büro sollte schon im Dezember bezogen werden, aber da ist ja die dumme Sache, mit dem Unfall, dazwischengekommen. Wir dachten, das ist der richtige Zeitpunkt, es jetzt zu beziehen", sagte sie freundlich.

„Das war doch mal unser Kommunikationsraum, oder?", fragte ich.

„Ja, der ist jetzt auf der anderen Seite des Flurs, da, wo früher mal das Materiallager war. Das stand ja schon Jahre leer", sagte die Sekretärin, „ich hoffe, ihr fühlt euch hier wohl?"

„Ja, danke! Ich bin begeistert! Womit haben wir das verdient?", fragte ich.

„Na ja, sagen wir mal so. Dem Chef liegt das Wohl unserer Kunden sehr am Herzen."

Sie erklärte uns noch ein paar Kleinigkeiten und verließ dann das Büro.


„Boo, was für ein Büro!", sagte Marcel, dann wir schauten uns erst mal richtig um.

Es war ganz in Schwarz-Weiß gehalten und fast schöner als das Chefbüro.

Es hatte eine große Fensterfront mit einem kleinen Balkon.

Die Schreibtische waren aus Milchglas und auf ihnen standen zwei PCs der neusten Generation.

Nach der ersten Euphorie machten wir uns an die Arbeit.

Ich weiß nicht, was die Kollegen in den letzten Wochen mit den Kunden gemacht haben.

Wir lasen Schriftwechsel, die durchaus bösartig waren, Zahlen, die hinten und vorne nicht stimmten, und Kündigungen, die durchaus gerechtfertigt waren, denn so hätte ich mich auch nicht behandeln lassen.

„Da steht uns keine leichte Aufgabe bevor", sagte ich zu Marcel, der nur den Kopf schüttelte.

Wir erstellten einen Plan, zuerst mal für diese Woche, wie und wann wir die Kunden besuchen wollten, und vereinbarten telefonisch einen Termin mit ihnen.

Dabei achteten wir darauf, dass die wichtigsten Kunden am Anfang der Liste standen.

Ich freute mich, weil wir am Freitag den ganzen Tag in Bremen unterwegs wären und ich dann meinen Frank wiedersehen konnte.

Ich fragte Marcel:

„Ist das in Ordnung, wenn wir nach den Kundenbesuchen Frank Matz besuchen, der ist gerade in Friedehorst zur Reha. Er freut sich bestimmt und dann kannst du ihn auch mal kennenlernen."

„Das können wir schon machen, denn Freitag habe ich noch nichts vor."

„Okay, dann sage ich ihm Bescheid."

Ich grinste und dass ich mich freute, war wohl offensichtlich.

Das merkte auch Marcel und sagte:

„Ich weiß zwar, dass Herr Matz der Chef von dieser Abteilung ist, aber nach deinem Gesicht zu urteilen, sehe ich, dass da noch mehr ist. Seid ihr befreundet?"

Wir kannten uns erst ein paar Stunden und normalerweise würde ich mit ihm noch nicht so früh darüber sprechen, aber ich dachte so bei mir:

„Da er ihn am Freitag kennenlernt und ich mich dann nicht verstecken will, werde ich ihm das jetzt erzählen!"

„Das ist mein Verlobter!"

Dabei fiel mir auf, dass es das erste Mal war, dass ich von meinen Verlobten sprach.

Marcel schaute mich zuerst entgeistert an und ich wartete auf seine Reaktion.

Nach einigen Augenblicken sagte er dann:

„Das ist doch ein Witz!"

Ich wusste erst gar nicht, wie ich mit seiner Aussage umgehen sollte und wollte mich grade wieder an die Arbeit machen, da stand er auf und fragte:

„Du bist schwul?"

„Ja, hast du ein Problem damit?", fragte ich vorsichtig.

„Ich komme aus dem tiefsten Hunsrück und meine Freunde haben mir gesagt, Celle ist so konservativ, da findest du bestimmt keine Homos und ich kann hier hingehen, wo ich will, überall finde ich nur schwule Männer!"

„Wir müssen ja keine Freunde werden", sagte ich fast beleidigt.

„Nein, du verstehst mich falsch. Ich hatte schon Angst, dass ich hier auf keine Schwulen treffe. Ich bin auch schwul. Was für ein Paradies!", sagte er, setzte sich wieder hin und lehnte sich zufrieden zurück.

„Da bin ich ja froh, dass wir das geklärt haben", sagte ich und lachte, dann reichte ich ihm meine Hand und sagte:

„Auf gute Zusammenarbeit!"

Er schlug ein und machte sich wieder mit einem breiten Lächeln an die Arbeit.

Wir bereiteten uns intensiv auf die morgigen Besuche vor und merkten gar nicht, dass es schon 20 Uhr war, als wir die PC ausschalteten.

Ich fuhr in meine Wohnung. Im Penthouse fühlte ich mehr und mehr unwohler und an diesem Morgen hatte ich da allein richtig Panik. Ich musste sehen, dass ich da rauskomme. Ich hoffte, dass es mit meiner Angst doch endlich mal ein Ende hat und ich wieder ein normales Leben führen kann. Ich brauchte ja nur auf Christians Tür zu schauen und ich konnte dann nicht mehr klar denken.

Zuerst rief ich Frank an und berichtete ihm von meinen ersten Tag in der Firma.

Er war begeistert von einem neuen Büro, aber er sagte, dass der Chef schon vor Monaten so was angedeutet hatte, aber er hatte nicht daran geglaubt, dass er es auch wirklich umsetzt.

Ich erzählte ihn auch von unserem neuen Kollegen Marcel, der auch auf Männer steht.

Er reagierte ein wenig eifersüchtig und sagte, dass er sich ihn zur Brust nehmen würde, wenn er versucht, mich anzubaggern.

Das war für mich ein Liebesbeweis und mir wurde ganz warm ums Herz.

Dann erzählte er mir, dass er heute viel Spaß mit Christian und Kevin hatte und er mich grüßen soll.

Ich bedankte mich und sagte, dass ich ihn am Freitag besuchen komme, weil die Kunden, die wir besuchen, ganz in seiner Nähe sind.

Er freute sich tierisch und sagte, dass er aber erst um 14 Uhr frei hat, was ich dann später auch in meiner Planung berücksichtigte.

Ich ging nach dem Telefonat dann auch gleich zu Bett, denn ich wusste, dass der nächste Tag, sehr hart werden würde.

Die ganze Woche war anstrengend.

Wir besuchten einen Kunden nach dem anderen und es war schwer, die verzwickten Probleme zu lösen, aber dank Marcel, der sich als Konversationsgenie herausstellte und die Kunden quasi um die Finger wickelte, ging alles um einiges leichter.

Ich war froh, dass die Woche herum war, gerade weil wir keinen Abend vor 21 Uhr aus dem Büro kamen und wir gegen 15 Uhr vor der Klinik, in „Friedehorst" standen.

Frank kam mir schon entgegen und nahm mich sofort in seine Arme, dann gab er mir einen langen, langen Kuss.

Ich war sehr froh, ihn zu spüren, und ich sagte:

„Ich habe dich so vermisst!"

„Ich dich auch! Ich war schon ein paarmal vorne an der Straße und konnte es gar nicht abwarten, bis du kommst", sagte er und küsste mich immer wieder.

„Wo ist dein Kollege?", sagte er etwas mürrisch.

Jetzt bemerkte ich erst, dass Marcel noch im Auto saß. Ich rief ihn zu uns, worauf Marcel langsam und verschüchtert aus dem Auto stieg. Mit zitternder Stimme begrüßte er Frank und stellte sich vor.

Frank war sehr kurz angebunden und ließ ihn dadurch seine Eifersucht, spüren.

Nach einer Handbewegung folgten wir Frank, der uns zu Christians Zimmer brachte. Ohne anzuklopfen, öffnete er einfach seine Tür und stürmte rein.

„Schaut mal, wer endlich da ist?", sagte er laut und erwischte die beiden, eng umschlungen und küssend, auf dem Bett.

„Kannst du nicht anklopfen?", sagte Christian ernst.

„Tut mir leid. Kommt nie wieder vor."

Sie stiegen aus dem Bett und begrüßten mich, dann stellte ich ihnen Marcel vor, der immer schüchterner wurde.

Später, als Frank, Christian und Kevin sich abmeldeten, um mit uns essen zu gehen, fragte er kleinlaut:

„Das ist dein Freund?"

„Mein Verlobter," verbesserte ich ihn, „ist er nicht toll?"

„Toll? Er ist göttlich!", und hatte einen sinnlichen Blick im Gesicht.

„Hey, das ist meiner!", sagte ich mahnend.

„Ja, ja, du brauchst keine Angst zu haben. Es soll auch deiner bleiben. Ich nehme ihn dir schon nicht weg, aber warum hast du mir nicht erzählt, dass er so gut aussieht?"

Ich zuckte nur stolz mit der Schulter und ging schon mal auf den Klinikvorplatz, um auf die drei zu warten.

„Und warum hast du mir nicht von deinen auch schwulen Freunden erzählt?"

„Weil das für mich normal ist, Freunde zu haben, und dass sie nun mal schwul sind, muss man ja wohl nicht extra sagen oder glaubst du, jeder läuft durch die Gegend und schreit laut seine geschlechtliche Orientierung in die Walachei?", sagte ich genervt.

Ich war froh, dass sie endlich vom Abmelden kamen und ich nicht mehr diesen Fragen ausgesetzt war. Nur leider steht mir noch die Heimfahrt mit ihm bevor und ich befürchtete Schlimmes.

Frank fasste mich lächelnd um und wir gingen alle wieder zum Italiener, der uns schon bei den letzten beiden Malen gut geschmeckt hatte. Nach dem Essen setzten Frank und ich, uns von den anderen ab und spazierten durch den Kurpark. Es war immer noch alles schneeweiß und es war herrlich, allein mit Frank, durch den dicken Schnee zu stapfen.

„Ich liebe dich!", sagte ich immer wieder zu ihm.

Und als ich es zum fünften Mal wiederholte, sagte er lachend:

„Ja, ich weiß es mittlerweile! Hast du irgendwas?"

„Nein, ich hab nur Angst, dass Marcel dich mir wegnimmt."

„Hat er das gesagt, dass er das will?"

„Nein, er hat aber angedeutet, dass er dich toll findet."

„Na, das ist doch ein Kompliment für dich, dass du so einen hübschen, zukünftigen Mann hast!", sagte er mit gespielter Eitelkeit.

Nach einigen Sekunden merkte ich seine Ironie und bückte mich, um einen Schneeball aufzuheben und ihn damit zu bewerfen.

Frank hob seine Arme und sagte flehend:

„Bitte, das war nur ein Scherz!"

Ich formte grinsend den Ball in meinen Händen und bewarf ihn damit.

Ich traf ihn direkt in seinem Gesicht. Er wischte sich den Schnee aus seinen Augen und rief dann laut:

„Rache!"

Dann seifte er mich mit einem großen Klumpen so doll ein, dass ich rücklings in den weichen Schnee fiel. Kaum lag ich, stürzte er sich auf mich und dann kam die nächste Ladung, bis ich laut rief:

„Ich ergebe mich! Bitte höre auf!"

Er lachte und küsste mich dann.

Ich spürte seinen Schwanz, der leicht an meinen drückte, dann schaute er mir tief in meine Augen und sagte:

„Ich könnte es jetzt auf der Stelle, mit dir treiben!"

„Ich auch und ich hoffe, dass du nächstes Wochenende nach Hause kommen kannst, dann bekommst du davon mehr, als dir lieb ist", sagte ich schelmisch.

„Ich kann es gar nicht abwarten", sagte er und küsste mich wieder.

Total durchgefroren, kamen wir in der Klinik an und waren froh, dass wir uns gleich unter die heiße Dusche stellen konnten. Wir mussten uns ziemlich bremsen, um nicht hemmungslos los zu vögeln, denn Marcel wartete schon auf mich, um wieder zurückzufahren.

Es war ein richtig schöner Nachmittag, wovon ich noch tagelang zehrte.

Alle drei standen Spalier, als wir vom Klinikparkplatz fuhren und mir kamen die Tränen, denn ich wusste, dass ich ihn erst in acht langen Tagen, wiedersehen würde.

Der Samstag war die Hölle für mich. Ich war allein und ich hatte nichts Besseres zu tun, als endlich die Weihnachtsdekoration im Penthouse abzubauen und alles wieder in den Keller zu verfrachten.

Ich war gerade fertig, den gröbsten Dreck aufzufegen, und wollte gerade zu mir nach Hause fahren, da klingelte es an der Tür.

Ich machte auf und zu meiner Freude stand Ben lässig an dem Pfosten gelehnt da und sagte:

„Na, du treulose Tomate!"

Ich sprang ihn sofort um den Hals und küsste ihn im ganzen Gesicht.

Ich freute mich wirklich und zog ihn hinein. Er setzte sich auf das Sofa und ich öffnete eine Flasche Rotwein.

Wir stießen an und tranken auf einen schönen Abend.

Er wurde wirklich schön, denn wir quatschten bis tief in die Nacht.

Ich war froh, mal einen normalen Menschen um mich zu haben, und ich erzählte ihn von der letzten Woche. Er hörte aufmerksam zu und gab hier und da seinen Kommentar dazu.

„Bringt dir dein neuer Job Spaß?"

„Ja sehr viel Spaß sogar. Ich habe bis jetzt nur Erfolge und komme mit den Kunden wunderbar aus. Wenn nur Marcel nicht wäre. Hab ich dir eigentlich von ihm erzählt? Er ist mir als Assistent zu Seite gestellt worden, aber ich kann ihn nicht ab."

„Wieso, ist er so schlimm?"

„Schlimmer! Er stellt nervige Fragen. Es kommt mir vor, als hätte er noch nie einen anderen Schwulen kennengelernt."

„He, ist er denn auch schwul?", fragte er erstaunt.

„Ja und jetzt möchte er alles über die Homosexualität wissen, als hätte er noch nie einen getroffen."

„Vielleicht hat er das auch noch nie. Was sagtest du, wo kommt er her?"

„Ich sagte noch nichts, aber er kommt aus dem Hunsrück."

„Na schau, vielleicht hat er wirklich noch keinen getroffen, denn die Gegend ist ja nun nicht Köln und ich glaube auch sehr konservativ."

„Ja, mag schon sein, aber es nervt trotzdem schon sehr. Dazu kommt noch, dass er Frank gut findet."

„Ist doch schön, wenn sie sich verstehen. Er muss ja vielleicht mal, mit ihm zusammenarbeiten."

„Das wäre schön, wenn es nur das wäre, aber er ist bald zusammengebrochen, als er Frank das erste Mal gesehen hat, und guck dir Marcel mal an. Er ist jung und sieht sehr gut aus. Und wie sehe ich aus?"

„Lasse dir das nie einreden, dass du hässlich bist, denn das ist nicht so. Ich glaube, es fehlt dir ein wenig an Selbstbewusstsein, oder?"

„Vielleicht, aber ich bin so eifersüchtig und ich habe solche Angst!"

„Hast du darüber mit Frank gesprochen?"

„Ja!"

„Und was hat er gesagt?"

„Er hat nur gesagt, dass es ein Kompliment für mich ist, so einen hübschen, zukünftigen Mann zu haben."

Ben musste lachen. Mir war da überhaupt nicht zumute nach und schmollte.

„Entschuldige Kleiner, ich wollte dich nicht beleidigen. Pass mal auf! Erstens bist du nicht hässlich, im Gegenteil, du kannst dich echt sehen lassen und zweitens liebt Frank dich so sehr, dass er gar nicht daran denken wird, dich einzutauschen. Das hat er mir, auf den Weg nach Friedehorst, noch mal bestätigt, indem er sagte, dass er so froh ist, diesen Schritt gemacht zu haben."

Ich musste lächeln und mir wurde richtig warm ums Herz, dann sagte ich:

„Du hast ja recht. Ich bin viel zu empfindlich und muss endlich lernen, dass er es wirklich erst mit mir meint."

„Siehst du, das wollte ich von dir hören, aber du hast mich neugierig gemacht. Wie wäre es, wenn ich euch, nächstes Wochenende, auf die Insel Amrum einlade."

„Amrum?", sagte ich erstaunt.

„Ja, das ist eine kleine Insel, in der Nordsee."

„Ja, das weiß ich auch! Ich wollte nur wissen, warum gerade Amrum?"

„Weil mein Vater dort eine Ferienwohnung hat, und ich war schon ewig nicht mehr da", sagte er und schaute mich bittend an.

„Warum eigentlich nicht! Frank darf nächstes Wochenende nach Hause, das hat er mir vorhin noch am Telefon gesagt. Er hätte bestimmt nichts dagegen und Christian und Kevin müssten wir noch fragen. Bekommst du uns denn da alle dort unter?"

„Wenn wir alle ein bisschen zusammenrücken, wird es schon gehen."

„Mich wundert in diesem Freundeskreis gar nichts mehr. Ich würde es auch mit einem Augenzucken hinnehmen, wenn einer kommen würde und er uns in sein geheimes Schloss einladen würde", dachte ich und wandte mich wieder Ben zu.

„Wann wollen wir denn los?", fragte ich ihn.

„Freitagmittag wäre schon gut, sodass wir um 15 Uhr die Fähre erwischen. Tassilo und ich fahren auf jeden Fall. Also ihr müsstet es euch überlegen."

„Ja, aber das ganze Wochenende mit Marcel? Ich glaube, das überlebe ich nicht! Ich muss mich schon die ganze Woche, mit ihm, herumschlagen."

„Komm, ich bin doch auch noch da. Ich werde dich schon beschützen!"

„Danke, du bist so süß. Na gut, dann rufe ich ihn morgen an und frage ihn."

„Schön und um die anderen kümmere ich mich. Warte ab, das wird bestimmt toll", sagte er und nahm mich in seinen Arm.

„Ich möchte gerne, heute Nacht, mit dir kuscheln", fragte er und schaute mich grinsend in die Augen.

„Ja gerne aber nicht hier. Lass uns zu mir, in meine Wohnung, fahren."

„Warum, es ist schon spät?"

„Weil ich hier nicht schlafen kann! Diese Wohnung macht mir Angst!"

„Aber hier ist doch gar nichts Unheimliches?"

„Ich weiß und ich kann es auch nicht erklären. Lass uns los, ich war schon viel zu lange hier!"

„Okay, wir machen das, was du willst, aber ich hätte hier keine Angst."

„Bitte Ben, lass uns das Thema wechseln, ja?"

„Alles klar, ich sage schon nichts mehr!"

Wir fuhren dann zu mir nach Hause und gingen auch gleich ins Bett. Es war mal wieder richtig schön, neben ihm zu schlafen. Er roch so gut und seine Haut war so weich, aber mehr als Kuscheln war in dieser Nacht nicht.

Am nächsten Tag rief ich gleich morgens Marcel an und fragte ihn, ob er Lust hätte, am Wochenende mit nach Amrum zu kommen, der natürlich keine Sekunde nachdachte und sofort zusagte.

Ich hoffte, dass ich nicht, mit dieser Aktion, einen Fehler gemacht habe, aber da musste ich jetzt durch und Ben hatte mir ja versprochen, dass er auf ihn aufpasst.

Also jetzt gibt es sowieso keinen Weg mehr zurück.

Frank fand das zwar etwas komisch, dass Marcel mitkommt, aber er fragte auch nicht weiter nach.

Die Woche war für mich noch schwerer, denn jetzt kamen noch mehr Fragen von Marcel und ich wurde beinah wahnsinnig. Alle Fragen bezogen sich nur auf Frank.

Wie alt ist er, wo ist er geboren, wie lange kennt ihr euch usw.

Ich war schon so weit, Ben anzurufen, um Marcel abzusagen zu können, aber das wollte ich nicht.

Ich konnte nur hoffen, dass Frank nicht auf ihn anspringt, denn das würde ich nicht überleben.

Am Donnerstag, nach einem Kundenbesuch, kam es zwischen Marcel und mir zu einem heftigen Streit und mir platzte regelrecht der Kragen. Ich fuhr so aus meiner Haut, dass die Kollegen in den anderen Büros an der Tür klopften, um zu fragen, ob alles bei uns in Ordnung ist.

Ich wurde so beleidigend, dass es mir später richtig leidtat. Wir hatten bis spät in die Nacht eine lange Aussprache und wir kamen dann wieder so weit ins Lot, dass wir am Freitag wenigstens das Allernötigste besprechen konnten.

Ansonsten war Funkstille zwischen uns.

Ich war froh, dass wir diesen Tag keinen Kunden hatten.

Wir planten nur kurz die nächste Woche, um dann pünktlich Feierabend zu machen. Dabei berücksichtigten wir, dass wir keine Besuche am Montag ansetzten, falls irgendetwas, auf Amrum, dazwischenkommt.

Pünktlich um 12 Uhr fuhren wir zu Ben, der mit Tassilo schon vor seiner Tür stand und auf uns wartete. Ich freute mich, Tassilo wiederzusehen, und erdrückte ihn förmlich vor Freude.

Er roch an mir und sagte:

„Mhm, was riechst du wieder gut. Da muss ich an diesem Wochenende aber mehr von haben."

Ich roch an mir runter und überlegte, wann ich denn das letzte Mal ..., dann fiel mir ein, dass ich mir, diesen Morgen, noch einen runtergeholt hatte, bevor ich zur Arbeit fuhr.

Ich hatte die ganze Nacht an Frank gedacht und konnte es überhaupt nicht mehr abwarten, bis ich ihn, heute Nachmittag, wiedersehe.

Anscheinend hat er wohl eine Nase dafür und konnte mein schmutziges Handeln riechen.

„Du duschst die nächsten zwei Tage nicht, das ist schon mal sicher!", sagte Tassilo mir leise in mein Ohr. Ich merkte, dass ich rot wurde, und sagte:

„Ich glaube nicht, dass es Frank gefallen wird, wenn ich mich tagelang nicht wasche."

Tassilo lachte und knuddelte mich noch mal.

Ich stellte den beiden Marcel vor, der natürlich sehr angetan von ihnen war.

Ben beobachtete ihn ganz genau und grinste dabei. Leider konnte ich das zu diesem Zeitpunkt noch nicht einschätzen, was er wollte, denn wäre ich vielleicht ein wenig beruhigter gewesen. Dann ging es los. Marcel fuhr mit mir und Tassilo natürlich mit Ben.

Die erste Stunde der Fahrt redeten wir kein Wort miteinander, was mir auch sehr recht war, dann konnte ich über Bens Reaktion und über einiges anderen nachdenken.

„Was wird mir das Wochenende bringen? Hab ich danach noch meinen Verlobten?"

Ja, ich weiß. Ich sah da damals einfach zu schwarz. Das liegt aber daran, dass mein Selbstwertgefühl noch zu sehr angekratzt war. Ich schob aber dann meine dunklen Gedanken weg und beschloss, alles auf mich zukommen zulassen.

„Freust du dich, auf das Wochenende?", sprach ich Marcel an und brach damit das Eis zwischen uns.

„Ja, ich habe aber allerdings fest damit gerechnet, dass du mir, nach unserem Streit, absagst."

„Das hast du nur Ben zu verdanken, denn wenn es nach mir gegangen wäre, hätte ich dich nicht mitgenommen, aber er wollte dich unbedingt kennenlernen. Da muss ich jetzt eben durch", sagte ich genervt.

„Was hast du eigentlich gegen mich?"

Ich wollte erst über meine Antwort nachdenken, aber es stürzte aus mir hinaus:

„Nichts! Ich will nur nicht, dass du dich Frank, bis auf ein paar Meter, näherst."

„Glaubst du, dass ich dir Frank wegnehmen will? Ist es das, worüber wir uns die ganze Woche streiten? Ich will nichts von Frank, obwohl er ein süßer Kerl ist. Hast du das noch nicht gemerkt? Ich habe mich in dich verliebt! So jetzt ist es raus", sagte Marcel entschieden.

Ich war fassungslos und so geschockt, dass ich kurzzeitig die Kontrolle über den Wagen verlor. Wir kamen ins Schlingern, bekam ihn aber gleich wieder in den Griff.

Ben, der hinter mir fuhr, betätigte sofort die Lichthupe. Ich gab ihn aber mit einer Handgeste zu verstehen, dass alles in Ordnung ist. In Wahrheit schlug mir das Herz aber bis in den Hals und erst nach einer langen Pause, sagte ich ungläubig und stotternd:

„Du – in – in mich – verliebt?"

„Ja, ich wollte es dir eigentlich nicht sagen, weil du doch mit Frank zusammen bist, aber nach unserem Streit gestern merkte ich, dass ich es dir sagen muss, bevor wir uns, in der Firma, die Köpfe einschlagen. Ich weiß, dass du Frank liebst, denn das habe ich doch letzten Freitag gesehen und mir ist es bewusst, dass ich keine Chance bei dir habe, aber ich kann einfach nicht aus meiner Haut. Das ist es ja, was mich verrückt macht."

„Und was ist mit Frank und den vielen Fragen?"

„Ich wollte damit nur, von meiner Liebe zu dir, ablenken!"

Er war ziemlich nervös, aber ich konnte darauf keine Rücksicht nehmen.

Ich sagte dann:

„Marcel, auch wenn es jetzt hart für dich klingt, ich bin nicht in dich verliebt. Du bist noch nicht mal mein Typ. Es tut mir sehr leid für dich!"

Worauf er seinen Kopf senkte und sagte:

„Ich weiß, das habe ich schon gemerkt, aber die Hoffnung stirbt immer zuletzt."

Ich sagte erst mal nichts dazu. Das gab mir auch Zeit, in mich hineinzuhorchen, aber mein Inneres hegte keinerlei Gefühle für Marcel. Da war ich mir sicher.

Frank, Christian und Kevin fuhren, mit dem Zug, nach Hamburg, wo wir sie am Hauptbahnhof trafen.

Ich sah die drei sofort. Sie standen am Haupteingang, der Wandelhalle, und winkten, als sie uns entdeckten. Mir wurde richtig warm ums Herz, als ich Frank sah und ich kam gar nicht so schnell aus dem Auto, wie ich wollte, um ihm um den Hals zu fallen und seine Lippen auf meinen zu spüren.

Es war herrlich, in seinen Armen zu liegen und seinen wunderbaren Duft zu schnuppern.

Nach einiger Zeit nahmen wir uns alle in die Arme, außer Marcel, der blieb mal wieder im Auto sitzen. Ich forderte ihn auf, auszusteigen, was er dann auch tat. Wir nahmen ihn in unserer Gruppenumarmung auf, was ihn sehr freute.

Danach nahm ich Ben zu Seite und zu ihm:

„Weißt du, was Marcel mir gerade gestanden hat?"

„Nein, was?"

„Seine Liebe, zu mir."

„Was, ich denke, er wollte etwas von Frank?"

„Ja, das dachte ich auch, aber er wollte damit nur von mir ablenken."

Er schaute mich ungläubig an und nach einem Augenblick sagte er, mit einem breiten Lächeln:

„Christoph, du wirst immer mehr zu meinem Casanova!"

Ich fand das gar nicht witzig und als er das merkte, meinte er:

„Komm, du bist doch mein bester Freund und du weißt, dass du mit diesem Problem nicht alleine bist, oder? Lass uns erst mal auf der Insel sein, dann sehen wir weiter."

„Danke Ben, dass ich dich habe. Mir wächst das nämlich alles über den Kopf."

„Ehrensache! Wir werden das Kind schon schaukeln."

Ich war froh, dass ich, nach diesem Erleben, nicht weiterfahren musste.

Christian hatte mich gebeten, mit seinem BMW zu kommen, weil er ihn, nach dem Wochenende, mit nach Friedehorst nehmen will.

Er strahlte, als er sich ans Steuer setzte, und war so glücklich, als er losfahren konnte.

Frank und ich machten es uns auf der Rückbank gemütlich, da hatten wir wenigstens unsere Ruhe.

Marcel blieb vorne auf dem Beifahrersitz und ich war erleichtert, dass sich zwischen Christian und ihm ein Gespräch entwickelte. Dann konnte ich mich beruhigt um Frank kümmern, was Marcel absolut nicht passte. Er schaute immer wieder zu uns nach hinten und man sah die pure Eifersucht in ihm, wenn wir uns küssten.

Auf der Fähre nahm mich Ben zurück und sagte:
„Ich habe über das Ganze noch mal nachgedacht und bin zur Erkenntnis gekommen, dass du es, auf jeden Fall, Frank sagen musst. Erstens hat das mit Vertrauen zu tun und zweitens denkt er immer noch, dass Marcel in ihn verliebt ist. Wenn du ihn nicht einweihst, blamiert er sich noch bis auf die Knochen."
„Ja, ich glaube, du hast recht. Das wird wohl das Beste sein, sonst denkt er noch, ich habe was mit ihm, wenn er es, über Dritte, herausbekommt."
„Genau, das ist noch ein wichtiger, weiterer Grund. Soll ich dir dabei helfen?"
„Danke, aber ich glaube, das kriege ich alleine hin."
„Okay, ich glaube auch, dass du das schaffst. Hältst du mich auf dem Laufenden?"
„Klar!"
Er schlug mir auf meine Schulter und denn gingen wir wieder zu den anderen.

Nach zwei Stunden erreichten wir Wittdün, auf Amrum. Wir fuhren dann, auf der Inselstraße, Richtung Norden und nach drei Kilometern bog Ben links ab, direkt in die Dünen. Es war herrlich, durch die schneebedeckten Sandberge zu fahren. Es sah wie eine Mondlandschaft aus und ich konnte mich überhaupt nicht sattsehen, so schön sah es aus.
Nach weiteren 500 Metern gelangten wir an ein großes Tor. Ben sprang aus seinem Wagen und öffnete es.
Hinter dem Tor führte ein Weg auf eine Düne hinauf und auf der Düne stand ein großes, friesisches Holzhaus.
Frank und ich schauten uns an und sagten gleichzeitig:
„Klar eine Ferienwohnung!"

Vor dem Haus stiegen wir alle aus und schauten in das verschämte Gesicht von Ben, der sagte:

„Herzlich willkommen in meiner kleinen, bescheidenen Ferienwohnung."

Ich lachte höhnisch und sagte:

„Ha, ha! Klar, warum habe ich auch geglaubt, dass wir hier eine Ferienwohnung vorfinden. Bei meinen Freunden muss es mindestens eine Villa sein, da hätte ich auch früher darauf kommen können."

Ben nahm mich in seine Arme und sagte:

„Tut mir leid, ich wollte euch doch nur ein bisschen foppen. Ich hoffe, ihr seid mir nicht böse?"

„Böse, das ist gar kein Ausdruck. Eigentlich müssten wir, auf der Stelle, zurückfahren, wenn das nicht so ein geiles Haus wäre. Kommt, lasst uns ein paar schöne Tage haben", sagte Tassilo begeistert, dann ging Ben voran, schloss die kleine Hütte auf und zeigte uns die Räume.

Es gab so viele Schlafzimmer, sodass jeder Einzelne eines haben hätte können.

Das ganze Haus war urgemütlich und friesisch eingerichtet.

Die Wohnstube hatte einen Riesenkachelofen, der schon schön warm war und die Räume ordentlich einheizte.

Ben wies jeden von uns die Schlafräume zu, was ich richtig gut fand, denn sonst hätten sie sich um das beste Zimmer geprügelt.

Wir waren, mit der Belegung, als Letztes dran.

„Für meine besten Freunde, auch das beste Zimmer", sagte Ben und öffnete uns die Tür.

Es lag ganz oben im Dachgiebel und hatte eine riesige Fensterfront.

Es war alles aus Holz und es hatte ein riesiges Himmelbett aus blau bemaltem Holz.

Das Bad, was gleich dem Zimmer angeschlossen war, hatte eine große Badewanne, wo man auch hätte zu dritt baden können.

Die Armaturen waren aus Gold und sahen deshalb ein wenig kitschig aus.

„Tja, das war noch der Geschmack meiner Mutter und ich kann sie deswegen einfach nicht rausschmeißen", sagte Ben.

„Das macht überhaupt nichts und irgendwie spiegelt das ja auch unsere Zuneigung wider, oder?"
„So habe ich das noch gar nicht gesehen!", sagte Ben.

Wir nahmen Ben in die Arme und sagten:
„Womit haben wir das nur verdient. Ben, du bist so lieb zu uns!", sagten wir.
„Womit ihr das verdient habt? Ich glaube, ihr wisst, warum. Durch euch habe ich jetzt wieder Freunde! Denkt mal darüber nach. Nun kommt erst mal an und lebt euch ein. Gegen acht Uhr gib es Essen", sagte er und verließ, gerührt, das Zimmer.

Wir schmissen uns gleich aufs Bett und küssten uns zärtlich.
Frank lag, mit seinem Gewicht, ganz auf mir und wir schmusten, was das Zeug hielt. Seine Lippen waren so heiß, dass ich dachte, meine Haut verbrennt, wenn er sie küsste.
Er fasste mir an meinen Gürtel und öffnete ihn.
„Wir wollten ja sowieso duschen, oder?", sagte er verschmitzt.
Ich lächelte und ließ mir meine Hose von ihm ausziehen.
Ich war so geil auf Frank, dass ich nur das eine von ihm wollte.
Ich schaute ihn, mit einem flehenden Blick, an und er verstand.
Jetzt legte er richtig los. Er riss mir förmlich die restlichen Kla-motten vom Leib und küsste mich am ganzen Körper.
Jetzt war er an der Reihe.
Er legte sich auf den Rücken und ich öffnete ihm langsam sein Hemd.
Er roch wie immer so geil, dass ich meine Nase an seine Brust presste und seinen Duft förmlich inhalierte. Danach befreite ich ihn von seiner Hose und legte mein Gesicht zwischen seine weit geöffneten Beine.
Ich konnte nicht mehr denken. Er steckte seinen riesigen Schwanz in meinen Mund und begann, ihn zu ficken.
Er schmeckte so gut und ich schwebte im siebten Himmel.
Ich wollte nie wieder hier weg.
Nach einiger Zeit zog er mich an sich hoch und leckte mein Gesicht.

„Ich will dich!", sagte er und drehte mich auf den Bauch, dann setzte er seinen Schwanz an und schob in hinein.

Er war so zärtlich und liebevoll zu mir, dass ich mich ganz und gar fallen lassen konnte. Ich ließ ihn machen und genoss seine Liebkosungen.

Er hielt immer wieder inne und ruhte sich auf mir aus.

Sein Schweiß lief mir in mein Gesicht und vermischte sich mit meinem.

Wir wurden förmlich eins an diesem Abend und es war ein so wunderbares Gefühl.

Dann plötzlich stieß er heftiger zu und zog ihn heraus, setzte sich auf meine Brust und steckte sein Schwanz wieder in meinen Mund.

Nach ein paar Massagen lief sein leckerer Saft in meinen Mund.

Er verteilte sich und ich nahm den Geschmack ganz in mir auf.

Er pumpte immer mehr in mir hinein, sodass ich immer wieder schlucken musste.

Nach einigen Sekunden zog er ihn heraus und legte sich geschafft auf mich.

Wir küssten uns leidenschaftlich, bis er langsam, an mir herunterrutschte und meinen Schwanz in seinen Mund nahm und blies mir so einen, dass ich eine Gänsehaut nach der anderen bekam.

Nachdem er seinen Finger tief in meinen Arsch steckte, bekam ich einen Orgasmus, wie es die Welt noch nie gesehen hat. Er saugte alles in sich hinein und konnte gar nicht genug davon bekommen.

Er schaute mich an, küsste mein ganzes Gesicht und knabberte an meinem Ohr, dann legte er sich neben mich und sagte:

„Das war aber überfällig."

„Ja danke, da hast du wirklich recht. Ich liebe dich so!", sagte ich außer Atem.

„Ich liebe dich noch mehr, mein kleiner Hase!"

Nach einer Viertelstunde voller Küsse und Liebkosungen schnupperte er an mich und sagte:

„Tassilo hat recht, du duftest wirklich gut und das kommt nicht vom Waschen."

„Tut mir leid, Frank, ich konnte es heute Morgen nicht mehr zurückhalten", sagte ich ängstlich.

„Das verstehe ich gut. Auch ich muss so oft an dich denken und lege denn auch mal selber Hand an."

Ich war so froh, dass er nicht böse wurde.

Früher hätte er mindestens zwei Tage nicht mit mir gesprochen.

Trotzdem wusste ich nicht, was ich davon halten soll.

Es war zwar schön, dass er so reagierte, aber irgendwas störte mich daran, ich wusste bloß nicht was.

Mir lag aber noch etwas ganz anderes auf dem Herzen und ich entschied mich, Frank es jetzt zu sagen, bevor er es von einem anderen erfährt.

„Frank, ich muss dir noch was sagen."

„Was hast du denn, mein Hase?"

„Ich habe dir doch erzählt, dass Marcel dich gut findet und ich Angst hatte, dich an ihn zu verlieren."

„Ja, du hast so was erwähnt."

„Es ist nicht so. Er wollte nur von mir ablenken. Heute auf der Fahrt nach Hamburg hat er mir seine Liebe gestanden."

„Was hat er?"

„Ja, ich war auch ganz vor dem Kopf geschlagen. Wie soll ich mich jetzt, gegenüber ihm, verhalten?"

Nach einer kleinen Pause des Nachdenkens sagte er dann:

„Ich werde mir diesen Marcel, das Wochenende mal genauer anschauen und dann sage ich dir meine Meinung. Ist das erst mal für dich in Ordnung?"

„Ja, ich bin froh, dass du das jetzt weißt und ich nicht damit alleine bin. Ben habe ich es auch gesagt und er sagte etwa das Gleiche."

„Siehst du, geteiltes Leid ist nur halbes Leid!", sagte er und gab mir einen Kuss.

Im Nachhinein ängstigten mich seine Worte, als er sagte:

*Ich werde mir diesen Marcel das Wochenende mal genauer anschauen.*

Ich musste diesen Satz erst mal verdauen, denn man konnte ihn auch anders deuten.

Es war schon 20 Uhr, als wir aus der Dusche kamen. Wir machten uns fertig und gingen runter zu den anderen.
Schon von oben hörten wir ihr Gelächter, erst als wir ins Wohnzimmer kamen, verstummten ihre Stimmen. Nur an ihrem breiten Grinsen konnten wir erkennen, dass sie über uns gesprochen hatte.

„Was?", sagte Frank laut.
„Nichts!", sagte Christian und konnte sein Lachen kaum zurückhalten.
„Habt ihr über uns gesprochen?", fragte ich.
„Nein, das würden wir nie tun! Hat es Spaß gemacht?", fragte Tassilo keck.
„Habt ihr uns gehört?", fragte ich.
„Na ja, das war wohl nicht zu überhören. Ich glaube, das haben sogar die Nachbarn auf der anderen Seite der Insel mitbekommen", sagte Ben und jetzt lachten alle.
„Das tut uns aber gar nicht leid!", sagte Frank und jetzt lachten wir auch, bis auf Marcel, der saß unbeteiligt und gelangweilt in der Ecke.

„Habt ihr Hunger?", fragte Ben.
„Wie zwei Bären!", antworteten wir fast gleichzeitig.
„Kommt mit in die Küche. Ich mache euch was fertig. Wir haben schon vor einer Stunde gegessen", sagte Ben.
„Tut uns leid, dass wir zu spät sind!", sagte Frank.
„Ach was, wir sind doch in Urlaub und da kann jeder machen, was er will!"
Wir gingen Ben hinterher und staunten nicht schlecht über diese Einrichtung.
Sie hatte friesische Fliesen an der Wand und ein richtiger Holzofen stand in der Mitte des Raumes.
„Wow, das ist ja ein richtiges Highlight!", sagte Frank.

„Die ist geil, oder? Wir haben sie aus einer alten Friesenkarte, die abgerissen werden musste. Was wollt ihr essen, Fisch oder Fleisch?", fragte Ben.

Wir schauten uns an und waren uns auch ohne Worte einig.

„Beides! Eindeutig beides! Wir haben sooooo einen Hunger", sagte Frank.

„Das kann ich mir vorstellen bei diesem Marathon! Ich mache dann von jedem etwas", sagte Ben und grinste.

„Waren wir denn so laut?", fragte Frank.

„Na ja, aber das ist nicht schlimm. Wir haben das alle verstanden. Ihr habt euch ja schon lange nicht mehr gesehen. Ich freue mich, dass ihr euch endlich gefunden habt", sagte Ben.

„Doch einer war davon nicht sehr begeistert, oder?", sagte Frank.

„Nein, Marcel hat sich sogar seine Ohren zugehalten, wenn es zu laut wurde."

„Ja, mit dem müssen wir unbedingt reden", sagte Frank und schaute mich dabei an.

Ich nickte und war sehr froh, dass Frank sich hinter mich stellte und mich nicht allein, mit diesem Problem, ließ.

Vielleicht hatte ich seinen Satz vorhin doch falsch gedeutet!

Wir aßen an dem großen, alten Holztisch. Ben leistete uns beim Essen Gesellschaft und setzte sich zu uns. Es schmeckte herrlich und wir konnten gar nicht genug bekommen.

„Ben, es schmeckt superlecker!", sagte ich.

„Das kann ich nur bestätigen. Das hätte Christoph nicht besser kochen können und er ist schon der Beste!", sagte Frank und ich merkte, dass ich rot wurde, worauf er mir einen Kuss gab. Ben bedankte sich für unser Komplement und füllte uns immer mehr auf.

„Woher hast du so gut kochen gelernt?", fragte ich ihn.

Ben wurde auf einmal still und wir wussten überhaupt nicht, was wir machen sollten, denn Ben wurde blass und wir dachten, er kippt uns um, aber nach einigen Sekunden sagte er mit belegter Stimme:

„Von meiner Mutter!"

„Du hast eigentlich noch nie etwas von ihr erzählt?", sagte Frank.

„Nein, das ist auch nicht so einfach!"

„Wir müssen nicht darüber reden", sagte ich und legte meine Hand auf seine Schulter.

Er dachte einen Augenblick nach und sagte dann entschieden: „Doch, ich will aber darüber sprechen. Jahrelang habe ich geschwiegen und jetzt möchte ich grade bei euch, meinen besten Freunden, meinem Herzen endlich Luft machen.

Ich habe meine Mutter umgebracht!"

„Was?", sagten wir gleichzeitig.

„Ja, meine Mutter war schwer herzkrank und mein Vater musste auf einen Ärztekongress. Ihr ging es damals nicht gut und ich sollte auf sie aufpassen. Ich hatte aber auf alles andere Lust, als auf sie aufzupassen, und ging, als sie eingeschlafen war, mit Freunden in die Disco. Ich vergaß die Zeit und kam erst nachts um drei Uhr nach Hause. Ich schaute nach ihr …"

Ben fing jetzt bitterlich an zu weinen und wir nahmen ihn gemeinsam in den Arm.

Er konnte sich gar nicht mehr beruhigen und wir gaben ihn viel Zeit, um sich wieder zu fassen.

„Was war mit ihr?", fragte Frank und schaute mich an, denn wir hatten schon eine Vorahnung.

„… sie war tot!", brach es aus ihm heraus.

Wir waren geschockt und das Einzige, was ich sagen konnte, war: „Wie alt warst du?"

„16 Jahre"

„Aber da warst du ja noch ein halbes Kind! Mich hat es, in dem Alter, auch nach draußen gezogen", sagte Frank unsicher.

„Was hat dein Vater gesagt? Hat er denn wenigstens zu dir gehalten?", fragte ich.

„Am Anfang ist er mir aus dem Weg gegangen. Später hat er es mich immer merken lassen, dass ich nicht zu Hause geblieben bin. Bis er meine Stiefmutter kennengelernt hat, von da an wurde unser Verhältnis wieder besser."

„Habt ihr jemals darüber gesprochen?", fragte Frank.

„Nein, nie! Ich glaube, das würde auch nichts bringen. Er ist so stur in dieser Sache. Ich habe es einmal versucht, aber er ist dann sofort aus dem Zimmer gegangen."

„Ich glaube nicht, dass du an ihren Tod schuld bist. Vielleicht wäre sie auch gestorben, wenn du dageblieben wärst. Du solltest dir keine Vorwürfe machen!", sagte ich.

„Danke, Christoph, das tut echt gut, mit euch darüber zu reden."

„Das ist doch Ehrensache. Man kann doch als Freunde nicht nur Spaß haben, oder?", sagte Frank.

„Was hast du mit deiner Stiefmutter?", fragte ich.

„Mit meiner Stiefmutter hatte ich mal einen riesigen Streit. Es kochte so weit hoch, dass wir uns regelrecht angeschrien haben. Dann hat sie etwas gesagt, was ich ihr nie verzeihen kann. Sie sagte, dass ich so unzuverlässig bin, so wie damals bei meiner Mutter. Ich habe seitdem nie wieder einen Ton mit ihr gesprochen."

„Und das kann man auch nicht wieder kitten?", fragte ich.

„Nein, das will ich auch nicht! Ich bin froh, dass ich mich wieder richtig gut mit meinem Vater verstehe, und das reicht mir."

Wir redeten noch lange darüber und Ben ging es dann auch wieder besser.

Bevor wir wieder ins Wohnzimmer gingen, schaute Frank Ben an und sagte:

„Ich habe immer gedacht, du wärst ein oberflächlicher, in den Tag hineinlebender Junge, aber ich habe mich getäuscht. Grade in den letzten Wochen hast du uns so doll geholfen, das hätte noch nicht mal ein Vater für einen Sohn getan. Ich weiß nicht, warum es so lange keinen Kontakt zwischen uns gegeben hat. Obwohl ich dachte, wir haben uns in der Studienzeit doch bestens verstanden, oder? Warum kam es dann zu so seinem Bruch? Seit ein paar Jahren haben wir uns doch nur gesehen, wenn wir einen Arzt brauchten."

Ben schaute mich an und fragte:

„Darf ich den Grund sagen, Kleiner?"

Ich nickte und Ben versuchte vorsichtig, Franks Frage zu beantworten:

„Ich habe gerade vor einer Woche mit Christoph darüber gesprochen und es fiel mir da schon nicht leicht, mich zu öffnen, aber wir haben wohl heute die Stunde der Wahrheit und ich muss wohl damit raus. Mich störte einfach, wie du Frank mit dem Kleinen umgegangen bist. Ich konnte es nicht mehr mit ansehen, wie du ihn behandelt hast. Du hast ihn hin und her gescheucht. Er musste kochen, er musste putzen und er musste uns bedienen. Das Schlimmste daran war, dass du sein Selbstbewusstsein und sein Selbstwertgefühl so gedrückt hast, sodass er gar nicht anders konnte, als dir zu folgen. Ich konnte es dann nicht mehr mit ansehen und habe mich von euch zurückgezogen."

Stille, und die tat richtig weh. Frank starrte auf seinen leeren Teller und ich konnte nicht sagen, ob er traurig war oder stinksauer, aber dann schaute er zu Ben und sagte emotionslos:
„Warum hast du mich denn nicht darauf aufmerksam gemacht?"
„Mensch, Frank, ich habe dir so oft gesagt, lass ihn doch mal zur Ruhe kommen und lass ihn sich doch mal hinsetzen, aber du hast mir überhaupt nicht zugehört. Einmal hast du gesagt, nachdem ich dir schon zum wiederholten Male gesagt habe, dass du ihn doch mal in Ruhe lassen sollst, dass es deine Sache ist, der Kleine es gerne macht und es mich überhaupt nichts angeht. Ab dem Zeitpunkt habe ich mich dann von euch zurückgezogen und auch keine Anrufe mehr von dir entgegengenommen. Das ist jetzt fast drei Jahre her und du warst grade ein paar Monate mit deiner Freundin auseinander, denn da wurde es besonders schlimm. Nur als Arzt war ich noch für euch da, denn das konnte ich nicht mehr mit ansehen."
„Oh Mann, was habe ich nur getan? Wer war ich?", sagte Frank, der jetzt total bleich war.
„Ich glaube, euer Unfall hat auch, neben dem ganzen Schlechten, auch etwas Gutes hervorgebracht", sagte Ben.
„Was Gutes hervorgebracht? Was heißt das?", fragte ich.
„Das heißt, dass der Unfall mich weicher gemacht hat", sagte Frank.
„Das heißt, dass der Unfall deinen Hippocampus und damit auch deinen Cyrus Cinguli aktiviert hat", sagte Ben grinsend.
„Hippo... was?", sagte Frank.
„Ich sehe, ihr versteht mich nicht. Ich werde es mal ganz einfach sagen. Durch den Unfall ist der Bereich in deinem Gehirn

aktiviert worden, der für deine Emotionen und Gefühle zuständig sind, und du hast dadurch zu unterscheiden gelernt, was du hast und was du willst."

„Also er hat, durch den Unfall, das Lieben gelernt?", fragte ich.

„Ja genau, gelernt zu lieben und den anderen zu schätzen. Kleiner, du hast es auf den Punkt gebracht. Sorry, da kommt bei mir immer der Arzt durch."

Frank wurde ganz still und sagte jetzt gar nichts mehr, dann legte Ben einen Arm um ihn und sagte:

„Komm, das ist Schnee von gestern, ab jetzt wird alles besser!"

„Ja, aber das ist doch ganz schön hart für mich und ich muss erst mal darüber nachdenken."

„Das darfst du auch!", sagte ich, dann nahmen wir uns richtig fest in die Arme und gingen zu den anderen.


Wir hatten trotz des schweren Gesprächs bis tief in die Nacht noch viel Spaß und sogar Marcel lachte wieder. Selbst Frank und Ben wurden wieder lustiger. Das lag aber auch an dem Grog, den Tassilo kübelweise ausschenkte.


Nach einer schönen Nacht erwachte ich zuerst.

Das Zimmer war sonnendurchflutet.

Ich erhob mich und stieg aus dem Bett, dann schaute ich aus dem großen Fenster und erstarrte vor Ehrfurcht.

Ich sah auf eine riesige Dünenlandschaft.

Dahinter erstreckte sich ein Strand, der nicht mehr aufhören wollte.

Die Wellen, die man in der Ferne sehen konnte, glitzerten wie tausend Diamanten und alles, aber auch wirklich alles war mit dickem Schnee bedeckt, was in der Sonne in Millionen Farben strahlte.

Es war einfach fesselnd und ich konnte mich überhaupt nicht losreißen.

Nach bestimmt zehn Minuten des Nicht-Losreißens rief ich leise nach Frank.

Er wachte, nach mehrmaligem Rufen, endlich auf und fragte verschlafen:

„Was ist denn, mein Hase?"

„Stehe auf, mein Schatz, und schau dir dieses Wunder an."

Frank stand dann, wenige Sekunden später, genauso wie ich, mit offenem Mund und erstauntem Blick neben mir.

„Das ist doch der Hammer!", sagte er laut und nahm mich dann in seinen Arm und wir schauten uns das Schauspiel, der Natur, gemeinsam an.

Plötzlich klopfte es an der Tür. Wir streiften uns schnell die bereitgelegten Morgenmäntel über und sagten:

„Herein!"

Die Tür öffnete sich und herein kam Ben, der besorgt aussah und fragte:

„Alles in Ordnung?"

„Klar, bei diesem Anblick", sagte Frank.

Ben kam ans Fenster und sagte ehrfürchtig:

„So schön habe ich es auch noch nicht gesehen. Ist ja geil! Ich wusste zwar, dass man von hier aus einen tollen Blick hat, aber dass der Sonnenaufgang so schön ist, habe ich fast vergessen."

Nach und nach kamen auch die anderen Wochenendbewohner in unser Zimmer.

Sie alle wollten diesen Blick sehen und nach ein paar Minuten verwandelte sich unser Schlafzimmer in einen Morgentreff. Wir machten Fotos und uns brannten bald die Augen von diesem schönen Licht. Christian kam zuletzt, mit einem großen Tablett Kaffee, ins Zimmer. Er rutschte ihm fast aus den Händen, als er aus dem Fenster schaute. Gerade noch konnte ich es ihm abnehmen, bevor alles auf dem schönen, weißen Teppich landete. Ich verteilte die Tassen und wir setzten uns alle aufs Bett, dann kam, wie damals zu Weihnachten am Kaffeetisch, ein Wohlgefühl in mir hoch. Es war so herrlich und mir standen schon wieder die Tränen, in den Augen.

Frank sah das und fragte:

„Was ist mit dir, mein kleiner Hase?"

„Es ist alles gut! Ich bin nur so glücklich und ich liebe dich!"

„Das bin ich auch und ich liebe dich noch mehr!", dann gab er mir einen Kuss.

Nach einem ausgedehnten Frühstück machten wir einen langen Strandspaziergang und kehrten danach in die „Seekiste" ein und tranken reichlich Pharisäer.
Später, als wir wieder im Haus waren, zogen wir uns alle zurück und machten einen ausgedehnten Mittagsschlaf.
Das brauchten wir auch, denn keiner konnte mehr grade stehen und wir mussten erst mal unseren Rausch ausschlafen.
Gegen 19 Uhr versammelten wir uns, nach und nach, um den großen Tisch der alten Friesenküche und rieben uns den Schlaf aus den Augen.
Frank, Christian und Kevin fiel es besonders schwer, wach zu werden, weil sie ja schon seit Monaten nichts mehr getrunken hatten.

„Wer hat denn hier eigentlich die ganzen leckeren Sachen besorgt und wer hat in unserer Abwesenheit die Zimmer aufgeräumt?", fragt Kevin und unterbrach damit die Stille.
Es war wirklich alles aufgeräumt und die Küche stand voll mit Gemüse, Brot, Fisch und Fleisch.
„Das war der schöne Malte", sagte Tassilo ironisch, „und ich würde nichts gegen ihn sagen, denn Ben liebt ihn abgöttisch!"
Wir fingen an zu lachen und zogen Ben damit auf.
„Quatsch, ich liebe ihn nicht. Er sieht nur gut aus. Er kümmert sich schon seit Jahren um dieses Haus."
„Ja, und Ben hat ihn angerufen und ihn gebeten, uns ein bisschen zu versorgen. Er hat sich auch richtig gefreut und tut es sehr gerne für Benni", sagte Tassilo und es hörte sich noch ironischer an.
„Tassilo," sagte Ben traurig, „ich liebe doch nur dich. Bitte, du brauchst nicht eifersüchtig zu sein."
„Nein, bin ich doch nicht, es war doch nur ein Scherz, aber ich muss schon sagen, er sieht wirklich gut aus. Er war vorhin grade da, als wir vom Saufen zurückkamen, und ich konnte ihn kurz kennenlernen", sagte Tassilo und küsste Ben.
„Ja, warum haben wir ihn nicht gesehen?", sagte Frank interessiert.

„Weil ihr so besoffen wart! Ich glaube, ihr hättet es noch nicht mal gemerkt, wenn David Beckham bei euch im Bett gelegen hätte!", sagte Tassilo und dann kugelten wir uns vor Lachen.

„Okay, ich verstehe", sagte Frank verschämt.

„Lernen wir ihn auch mal kennen?", sagte Marcel plötzlich.

Es wurde plötzlich still und wir schauten ihn alle erstaunt an, denn das war der erste Satz, den er heute von sich gab.

„Na ja, ist doch wahr! Um mich herum sind lauter Paare, nur ich bin allein", sagte Marcel und blinzelte zu mir rüber.

Ben merkte das und sagte:

„Marcel, wir müssten sowieso noch mal miteinander reden!"

Marcel schaute Ben verwirrt an und fragte:

„Warum? Ist irgendwas nicht in Ordnung?"

„Ich glaube ja, aber wir reden nachher, okay?"

Marcel gab sich zunächst damit zufrieden und Ben fing an zu kochen.

Er gab uns jedem eine Aufgabe, der wir auch gerne nachkamen, denn wir hatten alle großen Hunger.

Einige fingen an zu schnippeln, einige machte sich daran, den Nachtisch zu zubereiten.

Ben nahm mich gleich in Beschlag und stellte mich, neben sich, an den alten Holzherd. Er stellte zunächst fünf Pfannen auf die Feuerstelle und gab in zwei Butterschmalz hinein, dann legte er in eine Fisch und in die andere Fleisch.

Nach ein paarmal Wenden gab er die Stücke in zwei getrennten Bräter zum Warmhalten.

Den Sud gab er in die anderen drei Pfannen, wo ich jetzt das Gemüse schmorte.

Dies wiederholter er so lange, bis es für uns alle reichte.

Durch den Bratensaft erhielt das Gemüse eine ganz besondere Note.

Es duftete himmlisch und weil es, über dem Holzherd, immer wärmer wurde, zog sich Ben sein Shirt aus. Jetzt zeigte er sich in seiner ganzen Pracht.

Er stand nur noch im Muskelshirt vor dem Herd und ließ seine Muskeln spielen.

Ich schaute ihm fasziniert, bei der Arbeit, zu und konnte meinen Blick kaum abwenden, bis mein Gemüse drohte anzubrennen.
Er stieß mich unsanft in die Seite und holte mich damit aus meinen Träumen zurück.
„Es wird nicht von verbotenen Früchten gegessen!", sagte er leise und griente so süß, dass meine Knie weich wurden.
Ich erschrak selbst über meine Gefühle.

„Was ist denn nur mit mir los? Ich liebe doch Frank?!", dachte ich.

Ich machte schnell mit dem Gemüse weiter, damit niemand meine Verlegenheit bemerkte.
Nachdem wir gegessen hatten, schnappte ich mir eine von den Zigarillos, die Ben schon am Nachmittag angeboten hatte, zog mir meine dicke Jacke an und ging auf die Terrasse, um mich ein bisschen abzukühlen. Ich stellte mich an das Geländer und schaute die Wellen, in Mondlicht zu.
Dabei ging mir viel durch den Kopf.
Mir wollte Ben einfach nicht aus dem Sinn gehen.
Wochenlang hatte ich nicht mehr an ihn gedacht und auf einmal bekam ich ihn nicht mehr aus meinem Kopf. Ich hoffte, es war nur eine kurze Gefühlsduselei.

Ich hatte grade aufgeraucht, da spürte ich Frank hinter mir.
Er fasste mich um und legte sein Kinn auf meine Schulter.
„Kalt ist es", sagte er und schüttelte sich, „willst du nicht wieder reinkommen? Ben und ich reden gerade mit Marcel und wir wollen, dass du dabei bist."
Ich drehte mich zu ihm um und schaute ihn tief in die Augen.
„Bitte, muss das sein? Ich habe ein wenig Angst."
Frank gab mir einen Kuss und legte meinen Kopf an seine Brust, streichelte mich daraufhin über meine Haare und sagte:
„Komm, ich bin doch dabei. Ben und ich haben schon ordentlich Vorarbeit geleistet."
Er nahm meinen Kopf in seine beiden Hände, küsste mich lange und innig und sagte:

„Ich liebe dich!"
„Ich liebe dich noch mehr!", antwortete ich ihm und wir gingen Richtung Terrassentür.

Durch das Fenster sah ich Ben am Küchentisch sitzen. Marcel saß ihm gegenüber und weinte bitterlich.
Er hatte seinen Kopf auf den Tisch gelegt und hielt seine Arme vor sein Gesicht. Es schauten nur seine tiefschwarzen Haare heraus.
Marcel war schon ein knackiger Typ!
Er schien oft ins Sonnenstudio zu gehen, denn er war sehr braun gebrannt.
Seine Haut hatte sowieso einen südländischen Teint und sein stämmiger Body war nicht von schlechten Eltern.

Als Frank die Terrassentür öffnete, hörte ich noch:
„Ich liebe ihn doch und ich kann nichts dagegen machen!"
Frank schaute ihn traurig an und zeigte fast Mitleid mit Marcel.
Als Marcel mich sah, wischte er sich schnell die Tränen aus seinem Gesicht und sah starr auf den Tisch.
Wir setzten uns dazu und Frank begann zu reden:
„Es gibt nur zwei Möglichkeiten. Die erste wäre, ich gebe Christoph frei, sofern er das will, was ich aber nicht hoffe, denn ich liebe ihn über alles, oder zweitens du musst damit leben und deine Gefühle unterdrücken. Vielleicht lernst du ja bald einen anderen lieben Menschen kennen, dann hat sich das mit Christoph, sowieso erledigt."
„Nein, ich möchte euch nicht auseinanderbringen. Ich sehe ja, dass ihr euch liebt. So wie ihr miteinander umgeht, so liebevoll und voller Zärtlichkeiten."
Frank strahlte mich mit einem superglücklichen Lächeln an und sagte:
„Dass man uns das so anmerkt, war mir überhaupt nicht bewusst. Das muss wohl daran liegen, dass ich Christoph so liebe und an gar nichts mehr anderes denken kann als an ihn!"
Ich freute mich über Franks Aussage und war sehr stolz. Ich freute mich tierisch über sein Liebesbekenntnis.

Wir sprachen noch lange mit Marcel und er sah immer mehr ein, dass er sich mir gegenüber zurücknehmen muss. Er meinte, dass es ihm zwar schwerfällt, gerade weil wir uns jeden Tag sehen müssen, aber er sagte auch, dass er es irgendwie hinkriegen wird, seine Gefühle unter Kontrolle zu bekommen.

In dieser Nacht konnte ich nicht schlafen. Die Ereignisse waren nicht aus meinem Kopf zu kriegen. Ich ging ins Bad, setzte mich auf die Wanne und schaute in den großen Spiegel, der gegenüber an der Wand hing.
„Die letzten Wochen haben ganz schön an dir gezerrt", sagte ich zu mir selbst.
Das stimmte wirklich! Ich habe, in dieser Zeit, bestimmt 15 Kilogramm abgenommen.
Ich stellte mich jetzt direkt davor und betrachtete meinen Körper genauer. Ich bin circa 1,75 m groß und habe immer noch schulterlange, dunkelbraune, gelockte Haare. Früher konnte ich mich selbst nicht ansehen, weil ich mich hässlich fand, aber ohne mein Übergewicht sah ich jetzt doch recht ansehnlich aus.
Außer meine dunklen Augenränder, die nicht so schön waren, aber das kam wohl vom ganzen Stress, den ich durchmachen musste.
Ich musste wieder an den gestrigen Abend und an Franks liebe Worte denken:

*Es gibt nur zwei Möglichkeiten. Die erste wäre, ich gebe Christoph frei, sofern er das will, was ich aber nicht hoffe, denn ich liebe ihn über alles, oder die zweite, du musst damit leben und deine Gefühle unterdrücken. Vielleicht lernst du ja bald einen anderen lieben Menschen kennen, denn hat sich das mit Christoph sowieso erledigt.*

Mir wurde wieder ganz warm um Herz und ich dachte:
„Ich wäre ja schön blöd, wenn ich Frank verlasse, gerade jetzt, wo ich seine Liebe gewonnen und ich jahrelang um sie gekämpft habe!"
Jetzt gelang es mir endlich, die bescheuerten Gedanken aus meinem Hirn zu verbannen und mich ganz wieder auf meinen Frank zu konzentrieren.

Ich ging in unser Schlafzimmer zurück und sah ihn seelenruhig in unserem Bett schlafen.

Ich war so fasziniert vom ihm, dass ich mich erst mal zu ihm, auf die Bettkante, setzte.

Er sah so schön und friedlich aus, dass ich meinen Blick, von ihm, überhaupt nicht abwenden konnte.

„Wie konnte ich nur an andere Männer denken", dachte ich, „wo ich doch den allerbesten habe!"

Ich gab ihm einen Kuss auf seine Wange, worauf er kurz aufwachte und verschlafen fragte:

„Ist alles in Ortung? Geht es dir gut?"

„Ja, du weißt gar nicht, wie gut es mir geht. Ich liebe dich!"

„Ich liebe dich noch viel mehr!", antwortete er, gab mir einen Kuss und schlief wieder ein.

Ich war in diesen Moment so glücklich, dass ich fast schwebte.


Bevor ich mich wieder zu ihm legte, ging ich nach unten, um mir etwas zu trinken zu holen.

Schon auf der Treppe sah ich Licht in der Küche.

Ich betrat sie und sah Marcel am Tisch sitzen. Er trank ein Bier und das war bestimmt nicht das erste, denn neben ihm standen schon fünf leere Flaschen.

„Ah, mein Prinz!", sagte er leicht angeheitert.

„Hast du schon mal auf die Uhr geschaut? Es ist fast halb vier Uhr."

„Na und, ich habe morgen nichts Besonderes vor."

„Du meinst wohl heute."

„Wie der Herr wünschen", sagte er und trank einen großen Schluck aus der Bierflasche.

„Mensch Marcel, ich kann doch auch nichts machen! Ich liebe dich halt nicht!"

„Nein, nein, alles in Ordnung", sagte er und machte eine abfällige Handbewegung, „du liebst mich nicht und ich hab hier meine Flasche Bier!"

Ich setzte mich an seine Seite und schaute ihn an.

„Und du glaubst, der Gerstensaft ist ein würdiger Ersatz für mich."

Marcel musste lachen, trank noch einen Schluck und lallte:

„Ich bekomme damit wenigstens keinen Steifen, wenn ich dich sehe!"

Jetzt musste ich schmunzeln und legte meine Hand auf seine Schultern, aber er wehrte sie ab, stand dann auf und wollte aus der Küche gehen.

Da ging die Außentür auf und ein junger, strohblonder Mann kam herein. Er war ungefähr so groß wie ich, hatte eine dicke Pilotenjacke und eine zerschlissene Jeans an. Er hatte einen großen Korb in der Hand und sagte, mit einem verlegenen Lächeln:

„Ups, da sind ja schon welche wach?"

„Immer noch, trifft es wohl eher!", sagte ich.

„Ich bin Malte und bringe euch Frühstück."

„Und ich bin Christoph und der da gerade gehen will, ist Marcel."

Marcel sah sich kurz um und blieb plötzlich stehen.

Er drehte sich dann wieder um und starrte Malte an.

„Hallo Marcel", sagte er und ging mit ausgestrecktem Arm auf ihn zu.

Marcel reichte ihm auch seine und sagte stotternd:

„Ich – ich bin – bin Marcel!"

„Ja, das hörte ich soeben."

Marcel war auf einmal wie umgewandelt.

Er lächelte plötzlich und dass er schon einiges an Alkohol intus hatte, merkte man ihm überhaupt nicht mehr an.

Malte stellte seinen Korb auf den Tresen und packte ihn aus.

„Kann ich dir irgendwie helfen?", fragte Marcel.

Ich lehnte mich zurück und sah mir, schmunzelnd, die Albernheiten, die sie miteinander austauschten, interessiert an. Sie turtelten herum wie kleine Kinder.

Ich hätte auch ins Bett gehen können, aber dann hätte ich das Schauspiel ja nicht mitbekommen.

„Möchtest du einen Kaffee?", fragte Marcel Malte.

„Gerne!", sagte er und setzte sich zu mir an den Tisch.

Marcel setzte die Kaffeemaschine in Kraft und ließ sich dann direkt neben Malte nieder.

Wir tauschten ein paar Höflichkeitsfloskeln aus, bis ich merkte, dass ich überflüssig wurde, was ich eigentlich schon war, als

Malte die Küche betrat. Ich fühlte mich, neben den beiden, wie Luft und beschloss deshalb, zu Bett zu gehen. Es war vier Uhr, als ich mich an Frank schmiegte.

Ich schlief dann immerhin noch vier Stunden und wurde gegen acht Uhr von meinem Schatz geweckt.

„Was war denn heute Nacht los, konntest du nicht schlafen? Ich wollte mich an dich kuscheln und du warst nicht dar?"

„Ich war unten in der Küche und habe lange mit Marcel geredet."

„Und, seid ihr auf einen Nenner gekommen?"

„Das war gar nicht mehr nötig, weil plötzlich dieser Malte in die Tür schneite und Marcel gehörig den Kopf verdrehte."

„Was, der Malte, der auf dieses Haus aufpasst?"

„Genau der! Er hatte einen Korb mit unserem Frühstück unter dem Arm", sagte ich und konnte mein Lachen kaum unterdrücken. Als Frank dann, nach einiger Zeit, anfing zu grienen, musste ich laut loslachen.

„Das ist ja geil! Denn ist unser Problem ja gelöst, oder?", sagte Frank.

„Wenn sie sich ineinander verlieben, dann hat sich mein Problem in Luft aufgelöst, ja!"

Wir küssten uns gerade, als es an unserer Tür klopfte.

Wir sagten gemeinsam:

„Herein!"

Sie öffnete sich und Ben schaute durch den schmalen Spalt.

„Guten Morgen! Störe ich?", fragte er vorsichtig.

„Guten Morgen! Nein wir sind schon wach, komm rein!", sagten wir gleichzeitig.

Ben setzte sich auf die Bettkante und schmunzelte verschmitzt.

„Schaut mal, was ich auf den Küchentisch gefunden habe."

Ben zeigte uns einen Zettel, auf den geschrieben stand:

*Bin bei Malte!*
*Komme rechtzeitig zur Fähre.*
*Marcel*

„Problem gelöst!", sagte Frank und gab mir Fünf.

„Ja, ich hatte zwar gedacht, dass sie noch lange in der Küche sitzen und sich unterhalten, aber dass er gleich mit ihm mit geht, das ist der Hammer."

„Was? Jetzt verstehe ich gar nichts mehr!", sagte Ben verwirrt.

Ich erzählte ihm, was die Nacht passiert war, worauf sich jetzt auch Ben köstlich amüsierte.

Immer mal wieder lachend, schauten wir uns drei noch den Sonnenaufgang an und gingen denn runter, um zu frühstücken. Später an der Fähre trafen wir Marcel wieder. Malte brachte ihn mit dem Auto zum Hafen. Beide lachten verschmitzt und wir zogen sie ordentlich auf, aber wir freuten uns für die beiden. Ich natürlich am meisten.


Marcel schlief schon auf der Überfahrt, zum Festland, ein und wachte, bis wir ihn zu Hause absetzten, nicht mehr auf.

Ab Hamburg machte er sich auf den Rücksitz breit, weil wir Tassilo zur Bahn brachten, weil er nach Hause musste, sodass ich mich dann, nach vorne, auf den Beifahrersitz begab.

Kaum war er wieder eingeschlafen, fragte Ben:

„Was war denn das gestern Abend?"

„Was meinst du?"

„Na, dein Blick!"

Mir wurde kalt und heiß zugleich, als ich das hörte und ich wusste zuerst nicht, was ich antworten sollte, aber dann sagte ich:

„Sorry Ben, ich war von den Ereignissen der letzten Tage nicht Herr meiner Sinne."

„Das muss dir nicht leidtun. Auch ich vermisse unsere kleinen Zärtlichkeiten. Verstehe mich nicht falsch, ich liebe Tassilo über alles und mir hätte nichts Besseres passieren können, als ihn zu treffen, aber du weißt, wie modern ich denke. Ich kann Liebe und Sex strikt voneinander trennen. Ich habe mit Tassilo wirklich guten Sex, aber ich würde auch gerne mal wieder mit dir …!"

Dies sagte er in einem kindlichen, betörenden Ton, dass ich nicht anders konnte und sagte:

„Das dürfen die beiden aber nie erfahren!"

„Niemals!", sagte er und freute sich wie ein Teenie, der vor dem ersten Mal stand.

„Darf ich dich denn heute zu mir einladen?", fragte er vorsichtig.

„Du darfst!", sagte ich und grinste breit über das ganze Gesicht.

Voller Erwartung sprachen wir die restliche Fahrt keinen Ton miteinander und als wir Marcel nach Hause gebracht haben, konnten wir schon auf dem Weg zu ihm nicht die Finger voneinander lassen.

Ich fummelte an seinen Brustwarzen und küsste seinen Hals, griff ihm zwischen seine Beine, wo sich schon eine ziemliche Beule in seiner Hose gebildet hatte.

Wenn wir uns nicht zusammengerissen hätten, hätten wir es schon in seiner Garage getrieben. In seiner Wohnung wurde er plötzlich erst und fragte mich:

„Hast du Hunger? Möchtest du was essen?"

Ich wollte jetzt nichts essen, selbst wenn ich Hunger gehabt hätte, und fragte verwirrt:

„Meinst du das jetzt ernst?"

„Quatsch, wer denkt denn jetzt an Essen. Ich hab Hunger auf dich", sagte er und drückte mich an die Wand, um mich stürmisch zu küssen.

„Mmh, du riechst gut!", sage ich zu ihm, während ich seinen Hals küsste.

„Ich durfte nicht duschen. Tassilo hat es mir verboten."

„Ja, das ist sein Fetisch. Er hat auch mit Genuss an mir gerochen."

„Nah, du liebst es doch auch, oder?", sagte er lächelnd zu mir.

„Ein bisschen!"

Er trieb mich in sein Schlafzimmer und zog mir meine Sachen aus, sodass ich jetzt völlig nackt vor ihm stand.

Ich kniete mich vor ihn und öffnete seine Jeans.

Sein steifer Schwanz sprang mir entgegen und ich nahm ihn in meine Hand, dann lutschte ich, mit Inbrunst, seine feuchte Knospe.

Er hielt meinen Kopf mit beiden Händen und zitterte vor Erregung. Als ich seinen ganzen Schwanz in meinen Mund nahm, konnte er sich nicht mehr halten und setzte sich auf sein Bett.

Ich ergriff die Gelegenheit und zog seine Schuhe und danach seine Hose aus.

Dann war der Weg frei.

Er breitete seine Beine weit auseinander und ich verwöhnte ihn mit meiner Zunge.

Nach einer Weile, die ich an seinem Schenkel verbrachte, leckte und küsste ich mich dann zu ihm nach oben.

Ich lag nun auf ihm und küsste ihn ruhig und innig.

Wir kamen dadurch ein wenig zur Ruhe und streichelten uns am ganzen Körper.

Dann drehte er uns, sodass er nun oben auf mir lag und es begann nun das Ganze aufs Neue, nur umgekehrt.

Er küsste sich an mir herunter und bearbeitete meinen Schwanz so, dass ich dachte:

„Jetzt müsste man sterben. Das wäre so ein so schöner Tod."

Seine Zunge war göttlich. Er schob sie direkt unter meine Vorhaut und saugte dabei mein ganzes Innere aus. Er gab wirklich alles bis kurz, bevor ich kam, dann ließ er von mir ab.

Er leckte sich wieder zu mir nach oben und küsste mich. Nach einigen Minuten sagte er, fast fordernd:

„Ich möchte, dass du meinen Arsch leckst!"

Ich war so perplex, dass ich gar nicht anderes tun konnte, als „Ja Sir!" zu sagen.

Er legte sich neben mich auf seinen Bauch, dann verlor ich keine Zeit und legte mich zwischen seine Beine.

Ich küsste zunächst seine Arschbacken und steckte dabei meine Finger in sein Arschloch.

Es dufte herrlich und ich drückte mein Gesicht ganz tief in seinen Arsch und spielte mit meiner Zunge an seiner Rosette.

„Tiefer, du Arschlecker!", befahl er mir jetzt und ich steckte meine Zunge so tief hinein, wie ich nur konnte.

An seinem Stöhnen erkannte ich, dass es ihm gefiel, aber nach ein paar Minuten hielt ich es nicht mehr aus und zog meine Zunge wieder raus.

Ich wartete kurz auf seine Reaktion und legte mich dann auf seinen Rücken hinauf.

Als ich an seinem Hals angekommen war, ergriff er mich und warf mich auf den Bauch neben sich.

Während er mich küsste, fettete er nun meinen Arsch.

Dabei steckte er seine Finger tief in meine Rosette und weitete so meinen Schließmuskel. Plötzlich und unerwartet besprang er mich und drang sofort in mir ein.

Dabei schob seine rechte Hand unter mich und wichste mein Schwanz.

Nach einigen Minuten des härtesten und schmutzigsten Sexes, was ich vorher noch nie erlebt hatte, kamen wir fast beide zusammen. Er pumpte all seinen Saft in meinen Arsch und Sekunden später drehte er mich unsanft um und nahm meinen Schwanz in seinen Mund, sodass ich mein ganzes Sperma in seinem Rachen ergoss.

Er schluckte und schluckte und dabei machte er so einen genüsslichen Gesichtsausdruck, dass ich mich zufrieden zurücklehnte.

Er leckte noch einige Minuten meinen Schwanz und kam dann grinsend zu mir nach oben. Geschafft gab er mir einen Kuss und legte sich zufrieden neben mich.

„Danke Ben, es war so geil!", sagte ich selig.

„Ich muss mich bedanken. Das habe ich so an dir, vermisst. Deine feine Haut, dein Körper, dein Geruch. Ich wusste, dass man mit dir so schmutzige Sachen machen kann, mein Kleiner!"

„Mir hat es gefallen und das schreit nach Wiederholung."

„Ich stehe dir immer zu Verfügung, mein holder Herr!"

„Jetzt habe ich aber wirklich Hunger!", sagte ich und wir gingen in die Küche, um uns etwas zu kochen.

Gegen 22 Uhr brachte Ben mich nach Hause und legte mich auch wenig später, völlig fertig, zu Bett und ich schlief müde und geschafft ein.

Die Woche war sehr einsam. Ich dachte viel über das Wochenende nach.

Marcel war nach seinem Erlebnis ekelig gut drauf und schäumte regelrecht vor guter Laune, was ich von mir nicht behaupten konnte.

Er hatte vor, am Wochenende wieder nach Amrum zu fahren, um seinen Malte wiederzusehen. Ich freute mich für ihn, aber das verbesserte meine Laune auch nicht.

Wenn er von Malte erzählt, war er dann kaum noch zu bremsen. Wie lieb er ist und er mit ihm jeden Tag bald drei Stunden telefoniert und noch vieles mehr.

Ich vermisste Frank!

Wir werden uns, an diesem Wochenende, nicht sehen, weil er an einem von der Klinik organisierten Ausflug, mit dem Schiff auf der Nordsee, teilnimmt.

Christian und Kevin fuhren auch mit, also war ich hier in Celle, ganz allein.

Ich hätte auch was mit Ben unternehmen können, wenn er nicht zu Tassilo nach Saarbrücken fahren würde. Ich stellte mich auf ein trockenes und langweiliges Wochenende ein.


Am Freitag fuhr ich, nach der Arbeit, in meine Wohnung.

Ich hatte vor, es mir da richtig gemütlich zu machen und viele Videos zu sehen.

Ich öffnete die Tür und schleppte meine Einkäufe in die Küche.

Als ich ins Wohnzimmer kam, haute es mich fast aus meinen Schuhen.

Das ganze Zimmer war ein einziges Rosenmeer. Alles war in Tiefrot getaucht. Es mussten ungefähr 300 rote Rosen sein, die überall im ganzen Zimmer verteilt waren.

Mir kamen die Tränen und ich begann zu zittern vor Rührung. Auf dem Wohnzimmertisch lag ein großes Herz, auf dem stand:

*Ich liebe*
*dich!*

Ich setzte mich und las den beiliegenden Brief:

*Mein lieber kleiner Hase,*
*es tut mir so leid, dass ich dich dieses Wochenende allein las-*
*sen musst.*

*Glaub mir, ich habe alles versucht, aber es dürfen*
*nur Patienten mit auf den Ausflug.*
*Ich vermisse dich schon jetzt und kann es überhaupt nicht erwarten,*
*dich wieder in meine Arme zu schließen.*
*Ich sehne mich nach dem Geschmack deiner Lippen und*
*ich spüre sie, in diesem Moment, auf den meinen.*
*Ich hoffe, dir gefällt meine kleine Überraschung.*
*Es ist zwar kein Ersatz, aber sie sollen dich ein bisschen*
*an mich erinnern und dir beweisen, wie sehr ich dich liebe!*

*Dein dich liebender*
*Frank*

*PS: Keine Angst! Es ist keiner bei dir eingebrochen.*
*Ben hat sie für mich aufgestellt. :-)*

Benommen saß ich nun eine ganze Weile da und starrte auf seinen Brief.
Mir liefen die Tränen und tropften auf seine Zeilen.
Ich war so glücklich und ich konnte das alles noch gar nicht fassen.
Ich nahm mein Handy und wählte Franks Nummer:
„Du bist verrückt! Ich liebe dich so. Ich weiß gar nicht, womit ich dich verdient habe!", sagte ich verweint, nachdem er sich meldete.
„Oh, ich liebe dich noch viel mehr! Freust du dich?"
„Ob ich mich freue? Ich bin hin und weg und ich brauche das ganze Wochenende, um mich davon zu erholen."
„Dann hab ich ja alles richtig gemacht. Ich hatte schon Angst, dass du es nicht magst, weil du immer gesagt hast, wenn wir so was, in einem Film gesehen haben, dass es viel zu kitschig für dich ist."
„Aber nicht, wenn es von dir kommt, mein Schatz. Ich liebe jede einzelne Rose."
„Das ist echt schön. Ach ja, ich soll dich noch von Christian und Kevin grüßen. Sie sitzen gerade neben mir."
Ich hörte sie jetzt auch im Hintergrund.
„Danke, grüße sie ganz lieb zurück."
„Das werde ich machen."

Wir redeten noch eine ganze Stunde und beendeten das Telefonat mit vielen Küssen.

Ich ging dann in die Küche, um endlich meine Einkäufe auszupacken, da klingelte es an der Tür. Ich öffnete und Ben stand wie gewohnt lässig am Türpfosten.

Ich freute mich sehr und ließ ihn rein.

„Ich wollte dir nur den Schlüssel bringen", sagte er und nahm mich in den Arm, dann schaute er ins Wohnzimmer und fragte: „Na, war das eine Überraschung?"

„Ja, ich habe mich sehr gefreut, wann hast du das gemacht?"

„Heute Morgen, vor meiner Sprechstunde. Gott sei Dank hat der Blumenhändler so früh geliefert. Den Schlüssel hat Frank mir geschickt."

„Danke Ben, das kann ich gar nicht wiedergutmachen!"

„Du brauchst du auch nicht! Wenn dann, Frank, aber das brauch er auch nicht, denn ich habe das gerne gemacht."

„Willst du dich nicht ausziehen …, ich meine nur deine Jacke?"

Ben musste lachen und sagte:

„Das andere klingt verlockend, aber ich muss zum Flieger.

Ich freue mich schon auf Tassilo."

„Das kann ich verstehen. Wann fliegst du?"

„Um 19 Uhr."

„Na, dann los! Du hast nur noch zwei Stunden Zeit."

„Okay, dann bis nächste Woche!"

„Ja und grüße ihn von mir."

„Das werde ich machen", sagte er, gab mir ein noch einen Kuss und verschwand.

Ich machte mir ein richtig schönes Wochenende mit einem schönen Vollbad, gutem Essen und vielen Telefonaten mit Frank.

Jedes Mal, wenn ich ins Wohnzimmer kam, hüpfte mein Herz vor Glück.

Die Menge an Rosen war für mich jedes Mal überwältigend.

# Kapitel 5

Die Woche war in der Firma nicht mehr ganz so anstrengend wie die letzte.

Marcel und ich haben weitgehend die Problemfälle abgearbeitet und widmeten uns nach und nach dem normalen Tagesgeschäft, was unsere Kollegen freute, weil wir sie dadurch entlasteten.

Ich machte Mittwoch schon früher Feierabend und fuhr ins Penthouse, um den Kühlschrank auszumisten, denn den habe ich, seitdem Frank auf Reha ist, nicht mehr geöffnet.

Ich hatte gerade meine Jacke ausgezogen, da rief Christian mich auf meinem Handy an, was mich wunderte, denn sonst rief er mich nie an.

Ich fragte:

„Hi Christian, wie komme ich denn zu dieser Ehre?"

„Ich habe fertig und möchte gerne nach Hause kommen. Ist das in Ordnung für dich?"

„Ja natürlich und ich freue mich! Wann kommst du denn?"

„Wenn du nichts dagegen hast, schon morgen."

„Morgen schon, klar", sagte ich ein wenig überrascht.

„Damit bist du überfordert, oder? Ich kann auch die ersten Tage bei Ben unterkommen."

„Nein, das wäre ja noch schöner. Das ist doch dein Zuhause. Ich überlege nur, ob ich mir die nächsten Tage für dich freinehme."

„Mach dir bitte keine Umstände. Ich bin super pflegeleicht."

„Na mal sehen. Wenn ich so nachdenke, bin ich dann auch nicht mehr so viel allein."

„Okay, ich bin so gegen 15 Uhr da und ich freue mich wahnsinnig auf mein Bett. Warte mal, Kleiner, Frank möchte dich auch noch mal sprechen. Der steht gerade neben mir und fuchtelt mit den Händen. Tschüss, bis morgen!"

„Hallo, mein Hase! Wie geht es dir heute?", meldete sich Frank.

„Hallo, mein Schatz! Ja, mir geht es gut. Ich habe heute schon um 13 Uhr Feierabend gemacht, weil wir die letzten zwei Tage gut was weggeschafft haben. Deshalb überlege ich auch, wenigstens Freitag frei zu nehmen. Da haben wir nämlich keine Kundenbesuche eingeplant."

„Klar, das machst du schon. Ich habe gestern mit unserem Chef gesprochen und er spricht von dir in den höchsten Tönen."

„Danke, ich hatte ja auch den besten Lehrmeister!"

„Ja, da sprichst du ein wahres Wort!", sagte Frank ironisch und musste selber lachen.

„Du bist wohl überhaupt nicht eingebildet, oder?", sagte ich grinsend.

„Nö, überhaupt nicht!", jetzt lachten wir beide laut los.

„Du mein Hase," sagte Frank jetzt kleinlaut, „ich komme doch am Wochenende nach Hause und ich habe eben mit Ben gesprochen. Er sagte, dass Tassilo auch am Freitag kommt, und ich möchte sie sehr gerne wiedersehen."

„Klar können sie vorbeikommen", sagte ich.

„Schön! Kevin würde dann auch gerne kommen und vielleicht könntest du Marcel fragen, ob er auch Lust hat, mit uns den Samstag zu verbringen?", sagte er jetzt freudiger.

Ich musste jetzt erst mal Luft holen und es dauerte ein paar Sekunden, bevor ich ihn antwortete, deshalb fragte Frank:

„Jetzt hat es dir bestimmt die Sprache verschlagen, oder?"

„Ja, ein bisschen. Ich frage mich bloß, ob wir dann auch ein wenig Zeit für uns allein haben?"

„Pass auf, mein Hase, ich werde mir was einfallen lassen. Ich verspreche dir, wir werden genug Zeit für uns haben."

„Danke! Ich freue mich schon so auf dich."

„Du weißt gar nicht, wie ich mich auf dich freue", sagte Frank überschwänglich.

„Okay, ich frage Marcel. Vielleicht ist Malte ja auch da. Er war sich noch nicht sicher, ob er von seiner Insel wegkann", sagte ich.

„Schön, dann haben wir wieder eine große Runde. Du weißt, ich liebe das!"

Nachdem ich nach einer halben Stunde auflegte, lehnte ich mich zurück und musste erst einmal mit der neuen Situation zurechtkommen.

„Das wird ganz schön anstrengend für mich. Eigentlich müsste Ben sich doch jetzt melden! Er meldet sich doch immer, wenn es mir nicht gut geht oder wenn es mir alles zu viel wird", dachte ich. Wir hatten 15 Uhr und eigentlich hat er mittwochnachmittags keine Sprechstunde.

Ich ging zum Telefon und wollte ihn gerade anrufen, als mein Handy klingelte.

Ich schaute auf das Display und konnte es nicht fassen.

Es war Ben!

„Hallo Ben! Ich wollte dich gerade anrufen."

„Na, wie geht es denn meinem Kleinen?"

„Na ja, Frank überfordert mich ein wenig?"

„Warum, hatte ich das Gefühl, dass du meine Hilfe brauchst?"

„Ich weiß auch nicht. Vielleicht sind wir so was wie Seelenverwandte geworden."

„Das glaube ich bald auch. Wie sieht es aus, wollen wir uns treffen?"

„Ich muss noch in meine Wohnung, um die verwelkten Rosen zu entsorgen. Möchtest du da hinkommen?"

„Ja, das ist eine gute Idee. Ich bin in einer Stunde bei dir."

„Okay, ich freue mich."

Ich ließ den Kühlschrank, Kühlschrank sein und fuhr in meine Wohnung.

Es duftete immer noch herrlich, als ich meine Tür öffnete und sie sahen noch alle wunderschön aus. Es ließen nur wenige ihre Köpfe hängen.

Nachdem ich sie aussortiert hatte, zählte ich immer noch 200 Rosen, die ich in vier Sträuße zusammenfasste, dann sah ich plötzlich auf meinem Fernsehtisch, unter einigen Videos, mein Nikolausgeschenk, das ich in Franks Schrottauto gezogen habe. Ich nahm es sofort in die Hand und riss das Geschenkpapier auf. Es war eine CD-ROM, auf der das Datum 24.11.1998, stand.

„Das war doch die Woche, wo ich den großen Streit mit Frank und Christian, wegen Hamburg, hatte und ein paar Tage, bevor sie den Unfall hatten?", dachte ich.

Ich ließ meinen Computer hochfahren und schob die CD ein, dann brach für mich eine Welt zusammen, als ich den Film sah. Es zeigte Frank und Christian, total besoffen, in einer Kneipe und mich aufs Übelste beschimpfend.

*„Hallo Kleiner, du hast mich so hintergangen und enttäuscht und das wirst du mir büßen!"*, lallte Frank.
Dann sagte Christian:

*„Ja, du Böser, das wirst du noch mal, irgendwann bereuen, meinem besten Freund so einen Scheiß anzutun!"*

Ich sah mir das Video noch bis zum Ende an und die Drohungen wurden nicht weniger.
Ich saß starr vor meinen Rechner und konnte mich nicht bewegen.
„Was habe ich nur getan! Das ist eine Falle!", sagte ich laut und auf einmal war alles wieder da.
Ich dachte an die Gemeinheiten und Missachtungen, die Frank mir jahrelang entgegengebracht hatte, und ich zweifelte plötzlich auch an dem Unfall, den sie bestimmt alle nur inszeniert hatten, um mich fertig zu machen.
Ich hatte jetzt das Gefühl, als hätten sich alle gegen mich verschworen.
Ich war mir jetzt sicher, der Antrag, die plötzliche Liebe von Frank, die Freundschaft mit Ben, Tassilo, Christian und auch Kevin, das war alles nur gespielt, nur damit Frank mich zu seinem Leibeigenen machen kann.

„Was ist, wenn Frank, nach der Hochzeit, mich zu seinem Sklaven macht? Ich kann ihm doch jetzt nicht mehr vertrauen!? Alle sind in den von Frank geschmiedeten Plan eingeweiht, nur um mich auf die Knie zu zwingen! Das werde und kann ich nicht ertragen, aber was soll ich jetzt machen?", schwirrte es mir durch den Kopf.
Ich hatte plötzlich wieder das Gefühl, ausbrechen zu müssen.
Ich hätte am liebsten meine Koffer gepackt und mich weit weggewünscht.

Mich überkam ein Panikgefühl und ich konnte meine Tränen, nicht mehr zurückhalten.

Plötzlich klingelte es an der Tür und ich hatte so eine Angst, dass ich sie nicht öffnen konnte.
Es klingelte ein zweites und auch ein drittes Mal, dann zog ich mich in mein Schlafzimmer zurück und vergrub mich unter meine Bettdecke.
Mein Handy klingelte, dann mein Festnetz und dann wieder die Haustürklingel.
Ich hielt mir die Ohren zu, bis es still wurde.
Nach einiger Zeit kam ich unter meiner Decke hervor und ging ins Wohnzimmer.
Ich schnappte mir den Weinbrand und nahm einen großen Schluck aus der Flasche und weil es mir gut bekam, nahm ich noch einen zweiten und einen dritten.
Ich schaute auf mein Handy und las die drei Simsen, die Ben mir in der letzten halben Stunde geschickt hatte:

*„Wo bist du?"*
*„Bitte gehe ans Handy!"*
*„Ich bekomme langsam Angst!"*

Nein, ich konnte darauf nicht antworten!
In der nächsten Stunde machte ich die ganze Flasche leer und trank noch einige Wodka obendrauf.
In der Zeit klingelte meine Telefone noch öfters, auch Frank schrieb eine SMS, die ich auch ignorierte.
Inzwischen war ich so blau, dass ich müde in mein Schlafzimmer wankte und in mein Bett fiel.
Ich schlief sofort ein. Das war in meinem Zustand auch keine Überraschung, denn so viel hatte ich noch nie getrunken.

Das Nächste, was ich wahrnahm, als ich meine Augen öffnete, war eine weiße Zimmerdecke. Ich musste mich erst einmal orientieren.

Ich lag in einem Krankenhausbett.

Wie komme ich hierhin? Dann nach wenigen Sekunden fiel mir alles wieder ein und die Angst und Panik waren sofort wieder da.

Ich sah meine Sachen auf dem Stuhl, am Fenster, liegen.

„Ich muss hier weg!", sagte ich zu mir selber und versuchte, aufzustehen.

Das war gar nicht so einfach, weil ich an vielen Drähten hing und ich dabei einige rausriss. Es gab natürlich einen Alarm und sofort stand eine Schwester im Zimmer und so schnell sie wieder weg war, so schnell stand ein Arzt an meinem Bett.

Es war kein anderer als der mir wohlbekannte Doktor Martin.

„Sie machen ja Sachen!", sagte er trocken und befreite mich von den Kabeln.

Ich war in diesem Moment wie gelähmt und konnte nichts sagen.

„Sie wären uns fast von der Schippe gesprungen. Sie waren zwei Tage weggetreten. Warum haben Sie denn so viel getrunken?", sagte er und schaute mir dabei ernst in meine Augen.

Ich bekam kein Wort über die Lippen und ich merkte, dass mir Tränen über meine Wangen liefen.

Doktor Martin wischte sie mir ab und sagte dann:

„Na, wenn Sie mir nichts sagen wollen, werde ich Herrn Matz und Herrn Falk dazu holen. Sie sind in der Cafeteria und haben sich große Sorgen um Sie gemacht. Vielleicht erzählen Sie den beiden ja, was Sie dazu gebracht hat."

Er ging endlich aus dem Zimmer und ich startete einen neuen Versuch.

Ich wollte sie auf keinen Fall sehen.

„Die stecken doch alle unter einer Decke!", sagte ich zu mir selber und schlüpfte schnell in meine Hose und Pullover und verließ das Zimmer.

Es war niemand zu sehen, sodass ich unbemerkt das Klinikum verlassen konnte.

Draußen bekam ich unweigerlich die volle Härte des Winters zu spüren.

Es waren gefühlte 10 Grad minus und durch meine fehlende Jacke kam es mir noch kälter vor.

Ich war wie benommen und nach einer halben Stunde merkte ich den eisigen Wind gar nicht mehr. Ich lief ziellos durch die Straßen von Celle und achtete darauf, dass mich keiner sah.

Die Schlossuhr schlug zehnmal und es war dunkel, also mussten wir 22 Uhr haben.

Ich hörte sie auch noch elfmal schlagen, dann setzte ich mich kraftlos auf eine Parkbank.

Ich zitterte und meine Gliedmaßen waren richtig steif geworden, aber plötzlich wurde mir richtig warm und ich fühlte mich richtig wohl. Ich schloss zufrieden meine Augen und genoss diesen Zustand.

Leider kann ich die folgenden Ereignisse nur vom Hörensagen, berichten.

Als ich nach weiteren zwei Tagen aufgewachte und Frank sah, soll ich total ausgeflippt sein und immer wieder laut gerufen haben: „Weg, weg, er soll weggehen!"

Worauf Frank weinend das Krankenzimmer verließ.

Selbst bei Ben soll ich rebelliert und geschrien haben, wenn er sich meinem Bett näherte.

Ich musste lange weggetreten sein, denn als ich wieder einigermaßen klar denken konnte, fand ich mich in einer Psychiatrie in Bayern wieder.

Mein Körper hatte, durch nächtlichen Ausflug, ganz schön gelitten.

Ich hatte an Händen und Füßen starke Erfrierungen.

Meine Nase war noch ziemlich lange taub und mein kleiner Zeh musste mir sogar abgenommen werden, weil er nicht mehr zu retten war.

Die Psychologen gaben sich redlich Mühe, der Ursache meines Handelns auf den Grund zu gehen, aber jedes Mal, wenn sie das Gespräch auf Frank lenkten, wurde mir kotzübel und ich brach die Sitzung sofort ab.

Niemals wollte ich in mein altes Leben und zu Frank zurück!

Für eine Nervenheilanstalt war es doch ein recht angenehmer Ort.

Es war wohl die Luxusvariante der Psychiatrien. Heute weiß ich, dass es eine Privatklinik war, die Frank bezahlt hatte.

Sie war fast wie ein Hotel, außer dass man die Türen nicht allein aufbekam.

Im Gegensatz zu meinen Mitpatienten durfte ich in den ersten Wochen nicht nach draußen.

Ganz klar! Ich bin ja schon mal aus einer Klinik geflohen und das hat mich fast das Leben gekostet. Das machte mich noch depressiver.

Ich wurde zwar nicht mehr aggressiv, aber ich zog mich immer mehr zurück und weinte viel.

Es kam der Zeitpunkt, wo ich überhaupt keinen mehr an mich heranließ.

Ich saß nur noch auf meinem Zimmer und grübelte vor mich hin.

Das änderte sich, als wir einen neuen Pfleger bekamen.

Er stand wie aus heiterem Himmel an einem Tag, wo es mir besonders schlecht ging, an mein Bett.

Ich lag auf dem Bauch und weinte in mein Kopfkissen.

„Das Leben meint es nicht immer gut mit einem, oder?", sagte er mit einer weichen und beruhigenden Stimme.

Ich drehte mich um und sah in ein schönes, mitfühlendes Gesicht.

Er war groß und hatte schwarze Haare. Seine Art war so angenehm beherzt und er strahlte ein Mitgefühl aus, wie ich es lange nicht bei einem Menschen, beobachten konnte.

„Kann ich dir irgendwie helfen?", fragte er, mit ruhiger Stimme.

Ich weiß auch nicht, was in dem Augenblick in mir vor ging. Ich war so angetan von ihm, dass ich meine Arme ausbreitete und ihn einlud, mich in seine Arme zu nehmen.

Er folgte sofort meinem Bedürfnis und drückte mich an seine Brust.


Ziemlich schnell wurde klar, dass er nicht schwul ist, was mir aber völlig egal war, denn er war sowieso nicht mein Typ.

Ich weiß nicht, was er an sich hatte. Er konnte sehr gut zuhören, auch wenn ich wusste, dass er es, seinen Kollegen und den Psychologen, weitergeben musste, aber es fiel mir so leicht und aus mir sprudelte es wie ein Wasserfall.

Ich erzählte ihm zwar nichts über Frank und die letzten zehn Jahre, aber ich redete über meine Kindheit, die ja auch nicht einfach war. In den nächsten Wochen ging es mir immer besser und ich durfte auch mal in Elias Begleitung, so hieß er nämlich, nach draußen. Da erlebte ich auch das erste Mal nach langer Zeit wieder das Gefühl von tiefem Vertrauen. Ich spürte, an der herrlich frischen Luft, die Nähe einer tiefen Liebe, die aber auf keinen Fall von Elias ausging, weil ich dasselbe Gefühl ja sonst auch in der Klinik hätte haben müssen, wenn er mir nahe war.

Ich wurde so süchtig nach diesem Gefühl, dass ich Elias manchmal zweimal am Tag bat, mit mir rauszugehen, was er auch gerne tat, denn er sah, dass es mir danach viel besser ging.

Anfang April, ich war jetzt zwei Monate in der Geschlossenen, begann ich langsam, Elias von Frank zu erzählen.

Mir wurde zwar immer noch übel, aber es fiel mir jetzt ein wenig leichter.

Ich musste auch über ihn sprechen, denn wegen ihm war ich ja hier, dessen war ich mir schon bewusst.

Später ließ ich denn auch einen Psychologen zu, der mit dabei war, wenn ich Elias von ihm erzählte.

Ich erzählte alles, außer die Misshandlung, die ließ ich aus. Ich glaubte, die war nicht wichtig und mir machte sie ja auch nur Angst, wenn ich im Penthouse war, wo ich ja sowieso nie wieder hingehen würde.

Die Gespräche hatten zur Folge, dass es mir wieder von Tag zu Tag schlechter ging und ich bekam auf einmal solch eine Sehnsucht nach Frank, die immer größer wurde, gerade weil der Tag immer näher rückte, an dem wir eigentlich heiraten wollten. Die Psychologen meinten, das wäre das Stockholm-Syndrom und ginge mit der Zeit vorbei, aber es ging nicht vorbei. Ich hatte so einen Liebeskummer, dass es gar nicht zum Aushalten war.

Es war mein Geburtstag, der 17.04.1999, wo ich ganz am Boden war, denn an diesen Tag war mein Geburtstag und eigentlich mein Hochzeitstag.

Ich stand am Fenster in meinem Zimmer und schaute hinaus. Dass es regnete, machte meine Stimmung auch nicht besser.

Ich drückte meine Nase an die Scheibe und es liefen mir die Tränen nur so runter.

Ich dachte nach und ich wusste, dass ich alles kaputtgemacht habe, was mir wichtig war in meinen Leben.

„Soll Frank mich doch schlecht behandeln, Hauptsache, ich bin in seiner Nähe! Scheiß egal, was sie mir in diesem Video entgegengebracht haben, denn das habe ich bestimmt verdient! "

So tief unten war ich, dass ich so dachte.

Es waren fast drei Monate vergangen, seitdem ich durchgedreht war, und ich hatte von Frank, bis zu diesem Zeitpunkt, noch nichts gehört.

Ich konnte es ihm auch nicht verdenken, denn es war einfach zu viel, was ich ihm und auch Ben angetan habe. Er hatte mich bestimmt schon vergessen und war froh, mich los zu sein. Damit musste ich jetzt leben!

„Wäre ich bloß nicht abgehauen. Jetzt will er bestimmt überhaupt nichts mehr von mir wissen! Aber ich liebe ihn doch so!", sagte ich laut zu mir und fing bitterlich an zu weinen.

Dabei merkte ich nicht, dass Elias hinter mir stand und mir jetzt sanft über meinen Kopf strich.

Ich drehte mich um und sagte:

„Ich kann ohne ihn nicht leben!"

„Auch wenn es nicht mehr so wird wie vorher, zeigt es aber, dass dein Kopf langsam wieder versucht, vernünftig zu arbeiten."

Das half mir aber, in diesem Moment, auch nicht weiter.

„Ich bin in dieser scheiß Lage und ich komme da so einfach nicht mehr raus", sagte ich.

„Komm Christoph, irgendwann scheint auch für dich, wieder einmal, die Sonne. So und nun feiern wir deinen Geburtstag. Happy Birthday!"

Er zeigte auf die Torte, die auf den Tisch stand.

„Ist die für mich?"

„Na, siehst du noch jemand anderen, der heute Geburtstag hat?"

„Nein! Vielen Dank!"

„Für meinen Lieblingspatienten eine Lieblingstorte oder so ähnlich. Jetzt musst du nur noch die Kerzen auspusten und dir dabei etwas wünschen. Das geht dann bestimmt in Erfüllung."
Ich blies sie alle aus und wünschte mir und das darf ich jetzt sagen, weil es ja schon lange zurückliegt, dass ich noch einmal die weiche Haut von Frank spüren darf und er mich in seine Arme nimmt.
Ein, zu diesem Zeitpunkt, aussichtsloser Wunsch.

Elias gab sich alle Mühe, mich aufzuheitern, was ihm auch teilweise gelang.
Er veranstaltete eine richtige Party für mich, aber ich fiel immer wieder ins Grübeln zurück. Ich ging an diesem Abend früh schlafen, denn in meinem Bett fühlte ich mich noch am sichersten und Geborgenheit brauchte ich an diesen Tag.

Am nächsten Tag sprach mich die neue Psychologin „Frau Fischer" an.
Sie wollte mich am Nachmittag sprechen und ich war pünktlich um 15 Uhr bei ihr im Sprechzimmer.
Ich mochte sie. Sie war so erfrischend und hatte so ein schönes und sympathisches Lächeln. Wir hatten uns schon mal, vor Tagen, auf dem Flur unterhalten und weil ich sie so nett fand, bat ich sie später, mich zu betreuen.
Deswegen freute ich mich, dass sie mich nun sprechen wollte.
Zuerst bewunderte sie meinen Verlobungsring, den ich immer noch trug.
„Ihr Verlobter muss Sie sehr lieben!"
Ich senkte den Kopf und sagte:
„Das war einmal! Ich habe alles kaputtgemacht und ich kann es ihm noch nicht einmal verdenken, dass er nichts mehr, von mir wissen will."
„Warum denken Sie, dass er nichts mehr von Ihnen wissen will?"
„Wenn er mich lieben würde und ich weiß nicht, ob er das je getan hat, hätte er sich ja schon mal bei mir gemeldet. In den

ganzen drei Monaten, in denen ich jetzt hier bin, habe ich nichts von ihm gehört. Er hat mich bestimmt schon vergessen."

„Und ihre Freunde? Wo sind die? Ich glaube, sie haben alle eine riesige Angst vor ihrer Reaktion. Sie trauen sich vielleicht nicht, mit ihnen Kontakt aufzunehmen?"

„Nein, meine sogenannten Freunde stecken bestimmt mit Frank unter einer Decke. Sie wollten mich bestimmt nur alle fertigmachen, was sie nun auch geschafft haben."

Ich musste jetzt weinen und Frau Fischer nahm mich in ihren Arm. Ich war so todunglücklich und ich wusste nicht, wie ich da wieder rauskommen sollte.

Sie war so einfühlend, sodass ich ihr wirklich alles erzählte. Angefangen von meiner Kindheit, über das Kennenlernen von Frank, dem Heiratsantrag, bis zu diesem Video. Sie hörte es sich alles geduldig an und stellte nur wenige Fragen und nach fast zwei Stunden sagte sie:

„Ich glaube, wenn ich Ihnen so zuhöre, dass Sie diesen Frank noch abgöttisch lieben. Kann das sein? Und kann das sein, dass Sie sich das Alles nur einbilden? Sicher, das mit dem Video ist hart, aber vielleicht, kam der Film nur aus tiefer Enttäuschung seitens Frank zustande, Sie haben mir doch erzählt, dass sie darauf sehr angetrunken waren, oder?"

„Ja!"

„Sehen Sie, vielleicht hat Ihr Verlobter es am nächsten Tag schon wieder bereut und wollte es Ihnen gar nicht geben? Dann kam der Unfall dazwischen und er hat sich doch danach geändert, oder?"

„Ich weiß es nicht! So viele Fragen! Tut mir leid, Frau Fischer, ich kann, im Moment, keinen klaren Gedanken mehr fassen, aber eines möchte ich Ihnen noch sagen. Ich habe manchmal so ein Gefühl, als wäre Frank mir ganz nahe, aber immer nur, wenn ich draußen bin. Es ist so ein schönes und vertrautes Gefühl. Deswegen möchte ich ja immer nach draußen, weil ich nicht genug davon bekommen kann."

„Darüber wollte ich auch noch mal mit Ihnen sprechen. Wenn Sie mir versprechen, dass Sie nicht abhauen, können Sie ab sofort auch allein diese Klinik verlassen, natürlich in Absprache mit dem Pflegepersonal."

Ich schaute Frau Fischer mit leuchtenden Augen an und sprang ihr, vor Freude, um den Hals.

„Danke, danke! Sie wissen gar nicht, was das für mich bedeutet. Nein, versprochen, ich werde nicht abhauen."

Ich ging gleich nach der Sitzung allein nach draußen. Es war ein schöner Frühlingstag und die Sonne schien und wärmte schon ein bisschen.

Ich ging in das kleine Wäldchen und sofort war das schöne Gefühl wieder da.

Ich setzte mich auf die Bank, wo Elias und ich schon so oft gesessen haben, und genoss die Sonnenstrahlen.

In den nächsten Tagen beschäftigte ich mich damit, mein Leben wieder zu ordnen.

Ich kündigte zuerst meinen Job, denn ich konnte es mir nicht mehr vorstellen, zusammen mit Frank in einem Büro zu sitzen. Mein Chef war sehr traurig.

Er erzählte mir, dass ich jetzt schon der zweite gute Mitarbeiter sei, der die Firma verlässt. Ich konnte aber darauf keine Rücksicht nehmen, denn ich musste jetzt erst mal an mich denken und da ich sowieso nicht vorhatte, nach Celle zurückzukehren, kündigte ich auch meine Wohnung. Ich übergab alles einer Umzugsfirma, die meine Sachen erst mal einlagerte.

Dies alles geschah natürlich in Absprache mit Frau Fischer, der ich inzwischen sehr vertraute.

Da ich jetzt keine Arbeit und Wohnung mehr hatte, würde ich nach dem Klinikaufenthalt in ein betreutes Wohnen gehen, um mein Leben wieder neu zu ordnen.

Abgesehen vom 27. April, Franks 30. Geburtstag und dem Tag, wo wir eigentlich auf Hochzeitsreise, nach Irland, gehen sollte, ging es mir immer besser und Mitte Mai sagte Frau Fischer, dass sie es verantworten könne, mich Anfang Juni zu entlassen.

Ich war, zu der Zeit, schon so weit, dass ich auch eine Teilschuld an der ganzen Misere zu tragen habe, denn ich hätte zuerst das Gespräch mit Frank suchen sollen und mich nicht gleich in Alkohol ertränken. Zugute konnte ich mir halten, dass ich dank meiner Vorgeschichte sehr angeschlagen war und dieser Abend nur der Auslöser meiner Depression gewesen ist.

Sie ließ mich zu ihr kommen und begrüßte mich herzlich, dann sagte sie:
„Ich bin sehr zuversichtlich, dass sie sich wieder ganz erholen, aber dazu braucht es noch einiges. Ich glaube nicht, dass Sie ein ordentliches Leben führen können, wenn Sie nicht die ganze Wahrheit über Ihre Vergangenheit kennen. Sicherlich werden Sie sie irgendwann erfahren, denn man sieht sich immer zweimal im Leben, aber trotzdem möchte ich, dass Sie, solange Sie noch hier sind, mit Frank sprechen, um dann frei und ohne schlechtes Gewissen Ihr neues Leben beginnen können."
Ich war geschockt und sah sie mit großen Augen an.
„Nein, niemals! Ich kann das nicht! Ich würde vor Scham im Boden versinken!", sagte ich entschieden.
„Und wie wäre es mit einem guten Freund?", sagte sie und schaute mich traurig an.
„Bitte Frau Fischer, tun Sie mir das nicht an! Ich habe solche Angst", sagte ich weinerlich.
„Sie sollen das ja nicht allein machen. Ich werde dabei sein und wenn Sie wollen, Herr Schawe, Ihr netter Pfleger auch. Den mögen Sie doch, oder?"
Ich versuchte zu lächeln, was mir nicht gelang und sagte:
„Ja, er ist ein wirklich guter Freund für mich geworden."
„Also, wollen wir das so machen?"
Sie schaute mich erwartend an, während ich überlegte.
„Wenn, dann kommt nur einer infrage, mit dem ich mich immer gut verstanden habe und der mir viel geholfen hat. Ben war immer da und ist ein guter Freund für mich gewesen."
„Gut, und wie kann ich ihn erreichen? Wie heißt er mit vollem Namen?", sagte sie und nahm einen Notizblock zur Hand.

„Was, Sie wollen ihn anrufen?", sagte ich erstaunt.

„Ja, natürlich, oder wollten Sie das machen?"

„Nein, bitte nicht!", sagte ich und gab ihr den vollen Namen und seine Telefonnummer, die ich noch immer im Kopf hatte.

Nach ein paar Stunden kam Frau Fischer in mein Zimmer und sagte mir:

„Ich habe Ihren Freund Ben erreicht und er war sehr angetan von meinem Anruf. Das Gespräch findet am Pfingstsamstag, das ist eine Woche, bevor Sie entlassen werden, statt."

„Danke, Frau Fischer, aber ich habe panische Angst!"

„Das weiß ich aber das werden wir gemeinsam schaffen, oder?"

Die Woche war die Hölle für mich.

Ich malte mir immer wieder aus, was passieren könnte, und ich war mir ganz sicher, dass er absolut sauer auf mich ist und mir ordentlich seine Meinung geigen wird.

Die ganze Woche fanden Gespräche mit Frau Fischer und auch mit Elias statt, um mich auf Samstag vorzubereiten.

Trotzdem wich meine Angst nicht und am Samstag ging es mir so schlecht, dass ich gar nicht aufstehen wollte.

Elias trieb mich aus dem Bett und zwang mich, wenigstens ein Stück Brot zu essen, denn ich hatte überhaupt keinen Appetit.

Gegen 15 Uhr kam Elias in mein Zimmer. Ich saß auf meinem Bett und schaute aus dem Fenster.

Er setzte sich zu mir und sagte:

„Er ist da."

Ich nickte und begann zu zittern.

„Bist du bereit?", sagte er so einfühlsam, wie ich es noch nie von ihm gehört hatte.

„Nein, bin ich nicht. Elias, ich habe solche Angst."

„Hey, ich bin doch bei dir!"

„Bitte versprechen mir, dass du mich nicht loslässt."

„Nein, ich verspreche dir, ich werde dich die ganze Zeit festhalten. Mir fällt es auch nicht leicht, denn so was habe ich auch noch nicht erlebt und du kannst mir glauben, ich habe in meinem Beruf schon vieles erlebt. Du bist ein so klasse Typ und bist mir richtig ans Herz gewachsen, deswegen liegt mir viel daran, dass es dir gut geht", sagte er und dann liefen ihm ein paar Tränen die Wangen runter.

„Danke!", sagte ich.

„Wollen wir gehen?", sagte er.

Ich nickte und wir standen auf. Langsam gingen wir in Richtung des Sprechzimmers. Dabei hakte er meinen Arm in seinen und sprach mir gut zu.

Vor der Tür blieben wir noch einen Moment stehen. Elias gab mir die Zeit, die ich brauchte, und als ich nickte, klopfte er.

„Herein!", hörten wir Frau Fischer rufen und Elias öffnete die Tür. Wir gingen hinein und Ben, der gerade noch auf dem Sofa gesessen hatte, sprang plötzlich auf und kam, mit ausgebreiteten Armen, auf mich zu, aber ich war so verschüchtert, dass ich ein Stück zurückwich und mein Gesicht in Elias Brust drückte. Frau Fischer hielt ihn zurück und forderte ihn auf, sich wieder zu setzen.

„Christoph, Kleiner!", rief Ben hilflos.

Elias schloss die Tür und drängte mich auf das gegenüberliegende Sofa, und um seinem Versprechen nachzukommen, legte er seinen Arm um mich und hielt mich ganz doll fest.

Frau Fischer schaute dann Ben an und sagte:

„Vielen Dank, Herr Falk, dass Sie es einrichten konnten, mit uns zu sprechen, und ich weiß, durch unser Vorgespräch, dass es Ihnen sehr wichtig ist, heute hier zu sein."

„Ja, ich freue mich, nach so langer Zeit ein Lebenszeichen von ihm zu hören. Christoph, ich freue mich so, dich zu sehen. Wie konnte es denn nur so weit kommen?", dabei wendete er sich, mit verheulten Augen, an mich.

Ich konnte keinen Ton herausbekommen und schwieg.

„Ich glaube, es ist besser, wenn Herr Klier erst mal zuhört, und Sie erzählen uns, was damals passiert ist. Ist das für Sie in Ordnung?", sagte Frau Fischer und sprach damit Ben direkt an.

„Okay", sagte Ben, richtete sich auf und fing an zu reden:

„Ich war noch nach der Sprechstunde in meiner Praxis und hatte das Gefühl, Christoph anrufen zu müssen. Er war so froh, mich zu hören, und sagte, dass er mich auch gerade anrufen wollte, weil Frank ihn etwas überforderte. Sie müssen verstehen, wenn es uns gegenseitig schlecht geht, fühlen wir das regelrecht. Bei diesem Telefonat sagte Christoph noch, dass wir so was wie Seelenverwandte geworden sind, und das stimmt auch. Ich habe diesen Kerl so lieb gewonnen!"

Ben musste schlucken, um nicht zu weinen, dann nach ein paar Sekunden redete er weiter,

„Wir verabredeten uns in seiner Wohnung. Er wollte die welken Rosen aussortieren, die Frank ihn geschenkt hatte. Nach einer Stunde klingelte ich an seiner Tür, aber er öffnete nicht. Ich rief ihn unzählige Male an, aber ohne Erfolg. Ich schrieb ihm SMS und fuhr sogar ins Penthouse, das ist Franks Wohnung, aber da war er auch nicht, dann entschied ich mich, seine Wohnungstür aufzubrechen, was auch gut war, denn nach dem Alkoholgenuss schlug sein Herz schon sehr langsam und er atmete nur noch sehr schwach. Ich rief sofort einen Krankenwagen und begann mit den Wiederbelebungsmaßnahmen. Ich gab ihm eine Spritze Adrenalin, die auch gleich anschlug,"

„Woher hatten Sie die Spritze?", fragte Frau Fischer.

„Ich bin Arzt und habe schon vorsorglich meine Tasche aus dem Auto mitgebracht."

„Ah, ein Kollege!"

„Ja, wenn Sie so wollen? Okay, als er denn in der Klinik war, rief ich Frank an, der sofort, von seiner Reha, kam und er wich die ganzen zwei Tage, die Christoph im Koma lag, nicht von seiner Seite."

„Frank war doch zu der Zeit in der Reha, oder?"

„Ja, in Friedehorst, bei Bremen. Er hat keine Minute gezögert und ist dann noch, mitten in der Nacht, 200 Kilometer, bei Schnee und Eis, gefahren, nur um Christoph beizustehen.

Am zweiten Tag überredete ich Frank, mit mir in die Cafeteria zu gehen, um einen Kaffee zu trinken. Gerade dann wacht Christoph auf und verschwindet wie von Geisterhand. Er hatte

sich die Hose und den Pullover, die auf dem Stuhl lagen, angezogen und ist, für mich bis heute nicht erklärbar, aus der Klinik
geflohen. Wir haben die halbe Nacht nach ihm gesucht. Erst um
ein Uhr hat die Polizei ihn auf einer Parkbank gefunden. Zum
zweiten Mal in 48 Stunden fast tot. Als er wieder aufwachte,
fing er panisch an zu schreien und wollte Frank und mich unter
keinen Umständen sehen. Nach einer Woche besserte sich sein
Zustand immer noch nicht und der Professor riet Frank, ihn in
eine Psychiatrie einzuweisen. Frank suchte dann auch die beste
Klinik raus, die er bis heute auch bezahlt."

Ich schaute hoch und musste vor Schreck husten.
„Frank bezahlt diese Klinik für mich?", dachte ich.

„Möchten Sie etwas dazu sagen?", fragte Frau Fischer mich.
„Nein, ich wusste bloß nicht, dass Frank, meinen Klinikaufenthalt bezahlt."
„Nicht nur das! Er hat dich auch nie allein gelassen. Seit du hier
bist, ist er immer in deiner Nähe gewesen. Er hat sich, keine
200 Meter von hier, in einem Hotel eingemietet und hat dich,
wenn du draußen warst, immer beobachtet. Nicht nur dir geht
es schlecht, denn Frank ist schon zweimal zusammengeklappt,
weil er absolut nichts essen will, und er ist deshalb so abgemagert,
dass ich regelrecht Angst um ihn habe. Ich habe von Frau Fischer
vorhin erfahren, dass du glaubst, dass Frank dich nur ausnutzen
will und nur deshalb um deine Hand angehalten hat, um dich zu
einem modernen Sklaven zu machen. Mensch Christoph, wach
endlich auf und glaube ihm! Er liebt dich bedingungslos. Bitte
Christoph, Frank geht mir sonst noch zugrunde."

Ben konnte dann nicht mehr reden. Er lehnte sich zurück und
hielt sich beide Hände vor sein Gesicht und weinte bitterlich.
Auch Frau Fischer und Elias liefen die Tränen. Von mir gar nicht
zu reden, ich bekam einen Weinkrampf, von dem ich mich gar
nicht beruhigen konnte.
Frau Fischer gab uns Zeit, bevor sie, sichtlich bewegt, sagte:

„Herr Falk, Sie haben vorhin gefragt, wie es so weit kommen konnte. Ich glaube, es rührt noch von seiner Kindheit her. Er musste schon mit vier Jahren im elterlichen Haushalt helfen und keiner weiß, was er durchmachen musste, bis er mit sieben Jahren aus der Familie geholt wurde, dann kam er in ein Heim und wir wissen, wie es in unseren Kinderheimen, ja noch vor 20 Jahren, zuging. Er hat Anerkennung gesucht und hoffte, es bei Frank zu finden. Er tat alles, um ihm zu gefallen. Er führte wieder den Haushalt, sogar neben seinem Job. Frank kann man, in dieser Sache, keinen Vorwurf machen, denn er nahm es als eine angenehme Begleiterscheinung hin, denn Christoph machte es ja anscheinend gerne, aber schon wieder bekam er keine Anerkennung. Im Gegenteil, und das könnte man Frank zum Vorwurf machen, er bestrafte ihn noch mit Nichtachtung, wenn er etwas falsch gemacht hatte, und dann musste Christoph zwangsläufig denken, als Frank gemerkt hatte, dass er ihn verlassen wollte, Christoph nur deshalb einen Heiratsantrag gemacht hat, um ihn an sich zu binden.“
Ben nickte und sagte:
„Das leuchtet mir ein! Ich werde darüber nachdenken und dann mit Frank darüber sprechen. Ich hab ja noch nicht einmal gewusst, dass Christoph im Heim war und dass er so ein schlechtes Elternhaus hatte. Darüber hat er nie gesprochen. Na gut, ich habe ihn auch nie gefragt. Ich werde jetzt einen langen Spaziergang machen, um erst mal alles zu verdauen, dann gehe ich zu Frank, um mit ihm zu reden und wenn du nichts dagegen hast, möchte ich gerne morgen wiederkommen, um dich zu besuchen, denn du hast mir so gefehlt“, sagte er und schaute mir tief in meine Augen.

Er fing wieder an zu heulen, worauf ich ihm meine Hand entgegenhielt.
Er nahm sie und zog mich sanft zu sich rüber. Ich folgte seiner Einladung und landete in seinen Armen. Ich drückte ihn so fest, wie ich konnte, und wir beide weinten erbarmungslos.
Ich wollte ihn gar nicht wieder loslassen, aber Frau Fischer sagte, dass es jetzt, für den Anfang, genug sei und sie sich freuen würde, auch einmal mit Frank sprechen zu können.

Ben versprach, mit ihm darüber zu sprechen, und dann verabschiedeten wir uns, schweren Herzens, voneinander.

Ich blieb noch, mit Elias, ein paar Minuten, bei Frau Fischer. Wir wischten uns die Tränen aus den Augen und Elias sagte:

„Mann, das ist ja richtig gut gelaufen, oder?"

„Ja, das ist das, was unseren Beruf so schön macht, nämlich zu sehen, wie sich vieles zum Guten wendet", sagte Frau Fischer.

„Schau mal, deine Befürchtungen haben sich gänzlich in Luft aufgelöst", sagte Elias.

Frau Fischer bat uns, uns noch mal hinzusetzen, und sagte dann zu mir:

„Das war eine große Hürde, die Sie überwunden haben, aber das heißt nicht, dass Sie jetzt Ihre Pläne über den Haufen werfen und mit Frank wieder nach Hause fahren sollten. Sie brauchen viel Zeit, um nicht gleich wieder in den alten Trott zurückzufallen. Sonst sind Sie nämlich schnell wieder da, wo Sie vor ein paar Monaten waren und das wollen Sie doch nicht, oder? Außerdem wissen wir ja nicht, was bei dem Gespräch zwischen Ben und Frank rauskommt. So Feierabend, das haben wir uns auch reichlich verdient."

Elias brachte mich noch auf mein Zimmer, wo ich mich bei ihm bedankte. Nachdem er gegangen war, legte ich mich zufrieden auf mein Bett und weil ich so müde war, schlief ich seelenruhig ein.

Es war Pfingsten und da dauerte das Frühstück ein bisschen länger, deshalb war ich erst um zehn Uhr wieder in meinem Zimmer. Ich wollte mich gerade fertig machen, um nach draußen zu gehen, da klopfte es an meiner Tür.

Ich drehte mich um und sagte:

„Ja."

Sie öffnete sich ein Spalt und Ben schob seinen Kopf ein wenig herein.

„Frohe Pfingsten! Darf ich reinkommen?"

„Frohe Pfingsten! Na klar, ich freue mich!"

Er kam rein und ich lief ihm entgegen, dann sprang ich Ben in die Arme und drückte ihn so fest, dass er nach Luft schnappte.

Er nahm mich hoch und drehte mich im Kreis und ich war so glücklich, ihn wieder zu haben.

„Was für eine Begrüßung!"

„Das habe ich aber auch gebraucht", sagte ich, als er mich wieder absetzte.

Es war so schön, ihn zu sehen, und ich wollte ihn gar nicht mehr loslassen.

„Mensch, Kleiner, hab ich dich vermisst!"

„Was glaubst du, wie es mir ging. Ich habe meinen besten Freund wieder!", sagte ich und küsste ihn im ganzen Gesicht.

„Und, alles in Ordnung?", fragte ich neugierig.

Wir setzten uns auf meinen Balkon und Ben berichtete:

„Ja, ich habe gestern mit Frank bis tief in die Nacht, geredet und habe ihm gesagt, dass er sich gedulden und dir Zeit geben muss. Außerdem sagte ich ihm, dass ich es besser finden würde, wenn er erst mal mit Frau Fischer redet, bevor ihr euch wiederseht, damit er die Chance bekommt, es diesmal richtig zu machen. Natürlich nur, wenn du es möchtest und du dich noch mal für ihn entscheidest."

„Wie geht es ihm denn?"

„Körperlich müsste es ihm heute besser gehen. Ich habe ihn praktisch erpresst."

„Wieso?"

„Na, ich habe ihm gedroht, wenn er nicht isst, werde ich dich nicht von ihm grüßen. Da hat er vielleicht reingehauen. Der ganze Teller war leer. Ein riesiges Schnitzel mit Bratkartoffeln musste er essen und eine große Schale Eis hat er auch noch in sich reinzwängen müssen. Er hatte seit Monaten mal wieder einen vollen Magen."

„Und seelisch?"

„Da sieht es schon anders aus. Er vermisst dich wirklich und würde dich am liebsten sofort besuchen."

„Es tut mir so leid, dass es ihm so schlecht geht."

„Er muss sich selber leidtun, weil er es nicht früher gemerkt hat, dass etwas mit dir nicht stimmt."

„Konnte er doch nicht. Er war doch so lange krank."

„Ich spreche auch nicht von der Zeit, als er krank war. Ich spreche von den ganzen Jahren davor, oder ging es dir da gut?"

„Nein, aber er tut mir trotzdem leid!"

„Ja, okay, dass sprich für dich! So genug davon, vor Dienstag kann er sowieso nichts machen, bis dahin muss er seine Füße eben stillhalten und wir beide feiern jetzt endlich unser Wiedersehen, oder?"

„Ja, das machen wir."

„Ich denke, wir machen uns einen schönen Vormittag am See und dann führe ich dich ganz fein aus. Ist das gute Idee?", fragte Ben voller Enthusiasmus.

„Ja, das werden wir machen."


Ich machte mich fertig, sagte den Schwestern Bescheid und dann gingen wir zum See.

Immer wieder fasst er mich um und sagte:

„Du glaubst gar nicht, wie ich mich freue, dich wieder zu haben. Nach einer so langen Zeit habe ich die Hoffnung schon aufgegeben und hab auf Frank eingeredet, endlich wieder nach Hause zu kommen, aber als Frau Fischer mich anrief, um mich zu einem Gespräch, mit dir, einzuladen. Ich bin regelrecht ausgeflippt vor Freude. Ich hab mir sogar beim Hochspringen meinen Dötz an der Lampe gestoßen, hier fühle mal."

Er nahm meine Hand und führte sie dahin, wo an seinem Kopf eine große Beule war.

„Mann, die ist ja richtig groß. Das hat bestimmt wehgetan!", sagte ich.

„Ja, ganz schön, aber das war mir, in diesem Moment, völlig egal. Ich war so froh, dich wiedersehen zu dürfen."

„Ich hab mich auch gefreut, aber ich habe auch Angst gehabt, dass du mir Vorwürfe machen könntest, weil ich euch das doch alles angetan habe."

„Ich habe zu keiner Zeit daran gedacht, dass du nur allein dafür verantwortlich bist. Das Einzige, was ich dir vorwerfen kann, ist, dass ich um dich solche Angst gehabt habe."

„Oooh, du bist so süß!"

Wir verbrachten wirklich eine schöne Zeit. Den folgenden Tag waren wir in München. Es tat mir echt gut, endlich mal wieder richtig zu leben.

Am Dienstag hörte ich erst mal nichts von Ben. Ich wusste ja, dass Frank heute mit Frau Fischer sprechen wollte. Ben sagte mir, dass er ihn, an diesem Tag, nicht alleine lassen werde und deshalb bei ihm bleibt.

Er wollte mich aber gleich informieren, wenn das Gespräch vorbei war, und so war es auch.

Gegen 16 Uhr klopfte es an meiner Tür. Ich war schon den ganzen Tag nervös und konnte überhaupt nicht klar denken.

„Hallo Ben, wie lief das Gespräch?", fragte ich neugierig, als er hereinkam.

„Hallo, mein Kleiner, das Gespräch ist noch in Gange."

„Er spricht noch mit Frau Fischer?"

„Ja, und sie möchte, dass du dazukommst, aber nur wenn du willst."

Ich sackte zusammen. Damit hatte ich nicht gerechnet, dass ich ihn heute schon wieder sehe. Ich fing an zu zittern und in mir kam wieder eine Angst hoch, die gar nicht zu ertragen war.

Das merkte Ben und sagte:

„Ganz ruhig, lass dir Zeit. Es kommt nicht auf die Minute an. Frank wird bestimmt nicht gehen. Es sei denn, du möchtest es."

„Nein, ich muss mich bloß daran gewöhnen."

Nach einer Viertelstunde sagte ich:

„Gut, dann las uns mal gehen."

„Okay, bist du bereit?"

„Nein, aber da muss ich jetzt durch. Ich habe ja den besten Freund neben mir, den ich mir wünschen kann."

Er legte seinen Arm um mich und öffneten die Tür.

Zu meiner Überraschung stand, obwohl er dienstfrei hatte, Elias vor der Tür.

Er schaute mich an und sagte:

„Wenn du nichts dagegen hast, würde ich gerne bei diesem Gespräch dabei sein. Du bist mir ans Herz gewachsen und ich möchte wissen, wie es mit euch weitergeht."

„Natürlich, ich bin froh, wenn du mich wieder unterstützt, aber woher weißt du von dem Gespräch, du hattest doch zwei Tage frei?"

„Das würde ich, erst mal gerne, für mich behalten."

„Okay, dann las uns los!", sagte ich.

Dann ging ich wieder, diesen langen Gang, in Richtung Sprechzimmer.

Mir rutschte das Herz in die Hose vor Angst.

„Gleich werde ich Frank wiedersehen, nach so einer langen Zeit. Ich weiß gar nicht, wie ich mich verhalten soll", dachte ich.

Ich nahm mir aber fest vor, nicht zu weinen. Ich war froh, dass ich diesmal zwei starke Männer neben mir hatte, die mich fest in ihren Armen hielten, aber letztendlich musste ich da alleine durch. Als wir vor der Tür standen, wollte ich schon einen Rückzieher machen, aber die beiden hielten mich zurück. Sie mussten richtig auf mich einreden, denn es war mir plötzlich alles egal. Meine Scham, vor Frank, war einfach zu groß.

Ben flehte mich an:

„Bitte, tue es für mich!"

Natürlich wusste ich das, dass das kein Eigennutz von Ben war. Er dachte nur an mich und Frank.

Ich fügte mich und Ben klopfte, dann öffnete Elias, ohne ein „Herein" abzuwarten, die Tür zum Sprechzimmer.

Als ich dann Frank sah, sackte ich zusammen. Meine Knie waren so weich, aber Ben und Elias stützten mich.

Ich war erschrocken und traute meinen Augen nicht.

Er stand mitten im Raum und war so mager, dass er gar nicht wiederzuerkennen war. Frank war nur noch Haut und Knochen. Seine Augen waren tief-dunkel und eingefallen. Er hatte nichts von einem sportlichen und muskulösen jungen Mann mehr. Dieser arme Kerl stand da wie ein Häufchen Elend.

„Frank!?", sagte ich nur.

Er fing an zu weinen und das war zu viel für mich.

Ich riss mich von Ben und Elias los und lief auf ihn zu. Frank öffnete seine Arme und ich ließ mich in sie fallen.

„Christoph, mein kleiner Hase! Danke, ich hatte so eine Angst, dass du mich verstößt."

„Nein, wie könnte ich. Ich liebe dich so sehr!"

„Ich liebe dich viel, viel, viel mehr. Bitte kannst du mir verzeihen?"

„Ich glaube, wir sind wohl beide schuld daran!"

„Ja aber das größte Arschloch war ich und ich will mich ändern, das verspreche ich dir, hoch und heilig."

„Es ist so schön, Sie beide so zu sehen, und ich will das Glück auch nicht stören, aber wäre das nicht besser, wenn wir uns alle auf das Sofa setzen?", sagte Frau Fischer lächelnd, was wir dann auch machte.

„Du bist so dünn!", sagte ich zu Frank.

„Das wird schon wieder. Jetzt hab ich ja wieder einen Grund, zu essen."

„Sie sehen wirklich unnatürlich dünn aus", sagte Frau Fischer.

Ben zückte sein Handy und zeigte ihr Bilder von Frank im Optimalzustand.

„Na denn essen Sie, damit Sie wieder so gut aussehen wie auf dem Bild."

„Aye, Aye, Sir!", sagte Frank im ironischen Ton.

Dann setzte Frau Fischer ein ernstes Gesicht auf und sagte:

„Gut, bis hier ist es ja gut gelaufen, aber wir möchten doch ein bisschen mehr in die Tiefe gehen, oder?"

„Okay, dafür sind wir ja auch hier!", sagte Frank.

Sie wandte sich zu Frank und sprach ihn direkt an:

„Erst mal bin ich froh, dass Sie sich bei mir gemeldet haben und mit uns sprechen wollen. Ich denke, Sie können viel zur Gesundung von Herrn Klier beitragen. Ich würde vorschlagen, dass Sie erst mal erzählen, wie Sie die letzten Monate erlebt haben. Angefangen, von dem Zeitpunkt als Herr Falk Sie im Januar angerufen hat."

Frank war sichtlich nervös und hielt meine Hand ganz fest.

Er dachte erst mal nach und sagte nach ein paar Sekunden:

„Vorher muss ich ein bisschen ausholen und wenn ich darf, möchte ich zuerst Christoph was sagen. Zu Weihnachten, bevor ich dir den Antrag gemacht habe, sagte ich zu dir, dass es mir leidtut, was ich dir, die ganzen Jahre, angetan habe. Du hast mir jahrelang, jeden Wunsch von den Augen abgelesen. Du hast für mich gesorgt, hast meinen Haushalt geführt und wir haben sogar im selben Bett geschlafen. Doch all die Jahre habe ich nicht darüber nachgedacht, warum du das machst. Ich habe es nur als angenehm empfunden und es wurde für mich zur Normalität. Leider sind bei mir, öfter die Pferde durchgegangen, wenn etwas nicht nach meiner Nase ging. Ich war ja auch gerne mit dir zusammen und konnte mir gar nicht vorstellen, ohne dich zu leben. Das meinte ich wirklich so und jetzt weiß ich, dass ich dich schon die ganze Zeit geliebt habe, aber ich konnte es mir nicht eingestehen."

„Warum konnten Sie es sich nicht eingestehen, Herr Matz?", sagte Frau Fischer interessiert.

„Weil ich nie eine feste Beziehung mit einem Mann wollte."

„Sie wussten aber schon, dass sie auch auf Männer stehen?"

„Ja, ich hatte aber auch eine lange Beziehung mit einer Frau und das fühlte sich für mich richtiger an. Die kleinen Eskapaden, mit einigen Männern, empfand ich nur als eine schöne Begleiterscheinung."

„Gut, das habe ich jetzt verstanden. Sie können jetzt weitererzählen!", sagte Frau Fischer.

„Okay! Christoph, Frau Fischer und auch Ben sagten, dass dies alles von deiner Kindheit herrührt und dass du nach Anerkennung gesucht hast? Warum hast du denn nie, mit mir, darüber gesprochen?"

„Frank, ich habe es so oft versucht und wollte dir von meinem Leben im Heim erzählen, aber du hast nie zugehört. Selbst als der Brief kam, in dem stand, dass meine Eltern gestorben sind, hast du nur gesagt, dass ich doch froh sein kann, endlich diesen Lebensabschnitt ad acta legen zu können. Nichts weiter und ich musste damit ganz alleine klarkommen."

„Hatten Sie denn keine Freunde, denen Sie sich anvertrauen konnten?", fragte Frau Fischer mich.

„Nein, die haben sich alle von mir abgewendet, weil Frank mich total vereinnahmt hat. Er sagte, es reicht, wenn du einen guten Freund hast, und damit meinte er sich."

Frank pustete einmal und senkte verschämt seinen Kopf.

„Herr Klier, was ist mit Herrn Falk, mit dem verstehen Sie sich doch gut, oder?"

„Ja, aber wir haben uns erst richtig kennengelernt, als Frank und Christian den schrecklichen Unfall hatten. Er hat mich sehr unterstützt, weil ich damit ziemlich überfordert war. Plötzlich musste ich alles das machen, was Frank mir sonst abgenommen hat. Er ist dadurch mein bester Freund geworden."

„Sie hatten einen Unfall?", fragte Frau Fischer und wendete sich wieder Frank zu.

„Ja, und zwar einen ziemlich schlimmen. Ich hatte Hirnblutungen und lag fast drei Wochen im Koma und ich weiß nicht, ob es daran lag, dass mir auf einmal ein Licht aufging. Plötzlich sah ich alles viel klarer und Christoph in einem ganz anderen Licht. Da war es fast schon zu spät, denn noch während ich im Koma lag, hatte sich Christoph schon entschieden, aus meinem Leben zu verschwinden. Das hat mir Ben gestern erzählt. Ich habe es nicht gespürt, aber geahnt. Doch was ich plötzlich spürte, war eine nie zuvor da gewesene innige, vertraute und große Liebe zu Christoph. Ich lag in meinem Krankenbett und wusste zuerst gar nicht, damit umzugehen, aber mit der Zeit wurde mir klar, dass ich ohne ihn nicht mehr leben konnte. Nicht mehr leben wie zuvor, weil ich ihn brauchte, sondern weil ich ihn über alle Maßen liebte. Ich hatte schon ein schlechtes Gewissen, gerade weil ich ihn die letzten Jahre so mies behandelt habe, deshalb fiel mir der Heiratsantrag ja auch so schwer. Bitte glaub mir, Christoph, ich habe dich nicht gefragt, weil ich dich an mich binden oder dich zu meinem Sklaven machen will. Ich habe dich nur aus einem einzigen Grund gefragt, und zwar nur, weil ich dich liebe."

„Was haben Sie, an diesen gewissen Abend, gefühlt, als Ben sie anrief und Ihnen sagte, dass er Herrn Klier nicht erreichen kann?", fragte Frau Fischer in einem ruhigen Ton.

„Ich hatte wahnsinnige Angst! Ich dachte, was soll ich jetzt machen? Ich sitze hier in der Reha, in einem gottverlassenen Nest bei Bremen und kann nichts machen!? Ich versuchte, ihn zu erreichen, aber er ging nicht an sein Handy noch an sein Festnetz. Ich habe es auch bei mir zu Hause, versucht aber nichts und als Ben dann das zweite Mal anrief und mir sagte, dass er ihn halb tot in seiner Wohnung gefunden hatte, habe ich mir von Christian das

Auto geliehen und bin sofort zu ihm in die Klinik nach Celle gefahren. Zwei Tage saß ich an seinem Bett und gerade als Ben und ich in der Kantine waren, um einen Kaffee zu trinken, wachte er auf und verschwand. Wir suchten ihn die ganze Nacht und zehn Stunden, nachdem er in der eisigen Kälte, herumgeirrt war, fand die Polizei ihn, total verfroren auf einer Parkbank. Sie legten ihn in der Klinik sofort in ein Wärmebett und ich legte mich dazu, um ihn zusätzlich zu wärmen. Ich hatte so eine Angst um ihn und ich konnte mir nicht vorstellen, warum er das gemacht hat. Warum, Christoph, hast du das gemacht und was ging in deinem Kopf vor? Bei uns lief doch alles super! "

Frank schaute mich ängstlichen Augen an und ich sagte:

„Als ich mich mit Ben verabredete, fuhr ich in meine Wohnung und fing an zu grübeln und fand zufällig dein Geschenk, das ich aus deinem Schrottauto gezogen hatte."

„Was für ein Geschenk?"

„Die CD-ROM, die du in schön eingepackt hast und mit meinen Namen versehen hast."

Frank hielt sich schuldig den Kopf.

„Eine CD-Hülle und auch Geschenkpapier habe ich an Christoph Computer gesehen, als ich die Rosen entsorgt habe."

„Das habe ich ja total vergessen! Ich wollte sie am nächsten Tag wegschmeißen, aber da kam ja der Unfall dazwischen", sagte Frank und schlug sich an seinen Kopf.

„Ich hatte mich gefreut, dass du mir etwas zum Nikolaus schenken wolltest, und denn das."

„Was war auf dieser CD drauf, Herr Matz?", fragte Frau Fischer mahnend, obwohl sie es von mir schon wusste.

„Ich war mit Christian, einem guten Freund, der bei mir wohnt, in einer Kneipe und habe mir mit ihm meinen Frust von der Seele getrunken. Da kam mir die Idee, Christoph, auf dem ich damals richtig sauer war, einen Film zu schenken, worauf ich meinem Herzen ordentlich Luft machte. Der Wirt, den ich gut kannte, brannte mir noch am gleichen Abend alles auf eine CD und ich packte sie gleich ein, dann schrieb ich seinen Namen drauf und legte es später in mein Auto, da habe ich sie wohl vergessen."

„Ich habe sie dann gefunden und mir den Film an diesem Abend angesehen", sagte ich.

„Es tut mir leid mein Hase, ich war nicht Herr meiner Sinne."

„Weißt du eigentlich, wie ich mich da gefühlt habe? Mein Geist sagte mir, dass ich da nie wieder rauskomme und ich für immer in deinen Fängen bin. Ich war fest überzeugt, dass du alles von langer Hand geplant hast und mich nur heiraten willst, um mich mehr an dich zu binden. Auf einmal bekam ich so eine Angst und Panik, dass ich wie gelähmt war. Ich wollte weit weg und entschied mich, einfach abzuhauen, aber das ging zu dem Zeitpunkt nicht, weil Ben Sturm an meiner Haustür klingelte. Deswegen schüttete ich mir erst mal einen ein und konnte dann nicht mehr aufhören."

„Und dann wurden daraus zwei und eine halbe Flasche!", sagte Ben,

„Ja, das war wohl ein bisschen viel."

„Das war definitiv zu viel. Wie ging es dann weiter, Herr Matz?", fragte Frau Fischer.

„Nach zwei Tagen wachte er, nachdem ihn ein Zeh amputieren werden musste, auf und drehte völlig durch.

Er schrie über Stunden und wenn er mich sah, wehrte er mich ab und brüllte laut, dass ich weggehen solle. Das wiederholte sich die ganze Woche. Dann wurde er noch mal operiert, weil sich die Wunde entzündet hatte, und kam danach gar nicht mehr richtig zu sich. Ich sprach mit dem Professor, der mir riet, ihn in ein Sanatorium zu überweisen. Er empfahl mir diese Klinik und ich glaube, das war auch die richtige Entscheidung. Ich mietete mich dann, nicht weit von hier, in ein Hotel ein und suchte mir einen Spitzel, der mich mit Informationen versorgte, denn von der Leitung dieser Klinik hatte ich strikte Anweisung, mich ihm nicht zu nähern oder ihn zu besuchen. Ich musste also abwarten, was mir sehr schwerfiel, aber ich hatte Geduld, auch wenn mein Gesundheitszustand darunter gelitten hat. Nur wenn er draußen war, hatte ich die Möglichkeit, Christoph zu sehen. Das war für mich die Hölle, ihn nur beobachten zu können und nicht mit ihm sprechen zu dürfen."

Ich dachte nach, denn es ging mir immer richtig gut, wenn ich im Park war.

„Ich habe gespürt, dass da irgendetwas da war, was mich umgab. Deshalb wollte ich doch so oft nach draußen. Ich wurde fast süchtig nach dem Gefühl von Vertrautheit, Geborgenheit und inniger Liebe, die ich besonders in dem kleinen Wäldchen spürte. Jetzt weiß ich, woher das kam. Nämlich von dir, oder!"

„Ja, ich war manchmal nur drei Meter von dir entfernt und habe mich hinter einem Baum versteckt und ich freue mich, dass du so gefühlt hast."

„Und wer war dieser sogenannte Spitzel, der Sie mit Informationen versorgt hat?", fragte Frau Fischer neugierig.

„Darüber möchte ich nicht sprechen, denn ich befürchte, dass es dann nicht gut für diese Person ausgehen würde. Das müssen Sie verstehen."

„Okay, dann werden wir davon auch nicht mehr sprechen, aber vielleicht klären Sie das noch mal unter sich allein, denn ich glaube, dass es für Herrn Klier sehr wichtig sein könnte", sagte Frau Fischer mahnend und schaute dabei Elias an.

„Das werden wir auf jeden Fall machen!", sagte Ben und legte beruhigend seine Hand auf mein Knie.

„So, jetzt habe ich noch eine Frage. Sie haben eben gesagt, dass Sie sich Herrn Klier nicht nähern dürfen. Wer hat Ihnen das verboten? Ich kann von einem Besuchsverbot in den Unterlagen nichts finden! Herr Klier hat immer gehofft, etwas von ihnen zu hören!", fragte Frau Fischer. Frank schaute sie entgeistert an und sagt: „Ich habe, als Christoph eingeliefert wurde, mit einem Herrn Konrades gesprochen. Er sagte, dass es besser sei, wenn ich mich erst mal, von ihm fernhalte und darauf warten soll, dass Christoph sich bei mir meldet. Er meinte, dass die Therapie besser anschlägt, wenn er absolut isoliert ist", sagte Frank.

„Na, da bin ich doch ganz anderer Ansicht. Egal, Herrn Konrades ist leider, seit ein paar Monaten, nicht mehr bei uns und wir können ihn auch deshalb nicht mehr fragen."

„Wieso, heißt das jetzt, dass wir die ganze Zeit mit Christoph Kontakt aufnehmen hätten können?", fragte Ben.

„Nach meiner Meinung hätte dadurch Herrn Kliers Gesundung schneller vorangetrieben werden können und er hätte nicht so viel leiden müssen, denn die Ungewissheit ist ein böser Feind des Menschen."

Frank und Ben fassten sich an ihre Köpfe und lehnten sich resigniert zurück.

„Gut, das kann man jetzt nicht mehr ändern. Lassen Sie uns trotzdem weitermachen", sagte Frau Fischer und schaute zu mir: „Ich habe mit Herrn Klier ausgemacht, dass er, gerade weil er jetzt keine mehr Arbeit hat, nach der Therapie in eine Adaption geht, um sein Leben wieder neu ordnen zu können, und das sollte er auch auf jeden machen, egal wie es mit Ihnen, Herr Matz, ausgeht. Herr Klier braucht viel Zeit, sich neu zu finden, und die sollten sie ihm geben. Die sollten Sie ihm alle geben, denn Sie sollten bedenken, dass es sonst schnell, zu einem Rückfall kommen könnte."

Alle nickten und stimmten ihr zu und Frank sagte:

„Ich werde alles tun, was ihm hilft, wieder ganz gesund zu werden, und ich werde auf ihn warten, solange es auch dauert. Diesmal versuche ich, alles richtig zu machen."

„Danke dir!", sagte ich und schaute ihm tief in die Augen.

Dann druckste er ein wenig herum, als ob er die Antwort schon kannte, und fragte mich:

„Warum hast du denn, deinen Job gekündigt und wann?"

„Schon im April. Zu der Zeit war es für mich nicht denkbar, wieder nach Celle zurückzukehren."

Frank senkte den Kopf und ich wusste nicht, was in ihm gerade vorging, aber dann sagte er:

„Ich habe meinen auch gekündigt. Ich wollte nur bei dir sein und konnte an nichts anderes denken als nur an dich."

„Ach, deswegen hat der Chef gesagt, dass ich schon der zweite gute Mitarbeiter bin, der die Firma verlässt."

„Ja, das war wohl ich!"

„Jetzt brauchen Sie beide einen neuen Job, das ist aber nicht günstig für Ihre Zukunft", sagte Frau Fischer besorgt.

Dann machte Ben einen Witz und lockerte damit das Gespräch ein wenig auf.

„Ich stelle euch ein. Christoph als meine Sprechstundenhilfe und Frank als meine Putze."

Alle fingen an, zu lachen, und es tat richtig gut, denn gelacht hatte ich schon lange nicht mehr.

„Nein," sagte Frank, „ich werde mir jetzt erst mal eine Auszeit nehmen und mich ganz auf meinen Christoph konzentrieren."

„Aber wie sieht es dann finanziell bei Ihnen aus? Verstehen Sie mich nicht falsch, ich denke nur an Herrn Klier, denn Harz-IV ist nicht gut für eine Beziehung", sagte Frau Fischer.

„Nein, ich bin in der glücklichen Lage, nicht arbeiten zu müssen, und ich glaube, mein Geld reicht auch für zwei."

„Oder für drei oder für zehn?", sagte Ben ironisch.

„Ja, Ben, ich habe ein bisschen mehr Geld und ich brauche mir deswegen keine Sorgen zu machen."

„Gut, denn haben wir das auch geklärt. Denn gibt es nur eines, was ich noch nicht angesprochen habe, nämlich Ihrer beider Hochzeit."

„Ich möchte Christoph natürlich immer noch heiraten", dabei schaute er mich mit leuchtenden Augen an.

Ich lächelte ihn an und wollte ihm was sagen, aber Frau Fischer ging dazwischen und sagte:

„Ich wollte nur dazu sagen, dass Sie dies erst einmal zurückstellen sollten, denn Sie zwei müssen sich erst mal klar werden, wie es mit Ihnen weitergeht, und bevor das nicht geklärt ist, würde ich davon Abstand halten."

Wir nickten und ich war froh, dass sie das gesagt hatte, denn ich wollte nichts überstürzen.

„Ich denke, das ist auch genug für heute. Herr Klier brauch jetzt Zeit, das alles zu verdauen. Herr Matz, ich würde Sie noch kurz allein sprechen, wenn es möglich ist!?"

„Na klar, ich stehe ganz zu Ihrer Verfügung!"

Dann standen wir auf und Frank fragte mich:

„Darf ich dich gleich noch mal sehen?"

„Bitte ja!", sagte ich gerührt. „Ich bin auf meinem Zimmer."

Er gab mir einen Kuss auf meine Wange und dann gingen wir und ließen Frank mit Frau Fischer allein.

Als wir auf meinem Zimmer waren, legte ich mich erst einmal auf mein Bett, um mich ein wenig auszuruhen. Die beiden setzten sich zu mir auf die Bettkante und ich schaute Elias lächelnd an:

„Du warst es doch, der Frank die Information gegeben hat, oder?"

Verschämt schaute er nach unten und sagte:

„Ja, tut mir leid, er hatte mich irgendwann, nach Feierabend, abgefangen und mich gebeten, ihm etwas von dir zu erzählen. Ich wollte zunächst nicht, aber als er mir seine Geschichte erzählte, tat er mir so leid, dass ich nicht anders konnte. Ich spürte, dass er dich liebt."

Jetzt erwartete er ein Donnerwetter und duckte sich, aber ich sagte nur:

„Danke, Elias!"

Er schaute mich mit erstaunten Augen an und fragte:

„Du bist mir gar nicht böse?"

„Nein, vielleicht wäre es ohne dein Horch und Guck nicht so weit gekommen. Vielleicht hätte Frank ohne dich schon längst aufgegeben?!"

„Danke, dass du nicht sauer bist, ich habe dich nämlich so lieb gewonnen und möchte dein Freund sein", sagte er und umarmte mich.

Wir warteten schon eine Stunde und ich wurde langsam nervös.

„Was machen die so lange?", dachte ich.

„Was denkst du?", fragte Ben mich.

„Was denke ich? Ich weiß gar nicht, wie ich es nur so lange ohne Frank aushalten konnte! Das dachte ich und jetzt habe ich solch eine Sehnsucht nach ihm."

„Oooh, er kommt ja gleich!"

„Hoffentlich!"

Ich rutschte vor Aufregung hin und her. Ich hielt es im Bett nicht mehr aus und wollte gerade aufstehen, da klopfte es.

„Na schau, das wird er sein", sagte Ben.

Die Tür ging langsam auf und Frank schaute herein.

„Hallo!", sagte er mit einem breiten Grinsen. „Tut mir leid, es hat ein bisschen länger gedauert."

„Komm her, hier ist gerade ein Platz freigeworden", sagte ich zu ihm und stieß Ben von der Bettkante.

Wir alle lachten über diesen kleinen Scherz. Als Frank sich zu mir auf die Bettkante setzte, pochte mein Herz bis zum Hals. Ich war so nervös. Endlich hatte ich meinen Frank wieder. Mein Wunsch zu meinem Geburtstag war doch in Erfüllung gegangen. Er berührte mich und wollte mich küssen, hielt sich dann aber im letzten Moment zurück.

„Wir haben nur eine halbe Stunde", sagte Frank plötzlich.

„Warum?", fragte ich ihm.

„Frau Fischer möchte, dass du dich erst einmal erholst und wir es auch nicht überstürzen sollten, was ich akzeptiere."

Wir schauten uns dann tief in die Augen, worauf Ben sagte: „Okay, ich glaube, wir beide haben noch was vor", und schaute dabei Elias an.

„Ja, genau! Du meinst diese Sache!", sagte Elias hektisch.

„Ja genau diese Sache. Wir sehen uns nachher", sagte Ben zu Frank und schon waren sie verschwunden.

Frank streichelte mein Gesicht und kam näher, dann flüsterte er mir leise ins Ohr:

„Ich würde dich sooo gerne küssen!"

„Ich dich auch!", flüsterte ich zurück.

Er kam ganz nahe an mein Gesicht und den Moment, als seine Lippen meine berührten, werde ich nie vergessen. Er küsste mich, als wäre es das erste Mal.

Sein Kuss war so unsicher und gleichzeitig zärtlich. Ich wollte die Zeit anhalten und wollte nie wieder was anderes erleben als das, was gerade passierte.

„Ich liebe dich!", sagte ich und hielt sein dünnes Gesicht in meinen Händen.

„Ich liebe dich noch viel mehr!", sagte er und ich merkte, dass er zitterte.

Plötzlich klopfte es.

„Wer kann das sein?", fragte Frank.

Ich rief: „Herein!", und eine Köchin betrat das Zimmer. Sie hatte einen großen Teller mit einer Haube in der Hand. Sie stellte es auf den Tisch, sagte freundlich: „Guten Appetit!", und verschwand wieder.

Ich rief ihr noch ein „Danke!" hinterher, und dann schloss sich die Tür.

„Was war das denn jetzt? Hast du Hunger?", fragte Frank verwirrt.

„Nein, aber du!"

„Wieso ich? Ich habe doch gut gefrühstückt!?"

„Ja, aber das ist ja schon über 12 Stunden her! Heute ist doch Dienstag, oder?"

„Nein, das ist doch nicht das, was ich denke?"

„Doch, dein Lieblingsessen, Rumpsteak mit Bratkartoffeln."

Er gab mir einen dicken Kuss und sprang dann auf. Er nahm die Haube vom Teller und staunte.

„Ich werde verrückt, aber das schaff ich doch nie!"

„Das schaffst du, da werde ich schon dafür sorgen."

Wir setzten uns an den Tisch und er fing sofort an zu essen.

Es war ein Genuss, ihm dabei zuzuschauen, denn er schloss bei jedem Happen seine Augen.

„Es scheint dir ja zu schmecken!"

„Mhmm, du glaubst gar nicht, wie ich das vermisst habe!", schmatzte er.

„Also schmeckt es besser als bei mir?", sagte ich ein wenig ironisch.

„Nein, an deinen Kochkünsten kommt keiner ran, aber trotzdem würde ich es, nach so langer Zeit, nicht stehen lassen."

Er aß alles auf und hielt sich seinen nicht mehr vorhandenen Bauch.

„Hoffentlich hast du dich jetzt nicht überfressen!", sagte ich und schaute ihn lächelnd an.

„Oh Mann, in mich passt nichts mehr rein. Ich bin so satt."

„Das freut mich, dass es dir endlich wieder schmeckt."

„Ich konnte einfach nichts runterbekommen. Ich hatte so einen Liebeskummer!"

„Es tut mir so leid, dass ich so abgekackt bin", sagte ich reumütig.

„Es ist nicht deine Schuld. Gibst du mir einen Kuss?"

„So viel du haben möchtest. Ich liebe dich!"

„Ich liebe dich noch viel mehr!", sagte er und beugte sich über den Tisch.

Ich kam ihm entgegen und gab ihm einen langen Kuss und ich dachte:

„Wie konnte ich nur so lange ohne ihn sein."

Plötzlich schaute er auf seine Uhr.

„Ich muss gehen. Frau Fischer hat uns eine halbe Stunde gegeben. Jetzt sind es schon 45 Minuten."

„Schade!"

„Ja, aber ich möchte, wie gesagt, diesmal alles richtig machen und wir brauchen beide Zeit, diesen Tag zu verdauen. Du siehst so müde aus und musst dich dringend ausruhen."

„Okay! Wir sehen uns doch morgen wieder, oder?"

„Nichts auf der Welt würde mich davon abhalten!"

Küssend verabschiedeten wir uns, dann war er weg und ich wieder allein.

Ich sah aus dem Fenster und dachte:

„Das kann doch jetzt nicht alles passiert sein?"

Mir kam das, nach all den Monaten, so unwirklich vor.

In meinem Kopf war nur Watte und ich konnte nicht mehr klar denken. Frank hatte recht, ich war unheimlich müde. Ich legte mich in mein Bett und schlief sofort ein.


„Christoph, Christoph! Aufwachen!"

Ich öffnete meine Augen und sah Ben direkt in sein schmunzelndes Gesicht.

„Ben, hast du noch was vergessen?"

„Nein, ich wollte mich nur von dir verabschieden. Hast du seit gestern Abend so geschlafen? Du hast dich noch nicht mal ausgezogen."

„Seit gestern Abend? Ist denn heute schon morgen?"

Ben lachte:

„Ja, wir haben sechs Uhr morgens. Du kannst gleich weiterschlafen. Ich muss wieder nach Hause und fahre gleich los. Vorher wollte ich dich unbedingt noch einmal sehen!"

Ich richtete mich auf und sagte schlaftrunken:

„Du willst wieder nach Hause?"

„Ich muss! Ich kann meinem Vater die Praxis nicht länger zumuten."

„Schade! Kommst du noch mal wieder?"

„Na klar, den ganzen Juli bleibt meine Praxis geschlossen. Da komme ich mit, Tassilo."

„Ja, grüße ihn schön. Was macht Frank?"

„Der liegt mit seinem dicken Kopf in seinem Hotelbett. Er hat gestern Abend vor Freude einen über den Durst getrunken. Er wird wohl erst heute Nachmittag bei dir auftauchen", sagte er und lachte höhnisch.

Er umarmte mich noch und dann war er auch schon verschwunden. Ich winkte ihm noch am Fenster nach und zog mich danach endlich aus, dann legte ich mich noch mal hin, um noch eine Stunde zu schlafen.

Es war schon halb elf Uhr, als ich aus der Therapiegruppe kam, und ich war echt davon erschlagen. Meine Mitpatienten stellten mir eine Menge Fragen, die ich alle noch nicht beantworten konnte, denn ich wusste ja selbst noch nicht, wie es mit mir weitergeht. Eigentlich war heute kein Gespräch mit Frau Fischer geplant, aber sie wollte trotzdem mit mir reden. Also ging ich zu ihr und klopfte an die Tür. Sie öffnete und bat mich herein.

„Schön, dass ich sie noch mal sprechen kann, nach der emotionalen Sitzung gestern. Ich habe noch mal nachgedacht und glaube, dass es besser wäre, wenn Sie uns noch zwei Wochen länger erhalten bleiben, denn eigentlich hat Ihre Therapie ja gestern erst begonnen, oder?"

Ich schaute sie traurig an und sagte:

„Eigentlich habe ich mich schon auf diesen Termin eingestellt und Sie haben bestimmt recht, aber meinen Sie nicht, dass fast fünf Monate reichen?"

„Ja, fünf Monate sind schon eine lange Zeit, aber ich habe das Gefühl, dass Sie noch nicht so weit sind, und würde Sie gerne noch ein bisschen länger hierbehalten."

„Wenn das Ihre Meinung ist, werde ich mich natürlich fügen, denn Sie sind die Psychologin und ich fühle mich auch sehr wohl hier, aber das müsste ich erst mal mit Frank besprechen."
„Warum? Sie sind doch ein eigenständiger Mensch und können selbst entscheiden?"
„Ja, aber seit letztem Wochenende weiß ich, dass er meinen Aufenthalt hier bezahlt, und ich will ihn nicht ausnutzen."
„Da machen Sie sich mal keine Sorgen. Ich habe gestern noch lange mit Herrn Matz gesprochen und er versicherte mir, dass er alles tun wird, dass es Ihnen wieder besser geht. Ich habe ihm dann schon meinen Vorschlag unterbreitet und er war voll und ganz meiner Meinung."

Mir kamen wieder die Tränen und immer mehr bekam ich das Gefühl, dass Frank das mit mir ernst meint.

„Okay, ich möchte aber noch mal darüber nachdenken und Ihnen vielleicht morgen Bescheid geben?"
„Das ist kein Problem. Ich gebe Ihnen so viel Zeit, wie Sie brauchen. Geben Sie mir denn nur eine kurze Info, ob ja oder nein."
„Danke! Eigentlich habe ich mich immer sehr sicher gefühlt und so gern ich hier raus möchte, die Angst vor draußen ist schon sehr groß."
„Sehen Sie, und so lange Sie noch unsicher sind, sollten Sie noch bleiben. Wir wollen doch, dass Sie wieder ganz gesund werden, und es nicht zu einem Rückfall kommt, oder?"
Ich stimmte ihr zu und musste meine feuchten Augen wischen.
Sie streichelte mir über meine Wange und sagte:
„Wissen Sie eigentlich, dass Sie einen ganz lieben Freund haben?"
„Ja, und ich habe geglaubt, dass er nur mit mir spielt und mich nur ausnutzen will."
„Ja, da haben wir gestern auch noch drüber gesprochen. Sie haben sich die ganzen Jahre nur auf ihn fixiert und um seine Liebe gekämpft, da haben Sie selber nicht gemerkt, wie es Ihnen dabei geht. Selbst Herrn Matz fiel nie auf, dass es Ihnen schlecht ging, aber er beteuert, dass er sich nicht mehr um sie gekümmert hat.

Ich hatte eigentlich gestern einen gleichgültigen, extravaganten und oberflächlichen Mann erwartet. Was sich mir aber darbot, war ein netter, verantwortungsvoller und ja auch lieber Mensch, der Sie, nach meiner Meinung, über alles liebt. Ich weiß nicht, wie er vorher war, aber – und da bin ich mit Herrn Falk einer Meinung – es müssen durch den Unfall die Bereiche in seinem Gehirn aktiviert worden sein, die für die Gefühle zuständig sind, und dann hatte er erst gemerkt, wie ungerecht und gemein er zu Ihnen war. Jetzt versucht er alles, um das wiedergutzumachen, was er mit Ihnen, all die Jahre, angestellt hatte, aber nicht, weil er Mitleid mit Ihnen hat, sondern weil er Sie liebt."

Ich musste schlucken, denn jetzt kam mir wieder alles hoch. Die vielen Bevormundungen, seine wütenden Anfälle, wenn ich einmal etwas falsch gemacht hatte, und wie er mich denn mit Nichtachtung gestraft hat.

Ich verlor kurz die Fassung, dann sagte ich weinend:

„Er war manchmal so gemein und ich wusste nicht, was ich machen sollte. Ich wusste aber, dass ich ihn nie verlassen könnte, und fand mich damit ab. Erst nach seinem Unfall überwand ich mich und entschied, zu gehen, aber da kam er ja mit dem Heiratsantrag und ich war so glücklich. Mir ging es einfach nicht in den Kopf, wie er sich so ändern konnte? Ich bekam, an diesem Abend, Panik und wollte da raus. Ich hatte auf einmal solche Angst und wollte dieses schreckliche Gefühl betäuben."

„Und da haben Sie denn zum Alkohol gegriffen. Sie haben gedacht, dass morgen alles wieder in Ordnung wäre."

„Nein, ich habe mich an diesem Abend entschieden, alles platzen zu lassen. Ich wollte weg! Ich wollte endgültig mit allem abschließen und ein neues Leben anfangen. Dass es nun so gekommen ist, hätte ich nicht gedacht."

„Gut, dann ist es auch richtig, dass Sie noch ein bisschen länger bleiben, um sich klarzumachen, was Sie wirklich wollen!"

Nach dem Gespräch ging ich in den Park, um ein wenig nachzudenken und auch zu schauen, ob Frank endlich kommt. Ich vermisste ihn jetzt doch ganz schön, aber er tauchte nicht auf.

Anrufen wollte ich ihn auch nicht. Das wäre auch nicht gegangen, denn seine neue Nummer hatte ich nicht im Kopf.

Das Handy, das ich ihm zu Weihnachten geschenkt habe, hatte einen neuen Anbieter und die Nummer hatte ich zwar in meinem Handy gespeichert, aber das lag, zusammen mit meinen anderen Sachen, in einem Container eingelagert. Das dachte ich, zu diesem Zeitpunkt, zumindest.

Ben hatte mir zwar das Hotel gesagt, wo er wohnte, aber ich wollte nicht Himmel und Hölle in Bewegung setzten, um die Nummer rauszukriegen.

Also fand ich damit ab und ging zum Mittagessen.

Danach ging ich resigniert Richtung meines Zimmers und ließ meinen Kopf hängen.

„Soll er doch bleiben, wo der Pfeffer wächst!", dachte ich und beschloss, mich jetzt hinzulegen. Ich schaute noch mal aus dem Fenster und zog mich dabei aus.

Ich setzte mich auf die Bettkante und stellte meinen Wecker, um das Abendbrot nicht zu verpassen. Ich schlug die Decke auf und legte mich hinein.

Dann bekam ich den Schreck meines Lebens und so schnell ich im Bett war, umso schneller war ich auch schon wieder heraus.

Ich drehte mich langsam um und sah in das lächelnde, verschlafende Gesicht von Frank.

Jetzt bekam ich die Retourkutsche, am eigenen Leib zu spüren.

Jetzt wusste ich, wie Christian sich gefühlt haben musste, als Ben und ich in seinem Bett gelegen hatten und er sich reinlegen wollte.

Er rekelte sich zufrieden und sagte:

„Oh, ich muss wohl eingeschlafen sein!"

„Mann, du hast mich zu Tode erschreckt!", sagte ich und hielt mir mein Herz.

„Tut mir leid! Ich war schon um neun Uhr hier und da du noch bis halb elf in der Gruppe warst und weil ich gestern ein bisschen tief ins Glas geschaut habe und deswegen noch ziemlich müde war …"

„… legtest du dich einfach in mein Bett und schläfst deinen Rausch aus", fuhr ich ihm in seinen Satz.

„Ja und um auf dich zu warten", sagte er und rieb sich seine Augen.
Ich setzte mich wieder auf die Bettkante und sagte:
„Frank, ich warte schon den ganzen Morgen auf dich und hab
mir Sorgen gemacht. Hast du denn keinem von der Pflege Be-
scheid gesagt?"
„Doch, die kleine Dicke, am Empfang, wusste Bescheid."
„Toll, gerade die, die immer alles vergisst."
„Aber da kann ich doch nichts zu!", sagte er traurig.
„Nein, aber ich habe mir wieder das Schlimmste ausgemalt und
über Stunden gelitten."
„Über Stunden?", sagte Frank verwirrt.
Er schaute auf meinen Wecker, der jetzt 13 Uhr zeigte, dann er-
schrak er.
„Was, so spät ist es schon? Jetzt verstehe ich erst, dass du dir Sor-
gen gemacht hast. Och Mann! Es tut mir so leid. Ich habe schon
lange nicht mehr so gut und fest so viele Stunden durchgeschla-
fen. Sonst sind das maximal nur zwei Stunden, dann werde ich
wieder wach, aber das ist auch kein Wunder, dein Bett riecht so
gut nach dir und ich fühlte mich dir so nahe!"
Er richtete sich auf und gab mir einen Kuss, dann sagte er grinsend:
„Du bist ja nackt?"
„Ja, ich wollte mich gerade hinlegen. Ich dachte, du kommst
heute nicht mehr."
Er hielt mir die Bettdecke auf und fragte:
„Und warum machst du es nicht?"
Jetzt musste ich verschmitzt lachen und rollte mich, zu ihm, un-
ter die Decke.
Er gab mir einen Kuss, dann half ich ihm, sein Shirt und seine
Hose auszuziehen, in der er die ganze Zeit geschlafen hat.
Ich legte mich ganz dicht an ihn und spürte seine Wärme. Jetzt
merkte ich erst, was ich die ganze Zeit vermisst hatte.
Wir blieben den ganzen Nachmittag im Bett und kuschelten und
berichteten uns von den letzten Monaten.
Ich erzählte ihm alles. Wie ich mich in den letzten Jahren gefühlt
habe und wie ich unter ihm gelitten habe und dass ich nicht nur
einmal ausbrechen wollte, es aber nicht konnte, weil ich ihn so

geliebt habe. Wie oft ich hier in meinem Zimmer gesessen habe und an ihn gedacht hatte und ich mich auf mein neues Leben eingestellt habe.

Er schaute mich dabei abwechselnd mit einem bestürzten und reumütigen Gesicht an und wenn ich weinte, küsste er mir die Tränen weg.

Auch Frank redete viel. Er erzählte mir von Ben, Tassilo, Christian und Kevin und auch von Marcel und Malte, die mir alle herzliche Grüße ausrichteten. Frank hatte abends noch mit ihnen telefoniert, um sie an seiner Freude teilhaben zu lassen.

Ich kam jetzt endlich dazu, ihm zu seinem Geburtstag, zu gratulieren, der ja nun schon fast einen Monat zurücklag.

Später ging ich zu Elias, der gerade Dienst hatte, um ihn zu fragen, ob er mich bei der Küche entschuldigen könnte, wegen Unwohlsein meinerseits und ich habe ihn gebeten, uns ein wenig Essen, aus der Küche zu schmuggeln. Er sagte sofort Ja und verschwand in den Speisesaal. Ich ging zurück in mein Zimmer und legte mich wieder zu Frank, der immer noch im Bett lag.

Wir hatten wirklich einen riesigen Hunger und es kam uns wie eine Ewigkeit vor, bevor Elias, nach einer Stunde, an der Tür klopfte und mit einem Riesentablett ins Zimmer kam.

„Sorry, dass es so lange gedauert hat, aber ich musste noch die Mitpatienten einweihen, die haben sich nämlich Sorgen um dich gemacht, dann hatte ich Dienstschluss und ich musste noch eine Übergabe machen."

„Ist doch nicht so schlimm. Wir sind schon nicht verhungert."

Er stellte das Tablett auf den Nachtisch, verabschiedete sich und wollte gerade gehen, da sagte ich:

„Das ist ja so viel, das reicht ja für eine ganze Armee. Du hast doch sicherlich auch Hunger, willst du uns nicht beim Essen Gesellschaft leisten?"

„Nein, ich will nicht stören!"

„Quatsch, wir hatten schon den ganzen Nachmittag für uns. Komm, keine Widerrede, du isst jetzt mit uns!", sagte Frank.

„Okay, ich gebe mich geschlagen."

Wir sprangen aus dem Bett und zogen uns an, dann deckten wir den Tisch. Es gab Roastbeef und Käse, Tomaten mit Mozzarella und noch vieles mehr.

Es war so viel, dass wir gar nicht alles schafften und uns danach, pappsatt, die Bäuche hielten.

„Na, wie sieht es aus, habt ihr einen schönen Nachmittag gehabt?", sagte Elias grinsend.

Ich schaute Frank an, der sagte:

„Ja und ich bin froh, dass wir diese Zeit hatten, denn endlich haben wir uns mal richtig ausgesprochen."

„Und du Christoph, bist bestimmt froh, dass du nächste Woche hier raus kannst, oder?"

Ich druckste ein wenig herum, denn darüber hatte ich, mit Frank, noch gar nicht gesprochen.

Ich schaute ihn an und sagte:

„Eigentlich würde ich gerne noch ein wenig länger bleiben. Frau Fischer hat mich heute gefragt, ob ich nicht noch zwei Wochen verlängern möchte, weil sie der Meinung ist, dass meine Therapie jetzt erst beginnt. Es tut mir leid, Frank, dass ich dir davon noch nichts gesagte habe."

„Ich habe doch schon gestern mit Frau Fischer darüber gesprochen und ich bin ganz ihrer Meinung. Mach dir keine Sorgen. Ich wollte dich bloß nicht fragen, weil du dann vielleicht gedacht hättest, dass ich dich nicht wieder haben will."

„Danke, Frank, für dein Verständnis! Ich hatte Angst, du könntest denken, dass ich mich vor der Zukunft, drücken will."

Er schaute mich an, gab mir einen langen Kuss und sagte:

„Ich möchte nur, dass du wieder ganz gesund wirst, so lange es auch dauert, denn das darfst du nie vergessen, ich liebe dich!"

Ich war so gerührt, dass mir die Tränen kamen. Frank wischte sie mir weg und ich antwortete:

„Und ich liebe dich noch viel mehr."

Wir küssten uns jetzt lange und innig und vergaßen dabei, dass wir nicht alleine waren. Elias räusperte sich und sagte dann trocken:

„Störe ich? Soll ich gehen?"
Wir wachten plötzlich aus unseren Träumen auf und lachten
verschämt.
„Tut uns leid, wir haben uns total vergessen", sagte ich.

Nachdem wir uns wieder gefasst hatten, fragte Frank, Elias:
„Wir kennen uns ja schon ein paar Monate und du hast mir ja
viel von Christoph erzählt, aber was du so machst, wenn du nicht
grade hier arbeitest, weiß ich nicht?"
„Ich hab ein kleines Zimmer im Ort, mit einem Bett und einem
Schrank. Es ist zwar klein, aber es reicht für mich."
„Und wie sieht es mit Freunden oder Familie aus?", fragte ich.
„Ich habe nur noch eine Schwester, die auf Rügen lebt. Da bin
ich auch geboren und habe in der Psychiatrie Stralsund meine
Ausbildung gemacht. Da ich danach, in unseren Breitengraden,
keinen geeigneten Job gefunden habe, bin ich in die große weite Welt gezogen und hier in Bayern gelandet. Durch die Arbeit
und meine wechselnden Schichten war es mir bislang noch nicht
möglich, jemanden kennenzulernen."
„Außer uns!", sagte Frank.
„Außer euch, aber ihr verschwindet ja auch in geraumer Zeit von
hier und dann bin ich wieder allein", sagte Elias traurig.
„Ja aber, wir werden in Kontakt bleiben und uns gegenseitig
besuchen. Du bist nämlich ein Pfundstyp und ohne deine Hilfe wäre ich bestimmt schon abgereist", sagte Frank und schlug
ihm auf seine Schulter.
„Siehst du, wie ich es dir sagte!", sagte ich.
„Danke, ihr seid auch sehr nett."
„Nett, das ist die große Schwester von Scheiße!", sagten wir fast
gleichzeitig.
„Nein, so war das doch nicht gemeint. Ich bin ja froh, dass ich
nicht allein bin."
„Und was ist mit dem Rest deiner Familie?", fragte ich.
„Ich bin adoptiert und kenne meine richtigen Eltern nicht. Nach
dem Tod meiner Adoptiveltern habe ich meine Schwester ge-
sucht und sie auch gefunden. Sie wohnte 20 Kilometer von mir

entfernt. Ich bin denn zu ihr und ihrem Mann gezogen. Sie haben einen großen Bauernhof und viel Platz."

„Woran sind deine Eltern gestorben?", fragte Frank.

„Beide an Krebs. Auch wenn es nicht meine richtigen Eltern waren. Sie waren die Besten, die man sich vorstellen kann."

„Ja, dann müssen wir sagen, willkommen im Klub."

Elias schaute Frank mit einem ungläubigen Blick an und fragte: „Deine Eltern auch?"

„Ja, bei einem Autounfall und Christophs Eltern haben sich …"

„… totgesoffen. Du kannst es ruhig beim Namen nennen, mein Schatz", beendete ich seinen Satz.

„Ja, von Christoph wusste ich es, aber von deinen Eltern!? Das tut mir echt leid!"

„Schon gut, das ist jetzt schon über zehn Jahre her und ich habe mich daran gewöhnt."

„Tja, wir sind alle gestrandete Persönlichkeiten", sagte Elias.

Wir stimmten ihm zu und für einen Moment war es ziemlich still. Diese durchbrach aber Elias und sagte:

„Ich muss morgen Früh wieder arbeiten und deswegen langsam los. Es ist schon 21 Uhr und ich muss um vier Uhr aufstehen."

Er stand auf und umarmte und beide, bedankte sich für den schönen Abend und ging.

Frank blieb noch und kuschelte mit mir noch ein bisschen. Nach ein paar Minuten fragte er mich:

„Kannst du hier auch über Nacht wegbleiben?"

„Ja, das muss ich aber erst beantragen. Warum?"

„Ich würde gerne, über das Wochenende, mit dir wegfahren. Hast du Lust?"

„Ja, das wäre so schön!", sagte ich freudig.

„Hast du irgendeinen Wunsch?"

Ich überlegte und sagte dann:

„Ich würde so gerne mal zum Gardasee, aber eigentlich ist mir das egal. Hauptsache, ich bin mit dir zusammen."

Frank lächelte breit und sagte:

„Ich werde mir etwas überlegen, ja?"

„Okay, ich lasse mich überraschen!"

Es war schon 12 Uhr, als wir an der Tür standen, um uns zu verabschieden.

Da fiel mir noch etwas ein und ich sagte:

„Ich habe noch eine Bitte an dich! Mein Hab und Gut ist jetzt ja in einem Container eingelagert ..."

„In einem Container?", sagte Frank unwissend.

„Ja, weißt du das gar nicht, dass ich meine Wohnung aufgegeben habe?"

„Nein, du hast deine schöne Wohnung gekündigt?"

„Ja, ich wollte mit meiner Vergangenheit ganz und gar abschließen. Ich konnte doch nicht ahnen, dass du noch zu mir hältst, und dachte, du hättest mich schon abgeschrieben."

„Du kleiner, dummer Junge", sagte er lächelnd und streichelte mir über meinen Kopf.

Ich drückte mein Gesicht an seine Brust und ich erlebte, in diesem Moment, von Frank ein ganz neues Verständnis.

Er war so liebevoll und sagte:

„Es tut mir weh, das von dir zu hören, aber ich kann dich so gut verstehen. Ich hätte, an deiner Stelle, vielleicht genauso gehandelt. Okay, was möchtest du denn aus dem Container haben? Brauchst du noch was zum Anziehen? Ich besorge es dir."

„An Kleidung hast du mir genug eingepackt, eigentlich viel zu viel. Nein, ich vermisse mein Handy."

Da schlug sich Frank an seine Stirn und verzog sein Gesicht.

„Was hast du?"

„Ich habe total vergessen, dir etwas zu geben. Ich war, bevor du hierhergebracht wurdest, in deiner Wohnung ..."

Jetzt stockte er und rang nach Fassung, aber ich redete ihm gut zu, sodass er nach einigen Sekunden weitersprechen konnte.

„... ich war also in deiner Wohnung und habe deine Sachen gepackt. Mir ging es an diesem Abend so schlecht, denn du kannst dir nicht vorstellen, wie dein Schlafzimmer aussah. Ich habe dein Bett abgezogen und ich bin froh, dass du noch am Leben bist. Du hättest an deinem Erbrochenen ersticken können."

Ich schämte mich und seine Tränen liefen ihm jetzt über seine Wangen. Er tat mir so leid, dann räusperte er sich und sagte:

„Gut, ich habe also deine Sachen gepackt und habe dein Handy an mich genommen. Es war aus und ich hoffe, du weißt deinen PIN noch."

Er ging zu seiner Umhängetasche und holte eine kleine Tüte raus. Er griff hinein und holte mein Handy, samt Ladegerät, heraus.

„Mein Handy! Danke!", rief ich und fiel ihm um den Hals.

„Es müsste eigentlich angehen. Es hing die ganze Nacht am Ladegerät."

Ich hatte endlich mein Handy wieder. Ich gab sofort den PIN ein, den ich natürlich noch wusste.

Frank genoss meine Begeisterung und sagte dann:

„Christoph, mein Hase, ich muss jetzt wirklich gehen, sonst bekommst du noch Ärger."

„Nein!"

„Wieso nein?"

„Nein, ich lasse dich heute nicht mehr gehen. Ich möchte nicht, dass du jetzt noch in der Dunkelheit herumläufst. Außerdem möchte ich heute Nacht nicht alleine bleiben. Bitte bleib hier!"

Er schaute mich gerührt an und sagte:

„Ich möchte eigentlich auch nicht gehen und bei dir bleiben. Danke, dass du mich gefragt hast. Du kannst dir gar nicht vorstellen, was das für mich bedeutet."

Wir küssten und zogen uns gegenseitig aus, dann verschwanden wir unter die Bettdecke.

Frank war sehr lieb und hielt sich zurück, denn außer ein bisschen Kuscheln passierte diese Nacht nichts. Ich spürte, dass er es wollte, aber mir war es noch zu früh, was Frank voll und ganz akzeptierte.

Es war traumhaft, endlich wieder neben Frank aufzuwachen. Ich lag ganz dicht an ihm und er hielt mich so fest, als ob er mich nie wieder loslassen wollte. Ich spürte seinen Atem, so nahe war ich ihm und sein leises Säuseln im Schlaf habe ich echt vermisst. Seine Haut war so weich und zart wie ein Baby.

Ich fühlte an diesem Morgen zum ersten Mal seit Langem so etwas wie Glück und mir wurde ganz warm ums Herz, als ich ihm so beim Schlafen zuschaute.

Ich gehöre zu ihm, das wurde mir an diesem Morgen klar und ich wusste nicht, was mich geritten hatte, auf den Gedanken zu kommen, dass er mich nicht liebt?!

Mein Wecker zeigte 06:30 Uhr und ich hatte noch eine halbe Stunde Zeit, bevor er klingelt. Die nahm ich mir auch, um diesen Moment zu genießen. Schon sein vertrauter Geruch war es wert, neben ihm liegen zu bleiben. Umso mehr schade fand ich es, als um sieben Uhr die Musik anging und der Song „Kiss" von Prinz ertönte.

Frank öffnete seine Augen und schaute mir direkt in mein Gesicht, dann sagte er:

„Ich kann es nicht glauben! Bitte kneif mich mal, denn ich bin mir sicher, dass ich noch träume."

Ich legte meine Hand auf seinen Arsch und küsste ihn, dann kniff ich ihm mehrmals kurz in denselben, worauf er laut „Aua!" schrie.

„Okay, okay, das reicht! Ich weiß jetzt, dass ich wach bin."

Er fuhr mir durch mein Haar und sagte:

„Es ist so schön, neben dir aufzuwachen, und ich bin mir noch gar nicht sicher, ob das hier real ist."

„Soll ich dich noch mal kneifen?"

„Nein! Bitte nicht!", rief er, aber ich kniff ihn noch mal ordentlich in seinen schönen Hintern.

„Aua, aua, bitte hör auf!", flehte er und ich musste lachen.

Nach einigen Augenblicken sagte ich:

„Mir geht es aber genauso!"

„Ja, soll ich dich auch mal kneifen?", sagte er und grinste mich fies an.

„Nein bitte, das braucht du nicht. Ich liebe dich auch so!"

„Ja und ich liebe dich noch viel mehr!"


Nach einer Viertelstunde mussten wir dann leider aufstehen. Wir gingen zusammen unter die Dusche und wir mussten uns ganz schön ziemen, damit es nicht zum Äußeren kam.

„Wir sollten es in Zukunft, vermeiden, zusammen zu duschen, denn das hebt unsere Stimmung höher, als uns lieb ist", sagte ich und in dem Moment bereute ich, dass es gestern nicht zum Sex kam, denn ich war ganz schön heiß und Frank ging es genauso, das war offensichtlich.

Danach verabschiedeten wir uns mit vielen Küssen, dann fragte er vorsichtig:

„Sehen wir uns heute Nachmittag wieder?"

„Ich würde es bereuen, wenn nicht."

Er lächelte und schob mir eine Karte zu.

„Heute kommst du aber mal zu mir, oder?"

„Sehr gerne!", antwortete ich.

Den ganzen Tag hatte ich ein Dauerlächeln auf den Lippen und es war nicht zu verbergen, dass es mir richtig gut ging.

Elias, den ich auf den Flur traf, fragte ironisch:

„Na, habt ihr gut geschlafen?"

„Woher weißt du das, das Frank hiergeblieben ist?"

„Ich musste dir doch, wie jeden Donnerstag, ein wenig Blut aus deinem Ohr zapfen. Hast du gar nicht gemerkt, oder?"

„Nein, wann warst du denn da?"

„Um sechs Uhr. Ihr habt so süß zusammen geschlafen und es war eine Freude, euch dabei zuzuschauen. Ich war auch ganz vorsichtig und leise."

„Bitte verrate mich nicht!"

„Wie könnte ich? Ich bin der Letzte, der irgendetwas sagt."

„Danke dir! Er hat mich heute Nachmittag zu sich ins Hotel eingeladen und übers Wochenende wollen wir wegfahren."

„Wow, denn wünsche ich euch viel Spaß! Ich freue mich echt für euch und ganz besonders für dich, mein Süßer. Er ist wirklich ein lieber Kerl und ich gönne ihn dir wirklich. Ich habe heute Nachtdienst und ich werde dich nicht vermissen, wenn du verstehst, was ich meine."

„Danke Elias! Du bist ein echt geiler Typ!"

Zum Mittag schob er mir unauffällig die Nachtration an Tabletten zu, worauf ich ihm einen dankenden Blick zuwarf.

Ich konnte es gar nicht abwarten, bis die Therapiestunde „Rückfallprophylaxe" vorbeiging. Es zog sich heute in die Länge, aber

jede Stunde geht einmal vorbei und ich ging sofort danach in mein Zimmer, um mich fertig zu machen. Ich schnappte mir mein Handy und schaute aufs Display.
Eine Nachricht von Frank!

*Hallo mein lieber Hase,*
*ich freue mich so, dich gleich zu sehen.*
*Bitte mach schnell, denn die Schmetterlinge*
*in meinem Bauch bringen mich um.*
*Ich liebe dich!*

Ich beeilte mich jetzt noch mehr und ging sofort los, denn die Schmetterlinge gaben auch bei mir keine Ruhe.
Endlich hatte ich das Hotel erreicht. Es war natürlich eines von den Besseren und hatte vier Sterne.
Frank sagte zwar immer, dass er auf dem Boden geblieben ist, das stimmt auch – aber beim Thema Wohnen machte er keine Kompromisse.
Es war ein schöner Bau. Jugendstil, glaube ich, wenn ich das noch so in Erinnerung habe.
Ich ging zur Rezeption und fragte nach Herrn Matz. Die freundliche Dame meldete mich an und bat mich in einen der drei Aufzüge.
Ich steckte die Karte in den Schlitz, die ich vorher von ihr bekam, dann machte der Lift alles alleine.
Die Tür schloss sich und fuhr langsam nach oben.
Meine Knie wurden weich, bei dem Gedanken, dass ich gleich in seinen Armen liegen und seine Lippen auf meinem spüren darf.
Der Lift hielt und auf dem Display erschien „Suite 1", dann öffnete sich die Tür und ich sackte fast unter seinem Anblick zusammen.
Er stand angelehnt am Fahrstuhl und war splitternackt. Er sah so geil aus und ich konnte meine Begeisterung kaum verbergen. Mein Schwanz wuchs unverkennbar in meiner Hose.
„Herzlich willkommen, mein Hase!", sagte er und breitete seine Arme aus.
Ich fiel ihm sofort um den Hals und küsste ihn abgöttisch.

Er fasste mich an meinen Arsch und drückte mich an die Wand, dabei spürte er meine Erregung und sagte:

„Na, ist das eine Überraschung?"

„Ja, du siehst göttlich aus", sagte ich, dann flüsterte er mir leise ins Ohr:

„Ich will dich!"

„Ich will dich auch!", antwortete ich erwartungsvoll und dann fing er an, mich langsam auszuziehen.

Er küsste mich am ganzen Körper und ich dachte:

„Das kann doch nicht real sein!"

Ich zitterte so, dass ich mich jetzt nicht mehr auf den Beinen halten konnte.

Das merkte er und zog mir schnell meine letzte Klamotte vom Leib und hob mich hoch, dann ging er mit mir zu seinem Bett und legte mich vorsichtig hinein.

Frank legte meine Arme nach hinten und fing dann an, meinen ganzen Körper abzuschlecken. Seine Zunge machte mich verrückt und ich hatte Mühe, nicht ohnmächtig zu werden.

Immer wieder machte er Pause und legte sich, mit seinem ganzen Gewicht auf mich, um mich zu küssen. Das war sehr lieb von ihm, sonst wäre ich wohl schon nach den ersten drei Minuten gekommen.

Ich legte meine Hand auf seinen Hintern und drang tief mit meinem Finger in seine Rosette ein. Er kam dadurch so in Ekstase, dass er sich schütteln musste.

Er genoss für einige Zeit diesen Zustand, rutschte dann an mir herunter, nahm meinen Schwanz in seinen warmen Mund und blies mir so einen, dass ich die Sterne funkeln sah. Es war so ein geiles Gefühl, das ich vorher noch nicht kannte. Ich ließ mich ganz in ihm fallen und vertraute ihm so, wie ich ihm noch nie vertraut hatte.

Kurz bevor ich kam, ließ er von meinen Schwaz ab, rutschte wieder an mir hoch und küsste mich lange und innig, dann sagte er leise:

„Ich möchte dich jetzt! Komm, drehe dich bitte auf die Seite!"

Ich tat das, was er von mir verlangte, weil ich es auch unbedingt wollte.

Er legte sich dann, ganz dicht, hinter mir und drang langsam in mich ein.

Dabei vergaß er mich nicht und massierte, behutsam, meinen Schwanz.

Es war so herrlich, dass ich nicht mehr sagen kann, wie lange es dauerte, aber er muss eine ganze Zeit in mir gewesen sein, denn als wir zusammen, mit einem lauten Gestöhne, kamen und wir uns ein wenig beruhigt hatten, schaute ich auf den Wecker, der schon 18 Uhr zeigte.

Geschafft und völlig ausgelaugt sagte Frank zu mir:

„Wir haben es zwei und eine halbe Stunde getrieben!"

„Ist das lange?", fragte ich vorsichtig.

„Das ist megalange und es war der beste und wahnsinnigste Sex, den ich je hatte!"

„Danke! Ich werde das nie vergessen, denn so etwas habe ich noch nie erlebt!"

„Ja, und der nächste wird noch viel schöner."

Ich schaute ihn fragend an, worauf er sagte:

„Was, du glaubst doch wohl nicht, dass ich mich mit einem Mal zufriedengebe?"

„Nein, ich auch nicht und ich kann das nächste Mal kaum abwarten. Es war nämlich so schön mit dir, aber ich verspüre ein wenig Hunger."

„Ich auch, wollen wir uns etwas bestellen?"

„Das wäre richtig gut", sagte ich und Frank nahm eine Speisekarte, von dem Hotel, aus dem Nachttisch und gab sie mir.

„Kannst du was empfehlen?", fragte ich ihm.

„Nein, wie du weißt, ich habe selten was gegessen. Ich konnte einfach nichts runterbekommen. Ich habe morgens nur ein halbes Brötchen in mich reingedrückt, nur um nicht ganz vom Fleisch zu fallen."

„Gut, darf ich denn was für uns aussuchen?"

„Tue dir keinen Zwang an", sagte Frank und gab mir den Telefonhörer.

Ich bestellte lauter Kleinigkeiten, von Roastbeef bis Artischocken und von Fisch bis Sorbet, die ganze Karte hoch und runter.

Frank lachte schon, weil ich überhaupt nicht mehr aufhörte, aber ich sagte später:

„Wenn wir schon was bestellen, dann richtig."

Nach einer halben Stunde bekamen wir das Essen auf einem großen, rollenden Tisch auf das Zimmer serviert. Ich lag noch im Bett. Frank streifte sich seinen Bademantel über, um das Bestellte anzunehmen.
Als der Zimmerservice wieder ging, ließ er ihn wieder, von seinem geilen Körper, fallen und zog mich aus dem Bett, dann setzten wir uns splitternackt an den Tisch.
Wir nahmen die Hauben ab und begannen, uns gegenseitig zu füttern.
Wir machten das Essen zu einem Spiel. Er goss sich zum Beispiel die Dessertcreme in seinen Bauchnabel, die ich mit Lust und Wonne auflutschte.
Das machten wir mit fast allen Nahrungsmitteln und ließen dabei keine Körperteile an uns aus, bis wir so erregt waren, dass es uns schnell wieder ins Bett zurückzog.
Dieses Mal war es noch schöner und ich war an der Reihe, ihn zu verwöhnen.
Er lag, mit ausgebreiteten Armen, auf dem Rücken und genoss meine Küsse und Streicheleinheiten. Sein Becken erhob sich jedes Mal, wenn ich seinen Schwanz berührte. Er bebte, als ich ihn endlich in meinen Mund nahm.
Nach einiger Zeit, in der ich mich nur um sein bestes Stück kümmerte, küsste ich mich langsam zu ihm nach oben und sagte:
„Bist du bereit?"
Daraufhin sagte er leise:
„Ich kann es gar nicht mehr abwarten."
Ich legte sein rechtes Bein auf meine Schulter und drang in ihn ein.
Es war so warm und ich fühlte mich so geborgen in ihm.
Zuerst war ich sehr vorsichtig, doch er animierte mich, härter zu werden, dann fickte ich ihn nach allen Regeln der Kunst so durch, dass er ein paarmal vor Erregung, laut aufstöhnte.

Diesmal kam ich in ihm und er genoss es, als mein warmer Saft in seinen Körper lief. Völlig fertig legte ich mich auf ihn und küsste seine verdammt leckeren Lippen, dann war er dran, und ich wandte mich wieder seinem Schwaz zu.

Ich blies ihm einen, so gut ich konnte, und gab mir richtig Mühe, um das für ihn zu einem unvergesslichen Erlebnis zu machen.

Dann kam er mit einem lauten Schrei und spritzte mir seinen leckeren Saft in meinen Mund.

Ich schluckte alles mit Genuss und saugte noch den allerletzten Rest aus ihm heraus.

„Mein Gott, ist der Sex mit dir geil, und ich bereue es, dass ich die Liebe zu dir nicht schon damals erkannt habe", sagte Frank.

Ich legte mich rückseitig auf seinen Oberkörper und Frank streichelte meine Brust.

„Tja, das alles hättest du schon viel früher haben können", sagte ich stolz.

„Du hast es einmal versucht, oder? An dem Abend, als Christian eingezogen ist und wir beide unter der Dusche waren. Da wolltest du meinen Schwanz berühren und ich Trottel habe dich davon abgehalten."

„Ja, und unsere unzähligen Körperkontakte waren für mich auch nicht einfach."

„Auch dass wir in einem Bett geschlafen haben?"

„Es war für mich jedes Mal eine Qual, ich wollte es aber um keinen Preis der Welt missen", sagte ich und schaute ihn an.

„Und ich hätte dich jede Nacht haben können!"

„Ja und nun liegen wir hier in diesem Bett und haben den schönsten Sex."

„Und ich verspreche dir, du wirst es ab heute öfters von mir bekommen, als es dir lieb ist!"

„Das will ich doch hoffen!", sagte ich.

Ich küsste ihn und nach geraumer Zeit wurde er auf einmal ernst und ich fragte:

„Schatz, was ist los?"

„Ach nichts! Ich mag bloß nicht daran denken, dass ich diese Nacht mal wieder alleine verbringen muss."

„Musst du nicht!"

„Muss ich nicht?"

„Nein, musst du nicht! Wenn du möchtest, bleibe ich hier. Elias hält mir bis morgen Früh den Rücken frei. Deshalb hab ich auch gesagt, wir haben den schönsten Sex und nicht hatten den schönsten Sex."

„Nein, ich kann es nicht glauben. Du bleibst hier bei mir, und ich muss nicht alleine schlafen!", sagte er begeistert.

„Nein, das brauchst du und ich auch nicht."

Plötzlich sprang er auf das Bett und tanzte vor Freude, dabei rief er immer wieder:

„Er bleibt bei mir, mein kleiner Hase bleibt bei mir!"


Am Morgen weckte Frank mich und diesmal war er es, der früher wach war. Er schaute mich lächelnd an und ich fragte:

„Was hast du?"

Darauf sagte er:

„Du sahst so süß aus, als du geschlafen hast, und es tut mir so in der Seele weh, dass ich dich wecken musste."

„Wie spät ist es?"

„Kurz nach sechs Uhr. Wollen wir duschen gehen?"

„Ja, sehr gerne!"

Er gab mir noch einen Kuss und dann standen wir auf.

Mir taten alle Knochen weh und Frank ging es nicht anders, denn er fasste sich vor Schmerzen an seinen Rücken.

Kein Wunder, denn wir trieben es noch zweimal und der Sex hatte es in sich.

Wie zwei alte Opas schleppten wir uns in die Dusche, wo das warme Wasser unsere Zipperleien ein wenig linderte.


Frank fuhr mich, in seinem neuen BMW, in die Klinik.

Ich schlich mich rein und war Punkt sieben Uhr in meinem Zimmer.

Ich saß gerade ein paar Minuten auf meinem Bett, um die Zeit mit Frank auf mich nachwirken zulassen, da klopfte es an meiner Tür.

Ich öffnete und davor stand Elias, schon in Zivil.

„Bevor ich in mein bescheidenes Heim fahre, wollte ich noch mal bei dir vorbeischauen und fragen, wie es dir geht?"

„Hallo Elias! Ja, mir geht es sogar richtig gut, abgesehen von meinen körperlichen Schmerzen", sagte ich und lachte verschämt.

„Die Nacht war wohl hart, oder?"

„Sehr hart, aber auch sehr schön."

„Das freut mich. Also hat sich mein Einsatz gelohnt."

„Ja, vielen Dank noch mal. Du hast einen gut bei mir!"

„Ja und ich weiß auch schon, was du mir schenken kannst!"

„Was möchtest du denn von mir haben?"

„Nichts, nur deine Freundschaft!"

„Die hast du schon lange!", sagte ich und nahm ihn in den Arm.

„Du hast Belastungsurlaub für die nächsten drei Tage eingereicht?", fragte er schelmisch.

„Ja, aber ich weiß noch nicht, ob sie es mir genehmigen."

„Wo wollt ihr denn hin?"

„Ich wollte am liebsten an den Gardasee."

„Und klappt es nicht?"

„Ich weiß nicht! Frank macht ein großes Geheimnis daraus. Ich habe ihn schon ein paarmal gefragt, aber aus ihm ist ja nichts rauszukriegen. Ich soll nur gleich nachfragen und ihn dann, so schnell wie möglich, informieren."

Dann holte er einen Brief aus seiner Gesäßtasche und gab ihn mir.

Ich schaute ihn an und sagte:

„Ist das die Zusage?"

„Mach auf, dann wirst du es sehen", sagte er lächelnd.

Ich riss den Umschlag auf und lass, dann schaute ich Elias noch mal an und er sagte:

„Nun ruf ihn schon an, dann könnt ihr gleich nach dem Frühstück losfahren."

„Nach dem Frühstück schon? Ich habe doch noch bis um 13 Uhr Therapie?"

„Nicht für dich. Ich habe ein bisschen meine Beziehungen spielen lassen."

Ich sprang ihm noch mal an seinen Hals und bedankte mich tausendmal, dann rief ich Frank an, der damit ein bisschen überfordert war, aber er freute sich dann doch, jetzt mehr Zeit mit mir verbringen zu können. Er sagte, dass er sich beeilt und pünktlich um neun Uhr bei mir ist.

Ich verabschiedete mich von Elias, der uns viel Spaß wünschte, und dann fing ich an, zu packen.

Ich stand mit meiner gepackten Reisetasche vor dem Klinikeingang und wartete auf Frank. Es war schon zehn nach neun Uhr und er tauchte und tauchte nicht auf.

Ich rief ihn an, aber er ging nicht an sein Handy und im Hotel sagten sie, dass er schon vor einer halben Stunde seinen Zimmerschlüssel abgegeben hatte. Ich machte mir jetzt richtig Sorgen.

„Hat er einen Rückzieher gemacht und hat Angst bekommen? Was ist mit ihm passiert?"

Ich malte mir die wildesten Fantasien aus und konnte mir nicht erklären, was mit ihm los war.

Um halb zehn Uhr ging ich wieder auf mein Zimmer und legte mich wie immer, wenn ich traurig und gekränkt bin, in mein Bett und zog mir die Decke über den Kopf, dann fing ich an zu weinen.

Nach circa einer Viertelstunde klingelte mein Handy und als ich auf dem Display „Ben" las, weinte ich noch mehr. Ich wollte das Gespräch erst gar nicht annehmen, aber als es zum zweiten Mal klingelte, nahm ich ab.

Mit verweinter und wütender Stimme sagte ich:

„Du fehlst mir jetzt gerade noch in meiner Raupensammlung!"

„Das ist ja eine Begrüßung! Was ist mit dir los?", sagte Ben, mit seiner mitfühlenden Stimme.

„Er ist nicht gekommen, das ist los!", rief ich laut in den Hörer.

Ich weinte wieder und Ben sagte:

„Warum ist er nicht gekommen?"

„Weiß ich doch nicht. Ich hab ihn bestimmt zehnmal versucht anzurufen, aber er ist nicht rangegangen. Wir wollten, über das Wochenende, wegfahren und er hat bestimmt kalte Füße bekommen!"

„Christoph, ganz ruhig, wo bist du jetzt?", sagte Ben, denn ich bekam jetzt einen Weinkrampf.

„In meinem Zimmer, unter der Bettdecke!"
„Bitte bleib da, ich rufe dich gleich wieder an."
Dann hörte ich ein Knacken und weg war er.
Die fünf Minuten, bis er wieder anrief, kamen mir wie eine Ewigkeit vor.
Er sagte dann mit einer ruhigen Stimme:
„Pass auf, ich habe Elias angerufen. Er ist gleich bei dir! Wir werden jetzt so lange telefonieren, bis er da ist, ja?"
„Ja, danke, Ben."
Um Viertel nach zehn Uhr kam Elias. Er hatte einen Arzt mitgebracht, der mir gleich eine Beruhigungsspritze gab, die auch sofort wirkte.
Elias kümmerte sich um Ben, der immer noch am Telefon war.
Er versprach, ihn anzurufen, wenn es mir besser geht.

Als der Arzt wieder aus dem Zimmer war, setzte Elias sich an mein Bett und streichelte mir übers Haar.
Er war auch ratlos, denn er schaute nur sprachlos nach unten.
Dann klingelte wieder mein Handy. Diesmal ein unbekannter Anrufer.
Ich gab es Elias, der sofort verstand und ranging.
Plötzlich hellte sich sein Gesicht auf und er sagte:
„Frank! Wo bist du?"
Elias sagte eine ganze Zeit überhaupt nichts und hörte nur zu.
„Okay, Frank, alles klar! Bis dann!", sagte er nach einiger Zeit und legte dann auf.
„Er hatte eine Panne! Er hatte nur eine Panne!"
„Eine Panne? Und wo ist er jetzt?", fragte ich ihn, schon von der Spritze benommen.
„In der Werkstatt. Er sagt, dass er in einer halben Stunde hier ist."
Das hörte ich nur im Dämmerzustand, dann schlief ich ein.

Als ich meine Augen wieder öffnete, lag ich in Franks Armen.
„Hallo, mein kleiner Hase. Du, es tut mir so leid!"
Ich schaute ihn an und sagte nur:
„Mir ist so übel. Ich muss mich übergeben!"

Frank sprang schnell aus dem Bett und holte mir einen Eimer aus dem Bad, dann kotzte ich mir die Seele aus dem Leib.

„Das war eine Hammerdroge!", sagte ich, als es vorbei war, und ließ mich wieder nach hinten fallen.

Frank machte den Eimer sauber und stellte in an mein Bett, dann brachte er mir ein Glas Wasser. Er hielt meinen Kopf, als ich trank.

Nach ein paar Minuten, als ich mich wieder besonnen hatte, sagte ich:

„Du hast dein Handy vergessen, oder?"

„Ja, und das ist mir noch nie passiert. Das hatte ich erst bemerkt, als ich diesen Motorschaden hatte. Es hat schon fast eine Stunde gedauert, bis einer anhielt und mich mitnahm. Es war ein alter Opa, der kein Handy besaß, und deswegen konnte ich erst von der Werkstatt aus anrufen."

Ich hatte keine Lust, darauf zu antworten, und ich ließ ihn, in einer bedauernswerten Lage, auf der Bettkante sitzen.

Die Spritze wirkte immer noch und ich musste schon wieder kotzen.

Danach war ich so geschafft, dass ich das Folgende nur im Nebel mitbekam.

Es klopfte und Frau Fischer kam herein. Sie begrüßte Frank, legte dann ihre Hand auf meine Stirn und sagte zu mir:

„Ihnen geht es nicht gut, oder?"

Ich schüttelte den Kopf, worauf sie sich zu Frank wandte und streng sagte:

„Sehen Sie, Herr Matz, so schnell kann man einen Rückfall bekommen. Für Herrn Klier bricht schon die Welt zusammen, wenn man Versprechen nicht einhält. Dabei spielt es überhaupt keine Rolle, ob es absichtlich war oder nicht."

„Warum habe ich bloß mein verdammtes Handy vergessen?", sagte Frank, auf sich selbst wütend.

„Ja, ich hatte ihnen neulich gesagt, dass Sie jeden Schritt, was Herrn Klier angeht, wohl überdenken müssen", sagte sie fast strafend.

Frank schaute runter, auf den Boden. Er tat mir leid, denn es ging ihm, nach ihren harten Worten, echt schlecht.

Mir wurde schon wieder übel und rief:

„Den Eimer, bitte den Eimer!"

Frank ergriff ihn und hielt ihn mir unter.

Ich war so schlapp, dass ich mich überhaupt nicht mehr halten konnte. Frank stützte mich und schaute fragend Frau Fischer an.

„Das ist die Spritze. Das Zeug hat bei einigen Patienten heftige Nebenwirkungen."

„Darf ich heute Nacht bei ihm bleiben?", fragte Frank leise.

„Ja natürlich, Sie dürfen so lange bleiben, wie Sie wollen und solange es Herrn Klier guttut."

Sie schaute mich an und ich nickte schwach.

„Okay, dann lasse ich Ihnen ein Bett reinstellen", sagte sie und verließ, ohne sich zu verabschieden, das Zimmer.

Das letzte Mal kotzte ich morgens um vier Uhr. Es kam nur noch Galle und Frank wusste schon gar nicht mehr, was er tun sollte, bis Elias das Zimmer betrat.

Er hatte ein Tablett in der Hand. Er stellte es auf den Nachtisch und begrüßte mich, indem er meine Wangen streichelte.

„Na, wie geht es dir?", fragte er fürsorglich.

„Nicht gut!"

„Das kriegen wir schon wieder hin, hab nur Geduld!"

Ich nickte, dann wandte er sich Frank zu und begrüßte ihn.

„Er hat sich eben noch übergeben", sagte Frank.

„Das ist normal. Einigen macht das Zeug überhaupt nichts aus und andere, so wie Christoph, haben mit den Nebenwirkungen, noch Tage zu tun. Es gibt leider noch kein anderes Medikament, um ihm die erste Angst zu nehmen. Sonst wäre er nicht so schnell zur Ruhe gekommen."

Elias setzte sich an meine Bettkante und legte mir einen Zugang.

„Was bekommt er jetzt?", fragte Frank interessiert.

„Da er nichts bei sich behalten kann, bekommt er jetzt Flüssigkeit. Wir wollen ja nicht, dass er uns austrocknet."

Er hängte eine große Ampulle an den Hacken und drehte die Kanüle auf.

„Er bekommt jetzt, über den Tag, vier Stück davon, dann geht es ihm bestimmt besser."

Dann nahm er den Stoffbeutel, den er mitgebracht hatte, und gab ihn Frank.

„Hier, bitte! Ich habe dir ein paar Sandwiches und Kaffee mitgebracht."

Frank nahm es ihm widerwillig ab und sagte:

„Danke Elias, aber ich kann doch nichts essen!"

„Zwinge es dir rein. Es geht im Moment nicht um dich. Christoph ist damit nicht geholfen, wenn du auch noch abklappst", sagte Elias entschieden.

Frank nahm das Brot aus dem Papier und biss appetitlos ab.

„Siehst du, es geht doch!", sagte Elias grinsend.

Er holte zwei Tassen aus dem Schrank und schenkte Kaffee ein.

Er gab Frank eine Tasse und stieß mit ihm an.

„Auf Christoph!"

„Auf Christoph!", antwortete Frank, dann sagte er reumütig:

„Elias, ich habe gestern große Scheiße gebaut!"

„Du hast nicht richtig überlegt, ja, aber sieh es als Lernprozess für die Zukunft. Das hier hatte zwar Christoph einige Wochen zurückgeworfen, aber das kriegen wir, besonders mit deiner Hilfe, wieder hin, oder?"

„Ja, ich tue alles, damit es ihm bald wieder besser geht, und ich werde in Zukunft bedachter handeln und jeden Schritt, den ich mache, mir dreimal überlegen."

Elias nickte, legte seine Hand auf meine und sagte:

„Das wäre doch gelacht, wenn wir das nicht schaffen, oder Christoph?"

Ich nickte und merkte, dass es Frank nicht gut geht, deshalb reichte ich ihm meine Hand. Er ergriff sie und ich zog ihn an mich.

„Leg dich ruhig zu ihm. Er brauch dich jetzt. Ich komme später wieder, um die Ampulle zu wechseln. Ach ja, das hätte ich bald ganz vergessen! Frau Fischer möchte dich um zehn Uhr sprechen."

Schluckend sagte Frank:

„Ja, ich werde pünktlich sein!", dann legte er sich zu mir, drückte sein Gesicht auf meine Brust und fing bitterlich an zu weinen. Ich streichelte ihm den Kopf und es dauerte keine fünf Minuten, bis ich einschlief.

Die Nebenwirkungen merkte ich noch zwei Tage später, aber es ging mir schon erheblich besser, wenn bloß die wiedergekehrte Angst verschwinden würde. Ich hatte so eine innere Unruhe, als wenn irgendetwas Schlimmes bevorsteht.
Frau Fischer, gab sich, mit mir, jede Mühe und es hatte auch Erfolg. Es dauerte zwar 14 Tage, bis ich einigermaßen meine Angst und Paniken unter Kontrolle hatte und damit umgehen konnte, aber Frank war so mitfühlend und wich nicht eine Minute von meiner Seite. Es tat gut, dass er auch mal für mich da war, sonst war es eigentlich immer umgekehrt. Nicht zuletzt halfen auch die neuen Medikamente, die ich morgens und abends nahm.

# Kapitel 6

Weil es mir so gut ging, fragte Frank, Frau Fischer, drei Wochen nach meinem Rückfall, ob wir am Samstag zum See fahren dürfen, um zu baden, denn es war sehr warm in diesen Tagen. Frau Fischer sah, dass ich unbedingt wieder rauswollte, und stimmte zu. Ich freute mich auf den Tag und redete von nichts anderem mehr.

Ich war noch nie an diesem Bergsee. Er lag etwa eine Stunde von der Klinik entfernt und von meinen Mitpatienten wusste ich, dass es da wunderschön ist.

Endlich war der Samstag da und wir fuhren pünktlich um acht Uhr nach dem Frühstück los. Diesmal gab es keine unvorhersagbaren Probleme, denn Frank brauchte mich ja diesmal nicht abholen. Er hatte sein Hotelzimmer aufgegeben und wohnte jetzt bei mir, in meinem Zimmer.

Da das eine Privatklinik ist, war das ohne Weiteres möglich.

Ich hatte während der Fahrt ein Dauerlächeln im Gesicht.

Das bemerkte Frank, legte seine Hand auf meinen Oberschenkel und sagte:

„Du freust dich richtig, oder?"

„Und wie! Endlich mal wieder raus, aus dieser scheiß Klinik. Sie geht mir schon langsam auf den Geist."

„Ja, wird Zeit, dass wir bald da wegkommen, aber trotzdem bleiben wir so lange, bis die Ärzte ihr Okay geben."

„Ja,", sagte ich genervt, „aber ich habe ganz schön Heimweh nach Celle. Schatz, hängst du eigentlich an deiner Wohnung?"

„Warum, gefällt es dir da denn nicht mehr?"

Die Frage konnte ich leider nicht mehr beantworten, denn in dieser Sekunde klingelte Franks Handy.

Verbotenerweise nahm er das Handy an Ohr und sagte nur:

„Viertel nach neun Uhr", dann legte er wieder auf.

Ich fragte, wer das war. Worauf Frank nur sagte, dass es nur eine organisatorische Maßnahme und nicht wichtig ist.

Dadurch rückte meine Frage in den Hintergrund und mich interessierte mehr der Anruf, den Frank eben bekommen hat. Ich grübelte, kam aber zu keinem Ergebnis.

Kurz nach neun Uhr kamen wir am See an und fuhren auf einen Parkplatz. Frank stieg zuerst aus und hielt mir die Tür auf.

Die Gegend lud nicht gerade zum Baden ein. Überall standen, dicht an dicht, Häuser und am See zog sich eine lange Uferpromenade entlang.

Enttäuscht sah ich Frank an und fragte:

„Hier wollen wir baden?"

Frank grinste beherzt, küsste mich und sagte:

„Mann, bist du süß! Natürlich nicht, schau mal hinter dich!"

Ich drehte mich um und sah eine große Kutsche mit zwei Pferden davor.

„Nein, fahren wir damit?", fragte ich begeistert.

„Würde dich das freuen?"

„Ob mich das freuen würde? Du weißt doch, wie gerne ich Pferde mag."

Er schaute mich unwissend an.

Natürlich wusste er nicht von meiner Pferdeliebe. Er hatte mir damals ja nie zugehört, wenn ich ihn was erzählt habe.

Wir sind einmal auf einen Bauernhof gefahren, um einen Oldtimer anzuschauen, der zu verkaufen war.

Zu meiner Freude waren auf einer Koppel zwei tolle Araberhengste. Ich ging sofort zu den beiden und gab ihnen Gras zu fressen.

Frank hatte nur Augen für den Oldtimer und interessierte sich überhaupt nicht für meine Begeisterung und ignorierte sie völlig.

Auf der Heimfahrt sagte ich ihm, wie schön ich die Pferde fand, aber er sagte nur, dass ich mir mal lieber den Wagen hätte anschauen sollen, der wäre interessanter gewesen.

Ich erzählte ihm auch, dass wir Pferde im Heim hatten und ich jede freie Minute mit ihnen verbracht hatte, aber er hatte gar nicht darauf reagiert.

Aber ich ließ es jetzt auf sich beruhen und ging zu den schönen, stolzen Pferden.

Frank folgte mir und wir streichelten beide die lange Mähne.

Ich schaute in die großen, vertrauenswürdigen Augen, die mich ungemein beruhigten.

„Schau mal, wie schön sie sind!"

Ich konnte von ihnen gar nicht genug bekommen, bis der Kutscher uns ansprach:

„Ist einer von Ihnen Frank Matz?"

Frank ging sofort auf ihn zu und bestätigte seine Frage. Ich blieb noch bei den Pferden und konnte mich gar nicht sattsehen.

Nach einigen Minuten kam Frank zurück und fragte:

„Wollen wir los?"

Ich wollte und stieg mit Frank in die Kutsche, dann ging es auch schon los.

Es ging über Stock und Stein, durch die schönsten Landschaften, immer am Wasser entlang, bis wir zu einer großen Wiese kamen. Sie grenzte direkt an den See und auf der anderen Seite der Wiese stand, unter einigen großen Laubbäumen, ein großes bayrisches Bauernhaus. Alles war umbettet von riesigen, felsigen Bergen.

Ich war vor Begeisterung sprachlos und ich wusste, dass dies mein neuer Lieblingsplatz wird.


„Gefällt es dir?", fragte er mich und schaute mir in die Augen.

Ich drückte ihn ganz fest und gab ihm einen dicken Kuss, auf den Mund.

„Es ist der schönste Ort, den ich je gesehen habe. Danke, dass du mich hierhergebracht hast."

„Mann, da bin ich ja erleichtert. Ich dachte schon, du bist enttäuscht, weil du so erstarrt geguckt hast. Ich war ja auch noch nicht hier und bin überwältigt."

Wir stiegen aus und gingen ans Wasser.

„Wollen wir hier picknicken?", fragte ich Frank, der von Minute zu Minute nervöser wurde.

„Nein, du weißt, dass ich nicht für halbe Sachen bin, und ich dachte, wir essen da hinten, auf der großen Veranda", dabei zeigte er mit zitterigen Fingern auf das Bauernhaus.

Ich schaute ihn verwirrt an, dann nahm er mich an seine Hand und wir gingen Richtung Haus.

Als wir dort ankamen, stellte er sich mir gegenüber und sagte:

„Es ist zwar nicht der Gardasee, aber dort könnte es, glaube ich, nicht schöner sein und ich möchte mich noch mal, an diesem Wahnsinnsplatz, in aller Form bei dir entschuldigen."

„Danke, mein Schatz! Du konntest ja nichts dafür. Jetzt zählt nur, dass wir hier, an diesem wunderschönen Ort sind und das ganz allein."

Ich legte glücklich meinen Kopf an seine Brust und atmete tief durch.

Dann schaute ich ihn an, weil ich merkte, dass seine Nervosität stärker wurde, und fragte ihn besorgt:

„Warum bist du so aufgeregt, ist noch irgendetwas?"

Frank schaute mich ebenfalls an und sagte:

„Es gibt da tatsächlich noch was und ich weiß nicht, ob ich dir das zumuten kann?"

„Was denn? Du kannst mir alles sagen und ich verspreche dir, dass ich, was immer es auch sein mag, nicht heulend zusammenbrechen werde."

„Gut, dann sage ich es dir! Wir sind heute nicht ganz allein."

„Nicht allein?" Frank schüttelte seinen Kopf.

„Ach, wenn du den Kutscher meinst, der stört nicht."

„Ich meine aber nicht den Kutscher, der fährt gerade wieder zurück."

Ich schaute Richtung Kutsche und sah nur noch ihre Hinterräder.

„Wer denn?"

Frank zeigte auf die Hausecke und rief laut:

„Ihr könnt rauskommen!"

Ich schaute nach hinten und plötzlich, ich konnte es nicht glauben, kamen Christian und Kevin um die Ecke. Sie riefen ganz laut:

„Überraschung!"

Sie liefen mir entgegen und nahmen mich, stürmisch, in den Arm.

Ich war total perplex und sagte:

„Was mach ihr denn hier?"

Ich freute mich so sehr, sie wiederzusehen, denn jetzt merkte ich erst, wie sehr sie mir gefehlt haben.

„Och, wir sind hier zufällig vorbeispaziert und haben euch gesehen!", sagte Christian ironisch und wir mussten lachen.

„Nein, Frank hat uns angerufen und uns gefragt, ob wir Lust hätten, dich zu überraschen und da haben wir nicht lange überlegt und sind losgefahren", sagte Kevin.

Ich küsste Frank und bedankte mich, dann sagte er:

„Das ist ja noch nicht alles!"

„Nein?"

„Nein", sagte Christian, legte seinen Arm um mich und sagte weiter:

„Ich weiß, dass es dir nicht gut geht und du die letzten Monate und Wochen sehr viel durchgemacht hast, deswegen bin ich umso glücklicher, dich in so guter Verfassung, wiederzusehen zu können, und ich hoffe, es geht dir bald noch besser. Wir haben zwar nicht immer den besten Draht zueinander gehabt, aber trotzdem liegst du mir und auch Kevin, sehr am Herzen und kannst jederzeit zu uns kommen, wenn es dir schlecht und natürlich auch, wenn es dir gut geht. So, nun komme ich zu der Sache, die ich dir eigentlich, sagen wollte. Ich habe meinen Eltern von dir berichtet und sie haben die ganze Zeit, wie wir alle, mit dir mitgelitten und als ich sagte, dass wir dich heute überraschen wollen, haben sie es sich nicht nehmen lassen, auch zu kommen."

„Nein, wo sind sie?", sagte ich aufgeregt.

„Da kommen sie."

Christian zeigte auf die Haustür, sie sich öffnete und Grete und Ludwig kamen, mit einem breiten Grinsen, heraus.

Mit einem großen Gekreische begrüßten wir uns und fielen uns in die Arme.

Nach einigen Minuten, des Begrüßens, schaute ich Frank dankbar an, ging dann zu ihm, nahm ihn zärtlich in den Arm und sagte:

„Danke, mein Schatz! Womit habe ich das nur verdient?"

„Du bist der liebste Mensch, den ich kenne, das habe ich viel zu spät erkannt und ich dachte, ich hätte dich schon verloren. Jetzt will ich allen zeigen, dass ich dich liebe und wir zusammengehören."

Mir kamen die Tränen und alle dachten, dass es mir zu viel wird.

Kevin kam auf mich zu und fragte:

„Brauchst du eine Pause?"

„Eine Pause? Kommen denn noch mehr?", fragte ich.

„Ja!", sagten alle.

„Wer kommt denn noch?"

„Na, schau wer hinter dir steht", sagte Frank.

Ich drehte mich um und konnte meinen Augen nicht trauen. Direkt vor mir standen Marcel und Malte. Sie wusste gar nicht, wie sie sich verhalten sollten, aber ich nahm ihnen ihre Angst und schloss die beiden in den Arm.

„Hört das denn gar nicht mehr auf?", fragte ich, worauf Grete sagte:

„Möchtest du denn, dass es aufhört?"

„Nein, ich möchte jetzt, dass alle meine Freunde hier sind!", sagte ich und zitterte am ganzen Körper.

Dann fuhr Grete fort:

„Gut, es ist fast genau ein halbes Jahr her, als wir zusammen Weihnachten gefeiert haben und du hast mir damals gesagt, dass wir für dich, zu deiner Familie geworden sind. Das sehen wir auch so, aber da fehlen noch welche. Deshalb hat Frank unter anderem auch Tassilo angerufen."

„Ist er auch da?", sagte ich mit großen Augen.

„Ja, ich bin auch da!", rief er und lief, die Veranda hinauf, direkt in meine Arme.

„Tassilo, ich kann es nicht glauben!", sagte ich und drückte ihn so fest, ich konnte.

„Was machst du bloß für ein Scheiß! Ben hat mich immer auf dem Laufenden gehalten und ich war oftmals, kurz davor, dich zu besuchen, aber wir durften ja leider nicht. Mensch Kleiner, ich bin echt froh, dass es dir besser geht."

Ich schaute mich um und fragte ihn denn:

„Wo ist Ben?"

„Tja, leider konnte es Ben nicht möglich machen, sich von seiner Praxis loszureißen."

Ich schaute Tassilo traurig an und er sagte weiter:

„Ich weiß, dass du gerade auf ihn gehofft hast, weil er ja dein allerbester Freund ist, aber er lässt dich ganz lieb grüßen und hat mir versprochen, dich heute noch anzurufen."

Dann passierte was unglaublich Schönes. Jemand stellte sich hinter mich und legte sein Kinn auf meine Schulter. Ich dachte, es wäre Frank, der mich trösten wollte, er stand aber auf der anderen Seite und heulte Sturzbäche vor Freude. Also kann er es nicht sein, dann sagte eine vertraute Stimme, in mein Ohr:

„Hör nicht auf ihn. Der lügt!"

Ich erschrak und meine Beine gaben nach und ich sackte zusammen.

Ich lag auf den Boden und war kurz weg und als ich, nach einigen Sekunden, meine Augen wieder öffnete, hielt Frank mir meinen Kopf und Ben klatschte mir, besorgt, ins Gesicht.

Mit großer Angst fragte Frank mich:

„Mein Hase, ist alles in Ordnung?"

„Ja, mir geht es gut! Tut mir leid, ich konnte mein Versprechen nicht halten!", sagte ich und wollte mich aufrichten aber Ben sagte:

„Du bleibst jetzt erst mal liegen, bis ich dich untersucht habe!"

„Es ist für ihn definitiv zu viel. Ich hätte ihm das schonender beibringen sollen", sagte Frank.

„Ach Quatsch! Er rappelt sich schon wieder auf. Ihr müsst bedenken, dass er dachte, er sieht uns nie wieder und jetzt kommen alle auf einmal. Außerdem, und Tassilo wird es mir bestimmt bestätigen, sehe ich richtig gut aus und weil ich so umwerfend gut aussehe, war mir das klar, dass unser Kleiner umfällt, bei meinem Anblick."

Ich musste jetzt lachen und Frank fiel ein Stein vom Herzen.

Er küsste mich und sagte:

„Bitte mach das nie wieder, sonst lege ich mich noch daneben."

Endlich nahm mich Ben in den Arm und sagte:
„Ben, mein Ben, ich freue mich so, dass du da bist!"
Ich wollte ihn gar nicht mehr loslassen. Ich freute mich so und
hielt ihn ganz doll fest.
Auf einmal tauchte Elias hinter Ben auf und sagte:
„Braucht hier jemand einen Krankenpfleger?", und außer den
Hertz' riefen alle:
„Ja, wir!"
Dann lachten wir alle und ich sagte:
„Dann sind wir ja komplett!"
„Nein, Sandra fehlt noch, aber sie kommt morgen nach!", sag-
te Tassilo.
„Morgen? Frank, warum morgen? Ich muss doch heute Abend
wieder zurück, in die Klinik", sagte ich verwirrt.
Er fasste mich unter meinen Beinen und Oberkörper und hob
mich auf seinen Arm, legte mich dann auf die Liege, die nahe
der Haustür im Schatten stand und sagte:
Elias möchte dir dazu etwas sagen:
„Ja, als Frank mir von seinem Vorhaben erzählt hat, war ich
sofort begeistert und ich bin gleich zu Frau Fischer gegangen und habe sie gefragt. Sie war am Anfang, unseres Gesprä-
ches, nicht so angetan, aber als ich sagte, dass ein Arzt, nämlich Herr Falk, mit dabei ist und ich auch mitkomme, hat sie
dann zugestimmt."
„Ja und ich bin gestern noch bei ihr gewesen und habe ihr ver-
sichert, dass ich ganz doll auf dich aufpasse, und das werde ich,
in den nächsten drei Tagen, auch machen", sagte Ben daraufhin.
„Drei Tage?", fragte ich ungläubig.
„Ja, drei Tage dürfen wir hier an dem schönen Ort genießen",
sagte Christian.
Ben fühlte dann meinen Puls und sagte:
„Na, geht es wieder?"
„Mir ging es noch nie so gut!"
„Ja, das weiß ich, aber es ist noch besser, wenn du dich jetzt ein
paar Stunden ins Bett legst und dich ausruhst."
„Aber Ben, ich bin doch gar nicht müde!"

„Keine Widerrede, du hast einen sehr hohen Puls und der muss erst mal wieder runter."

„Woher kommt denn das? Ich meine, wir haben doch auch nicht so hohen Puls, wenn wir uns freuen!", sagte Tassilo.

„Das liegt an den Tabletten. Er bekommt noch eine sehr hohe Dosis Antidepressiva und die Nebenwirkungen sind unter anderem Blutdruckschwankungen und das kann tödlich enden, wenn er nicht aufpasst", sagte Elias.

„Muss er sie jetzt immer nehmen?", fragte Tassilo.

„Nein, sie werden nach und nach abgesetzt. Er hatte ja vor drei Wochen einen Rückfall und muss sie seitdem nehmen. Irgendwann kommt er bestimmt auch ohne aus."

Frank nahm mich wieder auf seinen Arm und brachte mich in das Haus. Grete zeigte uns unserer Zimmer, wo Frank mich rein trug. Er legte mich aufs Bett und wandte sich zu Grete und bedankte sich erst mal mit einem Kuss auf ihre Wange für ihre Mithilfe an diesem Wochenende.

Ich schaute Frank verwirrt an, der daraufhin sagte:

„Sie ist die heimliche Organisatorin und ich bin ihr zu großem Dank verpflichtet. Sie bekommt aber von uns am Ende noch ein Geschenk."

Dann zog Frank mich aus, deckte mich zu und legte sich noch so lange neben mich, bis ich eingeschlafen war, und das ging schnell, denn ich war doch ganz schön geschafft.

„Was für ein schöner Traum!", dachte ich, als ich meine Augen öffnete. Ich lag in einem großen Bauernbett mit rotweiß-karierter Bettwäsche. Das Zimmer war ganz in bayrischem Grün gehalten und überall an den Wänden waren Blumenverzierungen. Ich hörte, durch das geöffnete Fenster, vertraute Stimmen. Sie lachten und hörten sich glücklich an. Ich fühlte mich so geborgen und hoffte, dass dieser Traum nie aufhört.

Ich stand auf, zog mich an und öffnete die Tür, dann ging ich die alte Holztreppe hinab. In der Küche stand Grete und schnippelte irgendwelches Gemüse.

„Grüß Gott Christoph, hast du gut geschlafen?", sagte sie.

„Ja, danke, ich fühle mich richtig gut!", sagte ich und freute mich, dass der Traum weiterging.

„Gehe doch raus, zu den anderen, es gibt auch bald was zu essen", sagte sie noch.

Ich nickte und ging zur Haustür und blieb am Pfosten stehen, um alles auf mich wirken zu lassen.

Sie saßen alle an einem großen Holztisch herum und unterhielten sich angeregt.

Ich dachte:

„Bloß jetzt nicht aufwachen. Ich möchte noch ein wenig weiterträumen."

Christian stand zusammen mit Ben am Grill und heizte die Kohlen an.

Frank redete mit Elias, Ludwig mit Kevin und Marcel lag mit Malte auf der großen Wiese und sie küssten sich.

Ich fand das alles richtig schön und ich konnte es nicht glauben, dass ein Traum so real sein kann.

„Nachher wenn ich aufgewacht bin, muss ich das unbedingt gleich aufschreiben, dass ich das nicht vergesse", dachte ich und rieb meine Augen und als ich meine Hände von meinem Gesicht nahm, stand Frank ganz dicht vor mir und gab mir einen langen Kuss.

„Was für ein schöner Traum!", sagte ich diesmal laut und Frank sagte:

„Ein Traum? Mein kleiner Hase, das ist kein Traum, soll ich dich mal kneifen?"

Er kniff mich zärtlich in meinen Hintern und sagte grinsend:

„Na, schläfst du noch?"

„Aua, nein, ich bin wirklich hier? Ich dachte, ich wache gleich in meinem tristen Klinikbett auf und habe das alles nur geträumt?"

„Ich gebe zu, es wäre ein wunderschöner Traum! Wie sieht es aus, wollen wir schwimmen gehen?", sagte Frank, schnappte sich das große Handtuch von der alten Kommode, das er schon vorher dort hingelegt hat, und zog mich am Arm.

„Warte, ich muss noch meine Badehose holen", und wollte gerade loslaufen, da hielt er mich fest und sagte:

„Nein, hier brauchen wir keine. Komm, lass uns gehen, denn ich schwitze wie ein Bulle. Ben und Tassilo waren auch schon baden." Auf dem Weg zum See gingen wir am Grill vorbei und ich versäumte es nicht, Ben noch einmal richtig zu umarmen.

„Ich freue mich so, dich zu sehen. Das bedeutet mir wirklich sehr viel!", sagte ich.

„Dito, mein Kleiner, und ich freue mich, dass es dir wieder besser geht."

Ich gab ihm einen Kuss auf die Wange und dann ging ich mit Frank zum See.

Wir zogen uns schnell splitternackt aus und sprangen sofort ins kühle Nass.

Es war herrlich und wir tobten wie kleine Kinder miteinander herum.

Ich hatte viel Spaß dabei und genoss die Zeit, mal mit Frank allein zu sein.

Wir schwammen dann hinter einem Felsen, wo uns keiner sehen konnte, und küssten uns so leidenschaftlich, als ob wir uns zum ersten Mal sehen würden.

Wir hockten im flachen, seichten Wasser und streichelten uns zärtlich.

Seine Haut war so schön kühl und seine Küsse, die ich überall an meinem Körper spürte, waren so weich. Immer wieder leckte er mir über mein Gesicht und endete mit dem Knabbern meines Ohres. Das machte mich so verrückt, dass ich dachte, es bebte die Erde, obwohl wir gerade im Wasser waren.

Nach ein paar Minuten sagte er leise:

„Wir müssen zurück, sie warten mit den Essen!"

„Lass sie doch warten, ich will dich!", antwortete ich und fasste an seinen Schaft.

Frank grinste verschmitzt und sagte:

„Du dreckiger kleiner Junge!"

„Ja, und du bist mein Lehrer!"

Er fasste mich an meinen Arsch und massierte meine Rosette.

Ich war so erregt, dass ich laut aufstöhnte.

Dann packte ich ihn und presste ihn gegen den Felsen. Er schrie kurz auf, dann nahm er meinen Kopf und führte ihn zwischen seine Beine.

Ich begann sofort, seinen Schwanz zu liebkosen, und nahm ihn dann in meinen Mund.

Er schmeckte so lecker, dass ich ihn bis zum Anschlag schluckte. Ich saugte an ihm wie an einem Strohhalm. Ich bearbeitete auch seine Eier, die prall gefüllt waren, und ich freute mich schon auf seine Frucht. Nach einiger Zeit zog er mich nach oben und küsste mich heiß, dann legte er mich an den Felsen und drang dann sofort in mich ein. Frank war so zärtlich und rücksichtsvoll, dass mir fast die Tränen kamen.

„Womit hab ich das verdient!", dachte ich.

Frank stieß jetzt heftiger zu und ich half ihm dabei, indem ich mit meinem Becken ordentlich mitwippte. Jetzt ergriff er meinen Schwanz und massierte ihn zum Takt seiner Stöße. Ich wusste, dass ich gleich komme, und rief:

„Bitte nicht so doll!"

Frank ließ sofort von mir ab, drehte mich, drückte mich heftig gegen den Felsen und küsste mich.

„Ich habe Durst!", flüsterte er mir ins Ohr und leckte sich an mir runter, bis er an meinem Schwanz angelangt war.

„Bitte, lass mich kommen!", flehte ich ihn an.

Frank ließ sich nicht lange bitten und blies mir einen von Feinsten, dann spielte er mit seiner Zunge an meiner Eichel wie ein Gott. Mit einem leisen Quieken kam ich dann in seinem Mund. Frank saugte und schluckte alles.

Es war so ein fantastisches Gefühl, seine Lippen um meinen Schwanz zu spüren und gleichzeitig seine Zunge spielend unter meine Vorhaut zu fühlen.

Dann legte er sich wieder an den Felsen und ich hockte mich vor ihm, dann legte er sein linkes Bein über meine Schulter. Ich umfasste seinen hoch erregten Schwanz und begann, ihn zu blasen, dabei stieß ich zwei Finger in sein Arschloch. Ich wusste, dass er das liebt, denn er legte er seinen Kopf in den Nacken und genoss es ganz und gar.

Einige Minuten später strömte es aus seinem geilen Schwanz.
„So ein edler Saft!", dachte ich und saugte die leckere Milch in mich ein und gab acht, dass ich keinen Tropfen verschenkte. Wir waren danach so geschafft, dass wir uns leblos ins Wasser fallen ließen.

„Das war echt schön!", sagte Frank einige Augenblicke später. Er hielt meinen Kopf und küsste mich liebevoll.
Es war mir so, als wäre von mir ein großer Stein vom Herzen gefallen, denn so einen Sex kann es nur unter Liebenden geben.
Ich streichelte ihm über den Rücken und er zuckte zusammen.
„Was ist los?", fragte ich besorgt und als ich dann die blutigen Kratzer auf seinem Rücken sah, musste ich lachen.
„Tut das weh?", sagte ich schadenfroh.
„Ja, aber das war es mir wert. Du siehst aber auch nicht besser aus", sagte er und legte vorsichtig, seine Hand auf meinen Rücken.
„Au, das tut weh!"
„Siehst du, das kommt von deiner Schadenfreude!", und jetzt lachte er.
Wir kühlten noch einige Minuten unsere Kratzer und schwammen dann zurück.

Am Ufer zogen wir schnell unsere Sachen an und gingen vergnügt zum Haus.
Sie kamen uns schon entgegen und fragten, wo wir so lange geblieben sind.
Frank sagte nur trocken:
„Wir haben uns ein bisschen verschwommen", und grinste dabei.
Ich wusste nicht, ob es alle gerafft haben, was Frank damit meinte. Das war mir aber egal.
Frank ärmelte Ben unter, zog ihn unauffällig von den anderen weg und sagte leise zu ihm:
„Christoph und ich brauchen mal kurz deine Hilfe. Kommst du, in ein paar Minuten, in unser Zimmer und bringst deine Tasche mit?"
„Natürlich, aber was habt ihr denn, geht es Christoph nicht gut?"

„Doch, das sagen wir gleich, wenn wir allein sind."

Zehn Minuten später klopfte es an unserer Zimmertür. Ich öffnete und bat Ben hinein.

„Wo drückt denn der Schuh?", fragte Ben arzthaft.

Wir beide grinsten ein wenig verschämt und zogen gleichzeitig unsere Shirts aus.

„Oh nein," werte Ben ab, „ich habe keine Lust auf einen Dreier!"

Frank und ich schauten uns an und fingen laut an zu lachen.

„Nein, das ist zwar jetzt eine verlockende Vorstellung, aber nein! Wir waren eben ein bisschen übermütig und haben und haben uns ein wenig verletzt", sagte ich.

Dann drehten wir uns um.

Stille!

Und die hörte gar nicht mehr auf. Wir schauten nach hinten und sahen Ben, leise lachend, auf dem Boden knien.

„Habt ihr es auf einem Nagelbrett getrieben?", sagte Ben prustend lachend.

„Ha, ha! Das findest du witzig, oder?", sagte Frank.

„Ja, das sieht aus, als hätte ein Löwe euch als Bettvorleger benutzt!" Jetzt konnte er nicht mehr an sich halten und lachte laut los, dann mussten wir das aber auch.

Laut lachend fragte Frank:

„Müssen wir notgeschlachtet werden?"

Ben schaute sich unsere Wunden genauer an und sagte:

„Na ja, das kann ich gerade noch so abwenden, aber einige Risse muss ich nähen. Dazu würde ich aber gerne Elias dazu holen, dann habe ich es ein wenig leichter."

Ben zückte sein Handy und rief ihn an. Keine Minute später stand er bei uns im Zimmer und es spielten sich ähnliche Szenen ab wie gerade vor ein paar Minuten.

Wir standen mit unserem freien Oberkörper da wie zwei Trottel, die nicht einmal richtig Sex machen können.

„Es waren die Felsen, die im Weg waren!", sagte Frank.

„Sind das nicht immer die Felsen?!", sagte Ben ironisch und forderte uns auf, uns auf das Bett zu legen.

Als sie an uns herumdokterten, was übrigens höllisch wehtat, mussten wir uns von ihnen noch einige spitze Sprüche anhören. „Aua, das tut weh!", schrie Frank auf, als Ben zu nähen anfing. „Beiß die Zähne aufeinander und stelle dich nicht so an. Ich habe leider keine Betäubungsspritze dabei. Da müsst ihr jetzt durch."

Gott sei Dank nähte er bei mir nur einen Riss mit zwei Stichen. Bei Frank dagegen mussten vier genäht werden. Ich hatte ihn wohl doch ein bisschen doll an den Felsen gedrückt. Ich rückte an ihn heran und küsste seinen Schweiß aus seinem Gesicht. Er tat mir so leid und ich tröstete ihn, so gut ich konnte.

Auf Ben und Elias war Verlass! Nachdem wir uns ein wenig ausgeruht hatten und wir wieder runtergingen, wusste es schon die ganze Bande. Sie lachten alle verschmitzt, als wir auf die Veranda traten. Den ganzen Abend konnten wir uns höhnische Sprüche anhören, die wir lächelnd über uns ergehen lassen mussten. Tja, wer den Schaden hat, braucht für den Sport nicht zu sorgen!

Wir aßen von dem Gegrillten und von den leckeren Salaten, die Grete zubereitet hatte, und ich amüsierte mich köstlich, weil Frank sich dabei sein ganzes Gesicht beschmierte.
Ich lachte dann nicht mehr, als er mir daraufhin einen dicken Schmatzer aufdrückte. Jetzt sah ich genauso wie er aus und alle lachten jetzt über uns beide.
Das war ein so schöner Abend, den ich, bis heute, nicht vergessen hatte.
Wir waren alle so losgelöst und die Klinik war weit weg.

Die nächsten Tage verliefen ähnlich schön. Es wurde viel im See gebadet und wir lagen oft nur faul in der Sonne herum. Am Samstagmittag tauchte, zum guten Schluss, noch Sandra auf, dann war meine Familie endlich komplett. Ich genoss jeden Augenblick und es war so schön, dass jemand da war, der auf mich achtete.

Ich führte viele Gespräche, lustige und auch ernste.

Ich saß am Samstagabend am Seeufer und sah Ben, Tassilo, Sandra und Kevin beim Baden zu. Sie hatten sichtlich Spaß und ich freute mich mit ihnen. Trotzdem war ich ein bisschen neidisch, denn leider durften Frank und ich nach unserem letzten, nennen wir es mal „Badeunfall", nicht ins Wasser.

Dann setzte sich Christian plötzlich neben mich. Das tat er eigentlich sonst nie.

Ich war ein bisschen nervös, weil ich dachte, dass er mir jetzt doch noch Vorhaltungen machen wollte, aber er legte einen Arm um mich und sagte:

„Das, was ich gestern zu dir gesagt habe, war nicht nur so dahingesagt. Du kannst wirklich jederzeit zu mir kommen und wenn das nicht geht, dann rufst du mich einfach an, auch wenn es spät in der Nacht ist. Ich habe wirklich die ganzen Monate mit dir mitgelitten, denn es tut mir so leid das, was ich da auf dem Film zu dir gesagt habe, aber ich war da so betrunken. Ich weiß, das kann man nicht entschuldigen, aber vielleicht kannst du mir ja irgendwann, vielleicht doch, verzeihen?"

„Ja, das war wirklich nicht schön und ich muss schon sagen, das war der Auslöser, aber vielleicht wären meine Depressionen auch ohne diese CD gekommen, denn ich hatte schon lange Zweifel in meinem kranken Hirn. Christian, ich habe dir schon lange verziehen, denn ich weiß, dass ihr ja schon einen Tag später zu Besinnung gekommen seid und sie eigentlich wegschmeißen wolltet. Mach dir bitte keine Gedanken mehr darüber!", sagte ich und schaute ihm tief in seine Augen.

„Danke Kleiner! Mit solch einer Großzügigkeit von dir habe ich überhaupt nicht gerechnet. Ich habe mir monatelang so Vorwürfe gemacht. Als Frank mich anrief und mir gesagt hatte, dass du vielleicht den Film gesehen hast und deshalb jetzt in der Klinik liegst, hätte ich mich umbringen können. Gott sei Dank hatte ich Kevin, der immer wieder auf mich eingeredet hatte. Eigentlich ging es mir erst wieder besser, als ich von Ben hörte, dass du ihn sehen möchtest", sagte er mir und schaute auf den Boden.

„Christian, du weißt gar nicht, wie ihr mir gefehlt habt!", sagte ich und nahm ihn, das erste Mal, seitdem ich ihn kenne, fest in meine Arme und an der Länge wusste ich, dass er es sehr genoss. Nach einigen Minuten der Stille schaute er mir direkt in die Augen und wurde noch ernster, als er bis jetzt schon war, dann sagte er: „Christoph, was ich dir jetzt sage, bleibt bitte unser Geheimnis und du darfst es noch nicht mal Frank sagen. Kann ich dir vertrauen?" Ich hatte ein wenig Angst, denn ich glaubte, dass er sich auch in mich verliebt hatte, und es mir jetzt beichten wollte.

„Ja, du kannst mir vertrauen, ich kann dichthalten", sagte ich und bereitete mich auf das Schlimmste vor.

„Vor etwa fünf Jahren verliebte ich mich unsterblich in einen zuckersüßen Jungen. Ich dachte anfangs, dass er meine Liebe zu ihm erwidert, aber er spielte mir nur etwas vor. Immer wieder machte er mir Hoffnung, um sie gleich danach wieder zu zerstören. Er schlief mit mir und machte mich damit sehr glücklich, nur um mich am nächsten Tag von sich wegstoßen zu können. Vor seinen Freunden war ich ein Hampelmann und so behandelte er mich auch. Ich war, nach einem Jahr, so am Boden, dass ich fast durchdrehte. Nein, ich bin durchgedreht! Ich trank mir eines Abends ordentlich einen an und stieg auf ein 20-stöckiges Hochhaus. Ich saß, die ganze Nacht, auf dieser Brüstung und heulte mir die Augen aus. Am nächsten Morgen hat mich denn ein Bewohner von der Brüstung gezogen und den Notarzt angerufen. Danach war ich drei Monate in einer Klinik, die so ähnlich ist wie die, wo du gerade bist."

Ich war geschockt, als er mir das erzählte:
„Mensch Christian, ich weiß gar nicht, was ich sagen soll!"
„Das musst du auch nicht, mein Kleiner, es ist nur, dass ich ganz schön Angst um dich hatte, als ich bei euch eingezogen bin, und sah, wie Frank dich behandelte. Da kam alles wieder in mir hoch. Ich wollte dir helfen, aber ich war wie gelähmt, und konnte nur noch zuschauen, aber als Frank dir Weihnachten einen Heiratsantrag machte, dachte ich, jetzt wird alles gut!"

Nach einigen Sekunden Stille sagte ich:

„Aber das war nicht so! Ich hatte wirklich unter Frank gelitten. All die Jahre hat er mich benutzt und an der kurzen Leine gehalten. Ich hatte mich damit abgefunden, denn ich konnte mir nicht vorstellen, ohne ihn zu sein, ob mit oder ohne seine Liebe. Nach eurem Unfall und ganz besonders nach dem Antrag kam die Angst. Angst, dass Frank es nicht ernst mit mir meinte. Sie wurde immer schlimmer und gipfelte eben, an diesen gewissen Abend, wo ich völlig durchdrehte."

„Ja, das kenne ich und ich kann es dir nur nachempfinden, deswegen habe ich mir die ganzen Monate auch solche Vorwürfe gemacht. Ich habe Frank so oft besucht und ich war auch mit ihm, in diesem Wald. Ich sah, wie schlecht es dir ging, und ich kann mich heute noch ohrfeigen, dass ich damals nicht, im rechten Moment, eingeschritten bin und Frank zurechtgewiesen habe. Das tut mir so gut, Christoph."

Christian liefen jetzt eine Menge Tränen die Wangen herunter, worauf ich tröstend sagte:

„Mensch Christian, das ist jetzt mal so passiert und keiner kann etwas daran ändern. Ich komme in ein paar Wochen raus und denn fangen wir beide noch mal ganz von vorne an, oder?"

„Ja danke!", sagte er und gab mir einen dicken Kuss auf die Wange.

„Hey, das ist mein Freund!", rief Frank aus dem Hintergrund, dann mussten wir beide lachen.

Kurz bevor wir das Gespräch beendeten, fragte ich ihn, ob er nicht mal seinen Eltern davon erzählt hat und wenn nein, warum sie nichts gemerkt hätten.

Er sagte dann nur noch kurz:

„Ich habe mich immer mal bei ihnen gemeldet und ihnen glaubhaft gemacht, dass ich auf einer Seminarreise bin. Gott sei Dank haben sie mir das abgekauft. Du hast es da, um einiges leichter, denn du hast einen lieben Freund, der dich über alles liebt, und eine große Familie, die zu dir steht. Das hatte ich damals nicht und musste mich da allein rausboxen. Aber ich habe es geschafft und bin sehr stolz darauf."

Ich musste noch lange, auch in der Klinik, über dieses Gespräch nachdenken und ich kam oft auf sein Angebot, ihn anzurufen, zurück. Die Gespräche mit einem Leidensgenossen halfen mir wirklich viel, ich hatte aber auch ein schlechtes Gewissen, weil seine Erlebnisse dadurch auch wieder hochkamen. Er beruhigte mich aber, indem er sagte, dass es auch für ihn Therapie ist, denn er hatte, außer mit seinen Therapeuten, mit noch keinem darüber reden können.

Die Tage am See gingen viel zu schnell vorbei und ich war sehr traurig, dass es wieder in die Klinik zurückging, doch ich war sehr froh, dass Frank bei mir blieb.
Es ging mir jetzt jeden Tag besser. Die Angst war völlig weg und dadurch fiel mir das Leben um einiges leichter.
Frank gab sich sehr viel Mühe mit mir. Wir redeten viel miteinander und auch Frau Fischer tat alles für meine Gesundung. Das tat mir sehr gut, aber immer mehr bekam ich Heimweh. Nicht nach dem Penthouse, zu dem nun wirklich nicht, sondern nach dem normalen Leben, auf den Alltag mit Frank und der ganzen Bande. Sie meldeten sich so oft per Telefon, aber das war nicht dasselbe. Besonders fehlte mir Ben, der die Fähigkeit hatte, mich immer wieder aufzubauen.
Endlich war der Entlassungstag da und ich freute mich so, aus dieser Klinik rauszukommen. Die Adaption wollte ich nun doch nicht machen, denn ich konnte es mir nicht mehr vorstellen, noch mal so lange von Frank getrennt zu sein, denn da durfte er leider nicht mit.
Nach Hause wollte ich aber auch nicht. Ich konnte, zu diesem Zeitpunkt, warum auch immer, noch nicht mit Frank darüber sprechen.
Ja, es war falsch, es noch nicht einmal Frau Fischer zu sagen, aber ich konnte es einfach nicht. Ich glaubte, es würde alles verändern, und jede Kleinigkeit, die ich in den letzten Wochen aufgebaut hatte, würde dadurch wie ein Kartenhaus zusammenfallen.
Ich beschoss, es deswegen für mich zu behalten und Frank in dem Glauben zu lassen, dass ich mich auf das Penthouse freue.

Am Sonntagabend, es war Anfang Juli, packten wir endlich unsere Koffer.

Ja, ich freute mich, endlich aus dieser Klinik rauszukommen, aber der Gedanken, wo es morgen hingeht, löste ihn mir ein unbehagliches Gefühl aus, das merkte Frank.

„Na, mein kleiner Hase, bist du traurig, dass du hier wegmusst?"

„Nein, mein Schatz, ich freue mich auf zu Hause! Ich denke bloß darüber nach, ob mir die Sicherheit dieses Hauses fehlen wird!?", log ich in an.

„Schau mal, ich denke, wir haben alles dafür getan, dass es dir auch zu Hause gut geht. Wir haben eine gute Therapeutin, mit der du doch schon oft telefoniert hast, und ich bin ja auch noch da, oder?"

„Ja und ich liebe dich!"

Ich legte meine beiden Arme um seinen Hals und gab ihm einen langen und innigen Kuss.

„Ich liebe dich noch viel mehr!", antwortete er und drückte mich an seine Brust.

„Wenn er nur wüsste, was mir damals mit den beiden Männern passiert ist. Ich dachte, ich hätte es vergessen. Ich dachte ja auch ganz lange, dass ich in das Penthouse nie wieder zurückmuss. Nun stand mir dieses aber kurz bevor.

Ich werde es schon schaffen und mit der Zeit wird das bestimmt leichter für mich werden. Ich werde einfach Christians Zimmer meiden, denn wird es schon gehen", dachte ich und packte weiter, um mich damit abzulenken.

Frank und ich verbrachten eine letzte wunderschöne Nacht in der Klinik.

Morgens beim Frühstück überreichten mir meine Mitpatienten einige Geschenke, die mich an diesen Aufenthalt erinnern sollten.

Ich hätte sie am liebsten weggeschmissen, um das alles besser vergessen zu können, aber ich behielt sie dann aber doch und packte sie in meinen Koffer.

Den ganzen Morgen wartete ich auf Elias.

Er hatte versprochen, noch vorbeizukommen, um sich von uns zu verabschieden.

Leider tauchte er nicht auf, aber als wir schon fast das Gelände verlassen hatten und ich mich noch mal umschaute, sah ich ihn. Er lief unserem Auto hinterher und rief irgendwas.

Ich rief laut:

„Anhalten, stopp, bitte halte an!", und Frank trat auf die Bremse.

„Was ist denn?", fragte er mich erschrocken.

„Elias, er läuft uns hinterher!"

Wir stiegen aus dem Auto, als Elias ohne Atem bei uns ankam.

„Gott sei Dank, habe ich euch noch erwischt. Ich habe verschlafen und hätte es mir nie verziehen, wenn ich euch verpasst hätte. Ich habe doch noch ein Geschenk für dich, Christoph."

Er übergab mir ein hübsch eingepacktes Päckchen.

„Danke, aber das wäre doch nicht nötig gewesen!", sagte ich überrascht.

„Doch das ist nötig, denn mit dem Päckchen hat es etwas auf sich. Du darfst es nämlich erst aufmachen, wenn es dir richtig schlecht geht, aber nur dann, und du wirst sehen, dass es dir bald besser gehen wird."

„Das finde ich ja eine gute Idee. Ich hoffe, es ist kein Messer oder eine Pistole in der Schachtel", sagte Frank ironisch.

Wir lachten und nahmen ihn zum Abschied in unseren Arm.

„Du musst uns unbedingt bald besuchen!", sagte ich.

„Auf jeden Fall! Nächsten Monat habe ich Urlaub, da fahre ich sowieso nach Hause, dann mache ich ein Abstecher zu euch."

Er winkte uns noch lange hinterher und ich sagte zu Frank:

„Ich hoffe, ich muss das Päckchen nie öffnen!?"

„Ich bin mir sicher, dass du es nie brauchst!", antwortete Frank überzeugt.

Mir ging es immer schlechter, je näher wir nach Celle kamen. Frank wurde immer ratloser und als mir immer übel wurde, steuerte Frank den Rastplatz, in Kassel an.

Ich zitterte und konnte mein Frühstück kaum noch bei mir behalten.
Frank zog mich schnell aus dem Auto und dann kam alles aus
mir heraus.
Er hielt mich, als ich mich, in das Gebüsch, ergoss.
Danach öffnete er die Kofferraumklappe und setzte mich auf die
Ablage, dann drückte er mich hilflos an seine Brust.
Er tat mir richtig leid und ich hatte ein so schlechtes Gewissen,
weil ich ihn den Grund meines Zustandes nicht sagen konnte.
Nach so viel Monaten war es einfach nicht mehr möglich, die
Wahrheit zu sagen.

Frank hielt mich nur still in seinem Armen und ich war sicher,
er dachte, mein Zustand, begründet sich nur darin, nur die Tatsache, dass ich nach so langer Zeit in mein altes Leben zurück-
kehre. Anders konnte ich mir die Ruhe, die er in diesen Moment
ausstrahlte, nicht erklären. Dass es noch einem anderen Grund
gibt, konnte ich ihm, nach so einer langen Zeit, nicht mehr sagen, denn das käme jetzt einem Verrat gleich.

Er fragte auch gar nicht, er sagte nur leise:
„Wir beide schaffen das schon! Denke immer daran, des ich dich
liebe!"

Nach einer halben Stunde ging es mir wieder einigermaßen, sodass wir weiterfahren konnten.

„Christoph, du musst da jetzt durch! Du liebst diesen Kerl neben
dir und willst ihn nicht verlieren. Es ist ja nur der erste Schritt,
vor dem ich große Angst habe, dann wird es schon gehen!", sagte ich leise, zu mir selbst.
Dass noch an diesem Abend ein unverhoffter Vorfall alles verändern würde, konnte ich zu diesem Zeitpunkt noch nicht wissen.

Kurz bevor wir in die Tiefgarage fuhren, nahm ich mir fest vor,
stark zu sein. Ich hatte zwar richtig Muffensausen, aber ich machte gute Miene zum bösen Spiel.

Als wir auf den Parkplatz einbogen, sah ich plötzlich meinen alten Flitzer stehen. Ich konnte es nicht fassen, denn ich hatte ihn schon fast vergessen.

Damals, als ich meine Wohnung aufgegeben hatte, bat ich die Spedition, mir mein Auto zu bringen, aber da sie ihn nicht finden konnten, ließ ich es auf sich beruhen. Ich wusste, dass Frank ihn zu sich geholt hatte, aber da ich ihn ja nicht wiedersehen wollte, schrieb ich ihn kurzerhand ab.

Nun stand er da und er sah wie aus dem Ei gepellt aus.

„Mein Auto!", sagte ich voller Begeisterung.

„Ja, freust du dich? Ich habe ihn, für dich schön machen lassen."

„Danke, ich habe ihn wirklich vermisst."

Ich gab ihm einen Kuss und stieg dann aus.

Ich streichelte mein kleines Auto über sein Dach und merkte gar nicht, dass für kurze Zeit meine Angst völlig weg war. Als mir das bewusst wurde, wusste ich, dass ich es schaffen könnte, wenn ich nur genügend Ablenkung habe.


Ich wartete auf die Panikattacke, als Frank das Penthouse aufschloss, aber sie blieb, Gott sei Dank, aus und ich war sehr froh darüber.

Frank trug mich über die Schwelle und legte mich auf das Sofa, dann legte er sich, wie er es gerne machte, mit seinem ganzen Gewicht auf mich und gab mir ein Kuss.

„Endlich zu Hause!", sagte er, mit einem tiefen Seufzer.

Wir blieben einfach nur so liegen und schliefen irgendwann, geschafft von der langen Fahrt, tief und fest ein.


Durch die Türglocke wurde ich wach. Ich lag immer noch auf dem Sofa – ohne Frank, aber mit Decke. Ich musste erst mal realisieren, wo ich war. Draußen tobte ein fürchterliches Gewitter und der Regen prasselte an den Fenstern.

Frank kam aus der Küche und ging Richtung Haustür. Er sah klasse aus, denn er hatte sich, bis auf die Unterhose, seine Kleidung vom Leib gerissen und zeigte sich mir in seiner vollen Blüte.

„Na, hast du gut geschlafen?", fragte er beim Vorbeigehen und warf mir einen flüchtigen Kuss herüber. Sekunden später kam er mit zwei Pizzakartons zurück und legte sie auf den Wohnzimmertisch.
„Du hast doch bestimmt Hunger? Ich zumindest könnte ein halbes Schwein auf Toast verdrücken."
Eigentlich hatte ich überhaupt keinen Hunger. Im Gegenteil, ich hatte so ein flaues Gefühl im Magen, dass ich dachte, ich müsste noch mal kotzen, aber bevor ich was sagen konnte, hatte ich schon ein Stück Pizza im Mund.
Ich kaute es widerwillig und quälte es mir dann runter.
„Bitte Frank, sei mir nicht böse, aber ich kann nichts essen."
„Ist schon gut! Wenn du keinen Hunger hast, musst du auch nicht essen."
„Ist es schlimm, wenn ich dich jetzt alleine lasse und ins Bett gehe? Ich bin immer noch so müde."
„Nein natürlich nicht! Ich komme auch gleich, wenn ich mit dem hier durch bin."
Er gab mir einen Kuss und sagte:
„Ich liebe dich!"
„Ich liebe dich noch mehr!"


Ich ging ins Schlafzimmer und machte das Licht an, weil es durch das Gewitter stockdunkel war, dann setzte mich auf das Bett, aber so schnell ich mich hingesetzt hatte, stand ich wieder auf.
Die Bettdecke war völlig durchnässt. Ich schaute hoch und sah, dass es von der Decke tropfte.
Ich rief sofort nach Frank, der auch sofort, ins Zimmer, kam.
Ich zeigte ihm die Misere. Er ging sofort ins Bad, um einen Eimer zu holen, dann stellte er ihn unter die tropfende Stelle, schaute mich bedauernd an und sagte:
„Ich glaube, hier können wir heute Nacht nicht schlafen."
„Nein, das glaube ich auch, denn müssen wir uns wohl mit dem Sofa zufriedengeben."
„Oder aber wir gehen in Christians Bett. Er ist sowieso nicht da und hat bestimmt nichts dagegen, wenn wir heute in seinem Zimmer übernachten."

In diesem Moment wurde ich starr und mir wurde heiß und kalt. Ich merkte, dass mein Blutdruck stieg und meine Panik wiederkam. Mir stand der Schweiß auf der Stirn und die Angst war schlimmer als je zu vor.

Sie tat regelrecht weh und ich wusste nicht, was ich machen sollte. Dann begann ich zu zittern. So doll, dass ich mich fast nicht mehr auf den Beinen, halten konnte. Ich begann zu weinen und mir liefen die Tränen herunter. Ich sehe jetzt noch Franks Blick, der so verwirrt und hilflos aussah.

Er kam sofort zu mir und hielt mich fest:

„Was ist los?", fragte er voller Angst.

„Bitte nicht in Christians Zimmer!", sagte ich panisch.

„Warum nicht, was ist mit dem Zimmer?"

„Nicht in das Zimmer!", rief ich jetzt lauter und bekam einen Weinkrampf.

Ich wollte weg und riss mich von Frank los, dann lief ich Richtung Wohnungstür.

Frank lief mir sofort hinterher und hielt mich im Treppenhaus auf. Fest in seinem Griff, schrie ich das ganze Haus zusammen:

„Nicht in das Zimmer!"

Frank schleifte mich in die Wohnung zurück und stellte mich an die Wand.

„Was hast du denn? Was ist mit dir?", sagte er hilflos und ich sah, dass ihm der blanke Horror im Gesicht stand.

„Nicht in das Zimmer!", sagte ich immer wieder und Frank drückte mich fest an seine Brust.

„Nein, wir schlafen nicht in Christians Zimmer. Beruhige dich, es ist alles gut. Wir werden nicht in dem Zimmer schlafen", sagte er, ohne dass er wusste, warum.

Er wiegte mich in seinen Armen, worauf ich mich ein wenig beruhigte, dann sagte er:

„Pass auf, ich ziehe mir jetzt was an und dann fahren wir zu Ben. Wir werden bei ihm schlafen, ist das okay?"

Ich schaute ihn an und sagte, immer noch weinend:

„Ja, bitte!"

Frank zog sich schnell etwas Leichtes an, telefonierte kurz mit Ben und dann fuhren wir zu ihm.

Ben wartete schon vor seinem Haus.
Er öffnete meine Tür und nahm mich gleich in seinem Arm. Ich klammerte mich an ihm und weinte jetzt noch mehr. Wie ein Kind, das endlich seine Eltern sieht.
„Was hast du mit ihm gemacht?", fragte Ben streng.
„Überhaupt nichts. Ich kann mir das auch nicht erklären!? Ich habe nur gesagt, dass wir heute bei Christian im Bett schlafen müssen, weil es durch die Decke direkt auf unser Bett getropft hat und alles nass war."
„Nicht in das Zimmer!", sagte ich wieder, aber diesmal leise, bittend und flehend.
„Siehst du, das sagt er immer wieder. Irgendwas stimmt nicht mit dem Zimmer, und es hat bestimmt auch damit zu tun, dass es ihm den ganzen Tag schon schlecht ging. Ich bin sogar anhalten, weil er sich übergeben musste", sagte Frank.
„Das kriegen wir schon raus und du brauchst nicht in dieses Zimmer. Heute Nacht bleibt ihr erst mal hier", sagte Ben, nahm mich auf seinem Arm und trug mich ins Haus.
Tassilo stand an der Wohnungstür und begrüßte erst mich und dann Frank.
Ben brachte mich ins Gästezimmer und legte mich auf das Bett, dann holte er seine Arzttasche und begann, mich zu untersuchen. Nachdem er Puls und Blutdruck geprüft hatte, holte er eine Spritze raus, worauf ich nervös sagte:
„Bitte keine Spritze! Mir geht es danach immer so schlecht."
„Keine Angst, das ist nur ein leichtes Beruhigungsmittel, und nicht so ein Hammerzeug, wie du es in der Klinik bekommen hast."
„Okay!", sagte ich und biss die Zähne zusammen.

Nach dem Stich legte er alles in seine Tasche zurück und schloss die Tür, dann setzte er sich auf die Bettkante und sagte:
„Ich bin zwar kein Psychologe, aber dein bester Freund und du sagtest mal, wir sind sogar Seelenverwandte. Das stimmt auch und

du weißt, dass du mir alles anvertrauen kannst, was immer es auch ist. Ich denke, es muss etwas ganz Schlimmes sein, denn ich sehe ja, wie schlecht es dir geht. Möchtest du es mir nicht sagen? Was bedrückt dich und was hat es mit Christians Zimmer auf sich?"

Ich schaute ihn ängstlich an und hatte wieder das Bedürfnis, einfach wegrennen zu müssen. Ich wollte von allem hier nichts mehr hören und sehen, aber das ging nicht. Ben hätte mich festgehalten und selbst wenn ich mich von ihn losgerissen hätte, würde ich nur bis zur Tür kommen, denn Frank würde mich auf keinen Fall gehen lassen.
Also musste ich hier liegen bleiben und mich geschlagen geben.

Ben schaute mich erwartend an und in meinem Hals steckte ein Riesenkloß.
Ich hatte wahnsinniges Vertrauen zu ihm, deshalb überwand ich mich und sagte kaum hörbar:
„Ich bin vergewaltigt worden."
„Du bist was?"
Ben fiel alles aus dem Gesicht und ich war sicher, dass er mir nicht glaubte, aber dann fragte er ruhig:
„Wer hat dir das angetan?"
„Es waren die Monteure, die Christians Möbel aufgebaut haben."
Ben war so geschockt, dass er aufstand und nervös durch das Zimmer irrte.
„Warum hast du denn, nie etwas gesagt?"
„Weil ich von ihnen bedroht wurde. Sie haben von mir einen Film, mit einem Handy, gemacht und mich gezwungen zu sagen, dass ich Franks Sklave bin."
„Und du hast Angst gehabt, dass Frank das nicht gefallen würde."
„Ja, sie haben mich damit aufgezogen und dreckig gelacht, aber das war ja noch nicht einmal gelogen. Ich war ja praktisch, über Jahre, Franks Diener. Ich habe doch alles für ihn gemacht, ihm jeden Wunsch von den Augen abgelesen. Zwischendurch dachte ich, dass Frank die beiden arrangiert hat, um mich noch kleiner zu machen."

„Glaubst du das denn immer noch?"

„Nein, ich weiß jetzt, dass er mich liebt, deshalb hab ich doch so Angst gehabt, dass er mich verlässt, wenn ich es ihn erzähle."

Ben setzte sich wieder, an meine Seite und streichelte mir meinen Kopf.

Da ich jetzt stark weinte, fragte er mich:

„Bist du in der Lage, mir alles zu erzählen?"

Ich nickte und begann zu reden. Ich erzählte ihn alles haarklein und ließ nichts aus.

Ben fasste sich immer wieder an seinen Kopf und machte ein entsetztes Gesicht.

Nachdem ich zum Ende kam, sagte er erschüttert:

„Ich habe ja schon vieles gehört, aber das ist das Schlimmste, das mir je zu Ohren gekommen ist, jedenfalls bewusst!"

„Bitte Ben, sage Frank nichts davon. Ich habe sein Vertrauen missbraucht. Ich habe das Versprechen, ihm immer alles zu sagen, gebrochen. Ich bin mir sicher, wenn er es erfährt, verliere ich ihn!"

„Das glaube ich nicht. Frank ist dein Verlobter, der dich liebt, und er hat ein Recht, alles über dich zu erfahren. Bitte sei mir nicht böse, wenn ich gleich zu ihm gehe, denn so etwas sollte man nicht aufschieben. Nur so könnt ihr eine glückliche und vertraute Beziehung aufbauen. Ich verspreche dir aber, dass ich es ihm so schonend wie möglich beibringen werde."

„Okay, aber bitte gib mir Bescheid, wenn du mit ihm geredet hast, ja?"

„Natürlich, ich komme danach sofort wieder."

Er nahm mich in den Arm, zog mich dann aus und deckte mich liebevoll zu.

„Versuche, ein bisschen zu schlafen, es wird alles wieder gut!"

Nachdem Ben aus dem Zimmer gegangen war, machte ich mir die grauenhaftesten Gedanken durch den Kopf:

„Ich bin mir sicher, dass ich Frank nie mehr wiedersehen werde. Er wird bestimmt, nachdem Ben ihm das erzählt hat, das Weite suchen und sich bei mir nie wieder blicken lassen. Er hatte sich ja nach seinem Unfall geändert, aber über diesen Schatten könnte er bestimmt nicht springen, um mir das zu verzeihen."

An Schlaf war gar nicht zu denken. Ich wälzte mich von einer Seite zur anderen und konnte an nichts anderes denken als an meinen lieben Frank.

Der Wecker zeigte schon 24 Uhr. Über eine Stunde lag ich hier schon herum und im Nachbarzimmer wurde gerade über meine Zukunft entschieden. Das machte mich wahnsinnig.

Plötzlich vernahm ich etwas auf dem Flur. Ich spitzte meine Ohren und hörte nur, dass sie sich gute Nacht sagten.

„Nun wird Frank bestimmt gehen und mich hier allein zurücklassen!", dachte ich und weinte leise in das Kopfkissen.

Dann öffnete sich meine Tür kurz und fiel gleich wieder ins Schloss. Jemand kam auf das Bett zu.

Im Mondschein sah ich, dass dieser jemand sich auszog, und ich fragte leise:

„Wer ist da?"

Ich glaubte, dass es Ben war, der sich neben mich legen wollte, um mich zu trösten.

„Du schläfst ja noch gar nicht!", sagte die Stimme und als ich mich versah, hatte er seine Lippen auf meinen, dann realisierte ich erst, dass dieser jemand Frank war, der nicht gegangen war.

„Darf ich zu dir ins Bett kommen?", fragte er.

Ich streckte glücklich meine Arme nach ihm aus und sagte erleichtert:

„Ja, bitte!"

Er huschte zu mir unter die Decke und schmiegte sich an mich.

„Entschuldigung, Frank, dass ich es dir nicht gesagt habe."

Frank drückte mir seinen Zeigefinger auf die Lippen und sagte:

„Psst, ich kann dein Verhalten voll und ganz verstehen. Ich hätte es dir auch nicht erzählen können. Du musst ja die Hölle durchgemacht haben. Kein Wunder, dass du durchgedreht bist. Morgen haben wir einen Termin bei der Psychologin und dann wird alles wieder gut. Jetzt werden wir erst einmal schön schlafen und du brauchst keine Angst mehr haben, denn ich bin bei dir."

„Danke, dass du mich deswegen nicht verstößt!"

„Hast du das geglaubt?"

„Ja, ein bisschen. Ich weiß ja, wie du früher reagiert hast."

„Das war der alte Frank und falls du das nicht gemerkt hast, den gibt es schon lange nicht mehr. Wie könnte ich dich auch verstoßen, ich liebe dich doch!"

„Ich liebe dich doch auch!"

Er war ganz dicht bei mir. Ich schaute in seine großen, ausdrucksvollen, blauen Augen, während er mir, zärtlich durchs Haar fuhr. Ich fühlte mich zum allerersten Mal so geborgen bei ihm, denn nichts stand jetzt mehr zwischen unserer Liebe.

„Du bist meinetwegen ganz schön deprimiert, oder?", fragte ich vorsichtig.

Er wischte mir den Schlaf aus meinen Augen und sagte:

„Nein, natürlich war ich zuerst enttäuscht, als Ben mir es erzählte. Gerade weil wir, in den letzten Wochen, so tiefe Gespräche geführt haben und ich dachte, dass wir uns jetzt endlich voll und ganz vertrauen können, aber Ben hat mir, in seiner liebevollen Art, klargemacht, was in dir vorgehen muss. Mir tut das so weh, wenn ich daran denke, was du in den letzten Monaten ganz allein durchgemacht hast. Als Ben mir sagte, dass du anfangs dachtest, dass ich das alles eingefädelt habe, nur um dir eins auszuwischen und ich Spaß daran hatte, dich damit zu quälen, dachte ich: Wie schätzt der mich ein? Aber Ben hat dann, die letzten Jahre Revue passieren lassen und ich musste zu der Erkenntnis kommen, dass ich, zu dir ein regelrechtes Schwein war, da musstest du ja denken, dass ich etwas damit zu tun gehabt hatte."

Jetzt wurde Frank still und nachdenklich. Ihm stand plötzlich der Schweiß im Gesicht, als wäre ihm auf einmal klar geworden, dass das jetzt das Ende unserer Beziehung sein könnte, wenn er nicht, ab jetzt, noch tiefer in die Vergangenheit eintaucht, denn bis jetzt hatte er seine Fehler nur oberflächlich zugegeben.

Es wird bestimmt nicht einfach für mich und auch nicht für ihn!

Ich holte ihn, nach einiger Zeit, aus seinen Gedanken, weil mir so der Magen knurrte.

„Frank, ich habe Hunger!", und bevor er antworten konnte, klopfte es an der Tür und Ben kam mit einer großen Tasse seiner berühmten heißen Brühe ins Zimmer.

„Guten Morgen, meine Lieben! Habt ihr gut geschlafen?", fragte er vorsichtig.

„Nachdem Frank ins Bett kam, schlief ich wie ein Stein", sagte ich.

„Schön und du?", dabei schaute er Frank an.

„Eigentlich habe ich überhaupt nicht geschlafen. Ich habe die ganze Nacht nachgedacht und meinem Hasen beim Schlafen zugeschaut."

Ben gab Frank die große Tasse und sagte:

„Die ist aber nicht für dich, die ist für meinen allerbesten Freund. Du sollst ihn nur füttern."

Ich roch daran und machte ein wohliges Gesicht.

Worauf Ben sagte:

„Das ist mein Seelentröster! Sie hat Christoph schon oft geholfen. Du darfst natürlich probieren."

Ich nahm den Löffel, den Frank mir sofort wieder aus der Hand nahm.

„Ich soll dich füttern und das werde ich auch tun."

Der erste Löffel schmeckte grandios und tat richtig gut.

„Na, ist sie lecker?"

„Oh Ben, das ist die beste Brühe, die du je gekocht hast. Danke dir!"

„Ich weiß doch, was dir guttut. Kommt ihr denn in die Küche, wenn ihr sie ausgelöffelt habt? Wir haben schon den Frühstückstisch gedeckt. Wie ihr seht, muss ich auch gleich in die Praxis runter. Also ich habe nicht viel Zeit."

Wir nickten und Ben verließ das Zimmer.

Ben hatte sein Doktordress an und wir schauten seinem Knackarsch, in der perfekt geschnittenen weißen Hose, nach, dann sahen wir uns an und mussten lachen.

Wir ließen uns nicht viel Zeit und löffelten schnell die Tasse leer, zogen die bereitgelegten Bademäntel über und gingen in die Küche.

Tassilo kam mir gleich entgegen, nahm mich in dem Arm und drückte mich ganz fest, als wollte er sagen, dass es ihm unheimlich leidtut, was mir passiert ist.

Nachdem er auch Frank begrüßte, bat er uns an den reichlich gedeckten Frühstückstisch.

„Mann, sieht das gut aus!", sagte ich und hielt mir vor Hunger den Bauch.

„Du hast richtig Hunger, oder?", fragte Tassilo.

„Ja, ich könnte ein halbes Schwein auf Toast verdrücken."

„Kein Wunder, er hat gestern nicht ein Stück gegessen und das nicht Vorhandene auch noch ausgekotzt", sagte Frank ironisch und alle lachten.

„Na, denn greif mal richtig zu, damit du wieder zu Kräften kommst", sagte Ben.

Ich ließ mich nicht zweimal bitten und aß für zwei.

„Wann hat Christoph denn den Termin bei der Psychologin?", fragt Ben.

„Um 16 Uhr, aber ich glaube, ich brauche eher den Termin. Ich werde sie fragen, ob sie uns beide behandelt, denn ich habe, glaube, den größeren Lernbedarf", sagte Frank.

„Das finde ich richtig gut! Nein, ich frage nur deshalb, weil du gestern noch sagtest, dass du eigentlich nicht mitgehen wolltest. Sonst hätte ich Christoph nämlich begleitet."

„Wir haben eben ein langes Gespräch geführt und ich bin zur Erkenntnis gekommen, dass ich auch eine Therapie brauche. Ich möchte meine Vergangenheit aufarbeiten, denn ich kann mit meinem schlechten Gewissen nicht weiterleben."

Ich schaute Frank verliebt an und gab ihm einen Kuss.

„Ich liebe dich dafür!"

„Ich dich noch viel mehr!"

Die Sitzung war sehr anstrengend und wir beide waren danach fix und fertig.

Wir fuhren zu Ben und legten uns erst einmal hin.

Ich dachte über das Gespräch nach, dann schaute ich ihn an und sagte:

„Ich habe dich heute ganz neu kennengelernt."

„Ja, warum?"

„Ich wusste zum Beispiel nichts von deiner Kindheit: Dass du eine verwöhnte kleine Göre warst und alles von deinen Eltern in deinen schönen Arsch geschoben bekommen hast. Du hattest sogar einen persönlichen Diener!?"

„Ja, dem ich aber gleich nach dem Tod meiner Eltern gekündigt habe. Ich wollte frei sein und habe ordentlich einen draufgemacht. Nach einer gewissen Zeit habe ich das Verhätscheln, von ihm, vermisst und mir war es leid, dass ich alles selber machen musste. Da kam mir dieser Kai, von dem Christian dir erzählt hat, ganz recht. Ich habe ihn bis aufs Kleinste ausgenutzt und für mich heute unverständlich, hatte mir das auch richtig Spaß gemacht, bis dieser Überfall mit dem Fahrrad kam. Als ich dann nach Celle kam, wollte ich ein neues Leben anfangen, bin aber bei dir leider wieder in meine alten Muster zurückgefallen. Ich habe aber, und das musst du mir glauben, dich nie so behandelt wie diesen Kai. Nein, bei dir war das anders! Ich habe dich von Anfang an richtig gern gehabt. Ich konnte aber nicht aus meiner Haut und habe dich, zu meinem Vorteil, ausgenutzt."

„Und der Unfall, glaubst du, dass er dich verändert hatte?"

„Ich weiß nicht! Als ich zum ersten Mal wach wurde und in deine wunderschönen, dunklen Augen sah, war es um mich geschehen. Du warst für mich auf einmal so kostbar und es tat mir weh, dass ich dich über Jahre so behandelt habe. Als ich dann spürte, dass du mich verlassen willst, musste ich irgendetwas dagegen tun."

„Und dann kam dir die Idee mit dem Antrag", sagte ich.

„Ja, das war für mich der einzige Ausweg, um dich nicht zu verlieren. Ich hatte richtig Angst. Angst, die ich vorher nicht kannte und mir wurde klar, dass ich ohne dich nicht mehr leben kann. Die Monate in Bayern waren für mich mit dem Gedanken, dir nie wieder nahe sein zu dürfen, die Hölle. Mit dir nie wieder sprechen zu können, brachte mich fast um. Ich habe sogar an Selbstmord gedacht und das hätte ich auch gemacht, wenn du mich nicht wieder in dein Herz gelassen hättest. Oh Christoph, ich liebe dich so und ich weiß, du hast mich nicht verdient, nach allem, was ich dir angetan habe!"

Ich drückte ihn noch fester an mich und sagte:

„Ganz ehrlich, wenn du dich nicht geändert hättest, wäre ich über alle Berge gewesen. Es war ja auch alles in Ordnung, bis der gewisse Abend kam, wo ich ausgetickt bin. Ich hatte auf einmal so einen Zweifel und ich brachte alles mit dir in Verbindung. Ganz besonders die Vergewaltigung in Christians Zimmer."

„Das tut mir so leid, dass dir das passiert ist, und morgen gehen wir beide, wie es uns die Psychologin geraten hat, zur Polizei und erstatten Anzeige. Wäre doch gelacht, wenn sie die nicht kriegen. Vielleicht sind sie ja so blöd und arbeiten immer noch in diesem Möbelhaus und wenn sie die nicht fassen, haben wir es wenigstens versucht und müssen uns später keine Vorwürfe machen."

„Ja, ich habe trotzdem Angst, dass sie mir dann auflauern und das Ganze wieder von vorne losgeht."

„Du kannst sicher sein, wenn sie kommen sollten, werde ich bei dir sein und dich beschützen."

„Danke, mein Schatz!"

# Kapitel 7

Am nächsten Tag gaben wir eine Anzeige gegen unbekannt auf. Ich gab eine detaillierte Täterbeschreibung ab, denn ich hatte die beiden noch so vor Augen, als wenn es gestern gewesen wäre. Frank brachte auch die erforderlichen Unterlagen mit. Darunter auch die Bestellung der Möbel und der dazugehörige Name des Möbelhauses, das psychiatrische Gutachten, das meine Therapeutin für mich angefertigt hatte, und seine Unterstützung, worüber ich ihn sehr dankbar war.

Danach fuhren wir, und das war für mich eine große Überraschung, zu einem Immobilienmakler, um uns eine neue Bleibe zu suchen. Selbst Frank wollte nicht mehr in das Penthouse zurück, nach dem, was da alles geschehen war.
Er zeigte uns ein paar Exposés über einige für uns geeignete Wohnungen, die wir uns im Laufe der nächsten Woche anschauen wollten.

Christian kam am Sonntag aus Hamburg zurück, wo er eine Woche Kevin besucht hatte.
Er verstand erst nicht, warum wir so eine schöne Wohnung aufgeben wollten, aber als Frank ihm die ganze Misere erzählt hatte, war er geschockt und sofort einverstanden mit unserem Umzug.

„In meinem Bett?"
„Ja, tut mir leid Christian!", sagte ich.
„Nein, du kannst da ja am aller wenigstens dazu, aber wenn ich bedenke, dass ich jede Nacht in einem Bett geschlafen habe, wo etwas richtig Grausames passiert ist, läuft mir der kalte Schauer über den Rücken. Mir tut das leid, was du da durchmachen musstest!"
„Möchtest du denn mit uns mitkommen?", fragte Frank.

„Eigentlich wollten Kevin und ich im Herbst zusammenziehen und uns eine eigene Wohnung suchen, aber bis dahin würde ich gerne euer Angebot annehmen."

Wir schauten uns unzählige Wohnungen an, aber keine einzige kam nur in die Nähe dessen, was wir uns vorgestellt hatten.
Am Freitag, 14 Tage später, saßen wir bei Kaffee und Kuchen bei Ben auf dem Sofa, um etwas zu feiern.
Wir waren eine große Runde, denn Kevin und Tassilo waren auch übers Wochenende gekommen und da Christian jetzt auch nicht mehr im Penthouse übernachten wollte, gab Ben auch ihm bei sich Asyl. Es war jetzt ziemlich eng in dieser eigentlich großen Wohnung, aber mit sechs Menschen ging es zu wie in einer Jugendherberge.
Wir traten uns morgens im Bad auf die Füße und die Schlafsituation war auch nicht schön. Frank und ich hatten es ja noch gut, denn wir hatten das Gästezimmer, aber Christian schlief auf dem ausziehbaren Schlafsofa im Wohnzimmer und wenn Kevin zu Besuch war, hatten sie schon arge Probleme auf dem schmalen Ding.
Wir waren völlig geschafft und niedergeschlagen von den vielen negativen Besichtigungen.

„War denn gar nichts darunter?", fragte Kevin.
„Doch, es waren schon schöne Wohnungen dabei, aber vielleicht vergleichen wir zu viel", sagte Frank.
„Ja, das Penthouse war nicht zu übertreffen. Wenn ich an Weihnachten denke. Das war doch himmlisch da", sagte Tassilo.
„Ja, aber das ist jetzt Vergangenheit. Da können wir nicht mehr zurück, denn das kann ich meinem Häschen nicht antun."
„Was macht ihr nun? Habt ihr einen anderen Immobilienmakler beauftragt?", fragt Kevin.
„Nein noch nicht, aber das macht auch keinen großen Sinn, denn es sieht auch so schon schlecht mit dem Wohnungsmarkt in Celle aus und denn noch was Extravagantes zu finden, was uns gefällt, ist fast unmöglich", sagte Frank.

Ben war bei unserem ganzen Gespräch sehr abwesend und jetzt stand er auch noch auf. Ich dachte zuerst, unser Gerede nervt ihn, aber in seinem Kopf ging etwas ganz anderes vor.

Er ging durch seine ganze Wohnung spazieren und schaute sich alles ganz genau an.

Wir sahen uns verwirrt an und Tassilo fragte ihn:

„Hey Maus, ist alles in Ordnung?"

„Ja, es könnte nicht besser sein. Wisst ihr, ich denke schon lange an eine Praxiserweiterung und überlege, ob man das nicht hier, in diesen Räumen, verwirklichen könnte."

Tassilo war entsetzt und sagte verwundert:

„Hier? Das ist doch aber deine schöne Wohnung?"

„Ja aber ich habe mich hier nie richtig wohlgefühlt. Ich wohne hier schon, seit ich denken kann. Als mein Vater wieder heiratete, habe ich diese Wohnung übernommen, aber ab und zu erdrücken mich die Erinnerungen an meine Kindheit."

„Du hast mir nie davon erzählt. Was war da los?", fragte Tassilo.

„Meine Mutter ist hier gestorben, aber das erzähle ich dir einmal später. Ich habe da eine Idee, die uns alle helfen kann.", sagte er und holte sein Laptop. Er stellte ihn in die Mitte des Wohnzimmertisches und rief eine Seite auf.

„Ich habe vor Längerem, von einem Patienten erfahren, dass er einen Resthof zu verkaufen hat, und ich glaube, das ist unsere Lösung."

Frank schaute Ben, immer noch verwirrt an und fragte:

„Unsere Lösung?"

„Ja, unsere Lösung. Schaut mal, das ist ein voll restauriertes, altes Gehöft mit mehreren Wohnungen und viel Platz für uns alle. Kevin und du wolltet doch sowieso im Herbst zusammenziehen und euch, hier in Celle, eine Wohnung suchen, oder Christian?"

„Ja, Kevin hat schon seine beruflichen Fühler hierher ausgestreckt, aber ..."

„Und Tassilo hat gestern einen Vertrag bei VW in Wolfsburg unterschrieben und zieht demnächst zu mir. Deswegen sind wir ja auch heute alle hier, um darauf anzustoßen, oder?"

„Eben, zu dir in diese Wohnung, nicht auf so einen alten Bauernhof."

„Wartet doch mal ab und lasst uns die Immobilie erst mal anschauen! Schaut mal, hier steht eine Telefonnummer. Soll ich da mal anrufen?"

„Warum eigentlich nicht. Gucken kostet ja nichts, oder?"

Wir stimmten Frank alle zu, dann holte Ben sein Telefon und wählte die Nummer, die auf der Seite angegeben war.

Es meldete sich auch jemand und nachdem Ben kurz mit ihm redete, schaute er uns mit leuchtenden Augen an.

„Habt ihr Lust, noch heute die Immobilie zu besichtigen?"

Wir nickten überfordert, worauf Ben ins Telefon sagte, dass wir in einer Stunde da sein könnten. Er schrieb sich die Adresse auf und legte dann auf.

„Du machst aber was mit uns!", sagte Frank und war sichtlich beeindruckt.

„Ich bin ein Mensch der schnellen Entscheidungen!"

„Ja, das haben wir grade eben gemerkt. Wie sollen wir das eigentlich bezahlen? Hast du dir darum, bei deiner schnellen Entscheidung, mal Gedanken gemacht? Ich habe nicht so viel Geld, um mich da einzukaufen, und Kevin auch nicht", fragte Christian, gereizt.

„Über Geld können wir auch nachher sprechen! Wir wissen doch noch gar nicht, wie viel es kostet!"

„Genau, wollen wir denn jetzt los, sonst kommen wir noch zu spät?", sagte Frank.

Eine Viertelstunde später saßen wir in unseren Autos und fuhren zu der angegebenen Adresse.

Nach circa vier Kilometern hinter dem Ortseingangsschild von Celle ging rechts ein kleiner asphaltierter Weg von der Hauptstraße in den Wald hinein.

Wir fuhren an mehreren Seen vorbei, bis wir an einer Gabelung kamen.

Wir nahmen den linken Weg, wo ein Schild stand:

*Privatweg!*
*Durchfahrt verboten!*

Nach 500 Metern, wo wir durch einen dichten Mischwald mussten, kamen wir an einer Lichtung, durch die ein kleiner Wild-
bach strömte, vorbei und auf der anderen Seite stand, durch eine
kleine Brücke getrennt, ein großes, altes Backsteingebäude.
Es hatte was Faszinierendes an sich und ich war hin und weg.
Die Landschaft und das Haus passten so gar nicht zu diesem Land-
strich, denn man musste denken, dass wir irgendwo in Italien
oder in einem anderen südlichen Land, aber auf keinen Fall in
Deutschland und schon gar nicht in Niedersachsen sind.
Das Haus musste bestimmt ein paar 100 Jahre alt sein, ist aber
liebevoll restauriert worden.
Ich kam mir vor wie in einem Märchen. Die Sonne ging gerade
unter und tauchte alles in ein tiefrotes Licht.
Wir fuhren über die Brücke und dann durch ein großes, zwei-
flügliges Tor in den bezaubernden Lichthof.
Er war mit altem Kopfsteinpflaster belegt und an allen drei Seiten waren kleine Terrassen angelegt.
Die Fensterläden waren in einem dunklen Grün gestrichen und
die zahlreichen Giebel, die sich um das Haus zogen, hatten be-
eindruckende Verschnörkelungen.
Man konnte denken, dass Aschenputtel gleich aus der Tür schrei-
tet, so schön war mein erster Eindruck.

Wir stiegen aus und standen nun mitten im Innenhof.
„Hier will ich leben!", dachte ich.
Frank legte seinen Arm und mich und sagte:
„Das ist doch echt schön, oder?"
„Das ist nicht nur schön? Das ist einfach traumhaft!"
„Du hast dein Zuhause gefunden, hab ich recht?"
„Oh Frank es wäre doch herrlich, hier wohnen zu können!"
„Ja, hier würde ich mich auch wohlfühlen, aber unsere Mei-
nung zählt leider nicht allein. Lass uns das Haus erst mal rich-
tig anschauen."

Ich nickte und nahm seinen Arm.

Aus dem Haus kam ein dunkelhaariger, in einen blauen Anzug gekleideter, schlanker Mann. Ich schätzte ihn so um Mitte 30 und er hatte ein schönes, markantes Gesicht.
Er begrüßte uns alle mit einem festen Handschlag, dann fing er an, schnell zu erzählen:
„Das Haus ist aus dem 15. Jahrhundert und wurde vor zwei Jahren komplett restauriert. Es besteht aus drei Flügeln mit jeweils einer Wohnung. Die Hauptwohnung im mittleren Flügel hat 210 Quadratmeter, rechts 175 Quadratmeter und links 180 Quadratmeter. Im Torhaus gibt es noch eine kleine Gästewohnung von circa 60 Quadratmetern und einen Swimmingpool, von zehnmal zwölf Metern Länge."
Dann raste er mit uns, mit einer Eile, durchs Haus, als würde er uns gar nicht ernst nehmen. Er dachte sicherlich, dass wir uns das sowieso nicht leisten könnten, und versuchte, uns so schnell wie möglich wieder loszuwerden.
Frank stellte ihm immer wieder Fragen, was ihm gar nicht passte, beantwortete sie aber, wenn auch lieblos.

Wir waren alle begeistert. Jede Wohnung hatte eine offene Küche, angebunden an eine große Wohndiele.
Alles war im bäuerlichen, aber modernen Stil geprägt und strahlte eine unheimliche Gemütlichkeit aus. Sie hatte jeweils drei Bäder und eine Sauna. Das Schwimmbad konnte man, wenn es warm ist, zum Lichthof öffnen.
Mein Herz hüpfte bei jedem Zimmer höher und ich verliebte mich immer mehr in das Kleinod.
Das ging nicht nur mir so, die anderen waren auch begeistert und wollten immer noch mehr sehen, aber der Makler schien keine Zeit zu haben und schon nach 20 Minuten saßen wir an dem langen Bauerntisch und er breitete das Exposé vor uns aus.
„Die Grundfläche beträgt circa 750 Quadratmeter und die Grundstücksfläche ist etwa 5000 Quadratmeter groß, ungefähr so groß wie die Lichtung ist. Dazu gehört auch ein Stück des Sees."

„Was ist mit dem Bach, gehört er auch dazu?", fragte Frank.

„Ja, aber da muss man auf die Wasserrechte achten. Die umliegenden Bauern ziehen für ihre Felder auch Wasser daraus."

„Was soll denn das Ganze kosten und wie weit können wir den Preis noch drücken?", fragte Frank.

Der Makler schaute plötzlich so verwirrt, als würde er sich fragen: „Sollte ich die Frage jetzt ernst nehmen? Die werden doch sowieso diesen Karten nicht kaufen. Warum fragen die nach dem Preis?"

Er beantwortete die Frage so abfällig, dass Frank beinahe beleidigt war.

„Circa 5,8 Millionen DM! Da ist aber noch Spielraum nach unten!"

„Gut, dann gehen wir jetzt. Wir werden uns bei Ihnen melden.", sagte Frank und schaute uns auffordernd an.

Er steckte sich das Exposé ein und dann gingen wir resigniert zu unseren Autos. Frank signalisierte mit seinem plötzlichen Gehen, dass ihm der Preis überhaupt nicht passte.

Keiner, aber auch wirklich keiner traute sich, etwas zu Franks plötzlichem Aufbruch zu sagen. Sie vertrauten alle auf sein großes Verkaufsgeschick und die hatte auch seine Wirkung, denn als Frank ihm bei der Verabschiedung seine Karte gab, wurde der Makler viel freundlicher und überschlug sich förmlich.

Er rief noch hinterher:

„Oh Herr Matz, wenn Sie sich für dieses Objekt entscheiden, können wir auf jeden Fall über den Preis sprechen!"

Frank war natürlich in Maklerkreisen kein unbeschriebenes Blatt und man wusste, dass er ein gewisses Budget hatte, um sich so etwas leisten zu können.

Zu Hause ging die große Diskussion los. Jeder hatte etwas zu sagen und es redeten alle durcheinander, da flüsterte Frank mir ins Ohr: „Ich muss dich mal sprechen. Können wir in unser Zimmer gehen?"

Ich nickte und wir standen auf.

Ich glaube, das hat noch nicht einmal einer bemerkt, denn sie waren viel zu doll damit beschäftigt, sich gegenseitig das Für und Wider an ihre Köpfe zu werfen.

Als wir alleine waren, fragte Frank mich:

„Du willst dieses Haus, oder?"

„Oh Frank, das ist so schön, aber es ist einfach zu teuer!"

„Ja ich weiß, aber was habe ich mir denn schon in den letzten Jahren, gegönnt? Ich habe nur gespart! Du kennst meine Finanzen. Ich habe drei Mehrfamilienhäuser, das Hochhaus mit dem Penthouse, einen Haufen Aktien, die über 4 Millionen DM wert sind, und fast 13 Millionen DM auf dem Konto. Soll denn irgendwann auf meinem Grabstein stehen:

**Frank Matz – er war reich, hat sich aber nie etwas gegönnt?"**

Ich musste lachen und sagte:

„Nein, aber was werden die anderen sagen, wenn du es jetzt kaufst."

„Wir beide wissen doch, dass sie sich dieses Gehöft niemals leisten können. Selbst für Ben wäre es zu viel, deshalb habe ich mir gedacht, dass wir es den vieren einfach zum Geschenk machen!"

Ich sackte zusammen und Frank schaute mich besorgt an.

„Ist alles in Ordnung bei dir, mein Hase?"

„Ja, ja, es ist alles okay! Ich bin nur so, von deiner Großzügigkeit, überwältigt."

„Komm Hase, die da draußen sind doch echte Freunde, oder? Unter Freundschaft versteht man doch eigentlich, mit ihnen feiern zu gehen oder einen schönen Tag zu verleben, vielleicht auch mal zuhören, wenn man ein Problem hat, aber diese vier sind eindeutig darüber hinausgegangen. Diese Männer sind unsere Brüder geworden und ich würde mich unheimlich freuen, wenn ich mit ihnen zusammenwohnen kann!"

„Aber sie werden sich, neben dir, unheimlich klein fühlen. Sie müssten ja denken, dass sie immer in deiner Schuld stehen würden."

„Wenn du genau überlegst, müssten wir uns klein, neben ihnen fühlen, oder?"

„Ja, du hast recht! Lass es uns machen. Sie werden es schon verstehen!"

„Genau, soll ich anrufen?"

Ich nickte ergriffen, worauf er schnell sein Handy zückte.

Ich war stolz, wie er mit dem Makler umging. Er handelte geschickt den Preis auf 4,9 Millionen DM runter und nach zehn Minuten war der Deal dann perfekt.

Nach dem Telefonat bedankte mich bei ihm mit einem dicken Kuss und sagte:

„Ich hätte nie gedacht, dass du dich so ändern kannst!"

„Soll ich dir mal was sagen? Ich auch nicht! Wollen wir es den anderen sagen?"

„Ja, lass uns zu ihnen gehen."

Wir ließen uns nichts anmerken, als wir uns wieder auf das Sofa setzten.

Sie diskutierten noch immer und kamen zu keinem Ende, bis Frank laut „Stopp!", rief.

Alle waren plötzlich still und schauten ihn verdutzt an.

„Ich möchte euch mal was sagen! In den letzten Monaten habe ich erfahren, dass Freunde nicht mit Geld zu bezahlen sind. Ihr seid aber keine Freunde, ihr seid mehr als das. Jeder Einzelne war in den letzten Monaten so lieb zu mir und ganz besonders zu meinem Christoph. Wir haben eure Freundschaft echt strapaziert und wir möchten euch deshalb einen kleinen Teil zurückgeben, denn ohne euch würde ich bestimmt nicht mehr leben."

„Ach komm Frank, das ist doch Ehrensache. Das hätte doch jeder gemacht!", sagte Christian.

„Nein, das hätte eben nicht jeder gemacht. Ihr seid für uns wie Brüder geworden und wir möchten nie wieder auf euch verzichten. Ich habe mich eben mit Christoph beraten und wir waren sofort einer Meinung. Möchtest du, mein Kleiner, es ihnen sagen?"

„Ja gerne, mein Schatz, und zwar möchte Frank uns allen das Haus schenken."

Es war nun noch stiller und sie hatten ihre Münder alle weit offen. Ich wartete auf ihre Reaktion und beobachtete sie.

Nach einiger Zeit räusperte sich Ben und sagte mit belegter Stimme:

„Schenken? Du willst es uns schenken?"

„Ja, ich weiß, ich habe gesagt, dass man Freundschaft nicht mit Geld bezahlen kann, aber unter Brüdern geht das schon."

„Du kannst es uns doch nicht einfach schenken?", sagte Christian.
„Nein, ich nicht. Wir schenken euch euren Teil, denn was meins ist, ist auch seins! Und doch, das können wir. Seht mal, wenn aus irgendwelchen Gründen der Kauf nicht zustande kommt, muss ich meinen kleinen Hasen enttäuschen, der sich über beide Ohren in das Haus verliebt hat und das will ich nicht", sagte Frank und gab mir einen Kuss auf meine Stirn.
„Das könnt ihr trotzdem nicht machen. Wir würden unser ganzes Leben in eurer Schuld stehen", sagte Tassilo.
„Wer wohl hier in wessen Schuld steht! Nämlich ohne Ben würde ich immer noch, in so einer Einrichtung, in Bayern stecken und du Tassilo tratst in der Zeit, wo es mir richtig schlecht ging, wie ein Engel in mein Leben und Christian und Kevin haben mich bei meinen Besuchen in Friedehorst immer wieder aufgebaut und, und, und. Habt ihr das alles vergessen?", sagte ich mit Tränen in den Augen.
Ben stand auf, setzte sich ganz dicht neben mich und sagte:
„Du bist ein ganz lieber, süßer, kleiner Junge und du bist mein bester Freund, aber das braucht ihr nicht für uns zu machen."
„Das möchte ich aber! Ich kann es mir nicht mehr vorstellen, ohne meinen Schatz Frank zu leben, und genauso kann ich es nicht mehr vorstellen, ohne dich, meinen besten Freund, zu leben. Ich kann es mir auch nicht mehr vorstellen, ohne euch alle zu leben, denn ihr seid mir alle an mein Herz gewachsen und ich habe euch so lieb!"
Ben dachte jetzt lange nach und alle schauten auf ihn und seine Entscheidung, dann sagte er mit leiser Stimme:
„Unter diesen Umständen können wir euer Angebot wohl nicht ablehnen, mit euch in das Haus zu ziehen, oder?", dabei schaute er in die Runde und erntete begeisternde Zustimmungen.
Mir fiel ein Stein vom Herzen und ich nahm Ben ganz fest, in meine Arme.
„Gut, denn kannst du den Makler anrufen und ihm sagen, dass wir das Haus nehmen, wir sind einverstanden", sagte Ben zu Frank.
„Ist schon geschehen!", sagte Frank mit breitem Grinsen.
„Ihr habt schon angerufen, ohne dass wir zugestimmt haben?", sagte Christian.

„Ja, ihr habt nie eine wirkliche Chance gehabt, das Geschenk abzulehnen", sagte Frank lachend.

Jetzt sprangen alle auf Frank und rauften ihn, dabei lachten wir wie die kleinen Kinder.

Jetzt begann eine Zeit des Wartens. Mir dauerte es alles zu lange und ich wurde immer nervöser.

Nach drei Wochen konnten wir dann endlich den Kaufvertrag unterschreiben.

Der Notartermin war morgens schon ganz früh und wir fanden uns alle sechs in der Kanzlei ein.

Es war ein feierlicher Moment, als wir unser Kaiser Wilhelm unter den Vertrag setzten. Frank und ich waren die Einzigen, die mit Champagner anstießen, denn die anderen mussten noch einen klaren Kopf behalten, weil sie leider danach noch arbeiten mussten. Kevin hatte, gerade heute, ein Vorstellungsgespräch und da kommt es nicht so gut, wenn man dort alkoholisiert erscheint.

Also kam es, dass wir allein zum Haus fuhren und das erste Mal als Besitzer das Haus betraten.

Er gab mir den Schlüssel und ich schloss auf, dann nahm mich Frank auf seine starken Armen und trug mich über die Schwelle.

Dass wir die Hauptwohnung bekommen, konnten wir den anderen nicht ausreden. Schließlich hat Frank ja auch alles bezahlt, aber ich wäre auch mit einem der Seitenflügel zufrieden gewesen.

Wir schauten uns alles noch mal genau an und beendeten unsere Besichtigung im Schlafzimmer.

Frank nahm mich noch mal hoch und legte mich küssend auf die Matratze, die da schon bei der ersten Besichtigung lag.

Er öffnete langsam mein Hemd und lutschte meine Brust, dann küsste er sich zärtlich an mir herunter und öffnete, mit seinen Zähnen, meine Hose.

Bevor er weitermachte, zog er sich sein Shirt aus und küsste mich auf meinen Mund, dann setzte er seine Reise da fort, wo er sie vor wenigen Sekunden unterbrochen hat.

Er nahm meinen Schwaz in seinen Mund und blies mir einen. Immer wieder leckte er meine Eier und massierte dabei meinen Schwanz. Ich war im Himmel, denn dieses geile Gefühl war unbeschreiblich. Jetzt zog Frank mir meine Hose aus und ich griff nach seinem Gürtel, öffnete ihn und tat ihm das Gleiche nach. Splitternackt wälzten wir uns aneinander und küssten und leckten uns.

Unsere Hände waren überall und wir liebkosten uns, was das Zeug hält. Immer wieder grinsten wir uns an und wir wollten es beide und zwar jetzt.

Ich legte mich auf die Seite und Frank drang in mich ein. Wir kamen so in Ekstase, dass wir jede Zeit vergasen, denn als wir beide zum Höhepunkt kamen, war es schon Mittag und wir waren grade pünktlich fertig, bevor Kevin in den Hof fuhr.

Wir begrüßten ihn durch das Fenster, wobei wir nur unsere Köpfe zeigten, denn halsabwärts waren wir ja nackt.

Wir wollten nicht den Anschein geben, dass wir gleich wie die Karnickel übereinander herfallen, wenn wir alleine sind, aber wir mussten doch so viel nachholen.

„Wir kommen gleich runter!", riefen wir und zogen uns schnell wieder an.

„Ihr seid ja so verschwitzt, ist es da oben so warm?", sagte Kevin grinsend, als wir mit ihm im Innenhof standen.

„Nein, wir haben eben etwas Schweres getragen", log Frank schlecht.

„Sicher und im Himmel ist Jahrmarkt!"

„Ja, den hab ich auch gesehen", sagte ich verschmitzt lächelnd.

„Hey Kevin, dir kann man ja wohl gar nichts vormachen?", sagte Frank.

„Nein, was diese Sache angeht, nicht", sagte Kevin und lachte, dann öffnete er den Kofferraum des Passats und sagte:

„Kommt, helft mir mal, alles ins Haus zu tragen, ich habe eingekauft."

Frank und ich trugen alles in den rechten Flügel, da wo Kevin und Christian, in Zukunft, wohnen werden.

„Da Christian jetzt nicht da ist, müssen wir das jetzt übernehmen", sagte Frank, als wir wieder an seinem Auto standen.

„Was übernehmen?"

„Dich über die Schwelle tragen", sagte ich und ehe er es sich versah, hoben wir ihn hoch und trugen ihn ins Haus.

Wir setzten ihn auf dem großen Tisch ab, der in allen Wohnungen des Bauernhauses stand und riefen laut:

„Herzlich willkommen!"

„Danke, danke! Damit habe ich nun gar nicht gerechnet."

Kevin öffnete dann eine Flasche Champagner und wir stießen mit Pappbechern auf dieses schöne Ereignis an.

Nach jeder Flasche, die wir tranken, wurden wir redseliger. Endlich kamen wir auch mal Kevin näher und erfuhren auch mal etwas von ihm.

Er erzählte uns von seiner Familie und dass sein Leben, vor seiner Krankheit, ganz anders aussah.

„Ich war eigentlich, ab meinem 18. Geburtstag, nie zu Hause, denn ich bin mit meinem Motorrad, durch ganz Europa gefahren. Ich liebte die Freiheit, durch die Länder zu heizen und da zu bleiben, wo es mir gefällt", schwärmte er.

„Hast du dein Bike noch?", fragte Frank.

„Nein, leider musste ich es verkaufen. Mein schlechtes Gleichgewicht lässt es einfach nicht mehr zu, aber ich habe ja jetzt meinen Christian, mit dem ich in den Sonnenuntergang reiten kann."

„Du Schwein!", sagte Frank.

„Ach, aber mir weismachen wollen, dass ihr vorhin etwas Schweres zu tragen hattet. Wer ist denn nun das Schwein?"

Jetzt mussten wir alle lachen und Frank und mir stand, vor Scham, der Schweiß auf der Stirn.

„Was ist eigentlich aus deinem Vorstellungsgespräch geworden?", fragte ich.

„Nächsten Ersten kann ich anfangen. Ist das nicht geil?!", schrie er hinaus.

Nun gab es noch einen Grund mehr, zu feiern, und das taten wir auch.

Als nämlich der Rest der Bande gegen 18 Uhr eintraf, badeten wir gerade im Pool und hatten schon die vierte Flasche Champagner am Start.
Sie zogen sich alle aus und sprangen zu uns.
Wir hatten wirklich, viel Spaß diesen Abend. Wir grillten und da grade das Wochenende begonnen hatte, feierten wir bis spät in die Nacht.

Es dauerte noch vier Wochen, bis wir endlich einziehen konnten, aber nur deshalb, weil wir noch Umbauarbeiten veranlassten, die unseren Wünschen entsprachen.
Wir ließen zum Beispiel die Bäder umbauen und die ganzen Räume neu streichen, denn die alte Farbe war schon sehr altbacken.
Jetzt erstrahlten sie in warmen und auch bunten Tönen.
Die Terrassen ließen wir auch aufhübschen. Sie haben jetzt alle schöne gemütliche Bauernmöbel, mit jeweils einem riesigen Sonnenschirm darüber.

Am 4. September, einem Freitag, fuhren endlich die Umzugswagen auf den Hof.
Die ganze Woche waren wir mit Kartons packen beschäftigt.
Das war echt anstrengend und es taten uns unsere Arme ganz schön weh, aber nun trugen die Leute der Spedition unsere Sachen in die verschiedenen Wohnungen. Das war echt erholsam, denn jetzt mussten wir die Spediteure nur noch in die einzelnen Zimmer navigieren.
Endlich bekam ich auch meine Habe, die ich eingelagert hatte, wieder.
Zuletzt trafen auch die Lkws von Kevin und auch Tassilo ein, der mit Abstand die weiteste Anreise aus Saarbrücken hatte.
Um 17 Uhr war alles ins Haus getragen und die Wohnungen sahen auch dementsprechend aus. Alles stand durcheinander und man konnte kaum noch in die Räume kommen, aber wir stellten dann nur noch die Betten auf und legten uns dann gemeinsam auf unsere Terrasse, denn die war die größte der drei, und ließen unsere Seelen baumeln.

Die ganze Woche und das darauffolgende Wochenende waren wir damit beschäftigt, die vielen Kisten auszupacken. Wir waren davon ganz schön geschafft und fielen jeden Abend müde ins Bett. Frank und ich hatten einen Vorteil, wir mussten morgens nicht aufstehen, um zur Arbeit zu gehen, aber irgendwie waren wir auch ein bisschen neidisch auf sie, denn es wäre auch mal wieder schön, eine Aufgabe zu haben.

Am Dienstag gaben wir unserer Wohnung den letzten Schliff und waren stolz auf das, was wir geschafft hatten. Sie war so kuschelig und gemütlich geworden.

Die Möbel aus dem Penthouse passten so gut, als wären sie für dieses alte Gemäuer gemacht. Auch meine Sachen fanden ihren Platz, was mich sehr freute, denn ich hing sehr an ihnen. Jede Einzelheit erzählte eine Geschichte aus der Vergangenheit, wobei ich viele schon fast vergessen hatte.

Abends im Bett erzählte ich Frank einige davon und er hörte mir diesmal auch zu. Er fragte sogar nach, wenn er etwas nicht richtig verstanden hatte.

Es fiel mir sonst immer schwer, über meine Kindheit oder von der Zeit im Heim zu reden, aber diesmal sprudelte es alles aus mir heraus.

Ich zeigte ihm sogar Fotos von meinen damaligen Freunden aus Hamburg und da merkte ich, dass ich sie ganz schön vermisste. Ich bin mit ihnen durch dick und dünn gegangen und wir haben uns gegenseitig getröstet, wenn uns die Aufseher, wie wir sie immer nannten, mal wieder drangsalierten.

„Warum hast du sie nie wiedergesehen?", fragte Frank.

Die Frage hätte Frank sich auch selbst beantworten können, was er auch merkte, aber ich sagte nur ruhig:

„Ich hatte doch dich!"

Das waren nämlich immer seine Worte:

„*Du hast doch mich!*", wenn ich mich mal mit meinen Freunden treffen wollte, die ich damals auch schon in Celle hatte.

Frank sah verschämt nach unten.

Ich wechselte aber sofort das Thema, denn ich hatte keine Lust, darüber zu diskutieren, denn das war für mich abgehakt.

Er wollte alles über meine Eltern wissen, wie sie waren und wie ich mit ihnen gelebt hatte, und als ich damit fertig war, erzählte er auch von seiner Kindheit und seinen Eltern.

Er muss sie sehr geliebt haben, denn ihm kamen immer wieder die Tränen, wenn er, über besonders schöne Augenblicke, mit ihnen, sprach. Es war echt schön, ihm zuzuhören, denn ab diesem Abend hatte ich das Gefühl, ihm noch näher zu sein.

Am Mittwoch, dem darauffolgenden Tag, trafen wir uns alle, um eine Einweihungsfeier zu planen, und da es Bindfäden regnete, kamen sie alle zu uns.

Ich hatte einen Butterkuchen und eine Erdbeertorte gebacken und gegen 15 Uhr saßen wir gemütlich, bei Kerzenschein, an unserem großen Tisch.

Zu meiner Freude gab es nur Lob, für meine Backkünste, das ich gerne annahm. Wir fingen an zu diskutieren und alle redeten wie immer durcheinander.

Es ging um einen geeigneten Termin und wir wurden und wurden uns nicht einig.

Zu unserer Verwunderung sprach Kevin laut ein Machtwort.

Kevin, der sonst allzu ruhige Junge, der sich lieber im Hintergrund aufhielt, schrie jetzt:

„Stopp, wenn wir uns so weiter um einen Termin streiten, sitzen wir morgen noch hier."

Wir schauten ihn verdutzt an und Christian sagte:

„Hey Schatz, so kenne ich dich ja gar nicht."

„Ist doch wahr, das kann man ja nicht mehr mit anhören. Ich schlage vor, es am dritten Oktober zu machen. Er fällt dieses Jahr auf einen Freitag und da haben wir alle frei."

Wir schauten uns alle an und ich sagte:

„Kevin hat recht, wir haben denn ein schönes langes Wochenende und bis dahin haben wir eine Menge Zeit zum Planen und die Einladungen rauszuschicken!"

Nach einer weiteren Diskussion und der Tatsache, dass wir bis dahin noch vier Wochen Zeit hatten, mussten sie alle einsehen, dass das der beste Termin war, und stimmten alle zu.

Kevin freute sich sichtlich, dass er den Mut gehabt hatte, auch mal seine Stimme zu erheben.

Christian küsste ihn und es war schön, zu sehen, wie stolz er auf ihn war.

Mit dem Gedanken, nicht mehr unter Zeitdruck zu stehen, schrieben wir nur noch die Namen derjenigen, die wir einladen wollten auf, damit Frank die Karten drucken lassen konnte, denn er hatte sich bereit erklärt, sie am Computer, zu entwerfen.

Die Liste wurde immer länger und wir mussten schon wieder welche streichen, weil sonst, unser Haus, aus allen Nähten geplatzt wäre.

Wichtig waren zunächst unsere Familien, welche bei mir und bei Frank schon mal wegfielen.

Auch bei den Freunden hörte es bei uns auch schon bei den fünf, die hier im Haus wohnten, auf, aber einen wollte ich hier haben: nämlich Elias.

Der Mann, der mir so durch die schlimmste Zeit meines Lebens geholfen hat.

Diese Karte schrieb ich selbst und schickte sie, nächsten Tag, auch persönlich ab.

Nach drei Tagen kam sie zu meinem Erschrecken zurück.

*„Unbekannt verzogen!",* stand auf dem Cover.

Ich ging sofort zu Frank, der gerade damit beschäftigt war, die letzten Einladungen auszudrucken und zeigte ihm den zurückgekommenen Brief.

„Was machen wir denn jetzt!", fragte ich ihm.

„Hast du ihn schon versucht, anzurufen?"

„Nein, aber das werde ich sofort machen."

Ich holte mein Handy und wählte seine Nummer.

„Die Nummer ist nicht vergeben!", sagte ich zu Frank, der es denn auch noch mal versuchte, aber auch keinen Erfolg hatte.

„Ich rufe mal seine Schwester an, die muss ja wissen, wo er steckt", sagte Frank.

„Woher hast du ihre Nummer?", fragte ich ganz verwirrt.

„Er hatte sie mal gegeben, als er bei ihr zu Besuch und sein Handy kaputt war."

Er rief sie an und sagte danach:

„Sie hat auch schon seit vier Wochen keinen Kontakt mehr zu ihm und weiß auch nicht, wo er steckt."

Ich wurde nervös und Frank merkte das und nahm mich deshalb in seinem Arm, dann sagte er leise:

„Bleib ganz ruhig. Es wird schon nichts passiert sein und du weißt, du darfst dich nicht aufregen. Ich rufe jetzt noch in der Klinik an und frage da nach. Die müssen ja wissen, was mit ihm los ist."

Pustekuchen, die Klinikleitung sagte, dass er schon seit einem Monat nicht mehr bei ihnen arbeitet, und konnte uns auch nicht sagen, wo er sich jetzt befindet.

Wir dachten nach und ich sah, dass Frank sich jetzt auch Sorgen machte.

Wir gingen zu Ben und Tassilo rüber und berichteten den beiden, was wir gerade erfahren hatten, denn wir wussten überhaupt nicht, was wir jetzt machen sollten.

Die Sache auf sich beruhen zu lassen, kam für uns nicht infrage.

Die beiden hörten sich die Geschichte aufmerksam an, worauf Tassilo dann die rettende Idee hatte.

„Habt ihr eigentlich, hier in Celle, einen guten Detektiv?", fragte er uns.

„Ich weiß nicht, warum?", fragte Frank.

„Na, das schreit ja förmlich nach einem professionellen Schnüffler!"

„Ja, aber das dauert doch ewig, bis sie ihn gefunden haben", sagte Frank.

„Wenn du dich da mal nicht täuschst! Ein guter Detektiv hat überall sein Netzwerk aufgebaut und Möglichkeiten, wo du selbst gar nicht draufkommst."

„Eigentlich eine gute Idee. Ich schau gleich mal im Netz nach", sagte Ben.

Nach wenigen Minuten legte er uns einen Ausdruck mit einer seriösen Detektei vor.

„Wollen wir mit denen einen Termin machen?", fragte Frank mich.

„Uns bleibt ja nichts anderes übrig."

„Gut, denn rufe ich sie jetzt an."
„Danke mein Schatz, hoffentlich finden sie ihn!"

Wir bekamen noch am selben Tag einen Termin und fuhren dann auch gleich los.
Dort stellte sich ein dicklicher Mann mit dem Namen „Pehmöller" vor.
Er hörte sich interessiert unser Anliegen an und versprach uns, sofort tätig zu werden. Wir ließen alles da, was dazu dienen könnte, Elias schnell zu finden.
Ein Bild von ihm, seine Telefonnummer, die Adresse des ehemaligen Arbeitgebers und, und, und.
„Glaubst du, dass sie ihn ausfindig machen?", fragte ich Frank auf dem Nachhauseweg.
„Mal schauen, teuer genug ist er ja!"
„Ja, das stimmt! Davon hätten wir auch zwei Wochen in den Urlaub fahren können."
„Das Geld ist doch egal. Hauptsache wir sehen ihn bald wieder, oder?"
„Ja, hoffentlich!"

Wir warteten vier Tage, bis wir endlich Antwort von dem Detektiv hatten.
Am Donnerstag kam Herr Pehmöller zu uns nach Hause und breitete mehrere Akten auf dem Tisch aus.
Wir waren neugierig und ich fragte:
„Wissen Sie, wo er ist?"
„Ja, das wissen wir!"
„Ja, wo ist er?", fragte ich aufgeregt.
„Meine Antwort wird Ihnen nicht gefallen, aber lassen Sie mich später darauf zurückkommen. Ich werde Ihnen zuerst mal erzählen, was wir über ihn rausbekommen haben.
Wir sind zunächst zu seiner Wohnung gefahren und haben mit seiner Vermieterin gesprochen. Sie hatte keinen Schimmer, wo er steckt. Er war zum letzten Mal am neunten Juli in seiner Wohnung und ist da dann auch nicht mehr aufgetaucht. Er hat weder

seiner Vermieterin noch seinem Arbeitgeber Bescheid gegeben. Er blieb einfach verschwunden."

„Haben Sie sein Zimmer sehen dürfen?", fragte ich.

„Nein, das ist schon wieder neu vermietet, aber seine kompletten Sachen, die er dagelassen hatte, konnten wir sichten. Seine Vermieterin hatte sie zusammengepackt und in ihrem Keller verstaut."

„Und, haben Sie etwas gefunden?", fragte Frank.

„Nein, nur Papierkram, der uns zu diesem Zeitpunkt nicht weiterhalf! Es schien so, als wäre er vom Erdboden verschluckt worden. Wir haben dann mit der Klinikleitung gesprochen, aber die wussten auch nicht mehr, als wir schon wussten, aber eine Köchin, die wir befragten, sagte uns, dass Elias, in letzter Zeit, große Angst hatte. Sie wusste nicht, warum, aber er hatte wohl mal gesagt, dass er viele Schulden und damit Schwierigkeiten hatte, sie zurückzuzahlen."

Frank schaute mich nachdenklich an und sagte dann:

„Erst mal ganz langsam! Er ist am neunten Juli verschwunden, das sind vier Tage, nachdem wir da abgereist sind. Wir müssten doch gemerkt haben, wenn er Probleme mit dubiosen Geldeintreibern gehabt hatte. Wir waren doch mit ihm fast jeden Tag zusammen?"

„Tja, in der größten Not können Menschen sich schon verstellen! Wir haben dann seine Schufa geprüft, die war aber sauber, deswegen mussten wir annehmen, dass, wie Sie schon gesagt haben, Herr Matz, er Geschäfte mit einem Kredithai gemacht haben musste. Wir ließen also unsere Kontakte spielen und wurden auch bei einer Münchner Agentur, die Geld verleiht, fündig. Er hat im Januar von denen 160.000 DM erhalten, die er auch in Raten bis Mai zurückgezahlt hatte, danach konnte er die 1.800 DM wohl nicht mehr aufbringen."

„1.800 DM? Das ist ja Wahnsinn! Ich schätze, dass er im Monat gerade mal 2.300 DM zu Verfügung hatte, und da musste er auch noch seine Miete von bezahlen. Was hat er sich nur dabei gedacht?", fragte ich.

„Bis Mai habe ich ihn noch für seine Information bezahlt, da konnte er die Summe wohl noch aufbringen. Auf jeden Fall musste er in großen Schwierigkeiten gesteckt haben, um so einen Schritt gemacht zu haben", sagte Frank.

„Ja, es war eine Frau, die ihn beschissen hatte, wenn ich das so ausdrücken darf. Er hatte sich letztes Jahr in eine Betrügerin verliebt, die ihm vorgegaukelt hatte, dass sie es für ihren kranken Vater braucht. Er brauchte angeblich eine teure Operation, die nicht von der Kasse bezahlt wird, weil sie im Ausland durchgeführt werden musste. Ihr wurde der Prozess gemacht und sie bekam drei Jahre auf Bewährung, aber das Geld war nicht mehr auffindbar und Herr Schawe blieb darauf sitzen. Das haben wir durch seine Unterlagen erfahren, die wir uns dann noch mal genauer angeschaut haben."

„Was für ein Biest! Warum hat er mir denn davon nichts erzählt? Ich hätte ihn dann vielleicht helfen können", sagte ich.

„Du weißt, wie schlecht es dir damals ging, und Elias wusste es auch, deshalb hat er seine Klappe gehalten. Jede Aufregung war Gift für dich. Hab ich recht oder hab ich recht!"

„Ja, du hast ja recht, aber dir hätte er wenigstens etwas sagen können!"

„Das hätte er, aber versetz dich mal in seine Lage! Wie erzählt man einem, der Geld hat, von seinen Geldproblemen, ohne das es nach Betteln klingt?"

„Ja, stimmt schon. Er konnte es uns wirklich nicht sagen."

„Ist er denn bedroht worden?", fragte Frank.

„Wir haben uns über diesen Verein erkundigt und erfahren, dass sie mit allen Mitteln kämpfen, um ihr Geld wieder zu bekommen."

„Schläger als Geldeintreiber! Er muss wahnsinnige Angst gehabt haben!", sagte Frank.

„Ja, deshalb ist er auch abgehauen."

„Abgehauen? Der Kredithai hat ihn nicht gekriegt?", sagte ich.

„Nein, noch nicht. Er ist in einer Nacht-und-Nebel-Aktion in einen Flieger gestiegen und nach Schottland geflogen. Dort mietete er sich, im hintersten Winkel des Landes, in eine alte, kleine Fischerkate ein, wo er jetzt auch noch ist."

„Bis jetzt haben sie ihn noch nicht gefunden, aber es ist nur noch eine Frage der Zeit, bis sie ihn ausfindig machen."

„Wir müssen ihm helfen Frank, bitte!", flehte ich ihn an.

„Klar, mein Hase, das ist doch selbstverständlich. Herr Pehmöller, Sie haben doch bestimmt eine Kontonummer, wohin man den gesamten Betrag überweisen kann, oder?"

„Natürlich!", sagte der Detektiv und gab ihm die Kontaktdaten mit dem genauen Betrag inklusive Zinsen.

Frank rief sofort seine Bank an und machte eine Blitzüberweisung, auf das angegebene Konto über 114.300 DM.

„Als er aufgelegt hatte, ging ich zu ihm hin und küsste ihn dankbar. Sollen wir Herrn Schawe Bescheid geben? Meine Männer sind noch vor Ort und beobachten das Häuschen. Ich muss Ihnen aber sagen, dass es nicht einfach werden wird, weil wir ihn verschrecken und er uns dann entwischen könnte!"

„Nein, wir fliegen selbst zu ihm und holen ihn da raus. Bitte lassen Sie Ihre Leute noch nicht abziehen, bevor wir eingetroffen sind. Ich weiß nicht, wie lange es dauert, bis das Geld gebucht ist", sagte Frank.

„Ja, aber das kann Tage dauern, bis Sie einen Flug bekommen? So lange kann ich meine Leute nicht vor Ort lassen."

„Das brauchen Sie auch nicht. Wir werden heute Abend, spätestens morgen Früh da sein."

Frank nahm noch mal das Telefon und wählte eine Nummer, dann sprach er mit einer Fluggesellschaft, die ihm einen Jet vermietete. Nachdem er auflegte, sagte er:

„So Christoph, jetzt müssen wir uns aber beeilen, denn um 14 Uhr müssen wir einchecken!"

Wir staunten nicht schlecht, als er das sagte. Selbst ich kannte so eine Spontanität nicht von ihm.

Der Detektiv gab uns noch eine Nummer seines Mitarbeiters, der in Schottland vor Ort war, dann überreichte er uns noch Elias Sachen, die er in seinem Kofferraum hatte, und fuhr dann vom Hof.

Wir wollten gerade die drei Taschen ins Haus tragen, da kam Ben zur Mittagspause nach Hause. Er hielt direkt vor uns und rief aus dem geöffneten Seitenfenster:

„Was, ihr wollt verreisen, ohne uns etwas zu sagen?"

„Ja, aber nicht mit diesen Sachen, die gehören nämlich Elias."

„Elias, ist er t.!"

„Nein, er ist in einer kleinen Hütte in Schottland und wir wollen ihn jetzt holen."

„Warum ist er, in einer Hütte, in Schottland? Ich verstehe gar nichts mehr!"

„Wir können es dir auch jetzt nicht erklären, denn ich habe einen Privatjet gemietet und wir müssen um 14 Uhr in Garbsen beim Flughafen sein. Könnt ihr das Gästehaus herrichten? Wir kommen bestimmt erst spät nach Hause."

„Na klar, aber dann müsst ihr mir alles erklären!"

„Ehrenwort!", sagte Frank und trieb mich, mich fertig zu machen.

Punkt 15 Uhr saßen wir im Flieger. Es war unheimlich spannend für mich, denn ich bin noch nie in solch einem Ding geflogen und als ich es Frank sagte, meinte er nur, dass es auch für ihn das erste Mal ist, dass er so etwas gemacht hatte.

Das beruhigte mich, denn war ich wenigstens nicht mit meiner Aufregung allein.

Wir landeten auf einem kleinen Airport, in der Nähe der Küste, bei den Orkney Inseln. Hier war es trostlos und unzivilisiert.

„Hier würde ich mich nicht wohlfühlen!", sagte ich zu Frank, als wir mit dem Taxi zu unserem Kontaktmann fuhren.

„Nein, ich auch nicht. Hier möchte ich nicht tot über den Zaun hängen wollen. Wie konnte er es denn hier bloß so lange aushalten?"

Ich zuckte mit den Achseln und schaute mir weiter die vorbeirauschende, karge Landschaft an. Irgendwie hatte sie was Unheimliches an sich und mir wurde so fröstelig, dass ich mich ganz dich an Frank lehnte.

Ich schaute ihn an. Sein Gesicht war genau wie meines von Angst erfüllt und er sagte mutig:

„Ich bin froh, wenn wir wieder zu Hause sind. Wir schnappen uns ihn und dann nichts wie wieder weg von hier."

„Ja!", sagte ich leise und vergrub mich unter seinen Armen.

Als wir an diesem Pub ankamen, wo wir unseren Kontaktmann treffen sollten, wollten wir erst gar nicht aussteigen. Der Pub

glich einem abbruchreifen Fabrikgebäude und der plötzlich auf-
ziehende Nebel machte es zu einem Horrorhaus aus einem billigen Geisterfilm.

Innen sah es wider Erwarten richtig gemütlich aus, sodass uns
dadurch ein wenig die Angst genommen wurde.

Wir gingen an die Bar und bestellten uns ein Lager. Dabei fragten wir den Wirt nach einem Herrn Gerth, den wir eigentlich
hier treffen sollten.

Er wies auf einen Tisch in einer dunklen Ecke hin, an dem ein
großer blonder Mann, mit einer schwarzen Lederjacke, saß. Wir
bedankten uns und gingen auf ihn zu.

Der Mann stand sofort auf, als er uns entdeckte, und fragte:

„Sind Sie Herr Matz und Herr Klier aus Celle?"

„Ja und Sie müssen Herr Gerth sein, oder?", fragte Frank.

„Ja, schön, dass Sie da sind, denn wir sind froh, wenn das hier
vorbei ist und wir hier wieder wegkommen."

„Da pflichte ich Ihnen bei!", sagte Frank.

„Bitte setzen Sie sich. Wir müssen einen Plan entwickeln, wie
wir Herrn Schawe so schonend wie möglich begegnen. Er scheint
sehr labil zu sein und wir haben Angst, dass er sich etwas antun
könnte, wenn wir nicht vorsichtig genug sind."

„Geht er denn nie raus?", fragte ich.

„Fast nie. In den letzten zwei Tagen war er nur einmal beim
Kaufmann im Ort und da schaute er sich immer wieder um und
erschreckte bei dem kleinsten Geräusch."

„Er hat wohl wahnsinnige Angst vor den Geldeintreibern!"

„Das braucht er ja nun nicht mehr zu haben. Das Geld müsste eigentlich schon bei denen eingegangen sein.", sagte Frank.

„Ja, aber das weiß er ja nicht", sagte ich.

„Nein, das ist sein Problem und wenn wir es nicht geschickt anstellen, gehen wir ein großes Risiko ein, denn die Klippen sind
nicht weit von seiner Hütte entfernt."

„Glauben Sie denn wirklich, dass er so selbstmordgefährdet ist?
Ich meine, wir haben ihn als lebensbejahenden und selbstbewuss-
ten Menschen kennengelernt und da war, von so was, nichts zu
spüren.", sagte Frank.

„Sie wissen gar nicht, was die Angst mit einem Menschen alles machen kann!"

„Oh doch, das wissen wir, wie gehen wir am behutsamsten vor?", fragte Frank.

„Wer von Ihnen beiden hat den besseren Draht zu Herrn Schawe?", fragte Herr Gerth.

„Eindeutig Christoph! Sie haben sich immer gut verstanden und konnten sich alles sagen."

„Denn müssen Sie, mit ihm, den ersten Kontakt aufnehmen. Kennt er Ihre Handschrift?"

„Ja, er kennt sie von den Anträgen und den Nachrichten, die ich ihm manchmal geschrieben habe."

„Gut, denn müssen sie ihm einen kurzen Brief schreiben, in dem sie ihm klarmachen, dass er jetzt keine Angst mehr zu haben braucht und seine Schulden bezahlt worden sind. Sie müssen es so schreiben, dass er es Ihnen glaubt und vertraut."

„Aber er kennt mich und weiß, dass ich ihm nichts Böses will!?"

„Das wissen Sie, aber ich glaube, dass er im Moment niemandem über dem Weg traut."

„Okay ich mach es, haben Sie etwas zu schreiben?"

Herr Gerth holte aus seiner Umhängetasche einen Briefblock und einen Stift und legte beides auf den Tisch, dann begann ich zu schreiben:

*Mein lieber Elias,*

*ich habe von deinem Problem gehört und bin unsagbar traurig,*
*dass es dir so schlecht geht!*
*Als Frank und ich es erfahren haben, sind wir gleich hierherge-*
*kommen,*
*um dir zu helfen. Wir sind hier in dem Pub des Ortes*
*und wissen nicht, wie wir an dich rankommen sollen.*
*Wir haben sehr große Angst um dich und wollen,*
*dass es dir wieder gut geht.*
*Frank hat deine Schulden beglichen,*
*also hast du von dieser Seite nichts*
*mehr zu befürchten.*

*Bitte Elias, wir sind doch in den paar Monaten*
*richtig dicke Freunde geworden und Freunde helfen einander.*
*Bitte gib mir ein Zeichen, wie ich mit dir Kontakt*
*aufnehmen und für dich da sein kann,*
*so wie du es, für mich, oftmals warst.*

*Liebe Grüße*
*Dein Christoph*

Sie lasen den Brief noch mal durch, worauf der Detektiv fragte:
„Haben Sie wirklich die ganzen Schulden von Herrn Schawe
bezahlt?"
„Ja, das ist für mich kein Problem und tut mir finanziell nicht
weh. Wie geht es jetzt weiter?"
„Ich gebe die Nachricht jetzt meinem Kollegen, der dort hinten, an der Bar, sitzt. Er wird ihn in einem Umschlag Herrn
Schawe dezent unter die Tür schieben und dann können wir
nur noch warten."
Er stand auf, faltete den Brief und gab ihn einen großen Schwarz-
haarigen, ebenfalls in schwarzer Lederjacke, der sofort aufstand
und den Pub verließ.
Dann warteten wir nervös, fast eine Stunde. Wir tranken schon
das dritte Lager, als plötzlich das Handy des Detektivs klingelte.
Nach mehrmaligen „Ja", und „Okay" legte er wieder auf und
sagte:
„Herr Schawe hat sein Haus verlassen und geht Richtung Pub."
„Er kommt hierher!", rief ich und umarmte Frank.
„Das ist wirklich sehr gut, aber Sie müssen vorsichtig sein und
sein Vertrauen gewinnen. Wenn er kommt, werde ich mich dann
dezent zurückziehen."

Nach zehn Minuten bekam der Detektiv wieder eine Nachricht,
dass Elias jetzt vor dem Pub steht und zögert, ihn zu betreten.
Schnell setzte er sich an einen anderen Tisch und wir starrten
auf die Tür.
„Komm doch endlich rein!", flüsterte ich kaum hörbar.

Frank hielt, zitternd, ganz fest meine Hand, als wir hoffend auf die Tür starrten, dann öffnete sie sich plötzlich und ein ungepflegter Mann betrat den Gastraum. Er hatte fettige Haare und einen braunen, alten Wildledermantel an.
Ich schaute Frank an und sagte:
„Das ist er nicht!"
Doch als er auf uns zukam, erkannte ich etwas Vertrautes an ihm.
„Oh Mann Schatz, das ist er doch!"
Er blieb vor unserem Tisch stehen und zitterte wie Espenlaub. Er sah aus wie der Tod. Sein Gesicht war so hager und schmutzig, dass man ihn kaum erkennen konnte. Er roch sehr streng, nach altem Schweiß, und sein Bart war lang und ungepflegt.
Er fing an zu weinen und ich stand auf und nahm ihn, trotz seines Gestankes, in den Arm.
„Das hat ja besser geklappt, als ich gedacht habe. Unser Auftrag ist ja nun damit beendet und wir machen uns aus dem Staub", sagte der Detektiv, der auf einmal hinter uns stand.
Elias erschrak und wollte schon wegrennen, aber Frank hielt ihn am Arm fest und sagte:
„Ganz ruhig, das ist doch nur ein Detektiv, der uns geholfen hat, dich zu finden!"
Wir bedankten uns bei ihm und dann verschwand er aus dem Gastraum.
Wir baten Elias an unseren Tisch und bestellten ihm erst mal einen Riesen-Grog mit viel schottischem Whisky.
Frank telefonierte mit dem Piloten und sagte dann:
„Wir müssen spätestens in anderthalb Stunden am Flieger sein, weil der Pilot wetterbedingt sonst nicht mehr starten kann."
Elias gab keinen Ton von sich und nippte nur an seinem Glas.
Nachdem Frank einen weiteren Anruf mit dem Taxifahrer tätigte, gingen wir hinaus. Wir mussten Elias stützen, denn es war so, als fiel alles der letzten Wochen von ihm ab.
Das Taxi stand schon vor dem Pub, in das wir auch gleich einstiegen.
„Müssen wir noch etwas aus der Hütte holen?", fragte Frank.
„Nein, was ich habe, trage ich bei mir!", sagte er leise und starrte, mit leeren Augen, aus dem Fenster.

Nach einer Dreiviertelstunde waren wir endlich am Airport und bevor wir in den Flieger stiegen, zogen wir Elias die verwanzte Jacke aus und schmissen sie weg, aber darunter sah es nicht besser aus. Er hatte ein zerrissenes Shirt und eine Jeanshose an, die vor Dreck stand.

Als wir in der Luft waren, entfernten wir sie von seinem Körper und zogen ihn frische Sachen an, die ich zu Hause noch eilig aus seiner Tasche genommen hatte.

Er war wie weggetreten und ließ alles über sich ergehen. Frank sprühte ihn sogar mit seinem Deo ein, um den größten Geruch, zu überdecken.

Gegen 24 Uhr landeten wir wieder auf dem Flughafen in Hannover Garbsen und waren endlich wieder um ein Uhr auf unserem schönen Vierkanthof.

Ich hatte Ben schon von unterwegs angerufen und ihn gefragt, ob er unser Gästezimmer vorbereiten kann, denn in der Gästewohnung konnten wir Elias in seinem Zustand heute Nacht nicht alleine lassen.

Die ganze Truppe wartete auf Kevins und Christians Terrasse auf uns, als wir auf den Hof fuhren.

Sie freuten sich sehr, dass wir wieder wohlbehalten zurück waren und nahmen uns in den Arm.

Dann trugen Tassilo und Christian Elias, der schon fast schlief, aus dem Auto und legten ihn auf eine Sommerliege.

Ben öffnete gleich seine Arzttasche, um ihn zu untersuchen, und nachdem er seinen Körper in Augenschein genommen und ihn abgehört hatte, sagte er:

„Bis auf das, dass er ziemlich abgemagert ist, geht es ihm relativ gut. Er braucht jetzt nur eine Dusche, viel Schlaf und meine berüchtigte Brühe!"

Und wie aufs Stichwort trug Tassilo ein Tablett mit sieben großen Tassen aus ihrer Küche herüber.

„Ben hatte vorhin so viel gekocht, dass ich dachte, wir können alle eine Tasse vertragen!", sagte er und stellte es auf den Tisch.

Meine Augen leuchteten, als der wunderbare Duft in meine Nase zog, und ich nahm gleich einen großen Schluck.

„Ich liebte diese Suppe! Danke, Ben!"

„Ich weiß. Ich kann dir gerne mal zeigen, wie ich sie mache."

„Nein, keine Chance. Ich werde sie nicht im Entferntesten so gut hinkriegen wie du."

„Danke für dein Kompliment, mein Kleiner!"

Kevin nahm sich Elias an und hielt seine Tasse, bis er sie bis zum letzten Schluck ausgelöffelt hatte. Es sah richtig süß aus, wie rührend er sich um Elias kümmerte.

Frank und ich trugen Elias dann in unsere Wohnung und machten ihm ein heißes Bad und rasierten ihn dabei. Jetzt sah er endlich wieder wie ein normaler Mensch aus. Nachdem wir ihn abgetrocknet hatten, legten wir ihn in das Bett im Gästezimmer, aber als wir das Licht ausmachen wollten, rief er uns und sagte:

„Bitte lasst mich nicht allein!"

Frank schaute mich, mit gerunzelter Stirn, an und sagte:

„Wir müssen ihn wohl heute Nacht bei uns schlafen lassen."

„Da bin ich, mit dir, völlig einer Meinung!"

Und so kam es, dass wir drei die Nacht zusammen in unserem großen Bett verbrachten.

Elias schien sich zwischen uns sehr wohlzufühlen, denn er schlief wie ein Baby.


„Wo bin ich?", schrie Elias und wir wurden davon wach.

Er saß aufrecht im Bett und war kreideweiß.

Ich berührte ihn am Rücken, um ihn zu beruhigen, aber er schlug sein Kopf nach hinten und schaute uns entgeistert an.

„Christoph, Frank, wo bin ich hier und warum liege ich, mit euch zusammen, im Bett?", sagte er jetzt ein wenig ruhiger.

„Weißt du nicht mehr? Wir haben dich gestern aus diesem Loch in Schottland geholt! Du bist bei uns zu Hause, wo du auch erst mal bleiben wirst.", sagte Frank.

„In Deutschland, aber dann werden sie mich kriegen?"

„Keiner wird dich kriegen. Kannst du dich nicht mehr an den Brief erinnern, den Christoph dir geschrieben hat?", fragte Frank.

Elias dachte, einen Augenblick, anstrengend nach und dann sagte er:

„Frank hat meine Schulden bezahlt!"

„Wir, Christoph und ich, haben deine Schulden bezahlt, aber können wir nachher weiterreden? Ich habe nämlich so einen Hunger und wir können gerne, beim Frühstücken, weiterreden." In dem Moment knurrte Elias Margen so laut, dass wir uns anschauten und lachen mussten.

Nach einem „guten Appetit" von uns spachtelte Elias alles in sich rein, was er nur greifen konnte, und wir staunten nicht schlecht, als wir sahen, was ein menschlicher Körper alles verdrücken kann.

„Wie viel hast du denn den Scharlatanen gezahlt?", sagte Elias kleinlaut, nachdem er zu Ende gegessen hatte.
„114.300 €!", sagte Frank ernst.
„Oh Mann, das kann ich dir ja nie zurückzahlen!"
„Doch, das wirst du! Du wirst uns jeden einzelnen Cent zurückgeben, plus den üblichen 7 bis 8 Prozent Zinsen. Ich werde dich bis auf dein letztes Hemd ausnehmen und du wirst nie wieder auf einen grünen Zweig kommen, bis du stirbst, das garantiere ich dir."
Elias senkte demütig seinen Kopf.
Ich war geschockt, dass Frank so reagierte. Er beugte sich dabei richtig nach vorne, um seinem Reden noch mehr Ausdruck zu verleihen.

„Frank, das kannst du doch nicht ernst meinen? Du machst mir ja richtig Angst!"
Plötzlich hellte sich sein Gesicht auf und er fing an zu lachen.
„Natürlich meine ich das nicht erst. Ich schreibe dir auf, was ich von dir zurückhaben will!"
Frank schrieb auf seiner Serviette eine große Null und zeigte sie hoch.
„Eine Null, du willst gar nicht von mir wieder haben? Das kann ich nicht annehmen!", sagte er, kurz vorm Weinen.
Jetzt stand Frank auf, ging um den Tisch, setzte sich neben Elias und nahm ihn in seine Arme. Elias fing jetzt richtig an zu heulen und Frank sagte:

„Es tut mir leid! Ich war da wohl ein bisschen zu hart. Es sollte nur ein Scherz sein, aber ich bin wohl ein wenig über das Ziel hinausgeschossen, oder? Es tut mir leid!"

Frank streichelte seinen Kopf und ich fand es so rührend, wie er mit Elias umgeht, dass mir auch die Tränen kamen.

Ich sah mich da gerade selbst sitzen, wie Frank mich liebevoll tröstete, wenn es mir mal nicht so gut ging, und ich fand es so süß von ihm. Mir wurde es plötzlich bewusst, obwohl ich das eigentlich schon wusste, dass er so gefühlvoll sein konnte, und ich sah nichts mehr von dem alten Frank in ihm, so wie er vor dem Unfall war. Mir wurde es so warm ums Herz, bei dem Gedanken, dass dieser tolle Mann mein Freund war.

Ich war so stolz auf Frank!


Nachdem Elias sich wieder beruhigt hatte, sagte er:

„Aber bitte lasst mich doch bitte einen Teil zurückzahlen."

Frank schaute Elias jetzt wieder erst an und sagte:

„Bevor ich das Geld überwiesen hatte, standen wir in deiner Schuld und jetzt konnten wir, wenn auch nur ein bisschen, dir zurückgeben."

„Warum stand ich in eurer Schuld? Ich habe doch gar nichts gemacht?"

„Du hast nichts gemacht?", sagte ich erstaunt. „Was wäre gewesen, wenn du dich nicht so fürsorglich in der Zeit, wo es uns so schlecht ging, um uns gekümmert hättest. Wir wären, ohne dich, bestimmt nicht mehr zusammen ...!"

„... und ich hätte mir dann das Leben genommen!", brachte Frank noch ein.

„Ich kann das alles nicht glauben, dass jemand so etwas für mich macht!"

„Das sagt Christoph auch immer zu mir und ich kann das langsam nicht mehr hören. Ich glaube, es reicht auch erst mal für heute. Ruhe dich erst mal richtig aus. Du siehst nämlich aus, als könntest du noch eine Mütze Schlaf vertragen. Ben wollte in seiner Mittagspause noch mal nach dir schauen. Ich gehe jetzt zu Kevin rüber, den kann auch gleich untersuchen, denn er liegt nämlich auch krank im Bett."

„Ja, was hat er denn?", sagte ich.

„Christian hat vorhin angerufen. Er sagte, dass sein Blutdruck zu hoch ist und sein Kreislauf verrücktspielt. Mal sehen, wie es ihm geht."

„Okay, grüße ihn schön! Ich komme später nach."

„Mach ich!", sagte Frank, gab mir einen Kuss und ging aus der Tür.

„Hoffentlich ist es nichts Schlimmes!", sagte ich besorgt.

„Ach, es war bestimmt nur das Wetter sein oder warum macht ihr euch solche Sorgen?"

„Kevin hatte letztes Jahr einen Schlaganfall und er hätte ihn fast nicht überlebt."

„Scheiße und da habt ihr mich jetzt auch noch an der Backe."

„Mensch Elias, das darfst du noch nicht mal denken. Wir machen das wirklich gerne für dich, denn du bist unser Freund!"

„Danke, das weiß ich wirklich zu schätzen. Ich gehe jetzt wieder zu Bett, aber eine Frage hab ich noch: Wie konntet ihr so einfach so das Geld überweisen? Ich meine, das habt ihr doch bestimmt eisern gespart?"

„Die Frage müsste heißen, wie konnte Frank das Geld so einfach überweisen. Er ist nämlich der Meinung, dass sein Geld auch meins ist und ja, das ist so einfach für ihn, weil er genug davon hat oder warum glaubst du, wohnen wir in so einem Palast!?"

„Das gehört euch? Ich dachte, das ist nur gemietet", sagte er erstaunt.

„Frank hat ein bisschen was geerbt, aber das soll er dir mal selbst erzählen", sagte ich und war genervt, weil ich den Satz schon auf Platte hätte pressen konnte.

Er nickte und ging denn Richtung Treppe. Ich überlegte und ihm in hinterher.

„Elias!"

„Ja!"

„Es wäre schön, wenn du dich jetzt im Gästezimmer schlafen legst. Es liegt genau gegenüber von unserem", sagte ich schmunzelnd.

„Ja natürlich. Warum hab ich eigentlich bei euch geschlafen?"

„Weil du heute Nacht nicht alleine sein wolltest."

Elias nickte verwirrt und sagte:

„Entschuldigung noch mal für die Umstände, die ich euch mache."

„Noch eine Entschuldigung und ich versohle dir deinen hübschen Hintern. So und nun ab ins Bett!"

„Ja Sir!", sagte er lächelnd und ging die Treppe rauf.

# Kapitel 8

Ich hatte gerade den letzten Teller in die Spülmaschine gestellt, da stürmte Frank herein. Er war völlig außer Atem und rief aufgeregt:
„Christoph, Kevin ist nicht ansprechbar und völlig apathisch. Ich habe schon den Notarzt gerufen. Kannst du zur Weggabelung laufen und den Krankenwagen einweisen?"
Ich musste mich erst einmal sammeln und mir klar werden, was da gerade passiert, dann sagte ich:
„Natürlich gehe wieder zu ihm, ich renne gleich los."
Ich schlüpfte in meine Schuhe und rannte, was das Zeug hielt.
Als ich bei der Gabelung war, sah ich schon den Krankenwagen.
Ich wies ihn ein und lief wieder zurück.
Kevin lag in seinem Bett und hatte die Augen weit geöffnet. Er hatte Schweiß auf der Stirn und röchelte.
Frank nahm mich in den Arm und sagte:
„Hoffentlich ist das nicht so schlimm!"
„Er muss auf jeden Fall mit in die Klinik", sagte der Arzt.

Kevin wurde auf eine Trage verfrachtet und in den Krankenwagen getragen.
Nachdem er abgefahren war, setzten wir uns in mein Auto und fuhren ihm hinterher.
Auf dem Weg in die Klinik rief Frank Christian an und es war, für ihn, überhaupt nicht einfach, ihm zu sagen, dass es seinem Freund schlecht geht. Seine Stimme zitterte und man konnte kaum verstehen, was er sagen wollte.
Nachdem er aufgelegt hatte, sagte Frank:
„Wir treffen ihn gleich in der Klinik. Mann, hört das denn nie auf! Ich habe so die Schnauze so voll von dem ganzen Scheiß!"
„Ja, ich auch, aber vielleicht ist das nur ein harmloser Kreislaufkollaps", sagte ich und glaubte selbst nicht, was ich da gerade von mir gab, denn so wie er aussah, musste es schon was Schlimmeres sein.

Kurz bevor wir in der Klinik waren, rief Frank Ben an. Gott sei Dank hatte er gerade Dienst in der Klinik und kam sofort in die Notaufnahme.

Er kümmerte sich sofort um Kevin und bat uns, in den Wartebereich zu gehen, weil Christian von Kevin kaum zu trennen war. Er weinte und war gar nicht zu beruhigen.

„Was ist denn passiert?", wollte er wissen.

„Ich bin nach dem Frühstück zu ihm rübergegangen, um nach ihm zu sehen und fand ihn völlig apathisch vor. Ich habe sofort den Notarzt gerufen, tja und nun sind wir hier.", „Christian, wie ging es ihm denn heute Morgen, bevor du zur Arbeit gefahren bist?", fragte Ben.

„Es war ihm nur ein bisschen schwindelig und er wollte, wenn ich weg bin, rüber zu dir gehen. Ich habe nur noch bei seiner Firma angerufen und bin dann losgefahren."

Wir nahmen uns alle in die Arme und beteten, dass alles gut ausgeht.

Nach quälenden 30 Minuten ging die Tür zur Notaufnahme auf und Ben kam rein, der die ganze Zeit Kevin untersucht hatte. Er sah nicht sehr gut aus und war sehr ernst.

Er ging zu Christian und schaute ihn traurig an, dann sagte er, nach einem tiefen Seufzen:

„Kevin hatte schon wieder einen Schlaganfall und ich muss dir sagen, dass wir nichts mehr für ihn tun können."

Dieser Satz schlug ein, wie ein Blitz und hallte noch lange nach. „Was?"

„Es tut mir so leid, aber ich kann dir nichts anderes sagen!"

Wir waren wie gelähmt und im nächsten Augenblick brach Christian zusammen und bekam einen Schreikrampf.

Sofort kamen zwei Pfleger und legten ihn auf eine Trage.

Ben spritzte ihn sofort ein Beruhigungsmittel und wir standen nur da und erlebten das alles wie in einem Film.

„Das kann doch nicht sein!", rief Christian immer wieder.

Jetzt weinte Ben auch und sagte:

„Durch den Schlag ist sein Gehirn so geschädigt, dass wir ihm nicht mehr helfen können. Christian, es tut mir so leid!"

Christian wimmerte und seine Augen waren voller Angst.

Wir gingen zu ihm und hielten seine Hand.

„Bitte, Ben, du hast dich doch geirrt?"

„Nein, Christian, leider gibt es für Kevin keine Hoffnung mehr."

Wir waren alle so hilflos und wussten nicht, was wir jetzt machen sollen.

Das Einzige was uns, in diesem schicksalhaften Moment, einfiel, war, Christian zu trösten, der erbarmungslos heulte.

Nach einigen dramatischen Minuten hörte er plötzlich auf zu weinen und wurde dann ganz ernst.

„Ich muss seine Eltern anrufen", sagte er und wählte sofort die Nummer auf seinem Handy. Das Gespräch war sehr einseitig kurz und gefasst.

„Hier ist Christian! Ich muss euch sagen, dass Kevin wieder einen Schlaganfall hatte … Es gibt keine Hoffnung mehr … Könnt ihr kommen …? Ja, im AKH Celle!", er nickte kurz und legte dann auf.

Frank nahm Christian in seinen Arm, der dann zu Ben sagte:

„Ich möchte ihn bitte sehen!"

„Ja, natürlich, komm."

„Ich gehe auch mit!", sagte Frank.

„Ich bitte aber nicht! Ich warte hier."

„Okay, es dauert auch nicht lange", sagte er und gab mir einen Kuss.

Als ich da so saß und wartete, ging mir der Satz, den Frank im Auto sagte, durch den Kopf.

*„Mann, hört das denn nie auf!*
*Ich habe so die Schnauze voll, von dem ganzen Scheiß!"*

„Nein, das hört nie auf. Das ist eben mein Schicksal, denn ein schönes Leben hab ich nie gelernt! Seitdem ich zur Welt gekommen bin, verlief mein Leben, abgesehen von den letzten zwei Monaten, nur negativ. Endlich ging es mir mal gut und nun das!", sagte ich laut.

„Wie geht es dir?", sagte Ben, der plötzlich hinter mir stand.

Ich drehte mich um und schaute in seine traurigen, verweinten Augen.

„Schon wieder! Immer bist du da, wenn ich dich brauche."

Wir hielten uns noch lange fest, bis Ben sagte:

„Los Kleiner, lass uns nach Hause fahren!"

„Musst du denn nicht hierbleiben?"

„Nein, ich bin total fertig und diesmal brauche ich mal deine Hilfe! Außerdem wartet Tassilo da auf uns. Ich kann hier heute sowieso nichts mehr tun, so wie ich mich grade fühle!"

„Nein, das musst du auch nicht und jetzt bin ich mal für dich da!"

Ich legte seinen Kopf an meine Brust und beruhigte ihn damit ein wenig, denn er zitterte am ganzen Körper.

„Was ist mit den beiden?"

„Christian möchte noch bei Kevin bleiben. Ich soll dir von Frank sagen, dass er ihn nicht alleine lassen möchte."

„Okay, das ist ganz lieb von ihm. Lass dein Auto stehen, ich fahre dich nach Hause."

Zehn Minuten später waren wir auf dem Weg nach Hause und Ben schluchzte:

„Als ich die Aufnahmen von seinem Kopf gesehen hatte, wurde mir ganz schlecht. Er hatte eine Hirnblutung, die weite Bereiche zerstört hat."

„Tut mir leid, Ben, ich bin nur ein Laie, aber konnte man das nicht operieren?"

„Nein leider nicht! Er ist schon hirntot!"

Ich kam ins Schlingern, als ich das hörte, und mir lief ein kalter Schauer über den Rücken.

„Wäre es nicht besser gewesen, wenn ein Kollege es Christian gesagt hätte? Verstehe mich nicht falsch, aber dich geht es ja auch an und ich sehe es ja, dass es dich ganz schön mitgenommen hat."

Ben fing jetzt so an zu weinen, dass ich rechts ran fuhr und ihn in den Arm nahm.

„Ich habe darüber überhaupt nicht nachgedacht und es einfach gemacht, aber jetzt wünschte ich, ich hätte es einem anderen überlassen", sagte er kaum verständlich.

Er heulte so doll, dass ich überhaupt nicht wusste, was ich machen soll, denn noch nie hat mich jemand gebraucht und das war, für mich, ein ganz neues Gefühl.

Heute weiß ich, dass es ein wichtiger Lernprozess für mich war, für das, was mir noch bevorstand.

Ich streichelte ihn und ich hielt ihn fast eine halbe Stunde, in meinen Armen, bis er sich wieder einigermaßen beruhigt hatte und wir weiterfahren konnten.


Tassilo stand mit Elias, schon am Tor und wartete auf uns.

Er hatte geweint, das sah man schon von weiten. Noch durch das geöffnete Fenster gab Ben ihm einen Kuss, dann fuhr ich auf den Hof.

Wir setzten uns an den ihren Küchentisch und Tassilo kochte einen Tee.

Wir waren so geschockt und starrten ins Leere.

„Das tut mir echt leid, das mit eurem Freund", sagte Elias und durchbrach damit die quälende Stille.

„Ja, Frank und ich, haben uns grade Kevin an genährt und jetzt? Jetzt ist er einfach nicht mehr da.", sagte ich.

„Mir tut nur Christian leid. Sie haben sich so geliebt und sind miteinander so fürsorglich umgegangen.", sagte Tassilo.

Ben saß neben mir und hatte seine Augen geschlossen.

„Möchtest du dich ein bisschen hinlegen, Ben?", fragte ihm.

„Ja, aber hier auf dem Sofa. Ich möchte bei euch bleiben."

„Na klar, komm, ich helfe dir!", sagte Tassilo und half ihm auf die Couch, dann deckte er ihn liebevoll zu und gab ihn einen Kuss.

Wir redeten über Kevin und erinnerten uns an ihn, dabei wurde uns klar, dass wir eigentlich nichts von ihm wussten. Ja, dass er aus Hamburg kommt, aber wie er aufgewachsen ist und wie er da gelebt hat, war uns gänzlich unbekannt.


Es waren beklemmende Momente, die wir an diesem Tag erlebten, und dieses Warten zerrte an unseren Nerven, bis endlich, nach endlosen zwei Stunden, Bens Handy klingelte.

Er war sofort hellwach, stand auf und suchte sein Handy. Tassilo brachte es ihm, denn es lag noch auf den Tisch, dann ging er ran und rief laut und fast schon ängstlich:
„Hallo Frank, wie sieht es, bei euch, aus?"
Dann sagte er nichts mehr und hörte nur zu. Er hielt den Hörer an sein Ohr und wurde immer blasser.
Tassilo ging zu ihm und umfasste seine Hüften, dann legte er auf.
„Er ist gerade, in den Armen von Christian, eingeschlafen!", sagte er und brach zusammen.
Wir brachten ihn sofort zu Bett, damit er sich dort erholen konnte. Tassilo kümmerte sich noch um ihn und sagte, als er wieder bei uns war, dass er jetzt tief und fest schläft.
Nach einer Stunde kamen Frank und Christian, samt Kevins Eltern, die sofort aus Hamburg gekommen waren, nach Hause.
Auch wenn wir sie nicht kannten, nahmen wir sie sofort in unseren Reihen auf und kümmerten uns um die beiden.
Christian war sehr gefasst und erzählte uns ausführlich von Kevin. Bei seinen Worten wurde mir ganz anders. Ich konnte schlecht damit umgehen, dass wir nie wieder Kevins Stimme hören und mit ihm sprechen können. Es wäre nicht auszudenken gewesen, wenn Frank damals nie wieder aufgewacht wäre, und ich bekam Panik.
Tassilo schaute mich an und winkte mich in die Küche.
Er legte seine Hände auf meine Hüften und sagte:
„Ich habe dich beobachtet und habe ein wenig Angst, dass du das hier nicht durchstehst. Nimmst du noch diese Tabletten?"
„Ja und ich glaube, mein Blutdruck ist ziemlich hoch."
„Gut, denn gehen wir jetzt zu Ben."
„Aber er ist doch schon im Bett?"
„Ja, aber er ist schon wieder wach. Ich wollte ihm gerade eine Tasse Brühe hochbringen, die dir auch guttun würde! Komm, sie müsste schon heiß sein."
Ich trank sie mit Genuss aus und dann brachten wir Ben eine große Tasse ins Schlafzimmer.
Es duftete herrlich nach ihm, als Tassilo die Tür öffnete. Ein vertrauter Geruch, den ich so gut kannte.

Er lag im Bett und freute sich, als er mich sah.

„Mein Kleiner, komm, setz dich zu mir."

Ich setzte mich auf die Bettkante und sah sofort meinen erröteten Kopf. Er fühlte meinen Puls und sagte:

„Tassilo, bringst du mir mal meine Tasche?"

„Die habe ich schon vorsorglich mitgebracht", antwortete er.

Ben öffnete sie und holte den Blutdruckmesser heraus.

„160 zu 100. Das ist eindeutig zu hoch!"

„Bitte Ben, aber keine Spritze!", flehte ich mit Angst.

„Nein, ich habe für dich, schon vor Wochen, einen Saft aus meiner Praxis mitgenommen. Das ist ein neues Medikament und wirkt ähnlich wie diese Spritze, die du sonst von mir bekommen hast, aber mit weniger Nebenwirkungen."

Ich trank das kleine Fläschchen, dann schüttelte ich mich und verzog mein Gesicht.

„Schmeckt nicht, oder?"

„Nein, es ist scheußlich."

„Aber es hilft!", sagte er zufrieden und schlürfte an seiner Brühe, dann schlug er seine Bettdecke weg und ich bekam große Augen.

Tassilo schaute mich verschmitzt an und sagte:

„Er ist nackt!"

„Ja und wie!"

Zu unserer Enttäuschung zog er sich gleich seinen Bademantel über.

„Schade!", sagte Tassilo.

„Ja schade!", stimmte ich ihm bei, dann lachten wir laut los.

Es hielt nicht lange an, aber es war eine kleine Oase im Meer unserer Traurigkeit.


Als wir ins Wohnzimmer kamen, weinten Christian und Kevins Eltern. Frank schaute uns erleichtert an und war sichtlich froh, dass wir wieder da waren und er nicht mehr alleine seinen Mann stehen musste.

Elias hatte sich schon dezent in unser Gästezimmer zurückgezogen.

Er fühlte sich wohl fehl am Platz und wollte uns nicht stören.

Mir tat es leid, dass wir uns damals nicht mehr um ihn kümmern konnten, aber ich glaube, er verstand, dass wir nicht die Nerven dazu hatten.

Ich setzte mich zu Frank und schmiegte mich ganz dicht an ihn ran.
„Geht es dir gut?"
„Jetzt wieder. Ben hat mir einen Saft gegeben, denn mein Blutdruck war ein bisschen hoch."
„Pass bloß auf dich auf. Ich brauch dich noch!"
„Ja, mein Schatz! Versprochen."

Wir redeten noch bis tief in die Nacht und nachdem Christian und Kevins Eltern in seine Wohnung gegangen sind, um schlafen zu gehen, gingen wir auch rüber und fielen gleich in unser Bett.

Wir kuschelten uns, in dieser Nacht, ganz dicht aneinander. Uns war richtig unheimlich zumute und wir fanden nur langsam in den Schlaf.
Als wir morgens gegen sieben Uhr aufwachten und runter in unser Wohnzimmer gingen, saßen da schon Christian und Elias auf dem Sofa.
Wir setzten uns zu ihnen und gaben Christian einen Kuss auf die Wange.
„Wie hast du geschlafen?", fragte ich ihn.
„Nicht eine Minute! Ich kann es immer noch nicht glauben, dass er nicht mehr da ist!"
„Nein, das können wir alle nicht!", sagte Frank.
„Schlafen Kevins Eltern noch?", fragte ich.
„Vorhin, bevor ich hier rüberkam, das war so gegen sechs Uhr, war noch alles still, aber ich habe ihnen eine Nachricht hinterlassen. Ich habe bei euch Licht gesehen und ich dachte, gehe mal rüber, dann brauche ich nicht alleine zu sein. Elias und ich haben uns dann gut unterhalten. Ich hoffe, ihr habt nichts dagegen."
„Natürlich nicht! Was für eine Frage. Du bist immer, tags und auch nachts, bei uns willkommen und das meinen wir wirklich so", sagte ich.

„Danke! Ich weiß gar nicht, was ich ohne euch machen sollte."
Dann schaute mich Frank an und fragte:
„Hase, haben wir eigentlich noch genug im Kühlschrank, um
zu frühstücken?"
„Für alle? Ich glaube nicht. Ich wollte gestern noch einkaufen
gehen, aber …"
„Wir haben drüben noch genug. Ich hole es mal schnell", sag-
te Christian.
„Du bleibst sitzen, das werde ich machen! Bei der Gelegenheit
sage ich Ben und Tassilo auch noch Bescheid."
Er schnappte sich einen alten Marktkorb und sagte:
„Okay, dann werde ich mal einkaufen gehen", sagte er grinsend
und verschwand.
Nach zehn Minuten kam Frank, voll bepackt, wieder zur Tür
herein und sagte:
„Schau mal Christian, wem ich draußen begegnet bin?"
Christian sprang auf und fing an zu weinen:
„Mama, Papa!", rief er und lief ihnen in die Arme.
„Es tut mir so leid für dich, mein Sohn!", sagte Grete.
„Danke, dass ihr hier seid, er ist in meinen Armen eingeschlafen!"
„Ja, wir wissen das! Ich glaube, mein Sohn, auch wenn es jetzt
für dich nur ein kleiner Trost ist, es geht ihm jetzt bestimmt
richtig gut und er schaut jetzt lächelnd auf uns herab", sagte
Ludwig.
„Ja, du hast bestimmt recht, aber es tut so weh!", sagte er schluch-
zend.
„Ihr wolltet doch erst morgen kommen?"
„Ja, eigentlich schon, aber wir können doch unseren Sohn, in
dieser schweren Zeit, nicht alleine lassen. Wir sind die ganze
Nacht durchgefahren", sagte Ludwig.
„Danke, danke, dass ihr da seid!"
Er vergrub sein Gesicht an seiner Mutters Brust und weinte bit-
terlich.

Gegen neun Uhr saßen wir alle um unseren großen Bauerntisch
und aßen eher widerwillig, denn ich glaube, keiner von uns hatte

richtigen Hunger, aber wir mussten uns dringend stärken, denn seit dem gestrigen Morgen haben wir, außer Bens Brühe, nichts mehr gegessen.

Nach dem Frühstück bedankten sich die Eltern von Kevin und fuhren wieder nach Hamburg. Sie wollten sich jetzt um seine Geschwister kümmern, was wir auch verstanden, denn mal abgesehen von seinem Liebsten, ist, ein Freund zu verlieren, schon sehr schwer, aber den eigenen Bruder ist, glaube ich, noch tausendmal schwerer.

Dies war eine schlimme Zeit für uns alle. Wir wuchsen aber dadurch noch enger zusammen und verbrachte nun noch mehr Zeit miteinander.

Die Trauerfeier fand am Donnerstag, in Hamburg Olsdorf, statt. Genau vor dem Wochenende, an dem wir eigentlich Einweihung feiern wollten.

Sie war für uns ein schwerer Gang.

Kevins Sarg war schneeweiß und um ihn herum waren gefühlte tausend rote Rosen.

Ich musste so weinen, gerade weil ich wusste, dass es schon Christians zweite große Liebe war, die er verlor.

Ich sehe ihn noch wie heute, als er, von Frank und mich gestützt, an seinem Grab stand.

Er weinte und flehte uns an, ihm Kevin wieder zu bringen: „Bitte Frank, bitte Christoph, das ist doch nur ein Albtraum. Bitte lasst mich endlich aufwachen!", sagte er immer wieder und es zerriss mir das Herz.

Es war so irreal, dass ich mich heute noch erwische, Kevin über den Hof gehen zu sehen. Er war ein so lieber Kerl.

*Kevin, auch wenn wir uns nur ein paar Monate kannten, hast du bei uns einen bleibenden Eindruck hinterlassen, Du bist in der kurzen Zeit ein echter Freund geworden und wir werden dich nie vergessen! Deine, dich über alles liebenden Freunde!*

Das war der Leitspruch, der auf unserem Blumengebinde stand.

Nach der Feier lernten wir dann auch seine Geschwister bei ihnen zu Hause kennen, wo der Leichenschmaus stattfand.

Sie erzählten viel über Kevin und so lernten wir ihn auch mal von einer ganz anderen Seite kennen. Er war nicht immer so ruhig, wie wir ihn kannten, denn vor seinem ersten Schlaganfall war er wohl ein richtiger Rowdy, der keine Party ausließ und ein „Hallo, hier komme ich"-Typ war. Das konnten wir uns gar nicht vorstellen, bei der ruhigen Art, die er uns entgegenbrachte.

Die nächsten Wochen und Monate liefen sehr gemächlich ab und es passierte nicht viel, außer dass Elias in Bens Praxis anfing, die er jetzt immer mehr erweiterte.

Er stellte noch zusätzlich einen weiteren Arzt und zwei Arzthelferinnen ein. Seitdem war er auch viel mehr zu Hause und konnte sich mehr um Tassilo kümmern, denn er musste oftmals wegen seines Dienstes zurückstecken. Elias zog in die Gästewohnung ins Torhaus, wo er sich sehr wohlfühlte.

Langsam normalisierte sich die Lage wieder und es trat wieder so etwas wie Alltag bei uns ein.

Die Einweihungsparty haben wir ganz sein gelassen, denn das hätte uns zu doll an Kevin erinnert, weil er es war, der sie zum größten Teil organisiert hatte.

Ich redete viel mit Christian, denn ich wollte nicht, dass er noch tiefer in das Loch fiel, wo er sich sowieso schon befand. Unser Verhältnis wurde immer besser, was mich sehr freute, denn ich mochte ihn sehr und hoffte, dass wir doch noch dicke Freunde werden, was wir dann im Laufe der Zeit auch wurden.

Unsere Gespräche wurden immer tiefer. Ich kann mich noch an jenen Abend erinnern, es war gerade zwei Monate nach Kevins Tod, als er weinend zu mir kam.

Frank war grade zum Handball, was er wieder intensiv betrieb. Sie hatten gerade ein Gastspiel in Schwerin und er blieb zusammen mit seiner Mannschaft über Nacht im Hotel.

Er war so niedergeschlagen und ich konnte ihn nur sehr schwer wiederaufbauen, denn er stand kurz vorm, ja man muss das Kind beim Namen nennen, er stand kurz vorm Selbstmord.

Er hatte sehr viel getrunken und suchte bei mir Hilfe, die er auch bekam.

Ich unterhielt mich die ganze Nacht mit ihm und redete immer wieder auf ihn ein. Irgendwie schaffte ich es, ihn davon abzubringen, und ich kann sagen, dass an diesem Abend das Eis zwischen uns gebrochen ist. Später, wenn er mich jemandem vorstellte, sagte er jedes Mal:

„Das ist mein Lebensretter und liebster Freund Christoph! Ohne ihn wäre ich heute nicht mehr da."

Am ersten Advent waren wir alle bei Christian eingeladen, weil dieser Tag genau auf den Geburtstag von Kevin fiel.

Wir fingen schon am Samstag mit einem Wildschweineessen an. Das dicke Vieh grillte schon den ganzen Tag in unserem Innenhof und duftete köstlich.

Christian war sehr still und ich setzte mich zu ihm. Er saß in Kevins Sessel, vor dem brennenden Kamin.

Er legte seinen Arm um mich und sagte:

„Das war sein Lieblingssessel. Ich wollte zuerst das alte Ding nicht haben und sagte ihm, entweder der Sessel oder ich. Aber er hatte sich doch durchgesetzt und ihn hier hingestellt. Er hat so gerne hier gesessen und in die Flammen geschaut. Selbst bei 30 Grad im Schatten hat er den Kamin angemacht. Das Feuer beruhigte Kevin und brachte ihn wieder runter, wenn er sich mal über irgendetwas aufgeregt hatte. Jetzt würde ich den Sessel hier nie wieder weggeben, denn es ist so schön, hier zu sitzen und an ihn zu denken."

„Er wäre morgen 25 Jahre alt geworden, oder?"

„Ja, er war noch so jung! Ich weiß noch, wo ich ihn zum ersten Mal gesehen habe. Es war am ersten Tag, in Friedehorst, im Speisesaal. Er ist mir sofort aufgefallen. Seine Mimik und sein Lächeln haben mich sofort verzaubert. Unsere Blicke trafen sich so oft, an diesem Abend und ich konnte die ganze Nacht, vor Aufregung, nicht eine Sekunde schlafen. Ich musste nur an ihn denken. Als ich morgens in den Speisesaal kam, saß Kevin allein beim Frühstück, ich fasste mir ein Herz und fragte ihn, ob ich mich zu ihm setzen darf. Du kannst dir vorstellen, wie mein Herz bummerte. Ich hatte mich so in ihn verknallt und zitterte am ganzen Körper. Wir verstanden uns auf Anhieb und redeten bald zwei Stunden. Ich glaube, wir haben dabei keinen Bissen gegessen. Wir verabredeten uns am Nachmittag zu einem Spaziergang. Er holte mich von meinem Zimmer ab, aber da ich noch nicht fertig war, musste er noch ein paar Minuten warten. Zu lang, denn als ich aus dem Bad kam, lag er auf meinem Bett und schlief. Ich legte mich neben ihm und sah ihn beim Schlafen zu. Es war so schön und ich konnte mich gar nicht an seinem schönen Gesicht sattsehen. Nach einer Stunde küsste ich ihn wach. Zuerst war er überrascht, aber dann erwiderte er meinen Kuss." Christian liefen jetzt dicke Tränen die Wangen runter und ich wischte sie ihm ab.

„Du bist so lieb und ich wünsche dir und Frank, dass ihr ein langes und glückliches Leben haben werdet!"

„Danke, davon bin ich überzeugt, er ist der richtige Mann für mich."

„Das Schwein ist fertig. Los, kommt Essen fassen!", rief Ben laut von draußen und riss uns damit aus unserem Gespräch.

„Es war schön, es jemandem mal zu erzählen. Danke Christoph, für dein Ohr!", sagte Christian und gab mir einen Kuss auf meine Wange.

„Keine Ursache! Ich bin ja auch froh, dass wir uns, seit dem gewissen Abend, viel besser verstehen."

„Ja, danke noch mal! Eigentlich mochte ich dich schon immer, aber zwischen uns stand immer eine dicke Mauer. Ich kann auch nicht sagen, warum, aber sie war da."

Das Essen schmeckte klasse. Ben hatte sich damit mal wieder selbst übertroffen. Wir hatten sehr viel Spaß an diesem Abend und wir vergaßen sogar den Grund, weshalb wir eigentlich dieses Fest feierten.

Selbst Christian lachte und war sehr ausgelassen, aber als wir um 24 Uhr um das Lagerfeuer standen und auf Kevins 25. Geburtstag anstießen, wurden wir doch sehr melancholisch.

Wir machten, an diesem Abend, auch nicht so lange und waren schon um ein Uhr im Bett.

Frank und ich kuschelten uns aneinander und unsere Küsse waren heiß und innig.

„Ich liebe dich so!", sagte Frank.

„Ich liebe dich noch viel mehr!", antwortete ich und streichelte ihn am ganzen Körper.

„Ich möchte mit dir schlafen!", sagte er leise.

Ich schaute ihn mit leuchtenden Augen an, denn nach dem Tod von Kevin waren diese Augenblicke sehr rar.

Wir konnten einfach nicht glücklich sein, wenn wir an Christian dachten, der auf der anderen Seite der Wand sich weinend in den Schlaf wiegte, aber nach dem heutigen Abend ist irgendwie bei ihm ein Knoten geplatzt und wir spürten, dass er wieder nach vorne blicken will.

Ich küsste Franks Brust und leckte seinen Bauchnabel.

Das Zucken seiner Haut, die ich mit meiner Zunge berührte, machte mich rasend. Er lehnte sich ganz weit zurück und ließ sich von mir verwöhnen. Sein Duft war betörend, sodass ich mich ganz zwischen seine ausgebreiteten Beine vergrub und mit Lust seinen leckeren Geruch in mir aufnahm.

Ich leckte seinen Schwanz, als hätte ich ein Eis in der Hand, und massierte ihn gleichzeitig seine Eier, sodass er erregt seinen Kopf nach hinten schlug. Ich blies ihm einen und es war so wie früher. Wir hatten keine Scheu, alles das zu tun, was wir sonst so liebten, und nicht wie sonst nur den Einheitssex und genauso gelöst waren wir, als wir am nächsten Morgen aufwachten. Unsere Verliebtheit war wieder da und das merkten auch unsere Freunde, als wir zum Frühstück bei Christian auftauchten.

„Was ist mit euch los?", fragte Ben und grinste uns an.

„Wieso, wir sind so wie immer!", sagte Frank verschmitzt.

„Nein, ihr geht heute so liebevoll miteinander um, als hättet ihr euch gestern erst kennengelernt!?"

„Vielleicht ist uns klar geworden, dass es Zeit wird, sich mal wieder auf uns zu konzentrieren und uns zu erinnern, dass es uns auch noch gibt", sagte ich.

Tassilo schaute Ben traurig an und sagte:

„Dieses Gefühl möchte ich zwischen uns auch mal wieder erleben. Ich vermisse dich in letzter Zeit doch ganz schön!"

Ben ging zu Tassilo und nahm ihn zärtlich in den Arm und küsste ihn lange und innig, dann sagte er zu ihm:

„Ich liebe dich, mein Herz!"

„Ich liebe dich noch viel mehr!"

„Hey, das ist unser Spruch!", rief Frank und wir mussten alle lachen.

„Was machen wir Weihnachten? Wollen wir ganz ruhig nur unter uns oder richtig groß mit Freunden und Verwandten feiern?", fragte ich.

Wir schauten jetzt alle zu Christian, als würden wir eine Antwort von ihm erwarten.

„Was schaut ihr mich so an, soll ich das jetzt entscheiden?"

„Ich dachte nur, dass wir auf dich Rücksicht nehmen sollten. Wir wollen doch nur, dass es dir gut dabei geht."

„Das müsst ihr nicht. Mir geht es gut, aber wenn ihr mich schon fragt, würde ich gerne so haben wie letztes Jahr, nur noch mit viel mehr Leuten. Wir konnten schon keine Einweihung feiern und dann sollten wir dann richtig Gas geben, oder?"

„Okay, dann lass uns planen. Ich würde vorschlagen, jeder macht sich zu morgen Gedanken, wie wir es gestalten, und wen wir einladen wollen, denn wir haben nur noch 3 ½ Wochen Zeit", sagte Frank.

# Kapitel 9

Ich war überrascht, denn das klappte richtig gut. Jeder hatte sich, zum nächsten Tag, etwas überlegt und auf Papier gebracht. Wir waren uns einig, dass wir neben Grete, Ludwig und Sandra, auch die Eltern von Kevin und wenn sie wollen, auch seine Geschwister mit einladen.

Marcel und Malte waren auch auf unserer Liste und ich hoffte im Stillen, dass sie etwas anderes vorhatten. Genauso wollten wir, dass Elias Schwester mit Familie und – was Ben gar nicht passte – dass sein Vater mit seiner Frau auch dabei ist.

Das waren viele Leute und zu unserem Erstaunen sagten auch alle zu, also mussten wir uns auf eine Riesen-Weihnachtsparty einstellen.

Ich freute mich schon auf das Fest, denn ich hatte gerne viele Menschen um mich. Diesmal musste ich es auch nicht ganz alleine organisieren, denn alle brachten sich mit ein, deshalb hatte ich auch mal richtig Zeit, in Ruhe meine Weihnachtseinkäufe zu machen.

Ich fuhr, eine Woche zuvor, alleine in die Stadt.

Auf dem Weg dahin fiel mir mit Erschrecken auf, dass ich meinen Verlobungsring nicht an meinem Finger trug.

Ich beruhigte mich damit, dass er noch auf dem Waschbecken liegt, wo ich ihn immer hinlegte, wenn ich duschen gehe. Bestimmt habe ich dann vergessen, ihn wieder anzustecken.

Den ganzen Tag fühlte ich mich richtig nackt ohne diesen Ring und stürmte gleich, nachdem ich wieder zurück war, ins Bad, aber er war nicht mehr da und ich fing hektisch an, zu suchen.

Ich stellte unser ganzes Haus auf den Kopf, fand ihn aber nicht.

Ich war schon froh, dass Frank drüben bei Christian war. Ich hatte ihn zuvor darum gebeten, weil ich angeblich in Ruhe meine Geschenke verstecken wollte, aber dann bekam er wenigstens nicht mit, dass ich seinen teuren Ring verschusselt habe.

Ich wurde fast wahnsinnig. Ich suchte und suchte, aber er tauchte nicht auf.

Wie sollte ich es Frank beibringen? Erst lasse ich ihn vor der Hochzeit, sitzen und dann verliere ich auch noch seinen Ring. Ich hatte richtig Angst vor seiner Reaktion und sagte ihm erst mal nichts und versuchte, meine nackte Hand vor ihm zu verstecken. Vielleicht finde ich ihn ja morgen, wenn es hell ist, in meinem Auto!

Fehlanzeige! Auch in meinem Wagen war er nicht und ich bekam richtig Panik, wenn ich darüber nachdachte, dass ich es Frank beichten muss.

Ich suchte noch mal heimlich das ganze Haus ab und als ich ihn auch im Pool-Haus nicht fand, wo ich eigentlich, in den letzten Tagen, nicht war, aber man klammert sich ja an jeden Strohhalm, beschloss ich, zu Ben zu gehen.

„Es ist zwar erst sieben Uhr, aber er müsste eigentlich schon wach sein, denn um ½ 9 Uhr beginnt ja seine Sprechstunde", dachte ich.

Er saß mit einem Kaffee an dem Küchentisch und las eine Zeitung. Ich sah ihn durch das Fenster und klopfte.

Er sah mich verwirrt an und öffnete sofort die Tür.

„Ben, bitte du musst mir helfen!", sagte ich noch in der Tür.

„Komm erst mal rein, du bist ja total durchgefroren."

Jetzt merkte ich erst, dass ich nur einen Pullover anhatte und das bei fast null Grad.

Er holte eine Decke und legte sie mir über meine Schulter, dann goss er mir auch einen Kaffee ein und setzte sich zu mir.

„So, jetzt wird dir gleich wieder warm. Was ist eigentlich passiert, hast du Ärger mit Frank?"

„Nein, aber ich könnte welchen kriegen!"

„Warum, hast du etwas angestellt?"

„Ja vielleicht! Ben, ich habe meinen Verlobungsring verloren!"

„Ach du Scheiße!"

„Ja, das ist richtig scheiße! Ich kann ihn doch schon wieder enttäuschen.

Er muss mindestens 9.000 DM dafür bezahlt haben, das hat mir zumindest ein Mitpatient gesagt, der Goldschmied war und er muss es ja eigentlich wissen.

Ich bin wirklich so blöd, dass ich noch nicht mal auf ein dämliches, kleines Ding aufpassen kann. Frank würde todunglücklich sein, wenn er es erfährt."

„Hast du denn überall gesucht?"

„Ja, sogar eben im Pool Haus, auch wenn ich da gar nicht war."

Ben dachte nach und fragte:

„Soll ich es Frank sagen?"

„Nein, das muss ich schon selber machen!", sagte ich schnell und senkte meinen Kopf.

„Dann mach es auch jetzt gleich, damit du dich nicht zu doll in die Sache, reinsteigerst und es dir wieder schlechter geht, denn du weißt, das geht richtig schnell bei dir."

„Ja, das werde ich auch machen, denn ich merke, dass ich sonst bald durchdrehe."

„Okay, wenn es nicht so läuft, wie du es erhoffst, dann komm zu mir, denn bin ich immer für dich da, aber das weißt du ja."

„Danke Ben, das weiß ich."

Ich nahm ihn in den Arm und trat dann den Weg nach Canossa an.

Frank schlief noch, als ich mich wieder, zu ihm, ins Bett legte.

Er wurde wach und kuschelte sich an mich, dann öffnete er plötzlich seine Augen.

„Mann bist du kalt! Warst du draußen?", sagte er.

„Ja!"

„Ja, warum?"

„Ich habe etwas gesucht."

„Draußen, was?"

Ich nahm meinen ganzen Mut zusammen und sagte leise:

„Verlobungsring!"

„Was? Ich habe Verlobungsring verstanden."

„Ja, meinen Verlobungsring! Oh Frank, ich habe meinen Verlobungsring verloren und ich finde ihn nicht mehr wieder. Ich habe ihn schon im ganzen Haus gesucht und ich war sogar in meinem Auto und im Pool Haus, aber er ist wie vom Erdboden verschluckt."

Ich fing an zu weinen und Frank streichelte mich und sagte:

„Ganz ruhig, ich habe gestern schon gesehen, dass du ihn nicht trägst, und fragte mich schon, warum."

„Du hast es schon gemerkt?"

„Ja aber ich hatte vor deiner Antwort Angst, wenn ich dich darauf angesprochen hätte."

„Glaubst du, dass ich dich nicht mehr liebe und deshalb den Ring nicht mehr trage?"

„Nein, aber mir kam es doch ein wenig komisch vor. Wo hast du ihn denn das letzte Mal gesehen?"

„Im Bad, aber da ist er nicht mehr. Ich nehme ihn doch jedes Mal ab, wenn ich dusche, und lege ihn auf das Waschbecken, aber da ist er nicht mehr. Ich habe das Fehlen erst bemerkt, als ich gestern in der Stadt war."

„Kann er vielleicht in den Ausguss gerutscht sein?"

„Hab ich auch schon gedacht, aber er wäre zu groß und würde nicht durchpassen."

„Komm, schauen noch mal überall nach."

Wir suchten und suchten, aber er blieb verschwunden und nach einiger Zeit nahm er mich in seinen Arm und sagte:

„Ich kaufe dir einen neuen."

„Aber er war so teuer und ich habe an ihm gehangen!"

„Ja, das weiß ich, aber was sollen wir machen? Er ist nun mal weg. Komm mein Hase, es gibt Schlimmeres."

Ben fragte mich später, wie es Frank aufgenommen hatte. Ich sagte, dass er sehr verständnisvoll war, aber ich spürte auch seine Traurigkeit, die mir ein ganz schön schlechtes Gewissen machte. Frank war aber so lieb und hat versucht, es zu überspielen.

Ich wartete tagelang, aber Frank machte keine Anstalten, mit mir zum Juwelier zu fahren, um einen neuen Ring zu besorgen. Manchmal schaute ich ihn flehend an und rieb dabei meinen

Ringfinger, aber er ignorierte meine Botschaft einfach und wandte sich anderen Dingen zu.

Ich beschloss, es erst mal es auf sich beruhen zu lassen, und kümmerte mich wieder um die Weihnachtsvorbereitungen.

Am Tag vor Heiligabend putzten wir das ganze Haus. Jeder trug seinen Teil dazu bei, es für unsere Gäste und auch für uns so weihnachtlich wie möglich zu gestalten.

Sogar den Innenhof schmückten wir und stellten einen riesigen Tannenbaum auf.

Überall waren kleine Lichter und selbst die Weihnachtsmänner vom letzten Jahr kamen bei uns am Kamin gut zur Geltung.

Am Heiligen Morgen frühstückten wir alles zusammen. Es lag etwas Magisches in der Luft und ich fühlte mich rundum wohl.

Gegen zehn Uhr fuhren Ben und Frank zum Bahnhof, um Grete, Ludwig und Sandra abzuholen, was ich nicht verstand, denn eigentlich hätten Tassilo und Christian sie abholen müssen, denn das ist ja ihre Verwandtschaft, aber ich hatte keine Zeit, darüber nachzudenken, denn kurz, nachdem sie weg waren, kam auch schon der Lieferservice, der die ganzen Speisen und Getränke vom Großmarkt für unser Fest brachte.

Ich kümmerte mich um sie und verstaute die ganzen Sachen in der Kühlung.

Tassilo half mir dabei und wir merkten erst, dass es schon 12 Uhr war, als wir fertig waren und einen Kaffee zusammen tranken.

„Wo bleiben die denn?", sagte Tassilo besorgt.

„Ich weiß nicht. Sie brauchen doch keine zwei Stunden zum Bahnhof und zurück, oder?"

„Normalerweise nicht! Soll ich mal anrufen und fragen, wo sie sind?"

„Ja, mach das, hoffentlich ist nichts passiert!"

„Bei unserem Glück schon."

„Mach keine Witze.", sagte Tassilo, mit einem ängstlichen Blick.

„Das war nur ein Scherz. Komm, ruf an!"

„Der Teilnehmer ist zurzeit nicht erreichbar!", sagte die Stimme im Telefon.

Bei Ben sagte sie das Gleiche und wir schauten uns hilflos an.

„Wir müssen zum Bahnhof", sagte Tassilo und holte seine Jacke.
Wir sagten Christian und Elias Bescheid und fuhren mit Tassilos BMW in die Stadt.
Am Bahnhof angekommen, suchten wir nach ihnen. Wir ließen sie sogar ausrufen, aber wir bekamen kein Lebenszeichen von ihnen.
Auch Franks Auto war nirgends zu sehen und wir beschlossen, zu Hause anzurufen, aber sie waren dort noch nicht aufgetaucht. Christian wollte jetzt die Polizei anrufen und bat uns, wieder zurückzukommen, denn er hatte Angst, dass wir auch noch verschwinden.
„Toll, ich habe mich so auf das Fest gefreut und immer kommt denn etwas dazwischen. Ich darf mich einfach nicht mehr freuen!", sagte ich nervös.
„Bitte lass nichts passiert sein!", betete Tassilo auf dem Heimweg.

Wir fuhren auf die Brücke und mussten darauf stehen bleiben.
„Warum ist denn das Tor zu?", sagte ich.
Wir stiegen aus und öffneten es, dann schielte Tassilo vorsichtig hinein und lächelte mich an.
„Was ist denn?", sagte ich ungeduldig.
„Komm, schau selbst."
Tassilo öffnete das Tor weiter und ich erblasste vor dem, was ich da sah.
Der ganze Innenhof war mit Rosen geschmückt und um dem Weinachsbaum brannte ein großes Herz aus Teelichtern.
Ich schaute Tassilo an und sagte:
„Was geht denn hier ab?"
Er zuckte nur grinsend mit seinen Schultern und sagte:
„Gehen wir doch rein, dann sehen wir ja, was hier abgeht!"
Wir gingen in den Hof und schauten uns alles an. Es war wie in einem Traum.
Der Boden zeigte sich ein Weg, der komplett mit Rosenblättern ausgelegt war.
Wir gingen den Weg, der um das große Herz herumführte und vor unserer Haustür endete.

Tassilo fasste mich lächelnd an beiden Armen und sagte:
„So mein Kleiner, da musst du jetzt alleine durch."
„Wo muss ich jetzt alleine durch?"
„Das wirst du gleich sehen!", sagte er.
Langsam dämmerte es mir und ich schaute Tassilo streng an.
„Grrr, das ist hier ein abgekartetes Spiel und du hast die ganze
Zeit davon gewusst?"
„Ja, Asche auf mein Haupt. Bitte, sei mir nicht böse."
Tassilo ging dann zu Christian, der jetzt alleine in der Ecke stand
und filmte.
Ich schaute auf die Haustür und mir standen die Tränen in den
Augen, als sie sich öffnete und Frank, in einen festlich dunklen
Anzug gekleidet, vor mir erschien.

Mir schlug das Herz bis in den Hals und ich bebte am ganzen
Körper.
Einige Sekunden schauten wir uns nur tief in die Augen, dann
fasste er mich an meinen Händen und sagte mit zitternder Stimme:
„Na mein Hase, fühlst du dich gut?"
„Ja, ich bin jetzt nur sehr nervös!"
„Das bin ich auch, das kannst du mir glauben!"
Er küsste mich zärtlich und redete langsam weiter:
„Erst mal muss ich mich bei dir entschuldigen, dass wir dich
heute so aufs Glatteis geführt haben, aber sonst hätten wir dich
hier nicht wegbekommen, um dieses alles für dich vorbereiten
zu können. Ich hoffe, du kannst uns diese kleine List vergeben?!"
Ich nickte zaghaft, dann fuhr Frank zufrieden fort:
„Genau vor einem Jahr habe ich dir noch in unserem Penthouse
einen Heiratsantrag gemacht und du hattest auch ‚Ja' gesagt, wozu
ich mich sehr gefreut habe. Ich war unsagbar glücklich darüber
und ich dachte, jetzt wird niemals mehr etwas zwischen uns stehen, aber das Schicksal hat es dieses Jahr, nicht gut mit uns gemeint und fast hätte ich dich, mein Hase, verloren. Vor einem
halben Jahr habe ich dich, Gott sei Dank, wieder gewonnen und
ich bin heute glücklicher denn je mit dir. Ich liebe dich so unbeschreiblich, sodass ich es nicht in Worte fassen kann!"

Jetzt schaute er mich grinsend an und sagte ironisch:
„Ganz schön viele „Jahre" und „Jas", in meiner Rede, oder?"
Wir mussten lachen, was die Situation ein wenig lockerte.
Jetzt kniete er sich vor mich. Mir ging ein kalter Schauer über meinen Rücken und ich konnte es nicht glauben, dass er noch mal einen Versuch startete.
Grade, weil wir darüber lange nicht gesprochen hatten, war das für mich sehr überraschend.
Er schaute mich mit seinen tiefblauen Augen an und sagte dann:
„Ich liebe dich so unbeschreiblich und möchte dich deshalb noch mal fragen, willst du mich heiraten?"
Diesmal zögerte ich nicht und sagte sofort:
„Ja!"
Ich hockte mich vor ihn und küsste ihn leidenschaftlich, dann standen wir zusammen auf und Frank wischte mir meine Tränen aus den Augen.


„So, mein lieber Hase, bevor ich dir den Ring gebe, habe ich dir noch was zu beichten. Du weißt, ich war jahrelang ein ziemliches Schwein und vielleicht ist ein kleines Fünkchen davon in mir zurückgekommen. Ich habe dich nämlich an der Nase herumgeführt und du musst mir bitte heute noch ein zweites Mal verzeihen! Ich werde es, und ich verspreche es dir hoch und heilig, auch nie wieder machen. Du hast deinen Ring gar nicht verloren, sondern ich habe ihn mir, sagen wir mal, ausgeliehen."
Ich schaute Frank entgeistert an und sagte:
„Warum, ich habe deswegen, so ein schlechtes Gewissen gehabt?"
„Das tut mir auch leid, aber ich kann dir doch heute nicht einen zweiten Ring an den Finger streifen. Außerdem habe ich ein weiteres Datum eingravieren lassen. Somit bist du der Einzige, der zwei Daten in seinem Verlobungsring hat. Bitte nimm ihn wieder an!"
Ich musste mich erst mal wieder fangen, denn seine Verletzung saß zu tief.
Alle schauten gespannt auf uns und warteten auf meine Reaktion, dann sagte ich:

„Ich bin ganz schön gekränkt, denn ich hatte mir tagelang Vorwürfe gemacht, diesen Ring nie wieder an meinen Finger tragen zu können. Den Ring, an dem ich mich immer festgehalten hatte, wenn es mir mal besonders schlecht ging. Den Ring, den ich von einem Mann habe, den ich im Innersten nie aufgehört habe zu lieben."

Ich atmete tief durch und schaute meine Hand an. Sie kam mir immer noch, ohne den Ring, so nackt vor und alles sagte in mir: „Nimm ihn zurück!"

Aber ich beschloss, ihn noch ein bisschen zappeln zu lassen, denn das hatte er jetzt verdient. Ich spielte ihm den traurigen, kleinen Jungen vor, den er jahrelang herangezüchtet hatte, und schaute vor ihm auf dem Boden.

Es vergingen einige Sekunden, die mir wie Minuten vorkamen, als Frank mich an mein Kinn fasste und mein Kopf, zu ihm, nach oben hob.

„Jetzt weiß ich, dass ich einen großen Fehler gemacht habe. Ich hatte unterschätzt, wie viel dir dieser Ring bedeutet, und ich könnte mich in den Arsch beißen, dass ich das, mit dir, gemacht habe. Ich kann das jetzt leider nicht mehr rückgängig machen und deshalb bitte ich dich, sag mir, was ich jetzt machen soll?"

Dann sagte ich übertrieben ernst:

„Wenn du mir versprichst, so was nie wieder zu machen, und ich ihn dann für immer behalten darf, könnte ich es mir vorstellen, mir es noch mal zu überlegen!"

„Das heißt, du nimmst ihn?"

„Das heißt ja. Ich würde schön blöd sein, wenn nicht. Los, gib ihn mir! Ich habe ihn so vermisst."

Frank sackte kurz zusammen, dann gab er mir einen Kuss und steckte mir meinen Ring wieder an meinen Finger.

Ich war so überwältigt, wieder meinen Ring, verbunden mit einem neuen Versprechen, an meinem Finger zu haben. Ich war so glücklich.

„Lass uns mal zu den beiden gehen, denn da kommt noch was", flüsterte er mir geheimnisvoll ins Ohr.

Wir gingen zu Tassilo und Christian, die immer noch in der Ecke standen, dann ging Frank auf Tassilo zu und sagte ganz ruhig: „So mein Lieber, jetzt bist du dran. Ich möchte dich bitten, dich dahin zu stellen, wo Christoph eben stand."

Tassilo wurde kreidebleich und sagte ängstlich:

„Aber Frank, das war überhaupt nicht abgesprochen?"

„Doch aber nicht mit dir!"

Frank gab Tassilo einen kleinen Schubs und er ging wackelig zu der Haustür. Er schaute immer flehend zu uns zurück, aber Frank lächelte ihn nur mutig an.

Wir warteten und warteten, aber die Tür öffnete sich nicht. Wir machten uns schon Sorgen, als Ben dann doch, tränenüberströmt, aus dem Haus kam.

Er hatte genauso wie Frank einen dunkelblauen Anzug an und bei seinem Anblick brach Tassilo fast zusammen.

Ich wollte ihm zu Hilfe kommen und ihn stützen, aber Frank hielt mich zurück. Er stellte sich hinter mich und legte seine Arme um mich.

Ben zitterte wie Espenlaub und sagte:

„Mein lieber Tassilo, mein Goldstück. Als ich dich zum ersten Mal gesehen habe, war ich hin und weg von dir. Christoph hatte mich damals ins Penthouse geschleppt und mich dir vorgestellt, dafür werde ich ihm immer dankbar sein. Ich war sofort von deiner lieben Art fasziniert und ich war auf Anhieb über beide Ohren in dich verknallt, obwohl ich, zu der Zeit, eigentlich in einen anderen verliebt war. Gott sei Dank hatte er für mich Verständnis und hat mich, für dich, freigegeben."

„Du warst verliebt? In wen?", sagte Frank verwirrt und ich sah verschämt nach unten, ließ mir aber nichts anmerken.

„Das tut hier nichts zur Sache! So und jetzt lass mich weitersprechen."

„Okay, aber du erzählst mir es doch nachher, oder?"

„Nein, das geht dich nichts an!"

Die kurzen Sätze liefen, zwischen den beiden, so ironisch ab, dass wir lachen mussten, und Frank gab sich, Gott sei Dank, damit zufrieden, dann räusperte Ben sich und redete weiter.

„Ich bin mir sicher, dass du für mich der Richtige bist, und ich kann mir mein Leben ohne dich nicht mehr vorstellen. Ich kann nicht mehr klar denken, wenn du nicht da bist und genau so, wenn du da bist. Ich schließe meine Augen und sehe nur dich. Du verzauberst mich, wenn du lächelst und wenn du weinst."
Das tat Tassilo nun auch und sackte zusammen. Ben kniete sich schnell zu ihm und sagte:
„Eigentlich wollte ich mich doch vor dir hinknien, aber wenn wir beide schon mal hier unten sind, frage ich dich: Willst du mich auch heiraten?"
„Ja!", rief er aus voller Inbrunst und ließ sich in Bens Arme fallen, dann steckte Ben ihm, mit leuchtenden Augen, seinen Ring an den Finger und küsste ihn mit solch einer Leidenschaft, sodass wir dachten, sie hören nie wieder damit auf.

Jetzt brach ein Jubelschrei aus, dass man es noch in der Innenstadt hören konnte, und aus allen Ecken des Hauses kamen unsere Freunde, die wir eingeladen hatten. Sie umringten und beglückwünschten uns. Ich wunderte mich darüber, denn ich hatte überhaupt nicht bemerkt, dass sie alle schon da waren. Sie hatten sich hinter den Fenstern versteckt und alles beobachtet. Es war so schön in unserem Innenhof, mit all unseren Lieben, aber irgendwann wurde mir fröstelig und ich vergrub mich in Franks Armen.
„Mir ist kalt!"
„Ja los, lass uns reingehen und Weihnachten feiern!", rief Ben und das ließen wir uns nicht ein zweites Mal sagen, denn ich war nicht der Einzige, dem es so ging. Wir gingen dann schnell zu uns in die warme Wohndiele.
Ich und Tassilo schwebten auf Wolke sieben und hatten den ganzen Abend ein Dauergrinsen auf den Lippen. Wir fühlten uns rundherum wohl und konnten den beiden gar nicht oft genug sagen, wie glücklich wir sind. Die Geschenke waren an diesem Heiligabend Nebensache. Ich hätte die Welt umarmen können und es kam noch besser, denn ich bekam diese Nacht den Sex meines Lebens.

Wir zogen uns schon früh zurück, um alleine zu sein.

Frank nahm mich, ein paar Meter vor unserem Schlafzimmer, auf seinen Armen und trug mich bis in unser Bett, dann öffnete er langsam und küssend mein Hemd. Seine heißen Lippen löste bei mir so ein Prickeln auf meiner Haut aus, dass ich Putenpickel bekam. Er machte es zu seiner Passion, mich langsam auszuziehen. Er genoss jedes Kleidungsstück, was er mir auszog, das sah man seinem hübschen Gesicht an und ich küsste es bei jeder Gelegenheit, die sich mir bot.

Es war so unbeschreiblich und ich hatte zu diesem Zeitpunkt keine Ahnung, dass es noch eine Steigerung gibt, aber es gab sie. Dieser Orgasmus war mit nichts auf dieser Welt zu vergleichen. Danach legte ich mich, superglücklich, auf seine Brust und kuschelte mich ganz dicht an ihn, dann holte er einen Umschlag aus der Nachttischschublade und gab ihn mir.

„Was ist das?", fragte ich ihn.

„Mach ihn auf, denn wirst du schon sehen!"

Ich öffnete langsam das Kuvert und zog zwei Flugtickets heraus, dann sprang ich ihm um den Hals.

„Irland!"

„Ja, das wird auch dieses Jahr unsere Hochzeitsreise."

Ich schaute auf das Datum, das den 18. April zeigte.

„Am 17. April habe ich Geburtstag?"

„Ja, aber auch unserer Hochzeitstag und der von Ben und Tassilo."

„Eine Doppelhochzeit und dann an meinem Geburtstag?"

„Ja, der gleiche Termin, nur ein Jahr später und ich hoffe, du hast nichts dagegen, wenn wir mit den beiden zusammen heiraten!"

„Nein, im Gegenteil, aber ich hätte mir schon Ben als Trauzeugen gewünscht."

„Das eine schließt das andere ja nicht aus."

„Da hast du recht. Es wird bestimmt toll."

„Es wird gigantisch!", sagte Frank noch und dann schliefen wir selig ein.


Dieses Weihnachten war noch schöner als das letzte. Ben übernahm Heiligabend das Kochen. Es gab Aal mit Bratkartoffeln.

Dazu hatte er sich eigens, einige Tage zuvor, einen Raucherofen gekauft. Es war einfach lecker.

Am ersten Weihnachtstag übernahm dann Grete den Kochlöffel. Als wir morgens um neun Uhr bei Christian auftauchten, war sie gerade dabei, eine riesige Gans zu stopfen.

Es war gar nicht so einfach, einen Speiseplan für so viele Personen zu machen, aber beim Weihnachtsessen waren wir uns sofort einig. Grete macht die Gans! Leider reicht eine nicht für 18 Personen, aber das war uns egal, auf diesen herrlichen Geschmack und Gretes Kochkünste wollten wir nicht verzichten, auch wenn wir zehn Vögel kaufen mussten. Na ja, es wurden dann nur drei, in Anführungszeichen, denn jetzt waren alle unsere Öfen mit einer Gans bestückt.

Drei Eieruhren standen auf der Küchenbar und Grete schielte nervös dorthin.

Sie hatte ihren rechten Arm tief im Vieh versenkt und sagte:

„Ich muss aber ganz schön rennen, um die Gänse jede 15 Minuten zu übergießen."

Dieses Bild werde ich nie vergessen. Grete in der Küche und mit Schweißperlen auf der Stirn. Sie sah aus, als wäre sie eins mit dem Vogel, der ihren Arm nicht mehr freigeben wollte.

Das war der erste Eindruck, als wir in die Küche kamen.

Wir schauten Grete an und sie schaute uns an, dann lachten wir laut los. Gretes schrilles Lachen förderte das Ganze noch und dann lagen wir uns, mit hochroten Köpfen, in den Armen.

Christian, der gerade in der Speisekammer war, um das Frühstück vorzubereiten, kam dazu und wusste überhaupt nicht, was los war. Wir versuchten es, aber konnten ihm das nicht rüberbringen, denn das war Situationskomik.

„Nein, Ben und ich kümmern uns um die beiden anderen Gänse. Sind die beiden denn schon wach?", sagte ich.

„Als ich vor eine Viertelstunde drüben war, um den ersten Vogel ins Rohr zu schieben, war es zwar nicht still, aber sie lagen noch im Bett", grinste Christian.

Ich freute mich innerlich für die beiden, denn Tassilo sagte mir und das war noch gar nicht so lange her, dass ihr Liebesleben ganz schön zu wünschen übrig lässt.

Ich konnte ihm dafür keinen Rat geben, aber da wusste ich, dass sie es auch alleine geschafft haben.

In dem Moment klingelte die erste Eieruhr und ich sagte:

„Okay, dann gehe ich mal rüber und übernehme die erste Schicht."

Ben hockte grade, mit einer Tasse Kaffee, auf dem Küchenboden und betrachtete den Inhalt seines Ofens, als ich in die Küche kam.

Er war splitternackt und total durchgeschwitzt.

„Na, viel Spaß gehabt?", sagte ich übertrieben laut.

Ben schreckte auf und sah mich entgeistert an.

„Was macht du denn hier?"

Ich war perplex und konnte zuerst nichts rauskriegen. Das lag aber weniger an seiner Aussage, sondern mehr an der bombastischen Figur, die er mir da offenbarte. Ich war so fasziniert von seinem verschwitzten Körper, der so geil aussah, sodass ich weiche Knie bekam.

„Fröhliche Weihnachten, Christoph!", rief Tassilo, der plötzlich im Raum stand und damit die Situation rettete.

„Fröhliche Weihnachten, ihr beide. Tut mir leid! Ich wollte nur kurz die Gans übergießen. Lasst euch nicht stören! Ich bin sofort wieder weg", sagte ich verwirrt.

Tassilo warf Ben einen Bademantel zu, den er auch gleich anzog und sagte:

„Quatsch, du störst doch nicht. Ben wollte grade duschen gehen und dann zu euch rüberkommen."

Das war Bens Stichwort. Er gab Tassilo noch einen Kuss und verschwand nach oben.

„Willst du auch einen Kaffee?", fragte Tassilo.

„Gerne, den kann ich jetzt gut gebrauchen."

„Du siehst müde aus, konntest du nicht schlafen?"

„Überhaupt nicht, denn wir waren mit was anderem beschäftigt. Du siehst aber auch nicht grade frisch aus", sagte ich verschmitzt.

„Frisch nicht, aber glücklich! Die Nacht war so wundervoll und ich kann mich nicht erinnern, jemals so guten Sex gehabt zu haben."

„Das freut mich wirklich. Ich hatte schon Angst, da läuft etwas schief zwischen euch. Weißt du eigentlich, dass wir vier zusammen heiraten?"

„Ja, Ben hat es mir gestern Abend noch gesagt. Ist das nicht geil? Als wir gestern im Bett waren, gab er mir einen Umschlag und weißt du, was da drin war?", fragte Tassilo.

„Zwei Flugtickets?"

„Ja, woher weißt du das?"

„Ich habe gestern Abend das Gleiche erlebt. Wir fahren am 18. April nach Irland."

„Und wir fliegen nach Bali!"

„Cool, da ist es richtig klasse!"

„Warst du schon mal da?"

„Ja, vor ein paar Jahren, mit Frank. Ich glaube, ich habe noch irgendwo Prospekte und die Fotos muss ich euch auch zeigen."

„Ja, das musst du machen. Ach Christoph, ich freue mich so und bin so glücklich!"

„Was glaubst du, was ich bin. Ich könnte Bäume ausreißen und die ganze Welt umarmen!"

„Kannst du mir ein paar Gewürze mitbringen? Meine, die ich damals mitgebracht habe, sind fast alle."

„Klar, du musst mir nur aufschreiben, welche."

„Wie die Waschweiber!", sagte Ben, der plötzlich frisch geduscht hinter Tassilo stand und ihn umarmte.

„Ja, das haben Schwule eben mal so an sich", sagte Tassilo und lachte.

„Da hast du recht! Wenn wir schon keine Frauen als unser Eigen nennen dürfen, müsst ihr ja ihren Part übernehmen."

„Ha, ha, das musst du grade sagen. Wer ist denn hier der Seelentröster und wer schlüpft denn immer in unserem Bett in die weibliche Rolle, du oder ich?"

Ben bekam einen roten Kopf und sagte:

„Still, das brauch keiner zu wissen!"

„So, Ben? Bei uns warst du doch immer sehr aktiv und dominant. Das kenne ich gar nicht von dir!", dachte ich und musste schmunzeln.

„Wollen wir nicht frühstücken? Ich habe nämlich riesigen Hunger", sagte Ben und entschärfte damit die peinliche Situation.

„Ja, lass uns rübergehen, aber vorher muss ich noch die Gans übergießen."

Christian strahlte übers ganze Gesicht, als er uns sah.

„Na, viel Spaß gehabt?", rief er schon von Weitem Tassilo und Ben zu.

„Okay, der Buschfunk funktioniert ja bestens und dann noch so laut, sodass man es noch in Hannover hören kann", sagte Ben grinsend.

„Tut mir leid, aber ihr seid vorhin, als ich die Gans bei euch in den Ofen getan habe, nicht zu überhören gewesen."

„Ich glaube, Beni, wir sollten demnächst mal sämtliche Schlüssel einkassieren, damit wir unsere Ruhe haben."

„Genauso machen wir das", sagte Ben und dann lachten wir alle.

„Frühstück ist fertig. Bitte setzt euch!", sagte Christian.

Das ließen wir uns nicht zweimal sagen und setzten uns an die lange Tafel, die wir mit unseren Gartentischen verlängert haben.

Es war ein wunderbares Bild, alle 18, der liebsten Menschen, an einem Tisch und ich mittendrin, das war ein wunderschönes Gefühl.

Das ging nicht nur mir so, denn Christian, der am Kopfende saß, war stolz wie Bolle und das zeigte er auch. Ich glaube, ich habe ihn schon lange nicht mehr so fröhlich gesehen.

Es war richtig harmonisch, nur das Bimmeln einer der Eieruhren störte zwischendurch unsere Geselligkeit.

Grete stand schon zum dritten Mal auf, aber als eine von den dreien schon zum vierten Mal klingelte, hielt Ben Grete zurück und sagte:

„Jetzt bin ich mal dran, wer hat Lust, mir zu helfen."

„Ich komme mit", sagte ich.

„Gut, dann los!"

Zuerst duschten wir die Gans in unserer Wohnung, dann gingen wir zu ihm, in die Wohnung und hockten uns vor den Ofen. Als ich dann die Gans übergoss, flüsterte Ben mir zärtlich zu: „Na Kleiner, hab ich dir vorhin gefallen?"

Ich glaubte, nicht richtig gehört zu haben, und machte ein verwirrtes Gesicht.

„Ja, du hast ganz richtig verstanden!", sagte er und knabberte mir in mein Ohrläppchen.

„Ben! Das dürfen wir nicht. Wir heiraten doch bald!"

„Du kennst doch meine Einstellung. Ich kann Liebe und Sex voneinander trennen."

Er leckte meinen Hals und küsste meinen Nacken. Auch wenn ich das nicht wollte, gefiel es mir und ich drohte, schwach zu werden.

„Komm, dir gefällt das doch und es hätte nichts zu bedeuten, nur ein bisschen Spaß unter besten Freunden. Ich kenne doch die Blicke von meinem Kleinen. Dir wären doch vorhin bald die Augen aus dem Gesicht gefallen, als du mich nackt sahst, oder?"

Er sagte das so betörend, dass ich nicht anders konnte. Ich schnappte mir seinen Kopf und presste meine Lippen auf seine, was sehr gefährlich war, denn es hätte jeden Moment einer reinkommen können.

„Nicht hier, lass uns ins Pool Haus gehen", sagte er und drängte mich dort in die Umkleidekabine.

Er riss mir die Klamotten vom Leib und öffnete seine Hose, dann rotzte er sich auf seinen Schwanz und versenkte ihn in meinem Arsch. Dabei rieb er meinen Schwanz und küsste mich zwischendurch. Es war ein richtiger Quickie, denn wir kamen zusammen in kürzester Zeit und als wir uns dann beruhigt hatten, drehte ich mich zu ihm um und küsste ihn leidenschaftlich, dabei lachten wir verstohlen.

„Das war richtig geil!", sagte ich.

„Ja das fand ich auch! Tut mir leid, wenn ich dich jetzt in eine prekäre Situation gebracht habe."

„Nein, es war wunderschön und ich habe überhaupt kein schlechtes Gewissen, trotzdem sollten wir unseren Lieben davon nichts erzählen. Ich fürchte, sie würden es nicht verstehen."

„Nein, das glaube ich auch. Komm, lass uns duschen, sonst enttarnen wir uns noch, denn du weißt, Tassilo riecht so etwas aus zehn Kilometern Entfernung."

Wir duschten zusammen und ich rieb mich an seinem muskulösen Astralkörper. Wir wurden dabei schon wieder heiß, konnten uns aber dann ziemen.

Wir gingen noch mal durch die Wohnungen, um die Gänse zu begießen, und waren exakt eine halbe Stunde, nachdem wir die Frühstücksrunde verlassen hatten, wieder in Christians Wohnung.

„Wo wart ihr denn so lange?", sagte er.

„Ach, wir haben uns verquatscht!"

„Ach so, aber zu mir sagen, ich wäre ein Waschweib!", sagte Tassilo ironisch.

„Mann, mein Mäuschen, das hab ich doch nicht so gemeint!", sagte Ben und streichelte ihn über die Haare.

„Und, über was habt ihr geredet?", fragte Frank.

„Es ging um unsere Hochzeit, aber das ist ein Geheimnis!"

„Okay, dann will ich es euch mal lassen", sagte Frank und grinste.

Ich dachte den ganzen Tag über den kurzen Augenblick mit Ben nach, aber als Frank und ich am Abend eng aneinander auf Kevins Sessel saßen und in die Flammen sahen, wusste ich, dass dieser Ausrutscher nichts an meinen Gefühlen zu Frank geändert hatte. Ich liebte ihn, nach wie vor, immer noch abgöttisch und konnte mir nie vorstellen, ihn zu verlassen.

Am zweiten Weihnachtstag fuhren alle wieder. Wir sechs standen am Tor und als der letzte vom Hof gefahren war, sagte Christian erleichtert:

„Es war zwar sehr schön mit ihnen, aber Fisch und Besuch fangen nach drei Tagen an zu stinken!"

Wir lachten und pflichteten ihn bei.

Wir gingen in unsere Wohnung und das Erste, was Frank tat, war, dass er unsere Anlage bis zum Anschlag aufriss, dann tanzten wir alle zusammen zu dem Song „In The Navy" von den Village People.

Wir feierten noch bis tief in die Nacht und hatten richtig viel Spaß. Vielleicht hatten wir an diesem Abend mehr Spaß als die ganzen Weihnachtstage zusammen.

Das Jahr 2000 rückte näher und dieses Silvester hatten wir uns etwas ganz Ungewöhnliches ausgedacht. Das sah so aus, dass wir ganz im Gegensatz zu vielen anderen ganz ruhig in das Millennium gehen und damit besinnlich das neue Jahrtausend begrüßen wollten.

Wir begannen den Tag mit einem gemeinsamen Frühstück und bereiteten danach das Abendessen vor. Es sollte Fondue geben und wir schnippelten die einzelnen Zutaten, da fragte mich Elias: „Sag mal Kleiner, womit, dachtest du, frittieren wir das Ganze, was wir grade schneiden?"

„Scheiße, ich habe das Öl vergessen!", sagte ich und fasste mich an meinen Kopf.

Ich hatte mich nämlich, einen Tag zuvor, bereit erklärt, alles einzukaufen, weil Frank noch mit seinen Abrechnungen zu tun hatte und die anderen alle arbeiten mussten.

Ich hatte eine Liste geschrieben, wo ich jetzt raufschaute, und tatsächlich, es fehlte das Erdnussöl.

„Was machen wir denn jetzt?", sagte ich reumütig.

„Komm Kleiner, wir fahren schnell los. Die Läden machen erst in einer Stunde zu. Das schaffen wir locker. Wir nehmen meinen Jeep, dann kommen wir besser durch den Scheiß-Schnee!"

Es hatte wirklich viel geschneit und es war schon schwer, Bens Wagen zu erreichen. Selbst im Auto war es sehr kalt und ich sagte: „Bitte, Ben, mach die Heizung an, ich friere!"

„Du bist vielleicht ein Frostknödel. Schau mal, sie läuft schon auf Hochtouren."

Ich mümmelte mich in den Sitz und zitterte, aber mit der Zeit wurde mir langsam wärmer.

„Mann, ich kann kaum die Straße sehen!", fluchte Ben.

„Hätte ich doch gestern bloß an das Öl gedacht, dann müsstest du dich jetzt nicht durch den vielen Schnee kämpfen. Ich bin für nichts zu gebrauchen!"

„Jetzt lügst du jetzt aber. Hast du Weihnachten im Pool Haus vergessen? Da warst du richtig gut zu gebrauchen", grinste Ben.

„Ha, ha, das war ja auch was ganz anderes."

„Höre ich Spuren von einem kleinen Depri in deiner Stimme?"

„Nein, ich ärgere mich nur ein bisschen."

„Das braucht du nicht. Ich freue mich doch, dass ich mal mit dir alleine bin."

„Oh Ben, ich liebe Frank und ich möchte ihn nicht wegen ein bisschen Sex verlieren."

„Das wirst du auch nicht und wenn du es möchtest, war es ein einmaliges Erlebnis, zwischen uns."

„Danke! Da fühle ich mich gleich besser mit."

„Okay, wir sind da. Lass uns das Öl kaufen", sagte Ben ein bisschen bedröppelt.

Auf dem Rückweg herrschte Funkstille zwischen uns und jetzt hatte ich Ben gegenüber ein schlechtes Gewissen.

Er war enttäuscht von mir und zu Recht, denn ich hatte mich ja auf ihn eingelassen und jetzt machte ich einen Rückzieher, aber ich wollte auch nicht, dass Frank etwas davon erfährt.

Ich wollte die Liebe zwischen uns nicht aufs Spiel setzen.


Zu Hause angekommen, warteten schon die vier auf uns mit einer großen Tasse Tee. Die konnten wir auch gebrauchen, denn wir waren ganz schön durchgefroren.

Danach legten wir uns alle noch mal hin, das war eine weise Voraussicht, denn es wurde richtig spät diese Nacht.

Ich kuschelte mich so dicht an meinen Frank, sodass er sich darüber wunderte:

„Hey Hase, du bist heute aber besonders schmusig. Hat das einen Grund?"

„Nein, ich liebe dich nur so sehr!"

„Ich dich auch, mein Hase! Komm, lass uns ein wenig schlafen, damit wir nachher fit sind."

Nach zwei Minuten säuselte er und war fest eingeschlafen. Ich blieb noch wach und dachte an Ben.

„Ich musste unbedingt noch mal mit ihm sprechen, aber ich weiß nicht, was ich ihm sagen soll, denn er liegt mir auch sehr am Herzen. So ein Scheiß! Jetzt bin ich wieder an dem Punkt, wo ich schon vor einem Jahr war. Warum macht er das? Er bringt mich durcheinander und spielt mit meinen Gefühlen."

Als wir gegen 18 Uhr runter in unsere Wohndiele kamen, waren Tassilo, Christian und Elias dabei, den Tisch zu decken.
„Wo ist Ben?", fragte ich.
„Es geht ihm nicht so gut, deshalb wollte er noch ein bisschen im Bett bleiben", sagte Tassilo.
„So, was hat er denn?", sagte ich besorgt.
„Kopfschmerzen, aber er kommt später nach."
„Ich gehe rüber und bringe ihm etwas von unserem China-Öl, okay?"
„Na klar, mach ruhig. Er wird sich darüber bestimmt freuen", sagte Frank und gab mir einen Kuss.
Mir war ein wenig komisch, als ich zu ihm ging, und mir ging vieles durch den Kopf. Ich klopfte gegen seine Schlafzimmertür und öffnete sie leise.
Er lag im Bett und hatte seine Augen geschlossen. Die Nachttischlampe brannte und erhellte sein hübsches Gesicht. Er sah einfach toll aus, wie er da so lag, und ich konnte mich gar nicht sattsehen. Ich setzte mich an die Bettkante und streichelte sein Gesicht. Ich war in diesen Moment wie ferngesteuert, denn ehe ich es mir versah, berührten meine Lippen die seinen und er öffnete erschrocken seine Augen.
„Christoph?", sagte er verwirrt.
„Entschuldige, ich weiß auch nicht, was da über mich kam. Ich wollte dir nur dieses Öl bringen, gegen deine Kopfschmerzen."
„Stattdessen hast du mich geküsst?"
„Ja, und das tut mir so leid, aber ich konnte nichts dagegen machen!", sagte ich und mir kamen die Tränen.
Ben wischte sie mir ab und sagte:
„Das muss dir nicht leidtun. Das zeigt doch nur, dass du mich willst!"

„Aber ich liebe doch Frank und ich möchte mich nicht mehr entscheiden."

„Das möchte ich auch nicht. Ich liebe Tassilo über alles, aber ich will auch dich und wenn wir ganz vorsichtig sind, können wir beides haben."

Ich überlegte:

„Was soll ich jetzt machen? Ich liebe Frank und ich will ihn nicht enttäuschen, aber wenn ich jetzt so in Bens Gesicht sehe, werde ich ganz schwach und ich möchte nicht auf ihn verzichten. Ich habe schon so viele Jahre verzichten müssen und ich glaube, ich habe das Recht, mal an mich zu denken."

„Schau, ich mag dich und es geht mir nur darum, ein wenig Wärme von dir zu bekommen, und du kannst mir 100-prozentig vertrauen, dass niemand etwas von uns erfährt, wenn ich das auch von dir kann."

Ich schaute Ben mit verweinten Augen an und sagte:

„Bitte Ben, versprich mir aber, dass wir es nur tun, wenn niemand hier ist und wir ganz allein sind."

Bens Augen leuchteten und tat überrascht, denn ich glaube, er hatte überhaupt nicht mehr mit dieser Entscheidung gerechnet.

„Ja!", sagte er laut, dann nahm er mich in seine Arme und gab mir einen Kuss auf meine Stirn, dann fasste er sich wieder, räusperte sich und sagte ruhig:

„Wenn das nun geklärt ist, können wir ja jetzt Millennium feiern."

„Und deine Kopfschmerzen?"

„Welche Kopfschmerzen? Ich habe keine Kopfschmerzen!"

„Aber Tassilo hat doch gesagt …"

„Ja, aber das war eine kleine Notlüge, weil ich in Ruhe nachdenken wollte."

„Gut, denn musst du dir aber trotzdem dieses Zeug, an die Stirn schmieren, sonst kommt deine Lüge noch raus."

„Komm, gib her den Scheiß!", sagte er und tropfte sich davon etwas auf beide Schläfen.

„Zufrieden? Igitt, das stinkt!", sagte er und verzog sein Gesicht.

„Ja, ich mag es auch nicht, aber Frank schmiert mir das Zeug trotzdem auf den Dötz, wenn ich Kopfschmerzen habe."

„Er ist doch schon ein ganz Lieber, oder?"

„Ja, ich liebe ihn abgöttisch."

„Das gönne ich dir auch und ich kann mir auch keinen anderen als Tassilo vorstellen!"

„So jetzt raus aus dem Bett, sonst machen sich die anderen noch Gedanken."

„Yes, Sir!", sagte er und stieg aus dem Bett und das war ein Erlebnis. Mann, war das eine Augenweide. Ich gab ihm noch einen Klaps auf seinen nackten Arsch und sagte:

„Ich gehe schon mal vor. Lass dir Zeit und mach dich schick!"

„Okay, dann bis gleich. Ich freue mich!", sagte er und tanzte durch den Raum.

Das machte mich so heiß, sodass ich zusehen musste, schnell aus dem Raum zu kommen, sonst hätte ich für nichts mehr garantiert.

„Geht es ihm besser?", fragte Tassilo, als ich wieder unten war.

„Ja, er kommt gleich runter. Er will nur noch duschen."

„Gut, wir können nämlich gleich essen."

„Hast du geweint?", fragte Frank und schaute mir in die Augen.

„Nein, ich habe nur etwas von diesem Öl in die Augen bekommen. Das brennt ganz schön", log ich und ich war froh, dass mir so etwas Geniales eingefallen war.

„Komm, ich wische es dir aus!", sagte Frank besorgt, machte dann ein Tuch nass und tupfte damit meine Augenlider.

„Danke Schatz, es ist schon viel besser."

Es wurde noch ein richtig schönes Silvester. Wir spielten viele Spiele und kurz vor 12 Uhr gingen wir alle mit dicken Decken und reichlich Sekt bewaffnet durch Bens und Tassilos Badezimmerfenster auf das Flachdach des Poolhauses, weil man von da aus bis Celle schauen konnte. Wir hofften auf das Feuerwerk, das man von da am besten sehen konnte. Und wir wurden nicht enttäuscht, denn so ein Lichterspiel habe ich noch nicht gesehen. Es war einfach bombastisch.

Aber länger als bis halb ein Uhr hielten wir es vor Kälte nicht da oben aus. Zumal wir bis zu den Knien im dicken Schnee steckten und wir unsere Füße nicht mehr spüren konnten.

Wir feierten noch bis drei Uhr und fielen dann besoffen in unsere Betten.

# Kapitel 10

Die Wochen und Monate gingen dahin und das neue Jahr meinte es endlich mal gut mit uns. Die Hochzeit übergaben wir einen Hochzeitsplaner, der genauso skurril war, wie man es aus einigen Hollywood-Filmen kennt.
Wir mussten uns schon ganz schön zusammenreißen, um nicht zu lachen, wenn er sprach. Ben machte sich einen Spaß und machte ihn oft nach, natürlich nur, wenn er nicht da war.
„Schwul finde ich ja gut, aber dem sprudelt das Gay schon aus den Ohren heraus", sagte Frank einmal nach einem besonders schönen Auftritt des Planers.

Wir amüsieren uns köstlich über ihn, aber er machte seine Sache gut. Er kümmerte sich um alles, von den Einladungen, über die Feier, selbst bei der Dekoration unserer Schlafzimmer überließ er nichts dem Zufall.
Christian ließ es sich nicht nehmen, die Organisation mit dem Planer abzustimmen, und hielt damit alles von uns fern. Er machte ein richtiges Geheimnis daraus und alle unsere Versuche, aus ihm etwas rauszubekommen, schlugen fehl.

Das machte uns zwar extrem neugierig, aber gleichzeitig nahm er uns eine große Last ab, denn jetzt konnten wir uns anderen wichtigen Dingen widmen. Zum Beispiel unserer Arbeitssuche. Wir waren jetzt schon über ein Jahr zu Hause und lechzten danach, mal wieder gebraucht zu werden. Wir ließen uns aber Zeit, denn wir wollten uns nicht unter Wert verkaufen. Wir wollten mindestens einen Führungsposten ergattern und hörten uns überall um.
Anfang April suchte ein Diamantenwerkzeug-Hersteller einen Abteilungsleiter und einen Assistenten im Verkauf.
Wir erkundigten uns über die Firma, die nur gute Kritiken hatte, und bewarben uns.

Ewig war es her, dass wir mal eine Bewerbung geschrieben haben. Wir quälten uns an einem verregneten Märzabend mit jedem Satz, der in unseren Lebenslauf vorkam.

Es war zum Verrückt-Werden. Ich war so durcheinander, dass ich nicht einen vernünftigen Satz aufs Papier bekam. Das war auch kein Wunder, denn jeder versuchte, uns zu helfen, und redeten auf uns ein.

„So musst du das formulieren oder ihr müsst nicht alles preisgeben …", waren noch die angenehmsten Kommentare. Uns wurde das alles zu viel und Frank sagte genervt:

„Komm Hase, wir gehen ins Büro, da haben wir wenigstens unsere Ruhe."

Wir setzten uns an Franks großen Schreibtisch und fingen noch mal ganz von vorne an. Nach drei Stunden hatten wir es dann endlich geschafft. Wir saßen, mit Stolz, vor unseren frisch ausgedruckten Bewerbungen.

„Was lange währt, wird endlich gut!", sagte Frank und gähnte vor Müdigkeit.

„Meinst du, wir haben eine Chance?"

„Wir werden sehen, aber Sie wären schön blöd, uns nicht zu nehmen."

„Das glaube ich auch, denn unsere Arbeitszeugnisse sind ja auch nicht schlecht."

Wir steckten Sie noch in die Briefumschläge und gingen dann zu Bett.

Drei Tage, nachdem wir die Bewerbungen abgegeben hatten, saßen wir im Büro des Chefs zu einer ersten Vorstellung.

Nach dem äußerst guten Gespräch versprach er, sich bei uns, in den nächsten Tagen zu melden.

Im Auto fragte Frank:

„Warum hast du nicht von deinem Verkaufsleiterjob erzählt?"

„Was glaubst du, mein Schatz, hätte ich sagen sollen, dass ich nach dem Unfall, zur Aushilfe, deinen Posten übernommen habe, dann nach einem Monat durchgedreht und in einem Irrenhaus gelandet bin? Ich glaube, das hätte sich wirklich nicht gut angehört, oder was?"

„Nein, du hast ja recht, aber ich habe trotzdem ein gutes Gefühl, dass wir die Jobs bekommen und wenn nicht, ist das auch nicht so schlimm."

Wir bekamen die Jobs und fingen, noch vor unserer Hochzeit, bei der Firma an.
Der Chef hatte sich sogar darauf eingelassen, dass wir nach 14 Tagen Arbeit gleich vier Wochen Urlaub nehmen konnten.
Wir fühlten uns sehr wohl in der Abteilung und die Kollegen waren alle sehr nett. Das Arbeiten fiel uns deshalb sehr leicht, denn es ging alles Hand in Hand.

Am Abend vor unserer Hochzeit mussten wir ins Hotel, weil Christian, Elias und der schrullige Hochzeitsplaner freie Bahn brauchten.
Wir vier saßen in der Bar des Hotels und kurierten unseren Kater aus, den wir noch von unserer Junggesellenfeier am gestrigen Abend hatten.

Er war klasse, denn wir luden alle ein, die uns sehr nahe waren. Selbst unsere neuen Kollegen kamen. Zuerst waren sie ein wenig skeptisch, denn sie hatten, bis dato, noch nie mit einem Schwulen Kontakt. Dass sie jetzt gleich fünf davon kennenlernten und vier davon auch noch heiraten, machte die Sache für sie nicht leichter, aber sie legten schnell ihre Scheu ab, als sie merkten, dass wir doch ganz normale Menschen, mit einem kleinen, in ihren Augen, Handicap, sind.
Wir feierten so, als wenn es nie einen Morgen gab, und waren dann auch ziemlich down.

„Will vielleicht einer ein Bier?", fragte Ben laut lachend.
Wir hielten unseren Kopf und schüttelten einstimmig den Kopf.
„Oh nein, bitte keinen Alkohol, mir ist jetzt noch schlecht!", sagte Christian und stützte sich auf.
Ben lachte, aber das konnte er auch, denn er hatte ja fast nichts getrunken.

Das fiel ihm auch nicht schwer, denn er hatte die ganze Nacht Bereitschaftsdienst.

Er bestellte sich ein Bier und genoss, zu unserem Entsetzen, jeden Schluck.

„Du hast wohl überhaupt kein schlechtes Gewissen, oder?", sagte Tassilo.

„Nein, warum auch? Mir schmeckt es doch, also kann das doch nicht schlecht sein."

Sein Lächeln war so fies und er ergötzte sich an unserem Leiden. Wir verabscheuten ihn dafür und schauten angewidert weg.

Wir gingen dann früh zu Bett und waren nächsten Morgen, Gott sei Dank, wieder topfit, worüber ich sehr froh war, denn so einen Tag wollte ich nie wieder erleben.

Zur Abwechslung küsste ich Frank diesmal wach.

Er öffnete seine Augen und lächelte mich an.

„Wir heiraten heute. Ist das nicht geil?", war das Erste, was er sagte.

„Ja, und ich freue mich schon wahnsinnig darauf."

„Ich auch und ich liebe dich!"

„Ich liebe dich noch viel mehr!"

Nach einem langen Kuss beugte er sich über mich und wühlte in seiner Tasche, die neben dem Bett stand.

„Was macht du da?"

„Ich such was!"

„Was?"

„Warte, ich habe es schon."

Er zog ein etwa ein Meter langes Tau heraus und hielt es mir unter die Nase.

„Was ist das?", fragte ich verwirrt.

„Ein Tau."

„Das sehe ich auch, aber was willst du damit?"

„Damit bind ich dich jetzt ans Bett und lasse dich erst wieder frei, wenn wir hier wieder wegfahren. Damit gehe ich sicher, dass du mir nicht wieder abhaust, bevor wir verheiratet sind."

„Oooh, bist du süß, aber das heißt ja, dass ich nach unserer Hochzeit das Weite suchen kann, oder?"

„Wehe dir! Ich werde dich nie wieder loslassen."

Er gab mir einen Kuss und wollte mich gerade anbinden, da klopfte es an der Tür.

Wir schauten auf den Wecker und Frank sagte:

„Es ist erst halb acht, wer kann das jetzt schon sein?"

Er stand widerwillig auf, band sich seine Bettdecke um und öffnete die Tür.

Das Erste, was Tassilo und Ben, als sie in das Zimmer schauten, sahen, war, dass ich im Bett lag und ein Tau um das Handgelenk gebunden hatte.

Sie grinsten und Tassilo sagte:

„Oh, haben wir euch, bei was gestört?"

„Wenn ihr so fragt, ja. Was wollt ihr schon so früh hier, könnt ihr nicht mehr schlafen?", fragte Frank genervt.

„Nein, wir würden auch noch schlafen oder so etwas Ähnliches machen, was ihr da grade tun wolltet, wenn uns nicht jemand geweckt hätte."

„Wer?"

„Der Zimmerservice. Er stand mit zwei reichlich gedeckten Tischen, vor unserer Tür und da haben wir uns gedacht, wir stellen alles zusammen und überraschen euch."

„Das ist euch auch gelungen. Wo ist der Tisch?", sagte Frank.

„Hier, aber wenn ihr lieber allein sein wollt, gehen wir wieder.", sagte Ben.

„Nein, nun kommt schon rein. Das ist jetzt auch egal."

Sie schoben den Tisch an unser Bett und stellten zwei Stühle dazu, dann aßen wir mit Genuss die vielen Leckereien.

„Wer hat das Frühstück bestellt?", fragte ich.

„Das wissen wir nicht, aber hier ist ein Brief, den wir noch nicht geöffnet haben, weil er an uns alle gerichtet ist ...", sagte Tassilo.

Ich nahm ihn aus dem Umschlag und las ihn laut vor.

*Guten Morgen meine Lieben,*

*hier ein paar Zeilen an meine allerbesten Freunde!*
*Dies ist der Tag der Tage, nämlich euer Hochzeitstag*
*und ich bin stolz, heute dabei sein zu dürfen.*
*Wenn ihr das liest, sitzt ihr bestimmt entspannt an einem*
*reichlichen gedeckten Frühstückstisch.*
*Ich dagegen und das erwähne ich, um euch ein wenig*
*schlechtes Gewissen zubereiten, schufte grade bis zum Umfallen,*
*nur um euch den schönsten Tag eures Lebens zu ermöglichen.*
*Na, hat es geklappt? Ha, ha, ha!*
*Spaß beiseite, ich möchte, dass ihr euch heute einfach nur*
*fallen lässt und an nichts anderes denkt als an euch.*
*Kümmert euch nicht um irgendwelche Zeiten, denn*
*wir werden sowieso alles wieder über den Haufen werfen.*
*Also legt euch zurück und genießt!*

*Euer euch liebender Freund*
*Christian*

„Ist das süß! Was habe ich nur zehn Jahre ohne Freunde gemacht? Ich war wirklich schön blöd, zu denken, dass ich mir gut genug bin", sagte Frank traurig.
„Du hast ja noch rechtzeitig die Kurve gekriegt", sagte Ben.
„Ja, Gott sei Dank, denn ich könnte es mir nicht mehr ohne euch vorstellen."
Jetzt kamen Ben und Tassilo zu uns aufs Bett und nahmen uns richtig in den Arm.
„Wir können es uns auch nicht mehr ohne euch vorstellen. Was, meint ihr, haben die beiden heute alles mit uns vor?", sagte Tassilo.
„Ich weiß nicht! Vielleicht bekommen wir einen Zirkus in unserem Garten", sagte Frank.
„Eine Zirkushochzeit, das möchte ich aber nicht!", sagte ich.
„Das werden sie und doch bestimmt nicht antun, oder doch?", sagte Ben ängstlich.
Wir schauten uns gegenseitig an und fingen laut an zu lachen.

„Stellt euch mal den schrulligen Planer als Zirkusdirektor vor",
sagte Tassilo.

„Oder als Clown", sagte ich und wischte mir meine Tränen aus
dem Gesicht.

„Sie werden es schon, nach unseren Wünschen, vorbereiten",
sagte Frank.

„Das glaube ich nicht! Ich glaube, es wird ganz anderes, als wir
uns, in unseren kühnsten Träumen, vorstellen können", sagte ich.

„Das glaube ich allerdings auch!", sagte Ben.

Nach dem Frühstück gingen wir dann in den Wellnessbereich
und da es noch ziemlich früh war, waren wir fast alleine. Wir
schwammen im Pool und ließen uns bei der Massage verwöhnen.
Gegen 12 Uhr klopfte es bei uns an der Hoteltür.

„Endlich passiert etwas. Ich werde hier noch verrückt", sagte Frank.
Das ging uns aber allen so. Wir liefen schon Amok und waren
die reinsten Nervenbündel.

Ich öffnete und ein Bote übergab mir einen weiteren Brief. Ich
gab ihm ein Trinkgeld und schloss die Tür wieder.

„Mach ihn auf und lies!", rief Tassilo aufgeregt.

„Ja, ja, ich mach ja schon."

*So meine Lieben,*

*es ist so weit! Ich nehme an, ihr seid fertig, in zweierlei Hinsicht.*
*Zum einen seid ihr zum Aufbruch bereit und zum anderen sitzt*
*ihr auf glühenden Kohlen und werdet vor Aufregung fast ver-*
*rückt, oder?*
*Ich würde das sehr gerne sehen, aber ich kann mir euch, in diesem*
*Augenblick, auch sehr gut so vorstellen und ich muss gestehen, mir*
*reichen schon diese Bilder, die grade in meiner Fantasie ablaufen,*
*um mit ein wenig Gehässigkeit, meine Hände reiben zu können.*
*Schnappt jetzt eure Taschen und geht runter zum Haupteingang.*

*Euer euch liebender Freund*
*Christian*

Ich stand da, mit dem Brief in der Hand und die drei um mich herum.

Wir schauten uns an und waren so überwältigt.

Wir konnten es erst gar nicht abwarten,
bis es endlich losgeht und jetzt, jetzt breitete sich in uns so eine Angst aus, was sich auch in unseren Gesichtern widerspiegelte.

„Was passiert da grade?", sagte Tassilo.

„Irgendwie habe ich plötzlich ein komisches Gefühl in mir. Ich weiß ja nicht, wie es euch geht, aber ich habe große Angst!", sagte ich.

Tassilo schaute Ben an und sagte:

„Maus, hilf mir! Ich glaube, mir geht es noch schlimmer als Christoph. Ich habe auf einmal eine Panik und weiß nicht, woher sie kommt?"

„Wie kann ich dir helfen, wenn es mir genauso geht."

„Was sollen wir jetzt machen, denn, und entschuldige mein Hase, im Moment könnte ich einfach nur weglaufen", sagte Frank.

Es war wie verhext! Wir wollten ja, aber es ging irgendwie nicht. Wir waren wie gehemmt und konnten uns kein Stück mehr bewegen, bis ich mir ein Herz fasste und sagte: „Ich bin, glaube ich, der Einzige hier, der sagen kann, das habe ich schon mal erlebt und ich bin diesmal nicht bereit, dieses Gefühl noch mal zu verfolgen und wieder einen Rückzieher zu machen. Ich werde jetzt auf meinen Bauch hören, der mir sagt: Ich will dich heiraten, mein Schatz, denn ich weiß, dass ich dich liebe!"

„Ich will es auch und …", aber dazu kam Frank nicht, den Satz zu beenden, denn jetzt sagten alle ironisch: „… ich liebe dich noch viel mehr!"

Frank schaute uns verwirrt an und dann lachten wir laut los.

„Kommt, lasst uns keine Zeit verlieren und runtergehen", sagte ich.

„Ja kommt und lasst uns heiraten!", jubelte Ben.

Fünf Minuten später waren wir in der Lobby. Ich entdeckte ihn als Erstes.

„Ein Kutscher!", rief ich.

„Wo?", sagte Frank.

„Da am Eingang, seht doch, er hat eine Gerte in der Hand!"

„Tatsächlich, ist er für uns?", sagte Tassilo.

„Ich weiß nicht, aber ich hoffe es so!", sagte ich.

„Ich frage mal, okay?", sagte Ben.

Ben ging zu ihm und nach einem kurzen Gespräch drehte er sich um und winkte uns zu sich heran.

„Christian hat für uns eine Kutsche bestellt", sagte er freude-strahlend, als wir bei ihm waren.

Ich freute mich wie ein Schneekönig und fragte aufgeregt:

„Wo sind die Pferde?"

„Na, da draußen!", sagte er.

Ich lief raus und kippte bald aus den Latschen. Vor dem Hotel stand eine riesige,
schneeweiße Kutsche mit zwei pechschwarzen Pferden davor.

Ich vergaß alle um mich herum, als ich in ihren dunklen Augen sah und ihre lange Mähne streichelte.

„Das ist was für dich, oder?", flüsterte Frank in mein Ohr.

„Ja, schau mal, wie schön die sind."

„Ja, die sind wirklich klasse!"

„Wenn Christian hier wäre, würde ich ihm um seinen Hals fallen."

Frank war wirklich sehr lieb, denn er ließ mir Zeit, mich mit den zwei Schönheiten zu beschäftigen, bis Ben sagte:

„Ich glaube, wir müssen jetzt los, denn der Kutscher wird schon ungeduldig."

„Ja!", sagte ich und riss mich schweren Herzens von den Pferden los, dann stiegen wir in die, mit Blumen in Regenbogenfarben, geschmückte Kutsche.

Auf dem Sitz lag wieder ein Brief. Diesmal nur mit meinem Namen drauf.

„Nur für mich?", fragte ich verschämt.

„Sieht wohl so aus! Du musst, bei Christian, einen riesigen Eindruck hinterlassen haben. Nun mach schon auf, mein kleiner Hase!", sagte Frank.

Ich riss ihn auf und las die kurzen Zeilen.

Als ich sie gelesen hatte, kamen mir die Tränen und Frank schaute mich besorgt an.

„Was hast du und was steht in diesen Brief?"
Ich reichte ihn Frank, der ihn auch gleich laut vorlas:

*Mein lieber Christoph,*

*du hast mir in den letzten Monaten viel geholfen*
*und bist mit mir durch manch tiefes Tal gegangen.*
*Deshalb möchte ich dir auch mal eine Freude machen.*
*Durch Frank weiß ich, dass du Pferde abgöttisch liebst,*
*und ich hoffe, diese Fahrt versüßt dir noch mehr deinen Tag.*

*Dein dich liebender Freund*
*Christian*

„So ein Freund ist nicht mit Geld zu bezahlen. Du kannst mit
Recht stolz auf dich sein, denn wenn einer so was verdient hat,
dann bist du es.", sagte Tassilo.
„Danke, ich liebe Pferde über alles."

Mit breitem Grinsen fuhren wir durch die Landschaft. Der Kutscher nahm Wege, die abseits von den großen Hauptstraßen waren und zu unserem Glück schien die Sonne vom blauen Himmel herunter.
Nach einer Stunde kamen wir vor unserem Haus an und nach
einem kurzen Abschied von den Pferden, liefen wir schnell über
die Brücke und rissen neugierig das Tor auf.
„Boa!", sagte Ben und er hatte ganz recht mit seiner Aussage.
Wir waren überwältigt von dem, was wir da sahen.
Über den ganzen Innenhof war eine durchsichtige Plane gespannt, verziert mit lauter weißen Schleiern.
Überall standen Buchsbäume und auf den 15 runden Tische war
an jedem Teller eine Regenbogenfahne aufgestellt. Unser langer
Tisch hatte als Einziger ein Regenbogentischtuch und war verziert mit lauter roten Rosen. Die Stühle hatten alle weiße Hus-
sen und auf dem ganzen Hof verteilt standen sechs Wärmepilze,
denn zu dieser Jahreszeit war es noch sehr frisch.

„Leck mich am Arsch!", sagte Tassilo.

„Leider musst du dich damit noch gedulden", sagte Ben.

Wir lachten und schlugen uns in die Hände.

Als wir Christian und Elias sahen, rannten wir ihnen entgegen und sprangen den beiden um den Hals.

„Gefällt es euch?", fragte Christian gerührt.

„Ob uns das gefällt? Das ist gigantisch!", sagte Frank und strahlte wie ein Honigkuchenpferd.

„Und, wie war eure Fahrt?"

„Oh Christian, vielen Dank für die tollen Pferde. Sie waren traumhaft", sagte ich.

„Ja, hat es dir gefallen?"

„Ob es mir gefallen hat? Es war so bombastisch. Die Pferde waren so süß!"

„Die Kutsche und die Fahrt haben uns natürlich auch gefallen!", sagte Frank und grinste mich an.

„Ja, die Fahrt war auch gut, aber die Pferde …!"

„Ja Christoph, ich glaube, Christian hat es verstanden!", sagte Ben.

„Ja, aber die Pferde waren trotzdem toll!", sagte ich trotzig, um mit dem Thema zum Abschluss zu kommen.

Wir lachten jetzt alle, außer der schrullige Hochzeitsplaner. Der stand in der Ecke und flennte.

„Entschuldigung, ich muss immer so schnell weinen, wenn etwas Schönes passiert."

„Ist schon in Ortung, uns geht es ja nicht besser. Vielen Dank! Es ist wunderschön geworden", sagte ich.

Sie stimmten mir alle zu und dann führte Christian uns in seine Wohnung, wo schon Grete Ludwig und Sandra auf uns warteten. Wir freuten uns sehr, sie zu sehen, und wir begrüßten uns überschwänglich.

Wir gingen in Christians Schlafzimmer, wo unsere Anzüge hingen. Das Anziehen ging schnell vonstatten. Kein Wunder, bei den tausend Händen, die uns halfen.

Ben und Frank hatten einen schwarz, glänzenden Nadelstreifenanzug an und Tassilo und ich bekamen die Gleichen, nur dass sie in Creme-Weiß gehalten waren.

Wir fühlten uns sauwohl. Das sollte man auch erwarten, denn wir haben Stunden mit der Anprobe verbracht.

Der Verkäufer des Herrenausstatters, hatte so viel Geduld mit uns. Ich hätte schon nach der Hälfte der Zeit aufgegeben, aber ich glaube, es gefiel ihm, uns immer wieder zu berühren und immer wieder Maß zu nehmen.

Er war definitiv auch ein Homo, aber einer von der schlimmsten Sorte. Er hatte, wenn man das so sagen darf, ein lockeres Becken. Das heißt, wenn er ging, nutzte er mit seinen Hüften den ganzen Raum aus und sein Slang war so tuntig, dass es uns die Fußnägel hochzuklappen drohte, aber die Quälerei hatte sich gelohnt. Jetzt standen wir fertig angezogen vor Christians großen Spiegel und bewunderten unsere festliche Robe.

Christian schaute uns an und rief laut:
„Gruppenkuscheln!", und wir nahmen uns alle in die Arme.
Grete machte noch ein paar Fotos, dann gingen sie in ihre Räumlichkeiten, um sich auch fertig zu machen.
Wir gingen ins Wohnzimmer und warteten auf die Dinge, die da kommen sollten.
Die letzten Minuten waren wir ganz still und wir hielten uns nervös die Hände.
„Wenn es nicht gleich losgeht, kippe ich noch aus den Latschen", sagte Frank plötzlich und durchbrach damit die unheimliche Stille.
Mir ging es nicht anders, denn ich hatte das Gefühl, dass mein Herz auf Wanderschaft gegangen und jetzt in meinem Hals Rast gemacht hätte.

Endlich ging die Tür auf und der schrullige Planer herein.
„Sie sind alle da! Es kann losgehen", sagte er aufgeregter als wir.
Er öffnete die Gartentür und wir gingen hinaus.
Als wir dann um die Hausecke kamen, blieb uns der Atem weg.
Direkt am See war alles zu unserer Trauung aufgebaut und es sah so märchenhaft aus, dass mir die Tränen kamen.

Auf dem Steg, den wir letztes Jahr noch zusammen mit Kevin, gebaut hatten, stand ein weißer Pavillon und davor standen weiße Stühle, umsäumt von unzähligen Regenbogenfahnen.

Der Weg dorthin war mit Tausenden Rosen belegt, die wir jetzt langsam entlanggingen.

Keiner von uns hatte trockene Augen, als unsere Gäste aufstanden und sich zu uns drehten und zu unserer großen Überraschung sang Sandra, mit glockenklarer Stimme, das Lied „Küss mich, halt mich, lieb mich!" von den drei Haselnüssen für Aschenputtel.

Ich war so gerührt, dass ich mich krampfhaft an Frank festhalten musste.

Frank gab mir einen Kuss auf die Wange und flüsterte mir in mein Ohr:

„Ganz ruhig. Ich bin doch bei dir!"

Wir vier stellten uns dann, nebeneinander, vor den jungen Standesbeamten, der uns herzlich begrüßte.

Seine Worte waren herzzerreißend und machten unsere Trauung, zu einem unvergesslichen Erlebnis.

Als Frank mir den Ring an meinen Finger steckte und mir, nach meiner Meinung, den schönsten Kuss gab, den er mir bisher gegeben hatte, wusste ich, endlich gehöre ich ihm und er ist jetzt mein Mann!

Sandra sang jetzt, zu unserem Auszug, das Lied „My heart will go on!" von Celine Dion (Titanic).

Es war so schön und ich schwebte im siebten Himmel.

Während unsere Gäste in den Innenhof gingen, machte ein Fotograf einen Haufen Fotos von uns.

Der See brachte die nötige Kulisse und der nahende Sonnenuntergang brachte das Übrige. Gott sei Dank dauerte es auch nicht lange, denn der schrullige Hochzeitsplaner achtete penibel auf die Zeit und forderte den Fotografen immer wieder auf, schneller zu knipsen.

„Die Gäste wollen auch etwas von den Brautpaaren haben", sagte er immer wieder und nach 20 Minuten beendete er es einfach mit den Worten:

„Das reicht jetzt! Ben und Tassilo, gehen Sie bitte schon zu Ihren Gästen. Frank und Christoph stoßen später dazu, denn sie haben noch was vor."

Ich schaute den Planer verwirrt an und fragte:

„Was haben wir, außer unserer Feier, denn noch vor?"

„Gehen Sie einfach mit Frank mit, er weiß Bescheid."

„Du weißt Bescheid?"

„Nicht nur ich. Alle wissen es", sagte Frank und grinste geheimnisvoll.

„Was?"

„Das wirst du schon sehen. Komm, mein Hase, ich will dir etwas zeigen."

Frank nahm mich an seine Hand und ging mit mir auf die andere Seite unseres Hauses. An der Hausecke blieb er stehen und fasste mich an meinen Hüften, dann sagte er ruhig:

„Habe ich dir heute schon gesagt, dass ich dich liebe?"

„Ich glaube tausendmal, aber ich kann es, von dir, nicht oft genug hören."

„Okay, ich liebe dich, ich liebe dich, ich liebe diiiich!", schrie er heraus.

„Ich liebe dich noch viel mehr!", sagte ich und küsste sein ganzes Gesicht ab.

Als wir uns beruhigt hatten, sagte er:

„Mein Hase, du bist jetzt mein Mann und ab diesem Zeitpunkt gibt es nichts mehr zwischen uns. Ab diesem Zeitpunkt ist mein auch dein und das ist nicht nur so dahingesagt, ich meine es auch so. Ich war vorgestern bei unserem Notar und Anwalt Herrn Kramer und habe alle notwendigen Verträge unterschrieben. All mein Geld, Besitz und Aktienpakete laufen, seit ein paar Minuten, neben meinem, auch auf jetzt deinen Namen, Christoph Matz."

Ich war geplättet und konnte kaum etwas über meine Lippen bringen.

„Frank, danke! Das ist doch absolut nicht nötig. Du bist immer so großzügig zu mir gewesen und mir hat es an nichts gefehlt."

„Ich liebe dich über alles und ich möchte in Zukunft nicht mehr alleine über mein Leben entscheiden und da gehört das absolut dazu. Auch möchte ich nicht, dass du das Gefühl hast, dass du mir nur beratend zur Seite stehst. Ich möchte, wenn etwas Größeres ansteht, das wir das gemeinsam entscheiden."

„Wenn du das so siehst, möchte ich dich nicht enttäuschen und nehme das auch nur deshalb an … nein, nicht nur deshalb! Ich nehme es auch an, weil ich dich unsagbar liebe!"

Wir küssten uns wieder und dann fragte ich:

„Sind wir deswegen hergekommen, dass du mir das in Ruhe sagen kannst?"

„Ja stimmt, da war ja noch was. Nein, das habe ich dir nur erzählt, weil es mit dem, was jetzt kommt, sagen wir mal, indirekt zu tun hat. Ich kann dir ja nichts mehr schenken, weil mir jetzt nichts mehr alleine gehört, aber wir können uns was schenken und ich verspreche dir, das ist das Letzte, was ich über deinen Kopf entschieden habe."

„Bitte, mein Schatz, spann mich doch nicht so auf die Folter!"

„Okay, schaue mal um die Ecke."

Er nahm mich wieder an die Hand und wir gingen zu der Seite des Hauses, wo wir unseren Gartenabschnitt hatten, und ich erstarrte.

Meine Knie wurden weich und ich konnte mich nicht mehr halten. Ich sackte nach hinten weg, wo Frank mich sofort auffing.

„Ups, na mein lieber Mann, freust du dich?", sagte er, als ich vor ihm auf dem Boden lag.

Er hockte sich über mich und gab mir einen Kuss.

„Nein, das ist nicht mit Worten zu beschreiben. Frank, was tust du mir an? Ich habe so etwas doch gar nicht verdient."

„Doch, für meinen Kleinen Christoph, nur das Beste und ich weiß, dass es ein Lebenstraum von dir ist. Dein liebevoller Umgang mit den Tieren vorhin hat mir das noch mal bestätigt und da wusste ich, dass ich das Richtige getan habe."

„Danke, danke, danke! Bitte, lass mich aufstehen, ich möchte zu ihnen."

Sie kamen sofort zu mir, als ich über den Behelfszaun stieg, und ich streichelte sofort ihre Köpfe.

„Welches Pferd möchtest du haben?"

„Sie sind beide superschön, aber das Linke passt, glaub ich, besser zu mir."

„Es heißt Shawn und das andere, was denn meines werden wird, heißt Carlson."

Sie waren einfach ein Traum. Sie waren beide braun und hatten ein hübsches Gesicht.

Shawns Augen waren so vertrauenerweckend, dass ich mich bei ihm sofort geborgen fühlte.

„Nächte Woche, wenn wir nicht da sind, bekommen Sie ein richtiges großes Gatter, direkt am See, mit einem großen Stall am Waldrand."

„Oooh, das wird bestimmt schön, aber wer versorgt sie in den drei Wochen?"

„Der Vorbesitzer kommt einmal am Tag vorbei und überwacht auch den Stallbau. Außerdem sind Christian und Elias auch noch da, die mir versprochen haben, sich um die beiden zu kümmern."

„Das ist gut und ich verspreche euch, ihr werdet es richtig gut bei uns haben!", flüsterte ich ihnen ins Ohr.

„Ich weiß, du kannst dich nicht losreißen, aber ich glaube, sie warten alle schon auf uns."

„Ja genau, die sind ja auch noch da!"

„Ja, die sind auch noch da. Es sind zwar keine Pferde, aber trotzdem alle liebe Wesen."

„Ja, lass uns gehen, aber ich komme nachher nochmal wieder."


Unser Innenhof sah, mit Gästen, noch besser aus. Die Lampions brannten und der DJ spielte schöne Musik.

Ben und Tassilo saßen bei uns auf dem Sofa und knutschten, was das Zeug hält.

Frank ließ die Terrassentür zuknallen, in der wir gerade reingekommen waren, und riss damit die beiden aus ihrer Liebesstarre.

„Was sucht ihr denn hier, ich dachte, ihr seid schon bei unseren Gästen?", fragte Frank.

„Wir gehen doch nicht ohne euch, oder gehören wir nicht zusammen?", fragte Tassilo.

„Klar, wie konnten wir das vergessen!"

„Na, ist das eine Überraschung?", fragte Ben mich.

„Ja, und ich freue mich riesig darüber. Frank hat mir meinen Lebenstraum erfüllt."

Ich küsste ihn vor Dankbarkeit und ich fühlte mich endlich angekommen.

„Kommt, lass uns rausgehen. Unser skurriler Planer war schon dreimal hier und fragte, wann es denn endlich weitergeht."

„Dann lasst uns mal feiern gehen", sagte ich und wir gingen hinaus.

Sofort jubelten alle, als sie uns sahen, und klatschten angeregt.

Sie kamen alle nacheinander zu uns und wünschten uns alles Liebe.

Nach dem Essen, das grandios war, kam der Hochzeitstanz und es klappte, ganz gegen meine Befürchtungen, ganz gut, denn eigentlich konnten wir nicht tanzen, aber Ben hatte Frank und mir die wichtigsten Schritte schon Tage vorher beigebracht.

Trotzdem waren wir froh, als es dann endlich vorbei war und wir uns wieder unseren Gästen widmen konnten.

Wir setzten uns zuerst zu Christian, Kevins Eltern und seinen Geschwistern.

Es war uns ein besonderes Bedürfnis, mit ihnen zu sprechen, grade weil wir Kevin so liebhatten.

Ich freute mich, dass sie gekommen sind, auch wenn sie am Anfang Bedenken hatten, weil das alles hier sie so an ihren Sohn erinnerte.

Jetzt waren sie froh, dass sie doch gekommen waren und damit so nah bei ihm sein konnten.

Wir unterhielten uns lange mit ihnen und sie versicherten uns, dass sie Christian, in Zukunft, wie ihren eigenen Sohn behandeln werden, denn sie haben ihn, mit der Zeit, ganz schön in ihr Herz geschlossen.

Das freute Christian, der sie daraufhin in den Arm nahm.

Wir sprachen, an diesem Abend, noch mit vielen und wir lernten dadurch auch mal die Freunde und Kollegen von Tassilo und Christian kennen.

Sie erzählten uns viel von ihnen und eröffneten uns ganz neue Sichtweisen auf unsere lieben Freunde.

Der Abend wurde später und später. Viele verabschiedeten sich schon gegen Mitternacht, sodass nur, bis auf wenige Ausnahmen, die jüngere Generation anwesend war. Die Musik wurde dann auch lauter und der DJ drehte jetzt richtig auf. Die Tanzfläche war voll und es brachte richtig Spaß, zu den alten und neuen Songs zu schwingen, bis Frank, Christian und Tassilo sich Techno und Metal wünschten. Ben und ich setzten uns dann an den Tisch und ließen sie alleine zappeln, denn das war nun gar nicht unsere Musik. Gott sei Dank ging es auch nicht lang und der DJ spielte gegen drei Uhr noch „We are The Champions", und packte dann langsam zusammen.

Zum Abschluss saßen wir noch zu sechst zusammen, an unserem Tisch und ich sagte:

„Ist das Leben nicht schön?"

Daraufhin sah mir Frank tief in die Augen und sagte:

„Nah, dann bin ich ja froh, dass du das schöne Leben endlich gelernt hast!"

Ich nickte lächelnd und gab ihm einen langen Kuss.

„Vielen Dank noch mal, Christian, für deine große Hilfe und ich glaube, unsere Hochzeit wäre ohne dich nur halb so schön geworden."

„Och danke, das habe ich wirklich gerne für euch gemacht."

„Und würdest du es noch mal machen?"

„Nein niemals! Zwischendurch wollte ich schon aufgeben, aber dann habe ich mir Kevins Spruch in Erinnerung gerufen, denn er hat immer gesagt: Tu Gutes, dann kommt es doppelt in dein eigenes Herz zurück! Und das Gefühl spüre ich grade jetzt, wenn ich mit euch zusammen bin."

Mir kamen die Tränen und ich gab ihm, vor Rührung, einen Kuss auf seine Wange.


Nächsten Morgen mussten wir schon früh aufstehen. Es war zwar schon neun Uhr, aber wenn man erst um vier Uhr ins Bett gekommen war, ist neun Uhr früh.

Nachdem wir ein ausgiebiges Bad genommen hatten, machte Frank Frühstück. Ich nutzte die Zeit und packte, voller Vorfreude, unsere Koffer.

Um elf Uhr kam das Taxi. Ben, Tassilo und Christian trugen unser Gepäck in den Wagen.

Wir hatten schon ein schlechtes Gewissen, unsere Freunde mit dem ganzen Mist, alleine zu lassen, aber der Caterer übernahm ja auch das Aufräumen.

Wir waren einigermaßen beruhigt, dass wir unseren Elias hatten, dann war Christian wenigstens nicht ganz alleine, wenn Ben und Tassilo zwei Tage später nach Bali flogen.

Sie kamen erst, nachdem wir wieder da waren, zurück.

Außerdem blieben seine Eltern noch eine Woche und er hatte auch vor, nach Hamburg zu fahren, um seine neu gewonnenen Zieheltern zu besuchen.

Also alles gut und wir brauchten uns keine Sorgen zu machen.

Irland war himmlisch und wir genossen es in vollen Zügen.

Wir hatten auch zum größten Teil schönes Wetter, aber auch die wenigen schlechten Tage wussten wir gut auszunutzen. Wir blieben einfach den ganzen Tag im Bett und machten das, was man da schon macht, wenn man auf Hochzeitsreise ist. Frank war so lieb zu mir und ich hatte wirklich mal Glück in meinem Leben. Das, was ich nicht zu hoffen wagte, ist eingetroffen. Ich bin mit Frank verheiratet und er ist mein Mann und ich seiner. Ich kann es heute noch nicht in Worte fassen, was ich damals für ein Glücksgefühl hatte. Aber jeder Urlaub geht einmal zu Ende und wir freuten uns schon, nach drei wunderschönen Wochen, auf unser Zuhause. Christian ließ es sich nicht nehmen, uns persönlich vom Flughafen abzuholen.

Er wartete schon sehnsüchtig am Terminal und als er uns sah, winkte er, wie ein kleines Kind, das ewig seine Eltern nicht gesehen hat, uns stürmisch zu.

Er musste uns unheimlich vermisst haben, denn er freute sich wie ein Hündchen und hatte Tränen in den Augen, als er uns um den Hals fiel.

Zwei Tage später kamen auch Ben und Tassilo zurück und wir saßen diesen Abend noch lange zusammen und hatten uns viel zu erzählen.

„Schön, dass ihr alle wieder da seid. Ich habe euch soooo lieb!",
sagte Christian mit einem breiten Grinsen.

„Wir haben oft an dich gedacht, natürlich auch an dich Elias,
aber trotzdem mussten wir mehr an dich denken."

„Eigentlich war nur die letzte Woche ziemlich ruhig. In der ersten Woche habe ich mit meinen Eltern viel Spaß gehabt. Wir
haben viele Ausflüge gemacht und ich habe endlich mal meine
neue Heimat kennengelernt. Nachdem sie nach Hause gefahren
sind, bin ich nach Hamburg gefahren. Ich wollte eigentlich nur
zwei Tage bei Kevins Eltern bleiben, aber daraus ist denn eine
Woche geworden. Außerdem hatte ich ja noch eure Pferde am
Hals. Sag mal, Christoph, fressen Pferde immer so viel?"

„Ja, billig sind sie im Unterhalt nicht!", sagte ich und schaute auf
Frank, der nur müde lächelte.

„Das Gatter ist richtig klasse geworden und der Stall ist fast besser als unser Haus", sagte Ben.

„Ja nicht, da hat der Zimmermann ganze Arbeit geleistet."

„Ja, der ist richtig schön geworden. Morgen wollen wir das erste Mal ausreiten. Das kann ja was werden. Ich, das erste Mal auf
dem Pferd! Ben, stell schon mal deine Arzttasche bereit. Ich fühle jetzt schon die blauen Flecken", sagte Frank.

„Mein armer Mann, deinen schönen Arsch kann nichts entstel-
len!", sagte ich ironisch und dann lachten wir alle.

Für das erste Mal stellte er sich gar nicht so gut an. Schon beim
Aufsteigen fiel er zweimal auf der anderen Seite wieder runter
und beim leichten Schritt saß er auf seinem Sattel wie ein Affe
auf dem Schleifstein. Nach einer Stunde gab er dann auf, obwohl
wir noch gar nicht mal das Gatter verlassen hatten.

Tassilo ritt dann mit mir aus, denn im Gegenteil zu Frank konnte
er reiten und freute sich auch, mal wieder auf einem Pferd sitzen
zu dürfen. Unterwegs erzählte er mir, dass seine Großeltern mehrere Ackergäule besessen haben und er oft auf ihnen geritten hatte.

„Es ist richtig schön hier, mit dir durch den Wald zu reiten. Ich
hatte ganz vergessen, wie das ist, auf einem Pferd zu sitzen, und
das ist, im Vergleich zu den Arbeitstieren, ein Porsche."

„Ich werde ab heute jetzt jeden Tag ausreiten, denn ich finde es wunderschön. Frank weiß gar nicht, was er mir, mit seinem Geschenk, für eine Freude gemacht hat."

„Er ist superlieb, oder? Als ich dich kennenlernte, erzähltest du mir, wie schwierig er ist. Das wusste ich natürlich, denn das spiegelte wider, wie er sich damals gegenüber mir verhalten hatte und ich hatte wirklich Angst um dich, als er dir Weihnachten einen Heiratsantrag gemacht hatte, aber sein Unfall scheint ihn wirklich verändert zu haben."

„Tassilo, ich hatte auch Angst, denn ich dachte, er will mich nur ausnutzen, aber davon habe ich bis jetzt noch nichts bemerkt."

„Nein, er trägt dich auf Händen und er liebt dich über alles, das sieht man doch!"

„Ja, ich bin so glücklich mit ihm, was ich nie für möglich gehalten habe."

„Ganz ehrlich Christoph, ich habe es auch nicht anders geglaubt."

„Und wie läuft es mit dir und Ben?", fragte ich, nicht ohne Hintergedanken.

„Doch, doch, ich liebe ihn und ich bin endlich sein Mann", sagte er bedächtig.

„Das hört sich aber nicht so gut an."

„Ach, ich bin ganz zufrieden. Bitte, Kleiner, du darfst das, was ich dir jetzt sage, niemandem verraten, nicht mal Frank. Versprichst du mir das?"

„Ja natürlich Tassilo, was ist denn los?"

„Ich glaube, Ben geht mir fremd!"

Mir rutschte das Herz in die Hose. Ich fühlte mich ertappt und hatte Mühe, meine Fassung zu behalten.

„In den letzten Monaten haben wir doch peinlich darauf geachtet, dass keiner zu Hause war, wenn wir es miteinander trieben. Wir sind sogar nach Hannover gefahren und haben uns ein Hotelzimmer genommen. Wir hatten es immer genau geplant und unsere Ausreden waren wasserdicht", dachte ich und mir wurde ganz übel.

Ich schaute aber gespielt verwirrt und log:

„Ben? Nein, das kann ich mir bei ihm nicht vorstellen."

„Eigentlich ich auch nicht, aber er kommt mir seit Weihnachten so anders vor. Unser Sex funktioniert nicht mehr so wie sonst und wenn ich ihn frage, warum es denn nicht mehr so wie früher zwischen uns ist, sagt er nur, dass es so eine Phase sei und ich mir darüber keine Gedanken machen soll, das geht bestimmt bald wieder vorbei. Aber Christoph, die Phase hält jetzt schon fast fünf Monate an. Ich dachte, es normalisiert sich nach der Hochzeit wieder, aber nein. Selbst auf Bali lief unser Sex auf Sparflamme und wenn es denn tatsächlich mal dazukam, war es nur der normale Einheitssex!"

Tassilo liefen jetzt dicke Tränen über seine Wangen, sodass ich stehen blieb und abstieg. Ich ging zu ihm und streckte meine Arme zu ihm nach oben. Er ließ sich in sie fallen und weinte dann bitterlich.

Ich streichelte ihn und sagte:

„Mein Tassilo, das alles hat bestimmt nichts zu bedeuten. Ich weiß doch, dass er dich liebt. Das kann man doch sehen."

„Das stimmt schon. Er trägt mich auf Händen und liest mir jeden Wunsch von meinen Augen ab, aber das ist nichts alles."

„Ja, das kann ich mir vorstellen. Soll ich mal mit ihm reden?"

„Nein, Christoph, du hast mir es versprochen!", sagte er und schaute mir ängstlich in meine Augen.

„Natürlich, das habe ich dir versprochen und das werde ich auch halten."

Aber das konnte ich nicht, denn das ging auch mich etwas an und ich wollte nicht der Grund sein, wenn ihre Beziehung in die Brüche geht.

Wir setzten uns auf einen Baumstumpf und ich redete auf ihn ein. Gott sei Dank konnte ich ihn, nach einer halben Stunde, beruhigen und ihn überzeugen, dass es wirklich nur eine Phase sein muss und alles wieder gut werden würde.

Wir ritten dann wieder zurück, wo uns Frank und Ben schon sehnsüchtig erwarteten.

Sie halfen uns, die Pferde trocken zu reiben und ihnen die Boxen mit frischem Heu auszulegen, dann gingen wir zu Elias, der uns zum Abendessen eingeladen hat.

Es gab Spaghetti Bolognese, die mehr schlecht als recht geschmeckt hatten.

„Bitte sei mir nicht böse, aber als Krankenpfleger bist du besser", sagte Ben und lächelte.

„Wieso, schmeckt es euch nicht? Ich habe mir so viel Mühe gegeben!"

„Das war ja auch gut gemeint, aber Ben und Christoph können besser kochen", sagte Frank.

Dann probierte Elias seinen Fraß. Er verzog sein Gesicht, stand auf, nahm seinen Teller und trug ihn in die Küche. Als er wieder zurückkam, hatte er einen Flyer vom Pizzaservice in der Hand. Wir lachten darüber, denn anscheinend schmeckte ihm sein Essen selbst nicht.

Wir bestellten uns eine riesige Pizza und wurden denn doch noch satt.

Wir hatten diese Woche noch Urlaub und deshalb hatte ich Zeit, in die Stadt zu fahren, um mal wieder richtig shoppen zu gehen. Es war ein herrlicher Frühlingstag und ich streifte durch die Läden. Als ich bei Bens Praxis vorbeikam, entschloss ich mich, ihn zu besuchen. Es war schon nach 12 Uhr und er müsste gerade Pause haben.

„Vielleicht erwische ich ihn noch, bevor er nach Hause kommt, um sich, wie jeden Tag, ne Stunde hinzulegen", dachte ich und tatsächlich, er wollte grade aus der Tür, als ich ins Treppenhaus kam.

„Christoph, was verschafft mir diese Ehre? Ich wollte grade nach Hause kommen, aber wenn du mit mir etwas anderes vorhast, bleibe ich natürlich hier. Komm, lass uns nach oben in die Wohnung gehen. Meine Mieter sind gestern ausgezogen und sie steht zurzeit leer."

Er freute sich so sehr über meinen Besuch, dass ich kaum zu Wort kam. Er fasste mich unter die Arme und wollte mich grade die Treppe raufschleifen, als ich laut sagte:

„Ben, nein! Ich muss unbedingt mit dir sprechen. Es ist sehr dringend und kann über deine Zukunft entscheiden."

Jetzt schaute er mich großen Augen an und sagte:

„Was ist denn los? Du tust ja grade, als würde ich sterben!"

„Du vielleicht nicht, aber eine Liebe!"

Er überlegt einen Moment und sagte dann aufgeregt:

„Ist etwas mit Tassilo?"

„Nicht direkt, aber er hat etwas damit zu tun. Können wir in deine Praxis gehen? Was ich dir zu sagen habe, muss ja nicht jeder mitbekommen."

„Okay, gehen wir in mein Büro."

Wir setzten uns auf das schwarze Ledersofa, dann guckte mich Ben erwartungsvoll an.

„Zunächst muss ich dir sagen, dass ich Tassilo versprechen musste, niemanden davon zu erzählen, was er mir gestern anvertraut hatte, aber weil er nicht weiß, was ich weiß, muss ich mit dir darüber reden."

„Er hat es über uns rausgefunden, oder?"

„Nein, noch nicht, aber es ist nur eine Frage der Zeit. Ben, was machst du mit ihm? Er hat mir gestern, bei unserem Ausritt sein Herz über dich ausgeschüttet und ich fühlte mich dabei so schlecht. Ich fühle mich schuldig für seinen Zustand. Tassilo hat mir gesagt, dass du einen anderen hast und ihm fremdgehst und der Grund, warum er es annimmt, ist, dass es bei euch im Bett nicht mehr so klappt wie früher."

Stille, absolute Stille! Ben sah auf den Boden. Er war kreidebleich und es dauerte bestimmt eine Minute, bis er fragte:

„Hat er das genauso gesagt?"

„Ja, und noch viel mehr. Er meinte, dass es komisch ist, dass es, außerhalb eures Bettes, ganz normal mit dir läuft. Du trägst ihn auf Händen, du liest ihm jeden Wunsch von seinen Augen ab und er weiß auch, dass du ihn liebst, aber sobald es auf die Matratze gehen soll, findet nur der normale Standard oder überhaupt kein Sex statt. Mensch, Ben, ich habe auch einen riesigen Spaß mit dir und ich möchte ungern auf unsere Schäferstündchen verzichten, aber das darf nicht in unsere Beziehungen eindringen. Ich habe, mit Frank, den schönsten Sex, den man sich vorstellen kann, weil ich ihn liebe und was ich von ihm nicht bekomme oder bekommen will, weil unsere Zärtlichkeiten, auf einer ganz anderen Ebene stattfinden, hole ich mich bei dir. Deshalb verstehe ich nicht, was bei euch im Bett los ist oder soll ich besser sagen, nicht los ist!?"

Ben nickte bestätigend und sagte leise:

„Ich weiß, er hat mich nicht nur einmal darauf angesprochen und ich habe ihn immer wieder angelogen und gesagt, dass es nur so eine Phase ist, aber Kleiner, das ist nicht nur so eine Phase. Jedes Mal, wenn wir zusammen schlafen wollen, behält er die Oberhand und ist der Aktivere bei uns beiden. Ich fühle mich dann immer wie ein Mädchen und das möchte ich nicht mehr."

„Das habe ich schon gehört und ich konnte es gar nicht glauben, weil du bei uns doch immer der Tiger bist, aber darüber muss man doch sprechen? Ich rede mit Frank auch ab und zu über meine Wünsche und er auch mit mir."

„Ja, das sollte man, aber ich liebe ihn so und ich habe Angst, ihm mit meinen Wünschen wehzutun."

„Und da sagst du lieber gar nichts und hoffst, dass Tassilo damit zufrieden ist, was er von dir bekommt oder nicht bekommt, aber er ist nicht zufrieden. Vielleicht gefällt ihm auch nicht immer die Rolle als ganzer Kerl. Vielleicht möchte er sich auch mal fallen lassen und sich richtig, von dir, missbrauchen fühlen?"

„Nein, das glaube ich nicht. Tassilo ist so ein Typ, der zärtlichen und ruhigen Sex mag und für etwas Schmutzigeres nicht zu haben ist."

„Das weißt du doch nicht, wenn ihr darüber noch nie gesprochen habt. Sag ihm doch mal, was du liebst!"

„Christoph, dann lacht er mich aus und ich bin bei ihm unten durch."

„Ich denke, wenn du nichts tust, bist du es sowieso."

„Du hast vielleicht recht, aber ich habe davor richtig Angst!"

Ich überlegte kurz, dann sagte ich:

„Ben, du bist nicht nur ein richtig guter Sexpartner, sondern auch mein bester Freund und du hast mir, in den letzten Jahren, immer beigestanden. Wenn ich dich gebraucht habe, warst du da und ich möchte nicht, dass du dich von deinem Mann trennst, deshalb werde ich mein Versprechen brechen und dir helfen. Ich werde jetzt meine Einkäufe machen und dafür brauche ich ganz lange, dann komme ich gegen 19 Uhr wieder her."

„Und was machen wir dann?"

„Dann fahren wir zusammen nach Hause. Heute ist Dienstag und Tassilo ist ganz alleine zu Hause, warum?"

„Weil Frank und Christian beim Sport sind?"

„Richtig, also habt ihr viel Ruhe und Zeit, um miteinander zu sprechen. Ich werde mit dir zu ihm gehen und die Vorarbeit leisten."

„Aber wenn er sauer auf dich wird, weil du sein Versprechen gebrochen hast?"

„Dann muss ich halt damit leben und ich glaube, das eine wiegt das andere nicht auf."

„Ich habe ja schon immer gedacht, dass du ein Pfundstyp bist, aber das übertrifft alles."

Er nahm mich dankbar in den Arm und dann brach ich auf, um endlich auf Shoppingtour zu gehen.


Um 19 Uhr stand ich pünktlich in seiner Praxis und unterhielt mich, solange Ben noch nicht fertig war, mit Elias.

Ich fragte, ob er nachher Zeit hätte, um ein wenig zu quatschen. Er freute sich sehr und sagte sofort Ja.

Ich ließ mein Auto bei ihm stehen und fuhr mit Ben. Er war sehr nervös, sodass er sogar einmal über Rot fuhr und ich ihn zurechtweisen musste. Als wir auf den Hof fuhren, sahen wir durch die Fenster von Ben und Tassilo, viele Kerzen brennen. Ben hielt sich den Kopf und sagte:

„Das macht er jetzt öfters. Er versucht, mit allen Mitteln mir seine Liebe zu beweisen! Das brauch er nicht, denn ich weiß, dass er mich liebt."

„Na, da hast du ja heute Abend, genug Gelegenheit, die Sache mal umzudrehen und ihm zu zeigen, wie groß deine Liebe zu ihm ist, oder?"

„Ja, und ich habe richtig Angst."

„Das ist gut, denn das zeigt mir, dass dir das Gespräch sehr wichtig ist und du auch schon lange darunter leidest."

Wir stiegen aus dem Wagen und gingen auf die Haustür zu. Ben zitterte und hielt sich an mir fest. Er schloss sie auf und wir gingen herein.

Der ganze Wohnbereich war mit Kerzen ausgeleuchtet und der Tisch festlich gedeckt.

„Ein Candle-Light-Dinner?", flüsterte ich Ben zu.

Er zuckte mit den Schultern und lächelte verschämt.

Tassilo stand am Herd und strahlte, als er uns sah.

„Kleiner, mit dir habe ich gar nicht gerechnet. Möchtest du mitessen?", sagte Tassilo und goss grade eine Suppe in die Terrine.

„Nein, ich will auch gar nicht lange stören. Ich möchte nur kurz mit dir sprechen."

„Aha, worüber denn?"

„Über euch! Auch auf die Gefahr hin, dass du sauer auf mich wirst, habe ich Ben von unserem Gespräch erzählt. Glaub mir, ich habe lange mit mir gezaudert, aber ich kann nicht sehen, dass ihr immer unglücklicher werdet."

„Du hast mein Vertrauen missbraucht!", sagte Tassilo gereizt.

„Ja aber in diesem Falle steht euer Problem über deinem Vertrauen zu mir. Das wirst du hoffentlich nach eurem Gespräch, was ihr gleich führen werdet, genauso sehen, denn das ist bei euch wirklich mal fällig."

Tassilo wirkte jetzt pikiert und schaute, mit einem stechenden Blick, zu Ben.

Er schob die Terrine zur Seite und sagte schroff.

„Was hast du mir denn zu sagen, Ben!?"

„Stopp, lasst mich erst mal gehen, denn das geht nur euch etwas an."

Ich schlug Ben noch freundschaftlich auf die Schulter und ging, ohne Tschüss zu sagen.

Ich schlief schon, als Frank ins Bett kam. Er roch nach Alkohol und war mit dem Zudecken ziemlich ruppig und als er mir dann noch seinen Arm in die Seite rammte, war es mit meinem Schlaf vorbei.

„Puh, du hast ja ganz schön getankt!", sagte ich und schob in weg.

„Nur ein bisschen. Ich habe mich ein wenig mit Christian verquatscht", lallte er.

„So, so, nur ein bisschen!"

„Na ja, ein bisschen mehr, aber es war ein schöner Abend."

„Na denn ist es ja gut! Wenn du mir versprichst, dass du mir nicht in mein Gesicht kotzt, darfst du wieder dichter kommen."

„Danke, mein kleiner Hase, ich fühle mich hier auch schon richtig einsam."

Frank kuschelte sich an mich ran und fragte:

„Weiß du, was bei Ben und Tassilo los ist?"

„Wieso, was ist denn mit denen.", fragte ich ängstlich.

„Na, ihr Schlafzimmerfenster ist weit geöffnet und beschallen die ganze Gegend."

„Streiten sie sich?"

„Ich würde sagen, das Gegenteil ist der Fall. Ich glaube, bei den beiden läuft eine handfeste SM-Nummer ab. Hör mal, man kann es sogar noch von hier hören."

Wir waren ganz still und tatsächlich, man hörte von nebenan eindeutige Laute.

Ich schaute Frank grinsend an, zuckte mit den Schultern, dann lachten wir laut los.

An nächsten Morgen war es sinnlos, Frank zu wecken, denn zweimal in dieser Nacht verließ er fluchtartig das Schlafzimmer, um das Klo zu beglücken. Er sah schrecklich aus, als ich ihm einen Kuss gab. Er öffnete nur kurz seine Augen und sagte in einem fast unverständlichen Deutsch:

„Darf ich noch ein bisschen weiterschlafen?"

„Na klar, ruhe dich aus. Du hattest ja eine anstrengende Nacht hinter dir und wir haben doch noch Urlaub, oder?"

„Danke mein Hase. Ich liebe dich!"

„Ich liebe dich noch viel mehr!"


Ich hatte ein wenig Grummeln in meinem Bauch.

„Habe ich gestern das Richtige getan und ist mir Tassilo deswegen böse? Wird er jemals wieder mit mir sprechen?" Das alles ging mir durch den Kopf, als ich nach unten in die Küche ging.

Ich setzte Wasser auf, um Frank einen Kamillentee zu kochen. Ich schaute aus dem Fenster und sah Bens Auto, was mich wunderte, denn eigentlich müsste er schon, um diese Zeit, in seiner Praxis sein.

„Hoffentlich war ich nicht der Grund, warum er jetzt, um neun Uhr, immer noch da ist", sagte ich zur mir selbst.

Ich brühte Frank eine Tasse auf und brachte sie zu ihm ans Bett.

„Schatzi, trink, das wird dir guttun."

Er blinzelte kurz und sagte:

„Danke, du bist so lieb!", dann trank er einen Schluck und schlief gleich wieder ein.

Wieder unten, räumte ich, ein wenig lustlos, die Küche auf, denn mir ging Tassilo nicht aus dem Kopf. Ich schnappte mir den Müll und öffnete die Haustür, um ihn in den Container zu bringen.

Da stand plötzlich Ben mit ernster Miene vor mir.

Er schaute mich sehr streng an und in mir kam wieder die alte Angst hoch.

„Morgen Ben, ist alles in Ortung?"

Keine Reaktion und er fixierte mich nur mit seinem außerordentlichen stechenden Blick. Ich schaute beschämt nach unten, dann nahm er mich plötzlich, ohne Vorahnung, fest in den Arm.

Er drückte mich fast, dann sagte er, mit Tränen in den Augen:

„Danke, mein Kleiner! Ich kann gar nicht sagen, wie dankbar ich dir bin. Ich habe dich so lieb, wie ich noch nie einen anderen Menschen liebgehabt habe. Du bist einfach nicht mit Geld zu bezahlen. Sag mal, bist du mal, als Engel, vom Himmel gefallen?"

Er hob mich hoch und schleuderte mich im Kreis.

Ich war so verwirrt, dass ich nichts sagen konnte. Er ließ mich wieder runter und zog mich in seine Wohnung.

„Komm, Tassilo möchte dir etwas sagen!"

Tassilo stand, im Bademantel, am Küchentresen und grinste über beide Backen.

„Da ist er ja, unser Gönner! Willst du einen Kaffee?"

„Ja gerne, aber was ist denn los?"

„Was los ist? Wir sind heute Nacht, wegen dir, überhaupt nicht zum Schlafen gekommen!", sagte Tassilo.

473

„Mit Verlaub, das haben wir gehört!"

„Das ist uns egal, stimmts, Benni? Ich habe noch niemals so schöne Orgasmen gehabt wie in dieser Nacht."

„Also habt ihr euch ausgesprochen?"

„Ja und das ist das Beste, was wir machen konnten. Danke Kleiner, dass du uns den Anschubs dazu gegeben hast. Ich wusste überhaupt nicht, dass Ben so ein Gorilla im Bett sein kann. Ich dachte immer, ich muss der Dominierende in unserem Bett sein, aber ich bin, heute Nacht, eindeutig vom Gegenteil überzeugt worden."

„Ja, ja, mehr will ich gar nicht hören. Ich bin nur froh, dass dieses Problem aus der Welt geschafft wurde."

„Ja und ohne dich, hätten wir in zehn Jahren noch nicht miteinander gesprochen", sagte Ben und dann nahmen mich beide in ihre Arme.

„Warum bist du nicht in deiner Praxis?", fragte ich Ben.

„Ich habe mir heute eine schöpferische Pause gegeben. Elias und mein Kollege Doktor Herbst werden das auch mal ohne mich schaffen müssen und so viel ist im Moment auch nicht los. Außerdem tut mir heute Morgen alles weh."

„Du wolltest es so hart", sagte Tassilo grinsend.

„Ja! Bunte Bilder!", sagte ich und hielt mir die Ohren zu.

Nach einem großen Gelächter fragte mich Ben:

„Habt ihr schon gefrühstückt?"

„Nein, Frank hat gestern mit Christian einen über den Durst getrunken und liegt noch halb tot im Bett. Er hatte die Nacht zweimal die Fische gefüttert. Er kam erst gegen ein Uhr ins Bett und hatte eine Fahne, schlimmer als der russische Zar. Mit dem ist vor Mittag nicht zu rechnen."

„Gut, ich nehme an, Christian geht es ähnlich, dann frühstücken wir drei halt allein. Komm, setz dich, ich habe schon ordentlichen Hunger.", sagte Tassilo.

„Danke, ich dachte, ich muss mir schon alleine etwas, zwischen die Kiemen drücken."

„Hier, mein Kleiner, bist du nie allein und das ist auch gut so!", sagte Ben.

# Kapitel 11

Die nächsten Jahre waren fabelhaft und ich habe es scheinbar gut gelernt,
das schöne Leben! Es lief alles so glatt und wir verstanden uns prima.
Es war schon unheimlich, wie gut wir alle miteinander auskamen und bis auf ein paar kleineren Streitigkeiten gingen wir uns nie an die Gurgel.
Zu meiner Freude wuchs mit den Jahren unsere Liebe um das Vielfache.
Viele, die uns sahen, wie wir miteinander umgingen, konnten gar nicht glauben, dass wir uns schon so viele Jahre kennen und verheiratet sind.
Ich habe für diese Liebe jahrelang gekämpft und gewonnen!
Ben und Tassilo waren immer noch zusammen und es lief jetzt richtig gut mit den beiden und ich freute mich sehr darüber, denn beinahe wäre ihre Beziehung den Bach runtergegangen. Ben und ich hielten uns einige Monate zurück und wurden noch vorsichtiger. Wir warteten geduldig ab, dass keiner im Haus war, um unserem Hobby zu frönen, und nach einigen Jahren waren wir in der Organisation unserer Schäferstündchen so routiniert, dass es absolut keiner merkte. Das lag auch daran, dass wir uns nicht mehr mit dubiosen Ausreden abgaben. Wir warteten geduldig, bis sich von allein eine Gelegenheit bot und heute auch noch bietet.

Christian war fast zwei Jahre alleine und trauerte um seinen Kevin, aber dann lernte er, auf einer Messe, einen netten Jungen kennen. Er heißt Marco und ist groß und blond. Er sah fast so aus wie er selbst, deshalb hießen sie bei uns immer unsere Zwillinge. Er zog nach weiteren zwei Jahren zu ihm und fügte sich gut in unsere Hofgemeinschaft ein.
Wir haben ihn richtig lieb gewonnen, denn er ist witzig und brachte uns oft zum Lachen, aber man konnte mit ihm auch gut

ernste Gespräche führen. Er ist, in unserem Vierkanthof, der ruhige Pol geworden und hatte immer das richtige Wort für uns, wenn es doch mal zum Streit kommt. Sie heirateten vor drei Jahren und wir können uns es, ohne ihn, gar nicht mehr vorstellen.

Elias lernte ein Jahr, nachdem er zu uns kam, seine Christina kennen und zog nach einem halben Jahr zu ihr. Sie wohnt direkt in Celle und uns verbindet, noch heute, eine enge Freundschaft. Sie kommen oft zu Besuch und Christina fühlt sich zwischen uns Männern sehr wohl. Kein Wunder, sie wird ja dann von uns, als einzige Frau, auf Händen getragen.

Genau sieben Jahre war das Glück auf unserer Seite, dann wendete sich das Blatt.
Wir hatten gerade unseren Hochzeitstag gefeiert, da brach mein lieber Frank, nach dem Aufstehen, bei uns im Schlafzimmer zusammen.
Es war nur ein Schwächeanfall, von dem er sich gleich wieder erholte, aber jetzt forderte ich, dass er sich bei Ben vorstellte und sich mal gründlich untersuchen lassen sollte.
„Ach, ich habe im Moment zu viel Arbeit, das ist alles", sagte er, aber ich ließ nicht locker und schleifte ihn rüber zu Ben und erzählte ihm von dem Vorfall.
Sicher hatten wir damals viel Arbeit und kamen meist erst spät aus der Firma, aber ich fiel ja auch nicht gleich um.
Ich bemerkte schon länger, dass etwas mit Frank nicht stimmte und wenn ich ihm darauf ansprach, winkte er immer ab und sagte mir beruhigend, dass ich mir keine Sorgen machen sollte, es ist bestimmt nur eine harmlose Grippe, die wieder vorbeigeht. Ich bin zwar kein Arzt, aber dass es keine Grippe war, konnte ich sehen.

„Warum bist du denn nicht früher zu mir gekommen?", sagte Ben mahnend.
„Ja, tut mir leid, aber ich habe gedacht, es wäre nur eine harmlose Erkältung oder so was."

„Dein Blutdruck und dein Puls sind zu hoch. Abgenommen hast du auch, oder?"

„Ja, ein bisschen."

„Was heißt ein bisschen?"

„Acht Kilo!", sagte Frank leise.

„Acht Kilo?", sagte Ben laut.

„Ja, acht Kilo, aber ich habe auch kaum etwas gegessen!", sagte Frank, jetzt auch laut.

„Tust du mir einen Gefallen und fährst morgen mit mir in die Klinik und lässt dich von mir mal richtig durchchecken?"

Frank stimmte widerwillig zu und fuhr mit Ben, nächsten Morgen, in die Klinik.

Gegen Mittag kamen sie nach Hause. Wir hatten gerade Urlaub und deshalb war ich zu Hause und putzte grade die Küche, denn vor Aufregung konnte ich nicht still sitzen bleiben.

Ben kam erst mal alleine und stand plötzlich hinter mir. Ich drehte mich um und sah in sein versteinertes Gesicht.

„Was ist los und wo ist Frank?", sagte ich nervös.

„Er ist bei Christian und Marco. Er wollte, dass ich es dir sage."

„Was?"

Er druckste herum und man sah, dass es ihm schwerfiel, überhaupt etwas zu sagen.

„Frank hat wahrscheinlich Lymphdrüsenkrebs!"

Ich starrte ihn an und mir wurde heiß und kalt zugleich.

„Entschuldige, Ben, ich glaube, ich habe dich nicht richtig verstanden. Ich habe nämlich Lymphdrüsenkrebs gehört!?", dann lachte ich, aber Ben blieb ernst und mein Gesicht erstarrte und ich wusste, dass ich richtig gehört hatte.

Ich ging zum Tisch und setzte mich. Ben folgte mir und setzte sich ebenfalls, dann strich er mir über mein Haar.

„Bitte Ben, sage, dass es nicht wahr ist!"

„Es tut mir leid, Christoph, aber es stimmt und er hat auch schon einen OP-Termin."

Ich war so geschockt, dass ich nicht mal weinen konnte.

„Ist das denn sicher?", fragte ich ihn.

„Nein, das muss erst die Operation ergeben. Er hat das Geschwür in der Brust und deshalb ist es nicht so schwer, ihn zu entfernen."

Ich senkte meinen Kopf und verfiel in Gedanken, deshalb merkte ich auch nicht, dass Frank hinter mir stand. Erst als er seine Hand auf meine Schulter legte, spürte ich seine Anwesenheit.

Ich ergriff sie und presste sie an mein Gesicht.

„Frank!", rief ich nur und klammerte mich fest an ihn.

„Mein Hase, es wird bestimmt alles wieder gut. Wir haben schon so viel durchgemacht und das schaffen wir auch noch."

Vier Tage später wurde er operiert und man konnte es auch vollständig entfernen.

Danach kam die Chemotherapie.

Frank fielen alle Haare aus und er nahm noch mehr ab, aber danach ging es ihm, Gott sei Dank, zunehmend besser.

Er konnte sogar wieder arbeiten gehen und wir fuhren dann auch wieder in den Urlaub. Wir machten eine Reise durch Australien und es war eine furchtbar schöne Zeit.

Wir tourten fast vier Wochen durch das Outback und ich war so glücklich, dass er wieder gesund war, aber nach einem halben Jahr kamen seine Beschwerden wieder und er ließ sich erneut untersuchen.

Diesmal waren schon die Milz und die Leber befallen.

Die Ärzte versuchten alles, um Frank zu helfen, aber nach einem Vierteljahr gaben sie ihm dann auf und ich nahm ihn zu mir nach Hause, nachdem er schon wochenlang in der Klinik verbrachte.

Er war grade drei Tage zu Hause, ich kam gerade vom Einkaufen zurück, als er nach mir rief.

Ich stürmte sofort ins Schlafzimmer.

Er war kreidebleich und sagte:

„Trägst du mich runter ins Wohnzimmer?"

„Aber natürlich, mein Schatz!"

Weil er zitterte, wickelte ich ihn in eine dicke Wolldecke ein und trug ihn runter.

Ich setzte mich auf das Sofa vor dem brennenden Kamin und legte ihn in meinen Arm.

„Bald geht es dir wieder besser und dann kannst du wieder durch das Haus tanzen."

„Du bist so süß, wie du mich aufbauen willst, aber ich weiß, dass es nie wieder dazu kommen wird. Ich werde sterben und das finde ich gar nicht so schlimm, nur dass ich dich alleine lassen muss, bringt mich um!"

Das war schwarzer Humor und wir mussten ein wenig darüber lachen, was aber schnell wieder verklang.

„Ich werde dich immer lieben und dich niemals vergessen, mein Schatz."

Ich gab ihm einen langen Kuss und als ich mich wieder von seinen Lippen löste, hörte sein Herz auf zu schlagen.

Ich streichelte seinen dünnen Körper, denn zuletzt wog er nur noch knapp 40 Kilo und er sah aus wie ein Häufchen Elend.

Ich hielt ihn noch zwei Stunden in meinen Armen, bis Ben kam, um ihn, wie jeden Tag, zu untersuchen, aber das brauchte er nun nicht mehr.

Er hockte sich zu mir, schaute mich traurig an und sagte:

„Es ist zwar kein Trost, mein Kleiner, aber glaub mir, da oben geht es ihm jetzt besser."

„Ich habe ihn so geliebt!", sagte ich und jetzt begann ich erst zu weinen.

Ben setzte sich zu mir und gab mir die Zeit, die ich brauchte, um mich von ihm zu verabschieden.

Nach einer ¾ Stunde ging plötzlich die Haustür auf und Christian kam mit einem lauten „Hallo!" herein, aber als er mich verheult sah und Ben bestätigend nickte, verzog er sein Gesicht und fing auch an zu weinen. Er hockte sich gleich zu uns und küsste Frank auf die Wange.

„Ich muss Marco Bescheid geben", sagte er ruhig und stand langsam auf.

„Tust du mir einen Gefallen und holst Tassilo auch rüber? Er müsste auch schon zu Hause sein", fragte Ben.

„Nicht mehr nötig, wir sind schon hier!", sagte Tassilo. Sie standen beide in der Tür und waren kreidebleich.

Ben winkte die beiden zu uns und sagte mit belegter Stimme: „Schön, dass ihr hier seid, denn wir brauchen euch jetzt."

Tassilo streichelte mich und dann Frank über die Wange und gab Ben einen Kuss.

Marco zündete eine Kerze an und hockte sich zu den anderen vor uns auf den Boden.

„Du tust mir so leid, Christoph. Ich kann es gut nachempfinden, wie es dir jetzt geht, abgesehen davon war Frank mein bester Freund", sagte Christian.

Nachdem wir da noch so eine Stunde gesessen hatten und uns schöne Begebenheiten mit Frank ausgetauscht haben, fragte Ben mich ganz vorsichtig:

„Wenn du nichts dagegen hast, würde ich jetzt jemanden anrufen."

Zitternd nickte ich, worauf er das Beerdigungsinstitut anrief.

Als sie da waren, nahm Ben ihn mir aus den Armen und legte ihn in den Sarg, dann ließen sie mich noch ein paar Minuten, mit ihm, alleine, um mich von ihm zu verabschieden.

Er sah so friedlich aus und ich freute mich, dass er nicht mehr leiden musste. Ich gab ihm noch einen Kuss und ging nach draußen zu meinen Freunden.

Wir warteten noch, bis das schwarze Auto abfuhr, was mich schwer traf, denn jetzt wurde mir erst bewusst, dass ich ihn nie wiedersehen werde, ihn nie wieder spüren durfte, nie wieder seine feuchten Lippen berühren konnte, und ich brach dann weinend zusammen.

Alle waren um mich herum und trösteten mich. Christian trug mich in Bens und Tassilos Wohnung und legte mich auf das Sofa, wo Ben mir gleich eine Beruhigungsspritze gab.

Nach einer halben Stunde schlief ich in Bens Armen ein und wachte erst am nächsten Tag, zwischen ihm und Tassilo, in ihrem Bett auf.

Sie waren alle so süß und packten mich, in den nächsten Wochen, in dicke Watte.

Ben kümmerte sich besonders rührend um mich, dass verhinderte aber nicht, dass ich in ein tiefes Loch fiel.

Zwei Monte saß ich nur da und bekam nichts mit. Nicht einmal an Franks Beerdigung und die Testamentseröffnung kann ich mich heute erinnern.

Ich erbte alles und brauchte mich um das Finanzielle keine Sorgen zu machen, so wie es Frank wollte, aber das brachte ihn mir auch nicht wieder.

Als ich wieder klar denken konnte, machte ich mich an Franks Papierkram.

Schon wieder saß ich vor den ganzen Akten und hatte keine Ahnung von dem, was ich da mache.

Ich blätterte einiges durch und stellte dann die Ordner wieder in das Regal zurück.

Ich griff dann zum Telefon und rief unseren Anwalt Herrn Kramer an.

„Hallo Herr Matz, schön, etwas von ihnen zu hören. Ich bin froh, dass es ihnen wieder ein bisschen besser geht!", tönte es aus dem Hörer.

„Herr Kramer, ich sitze grade bei Franks Papieren und ich sehe da nicht durch. Können Sie mir helfen? Jeden Tag kommen neue Briefe und es wird immer mehr."

„Natürlich! Ich komme bei Ihnen vorbei. Wann passt es Ihnen denn?"

„Heute ist Freitag, vielleicht nächste Woche?"

„Ja, passt es Ihnen Mittwoch um elf Uhr?"

„Ja gut, also dann bis Mittwoch."

Ich legte auf und dachte an Frank:

„Warum hast du mich bloß, mit dem ganzen Scheiß, alleine gelassen? Machst dich einfach aus dem Staub und hinterlässt mir so einen Mist!", schrie ich laut.

Ich war richtig wütend auf ihn und kickte gegen das Schreibtischbein. Jetzt merkte ich erst, dass ich keine Schuhe anhatte, und heulte laut auf.

Es schmerzte fürchterlich und ich hüpfte, wie ein kleines Kind, mir den Fuß haltend, durch das Zimmer.

„Ja, lach nur. Schadenfreude ist doch die beste Freude! Das hast du doch immer gesagt, oder?", tobte ich und schaute nach oben.

Nach einiger Zeit ließ der Schmerz nach und meine Wut wechselte in Traurigkeit um, dann ich weinte wie ein Schlosshund. Nach einigen Minuten schoss mir ein Gedanke in den Kopf. „Der Safe!", dachte ich und ich lief ins Schlafzimmer. Ich schlug den großen Perserteppich, der direkt vor dem Bett stand, weg und öffnete die Klappe im Dielenboden.

Da war er, der Safe. Frank hatte ihn, vor unserem Einzug, hier einbauen lassen, weil es, nach seiner Ansicht, das sicherste Versteck für ihn war.

Ich lief dann wieder zum Bücherregal ins Büro und holte das dicke Lexikon heraus. Ich schlug es auf und sagte laut:

„Danke, Frank!"

Er war immer noch da. Ich nahm den Schlüssel heraus und lief wieder ins Schlafzimmer, zum Safe. Ich öffnete ihn und nahm eine große Kiste heraus. Es war dieselbe Kiste, die ich damals, nach dem Unfall, schon in der Hand hatte.

In dem Kasten lag ganz oben ein schön verzierter Umschlag, mit Franks in schöner Handschrift geschriebenen Worten:

*Für meinen über alles geliebten Mann*
*Christoph*

Mir liefen die Tränen über die Wangen und ich zögerte, ihn zu öffnen, denn es tat mir unsagbar weh, diesen Brief von meinem Schatz nur in der Hand zu halten.

Mir kam es vor, als meldete sich Frank, in diesem Moment, bei mir. Mir war unheimlich zumute, aber zugleich wollte ich auch wissen, was er mir schrieb.

Ich entschied mich zunächst einmal, den Inhalt der Kiste zu untersuchen, aber außer ein Packen Aktien, die ich Herrn Kramer zeigen wollte, waren da nur noch ein paar wichtige Unterlagen, wie zum Beispiel die Kaufverträge seiner Häuser und die Grundbucheintragungen darin, worum ich mich später kümmern wollte.

Ich legte alles wieder in den Safe und schloss ihn, dann legte ich den Schlüssel zurück und legte den Teppich wieder drüber.

Ich schnappte mir seinen Brief und ging nach unten. Als ich aus dem Fenster sah, fuhr Ben grade in den Innenhof.

Ich öffnete die Haustür und rief:

„Hallo Ben, kann ich dich kurz mal sprechen?"

„Natürlich, ich sage nur noch Tassilo Bescheid, dann komme ich zu dir rüber."

Ich hatte den Brief in der Hand, als er zur Tür hereinkam.

„Was gibt es denn?", sagte er und setzte sich neben mich auf das Sofa.

Ich zeigte ihm den Brief, worauf er sagte:

„Buh, wo hast du ihn gefunden?"

„In Franks Safe!"

„Ihr habt einen Safe?"

„Ja schon immer, aber heute habe ich mich erst daran erinnert."

„Okay, das habe ich nicht gewusst!"

„Das hat keiner gewusst.

Du bist jetzt der Erste, der davon erfährt, und ich möchte dir ihn später auch zeigen, denn wenn mir mal etwas passieren sollte, findet ihn niemand."

„Danke, für dein Vertrauen, aber jetzt geht es erst mal um diesen Brief.

Du hast Angst, ihn zu lesen, stimmt's?"

„Stimmt! Würdest du ihn mir vorlesen?"

„Natürlich, auch wenn es mir sehr schwerfällt."

Er öffnete den Umschlag und zog den Brief heraus.

Er faltete ihn auseinander und sah auf das Datum.

„Hier steht der 2. November?"

„Da ist er gestorben!? Ich bin gegen Mittag nach Hause gekommen, da muss er ihn noch kurz vorher geschrieben haben und dann hat er sich noch aus dem Bett gequält, um ihn in den Safe zu legen, was gar nicht so einfach für ihn sein musste, denn ich hatte ja schon meine Probleme, ihn zu öffnen.", sagte ich verweint.

„Oh Mann, wenn ich überlege, dass er schon wochenlang nicht mehr alleine laufen konnte, war das von ihm schon eine beachtliche Leistung. Okay, mein Kleiner, ich lese mal vor."

*Mein allerliebster kleiner Christoph,*

*ich habe das Gefühl, dass ich dich bald alleine lassen muss und das fällt mir sehr schwer.*
*Du bist beim Einkaufen und ich habe deshalb Zeit, dir meine letzten Gefühle niederzuschreiben, denn ich habe Angst, dass ich dazu nicht mehr komme, sie dir persönlich zu sagen.*
*Mein Herz ist mir so schwer, wenn ich daran denke, dass du um mich trauerst und ich weiß, wie labil du bist. Ich weiß, dass Ben dir helfen wird, über meinen Tod hinwegzukommen.*
*Mein Hase, du bist für mich immer der wichtigste Mensch, in meinen Leben gewesen und ich habe dich immer geliebt, auch wenn das am Anfang nicht so aussah und ich gemein und ungerecht zu dir war. Ich wollte doch so gerne eine Hete sein und habe mich deshalb, gegen alle Gefühle, die ich bei Männern hatte, gewehrt.*
*Ich wollte immer so gerne eine Familie und viele Kinder haben, darauf habe ich hingearbeitet und wurde bei dem Gedanken immer unzufriedener. Vielleicht war ich deshalb so zu dir?*
*Ich konnte nicht mit und auch nicht ohne dich.*
*Kinder habe ich leider nicht bekommen, aber dich, mein Hase, und eine große Familie, worüber ich sehr dankbar bin.*
*Nun muss ich leider bald gehen und ich hoffe, ich schaffe es noch, am Leben zu bleiben, bis du wieder hier bist,*
*denn ich möchte dich noch mal sehen, bevor ich sterbe.*
*Ich möchte dir noch so viel sagen, aber dazu fehlt mir jetzt die Kraft.*
*Nur noch eines: Lerne wieder, dein Leben zu lieben, denn es ist so schön!*

*Grüße bitte Ben, Tassilo, Elias, Christina, Marco und ganz besonders meinen allerbesten Freund Christian, zu dem ich immer hinkommen konnte, wenn ich Probleme hatte. Ich hatte sie alle so lieb!*

*Ich liebe dich so viel mehr, als je ein Mensch einen anderen geliebt hat.*

*Dein Frank*

Ben legte den Brief beiseite und wischte sich die Tränen aus den Augen.

Ich hatte mich ganz dicht an ihn gekuschelt und so saßen wir noch lange da.

Nach zehn Minuten des Schweigens sagte Ben:

„Ich wusste gar nicht, dass er Kinder wollte?"

„Nein, ich auch nicht. Das ist mir völlig neu."

„Er hat eben sein Leben ganz unter deines gestellt und es hat ihn nur interessiert,

was du wolltest. Er hat auch immer gesagt, was ich will, steht gar nicht zu Debatte, Hauptsache, es gefällt Christoph! Er hat dich wirklich geliebt!"

„Ja, und ich ihn noch viel mehr!"

Den Brief habe ich bestimmt tausendmal gelesen und mich dabei nur an die schönen Dinge mit ihm erinnert. Das tat mir richtig gut und stärkte mich ungemein.

Wenn ich so zurückdenke, hätte ich es ohne meine Freunde nicht aus diesem tiefen Loch, in dem ich mich befand, geschafft. Sie waren alle so lieb und ich glaube, ich war in der schweren Zeit, nicht eine Sekunde allein.

Ich fing auch bald wieder an zu arbeiten. Das war mir wichtig, denn ich wollte nicht zu Hause versauern.

Es fiel mir sehr schwer, Franks leeren Stuhl zu sehen, der mir direkt gegenüberstand.

Ich bekam zwar Franks Job, aber trotzdem blieb ich an meinem Schreibtisch sitzen, denn seinen Platz ganz einzunehmen, brachte ich nicht übers Herz.

Die Arbeit war fast nicht zu schaffen und ich musste alles geben, um das Pensum zu schaffen, das Frank noch vorgegeben hatte.

Es ging ihm alles so leicht von der Hand und er spielte direkt mit den Kunden,

was bei mir ganz anders aussah.

Ich musste mich bei allen Kunden, die ich besuchte, überwinden und es hätte nicht lange gedauert, bis ich alles hingeschmissen hätte.

Das bemerkte auch mein Chef und er bat mich, eines Morgens, in sein Büro.

Ich dachte schon, dass ich Ärger bekomme, weil wir mal wieder, durch mich, einen Kunden verloren haben, aber er war zu meiner Überraschung sehr nett und begrüßte mich aufs Herzlichste.

„Herr Matz, wie lange sind Sie jetzt wieder hier?", fragte er.

„Circa vier Wochen."

„Und, wie haben Sie sich in Ihrem neuen Job, eingelebt? Ich höre ja fast nur Gutes von Ihnen."

„Vielleicht, aber es fällt mir doch ziemlich schwer. Die Arbeit ist allein fast nicht zu schaffen."

„Sehen Sie und deshalb sind Sie hier. Herr Frank Matz, Ihr Mann, hätte allein auch so seine Schwierigkeiten. Ich weiß, Sie waren, für ihm, immer eine große Hilfe und deshalb möchte ich Ihnen auch einen Assistenten zu Seite stellen, der Ihre Arbeit unterstützt. Ich habe mich in unserer Firma umgehört, aber keinen gefunden, der Ihren Anforderungen entspricht, deshalb habe ich mir erlaubt, eine Stellenanzeige aufzugeben und nach zwei Tagen hat sich auch einer gemeldet, den Sie vielleicht kennen?"

Ich überlegte und mir kam es vor, als hätte ich ein Déjà-vu, denn das hatte ich doch schon mal, damals, nach dem Unfall erlebt.

„Sagen Sie nicht, es ist Herr Seifert?", sagte ich erstaunt.

„Wenn Sie einen Herrn Marcel Seifert meinen, denn ja."

Ich war geschockt, denn nach unserer Hochzeit habe ich ihn nicht mehr gesehen.

Er ist damals zu Malte, nach Amrum, gezogen und hat das örtliche Touristikbüro übernommen.

Wir haben zwar noch ein paarmal versucht, mit ihm Kontakt aufzunehmen, aber selbst als wir später in Bens Ferienhaus Urlaub gemacht hatten, hat er sich nicht, bei uns, blicken gelassen.

Es hieß immer, er ist gerade auf dem Festland und kommt auch nicht, vor unsere Abreise, wieder zurück auf die Insel, aber wenn man mich fragt, hat er sich damals bei uns verleugnen lassen. Er kam wohl nie über mich hinweg und wollte uns deshalb nicht mehr sehen.

Nach dem dritten Versuch haben wir es dann sein gelassen und auch keinen Gedanken mehr an ihn verschwendet.

„Und jetzt soll er mein Assi werden? Genauso wie damals? Wollte einen zweiten Versuch bei mir starten, jetzt wo Frank tot ist?" Ich war skeptisch, aber gleichzeitig neugierig, was aus ihm geworden ist.

„Wo ist er?", fragte ich meinen Chef.

„Er sitzt drüben im Lohnbüro. Soll ich ihn holen?"

„Ja bitte, ich freue mich!"

Er rief seine Sekretärin, die ihm sofort Bescheid sagte, und nach einer Minute klopfte es an der Tür.

„Herein!", sagte mein Chef, worauf sie sich langsam öffnete und ein verschüchterter Marcel durch den Spalt sah.

„Marcel, los komm rein!"

„Du, Christoph, ich dachte …?"

„Ja, ich! Dass es dich noch gibt!", fuhr ich ihm vor Freude ins Wort.

Er wirkte verwirrt und sagte zögerlich:

„Ja, entschuldige! Mein Verhalten war, in den letzten Jahren, wohl nicht die feine englische Art."

„Das ist doch jetzt nicht mehr wichtig."

„Danke, das habe ich nicht von dir verdient!"

„Gut, ich sehe, Sie verstehen sich. Das ist der Anfang eines guten Arbeitsverhältnisses. Herzlich willkommen, Herr Seifert. Ich glaube, Sie werden Herrn Matz eine große Hilfe sein", sagte mein Chef.

„Ja, vielen Dank, für Ihr Vertrauen.", sagte er immer noch verwirrt.

Ich zeigte ihm seinen Schreibtisch, worauf er sich sofort auf den Stuhl setzte.

Ich bekam einen Stich ins Herz, als er das tat, und ich musste mich erst einmal fassen, bevor ich wieder reden konnte.

„Sitzt du gut?", sagte ich mit belegter Stimme.

„Ja danke, das ist ja fast ein Fernsehsessel. Du hast ja denselben!", sagte er und lugte an mir vorbei.

„Die hat Frank noch für uns bestellt."

„Ja genau Frank, wie geht es ihm überhaupt? Ich dachte eigentlich, er würde hier mein Chef werden. Ich kam zuerst nicht drauf, dass du ja jetzt auch Matz heißt und du mein Vorgesetzter werden wirst. Das ist ja witzig!"

Mit einem Mal wurde es still um uns herum. Meine Mitarbeiter schauten mich mitfühlend an und einige senkten auch den Kopf. Dann sagte ein Kollege:

„Frank ist vor einem Vierteljahr gestorben und das war sein Schreibtisch."

„Scheiße, das habe ich nicht gewusst!", sagte Marcel verstört und stand sofort auf.

Er sah mich fassungslos an, was ich, in diesem Moment, nicht ertragen konnte.

Ich schnappte meine Jacke, sagte, dass ich Feierabend mache, und ging schnell hinaus.


Zu Hause lief ich sofort ins Schlafzimmer, zog mich aus und versteckte mich unter der Bettdecke. Da fühlte ich mich am wohlsten. Seit Franks Tod habe ich die Wäsche nicht mehr gewechselt. Ich konnte es nicht, weil sein Geruch darin immer noch da war.

Ich weinte und ich sehnte mich nach Frank.

Mir tat es so weh, dass er nicht mehr da war, und ich konnte mich überhaupt nicht mehr beruhigen.

Über zwei Stunden lag ich da und kauerte vor mich hin, da hörte ich die Haustür.

„Christoph?", rief eine Stimme. „Christoph, bist du da?"

Es war Ben. Ich lugte unter meiner Decke vor und rief:

„Ben, ich bin hier!"

Sofort hörte ich ihn die Treppe hinaufstürzen.

„Mein Kleiner, was ist denn los? Du siehst ja schlimm aus!"

Ich fing wieder an zu weinen und drückte meinen Kopf an seine Hüfte.

Er setzte sich an mein Bett, fühlte mein Puls, streichelte dann meine Wange und sagte besorgt:

„Mein Kleiner, was ist denn passiert?"

„Marcel hat heute als mein Assistent bei uns angefangen und sitzt jetzt an Franks Schreibtisch."

„Ooh, Mann, das ist ja übel!"

„Ja und er wusste nicht, dass Frank tot ist. Er dachte, Frank ist der Verkaufsleiter, dem Namen nach und jetzt sitzt er auf seinem Stuhl."

„Aber das hat ihn doch sicher gefreut, dass du der Verkaufsleiter bist, oder?"

„Ich weiß nicht, aber da geht es gar nicht drum. Es stürmte nur alles auf mich ein, so doll, dass ich davongelaufen bin."

„Okay, das verstehe ich. Pass auf, ich gehe jetzt zu mir rüber und hole meine Tasche, dann komme ich sofort wieder her, ja?"

„Bestimmt?"

„Bestimmt! Ich beeile mich", sagte er und sprintete die Treppen herunter.

Nach ein paar Minuten war er auch schon wieder da und öffnete seine Arzttasche.

„Bitte Ben, keine Spritze, sonst schlafe ich wieder so lange!"

„Schlafen ist jetzt gut für dich und ich passe auf dich auf. Ich habe mir für heute freigegeben und wenn es dir morgen auch noch nicht besser geht, bleibe ich auch noch bei dir."

„Danke Ben, du bist der Beste."

„Das weiß ich und nun gib mir deinen Arm."

Ben legte sich zu mir und wartete, bis ich wieder eingeschlafen war. Als aufwachte, lag ich zwischen Ben und Tassilo. Es war dunkel und ich hörte das leise Säuseln von den beiden.

Ich stieg leise aus dem Bett und ging ins Bad, dort sah ich in den großen Spiegel.

Ich sah furchtbar aus.

Meine Augen waren, vom Weinen, aufgequollen und mein ganzes Gesicht war, wahrscheinlich von der Spritze, gerötet.

Das kannte ich schon, denn das war bei den Letzten auch schon so.

Ich hielt meinen Kopf unter den Wasserhahn, um mich ein wenig abzukühlen, dann ging ich nach unten und öffnete den Kühlschrank. Ich nahm eine Flasche Wasser raus und trank sie halb leer.

Der Mond schien durch das Fenster, deshalb konnte ich auch ohne Licht sehen, dass jemand auf dem Sofa lag. Ich ging um es herum, um besser sehen zu können, wer das war.

„Marcel!", sagte ich leise und setzte mich zu ihm.

Er sah so gut aus und sein Gesicht glänzte im Mondschein.

Es tat mir so leid, was ich ihm heute angetan habe. Er konnte nun wirklich nichts für meinen Gefühlsausbruch.

Ich strich ihn vorsichtig über sein schwarzes, kurzes Haar, dann schlug er plötzlich seine Augen auf.

„Christoph, ich … ich … es war schon spät und Ben sagte, ich könnte hier übernachten!"

„Pst, ist schon gut. Ich habe doch gar nichts gesagt. Bleib liegen, ich habe doch überhaupt nichts dagegen."

„Ich hatte mir Sorgen um dich gemacht und bin gleich, von der Firma, hier hergefahren."

„Du siehst, ich lebe noch."

„Ja, und da bin ich auch froh drüber. Hör zu, Christoph, mir tut das mit Frank, unsagbar leid!

Ben und die anderen haben mir alles erzählt und ich bin erschüttert, wenn ich daran denke, was du grade durchmachst. Ich muss dir heute vorgekommen sein wie ein Elefant im Porzellanladen!"

„Ist nicht so schlimm, Ben hat mir ein Beruhigungsmittel gegeben, was ich immer noch merke. Ich glaube, ich muss wieder ins Bett."

Mir fielen die Augen zu und ich kippte zur Seite.

Als ich am nächsten Morgen aufwachte, wusste ich erst gar nicht, wo ich war.

Ich schaute mich um und neben mir lag Marcel. Ich wusste gar nicht, was ich davon halten sollte, aber da kam ich nicht zu, um darüber nachzudenken, denn Ben stürmte die Treppe herunter und rief:

„Christoph, wo bist du?"

„Hier auf dem Sofa!"

„Gott sei Dank! Ich dachte, du wärst schon wieder weggelaufen, denn so etwas stehe ich nicht noch mal durch", sagte er fast heulend.

„Nein, keine Angst, das werde ich nie wieder machen. Schau mal, Marcel schläft wie ein Bär."

„Kein Wunder, er hat ja auch gestern Abend die halbe Flasche Whisky ausgetrunken. Deshalb habe ich ihn auch gebeten, hierzubleiben, und wie ich sehe, war das eine gute Entscheidung", sagte er und grinste mich an.

„Ach, nur deine Spritze war schuld. Ich wollte mir nur etwas zu trinken holen und dann muss ich wohl, als ich mit Marcel gesprochen habe, eingeschlafen sein."

„Ja, du brauchst dich doch gar nicht rechtfertigen, aber du solltest ihn trotzdem wecken, denn er muss bald zur Arbeit, denn das macht keinen guten Eindruck, schon am zweiten Tag zu spät zu kommen."

„Wie spät haben wir es denn?"

„Gleich sieben Uhr."

„Okay, dann muss ich mich auch fertig machen."

„So weit kommt das noch. Du wirst jetzt deinen süßen Arsch wieder nach oben ins Bett bewegen. Ich habe gestern schon mit deinem Chef gesprochen, denn du bist von mir den Rest der Woche krankgeschrieben."

Ich schaute ihn resigniert an, worauf er mit Nachdruck sagte:

„Na los, ich sag es nicht zum zweiten Mal. Ich kümmere mich schon um unsere Schnapsleiche und bringe dir nachher das Frühstück."

Ich stand schnell auf und als ich an ihm vorbeiging, gab ich ihm einen Kuss auf seine Wange und sagte:

„Danke, Ben, was soll ich bloß ohne dich machen?"

Er nahm mich in den Arm und sagte gerührt:

„Dann hätte es ein anderer gemacht!"

„Nein, du bist der Beste!"

Ich ging dann nach oben und legte mich zu Tassilo ins Bett, der mich sofort in seinen Arm nahm und sagte:

„Schön, dass du noch da bist!" Dann schliefen wir wieder ein.


Im Gegensatz zu damals verstand ich mich mit Marcel in der Firma richtig gut und auch privat näherten wir uns an.

Er erzählte mir, dass er noch zwei Jahre mit Malte zusammen war und sie sich dann einvernehmlich getrennt hatten.

Wir trafen uns immer öfter, auch außerhalb der Firma. Wir gingen zusammen Kaffee trinken und später machten wir auch kleinere Ausflüge.

Zwei Jahre nach Franks Tod zog er dann bei mir ein.

Ich kannte mich gar nicht mehr wieder, denn ich konnte mir nie vorstellen, mich in Marcel zu verlieben, aber heute ist er ein wichtiger Teil in mein Leben geworden. Ich kann nicht sagen, wann, aber eines Tages sah ich ihn in einem ganz anderen Licht und ich konnte an nichts anderes denken als an ihn.

Ich hatte am Anfang ein wenig Bedenken, dass nun nicht mehr Frank, sondern Marcel neben mir aufwachte, aber das legte sich bald. Wir schmissen alles aus dem Schlafzimmer und kauften uns auch ein neues Bett, in dem wir uns heute sehr wohlfühlen. Jetzt bin ich zwar nicht glücklich, aber zumindest nicht allein! Die Liebe zu Marcel ist nicht groß, aber ich bin zufrieden. Ich habe ja immer noch meinen Ben, mit dem ich mich immer noch heimlich treffe.

Da war ja noch was! Elias Geschenk, das er mir zum Abschied in Bayern gegeben hat und das ich es erst öffnen durfte, wenn es mir schlecht geht.

Was war nun in dieser Schachtel?

Ich kann es heute beantworten, denn ich habe sie geöffnet.

Lange nach Franks Tod, als wir die Schlafzimmerschränke abbauten, fiel mir die bunte Schachtel förmlich entgegen.

Sie stand immer, in Sichtweite, ganz obendrauf.

Zu meiner Verwunderung lag nur ein Brief in der Box. Ich faltete ihn auseinander und las ihn:

*Hallo Christoph, 5. Juli 1999*

*ich hoffe, du wirst diese Zeilen nie lesen müssen,*
*denn dieses Päckchen soll dich nur daran erinnern,*
*dass es dir nie so schlecht genug geht,*
*um es öffnen zu müssen.*

*Leider hast du es jetzt doch getan und ich muss annehmen,*
*dass es dir deshalb richtig dreckig geht, aber glaube mir,*
*es wird dir bald wieder gut gehen,*
*weil du so liebe Freunde hast, die dich immer wieder*
*auffangen, eingeschlossen mich.*

*Dein neuer Freund*
*Elias*

Ich fuhr am selben Abend noch zu ihm und zeigte ihm die Box,
schon an der Tür.
Er verstand und sagte:
„Es kam mir damals gar nicht darauf an, dass überhaupt etwas
in der Schachtel ist. Wichtig war es, dass du es nie aufmachen
musst!" Und er hatte recht.
In all den Jahren hatte ich das Geschenk gehütet wie meinen Aug-
apfel und mich immer daran erinnert, dass ich es niemals wieder
so weit kommen lasse, um es öffnen zu müssen.

Marcel steht grade in der Küche und bereitet das Abendessen zu,
denn heute ist Franks Geburtstag. Er würde heute 42 Jahre alt
werden und all unsere Freunde kommen uns besuchen. Ich freue
mich wahnsinnig auf die Bande.
Ich gebe Frank noch einen Kuss und stelle sein Bild wieder auf
den Kaminsims.
„Tschüss, mein Lieber!"

# Ende

# Der Autor

Christoph Klier wurde 1973 geboren. Nach dem Schulabschluss absolvierte er erfolgreich eine Bäckerlehre, danach arbeitete er vier Jahre als Bäckergeselle. Später wechselte er in die Textilbranche, in der er noch heute tätig ist.

In seiner Freizeit reist der Autor viel: Am liebsten an die Nordsee, doch auch andere Länder wie Tschechien, Frankreich und Australien besucht er gerne.

Nach zwei schweren Schicksalsschlägen fing Christoph Klier mit dem Schreiben an, das ihm ein gutes Ventil bot. So entstand auch sein erster Roman „Ein schönes Leben hab ich nie gelernt!".